JORGE
JOESTAR
ジョージ・ジョースター
JN167562

JORGE
JOESTAR
ジョージ・ジョースター

JORGE JOESTAR

ジョージ・ジョースター

舞城王太郎

original concept
荒木飛呂彦

CONTENTS

荒木飛呂彦先生へ。

ONE 九十九十九

俺の名前はジョージ・ジョースター。貴族だった祖父の名前からとったみたいなのだが、表記はJORGEってラテン風にしてある。どうしてイギリス人らしくGEORGEにしないのかと訊いてみたら「だってあなたはここカナリア諸島の生まれだし、それにそうじゃないと人からＪＯＪＯって呼んでもらえないでしょ?」と母さんは笑う。どうやら船の事故で死んだ父さんの名前がJONATHAN JOESTARで、子供の頃からの渾名（あだな）がＪＯＪＯだったらしく、結婚してすぐに死んじゃった父さんのことをずっと愛し続けているらしい母さんとしては俺にその呼び名を受け継がせたいんだろう。でも残念ながらラ・パルマ島にいるのはスペイン人ばかりで、俺のことをジョージと呼ぶのだって母さんとリサリサぐらい、他の奴はＪＯＪＯどころかホルヘってスペイン語読みするんだけど……と、母さんに言っても寂しい顔をさせるだけなので言わない。それに、呼び名なんて問題にならない。俺はもう小さい頃からずっとスペイン語を喋る猿どもに苛（いじ）められていて、今日だって学校帰りに犬の糞（ふん）を顔にべったりつけられているのだ。押し付けられた拍子に鼻の奥に入っちゃったみたいでどれだけ顔を洗っても鼻うがいまで試したのにまだ臭い。まあでも本当はそれを食わされるところだったのだ。そうならなくてラッキーだ。普段通りリサリサが見つけて助けてくれなかったら口の中にムリヤリ押し込まれていただろう。信仰心のない、抽象的概念なんて判らない、島で無駄に生まれて死んでいく田舎者の豚（ぶた）どもめ、あいつら加減ってものを知らないのだ。

「わははははは！いつもいつも女に助けられるなんて、バルサブランカ（白い筏）のチンポはオールの代わりにもならねえぜ！」

リサリサに張り飛ばされて蹴り回されてボロボロになって鼻血が止まってないくせに、殴られ馴れてきたのかアントニオ・トーレスがそう言って俺を嘲笑い、俺はさすがにかっとなる。船の事故で命からがら逃げ出した俺とリサリサと母さんが数日間大西洋を漂流していたことからアントニオたちは俺をバルサブランカとからかうのだけれど、それを言われると母さんたちだけでなく、死んだ父さんのことまで馬鹿にされてる気がして俺は切れ、泣いてしまう。まったく我ながらうんざりするぜ！とんでもない弱虫なのだ、俺は。

で、アントニオたちにデザートを与えるみたいに、泣いてるところをひとしきり爆笑され、リサリサに連れて帰られる。

「ちょっと、あんなところでジョージが泣くから、あいつら気分良さげに帰っちゃったじゃない」と川で顔を洗って鼻うがいを試しているときにリサリサにプリプリ怒られて、それがまた情けなくて涙と鼻水でほっぺが痒いのだが、エリザベス・ストレイツォは容赦がない。「汚い顔だなあ……。洗っても洗っても無駄じゃない！みっともないから一緒に歩いてらんないよ！そんなに悲しいんだったら一人で泣いてな！もう見てらんない！」と言って俺を置いて走り去ってしまう。それがまた悲しくて悔しくて……。どうして俺だけがこんな惨めな思いをしなきゃいけないんだ？クラスで唯一のイギリス人ってだけで……！こう言っちゃ何だし言わないけど、俺だって白人なのに！同じクラスには東洋人だっているのに、そいつは誰にもからかわれたりしない……！クソ！どうして俺が狙われなきゃならないんだ!?

もちろんそれは、俺がこんなふうに弱虫で、特に頭が良いとか運動ができるとかでもなく、面白いことも言えないからだ。うちのクラスのその東洋人は何だか堂々としているし、かなりのハンサムだし、とにかく勉強が良くできる上に、詳しくは知らないけど、名探偵みたいな仕事を小学生ながらやってるらしいのだ。そこまで特別ならば、誰にも苛められたりはしないんだろう。つまり苛められるにも理由はあるんだろう、と思うといよいよ気持ちの行き場がなくて、さらに泣けてくる……。

結局泣き止むことができないまま家に辿(たど)り着いたのだが、すると先に帰ってきたはずのリサリサは部屋に閉じこもっていると母さんが言う。「あの子、泣いてたわよ?リサリサはジョージのことがとても心配なのね。優しい子だから……」。確かに俺は男の子としては優しいほうだろうけど……と思ったところで俺は聞き間違えに気付く。え?何?俺じゃなくてリサリサのこと?泣いてたって……嘘でしょ、見間違いに決まってる、優しいって何がどうして?乱暴で、苛めっ子たちから助けてくれたはいいけど俺をあんなふうにビシャリと怒鳴りつけ、罵(のの)った挙句に置き去りにしたリサリサを優しいとか言って完全に勘違いしてるよ!と内心憤慨していた俺に、その夜、夕食の前に母さんから話がある。

「ジョージ、今夜は大事なお話があるの。よく聞いてね?」

母さんの悲しげな微笑(ほほえ)みから俺は嫌な予感しかしないし、条件反射みたいにして涙が湧いてくる。

「嫌だ」

するとリサリサが

「ふふ、馬鹿ねジョージ、まだ何も言ってないじゃない」

と言うので、何笑ってやがんだコンチクショー！と睨(にら)みつけようとしたけど、リサリサも顔は全然笑ってない。その思い詰めた小さな顔を見て、いよいよ俺は絶望的な気持ちになる。

一体何が起こるんだ？

「ジョージ、聞きなさい」と母さんが言う。「こっちを向いて」

向きたくない。が、向かざるを得ない。母さんから大事な話があるのだ。俺は正面から受け止めなければならない。

「……何？」

母さんがゆっくりと言う。

「あのね、実はリサリサは、十二歳になったら、養父のストレイツォさんのところに戻すと最初から決めてあったの。クリスマスを私たち三人で過ごした後、新年になる前にストレイツォさんたちが迎えに来て、リサリサはイタリアのおうちに引っ越すことになります」

……え？

本当に、待ち構えて必死に想像したあらゆる曖昧(あいまい)な悪い知らせを遠く飛び越えた、あまりに酷(ひど)い話で、俺は本当に一瞬目の前が真っ暗になる。俺はもうずっと、ほとんど赤ん坊の頃からリサリサの庇護下にあったのだ。乱暴な奴らから守られ、取られたものを取り返してもらい、なくしたものを見付けてもらったり分けてもらったり、泣いてりゃ慰められちょっと上手くいくと褒めてもらってたのだ。おいおい、そんな状態の俺からリサリサを奪うなんて絶対ありえないだろう！「そんな……そんな！そんなあ！」と思わず俺は言う。「リサリサがいなくなったら、僕、困るよ！」。いや困るどころじゃなくて殺されると思う。かなりマジで。

でも母さんはそんな俺のピンチを知らないので言う。その口調には慰めも優しさも感じられない。「ジョージ。あなたはあなたでリサリサがいなくても大丈夫なように、強く、逞しく、賢くならなくてはなりません。リサリサに頼らずに生きていけることを、あなたはこれからの半年間で証明していきなさい。あなたはいろいろリサリサにお世話になったでしょう？あなたがしっかりすることが、リサリサへの何よりの恩返しです」

えええええええええーーーーーー!?

出たよ母さんのこういう何て言うの？言い返しにくい、言い逃れもできない、言う通りにしないと酷く悪い奴になりそうな、正しい台詞！いやけど母さん、俺の状況はもう正しさとか言ってる場合じゃないレベルなんですけど!?犬のクソが口に押し込まれそうになったんだぜ？今日！さっきだよ!?リサリサはそういう窮状から日々俺を救い出してくれているのだ！そういうのを知らないくせに！自分がわかってないってことを母さんはわかってない！パニックになった俺は腹立ちまぎれにいっそ紳士としてのプライドなんてどうでもいいから犬の糞の実例を出し、いかに母さんの言ってることがマズいのかを訴えてみようとしたとき、リサリサも泣き出す。「何よ！ジョージの馬鹿！

自分のことばっかり考えて！私なんて、ほとんど顔も憶えていないおとうさんのところに一人でやられるのよ!?もうジョージともママエリナとも会えなくなるのに！凄く寂しくて怖いのに！それなのにジョージは……もう知らない！嫌いだよジョージなんて！」。そして溢れる涙を頬に伝わせたまま拭うこともせずにわーん、と声をあげて泣くリサリサを前にして、俺は思わず唖然としている。リサリサが泣いてるとこなんて初めて見たのだ。

母さんが席を立ち、テーブルを回って泣いているリサリサを抱きしめる。「ああああ！エリ、ママエリナ、ううう、っぶ、ふうう、ごめん、ごめんなさい！っぐ、ううう！私、泣い、泣いちゃって！っぐ！うううう泣きたくなかったのにいいいい！」

「リサリサ、いいのよ、我慢せずに泣いて。本当に悲しいものね。私も辛いの。これまで一緒に暮らしてきて、本当に楽しかったし、幸せだったから。あなたのことを本当の娘のように思ってきたし、愛しているの。それはこれからもずっと変わらないからね？リサリサ、それだけは信じていて。私はあなたのことをずっと愛し続けているから」

「あああああママエリナ！ありがとうずっと！私も愛してる！愛してるから！ずっと憶えててね！私のこと忘れないでね！」

「もちろんよ、忘れるはずがありません。あなたは私の自慢の子。こちらこそありがとう。あなたとこうして暮らしてこれたことは私とジョージの宝物になりました」

「ううう！私、でも、離れたくない！ここでこのまま一緒に暮らしていたいの！ごめんなさい我が侭言って！でもそれが本当の気持ちなの！」

「いいのよ、本心を言って。可哀想なリサリサ。大人の約束で人生を翻弄されて……。でもこれは、大きな使命を孕んだ、私たち人間の運命そのものを左右するような、大事な約束なの。きっとあなたにも理解できるときがくるから、小さなあなたには本当に申し訳ないけれど、耐えて、乗り越えていってね」

「あああああ！嫌だ！嫌だあああああ！」と椅子の上で母さんに抱かれたまま身をよじって駄々をこねるような素振りのリサリサを眺めていて、俺としてはちょっとビックリと言うか、引くって言うか……。あはは、なんかすげーなって感じだ。リサリサも子供だったんだな、と初めて気付いたような気分だ。そりゃそうか。そうだ。十一歳だもんなあ……。満で言ったら俺と今同い年なのだ。これまでずっと俺は凄い大人に守られてるような気がしてた。

ほんの一歳差、それも未満なのだ。

つまり去年の俺はほとんどを十歳のリサリサに守られていたわけで、俺は今十一歳、今の俺なら去年の俺を守れてもおかしくないはずだ。去年俺を苛めていたのもアントニオたちだったけど、去年のアントニオなら今よりずっと小さかったし、力も弱かったはずだ。しかし怖い。怖いけど、今の俺なら敵うはずだ。怖いだけだ。怖いことさえ何とかなれば、太刀打ちできる。恐怖をなくすには、勇気を振り絞るしかない。男の子として、女の子に頼ってばかりいるわけにはいかないのだ。

「よし、リサリサ」

とパニック状態から一転冷静な声で……とはいかず、やはり顎が震えているが、俺は続ける。

「僕、勇気を出すよ。明日からはアントニオたちを、僕がやっつけてやる……ってそう簡単にはいかないだろうけど、上手くしのいでみせるよ、リサリサの手を借りずにね」。にっこり笑って言い終わると、今度はリサリサがぽかーんとする番で、母さんまでちょっと驚いたような呆れたような顔をしていて、ああ全然信用されてないな、と俺は思う。そりゃ当然なんだろうけど。真っ赤な目を細め、涙に濡れた頰を上げて微笑み、「ありがとうジョージ。素敵よ」と言ってくれたリサリサは改めて気付くけどとても綺麗な女の子で、まるでキラキラと全身から光を放ってるみたいで、俺は何だかドキーンとする。「でも無茶はしないでね。怪我とかしちゃうの、心配だから」と言い加えられるのを見ると、やはり信用はゼロのようだが。

でも頑張ろう！

で、夜通し学校や行き帰りの道でどうやってアントニオたちを躱そうか、とか、こう言われたらこう言い返しておけば角が立たないかな……みたいにディナー前の宣言からはだいぶトーンダウンしたけれど対策を考えてほとんど徹夜してしまうのだが、それらは全て無駄になる。

アントニオ・トーレスはその朝、死んでいるのが見つかる。何者かに殺されて。

俺は港町からやってくるアントニオたちに会わないように、と同時に、リサリサに守ってもらわなくても済むように、朝早くに家を出て学校に行く。それから鞄を教室に置かずにそのまま校舎の裏の物置小屋の中に隠れ、皆が登校し終わり、授業が始まる寸前に教室に入る。情けないやり方だが、しかしこれがこの朝の俺の精一杯の第一歩だったのだ。で、こそこそとドアを開けて教室の一番後ろを自分の席目指して走りながら、異様な静けさに気付き、いつもならワイワイうるさいはずなのに何でこんなシーンとしてんの?と背を低くしたまま顔を上げると、皆が俺を見ていて、思わず立ち止まる。卑屈な様子の苛められっ子を見つけたときの憐れみや蔑みのこもった視線ではない。不安と恐怖、そして猜疑心そのものを俺にぶつけているのだ。意味が判らないけど俺は自然にアントニオ・トーレスの姿を探す。が、いない。で、アントニオの腰巾着たちが、俺を睨んでいるのに気付く。第一の子分、フリオが言う。

「おいホルヘ、てめえ……何こそこそしてやがるんだよ!今までどこにいたんだイギリス野郎!」

「え?どこにって……別に、普通に登校して来たんだけど」

物置小屋に隠れてましたとは言えないよな。するとフリオが怒鳴る。

「嘘つくんじゃねえ!俺ら今朝お前のうち寄ってきたんだぞ!走って行ったけどもう七時には家にいなかったじゃねえか!」

「え……何で僕の家に来たの?」

家にまで押しかけてきて嫌がらせするつもりなのかよ!やめてくれよ!と俺は内心焦る。そういうのはイジメとしてもルール違反じゃねえの?

するとフリオが思いがけない台詞で怒鳴る。「アントニオの死について、お前が何か知ってるんじゃねえかと思ったんだよ!」

アントニオの死!?

え?あの屑、死んだのか?

「……何のことだよ。僕は知らないよ？」

「じゃあ何で嘘ついたんだ！お前今朝、普通に登校したんじゃないだろう!?」

「確かに僕は、早く家を出て、学校に来たけど……」

「学校に来たんじゃないだろ!?アントニオを殺しに行ったんだろう!?」

「えっ……ちょっとちょっと、何言ってるの？アントニオって殺されたの？」

「とぼけるんじゃねえ！」

「いやいや、本当に僕には何も判らないんだよ。どういうこと？僕がアントニオを殺せるはずないじゃん」

「お前一人じゃなあ！」とフリオは怒りと恐怖に目をぎらつかせながら続ける。「でもリサリサと一緒ならどうにかなるだろ！」

ざわざわ！と俺の全身に鳥肌が立つ。リサリサ!?

「リサリサが人を殺したりするはずないだろう！」と思わず大声で言い返すが、俺がフリオに怒鳴るなんてこれが初めてだ。思いがけぬ反撃にフリオが少しだけ怯み、しかしこう言う。

「ふん！じゃあリサリサは今朝、どこにいたんだよ!?俺たちがお前んちに行ったとき、お前だけじゃなく、あの暴力女もいなかったぞ！」

？？？？「えっ……？」

「お前の母ちゃん焦ってたぞ！お前もあの女も部屋にいないから！アントニオが殺された朝に、たまたま二人とも姿を消してるなんておかしいぜ！絶対に怪しい！お前らアントニオに何かしただろう！お前の母ちゃんにも言ったからな！アントニオが殺されて、犯人はお前らかもしれないって！」

「何ぃ……母さんに、そんなこと言ったのか！酷いぞ！何の証拠があってそんなこと言ったんだ!?」

「アントニオを殺す理由なんてお前と、お前のお守りしてるあの女にしかねえだろう!?」

「何言ってるんだ！僕にアントニオを殺したりできるはずないだろう!?それどころか、喧嘩をするガッツもなくて、でも絡まれたくもなくて、今朝は早起きして、学校の裏の物置小屋に隠れて、授業が始まるのを待ってたんだーっ！」

と俺の怒鳴った内容があまりにも情けない上にいかにも俺のやりそうなことだったので、フリオたち以外の奴らはちょっとホッとしたように笑う。

「そんな証拠あるのかよ！」と自分の方の証拠も示さないままフリオが言ったとき、いつの間にかクラスに来ていた担任のフェルナンデス先生が「あるある。俺は職員室から見ていたぞ。物置小屋に入るときも、出てくるところも。フリオ、クラスメイトを無闇に疑ったりするのはよしなさい。それに、今朝のホルへの様子と、今の会話の内容から察するに、フリオ、お前たちはホルへを日頃から苛めてたんじゃないかい？それもアントニオたちと、大勢で、一人を。恥ずかしいと思わないのか」と言い、フリオたちが顔を赤らめて、悔しそうに歯を食いしばりながらうつむく。

俺は、やっと気付いてくれたのかと嬉しいような、今さら遅えよ先生って全然頼りないな！って呆れたような、複雑な気持ちだった。

そしてしつこくフリオが俺を睨み、言う。「でもリサリサの居場所が判らないのは変わらないんだからな⁉」

フェルナンデス先生が見ていてくれて余裕が出てきた俺は、わざとため息をついてから言い返す。「はあ……何言ってるんだよ？リサリサがそんなことするはずないし、確かに喧嘩は強いけど、女の子だよ？アントニオを殺すなんて、無理だよ」

するとフリオが喚く。「何言ってんだーっ！あいつは普通の女じゃねえよ！お前はリサリサに甘やかされるばっかりで殴られたことがねえから知らねえんだろうけど、俺たちは知ってるぜ！あいつのパンチもキックも、全然普通じゃねえんだ！身体の中をビリビリーッて電気が走るみてえになるし、血が変な方向にネジ曲がるみてえな感覚があるんだ！何か変な力があるんだよ、あいつ！あの女のそのおかしな能力がアントニオをぶっ殺しちまったんだ！おかしな殺し方しやがって！変態め！」

「はあ……？」。俺には全く意味が判らない。「何言ってるんだよ。落ち着けば？リサリサにおかしな力なんてないって……」

「お前が知らねえだけだーっ！俺なんてあの女に蹴られた後に半日くらい身体の左半分がずっと震えてたし、アントニオなんか前にリサリサに殴られた後、足が勝手に走り出して十キロくらいノンストップで海辺まで行っても止まらなくて、ビーチから海に走り込んじゃって危うく溺れ死ぬところだったんだぞ！」

「ええ……？そんなこと起こりえないだろ」

「もういい！何も判ってないお前にこれ以上言っても無駄だ！とにかくリサリサって女には不思議な力があるんだよ！そしてそういう不思議な力がないと、アントニオはあんな変な死に方をしなかったはずなんだ！」

「……？さっきから言ってる、その変な死に方って何だい？」

「白々しい質問に聞こえるが教えてやるぜ！」とフリオがもったいぶった後、続ける。「アントニオはな！ぺらぺらのピッタンコに潰されて死んでたんだ！自分ちの裏でよ！血も肉も骨もなく、皮一枚残して敷物みたいにされちまったんだ！」

何だって？

アントニオ・トーレスはそんなふうに死んだのか？……それが本当だったら、いよいよリサリサなんかにそんなことが出来るとは思えないけど……？と俺が呆然としているところで、教室のドアがガラッと開く。

「話は聞かせてもらったぜ！みたいなベタな台詞で登場したくはなかったけれど、しょうがないよな、皆が興奮してるみたいだったから、ちょっとここで待ってたけど、授業が始まらない代わりに変な話が浮上してきたし……辛抱堪らず出てきたよ」とドアのところでぼやく、長くて太い筒を脇に挟んだ少年は、このクラスで唯一の東洋人、ツクモジューク・カトーだ。クラスで一番ハンサムで、一番頭が良くて、でもエキセントリックなこいつの出現で、クラスの皆が、担任教師までもが、こいつに注目する。そういうカリスマみたいなものの持ち主なのだ。

で、皆が見守る中、ツクモジュークはドアを閉め、教室の自分の机に向かい、持っていた筒型ケースを床に置いてこちらを向いて椅子に座ると、言う。「う〜ん……アントニオ・トーレスの事件を解決してきたはずなのに、一体ここで何が新たに始まろうとしてるんだろう？」

クラスがどよめく。

フリオが叫ぶ。「解決ぅ⁉おいお前、適当なこと言うなよ⁉今朝、それもさっき俺たちがアントニオを迎えに行って死体を見つけたから警察が来たんだぜ⁉そっからまだ一時間も経ってねえよ！それにお前は警官でもないのにどうしてアントニオの死んだことを知ってたんだよ⁉それに事件を解決したって、お前のやったことみたいに言うんじゃねーっ！」

「いや解決したんだけど？僕が」とツクモジュークに言われてフリオがぐっと言葉を詰まらせる。

「どうしてお前が……」

「知ってるだろ？僕が名探偵だからだよ、フリオ・ゴンザレス。今日僕がトーレス家の前を、君たちが飛び出していった直後に通りがかったのは、ある種の必然なのさ」と意味不明な台詞をズバーンと言ってから、ツクモジュークは俺を見る。「しかし……その必然は僕をまた別の道に誘導しているようだがね」

東洋人の黒い瞳の射貫くような視線を受けながら、どうしてこいつはこんな、大人びた、気取った言い回しをするんだろうと俺は考えている。本当に俺と同じ十一歳児か？いやこいつまだ誕生日きてないんじゃなかったっけ？じゃあ十歳だぞ？

そして俺は気付く。

ツクモジュークと面と向かってまともに話すのは、これが初めてだ。

「あの……」と俺は震える声で言う。「結局のところ、アントニオの殺人事件は、解決したの？」。

そこにリサリサは関係しているのか？

「そのはずだった」

だった？「うん？結局どういうこと？」

答えず、ツクモジュークは俺に問う。「ホルへ、君は探偵小説を読んだことがあるかい？」

「……？探偵小説？ああ……うちの本棚にはあるみたいだけど……」

「今から約六十年前、１８４１年にアメリカ人作家エドガー・アラン・ポーが『モルグ街の殺人』を発表して以来始まったジャンル小説だよ。不可能に見える犯罪があり、天才的名探偵が謎を解き明かすってのが定石（じょうせき）だね」

「だねったって知らないよ。子供の読むものじゃないって母さんが読ませてくれないからね。僕も怖い話は嫌いだし……一体何の話をしてるんだ？」

「でも名探偵ってのは判るだろ？」

「シャーロック・ホームズとか？」

「その通り。必ず真相に辿り着くって役割を与えられた、物語の中の装置だよ」

「？で？」

「僕は名探偵だ」

「……？はいはい。だから一体……」

「名探偵ってのは全ての手がかりを集め、事件の隅々まで見通し、それから完全な答を導き出すんだ」

「……………」

「逆に言えば、新しい手がかり、知らない細部があるならば、答は完全なものにはならない。そして、完全でない答は、正しい答じゃないんだ！」

この東洋人はいきなり何を言い出してるんだ⁉

ツクモジュークが立ち上がり、教室の窓のカーテンを閉めて回りながら大声で言う。「ここに新しい世界がある！知らなかった細部がある！僕の出した答は完全ではなかった！間違えていたのだ！事件は！まだ！続いている！」

ジャッ！ジャッ！ジャッ！と全てのカーテンを閉じ、薄暗くなった教室で俺たちが見守る中、自分の机に戻ってきたツクモジュークはさっき持ち込んだ筒を拾い上げる。「直射日光と乾燥は厳禁なんだ……」と言って中から抜いて机の上にベロリンと広げたそれは、平たくなったアントニオ・トーレス。

目の中は空洞で、素っ裸で、ピロピロのペラペラだ。

血も肉も骨もなく、皮一枚残して敷物みたいにされちまったんだ！

とさっき叫んだ本人、フリオが「うわあああっ！」と悲鳴をあげる。「お前何考えてんだよ！同級生の死体、こんなところに持ち込んでんじゃねえーっ！警察に怒られるぞ知ーらね知ーらね！」

ツクモジュークは焦らない。「ふん。これは事件を解決した記念に警察に断ってもらってきたものさ。叱られたりする筋合いはないよ」

机の上の平たいアントニオ・トーレスは、少し横を向いて顎を上げ、薄く瞼を開けていて、眼球はないけれどもそれはどこか遠くを見ているような、深く考えているような表情で、両手を前に差し出していて、裸の胸を隠すような、何かの苦悩で空に腕を突き出すようなポーズをとっていて、小さなチンチンを隠そうとするかのように腰を捻り、両足は爪先だって膝を曲げて踊っているみたいで……もう何年間も毎日俺を苛めていた相手だが、しかし、美しかった。

「これは……！」と俺は言う。「これは、絵、じゃないのか？」

「それが僕の導き出した答だよ、ホルヘ……いや、ジョージ・ジョースター」

「何言ってるんだそれは死体だ！気持ち悪いいいいっ！」と喚くフリオにも、ツクモジュークは言う。

「それも正しい。が、本質ではない」

戦慄しながらもツクモジュークの迫力に呆然としている教室の中央で、ツクモジュークが言う。

「これは、アントニオの母親、マリア・トーレスが作った標本芸術だよ。息子の皮膚を剝いで作ったんだ。血と肉と骨を抜いたんじゃない。皮だけ取って、接着剤でつなぎ合わせ、抜け毛を溜めて頭の部分に移植して出来た皮の全身標本だよ。これは『今年のアントニオ』さ」

あまりのことに皆が絶句し、呼吸すら忘れそうなくらいだ。

震えた声でフリオが言う。「……でも、そんなふうに、全身の皮を削いでしまったら、やっぱりアントニオは死んでしまうだろう？」

「一気に剝いじゃえば、普通はね」とツクモジュークは平静そのものだ。「だから最初は少しずつ少しずつ剝いで、油で鞣しつつ、細い糸でそっと編んでいたみたいだ。でもそれじゃあツギハギ感は否めないし、実際縫合のラインで引き攣れも目立つし、皮膚のフレッシュさにもばらつきが出て全体の仕上がりは全く美しくなかったよ。だからマリアは改良を重ねたし、息子の身体も、環境に順応していったんだ」

「え……!?」とフリオが口を塞ぐ。「これ以外にも、これはあるのか？」

「ああ」とツクモジュークが頷く。「アントニオがゼロ歳児のときからあるからね、今年のぶんを合わせて十二枚あったな。でも初期のやつはやっぱり出来が良くなくてね、去年くらいから素晴らしい仕上がりになってたから、今年の、つまり最高傑作をいただいてきたんだ」

「………！」

とうとう言葉を失ったフリオの代わりに、教室で誰かが言う。「どんな親がそんな残酷なことを……！」

「子供を愛する異常な母親さ」とツクモジュークはにべもない。「もう写真機だって発明されてコダックのカメラは市場に出回ってるしラ・パルマ島にはなくてもテネリフェ島のサンタ・クルスになら写真屋さんがあるのにさ。マリアは肌に拘ったんだ。たぶんね、すりすりできないからじゃないかな？写真だとね。マリアが警官に連れ去られる前にも、最後の思い出にと必死に頬擦りしてたから」

教室の中で数人が一斉に吐いたらしくて床にベチャベチャと吐瀉物が落ちる音がするが、皆それを騒ぎ立てることすら出来ない。

俺は『今年のアントニオ』をじっと見てみるけど、継ぎ目や縫い合わせた場所みたいなものはどこにも見えない。裏にあるんだろうか？と思うけどさすがに触ることはできないなあ……と思ってると、隣でツクモジュークが言う。「綺麗だろう？これのつなぎ目は背中から尻にかけての一本しかないんだぜ？」

え？

「でもこれ、皮膚のキルトなんだろう？」

「ふふ。キルトか。オシャレな言い方するじゃないか。でもそれは最初のぶんだけだよ。言っただろ？母親はやり方を改良し、息子の身体は順応していったって」

「………？」

「毎年夏になると母親が皮を剝ぐんだぜ？死なない程度にって言ったって、ランダムにちまちま長〜くやられちゃ痛いしキツいじゃないか。だから息子の防衛機能も必死だったんだろうな。人間の細胞は七年で全身が入れ替わり、表皮だけなら一ヶ月しかかからないと言われてるけど、アントニオ・トーレスの皮膚はマリアの決めた『ムキムキの日』、六月十六日を迎える三日前くらいからだぶつくようになってるんだ。マリアは背中に一筋切れ目を入れるだけでいい。するとアントニオが自分で古い皮膚を脱いで出てくる。薄いけれど新しい皮膚もすでにまとっているからほとんど脱皮だね。それからマリアは脱いだ皮膚が乾ききらないように皮膚の表裏を油で薄くコーティングして、成形肉用の接着剤で皮膚の断面をくっつけてやるだけでいい。それで『今年のアントニオ』は完成する」と、ウェイターが料理のレシピを説明するかのようにツクモジュークが言い終え、俺は訊く。「で、つまり今のアントニオ・トーレスは生きてるんだな?」。これはつまり死体ではなく抜け殻なのだから、脱皮後のアントニオがいるはずで、つまり俺の今日の目標『アントニオたちに絡まれない』は再設定されなくてはならないのだ。

が、ツクモジュークは曖昧に笑う。「の、はずだけどねえ……」。それから教室の入り口のほうを振り返って言う。「おい、もういいよ。出てきたまえ」

きたまえときたか……と呆れるような気持ちで俺もガラリと開いたドアを見る。そこには無表情のアントニオ・トーレスが立っていて、悪友の生還にフリオたちがわあっと沸き立とうとするが、

「待て!不用意に近づくな!」

とツクモジュークが怒鳴り、その迫力にフリオたちが身体を硬直させる。

死んだと思ったアントニオが目の前に再び立っていて、俺も緊迫しているが、同時に違和感を感じてもいる。いつもだとへらへらと傲岸(ごうがん)そうに笑い俺に限らず仲間に対しても大人たちに対しても偉そうな口を叩き命令口調で物を言い、落ち着きなく身体を揺すり抜け目なさげな鋭い目で辺りをキョロキョロと見回しているアントニオが、今は開け放したドアのそばでぼんやりとした表情で、ただ突っ立っている。そういうアントニオは見たことがない。普段のアントニオなら盛大にふざけて登場するはずだし、そもそもツクモジュークにいくら迫力があっても簡単に負けるようなタイプ

でもない。だが、そこにいるアントニオは、何も言わず、まったく身動きもしない。

おかしいぞ？と俺が思ったと同時に、ツクモジュークが言う。「お前、一緒に学校に来る途中もひと言も喋らなかったよな、アントニオ。母親が逮捕されて連れてかれたことでさすがにショックなのかと放っておいたんだけれど……僕は間違えていたのか？何か生臭いと思っていたけどエチケットとして何も言わなかったことも、僕の間違いだったのか？……ひょっとして、『今年のアントニオ』は二枚あるのか？」


そこに立っているのは生きているアントニオではないのだ。俺にも判った。アントニオがこんなふうに大人しいはずはない。

ツクモジュークが言う。「中に入ってる奴、大人しく出てきたまえ」

その台詞でクラスの奴らもようやく目の前に立っているのがアントニオの皮膚を被った別の何者かだということが判ったようで、ドアに駆け寄ろうとしていたフリオたちも一斉に数歩退く。

「僕は嗅覚にも優れてるんだ。今はもうその生臭さの中からシャンプーの匂いを嗅ぎ分けてるぜ？」とツクモジュークは言い、続ける。「銘柄は知らないが、ホルへ……ジョージ・ジョースターと同じシャンプーだ」

……？？？？え？「何……？」と戸惑う俺の前で、《アントニオ・トーレス》がふう、とため息をつき、

「知らない方がいいことだってあるのに、名探偵ってのは厄介ねえ」

と女の子の声で言う。

その声に聞き覚えがある。

「子供を余計に怖がらせたくはなかったんだけど」と言いながらアントニオ・トーレスの皮を背中からべろんと脱いで内側から現れたのは、エリザベス・ストレイツォ。

うわあああああっ！と教室中で悲鳴があがるが、俺はしかし、そんな余裕もない。アントニオの中から出てきたリサリサが美しくて……昨日の夜にそう思ったよりもさらにずっと綺麗で、ああリサリサはこんな凄い女の子だったんだ、と変に感心するような、納得するような、奇妙に落ち着いた気分だったのだ。

ツクモジュークもまた黙ったまま、しかし瞳には興奮をたぎらせて、リサリサを見つめている。コルセットを着けた下着だけというほとんど裸みたいな格好でアントニオ・トーレスを脱ぎ捨てたリサリサに、恥ずかしがる様子はない。それどころか凄く堂々としていて、胸もまだ小さいし腰回りも小さいけど、でも、広告や演劇の女優みたいにカッコいい。

「っちょ、一体何が起こってるんだ？確認してくるからここで静かに……」と、混乱したフェルナンデス先生が明るい廊下に出ていくのに構わず、肩に掛けていたアントニオのバッグから自分のワンピースを取り出して羽織りながらリサリサが口を開く。

「私の名前はエリザベス・ストレイツォ。この学校で、一つ上の学年に通っています。今からとても大事な話をします。このクラスのアントニオ・トーレスくんを殺害した犯人がまだこの近くに潜(ひそ)

んでると思われます。警察と、有志の警備団が犯人を捜索中ですが、皆さんにもご協力いただくことになります。難しいことや危険なことではありません。その逆で、皆さんにはシンプルに、安全に、余計なことは何もせずにいていただきたいだけです。まず一つ目。今日はこれから全校集会が校庭で行われ、そこでも説明がありますが、皆さんには校庭からおうちまで、まっすぐ、どこにも寄らずに、常に全身にお日様が当たっているように気をつけてもらいながら帰っていただきます。今日はどのような寄り道も許されません。お店に入るのも、お友達の家に遊びに行くのも、森や林の木陰に入ることも、海辺の岩陰に近づくことも、全てやってはいけません。何故なら犯人は、昼間のうちには、お日様の当たらない、日陰に隠れているはずだからです。だから今日はお日様を浴びながら、まっすぐおうちに帰ることが一番安全なのです。帰宅途中に、何か気になるものを見つけたり、誰かに優しく誘われたりするかもしれませんが、今日は全てを無視して、とにかくまっすぐに帰ってくださいね」

拳の甲をこちらに向けて親指を横に立てたリサリサが言い、俺たちは黙って聞いているけど、どうしてそんなふうにしなければならないのか意味が判らない。真夏の暑さがようやく和らいで程よく過ごしやすくなってきたところなのだ。子供は皆外で遊ぶし、俺だって苛めっ子を避けるために海とか公園とかメジャーな遊び場には行かないけど、こっそり図書館とかお菓子屋さんとかに行ったり寄ったりしたいのだ。

しかし俺たちの内心の不満に構わず、リサリサは人指し指も立てて続ける。「二つ目、そうしてお日様の中をおうちに辿り着いたら、今度は家中の戸と窓を閉め鍵を掛け、一歩も外に出てはいけませんし、今日はお客さんが来ても居留守を使ってください。返事をしなくても結構です。諦めて帰るまで、静かに、黙って、じっとしていてください。どんな親しい人に対しても、どんな失礼な振る舞いをしても今日だけは許されます。それに、警察の人たちが今島の人全員に同じようにするよう伝えていますから、気にしなくても大丈夫です。今日は家族以外の人はおうちにやってこない日だと考えてください。皆さんはおうちの中だけで、今日は大人しく遊んでいるだけでいいのです」

いやいいのですって、家中のドアと窓を閉めっぱなしにしてたら、さすがに暑くていられないと思うけど……？　それに家の中だけでじっとしていろったってつまらないじゃないか？

同じ気持ちのクラスの誰かが不平を漏らすが、リサリサは無視。「そして三つ目。今日は日が暮れたら、家族であろうとも家の中には入れてはいけません。夜になる前に家族が揃っていないなら、そのおうちではそのときいる人たちだけでそっと家の奥に隠れ、残りの家族や誰かがやってきても、決して声をかけたり返事をしたりしてはいけません。朝になるまで隠れたままで待ち、太陽が出てから、そっと家を出て、近くの警察署に向かうか、パトロール中の警官、あるいは警備団員に声をかけてください」

中指も加えて三本立てたリサリサの言ってる内容がいよいよ不穏なものになってきて、クラスはざわつき始める。が、「静かに聞きなさい」というリサリサのピシャリで皆が一斉に口をつぐむ。

親指以外の指四本を立ててリサリサが言う。「四つ目です。おそらくは夜の間に、どこかの家で騒ぎが起こるでしょう。大声、争うような物音、悲鳴などが聞こえてくるかもしれません。しかし決して様子を見に行ってはいけません。不審な声や音を聞いたら、三番目の注意と同じように家族で家の奥に隠れ、朝までじっとしていてください。誰にも声をかけず、声を漏らさず、日の出を待ってください」

………！一体どんな夜が待ち受けているんだ？

リサリサに抑え込まれていたクラス中の不安が再び噴き出し始め、ざわつきの中で泣き出す女の子たちも出てくる。

「で、終わり？」と言ったのは、それまで黙ってリサリサを見つめていたツクモジュークだ。

「はい」

「つまり、アントニオ・トーレスは何者かに殺害されたのであり、その犯人は、……日光に弱いのだけど、日が沈んだ後は、無差別にまた別の人間を襲う可能性がある訳だ」と改めて要約されると、俺も遅ればせながら怖くなる。おいおいおいおいおいそんな怖い夜が来るのかよ！リサリサは何だか格好良いけど意味不明だし、大丈夫だろうか……⁉

「で、君は何なの？」とツクモジュークが言う。「『今年のアントニオ』がここにあるってことは、それ、君が着てきたの、つまりアントニオ・トーレスの、本物の死体だろ？」

「そうです」とリサリサが頷く。

うえええええ、と俺は信じがたい思いでリサリサが無造作に床に脱ぎ捨てたアントニオの皮膚を見下ろす。どうしてそんなおぞましいことを……？

「君は、アントニオ・トーレスが生きているって偽装をした訳だ。でも僕のためじゃない。……それを犯人に見せて、動揺させようとしたのかな？」とツクモジュークは続ける。

「ええ。それだけでなく……」

「誘き寄せることも視野に入れてるよな、当然」

「その通りです」

「じゃあひょっとして、それ上手くいってるんじゃないか?日光が苦手な犯人が、もうそこまで来てるんじゃないか?」。ツクモジュークの視線を追い、リサリサが振り返る。

太陽が射し込んで明るかったはずの廊下が、いつの間にか薄暗くなっている。カーテンが引かれているのだ。ザーッ、ザーッ、と、今も廊下の奥で誰かがカーテンを引っ張る音がする。すっごく怯えているはずの俺が、知らないうちに入り口のドアを開けて、廊下を覗いている。カーテンを引っ張っている後ろ姿は、さっき教室を出ていったフェルナンデス先生のものだ。

?どうして先生が……?

「先生」

と俺が声をかけると、カーテンに掛けた手を停めて日光の中でこちらへ振り向いたフェルナンデス先生の顔はひび割れ、崩れ落ち、頭に大きな穴が空いている。「きゃあああああっ!」「先生が!」「何あれ!?やだやだやだ!」と俺の後ろで女の子たちが悲鳴をあげている。

ザーッ。フェルナンデス先生がまたカーテンを引く。

次の窓に行くとまた日光を浴び、その度に顔が崩れ落ちるようだ。頭部だけじゃない。全身が日を浴びてボロボロになっていく。太陽が苦手?そうじゃないだろ。太陽に殺されてるみたいに見えるぞ。

ザーッ。

一心にカーテンを引いていくフェルナンデス先生を見守る俺の後ろでツクモジュークがリサリサに言う。

「アントニオ・トーレスは本当に血と肉と骨の全てを吸い出して殺された訳か……。それができる犯人というのは……何なんだ?僕はそんなことは誰にもできないという前提だったが、……それはどんな人間でも出来るはずがないという意味だった。それが間違えていたのか?人間という枠の中で考えていたことが?」

「………」

「もう一度問おう、そんな相手を自ら呼び寄せた君は、一体何者なんだ?君は一体、どういう力を持っているんだ?」

俺も振り返る。

俺の知らないリサリサが、俺を見つめて言う。「私は赤ん坊の頃に、義理の父親と、……それ以前に、ジョージ、あなたのお父さんの影響を受けて、特別な呼吸をしているらしいの」

「特別な呼吸?」と俺は訊く。そんな話は聞いたことがない。

「そう。今のこれよりももっと危険が身に迫った環境で、赤ん坊の私はそれを、おそらくは防衛本能の働きの結果、自ら選び、学んだのね」

「何だって?それは……?」

「私の呼吸は私に力をくれるの。ジョージ。私が必ずあなたを守ってみせるから」

意味不明なままでリサリサは俺にニコッと笑ってみせて、それから脇を通り抜けて廊下に出る。一番奥まで完全にカーテンが引かれ、暗くなった廊下に。

フェルナンデス先生は最後のカーテンを引き終えたところで、カーテンの裾を摑（つか）んだまま立ち尽くしているが、最早生きてるようには見えない。頭は完全に無くなり、左腕も落ち、腰がえぐれて中の内臓が廊下にぼろぼろとこぼれていて、全てが乾き、砂か灰のように崩れて広がっている。死んでいるのだ。そしておそらくきっと、カーテンを引いていた間も、とっくに死んでいたのだ。

何が起こってるのかさっぱり判らない。

でもフェルナンデス先生はさっきまで普通の人間として俺たちと一緒にいたのだし、一生懸命カーテンを引いていたけど、引き終わったと同時に死に終わってもいるのだから、このカーテンは先生自身のために引かれたんじゃない。太陽が苦手な別の奴が、ここに来るために、フェルナンデス先生は殺され、操られたんだろう。

突飛な想像のはずなのに、今ここではそれを信じることしかできない。

「ジョージ、ちょっとだけ下がっていて」とリサリサが廊下の奥の暗がりを見つめたままで言う。

「近すぎると、ちょっとぴりっときちゃうから」

え。俺はドアから下がるが、隣に並んでいたツクモジュークはそこに留（とど）まり、俺をちらりと見て
「何事も経験だからな」と言う。

俺は怖い。が、廊下のリサリサから目を離せない。

「来た」とリサリサが言い、眼光が鋭くなるのが横顔からも判る。

「ん?あれ?」と廊下の奥を覗き込んでいるツクモジュークが言う。「アントニオに兄貴とかいたっけ?」

いない。「何のことだ……?」

「アントニオ・トーレスそっくりの若い奴が……天井に立ってる」

何?

気になるけど廊下に近づく気がしない。身体が動かない。

「そこのセニョリータ」と、リサリサにかけてるらしい声が廊下の奥から響く。不思議な、ちょっと目眩を誘うような甘い声だ。「俺の息子を知らないか?」

息子?

「見た目はまあまともだが、生意気なクソガキでね、腸わたが気に入らなくて残さず食ってやったのに、今朝、どうやら学校に行ったらしくてね……。生きてるはずがないのに、不思議じゃないか」

食ってやった?

俺は床の上のアントニオの皮だけになった死体を見る。

「ああ、私の弟を苛めてた、あの悪童ね」とリサリサが言うが、声が震えてるじゃないか。「大丈夫よ、死んでるから」

「うん?そうなのか?……何かの勘違いだったかな……」

「死んでて良かったと思うよ、私も。だってお母さんは息子の皮を剥ぐ変態で、お父さんは息子を食べちゃうような駄目親父なんだもの。死んじゃって、楽になったんじゃない?」

「……………」。男の声が黙り、ふしゅう……という呼吸音が聞こえてくる。

「アレハンドロ・トーレス、あなたがもう少しまともな父親だったら、私の大事なジョージ・ジョースターはあなたの駄目息子に苛められなかったかもしれないのに。責任を取ってもらうからね？」

その台詞を聞いて、唐突に、俺は昨日の決心を思い出す。

恐怖をなくすには、勇気を振り絞るしかない。

男の子として、女の子に頼ってばかりいるわけにはいかないのだ。

なのにまた俺はリサリサの背中に隠れている。

ぶしゅうるるるる、と、どうやらさっきから聞こえてるこれは鼻息らしい。

男が言う。「大人に向かって生意気な口を利くもんじゃないぞ、ヤングレディ」

ふん、と、リサリサは鼻で笑ってみせる。「こそこそスペイン人のふりをしている間抜けが、今さら紳士ぶっちゃって」

リサリサの声は相変わらず震えている。きっと身体も震えてるんだろう。

でも立ち向かっている。恐怖を乗り越えようとしているのだ。

俺はここで震えているだけだ。何もしていない。全部リサリサに任せてしまっている。

「その減らず口を閉じていろ！お前の腸わたも、今から空っぽにしてやるからな！」と男が怒鳴り、ドンドンドンドン！と天井を蹴る音が聞こえる。

ひゅうっとひと呼吸、短く深く吸い込み、リサリサも走り出す。

いけない。今度は俺の番なのに。

俺もまた駆け出している。

「あ、おい馬鹿」と横を駆け抜けるときにツクモジュークが声をかけるけど、俺の足は止まらない。廊下に飛び出て、リサリサを追いかけている。

あの小さな肩と細い背中を追い抜いてみせるのだ。

天井を駆け寄ってくる若い男は、確かにアントニオ・トーレスにそっくりだったが、リサリサに向けて威嚇(いかく)するように開いた口から大きな牙が上下にずらりと並んで覗いている。

「食ってやる！食ってやるぞ！小娘！わはははは！」と笑うその男が天井から飛び降りて回転しながらリサリサに襲いかかろうとした瞬間、

「私はジョージ・ジョースターの守護者。その美しい血統を守るために、私は戦う！吸って、吐くのよリサリサ！届け！私の藍色の波紋疾走(インディゴブルーオーバードライブ)！」

と呟(つぶや)いて最後は叫びながら拳を握りしめるリサリサの脇を追い越して、俺は徒手空拳(としゅくうけん)、何の策もないまま「こらやめろー！女の子に乱暴するな！」と怒鳴りながらリサリサとそのおっかない男の間に身体を飛び込ませている。

俺の突拍子もない出現にリサリサが驚いていて、空中で視線も合うけど、リサリサの繰り出した拳は止まらない。「……ちょ……」と戸惑いながらも、リサリサの拳は廊下の床に届き、同時に牙を剝いた若い男も廊下に着地し、俺は見る。

廊下に楕円型を複雑に組み合わせた曼荼羅(まんだら)のような模様の波紋が走り、その不気味な若い男を吹き飛ばし、一瞬にして砂だか灰だかにして粉々にまき散らしてしまうのを。

「うおおおおっ！凄いなリサリサ！」
と叫んだ俺の記憶は
「馬鹿！」
って怒鳴るリサリサのビックリ顔で途切れている。直後、どかっと床に背中から落ちたと同時に、全身をビシャーン！と脳天から爪先まで雷のような衝撃に貫かれ、俺は気を失ってしまったのだ。

目が醒（さ）めたのは次の日の朝で、大体全てが終わっている。俺のベッドの脇に、久しぶりに会うストレイツォさんが立っていて説明してくれたところによると、俺が寝ているうちにアレハンドロとアントニオのトーレス父子の遺骸（いがい）が片づけられ、人々が家にこもって不安な昼と夜を過ごしている間にストレイツォさんとその仲間の人たちが島中を回りアレハンドロ・トーレスのような怪物を退治して回り、安全が確認されたから、今朝のラ・パルマ島は日の出からすぐに日常生活を取り戻しているらしい。

「リサリサは？」と俺はストレイツォさんに訊く。

「あの子も夜中私たちと一緒に動いていたからね。今は疲れて寝ているよ」

「……僕のこと、怒っているかな。なんか、また失敗して、リサリサの邪魔になっちゃったみたいだから」

「……ジョージ、君は自己犠牲を厭（いと）わぬジョースター家の血を色濃く継いでいるんだ。そして君はまだ幼い。何かを上手にできなくても気にする必要はないんだよ。このままま っすぐ、素直に逞しく、立派な男に育ってくれれば、それでいいんだ」

「……ねえ、僕にも、ああいうリサリサみたいな力、持てるかな？」

「……どうだろう？欲しいかい？」

欲しいかな？俺はベッドの中で震える。

「アントニオのお父さん、牙が生えてたよ？……それに、すっごく若返ってた。天井を歩いたりして……アントニオを食べたって言ってた」

「うん」

「ああいうのと戦ってるの？ストレイツォさんたちは」

「そうだよ。そのために辛い修行を重ね、力を養っているんだ」

「……僕は、怖いよ。もう二度とあんな目に遭いたくない。あんなことになって……僕はもう、次はきっと、身体が動かないと思う。足が竦んで、動けないままで、僕もきっと食べられちゃうんだと思う。そういうのは嫌だし、怖いから、近づきたくない。あのリサリサの力も、僕は欲しくないよ」と言いながら、俺は情けなくて泣けてくる。あのときどこか遠くにあった恐怖がようやく俺に覆いかぶさってきて、重くて、息苦しくて、俺ははあはあと荒い息を吐きながら泣いてしまう。ま～た人前で泣いてるよみっともない、と思いながらも、心のどこかで、こんなに惨めな僕だから勇気を出して戦えとか言わずに、どうか免除してください、と思っている。そういうのはもともと勇気のあるリサリサとかにやらせといてください、と。

最低だ。その最低ぶりにさらに泣けてくる。

「君はちゃんと動いたじゃないか」とストレイツォさんが俺の背中をさすってくれるけど、応えない。あんなの、馬鹿を晒したただけなのだ。小っ恥ずかしい！


ストレイツォさんたちはラ・パルマ島に留まり、予定通り年の暮れにリサリサを連れてイタリアに移ることになる。化け物を追いながら修行を本格的に始めるって話だけど、聞きたくもないのであまり詳しく知らない。俺がリサリサとあまり目を合わせなくなったせいでリサリサの口数も減り、何だか家の雰囲気も重苦しくなったので、リサリサの引っ越しが楽しみなくらいだ。

で、学校を休んだままの俺のところに、ツクモジュークがやってくる。学校の様子とか話を聞くと、どうやら精神的なショックを受けて学校を休んでるのは俺だけじゃないらしい。しかしフリオはずっと休まずに登校していて、今やアントニオの位置を受け継いでいるらしい。けれども俺のことを悪口を言ったりまた苛めてやろうとしてたりはしないそうだ。

「あのときエリザベスさんもちらっと言ってたけど、トーレス一家も実はイギリス人らしいね。僕も調べたよ。名字はハイタワー。アントニオはアンソニーで、親父さんはアレハンドロじゃなくアレクサンダー、英語名をスペイン語ふうに変えてたんだね。イギリスで鉄道事業に失敗してこっちに流れてきたらしいけど……そういう過去を持つからこそ、君って存在を疎ましく思ったのかもな」

「……」。特に何の感慨もない。もう終わったことなのだ。トーレス一家はカナリア諸島のラ・

パルマ島で壊れ、絶えてしまった。ここは陽気な、素晴らしい島なのに、トーレス一家のあの陰惨さが陰に隠れているなんて、いまだに上手く理解できない。あの、天井を歩いて牙を剝いていたアレハンドロ・トーレスのことも。「ありがとう」と俺は言う。

「うん？何が？」

「お見舞いに来てくれて」

するとツクモジュークは複雑そうな顔をしてうつむく。「いや、僕あのとき、何もできなかったからなあ……」

「はは。何それ。そんなことじゃなくて、嬉しいよ。僕、ずっと、誰とも友達になれなかったし、誰かがうちに遊びに来てくれるってこと、ずっとなかったから」

「……そうか……。ごめんな」

「いや、君のせいじゃないから」

「でも、僕も、正直言って君のことを冷淡に扱っていたから」

「？え？そうなの？気付いてなかったよ……どうして？……僕がイギリス人だから？」。それもあるけどそもそも俺のことを嫌いだから、なんて言われるんじゃないかと、俺は身構える。

しかしツクモジュークが言うことは意味が判らない。「僕が名探偵だったからだよ」

？「……だった？って？……よく知らないけど、今だってそうじゃないの？」

「そうかもしれない。でももう僕には確信がない。そして確信がなくては名探偵は名乗れない」

「……ふうん……？」

「ふふ。呑気だなあ、ジョージ・ジョースター。でもきっと、そろそろこれからそんなふうにのんびり構えていられなくなると思うよ？」

「……？」

「とうとう時が来たから……『確信』についての話をしよう。僕は名探偵を自称してる。そしてその仕事をちゃんとこなしている。僕にも失敗や間違いはあるけれど、僕は慌てない。何故なら僕は必ず、最後には名探偵として事件を解決するんだと確信しているからだ。だから名探偵を名乗ることにも躊躇がない。でも判るかな？『名探偵』ってのは、あくまでも《褒め言葉》であって、他人に言ってもらう称号であって、自ら名乗るようなことじゃないんだ。本来なら、芸術家が自らを『巨匠』と名乗ったり『天才』と自賛したり、自分の作ってるものを『傑作』だと評したりするようなのと同じくらい滑稽なはずなんだ」

「……ああ……まあ、そう言われてみれば、そうかもね。でも別に、君が名探偵を名乗ることに僕は違和感も何も感じないけど？」

「それがおかしいんだよ。どうして僕が完全に間違えることがないはずだと思うのか？君も、他の人も、ましてや、僕自身までも？だって名探偵の関わる事件って常に複雑だし、意表を突いているし、思いがけないトリックと犯人がほぼ必ず潜んでて、その上どんでん返しまで幾つか用意されてたりするんだよ？何もかも間違わずに正解を導いていくなんて絶対に無理なはずなんだよ。一回だけならともかく、毎回だよ？」

「うん？……でもさっき君だって、自分に失敗や間違いはあるって言ったじゃないか」

「そうだ。けど必ず、ラストには僕が真相を暴き、正解を導き、事件を解決する」

「偉いじゃん。凄いだろそれ」

「でも必ずそういうふうになるなんて、おかしいだろ」

「んーと、結局、プレッシャーの話?皆の期待が重いから辛いって言ってるの?」

「そんなの感じたことないよ。プレッシャーなんて。僕は必ず正解に辿り着くからね」

「ふうん。じゃあ問題はないじゃん」

「そこだよ。問題がないのがおかしいって言ってるんだ。僕は一人の人間に過ぎないんだよ?必ず何かを成し遂げるってのが決まってるなんて、ありえない」

「ふ。自分自身で成し遂げておきながら、こんなことができるなんておかしいって言ってるの?」

「そういうことだ」とツクモジュークは真剣そのものだ。「人間に対して、役割が一つに定められてるなんてこと、起こるはずがないんだ」

「う〜ん……自分に謙虚さがないことを嘆いているの?」

「違う。自分に謙虚さがなくて当然だと思い、事実そこに問題がないことに嘆いてるんだよ」

「……つまり自分にとって都合が良すぎるってこと?この現実が?」

「そういうことだ。ようやく辿り着いたね」とツクモジュークが俺の目を見つめて続ける。「この僕の確信は、そこからくるんだよ。つまり、『世界が自分のために用意されたのだ』と僕はただ信じてるのではなく、ちゃんと知ってるんだ。何かが調子良く上手くいってるときに感じるような、ちゃちな万能感や選民感じゃないよ?僕は、この世界の神に、選ばれてるんだ。それを僕は知っている。だから恥ずかしげもなく当然の顔をして『名探偵』を名乗ってきて、問題がなかったんだ」

「……へえ……。まあ、恵まれ過ぎてるって話だろうけど、そんなの別に気にしなければ……」

「また本質からずれそうになってるから、言っておくよ、ジョージ・ジョースター。僕は名探偵として、自称しながらこれまで生きてきて、実感として判っているんだ。こんなことは、《神に》、《恣意的に》選ばれないと起こらない。つまり、僕には《神》に似た、しかし異なる何かがついているんだ」

「？……あはは。『神がついてる』で良いんじゃないの？」

「神というものは《個人》を選ばないよ。ひいきはしない。何らかの役割を与えることがあっても、その役割を不自然な形になってまでもずっと負わせ続けることもしない。僕についているのは、《神》のような力を持つけれど、もっと、僕のために意志を持つものだ」

「………」

「端的にズバリ言っておこう。僕は、僕が《シャーロック・ホームズ》で、僕のこの世界の外側に、《アーサー・コナン・ドイル》のような存在がいるのだ、と確信してるんだ。僕が名探偵であると自認しているのと同じくらい強く、はっきりとね。そしてその存在を、僕は《世界を超越した場所で僕を操るもの》、『ビヨンド（BEYOND）』と呼んでいる」


一種の誇大妄想ってやつだ、と俺は思う。頭が良過ぎて成功を重ねているうちに調子に乗ったのか病気になったのか、あるいはそんな何者かがいるはずだと信じなきゃいけないほど謙虚な気持ちがくすぶり、ネジ曲がって表れているのか……？

ツクモジュークは意味不明な台詞を続ける。「で、これまで現在形で話してたけど、全て実際にはもう過去形の話さ。最初に言った通り、僕はもう、名探偵であるとは確信していないんだ。つまり、僕の『ビヨンド』は僕を捨てたんだよ。僕は僕のままだけど、この世界での役割を『ビヨンド』から保証されてるわけではない。この世界で……いや、この物語で、『ビヨンド』が《主人公》に選んだのは、君だよ、ジョージ・ジョースター。これが僕の最後の確信だ」

はああ？……何を突然……？

「それが君だと僕が知ってる理由は、唯一、君に対して僕が嫉妬しているからだよ。自分の存在意義があやふやになることがこれほどまでに不安なものだったとはね、まったく僕には想像もつかなかったんだ。そういうふうには頭を使ったことがなかったんだね。そして、これまで自分がいかに自分の安寧とした立ち位置を気楽に楽しんできたのかを思い知ったんだ。もちろん僕にもいろいろ大変な局面はあったし、辛い思いも悲しい気分も味わってきた。でもね、役割を果たしていくということは、当然常に充足感のあるものなんだよ。そして、充足感のある人生というものが、なかなかに得難いものであるということも、何故か僕は知っている。十歳にしてね。そして、十歳だからこそ、僕の立ち位置を奪う君のことが少々疎ましかったのさ。子供だからね」

ほとんど言いがかりに近い何かをバシバシぶつけられているのだけは判るのだが、何を言ってるのかまったく理解できない。「つまり僕が《シャーロック・ホームズ》とか、君みたいな名探偵としてこれから活躍していくってこと?」と俺が言うと、一瞬目を丸くしてから、

「あっはっは。いやーそれはどうかな。化け物だとか不思議な力とかが登場しているところを見ると、君が名探偵になるって感じはしないけど」と笑い、こう続ける。「君は、多分『ジョージ・ジョースター』ってタイトルの物語の、ジョージ・ジョースターってキャラを生きるだけだよ」

何だよ。「普通じゃん。言われなくてもそうするよ」

するとツクモジュークは真顔に戻って言う。「全然違うよ。……『ビヨンド』を確信することによって、君の冒険は全く様相が異なってくるはずだ。それどころか、僕がこんなふうに言うんだから、君は信じたほうがいい。まずは憶えておくんだ。君は、自分の『ビヨンド』を信じ、自分の運命を乗り越えていかなければならない」

何やら警句めいた台詞を言ってくれてるけれど、本気で受け取る気がどうしてもしない。

とは言え、それから俺はツクモジュークと友達になる。ほとんどその一日で、俺が夢にまで見たような大親友に。俺たちはいろんなことを話し合う。俺のは卑屈な思い出ばかりだけれど、ツクモ

ジュークの冒険譚は楽しい。ツクモジュークは日本人で、漢字で名前を書き表すことができ、九十九十九となるらしい。これは数字が9、10、9、10、9、と並んでいて、こんな名前を持つ人間は日本にも他にはいないらしい。福井県西暁町という田舎町に生まれ、三つのときに考古学者の父親に連れられてアフリカに渡り、五つのときに母親とともにカナリア諸島に来たらしい。で、六つの頃から名探偵としてカナリア諸島だけでなくスペイン本国に渡ったりエジプトに飛んだりして事件の推理と解決に携わってきたとのこと。事件の内容は九十九十九が言った通りに波瀾万丈で、まあそんな難事件ばかりを首尾よく解決してきたら、俺って神に選ばれてんじゃねーの？くらい思ってしまいそうなもんだ。

　そして学校も行かないまま九十九十九と遊んでばかりいるうちにリサリサとお別れの日がやってくるが、九十九十九との友情にはしゃいでいた俺は、言葉を交す頻度の減ったリサリサとの離別にあまり気持ちが動かなくて、至極あっさりしたものになりそうだった。ストレイツォさんと得体の知れない謎の仲間たちが大勢うちに来て、ご飯を食べ、酒を飲み交し、母さんが泣き、リサリサはと言うと俺と同じく離別に大した感慨はないらしくて、

「私は私の運命に従います」

　とか皆に言うだけで、特に俺に話しかけてくる訳でもない。

　俺は……まあ正直環境の変化に戸惑いはあったけれども、新しい友達ができたしアントニオ・トーレスがいなければ俺を苛めようって奴もいないらしいしで、不安はそれほどなかったし、リサリサに対しても、俺のお守りってお役御免で良かったんじゃないの？くらいの気分だった。そんなふ

うには言わなかったけど。

言ったのはこれだけだ。

大勢での食事会が終わり、皆がお酒を持ってシガールームやテラスに分かれた後だった。

「ジョージ」と声をかけられて振り向くと、緑色のドレスを着たリサリサが立っている。

「よう、」と言って、でも言葉が続かない。いろいろと言うべきことがあるはずなのに、どの台詞もふさわしくない気がするのだ。

するとリサリサが言う。「私ね、もっと小さい頃はずっと、どうして私はジョースター家の子じゃないんだろう、そうしてくれれば良かったのに、と思ってたの。だとしたらママエリナは私のママだし、ジョージは私の弟で、私はジョージのお姉さんになれたでしょ？」

「……うん」

「でもね、そうならなくて良かったと大きくなってからは思ってるの」

「何で？……僕なんかの姉になると、もっと面倒だったかもしれないから？」

するとリサリサが笑う。久しぶりにリサリサの笑顔を見る。「ふふっ。馬鹿ね。違うよ。……ねえ、ジョージはどう思ってたの？私に、お姉さんになってほしかった？」

「え……？いや、僕はそういう想像は全然しなかったよ。どっちとも思ってない。リサリサはリサリサだったからさ」

本当だ。そういう設問をしなかった訳ではないけれど、リサリサが俺の正式な家族としてそばにいるという想像が全然できなかったのだ。そしてリサリサが俺の家族じゃなくて良かったかどうかなんてのは、設問すらしたことがない。

「そう、良かった」とリサリサが微笑んだまま言う。

「何が？」

「だって、姉と弟だったら、私たち将来結婚できないでしょ？」

「はあ？」

「私、まだ好きとか、恋愛とか、よく判らないけど、……ジョージと結婚できる立場でいられて、良かったなあって思ってるの」

　結婚!?リサリサと？

「そんなのも全然想像できない」とつい正直に言ってしまって、あ、いやこれは相手がリサリサだとは言え女の子に言うべき台詞じゃなかったかもな、と俺は思う。

「ふふっ。失礼ね」とリサリサは言いながら、笑っている。

「リサリサ、愛してるよ」

と俺は咄嗟(とっさ)に言っている。

どうして自分がそんなことを言っているのか意味が判らない。

「私もだよジョージ。私も愛してるから」

とリサリサも言うけど、こいつ何言ってるんだ？と俺は思っている。

で、それぞれの寝室に行って、寝て、朝起きて母さんと皆を見送りに行って、リサリサには手を振るだけで別れの台詞を何か言ったかどうかすら思い出せず、母さんと二人だけで家に戻り、俺は九十九十九のところに遊びに行く。

それから年が明けて、俺は九十九十九とともに十二歳になる。九十九十九と一緒にいるといろんな事件に出くわして、俺はカナリア諸島だけで三つの連続殺人事件に巻き込まれる。

「あれれ～?僕はいまだに名探偵をやれてるなあ……」と九十九十九がトンチンカンな台詞で首を傾(かし)げているが、本当にこいつは頭が良くて凄い。俺なんかワトソンほどの役にも立たない。

そして十三歳になり、密室殺人事件ばかり十五件も解決し、十四歳になり、連続殺人鬼を二人捕まえ、十五歳になり、二年前の十五密室殺人事件が全て同一人物の仕業(しわざ)だったことを突き止めて真犯人を捕まえた……主に、九十九十九が。

そのままそんなふうに高校生になるんだろうと思っていたのに、しかし、十五密室殺人事件の真犯人を捕まえてすぐに九十九十九が日本に帰国することになり、俺は泣く。本当にこれから俺一人でどう生きていけば良いのか判らなかったのだ。

「ははは。おそらくこれからが『ビヨンド』の出番だよ」と九十九十九は波止場で笑う。その名詞を聞くのも久しぶりだった。

「ふざけんなよな」と俺は言ったが、九十九十九は冗談を言わないのを知ってもいた。

「本当だよ。僕が最初に言ったこと、憶えてるか?憶えておけって言っただろ?」

君は、自分の『ビヨンド』を信じ、自分の運命を乗り越えていかなければならない。

憶えていた。でも俺は九十九十九という初めてできた親友との別れを惜しむことに専念したくて、その話はしたくなかった。自分の人生の主人公はお前自身だ、みたいな陳腐な台詞、今ここでくり返してもらう必要はない。そんなことよりただひたすら、俺はこのハンサムな名探偵と、いろんな冒険を分かち合った友達と、別れたくなかった。

「僕もいつか日本に行くよ。地球の裏にあろうともさ、必ず君に会いに行くよ。そして、また二人で事件を解決してやろうぜ!」。いや事件を解決するのは九十九十九ばかりだけどさ?

涙目でこう言う俺に、九十九十九が「いや〜何だか、そんなことは起こらないような気がするよ」と笑いながら言い放ち、俺はもう……ショックだぜ!こいつはこういう、無遠慮なところがあるのだ!

「いや、僕は君に会いに行くよ!」と無理矢理押し付けるように俺が言うと、九十九十九も「まあ、それが『ビヨンド』の意志ならね」と言い、それから俺に日本語の辞書をくれて、船に乗り、大西洋へと出ていった。

九十九十九の乗った船がフロリダ沖で姿を消したのはその三日後で、そのニュースがカナリア諸島に届いたのはさらにその五日後だった。俺はたっぷりふた月は真剣に祈り続けたので、そのアメリカ行きの船が海の底に沈んでいるのが軍艦によってたまたま見つかったときには、俺は裏切られたのだ、と思わざるをえなかった。

俺は神を呪い、泣いた。どんな意志があるのか知らないが、俺から友達を奪った代償は大きいぞ！と。何しろ俺の、初めての、唯一の親友だったのだ！凄い奴だったのに！あいつこそが物語の主人公にふさわしかったのに！

第二章　西暁町

僕の名前はジョージ・ジョースター。日本の福井県在住、十五歳のイギリス人だ……が、見た目も血筋もおそらく日本人そのものだ。僕の日本人の両親は僕の知らない理由で僕のことを育てることができず……あるいは育てるつもりがなく、名前もないまま里子に出された僕をジョースター家が引き取ったのだ。だから僕は最初からジョージで、これはイギリス人としても日本人としても両方で通じるようにと名付けられたらしい。日本の今の法律だと二十歳になったらイギリス国籍と日本国籍のどちらかを選ばなきゃならなくて、そのときに正式に名前も決められる。今はカタカナ表記だけが正式で、漢字表記も英語表記もない。僕のパスポートのアルファベット表記は『JOJI JOESTAR』となっていてすこぶる格好悪い……。で、二十歳になってもし日本国籍にするなら漢字表記の名前も必要で、まあ僕としては『譲児ジョースター』がそれらしいんじゃないかと考えている。日本では『名は体を表す』と言うからね。とは言え実のところ生粋のイギリス人一家の中で育っていて僕だけ今更日本人ぶるのもおかしな気分だし『ジョージ』に馴れてるしそもそも日本語名にはあまり興味がなくて、それより英語名の方で、家族からは皆に反対されているけど絶対『JORGE』にすると決めているし、普段からできるだけこう書いている。僕とラテンには何の関連もないが、既に友達からは『ジョジョ』と渾名が付けられ『ジョジョ』と呼ばれ『名探偵ジョジョ』という称号までいただいているのだ。なのに『GEORGE JOESTAR』じゃ『ＪＯＪＯ』にならない。そういう意味では『JOJI』の方がスペル的には問題ないけど英語圏の人間に読ませたときに絶対『ジョージ』に辿り着かない。『JOJI』はあくまでも日本人向けの当て字のようなものなのだ。そして細部の辻褄の合ってないことがみっともなく感じると言うか、ちゃんとしてないと気になる質なのだ、僕は。そういう性格が僕の部屋を整頓させ、僕を名探偵にしたんじゃないかと思う。

そしてまさしくその性格が、今僕をざわつかせている。

何かおかしいな、とずっと思わせている。

その特殊な胸騒ぎは一昨年、十五個の密室殺人事件を解決してから絶えず僕の中にあったような気がするけど、その後すぐに連続殺人事件が二件立て続けに起こり、去年はそれにかかりきりになってしまっていたのだ。連続三つ子バラバラ殺人鬼『グルグル魔人』は無事捕まえたものの、半年ほどの逃亡を許した連続拷問殺人鬼『ネイルピーラー』の逮捕の知らせを受けてホッとした僕は、養父で日本人風の名前を目指して完全に失敗してるジョンダ・ジョースター（JONDA JOESTAR）に全ての報告を終えた後、ベッドに入り、その胸騒ぎの元を思い出す。

それは十五個の密室殺人事件の現場を福井県の地図上に記した新聞記事だった。福井県の北半分、嶺北地方全体に広がる事件現場を紹介するその記事では発生順、つまり被害者が殺害された順番で番号が振られていたのだけれど、一目見て僕は、これは新聞記事としての取り扱い方としては一般的なんだろうけど、密室殺人事件としての取り扱い方としては間違っていると即座に思った。密室殺人事件というものの本質は、どのようにして見つかったか、にあるからだ。そこが密室状態であったことの目撃こそが密室事件を形作るのだ。発見されるまでが犯人の仕事なのである。

それで、僕は頭の中で地図の上の十五個の番号を発見順に配置換えしてみた。

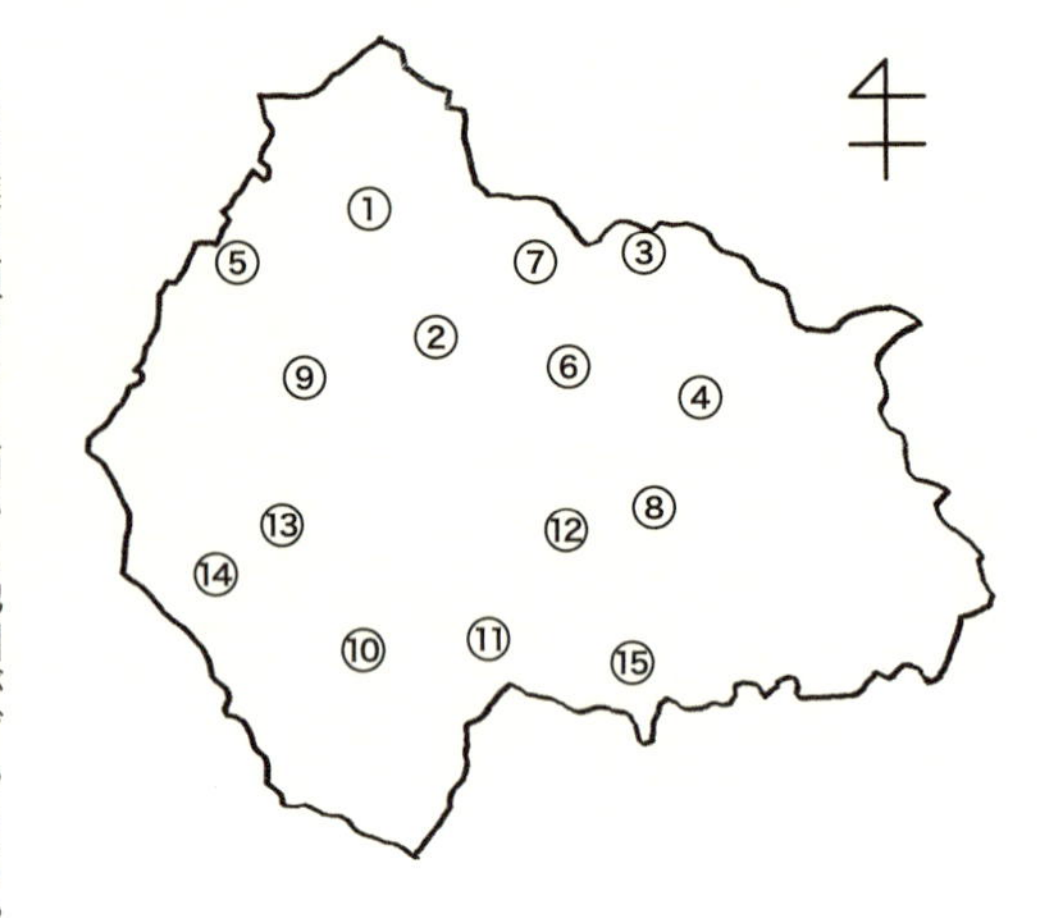

この僕の頭の中に描いた地図がずっと引っかかっていたのだ。この順番に何かある、という直感。なんとなく現場が南下してきているな、とまずは思う。この十五の密室事件のそれぞれに犯人がいて、犯人同士も被害者同士も事件のあらゆる内容で関連は見当たらなかったはずだ。でも、この

密室殺人事件は気圧の前線みたいに前後しながら南下してきている。福井県嶺北地方という小さな範囲で十五件も頻発したことも併せて考えると、密室殺人を行いたいという欲求、あるいは衝動は、感染力でも持ち合わせているのだろうか？これは密室殺人シンドロームとでも名付けるべき現象だろうか？実際マスコミではそんな報道をされてもいたけれど……？

バラバラ殺人のように、《被害者をバラバラに解体することで持ち運びがしやすくなり、遺体の隠匿や捜査の翻弄が容易になる》という発想が人の想像範囲に入り込んで、それを実践する事件の数が増えるということは事実としてありえる。けれど、ならばそれは全国的範囲で、そしてこの十五件だけで絶えることなく継続されていくはずだ。しかしそうなってはいない。この十五件以降一年以上は僕が知る限り、密室殺人事件は発見されていない。……つまりこの十五件はひとまとまりなのだ。バラバラに見えるだけで。いや、誰かがバラバラに見せているだけで。

僕は頭の中の地図をもう一度広げ、眺める。この事件現場は広範囲に、そしてランダムに広がってるように見せかけているだけで、実はパターンみたいなものがないか？法則性だ。大まかに南下している、ということ以外にも、何か、枠みたいなものがないか？……枠？

これは密室事件だけど、その外側にも枠があり、実は何かがその内側に囲まれているということか？僕は一体今何を《枠》としてとらえたんだ？地図の上の《枠》だからもちろん場所だ。位置。

この事件現場は、巧妙にバラバラにされているけれど、本当に好き勝手に離されているわけではない、と僕は感じているのだ。《枠》の中で、できるだけバラバラに見えるようにされているのだ、と。でもなかなかその枠が見えてこない。どうしてだろう？

武生市の中心部では事件が発見されていないせいで大きな空白があり、それが何と言うか、邪魔なのだ。ここら辺にもう一件、十六番目の事件が起こっていれば、この地図はだいぶ見やすくなるのにな、と思ったところで、僕の目に枠が見える。その《ここら辺》がそのまま枠になり、地図を等分に区切ってしまう。すでに目の前にあったけれど、空白によって目隠しされていた大きな四マス×四マスの枠線がとうとう出現する。

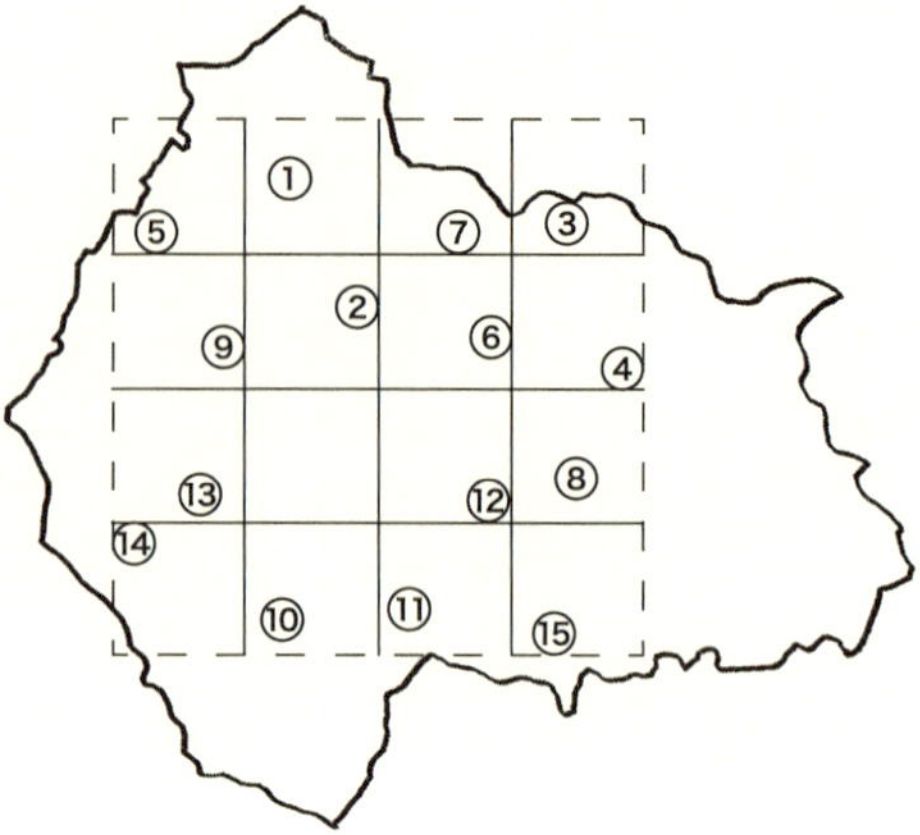

そして僕は一瞬にして理解する。この空白、欠損のマスこそが全ての鍵だったのだ。これは……

巨大な15パズルだ。

5	1	7	3
9	2	6	4
13		12	8
14	10	11	15

そしてそれを僕は一瞬にして解いてしまう。簡単だ。どれもひとマスずつ動かしていくだけでいい。

本来あるべき数字の位置からひとマスずつずらしてあるだけなのだ。そのずらした方向がバラバラなせいで、ランダムに見えただけで、整合性はすぐそばにあったのだ。

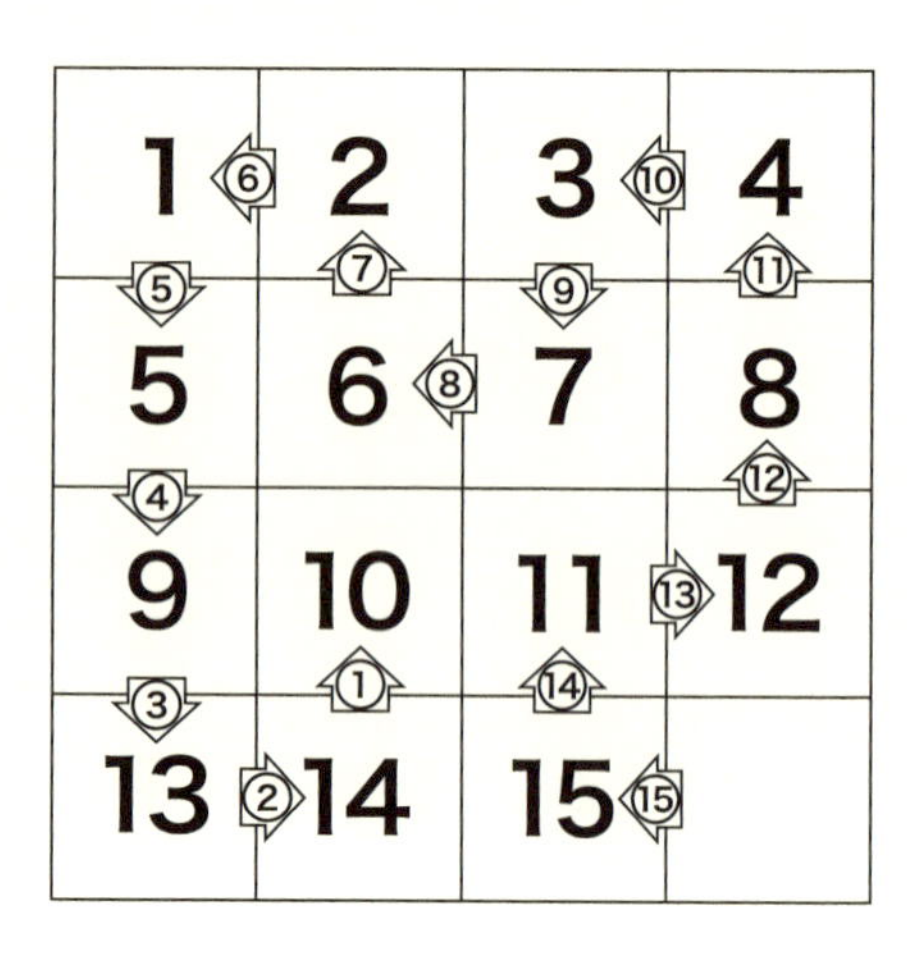

僕は二年越しのパズルを解き終え、このパズルの意味を考える。

15パズル。

ここにパズルがあるということは、その作者がどこかにいるはずなのだ。そしてこれが隠されたパズルである以上、正解者に向けた作者からのメッセージも必ずある。誰が、何を僕に伝えようとしているんだ？

　この十五の大量密室事件が起こっていた一昨年、当然のことながら僕も警察官たちも必死に事件同士のつながりを探して、何度もそれがありえないと確認していたつもりだったけれど、やはり犯人たちの背後に何者か指南者がいたんだろう。犯行のトリックなどはどれも共通点もパターンもなかったし、犯人たちの供述からは密室トリックの発想をどこから得たのかはっきりさせることなんてできなかった。何となく思いついた、と言われてしまえば結局それを信じる他はなかったのだ。人間の想像力が必ずしも既にある何かを下敷きにしている訳ではないと僕も知っているし、犯罪の手口には流行りというものも存在する。

　しかしもちろん犯人たちの供述など信じない僕や警察官によって指南者の存在を徹底的に探したのに……!?どこに潜んでいたんだ？確かな殺意を持つ人間を見つけてそれぞれに密室トリックを斡旋した奴なんて本当にいるのか？

　いるのだ。とうとう見つけた、この15パズルが証拠だ。

　しかし犯人は皆捕まっているぞ？僕の推理を受け、その場で動機を自白して半ば自首するような形で逮捕されていった犯人たちがほとんどだったし、皆、勾留期間中は警察官や検事による取り調べにも協力的だと聞いていたが……それは全て指南者を守るための演技に過ぎなかったということか……!?十五人の犯人全員にそれほどまでに忠誠を誓わせる指南者とは何者だ？

　駄目だ。今さら指南者の存在を疑っていてもしょうがない。事件当時も『いなきゃおかしいけど、いるはずない』と相反する疑惑になったが、実際に確かにいると判っても、どうしても信じがたい……が、もうやめよう。ここにパズルがある以上、とにかく誰かがそれを作ったのだ。

僕はそこにあるメッセージの内容へと頭を進めていかなければならない。僕は頭の中のパズルを見直す。ひとマスずつずらすだけで整った順番に揃う15パズル。空白があり、そこにあるべき数字を入れていくことで半自動的に完成してしまう単純なものだが……。僕は移動の順序を確認する。

空白↑10↑14↑13↑9↑5↑1↑2↑6↑7↑3↑4↑8↑12↑11↑15。

これは、……例えば、《ドミノ式交換殺人》を示しているのだろうか？

10番目の事件の被害者を殺害したのは14番目の事件の《犯人》であり、その14番目の事件の被害者を殺害したのは13番目の《犯人》であり、……というように事件の犯人役を交換することで、実際の殺害動機を持つ本来の犯人は殺害時のアリバイを作っておいて嫌疑から逃れようとしていた、というような？

しかしながら15番目の事件の被害者を殺害する犯人役がここには示されていない。ドミノ式で交換殺人を成立させるためには、交換順序の一番最初、つまり発見順では10番目の事件の犯人が15番目の事件で被害者を殺害しなければならないが……このパズルはそれをちゃんと表し切れていないじゃないか？

《ドミノ式交換殺人》としての文脈でこのパズルを正しく読もうとするならば、これは10番目の事件の犯人は、いまだ発見されていない空白の……16番目の事件で被害者を殺害していて、15番目の事件の犯人は、11番目の事件と15番目の事件の両方で犯人役を担っているということになるだろう。16番目の事件の、本来の犯人だけが、手を汚さずにいるのは、こいつこそが、この全ての密室トリックを指南した人間だからだろうか……？

いやいやいや。僕はパズルだけを見て答を出そうとし過ぎている。交換殺人というものは、あくまでも自分のアリバイを確保して捜査が及ばないように画策されるものなのだ。今回の事件では十五人、発見されている事件での全ての犯人が逮捕され、自供を行い、検察に送られて既に裁判を受け始めている。空白の、あるのかどうかすらまだ判らない事件の本来の犯人以外には、得した人間が全く見当たらない結果になってるじゃないか？交換殺人などという危うい橋を渡ってまで容疑を逃れようとした犯人たちにしてはいささかあっさりとお縄を頂戴しすぎじゃないのか？

いやいやいやいやいやいやいやいや、そもそもこの十五件の事件は一年という短期間に起こってはいるけれども、実際にはせーの、で一斉に起こった訳じゃなくてほぼ一年間丸まるかけて起こり、終わっているのだ。つまり、三件目の現場が発見される前に、僕は一件目の密室事件を解決していたし、犯人も判明させていたし、それ以降も順々に解決を重ねていきながら新しい密室現場に踏み込んでいたのだ。このパズルで言うと、9番目の事件の犯人が13番目の事件の被害者を殺害することは不可能だ。13番目の事件が発見されたとき、9番目の事件の犯人は既に僕によって特定され、警察に引き渡されたのち拘置所に送られて檻の中にいたからだ。同じ理由で5番目の事件の犯人だって9番目の事件の被害者を殺害できないし、1番目の事件の犯人だって5番目の事件の被害者を殺害はできない。

つまりこの《ドミノ式交換殺人》は、僕が見つけた全ての犯人が間違いであって、今既に裁きを受けようとしている犯人たちは身代わりに過ぎなくて、真犯人は別に潜んでいるのだ、という条件じゃないと成り立たないが、それはありえない。何故なら僕は名探偵で、正しいと感じている事柄が間違いだったりしないからだ。犯人は犯人で正しい。ならばこの《ドミノ式交換殺人》という考え方が間違えているのだ。

犯人が正しければ、事件は解決している。終わっているのだ。

では、この数字からだけではなく、15パズルの本質から考えれば、《現場が、本来起こるべき場所から一つずつずれている》ということになるだろうか？つまり、10番目の事件はその空白の場所で、14番目の事件は10番目の事件が起こった場所で、それぞれ起こるべきだったのに一つずつずれて起こってしまった……というような？

これも起こりえないな、と僕は即座に思う。殺害状況に不自然な場所はなかった。十五件のうち観光客のものによる二件を除いて全ては犯人か被害者か関係者の自宅で発生していて、あくまでも現場の状況を用いたトリックばかりで、密室トリックを使うための不自然な移動などはなかった。そして、例えば14番目の事件の密室トリックを10番目の事件現場で用いることなどできないように、現場の状況と密室トリックは切り離して考えることはできない。密室は現場の状況から作られるものなのだ。家屋の形状、仕掛け、針や糸を通すことのできる隙間がどこにあるか、どこに何を隠すことができるか、そういう具体的な条件は現場によって全て違う。犯人にできることも事件ごとに違うし、事件に関わる人間の顔ぶれもまるきり異なってくる。そしてこれも当たり前のことだけど、同じ密室トリックを使える現場を、それも十五件分も用意することはほぼ不可能だ。

いや、完全に無理だ。何しろ十五件のうち四件は、福井県のあちこちにある特殊な建物の特殊な仕組みを用いた密室トリックが使われたのだ。移動する壁と床や、ぐるりと天地が逆さまになる部屋を持つ家を別に用意することなどできない。

密室は、正しい場所で、正しい相手に作られたのだ。そしてそれは僕によって正しく解決されている。終わっているのだ、とまた僕は思う。ではこのパズルは何なんだ？……全て解決済み、ということを踏まえてしまえば、《一つずつずらせば、本当に解決する》……という意味じゃないんだ。何か別の、完全に新しいことなのだ。

実際の十五件の密室事件はもう既に関係なく、このパズルの意味を表面上だけでとらえ、問い直せば良いんだろう。つまり、《正しい位置から一つずつずらされているせいで、新たな、余計な空白ができている》というシンプルな読みで正解だ。

十五件の密室事件の指南者が、予め用意しておいた新たな謎の始まりなんだろう。

ならば僕はとにかくその《新たな、余計な余白》に向かわなければならない。僕はベッドを出て、洋服に着替え、バイクに跨って武生市へと北上しながらさて何を探したらいいんだろう？と考えている。まあ何かしら密室的なものだろう、と見当はつくけど、僕の見つけた《枠》は約十キロ×十キロとなかなか広大な範囲なのだ。その密室的な何かを探して夜中の田舎道を当てもなくバイクで走り回るっていうのも面倒だなあ……と３６５号線を走っていると、武生市に入る手前で、道ばたに燃えている家がある。

あまりに唐突で、それが火事だと一瞬判断が遅れる。その火事こそが僕の見つけるべきものだったんだ、それは用意されていたんだ、という、大きな必然を感じるときの奇妙な安らぎもあった。探すまでもなかったな、という拍子抜けも。

燃えているのは西暁町湯濃の加藤さん夫婦の家だ。

奥さんのご両親は亡くなって、実家は空き家になっているはずだけど……と思い返しながら僕はバイクを飛ばして到着。家の外に呆然と立つ加藤聖理河さんと旦那の智さん、そして息子の聖思流くん四歳を見つける。

「怪我はありませんか」と僕が声をかけると、聖理河さんも智さんもぼうっとしていて、聖思流くんが言う。「あのねー、家の中がプールになってて、知らない人が泳いでるんやでー？」

？全く意味が判らない……と思って燃える家の窓を見ると、聖思流くんの言葉の通り、家の中は水が満タンになっているらしくて窓枠の隙間から水がびゅううっと噴き出している。水は加藤家の中をごうごうと渦を巻くようにして流れていて、玄関ドアが閉じられているのは流れとともに襲いかかってくる家具類から智さんが家族を守ろうとしたんだろう。そして、あっけにとられる僕の目の前で、二階の窓ガラスの向こうをふわりと人影がよぎる。その水中の……空中の？男はしかし泳いでいるようには見えない。

死体か？

これもまた新たな密室殺人事件だろうか？

僕は聖理河さんたちに再び声をかける。「これは一体どうしてこんなふうになったんですか？」

すると聖理河さんが言う。「あ……や、うちで夜ご飯食べてたら、急に二階からどどおって水が落ちてきて、慌てて家から飛び出して、そしたら家が燃えだしたのお……？」

「二階から？」。水が？「タンクでも設置してあったんですか？」と訊きながら二階の屋根を見上げるけど、普通の瓦屋根で、タンクなどは見えない。

「ないない……」と言ったのは智さんで、こう続ける。「ほれに、あれ、普通の水でねえざ。あれ、海水やったが」

「？海水？」

「海の水やと思うわ。しょっぱかったもん……」

「ほうや〜あれ、海水やわ。磯臭かったもんなあ」と聖理河さんも言い、聖思流くんも笑って頷いている。

確かに辺りは漁港街みたいにやたらと潮臭い。しかしここは海からは直線距離で四十キロは隔たっているし途中でいくつもの山を越えなきゃいけない。こんな土地で家の中を水で埋めるほどの海水が二階から突然溢れ出てきたなんてこと、起こりうるのか？

とにかく中に人がいるのだけは確かなようだし、おそらくここは事件現場となるのだから、現場を保全すべきところだけど、……この火事では無理だよな、と思いながらもう一度見上げた二階の窓に、若い男が貼り付いて、こちらを見下ろしている。揺れる黒髪の隙間から覗いている目と目が合う。

水中を漂う死体とばかり思っていた男は、生きていたのだ。

「とにかく聖理河さんたちはもっと下がって！」と僕は叫んで一階の窓に走る。水の重量に加えて火事で外壁が破損していて……このプールはいつまでも保たない。間に合うか？僕は一階の一番近い窓ガラスを割る。バシンとヒビを入れてやれば水の重みで窓ガラスは枠ごと弾け飛ぶ。ザッパーッドドドドドドッと溢れ出す大量の水を避けて僕は別の窓を割っていく。しぶきがかかり、家の中の水が確かに海水であることを知る。でもその謎について頭を巡らしている場合じゃない。玄関ドアに辿り着いてノブに手をかけたとき、排水よりも早く家が重量に耐えきれずに崩壊し、僕は押し出されてきた海水によって扉ごと吹き飛ばされる。

ドオオオオッ！と加藤家の前庭を海水に押し流されて庭木にぶつかって止まったとき、僕の足下にさっきの二階の窓の男が流されてきて、ゲエゲエと海水を吐き出した後、僕に言う。

「Perdón. ¿Qué pasó? ¿Dónde estoy?（すみません。何が起こったんです？ここはどこですか？）」

スペイン語だ。でもずぶ濡れのこの若い男は日本人に見える。とてもハンサムな、僕と同い年くらいの男の子に。

「ここは日本ですよ？何が起こってるのかは判らないですけど」と僕が言うと、その男の子は「あ、日本語……」と日本語で言い、その向こうで加藤家がバリバリバリ、と大きな音をたてながら完全に崩れ落ちてずぶ濡れの瓦礫の山になるが、火は消えている。

ゴゴゴン、ゴロンゴロン……と空気が鳴り震えているので見上げると、夜空を遮って立ちこめる厚い雲の表面に大きな渦があり、漏斗状の何かが渦の中に戻っていく。暗くてよく見えなかったけれど……あれは竜巻だっただろうか？

しかし竜巻ならば地上から物を吸い上げることはあっても吐き下ろしたりはしないはずだ……。そして、この加藤家だけを狙ってピンポイントでドンピシャリ、よりにもよってこの夜のこのタイミングで襲来したりもしない。

認める他はない。あの竜巻に似た何かによって、おそらくこの男の子はどこかから運ばれてきたのだ。スペイン語圏の、どこかから。

「大丈夫？」。僕が訊くと、男の子は両手で濡れた髪をかき上げてから顔をもう一度拭き、僕を見る。

「大丈夫だかどうだか……とりあえず怪我はないようだけど、……ごめんなさい、今日は何月何日でしょう？」

「七月の二十三日ですけど……」

「ああ、じゃあ、一日も経ってないのか……？けど、僕は船の上にいて、ようやくフロリダ半島が見えてきたところだったのに……」

？

「フロリダ半島？」

「大西洋とメキシコ湾の境にあるでしょ」

「……？大西洋というのは？メキシコ湾も知りませんけど……」

「え？……海の、大西洋とメキシコ湾です」

「……失礼ですけど、そんな海はありませんけど……？」

「……?どういう意味ですか?」

「海というのはジ・オーシャンだけですよね」

「……いえ、あの……?ここは、日本の、どこですか?」

「福井県の西暁町です」

「ええ……?だとすれば、僕は故郷に帰ってきたことになるけど……どうやって……?」

「?ああ、西暁町の方ですか?僕もです。君、歳いくつ?僕は十五歳で、今年十六歳になりますが」

「あ、同い年だ。僕の名前は加藤九十九十九。実家の住所は、西暁町西暁3―21」

変な名前だが、それとは別の理由で僕は息を飲み、門の外で立ち尽くしている加藤親子に言う。

「この人、そちらの親戚の子みたいですけどー?」

ツクモジュークって九十九十九か?ともかくこの不思議な男の子の言った住所は、既に空き家となった聖理河さんの実家のものだ。でも聖理河さんたちに反応はない。まだ建てて数年の家の残骸をただ黙って見つめているだけだ。

僕はツクモジュークに視線を戻す。「九十九十九って九、十、九、十、九って書くんか?」

「あ、福井弁……。そうだけど……」

「君、凄い不思議な出現の仕方をしたけど、何か憶えてるう?」

「いや……僕はカナリア諸島からアメリカに向けて大西洋を横断していて……」

「カナリア諸島?」

「知らない?スペイン領で、アフリカ大陸の西側に並ぶ小さな島で……」

「ふうん……?大西洋って?」

「……大西洋は、南北アメリカ大陸と、ヨーロッパやアフリカ大陸を隔てる大きな海じゃないか」

「じゃないかって……そのアメリカ大陸とかアフリカ大陸とか、そんなのないで?」

「……じゃあどんな大陸があるんだい?」

「パンランディア」

「……これは教養のレベルの話ではなさそうだね」と九十九十九が言うので、僕も頷く。

「一応教養についてては自信はあるよ」。すると九十九十九の視線が僕のことを訝しむような感じになるので、続ける。「一応、名探偵を名乗っているからね」

するとと九十九十九が一瞬目を見開き、それからふ、と笑う。「そうか……。僕もだよ」

「え、あ、ほうなん?マジで?名探偵加藤九十九十九か……知らんけど、外国で活躍してたから、ってだけじゃ、なさそうだね」

「うん」

「まあ一応自己紹介しとくわ。俺の名前はジョージ・ジョースター。皆にはジョジョって呼ばれてるよ。名探偵ジョジョ。ようこそ、大西洋とやらもカナリア諸島とやらもない新世界へ。九十九十九くん」と僕がいつもの調子で挨拶をすると、今度は九十九十九はしばらく口をあんぐり開けたまま絶句して、それから言う。

「……このビヨンドの意図が読めない……。僕に一体どんな役割を与えようというんだろう?」

意味不明だし、僕に言ってるんじゃなくて独り言みたいなので、放っておく。どこからやってきたのかは判らないが、奇妙な竜巻が介在している場所なのだ。まあまともに行き来ができそうにもなさそうだ。今の台詞(せりふ)もおそらく神様的な何かに不平不満を言ったっぽいけど、僕にできることは何もない。

相手の登場のしかたがあまりにも異様だったおかげで僕にとってはあまり驚きがないけれど、病院で検査を受けながらお互いに話し合った内容で、九十九十九は驚きを通り越して頭を抱えてしまう。

まず、僕たちのいる時間が、同じ7月23日でも２０１２年の7月23日であって１９０４年のではないこと。なんと九十九十九は百年以上も前の過去の世界からすっ飛んできたのだ。

懸案だった世界地図も見せ合う……と言っても九十九十九の言う地図は存在しないので、彼が出したのは彼自身による手描きのものだけど。

それは詳細な描き込みがあるものの、しかし異様な地図だ。

（九十九十九の世界地図）

世界が完全に壊れている。
僕のを見せると、九十九十九は言う。「これは……ありえない」

（ジョージ・ジョースターの世界地図）

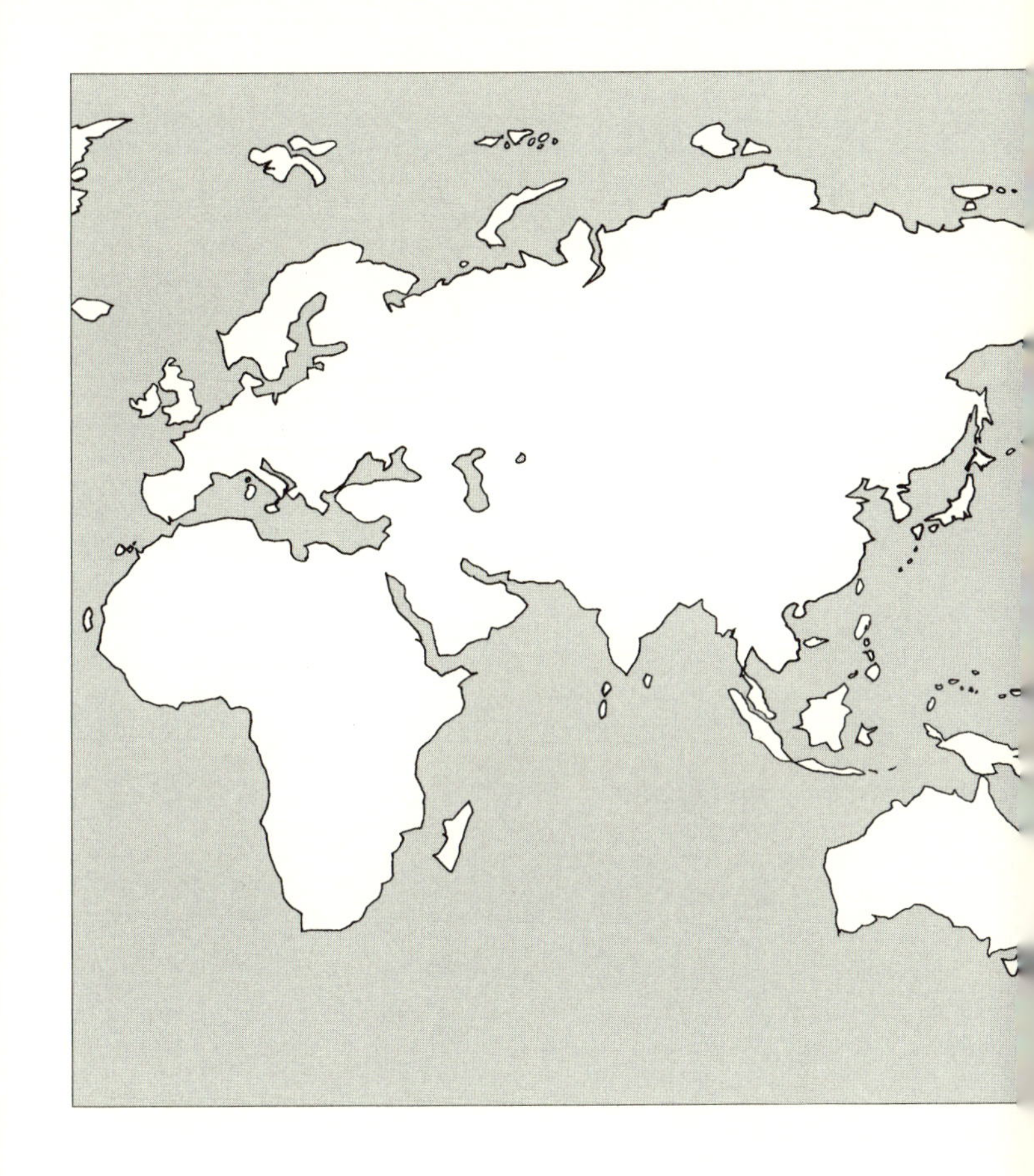

ジョージ・ジョースターの世界地図

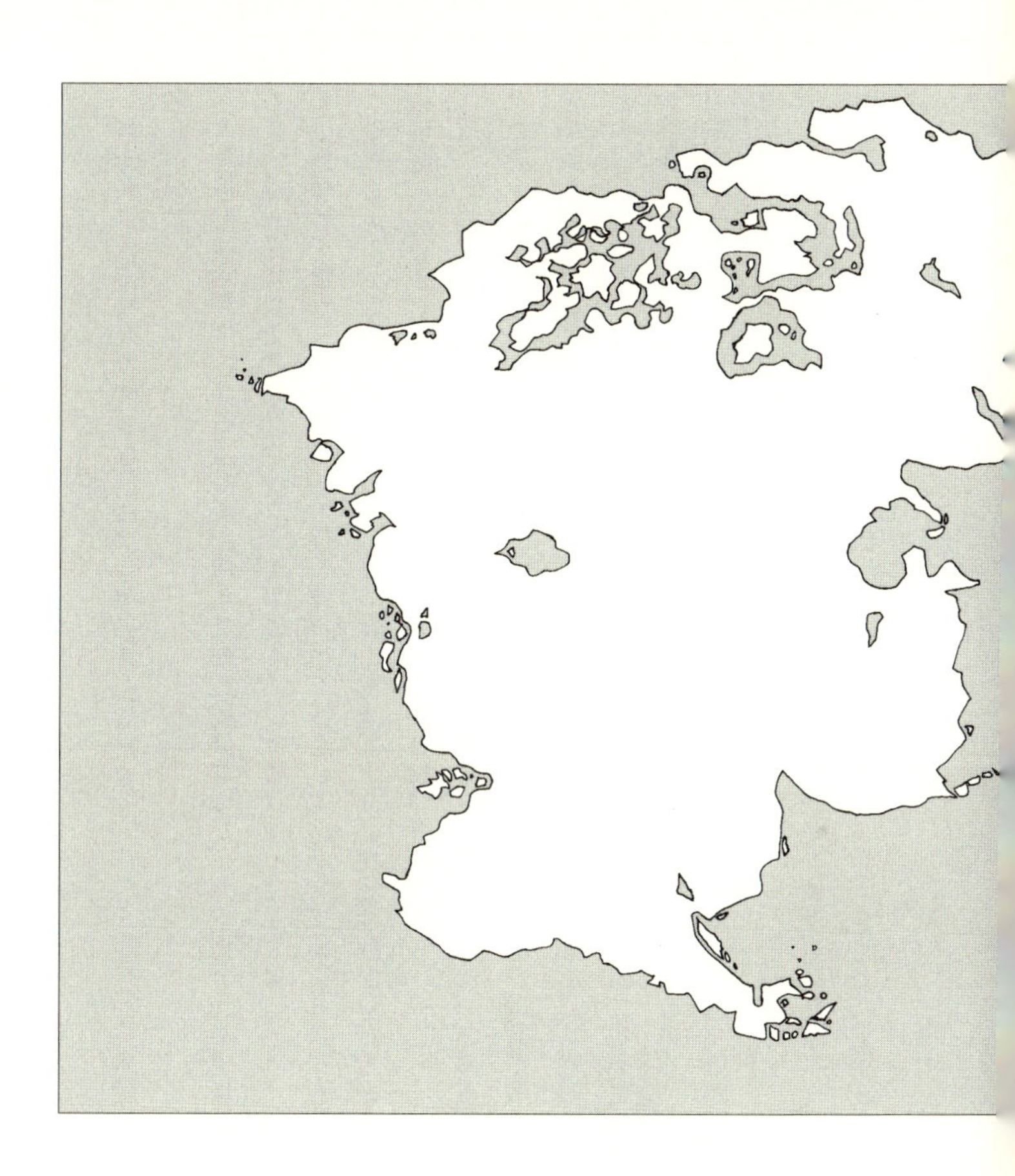

確かにありえない、と僕も思う。

九十九十九の言葉が続かないので、僕が代わりに言う。「たった百年で大陸はこんなに劇的に移動しない」

大陸移動は活発なところでも年に数ミリ動く程度なのだ。九十九十九の世界が僕の世界の形になるまでは一億年以上の時間が少なくともかかる。大陸はプレートに載っかって動き、超大陸を作っては分解して離れ、また別の超大陸を作るべく接近していく。プレートテクトニクスに則(のっと)ってそういう集合期と分裂期を繰り返しているのだ。九十九十九の世界地図からたった一度の合体で僕たちの地図になるとしても、一億年以上かかるってことだ。

けれどおそらくそんなふうにすんなりくっついてできた世界じゃないだろう。大陸の位置がムチャクチャに入れ替わっているのだ。大陸合体のトライ&エラーがあれば数十億年かかる……となると地球の寿命は超えてしまうだろう。人類が地球上で生活できる期間は人類誕生から約十億年と言われているから、つまり九十九十九が同じ地球から来たのなら、少なくとも数回の大陸大移動で今の世界が出来上がらないといけないが、……そもそも数億年前の過去から来たにしては九十九十九の風体(ふうてい)や日本語は現代日本の僕たちに近すぎる。九十九十九と僕との歴史的距離は、やはり百年くらいでちょうどってところだ。

どう考えてもパラレルワールド説を持ち込まないと説明がつかないだろうな、と僕は思い、いささかワクワクしている。パラレルワールドが実在し、そこを行き来した実例が目の前にあるわけだ……!ワハハ!

などと高揚感を堪える僕の目の前で検査待ちの間与えられたベッドの上に座ったまま二つの地図を見比べてあああの場所がこんなところに、あの国もこんなところに、ここもあそこもどこに行ったか判らない……！とひとしきりぶつぶつやっていた九十九十九が、訊く。

「君、イギリスが見当たらんけどどこにあるんよ？」

「イギリスってのは地図上にはない幻想の国だよ」というのは多くのイギリス人が自虐的に用いる言い回しだ。

十九世紀にアメリカに住む主にアングロサクソン系の民族がメイン州の一部を独立させて王を立て《イギリス立憲王国》を立国しようという社会運動を行い、戦争まで起こし、アメリカ政府は認めてないけれどもいっときは国際社会からも国と認められたが内部崩壊、あっという間にアメリカに再占領されて滅亡してしまった。目標としていた《国》を見失って《イギリス人》は世界中に散らばっている。ジョースター家のように、養子をとらなければ途絶えてしまう家系も多いはずだ。

「そうか……」と感慨深げな九十九十九がこう続ける。「でもとりあえず僕がどうやってこの世界にやってきたか、一つ仮説が立ったよ」

えええええええーっ！はや！

「さすが名探偵！」と思わず僕は言うが、こんな台詞他人に言ったのは初めてだ。ちょっと悔しいような気もするけれど、まあ僕には考えるための材料が今のところ少なすぎる……。「ほんで？どんな？」

「あくまでも仮説で、僕には証明しようがないけれど……」と言いつつ、九十九十九は自分の描いた地図を指差しながら説明を始める。「実は僕が目指していたこの、フロリダ半島の南端と、この島、アメリカ自治領のプエルトリコ本島、そしてここにある、バミューダ諸島を結んだ三角形の海域は、そこを通りかかった船や飛行機が機体ごと消失したり中の乗組員だけが消えてしまったりするという伝説があって、僕のいた世界では『バミューダ・トライアングル』と呼んでいるんだ。僕は、さっきも言ったけれど、意識を失う直前に船のデッキからフロリダ半島の姿を眺め、それから船室に戻って荷物の片付けをしていたところだった。船はほぼ北上していたから、まさしくその海域の一角にいたことになる。そしてそのフロリダ半島の先端部分は北緯25度、西経81度、それはこの世界の、日本列島の位置と重なっているはずだ」

ほお、と二つの地図を見比べながら僕は思い、その手描きの地図でも二地点が重なっていることに感心し、そしてすぐさまあることに気付いて興奮する。「本当だ……ほんでその仮説が本当に正解やったら、元の世界への帰り方も判ったも同然やな」と言うと、九十九十九はこの世界の地図をまだ見慣れていないらしくて、僕は指差しながら説明する。

「ほら、ここ、このパンランディア大陸の中央に大きな湾があって、ここにほら、確かに半島で島で、フロリダと、プエルトリコと、バミューダが集まってるやろ?……バミューダ・トライアングルは、もうこれじゃあ《三角形》ってよりは一つの《点》やな。それがさらに君の地図にある日本の西暁町に重なっている」

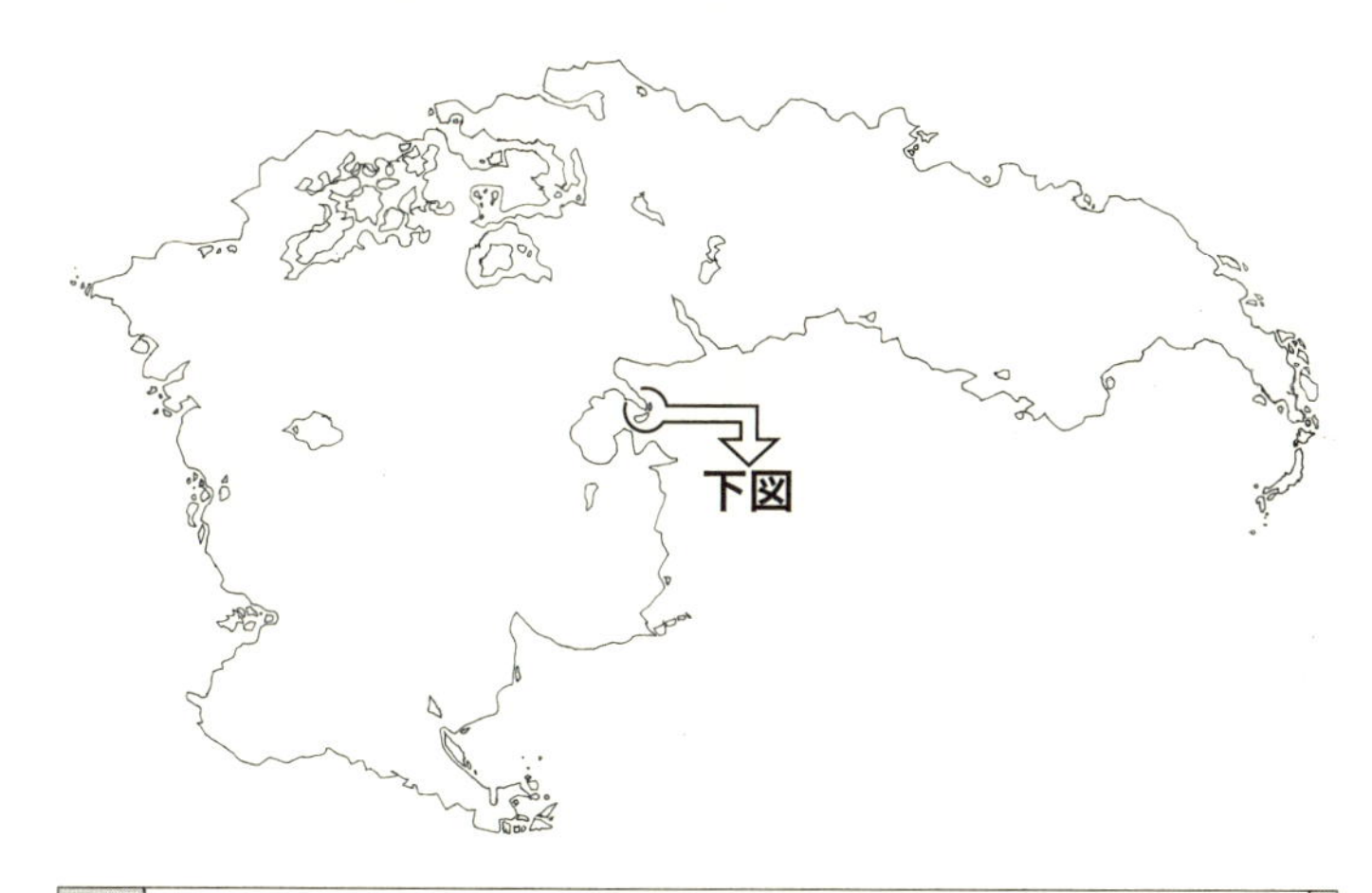
下図

マイアミ
フロリダ半島
ホームステッド
マンハッタン
サンフアン
キーラーゴ
プエルトリコ
バミューダ
キーウェスト

「これは……⁉」

「はっはっは！　これはもう君はここに行って元の世界に帰りなさいってことでないかな？」

「ああ……しかしこれは……何と言うか、怖い……⁉　誰の意志だ？　僕を誘き寄せるような……」

それは僕も同感だった。「いや、これはもう、ような、ってことじゃねえやろうな。明らかに誘き寄せられてるわ、君」

「……！」

「怖いやろうし、不安やったら俺もついてくで？　つか平気でも一緒に行くわ。君に起こったこと、むっちゃ興味あるし」

すると九十九十九が言う。「いや、きっと誘き寄せられてるのは僕じゃなくて、……君だよ」

え？「何で？　俺どう考えても巻き込まれてるだけの傍観者っぽい感じやけど……⁉」

「全くそうじゃないよ、君。今夜あのときあそこにいたのはどうしてだい？　どうやって君は僕を見つけたんだ？」

と問われ、僕は一昨年起こった十五の密室殺人事件と、そのときは見つけられなかった15パズルをさっき見つけて解いて、導きだされた答を確かめにとりあえず365号線を走ってたんだよ……と説明していて、九十九十九の言ってる意味も判る。確かに僕は、ただ巻き込まれてる訳じゃあなさそうだ。

「……俺と君が今夜出くわしたのも、確かに単なる偶然とは片づけられなさそうやわな」

「ふ。それどころか、君が一昨年関わった十五の密室事件、実は僕も、元いた世界で一昨年に関わり、解決しているんだ」

「ええ？」。それはどういう意味だ？

「カナリア諸島のラ・パルマ島でね。細かい内容は違うと思うけど……」

僕と九十九十九はお互いの事件の概要と密室トリックを比較し合う。もちろん全て異なる。当然だ。**現場の状況と密室トリックは切り離して考えることはできない。密室は現場の状況から作られるものなのだ。**国も世界も違っていて同じトリックが使われる訳はない。でも、事件現場の発見順からくる15パズルは九十九十九の事件にも全く同じようにある。

「それを僕は気付かなかった……」と暗い顔の九十九十九に僕は言う。

「俺やかってさっきやっと気付いたとこやし、君もこれから気付く運命やったかもしれんやろ？」

九十九十九が顔を上げて僕を見る。「君は他の名探偵と同じ事件に居合わせたことがある？」

「や、ないけど。福井なんて人口八十万しかいんド田舎やのに結構変な事件多いし名探偵もいるけど、同じ事件で偶然バッタリってのはないなあ。先に他の名探偵関わってたらお互い気ぃ遣う感じで。東京とか京都大阪とかやとぶつかり合い上等の名探偵もいるみたいやけど」

「僕は他の名探偵なんて会ったこともなかったよ。僕のいたカナリア諸島だって田舎っぽさではそれほど変わんないけどね。……もしさ、名探偵が複数同じ事件に関わって、一人がもう一人よりも早くに事件を解決したとき、遅れたその名探偵は、それでも名探偵のままだろうか？」

うん？何だよこいつ面倒臭いなあ……と僕は思う。15パズル僕が先に解いていたことでいじけてんのか？百年前……かどうかもよく判らない時間差のある世界の中で起こったことに先も後もあるのか？

僕は言う。「そりゃ……次の事件によるんでねえ？ つまり、また一緒に同じ事件に関わって次に先に見つけてしまえばおあいこってことで、さ」。正直慰めのつもりで言った台詞だ。

九十九十九は納得してないらしい。「名探偵って、自称してる場合には人生単位じゃないだろう？ 自分は、まあ言ってみれば名探偵だったな、って総括するもんでもなくて、常に自分は名探偵だって思ってるし、そう人にも名乗ってるもんじゃないか」

「まあほうやけどなあ……」

「事件の真相に辿り着けなければ名探偵ではない、だろ？」

「ううむ……まあその一瞬は、他の人には名探偵としては否定されるかもしれんけど……」

「あくまでも名探偵というのは称号だよ。他人から否定されてしまえばもう名探偵ではないさ」

「別に次の事件で取り返せばいいやんか」

「それはまた人生単位で考えてる台詞だろ？ 名探偵ってのは人生単位での称号じゃない。事件一つ一つにおいてだ」

「………」。うっとうしい。「はいはい。つまり自分は名探偵として失格やって気分なんやろ？ 次頑張れや」

「僕はもうずっと自分が名探偵だなんて信じてなかったよ。カナリア諸島でも意味が判らなかったんだ。どうして僕が名探偵らしい素振りを続けていられるのか。名探偵としての実感なんてなかったのに」

「?何があってそんなふうに言うんか知らんけど、事件を解決できてりゃ名探偵やろ。15パズルのことは俺が先んじたかもしれんけど、事件は解決してたんやろ?名探偵の仕事としては十分じゃねえ?」

「君なら誰かに真相を先んじられて、それでも名探偵を名乗ることができるかい?」

「……まあ次頑張って取り返すまでは自粛するかもしれんけど」

「きっと《次》なんてないんだ」と九十九十九は静かに言う。「もう僕が名探偵を名乗ることはないと思う。ようやく君と出会えたからね」

「?」

「君こそが僕から名探偵の称号を奪うジョージ・ジョースターだったんだ」

「お前何言ってるんよ……」

といよいよ僕は九十九十九をお前呼ばわりだが、九十九十九は気にする様子がないどころか、ちょっと笑う。

「はは。久しぶりだね、ジョージ・ジョースターからそんなふうに言われるのは」

久しぶり?「なんか記憶が混濁してるんかな……」と首を傾げる僕に九十九十九が言う。

「僕の記憶も意識も確かだよ、ジョージ・ジョースター。それどころか生まれてこのかたこんなにはっきりすっきりさっぱり頭がクリアになっていることはないってくらいだ。僕は名探偵としての役割を終えたが、おそらく別の役割を与えられている。僕は、君にも『ビヨンド』の話をしなければならない」

このビヨンドの意図が読めないと呟く九十九十九の顔を思い出す。咄嗟に、全然聞きたくないような気もするし、ここで聞いておかなければならない、とも思う。

九十九十九が言う。「僕が元いた世界にも、もう一人のジョージ・ジョースターがいるんだよ」

ちょ♡マジかよ♡♡♡面白くなってきた♡♡♡♡

僕はもう一人の《ジョージ・ジョースター》の話を聞く。苛められっ子と名探偵が友達になり、この世にはない南の島を舞台に繰り広げる冒険譚だ。僕の経験と重なるのは十五密室だけではない。その前の年、三年前に僕が解決したものに似た三つの連続殺人事件を、同じく九十九十九にとっても三年前、相棒《ジョージ・ジョースター》とコンビで介入して見事解決したらしいし、同様に去年の『グルグル魔人』と『ネイルピーラー』に似た二人の連続殺人鬼を《去年》捕まえたらしい。それはシンクロニシティと呼ぶのだろうか?それとも歴史の繰り返しに似た何かなんだろうか?と考えている僕に、九十九十九は言う。「そして僕とジョージは今年になって、一昨年に十五密室事件に関わったときには辿り着けなかった真犯人を捕まえている。全ての密室トリックを用意し、実行犯たちを操っていた陰の支配者がいたんだ」

えっっっっっっっっ。ちょっと待て待て待て待て。「ストップ!」と僕は慌てて言う。「俺その展開、まだ迎えてないで考えるさけ待って！」

九十九十九は僕の剣幕に一瞬ぽかんとした表情をする。「でもこれ別に大した事件じゃないと思うんだけど……」

「いやいやお前、俺からも名探偵の称号奪い取るつもりかいや」

「や、そんなつもりはないし、そうはならないと思うけど……」と言うのを無視して僕は考え始めている。

やはり指南者がいたのか？いやいてもおかしくないと言うか、いて当然だ。何しろ十五件もの密室殺人事件が福井県嶺北地方っていう狭い範囲で起こったのだ。でもさっき思い返した通り、僕も警察も皆その指南者＝《陰の支配者》の存在を疑って徹底的に調べたはずだ。何かを見落とした？そんなはずはない。僕の中にちゃんとやりきったという思いはある。納得もした。十五の事件関係者にいかなる共通項もつながりもなかったのだ。警官や鑑識官も全て洗ってあるし、催眠術やらオカルトやらも思いつく限り全ての可能性を確かめたはずだ。実際呪いの人形を探したりまでしたのだ。

僕が間違えているようには思えない。

一昨年の十五密室はこの奇妙な異世界からの名探偵を召喚したことでおしまいのはずだ。おのおのの事件は全て独立しているが、偶然なのか必然なのか今はまだはっきりしない配列が魔法めいた現象を引き起こしたのだ、ということで僕は納得できた。

……でも、さらなるどんでん返しなんて僕が扱う事件にはざらだ。何かの見落としがあるなら、僕は見つけなければならない。

というふうに考えることが間違えてるのかもしれない。見落とし?それはない、と僕が納得できるまでいろんなことを確かめたのだ。見落としはありえない、とりあえず考えていい。

見落としがないなら、まだ見てない部分がどこかにあるのだ。どこだ?

全ての密室トリックを用意し、実行犯たちを操っていた陰の支配者がいたんだと九十九十九は言った。もしこの世界の事件でもそれが真相ならば、その『陰の支配者』は陰ながら十五人の実行犯全員に接触しなければならない。しかしそれは無理だ。事件の一つは刑務所の中で起きていて実行犯は懲役受刑者で接触できる人間は限られているし、その少数に既に僕はチェックを入れてある。別の密室は引きこもりの少年が作って父親を殺したのだが、その子など家族以外に誰かと直接接触した形跡はないし、パソコンや携帯を通じても何者かと連絡を取り合ったりしてはいなかった。

物理的には『陰の支配者』など存在しえない。

ではこう考えるしかない。物理的ではないところにそれはいるのだ。

別に特異な発想でもない。僕は既にオカルト的発想も受け入れ、確認している。オカルトもとっくに通った道だ。他に何がある?

犯人たちはどこで誰かと会う?

物理的ではないそことは、どこだ?

僕は言う。「夢か、空想やな」。これは九十九十九に言った訳でもない。口に出てただけで僕はまだ考え中だ。次のこれも。「空想はおかしいか……つまりそれは自分で考えたことやし、犯人が考えたことならことにならないか。いや操られてるんやと妄想していたら……?でもほうやとしても結局密室トリックを自分で創作したということには変わりはないわな。まあ、ほしたら、夢か?」。夢というものは百%自分からできてるのだろうか?

と言って僕は九十九十九の視線に気付く。驚きと感心のないまぜになったそれで、僕は正解に辿り着いていることを知るけれど、え?と戸惑わざるをえない。夢?

って僕言ったよね。夢?夢を通じてその『陰の支配者』とやらは実行犯を操っていたということ?

九十九十九が言ってしまう。「実行犯たちは夢の中で『密室先生』と呼ばれるピエロと出会い、密室殺人計画を押し付けられていたんだ。夢の内容なんてすぐに忘れてしまうからね、そのアイデアは実行犯たちが自分で思いついたものだと考えてしまったんだ」

こいつは『インセプション』って映画を見たことがあるのだろうか?でもあれはSFであって映画であって誰かが実際に他人の夢の中に入れるはずはない。と考える僕はいささか呆れ顔をしていたような気がするけど九十九十九は気にせず続ける。

「ピエロのメイクと衣装を施した『密室先生』は相手の夢の中で実行犯たちの心に入り込み、内なる暗い感情をあぶり出した。別に大したものじゃないよ?誰かが嫌いとか、苦手とか、ちょっと性格が合わないなとか、軽い不満みたいなものとか。そういうのを見つけるとね、『密室先生』は標的の夢に現れた全ての暗い要素をその相手のせいにしていくんだよ。人は悪夢から逃れられない。『密室先生』はそこに忍び込んで恐怖の対象をその相手のせいだとこじつける。どんなに強引な理由でも、もともと文脈がすっ飛びがちな夢の中だからね、理屈が通ってなくても結びつきはする。そうすると、今度は勝手に自分の思い込みが夢の内容を悪くしていく。『密室先生』は手綱を緩めずにそれが全てその相手のせいだと言い、標的はそれを信じざるをえなくなる。悪循環が始まり、『密室先生』の完全なコントロール下に入る。『密室先生』はさらに執拗に煽って追いつめて、必要とあらば拷問まで加えていったんだ。標的は夢の中で、『密室先生』か自分の恐怖する相手に殺されたりもするようになる。そうなってくるときには目が覚めてからも精神の衰弱状態は続くし現実世界の実感が希薄になって夢でも見てるみたいに時間を過ごし始めてしまう。かたや肉体的には何ともないってところがこれの辛いところだよ。ひたすら気持ちだけが憔悴し夢の内容を憶えてないから気持ちが荒んでいる理由も判らなくて、理不尽で行き場のない憤怒が蓄積し、やがて以前はなかったはずなのに夢の中ででっち上げられ育てられた殺意が暴走して実際の殺害まで導かれてしまうんだ。そこまで全て『密室先生』は標的に直接コンタクトを取らず、離れた場所にいて夢の中に隠れたままだよ。その邪悪なピエロを見つけられたのは次の標的にされた女の子がもともと道化恐怖症を患っていたおかげだった。『密室先生』の登場による異常な恐怖に夢の内容を忘れられなくて、毎晩脳内で密室殺人を持ちかけてくるピエロの話を周囲の人間に漏らし、『密室』ってキーワードがあったから僕とジョージのところに届いたんだ。標的になった女の子からその話を聞いた人間たちは本気で信じてはいなかったけど、僕たちは違ったからね。即座に十五人の実行犯たちに確認したよ。皆順々にピエロのことを思い出した。で、夢の中の情報から僕たちはピエロの正体を割り出した。ピエロのメイクなんて付け鼻とアフロヘア以外はただの化粧だからね。実行犯の聴取で描いた似顔絵と、夢の中の会話の詳細で十分だった。ピエロは雑談の中で自分のことを結構喋っていたんだ。夢の記憶の曖昧さを過信しすぎていたんじゃないかな。事実十五件もの殺人の遠隔操作を成功させていた訳だから、まあしょうがないかもしれない。若い男の子だったしね。『密室先生』は眠る間に他人の夢に入り込む能力を持つミステリー作家志望の高校生だったよ。僕たちが警官と一緒に彼の家に押し入ったときには、おそらく細部のリアリティを確認するために揃えたんだろうな、ピエロの衣装とメイク道具も全て見つかった。トリックを書き溜めたノートも。小説はなかったよ。残念ながら実際に小説を書く力は持ち合わせてなかったみたいだね」

「ほやけどそんなもん捕まえたって言っても、裁判にならんやろ」と僕は言う。「夢の中に侵入したとか言って証拠なんてないやろうし、本人がそれ実践してみせたとしても、やっぱ記録に残せる形になるかどうかあやしいんでね?」

「……裁判なんか起こらなかったさ。ラ・パルマ島のスペイン人警官たちはその男の子を棍棒でめった打ちにして殺し、夜のうちに海に捨てたんだ。僕とジョージには何もできなかったし、そこにいた母親も止めなかった。《男子として生まれてきた魔女》とでも噂が立てば教会が出てきてその男の子だけじゃなく家族全員が迫害されることになるからね」

うお。さすが百年以上前のド田舎っぽい島。荒っぽいぜ……。

「ちょっと話は逸れるけど、」と九十九十九が前置きをして続けようとするところを、僕は遮る。

「ちょ、ごめん、その前に俺にも確かめさせて?実行犯たちの夢に何か共通項がないか」

そう言って僕は携帯を取り出し、福井県警の白碑将美警部に電話して、十五人の実行犯たちに夢の内容について聴取を行うよう、もし必要なら催眠も試すよう頼む。「夢ぇ？まーたジョージくん変なこと思いついたなあ……」と白碑さんは言うけれど、ちゃんと実行してくれるだろう。

　電話を切ると、九十九十九が言う。「それがこの時代の電話なんだね？小さくて、電話線もなくて、ガラスの表面で小さな絵が動くのか……」

　そりゃ驚くんだろうけど、自分に起こっている状況の方が異常だし、そんな文明的ギャップについて今確かめ合ってる場合でもないだろう。

「ふ、そういうの確かめ始めたらキリないで？今年はアメリカの有人宇宙船が火星に降り立つし」

「……まあそういうのはおいおいだな」と九十九十九も言う。「じゃあ話を戻すね。と言っても、脱線なんだけど」

　本筋も何だか判らないが、とりあえず僕は任せる他ない。

「僕は、実は、この真犯人の男の子……ハビエル・コルテスの、眠りながら他人の夢に侵入する力だけど、彼が持って生まれた力とか才能とかだとは思っていないんだよね。問題の根本はハビエルの母親、レオノーラ・コルテスにあるはずだ。リンチを受ける直前、ハビエルはジョージにある告白をしているんだよ。ハビエルはジョージに訊いた。『どうして俺が密室に拘（こだわ）るか、判るか？』と。ジョージが首を傾げているとハビエルは言った。『全ての死は密室で起こるからだよ。俺はたくさんの人間を夢の中で唆（そそのか）し、密室で誰かを殺すように仕向けたが、本当に死にたかったのは……殺したかったのは、俺自身さ。俺が寝てる間、密室の中で、俺は常に母親といた』。その台詞を伝え聞いて、僕に欠け落ちていた疑問がようやく浮かび、答が暗示された。その疑問とは、どうしてハビエル・コルテスはこんなにたくさん夢を見ているのか、だ。何しろ密室殺人を実践させるまで追い込むには時間がかかる。ハビエルは十五人の実行犯たちを一人ずつ相手していたわけじゃないからね。十五人全員じゃないにしろ、何人かは同時進行だったはずだ。密室殺人に追い込まれたのが十五人ってだけで、おそらく他にも標的にされ、夢の侵犯を受けていた人間はいただろう。そのそれぞれの夢を一人で渡り歩いていたんだ。夜眠れなくなった標的の、昼間のうたた寝にまで出現していたらしいからね。つまり昼間、ハビエル自身も眠っていたんだ。考えてみれば異常な睡眠時間だよ。どうしてハビエルはそんなふうにたくさん眠るようになったのか？『**密室の中で、俺は常に母親といた**』という台詞。レオノーラと密室にいて、ハビエルは眠り、夢の中で他人に密室殺人を唆しながら、内心では自分を殺したいと願っていた。ここにある怒りと自己への憎悪とは何だろう？どうして母親と密室にいるときには常に眠り、夢の中でその憎悪を爆発させていたんだろう？母親と密室でいることの何がハビエルをそんなにも憎悪にかき立てていたんだろう？」

これは質問ではない。

僕にも答はあるけれど、それを言う必要はない。九十九十九が続ける。

「おそらく何らかの虐待(ぎゃくたい)を受けていたんだろうね。自分を殺したいという気持ちは自分の肉体を消してしまいたいということだろう。眠りというのが夢への逃避とするなら、母親と密室でいるときにハビエルは自分の肉体から逃げていたということになる。逃げ出したくなるほど自分の肉体を穢(けが)されていた……と解釈するなら、その虐待とは、もしかすると、性的なものだったかもしれない。でももう事実がどうだったかは判らない。ハビエルはリンチを受けて殺され、母親のレオノーラもまた船乗りの夫、ファン・ロビラの帰宅前に自殺したからね。家族を失ったファン・ロビラから、ジョージは少しだけ話を聞いている。『そういうこと』が、ひょっとして十年近く続いていたのかもしれない、と。ファン・ロビラは職業柄留守がちってだけじゃなく、浮気性でね、ハビエルが幼い頃にも妻のレオノーラを泣かせていたんだ。でもいっときからレオノーラは泣かなくなった。『私にはハビエルがいるから』と言ってね。泣いてるレオノーラをハビエルが『僕がいるから大丈夫』って慰めたんだと聞いて、ファン・ロビラはとにかく妻が落ち着いたなら、と気が楽になったくらいだったらしい。妻が異常に息子を溺愛（できあい）しているらしいことも気付いていたが、自分の負担が減ったと喜んでいたみたいだし……まあつまり、根本の根本はファン・ロビラ・コルテスにあるとも言える。誰かが誰かを傷つけ、その誰かが別の誰かを傷つけ、さらにその誰かが、不思議な力を使って大勢の見知らぬ人たちを傷つけ、その大勢がたくさんの密室を作り、人々を殺したわけだ」

そういう連鎖がこの世には常にある、と僕も知っている。

「そういう悲しいつながりとか現実とかはともかく、でね、僕は思うんだ。ハビエル・コルテスの、他人の夢に入り込む力は、この、母親から与えられた日常的な苦しみから生まれたものなんじゃないかって。これも一つの仮説に過ぎないけど、僕は、人間は、同じ苦痛を繰り返し与えられ続けることで、その苦痛から逃れるための超常的な力を持つことがあるんじゃないかと信じ始めてるんだ」

え？それは大胆な仮説だなあ……と思う僕に、九十九十九はもう一人の《ジョージ・ジョースター》と出くわした、友達になるきっかけとなったある事件の話をする。これまた頭がおかしな母親による児童虐待にまつわる話だ。赤ん坊の頃から母親に全身の皮膚を剝かれていた可哀想なアントニオ・トーレスは十歳を超えたくらいの年から、年に一度、全身一度にずるりと脱皮できるようになって……。

「うええ、気持ち悪い……」

「これもまたハビエル・コルテスに起こったことと同じじゃないかと思うんだよね。繰り返される苦痛が、超常的な力を生み出したんだ。普通の人間は脱皮したりしない」

「ああ……ほれはほうやろうけど……俺、ちょっと訊いていい?」

「うん」

「傷つくかもしれんけど」

「いや、多分大丈夫だよ」

「お前らのいた、そっちの世界がそもそもおかしいんでないの?そっちでは、たまにそういうことも起こっちゃうーみたいな」

「うーん……。もちろんそれを今否定はできないね」

「ほやで、きっと。俺そんな話聞いたことないもん」

「それは僕も、ジョージ・ジョースターに出会うまではそうだったんだけどね。それにその二度だけだったしね、そんな現象」

「ほやろ?思うけど、悪いけど、そっちの世界がちょっとおかしいとしか思えんけどなあ……。こっちは普通やで?」

「僕にはこっちにもおかしなことがたくさん起こってるように思えるけど、これは世界の法則が異なっていたりするからなのかな……」

「ううう。その脱皮の話、怖いわあ……。もう想像する絵が怖い」

「あ、そう言えば、僕、『1900年のアントニオ・トーレス』の皮膚、荷物の中に入れて持って帰ろうとしてたのに、あれ、こっち持って来れてないのかな……?意識がなくなる直前にもうすぐ船を下りるからって荷物まとめてたとき、ちょうど僕、それが入った筒、肩にかけた気がするけど……」

「うへえ……。いや、見たくないけど、もしあれやったら加藤さんとこ訊いてみよか?あの家半壊してもうてるけど、瓦礫の中から何か見つかるかもよ?」

「うん……けどそれほど大事ってわけでもないし、見つかったらでいいかな。ハビエル・コルテスのピエロの付け鼻とカツラとかも別の荷物に入ってるはずだよ」

「怖い怖い」

「うん。まあ一応、脱線はここまで。僕が言いたいことは別にあるんだよ。おそらく僕が、君に言っておかなきゃいけないことが」

「もう一人の《ジョージ・ジョースター》の存在についてやろ?」

「いや、同時に、君の存在について」

「うん?」

僕?

お前に何が言えるんだよ、と僕は思う。僕の何を知ってるというんだ?

「君は名探偵を自称しているから理解が早いはずだ。君は難しい事件、他の誰にも解けないような問題を常に解決していることに、疑問を感じないか?常に最終的には正解に辿り着いてみせることが異常だと思わないか?何気なく読んでいた本から重要な手がかりを得たり、たまたま居合わせた見ず知らずの人の会話から新しい着想を与えられたり、これまで完璧に振る舞っていた犯人が唐突にミスを犯したり、そんなふうな、自分に都合の良い偶然が多すぎると思わないのか?この世がまるで自分のために存在するように感じられないか?神様から特別扱いを受けてるように?」

「え?言うてる意味は判るけど……名探偵ってそういうもんでない?運も才能のうち、みたいな」

「人間なら失敗をするものだよ、ジョージ・ジョースター。間違えたりも時々するのが普通なんだ」

「いや俺結構いろいろ間違えるで?」

「でも必ず正解に辿り着く」

「ほやかって俺めげずに頑張ってるもん」

「頑張ってても上手くいかないのが普通なんだよ」

「普通普通って上手くいってる人間に間違えれ間違えれみたいに言うなや。何が言いたいんよ。自分たちが名探偵であることを疑えってか」

「そうではないんだ。逆で、名探偵であることや自分自身については疑う必要はない。僕が言いたいのは、恣意的な神が君を特別扱いしていることに気がつかなければならないってことなんだ」

「……なんで？日々そのことに感謝して生きれって話？」

「違うよ。僕が『ビヨンド』と呼ぶその神が、今君ともう一人の《ジョージ・ジョースター》を並列に並べたということに、何か意図や目的があるに違いないということだよ。僕がこんなところに飛ばされたのだって、当然その『ビヨンド』の力に違いない」

「いやあ……俺が15パズル解いたせいでないかなあ……」

「それもあるよ。でも、それをこう考えるべきなんだ。『ビヨンド』は、そういうふうに君を動かして、僕をこちらに呼び寄せたんだ。いいかい？一般的に神というのは万能で、人間に何かを説明する必要を感じなくて、気まぐれな振る舞いも許されるものなんだ。例えば僕を、ただ君の前に立たせることだってできたはずだよ。不条理なままで理屈なんて無視でね。でもそうはならなかった。この『ビヨンド』という神は、敢えて《15パズル》なんてものを用意したんだよ。僕が思うに、そうしなくてはならない『ビヨンド』としての理由があるはずなんだ。君が名探偵であることで、ある程度この世界の性質も予想できる。名探偵として僕も言い厭きている言い回しになるけれど、名探偵がここにいる以上、ここは全てに理由がある世界なんだ。名探偵の登場するミステリー小説が必ずそうであるようにね。ここで『ビヨンド』はそのミステリー作家にあたるわけだ。だから君は、自分を主人公の名探偵としてミステリー小説を書いているその作家について、よく知っておくべきなんだ」

　う～ん言ってる意味は大体判るんだけど……「なんでそんな必要があるんよ？」

「言っただろう？　もう一人の《ジョージ・ジョースター》がいるって」

「それが？」

「君は、同じ事件に別の名探偵が関わってきたことがないと言ってたね。じゃあミステリー小説ではそういう小説を読んだことはない？」

「あるよ？」。そんなの現代にはたくさんある。「で？」

「名探偵が二人関わる。事件の真相は一つ。二人ともが名探偵ならば同じ真相に同時に辿り着くはずだ。でもこの世にある小説ではどうなってる？」

「まあ、二人関わる小説なら、一人が解決したと見せかけてもう一人がさらに奥の真相を見つけるパターンやわな……」

「そうなったとき、二人とも名探偵なのかな？」

「う～ん。扱いは名探偵やけど、確かにまあ、その小説の中では、本物の名探偵は後者ってことになるかなあ。ほやけど次の小説で立場が入れ替わったりもするし」

「シリーズならね。僕が言ってるのは、さっきも言った通り、『人生単位』でもなく、あくまでも『事件一つ一つ』だよ。《一冊》だけだ。《次》はない。君は二人並べられた《名探偵》の一人なんだ。本物か、偽物か、君はこの人生で証明することになるはずだよ」


な～んかこのハンサムボーイがやってきたせいで面倒臭いことになってきたなあ、と僕は思う。

何一方的な話をまくしたたてるんだよ……。うざったいので僕は言う。

「別に俺偽物でいいよ。お前の友達のほうの《ジョージ・ジョースター》に《本物》譲る譲る。あはは。それで俺の何かが変わるでなし。あんまり気にならんよ。それに俺は別に名探偵って仕事に執着心があるわけでもないんやで？代わりにやってくれる人がいるんやったらその人に全部任せてもいいわ」

本心だ。だって殺人事件とか殺人鬼とか怖いだろ当然。マジで危険だし。それにトリックとか考えるのややこしいしどんでん返しとかうっとうしいし、褒められても讃えられても僕は何とも思わないし……って考えてると、どうして名探偵なんてやってるのか？って自問したくなってくるくらいだ。別にどうでもいいのだ。僕しかいないからやってるだけで、もう一人《僕》がいるなら全然やりたくないぞ？と僕があっさり言ったことで戸惑ったようだが九十九十九は涼しい顔をしながら付け加える。

「ただ《名探偵》として二人並んでるわけじゃないよ？二人の《ジョージ・ジョースター》として並んでるんだ。本物と偽物に分けられてしまっても平気なの？」

「平気やで？」と僕は即答する。「あのなあ、言うてなかったけど、俺、もらわれっ子やで？そもそも俺、《ジョージ・ジョースター》でないって言われたら、それはその通りなんやで？」

するととうとう九十九十九の戸惑いが顔に出る。

何だこいつ。僕が名乗ったときに変だと思わなかったのか？

「百年後の日本人はジョージ・ジョースターって名前もありなのかと思ってたよ……」と言うので

ちょっと笑う。

「いやいや。変な名前の奴もいるけど、大抵『田中太郎』的な、普通の感じやで？つかお前自分の名前のほうがよっぽど変やし、そのせいで名前への許容範囲が広いんでない？この世界の日本人、基本的に読みやすい漢字で書いた普通の名前やで〜？」

僕が言うと、九十九十九がため息をつく。深〜く。ふうううううう、と。「よく判らなくなってきちゃったよ……」

何だかその風情が可哀想になる。

「ごめんごめん。俺もお前のその調子に乗っかってやれば良かったんかもしらんけど、嘘はつけんでなあ……」

「いや僕に気を遣う必要はないんだけどさ……」

「ほうか。まあ、どうしよそんで。お前今夜どうする？今夜はこの病院に泊まらしてもらえるかもしれんけど、明日からは？」

「う〜ん……」

「この『バミューダ・トライアングル』もうトライアングルでないけど行ってみるか？病院代とこまでの旅費、俺出してやってもいいで？お前ここに誰も知り合いいんのやろ」

加藤家はどうなのかな？

いやもう目指していたらしい西暁町の実家は空っぽだし、親戚かもしれないとは言え遠いと言えば遠すぎる関係だし、湯濃の加藤さん夫婦の家を壊してしまった……って九十九十九のせいじゃないのかもしれないけど、原因に関わった男が今顔を出したところでまともに相手してくれるかどうか判らない。余計な混乱を生むだけかもしれない。……が、加藤家の過去を調べることで九十九十九との接点が何か明らかになるかも、だよな。「それとも西暁町の、お前の実家の人……ってことかもしれない人に会ってみるか？」

「そうだね……僕の荷物が一緒にこっちに来てないかどうかも確かめたいし、あの壊れたおうちの人にも挨拶だけでもさせていただかないとね。親戚と言えるかどうかも判らない相手だから、もし必要なら、僕もここにいて、少し探偵とかやってみようかな……？でも僕はこの世界について何も知らないし、名探偵なんて、ここではやれそうな気が全くしないよ。お金を稼ごうと思ったら普通に働いた方がまだ良さそうだ」

「ほうか。とにかく今夜は寝てれや。すんごい遠くから来たし溺れかけたんだし疲れてるやろ」

「でも、あの家の瓦礫と一緒に僕の荷物も捨てられたりすると……」

「大丈夫大丈夫。聖理河さんとかショックでフラフラしてたし、今夜はホテルで休んでるやろ。警察の実況見分とかも入ってるやろうし明日動けばいいよ」

「そうかな。……ありがとう、ジョージ・ジョースター」

「お。うん。ふふ。あんな、お前が『バミューダ・トライアングル』行くんやったら俺もついてくわ。一人やと判らんことも多いやろうし、俺も別世界に旅立つ瞬間見たいわ」

「……ありがとう。でも、理由は説明できないけど、君は僕の元の世界には来ないほうがいいと思う。一つの世界に二人《ジョージ・ジョースター》がいるなんて、ぶつかり合ったときに何が起こるか判んないよ」

あ〜タイムトラベルのありがちな矛盾が起こるか?

「でもそしたら俺《ジョージ・ジョースター》譲るわ。別に。ほれに、俺とその《ジョージ・ジョースター》は同じ人間じゃないんやでパラドックスは関係ないんでない?」

「……でも『ビヨンド』が何を仕掛けてくるか判らない」

また言ってる。もうその『ビヨンド』って単語が煩(わずら)わしいぞ?

「判った判った。別世界に興味はあるけど、百年前のテクノロジーに俺が馴染めるような気がせんで、行かん行かん。電車もジェット機もないんやろ?帰ってくるのも大変そうやし、俺いいわ」

「うん……」

「この世界やったら飛行機で十三時間くらいかな?成田(なりた)からJFKまで」

『バミューダ・トライアングル』ポイントはマンハッタン島の先端にある。自由の女神像がちょうどそこに立ってるんじゃないだろうか?

「成田?は、成田山の成田かな?」

「ほや。JFKはジョン・フィッツジェラルド・ケネディ大統領から取ったマンハッタン島の空港の名前」

「へえ……マンハッタンってことはアメリカか。アメリカの、多分元いた世界でこれから生まれる大統領ってことかな?こっちの世界と向こうじゃ歴史の流れは違うかもしれないし、どうなるかまだ判らないね」

「ほやな。つか一応こっちが未来やとしたら、あんまりこっちの情報知らんほうがいいんかな」

「どうだろう？」

「ま、いいか。あんまり深く考えても……」仕方ないか、と言いかけたところで電話が鳴る。白碑さんからだ。

「もしもし？」

「おージョージくん今電話平気か」

「はい」

「ビンゴやで。夢、けったいなのがおったで」

「……え！はや！本当ですか!?」

僕と九十九十九の目が合う。九十九十九の瞳には憂いがある。ここにも《ハビエル・コルテス》的真犯人がいるのか？《性的虐待》などの要素も絡んでくるならと想像するだけで気分が暗くなってくる。

白碑さんが続ける。

「夢のことに話向けたら皆慌てるみたいに言いだしたわ。夢の中の話やで今の今まで忘れてたんやな。あのな、丸いつばのついた帽子を深く被った男がな、それぞれ夢ん中に出てきてこう言うてたんやて。『警察に捕まった後、もし夢のことを訊かれたら必ず警告しておけ。【ジョージ・ジョースターは杜王町に近づくな。近づけば殺す】』ってな。名指しやでジョージくん。それも十五人が十五人、皆一字一句違わず、どうやら同じ奴から夢ん中で伝言を託されてたみたいや。名前も伝わってるよ。『吉良吉影』やて。あかんでージョージくん。こいつは普通やないで。変なとこに近寄らんほうがいいわ」


はあ？

杜王町？

どこだそれ？そいつは何者だ？誰だ吉良吉影って？

『密室先生』ハビエル・コルテスみたいに実行犯に密室トリックを指南してるだけじゃなくて、僕に警告だって……？

「怖！行かん行かんそんなとこ～！」と僕は言うけど白碑は信じない。

「いやジョージくんマジやで。危ないことせんといてや？またいろんなところで助けてもらわんとあかんのに、行ったらあかんで？」

「行きませんって」

「いやジョージくんそんなこと言うてていつも変なとこ行ってまうが」。さすがに付き合いが長いので判っている。

「だってそんなん、来いって逆に言うてるようなもんじゃないですか～」

「あかんて。人の夢に入ってくるような奴やで？ろくなことないわ」

「またまた。そういう台詞も僕をかき立ててるんですけど」

「本当に危ないで。仕事柄、こういう不思議な目に遭わんこともないけど、本当にマズい相手がおるもんやで。これは絶対にそのタイプや。人の常識が通じんのやもん」

だからそういう台詞は僕を煽るだけなんだけど……と思うけど、もう言わない。すでに十分煽られてしまった。「とにかくありがとうございました」と言って電話を切り、九十九十九に内容を伝える。「そんなの、絶対行くに決まってるがな?」と僕が言うと、

「う～～ん……まあ、そうだろうね」と九十九十九も言う。「でも僕はとりあえずそっちにはもう関わるつもりはないかな。それ、僕の世界では僕と《ジョージ》で終わらせた事件だし、僕には優先的にやるべきことも考えるべきこともありそうだし」

そりゃそうだな、と僕も思う。「ほしたらこっちは俺に任せておけや。でも、本当に、病院代と旅費は任せておけよ。あれやったら俺お前のことマンハッタンに届けて、あっちの世界に帰るの見送ってからその『杜王町』行くわ」

言いながら僕は携帯で『杜王町』を検索している。あった。

ああ……東北の大都市、あのS市の海べりか。全然行ったことないぞ?当然地名も初耳だ。でもそこにいる奴が、僕を拒否している。

「よっしゃ。気合いも入ったし、とりあえず俺もう帰るわ。また明日来るし、俺携帯買ってきてやるよ、俺名義になるけど。連絡とり合おうぜ」と僕が言うと、九十九十九が頭を下げるのでビックリする。

「おいおい……」

「ありがとう、いろいろ親切にしてくれて。初めて会った僕に……ありがとう。ジョージ・ジョースターはどちらの奴もいい奴だね。僕が君にこうして会えたのも、絶対に意味があるんだと思う」

「ははっ、うん。まあ、それはそうかもしれんけど、そんなふうに丁寧に言ってくれなくていいよ。何？そういう、百年前くさい真面目な感じ。ここではもうちょっとくだけていいんやで？」

「ふふ。僕もジョージも向こうじゃ随分くだけた方だったと思ってたけどなあ……。うん。とにかくありがとう。これからもしばらくはいろいろ厄介になるかもしれないけど、よろしく頼むね。君しか頼れる相手は今のところいなそうだし」

「ああ。ほしたら俺もう帰るわ。じゃあな」

「うん。また明日」

　名刺だけ渡しておいて別れて、何だか変な出会い方した変な奴だけど、いい友達になれそうな感じがするなあと思って家に帰り、次の日起きて、朝の支度をしているときに九十九十九が死んだと知らせを受ける。

　遺体が見つかったのは『杜王町』だ。


　そうか、と僕は思う。そんなふうに念入りに僕を呼びたいか、と。

　あれはもともと『警告』なんかじゃなかったのだ。ちょっと挑発的な『お誘い文句』だったのだ。

ふん！

でも九十九十九を殺さなくったってどうせ行くつもりだったのだ。馬鹿め！余計なことをしやがって！九十九十九が死ぬ理由などどこにもなかったのに！

THREE 傷

九十九十九がいなくなって、おそらく死んでしまって、俺は冒険時代終了とばかりにただ高校に行き帰りするだけで母さん以外とはほとんど誰とも言葉を交わさずに家でも学校でも本ばかり読んでいる。子供の頃も友達はいなかったし部屋に閉じこもってばかりだったけど本なんか手に取りもしなかった。でも九十九十九と友達になって名探偵としてのあいつがいろんな知識を駆使して物を考え事件を推理しているのを見ているうちに内心自分の物の知らなさにいたたまれなくなってはいたのだ。とは言え勉強はやっぱり苦手だし学校に真面目に通っていたとは言えない俺は、九十九十九と違って周りの生徒にまったく追いつけない。で、しょうがないのでまずは小説を読むことにする。母さんが英語の本をたくさん買い集めていたので本棚にはぎっしりと読むものが詰まっていた。俺はまず名探偵つながりでシャーロック・ホームズシリーズを読んでみるが、……九十九十九と実際の事件に巻き込まれてきた俺にはなんだかぬるくてかったるく思えたので途中で放り出し、チャールズ・ディッケンズ、オスカー・ワイルド、エミリー・ブロンテなどを一応読んでいって、H・G・ウェルズにいっとき熱狂する。『タイムマシン』や『モロー博士の島』『宇宙戦争』『透明人間』とかの科学ロマンスはどれも最高で、俺はようやく科学ってものに興味を持つ。俺が科学の本を読んでると母さんがすかさず家庭教師をつけようかと提案してくる。勉強しろだの早く寝ろだのとはほとんど言ったことがない母親だけど、俺のことをよく見ているからタイミングがいいのだ。もちろん俺は断らない。それどころかちょっと思い当たることがあってこちらからも提案する。先生役をお願いしてみたい人がいるのだが、と。それは九十九十九最後の事件で知り合った、夢使いハビエル・コルテス逮捕のきっかけになった女の子で、名前はペネロペ・デ・ラ・ロサ。そもそも道化恐怖症だったのによりにもよってピエロのメイクをしたハビエルに夢の中で付きまとわれ、密室殺人を執拗に唆されて、そのショックで学校に行けなくなり家に引きこもりがちだと言う。ちょっと綺麗なお姉さんだったし、九十九十九の思い出話でもしたら俺も楽しいしペネロペの気も晴れるんじゃないのかなと思ったのだ。でも訪ねて相談してみたらけんもほろろ。ほとんど顔を合わしてもくれない。「悪いけどあなたの顔を見るとあの夢の中の悪いピエロのこと思い出しちゃって、怖いの」

ありゃー。そう言われてしまえば俺も無理強いはできない。まあちゃんと思い返せばハビエルの被害に遭っていたときのペネロペは本当に混乱し怯えきっていて昼間でもずっと震えていたのだ。俺はぼんやりした頭で無神経なことをしでかしてしまった。「そうか。ごめんな突然来て。君を脅かすつもりはなかったんだ」と言って俺が帰ろうとしたとき、玄関ドアの向こう側で姿を現さずにペネロペが言う。「こっちこそごめんねジョージ。せっかく会いに来てくれたのに。あのピエロの顔が思い浮かんじゃうけど、それでもジョージの顔が見れて良かったし、声が聞けて、ちょっとだけどこんなふうに話せて、私凄いホッとしたよ」

それを聞いて俺も嬉しかった。

あと、事件で知り合った人たちはほとんど皆スペイン人だけど俺のことをジョージと呼んでくれて、それが、九十九十九が俺に残してくれた遺産なんだな、と思い、寂しいような、同時にじんわりと気持ちが暖まるような感じで、俺は家に帰る。

けどその日の夜に、ペネロペの方から俺を訪ねてくる。酷く動揺して。

「ジョージ！」とペネロペが表で叫ぶので俺はビックリしてベッドから飛び起きる。時計を見ると夜中の一時半だ。一瞬夢かと思うが、また大声が聞こえる。「ジョージ・ジョースター！」

カーテンの隙間から玄関を見下ろすとドアの外にペネロペが立っている。

「どうしたの？ペネロペ」「どうしたじゃないよ！どうしてくれるの⁉」「何が……？落ち着いて……」「落ち着いてられないの！ハビエル・コルテスが来たの！絶対あんたのせいだ！昨日までは何も起こらなかったのに！」

ハビエルが？意味が判らない。あいつは島の皆に殺されて海に捨てられてしまったのだ。「とにかく待って！今から行くよ！」。俺は窓から離れ部屋を出て一階に降り玄関から飛び出す。ノースリーブのワンピースにサンダルを履いただけのペネロペが震えている。怪我をしてる様子はない。ひたすら怯えているらしくて、俺が駆け寄ると同時に崩れるようにして倒れかかるので腕で抱きとめる。身体が冷たくて俺はぎょっとする。そして「あああああっ！」と俺にすがりつくようにしてペネロペが泣く。「怖い！ハビエル・コルテスが私をまだ狙ってるの！」

「ありえないよ」と俺は言う。「あいつが死んだの、君だって見ただろう？」。石や鍬で殴られ、ハビエルの頭は割れて顔も潰されていた。あれで生きてるはずがない。「夢を見ただけだよ。安心して。あいつはもうこの世にはいないから」

するとペネロペがバッと顔を上げて俺を睨む。「違う！夢を見たんじゃないの！さっき、私のうちで実際に起こったことなの！あいつ、私のところに来たの！」

「ありえないよ……」と言いながら俺は悲しくなる。ひょっとしたらペネロペの頭はもう完全におかしくなってしまっているのかもしれない。

そんな俺に苛立つようにしてペネロペが涙声で怒鳴る。「本当だよ！先回りして、あちこちにいるの！」

先回りして、あちこちに？

「どういう意味？……ちゃんと聞くから、落ち着いて話して」

「あのね、……今日ジョージがうちに来てくれた後、私が部屋に戻ったとき、誰もいないはずの私の部屋が内側からドアも窓もロックされてたの」

「……？」

「密室だよ！最初は誰かが中にいるんだと思って……怖かったからママのいるキッチンに行ったの。そしたら普段開けっ放しにしてるキッチンのドアが目の前で閉まって……内側から鍵を掛けられちゃったの。私、怖くてママを呼んだら、そのときママがドアの向こうで悲鳴をあげたの！『きゃあああああっ！誰かがここにいる！』って！私もママもパニックになっちゃって、二人ともドアを開けようとするのに開かないし、……コルテスに私、ママを殺すように仕向けられてたでしょ？ママもそのこと知ってるから私のこと疑って『やめてペニー！やめて！殺さないで！』って……私、そんなことしないよ！もうコルテスはいないし、私は正常に戻ったんだから！本当にママのことが心配で、私、ドア蹴ったりもしたんだけど開かなくて……ジョージとかツクモジュークとか、そうしてたでしょ?密室に入るとき」

緊急時にはね、と俺は思う。中で異常が進行中ならばそうするけど、基本的には現場の状況を荒らさないよう鍵を探すか他の入り口を探し、作る。密室を作る奴は発見時のことも踏まえてるから、ドアを蹴破るような単純な突入を見越して何か証拠を隠滅したりトリックの仕上げのために利用したりするのだ。そういうのに加担したくない。

「でも私のキックじゃドアなんて全然破れなくて、今度は体当たりを何度も繰り返して……ようやくドアを壊して飛び込んだとき、私、見たの。リビングの隅にピエロが消えるのを。私はそれで身体が動かなくなっちゃって……ママはソファの後ろに隠れて半狂乱で泣いてるし……。しばらくして私がママのところに行ったとき、ママは全部私のせいにしたの。私がもう一度ママを殺そうとしてるんだ、やっぱりママのことが嫌いなんだって」

四年前に両親が離婚し母親がペネロペを引き取ってから、自分から父親を遠ざけたとペネロペが母親のことを責めたことは事実あるらしい。それがこじれ、母と娘の信頼関係はあやふやになり、ペネロペにエドヴァルドってボーイフレンドができたとき、このエドヴァルドってのが悪い奴でペネロペに暴力をふるい金品を巻き上げていたのを母親イザベラが咎めたのだが、エドヴァルドはペネロペとイザベラを対立させてペネロペをさらに孤立させた上、これ以上干渉するならペネロペを壊れるまで追い込むとイザベラを脅し、母親は娘を諦めてしまった……のだが、そんなときにペネロペの夢の中でピエロが現れた。真っ白な顔に派手な原色メイクで目を丸く剝きニッタリと笑い『ラリホォ♪』と歌う道化師が大袈裟な身振りで踊り出すと、ペネロペはその滑稽さが底抜けに恐ろしく、悲鳴をあげられないほど身体を硬直させて大量の脂汗をかき、心臓と脳が直結したかと思うほど動悸が激しくなるともう気を逸らすこともできず、呼吸も浅くなって視界も思考も極限まで狭まり、時には夢を見たまま白目を剝いてベッドの中で失神してしまうのだった。その理不尽な恐怖を唯一訴えることができた相手がイザベラだった。

「世界中で信頼できるのはママだけだよ？それに私はようやく気付いて何度も伝えてきたつもりなのに……」と言ってペネロペが泣き出し、俺は女の子が泣くのが苦手で、何も言えずに立ち尽くしてしまう。泣き止むのを待つしかない。ペネロペは泣きながら続ける。「でね、ピエロが消えた窓際に、恐る恐る近づいたら、これが落ちてたの」と言って差し出したのは手の平くらいの大きさの人形だ。裸で、凹凸のない顔には丸い目と大きく開いた口が刺繡されているけれど、目の中には瞳がなくて白目を剝いていて、口からは顎に一筋血が垂れており、首を首吊り用のロープの穴に突っ込んでいる。

「これは……⁉」

「死体だよ。きっと私の。これは警告なんだと思う。私、きっと殺されちゃうか、誰かを殺しちゃうんだ、近いうちに」

「や、そんなことはないよ……」と俺は言うけど、何の根拠もない。ペネロペも判っているだろう。それにしても、と俺は思う。これは考えの浅い俺が迂闊にもペネロペを訪ねたことで始まったことなのだろう。何しろ今日始まったことなのだ。「とりあえず、うちに入れば？」と俺が言い、ペネロペを連れて玄関ポーチに上がり、ドアに手をかけて、気付く。

鍵が内側から閉まっている。

母さん?どうして俺たちを閉め出すようなことを……?とぼんやり考えた瞬間、中から押し殺した声が聞こえる。

「ジョージ?……逃げなさい」

「?何を……ここを開けてよ、母さん」

俺は爆発的な不安に駆られ、ドアノブをガチャガチャと捻りまくるがまったく開く気配がない。

「言うことを聞きなさいジョージ。ここから逃げるの」

「母さん!ここを開けて!中で何が起こってるんだ!?」

「ここにピエロがいます」

ここに!?

「ひゅいっ」と喉の奥に悲鳴を飲み込んだのはペネロペで、後ずさり、ポーチの階段を二つ降りてしまう。「ああ……ジョージ、ごめん。ひょっとして私が連れてきちゃったのかも……!」

ありえない、と俺は思う。ハビエル・コルテスは死んだのだ。そして俺は幽霊なんて信じない。

これは誰か生きてる人間がやってることなのだ!

それは九十九十九の友人として過ごした四年間で俺が学んだことだった。

幽霊はいない。魔術もない。呪いや祟りはそれを信じてる人間の気持ちに作用するだけ。中国人は魔法使いではないし、犯罪者にとって都合のいいだけの秘薬や毒薬などは存在しない。全てに意味がある。何もかも理屈で説明できる。

この部屋の向こうにいる『ピエロ』にだって理屈で説明がつくはずだ。不思議なピエロなんて夢の中にしか存在しない！

俺は渾身の力でドアを蹴破る。ドガアン！俺はこれまで九十九に促されて何枚ものドアを蹴破ってきたけど、初めて上手にできたと思う。ドアは鍵を吹き飛ばして内側に開き、１８０度回転して壁にぶつかる。

「母さん！」。俺は部屋に飛び込み、そして見る。空中に浮いたピエロと、それと対峙して立ち尽くしている俺の母親。

ピエロが……いるじゃねえか！

「きゃああっ！」という悲鳴は背後のペネロペだ。

ピエロは実在するのだ。ペネロペにも見えている。今ここにいるのは真っ白な小太りピエロ。白髪に白塗りの顔にフワフワ襟の広い真っ白な衣装。

「ペネロペ！外に出てろ！」。俺は怒鳴りながらそばにあった椅子を持ち上げる。考える前に打て！俺は椅子を振り上げ宙に浮かぶピエロに殴りかかる。「うおおおおっ！」ブウン！椅子は空を切る。ピエロは消えた……んじゃなくて、バラバラにほぐれて分解する。

何だこれは⁉と椅子を床にぶつけながら俺は考える。幽霊などではない。幽霊なんか見たことないが、煙か霧のようにふわっと消えたんじゃなくて、細かく分かれただけで、はっきり見えないだけで、まだ空中にいる。

俺は言う。「母さんも外に逃げて」

するとと背後で母さんが言う。「ジョージ、落ち着いて。……どうやらそのピエロは、何か私たちに危害を加えようとしているわけではなさそうよ」

「?……どうしてそんなことが……」

「最初に現れたときには部屋のドアと窓を閉じているところで驚いたけど、さっきあなたと一緒にあの女の子……ペネロペさん?が現れて、判ったの。あのピエロ、よく判らないけど……ペネロペさんが作ったものなんだと思う。彼女が、彼女自身のために」

「……ええ……?」

そのとき、

「ジョージ?……大丈夫?」

と訊かれ、振り返ると蹴破った玄関ドアの向こう、ポーチの階段を再びペネロペが登ってこようとしている。

「ペネロペ、こっちに」来るなと言おうとしたその瞬間、バーン!と玄関ドアが内側から閉まり、その陰から宙に浮くピエロが再び現れる。「きゃあああああっ!」「うおおっ!」とペネロペの悲鳴と俺の驚く声が重なるが、それに構う様子はなくピエロはドアに重いサイドテーブルを引き寄せ、押しつける。内側から。

これでとりあえずの密室は完成した……?

「ジョージ!逃げて!」とペネロペが叫ぶ。「ごめんなさい!私がピエロなんか連れてきて……」

しかしそのピエロは密室の中で俺のことなんかちらりとも見ずに玄関ドアを……その向こうのペ

ネロペをドア越しに見つめているようだ。

俺は椅子を持ったままゆっくり近づくが、ピエロは振り返りもしない。なので俺はじっくり観察できる。宙に浮くそのピエロにはところどころ裂け目があって、中を覗くことができ、見るとピエロには表面だけがあって中身は何もない。単なる空間だ。

俺はさらに近づいてみる。ピエロの裂け目にはほつれがある。顔を近づければ編み目も見える。その空中のピエロは、糸で編まれているのだ。……どの糸で？

俺はピエロの腰から糸が一本ぴろんと垂れているのを見つける。その白い糸を目で辿る。それはつつつと降りてしゅるしゅると床を這い、するりと玄関ドアの下の隙間を抜けている。

「ペネロペ、下がって」

「ううう、うん、ごめんね」

泣いてるペネロペが、ぎ、とポーチの階段を踏んで一歩降りたみたいで、俺はサイドテーブルを押しのけて玄関ドアを開ける。

「きゃあああああっ！ジョージ！危ない！後ろ！」と俺の背後に浮かぶピエロを見たんだろう、ペネロペがまたしても悲鳴をあげるので、俺はポーチに出てドアを閉める。「ああっ！よかった！ジョージ大丈夫⁉こっちに来て！さっきあんたの後ろにピエロがいたんだよ！」と大声で俺を呼ぶペネロペに、玄関ドアの下からポーチを縦断して床を這う白い糸がつながっている。これは……⁉

「ああ、ジョージ！でもあんたのお母さんは？密室の中に、ピエロと二人きりになってる！助けなきゃ！」と階段をまた上がろうとする勇気のあるペネロペを、俺は階段で抱きとめる。助けなきゃいけないのはこの子だ。

「ちょっと、何してんのよ！」と俺の腕の中でペネロペが言う。「ピエロが……」

肩を抱いて判るけど、ペネロペのワンピースのノースリーブが今や肩ひもだけになっている。夜風に肩が冷えきって、とても冷たい。

「僕の母さんなら大丈夫だよ」と俺が言うと、ペネロペが俺の腕の中で黙る。混乱も恐怖も続いているが、とにかくじっとしている。俺はしかし、ペネロペを抱き寄せながら、すがりついてもいるのだ。恐怖という感情の持つ具体的な力に俺は戦（おのの）いている。

また起こった、と俺は思う。夢使いハビエル・コルテスと同じく、アントニオ・トーレスの脱皮能力と同じく、絶え間のない恐怖が、苦痛が、人におかしな力を与えたのだ。

思い出す。ハビエル・コルテスがペネロペに押し付けようとした密室トリックは、糸をドアや窓から通して内側から鍵を掛けるっていう単純なものだった。九十九十九の推理は退屈なものになったはずだが、ペネロペに与えた恐怖はこんなにも大きく、不思議な形を持つまでに強かったわけだ。

馬鹿め。馬鹿め。俺は声に出さずに恐怖そのものに対して罵（ののし）り、ペネロペを抱きしめ続けている。

そうしているうちにペネロペのワンピースの糸は切れ、玄関ドアの向こうに再び首吊り人形が落ちていて、それを母さんが持ってくる。俺は受け取り、ペネロペに見せ、怯える彼女の前でそれをほどいてみせる。糸の先端部分が人形の腰のところに少しだけ出ていて、それをつまんで引っ張ると、ほろろろろろ、と人形はほどけていく。

「信じられないだろうけど、全部君が作ってるんだよ、ペネロペ。ピエロも、密室も、この首吊り人形も。君は恐がりすぎたんだ。密室殺人を犯すよう執拗に強要するピエロをね。君は耐えきれなくて、不思議な力で密室を作る力を得た。でも自分では作りたくないからピエロにそれをやらせ、誰も殺したくないから人形を殺したんだ。そして全てを密室の中に閉じ込めたんだ」

俺の説明をペネロペはもちろん信じられないが、密室の中を物理的にも、また心情的にも、ペネロペ自身は覗くことができないので、まあしょうがないだろう。次第に馴れていくことに期待するしかない。


しかし怯えるペネロペはどこに行っても、どのドアに立っても、全ての部屋を密室にし、中にピエロを待たせ、首吊り人形を残し、自分自身を震え上がらせ続ける。

俺のほうはすぐに馴れてしまう。俺自身はピエロも密室も怖くなんてないのだ。

イザベラさんにも説明してペネロペの不思議な力をこっそり見学もさせたけど、結局ペネロペに悪魔が取り憑いてるってところから結論が一歩も出ずにひたすら怖がっているので、俺と母さんとで話し合い、ペネロペを家に引き取ることにする。俺の家はラ・パルマ島ではおそらく一番大きいので、部屋もたくさんある。母さんはイギリスの大企業スピードワゴン社の大株主で金銭的な余裕はあるし、貿易会社を自分で経営していてカナリア諸島の全ての港に船と倉庫を持っている。その中のラ・パルマ島の事務所でペネロペも働くことになる。俺の家庭教師をやりながら。

ドアの前に立つだけで向こう側の部屋を自動的に密室にしてしまいピエロの影に怯えるペネロペだが、通勤に俺が付き添い、家中で俺にくっついて歩いているうちに、会社とジョースター邸内では密室は生まれなくなる……が、これは内心俺にとって残念だった。だってドアの前に立つだけで、ペネロペの服がしょろしょろほどけて向こうの部屋に移動してしまうんだぜ？ラ・パルマ島は年中暑いしもともとそんなにたくさん服を着込んだりしない。もちろんペネロペだってワンピース一枚とかせいぜい肩にショールを羽織るくらいで薄着ばっかりだ。で、それがしょろしょろしょろ……とペネロペが気付かないうちに表面積を減らしていくとか、ヤバいだろ。もちろん俺は問題に集中してて気付いてませんでした的素振りで黙ってたけど、男子諸君、女子にそういうのは通じないのだ。もちろん俺のちらりちらりは察知されていて、ペネロペがベッドのシーツとかソファのクッションではだけたところを隠しながら言う。「まだ信じがたいけど、ジョージのそのニヤニヤ顔を見てると本当の話だと思わざるをえないわね」

えーっニヤニヤとかちょっとマジかよ恥ずかしいーって言うかごめんごめんペネロペ真剣に怖いのに申し訳ない！と毎度毎度慌てるけど、ペネロペも別に本気で怒ってるわけじゃなさそうで、ホッとする。俺はいつになったらイギリス紳士になれるんだろう？


無理そうだ。

ペネロペがジョースター家に移り住んで半年ほど経って年も明け、二月のある日、最近会社へは一人で通勤していたのに、久しぶりに付き添いをお願いされる。「ジョージごめん。今日だけお願い。なんか昨日、帰りに変な人影が後ろからついてくる気配があってさ。何だか怖いから」

あ、『この密室はペネロペが作ったんだよ～』とか『ピエロも手作りだし、しばらく放っておけば人形に変わっちゃうし、怖くないよ～』とか宥める役じゃなくて、ボディーガードってこと？すると途端に俺の胸がドキドキし始める。や～九十九十九と一緒にいたときには殺人事件現場に突入したり殺人鬼に追い回された挙句に対決したりしたけれど、基本的に俺は九十九十九や警官たちが活躍する脇でわーわー騒いで逃げ回っていただけで格闘になんか参加したことがほとんどないから腕っ節にはまるっきり自信もないままだ。せめて場数を踏んだぶん度胸がついたかな？と思っていたけど全然そんなことないらしくて、しょうがないから一緒に会社に向かうかと朝食のテーブルから立ち上がろうとすると足がとっくにブルブル震えてしまっていて力が入らずよろける。ガシャリ、とテーブルの上に手をついた震動で食器が鳴る。え？ビビりすぎ。自分でもビックリするくらいだ。

「あ、ジョージ……ごめん、大丈夫？無理しなくていいよ？」と振り返ってペネロペが言う。「別に私、平気だから」

わあああ！俺がブルってるの普通にバレてるよーっ！という恥ずかしさと同時に、あ、そう？平気と言ってくれるなら俺はこのままここで温かいコーヒーを飲んでようかなとホッとする気持ちがあって、ホント情けないのだ。小学生の頃からこういうみっともないところが全く変わっていない。

でも俺が何か言う前に「駄目よジョージ。ペネロペについていってあげなさい」と母さんが言ってくれて、俺の面目は一応保たれ……てないか。二人とも俺の心臓ばくばくに完全に気付いている。何だろう?今日のこの悪い予感は……?

ともかく俺はペネロペと一緒に家を出る。ペネロペが気を遣っていろんな世間話を振ってくれているようだけど俺の頭はアントニオたちに苛められてたときの記憶でいっぱいで、なんか嫌な雰囲気がむんむん漂ってる気がするし、そういう予感が絶対当たるんだよな、と俺は思う。

もちろんアントニオ・トーレスは死んでるし、一緒になって俺を苛めていたフリオもとっくに俺への興味を失っているし、現れない。会社と俺の家のちょうど真ん中にある畑の中の一本道で俺たちを待ち伏せていたのはペネロペの元カレ、悪い悪いエドヴァルド・ノリエガだ。

俺はドキーンとつま先立ちになって頭が真っ白になる。ペネロペは睨みつけている。

「よおペニー。久しぶりじゃん」「……何?何か用?」「いや久しぶりに顔を見たくて待ってたんだよ……」「私はあんたの顔なんて見たくないから」「そう言うなよ。俺、今マジで弱ってんだからさあ……」「ふん。私がジョースターさんちに厄介になってるのどっかで聞きつけたんだね?でもあんたにはもう金も貸さないしどんなことでも助けないからね」「違うよお……俺今確かに金もないけど、そういうことじゃねえよ……俺、何だか不思議なものを見たんだよ……」

うん?不思議なもの?と俺はここでようやく意識を取り戻したような気分だ。エドヴァルドは前に九十九十九と会ったときとは打って変わった弱々しさだ。ふてぶてしくペネロペを自分の持ち物扱いしていたくせに。でも今のエドヴァルドのやつれた様子と何かに心底怯えているような声の震えには本物の、ペネロペに助けを求めてるような気配があるけれど……。

「駄目だよジョージ。ほっとこ。あいつああやって同情を買おうとして必死に演技したりするんだから」とペネロペは憎々しげに言い捨てる。

そうなの? 演技? これが?

「おーい……本当だよ、聞いてくれよ。俺の前に、大きな翼を広げた気色の悪い男が現れたんだよ……!」

「うるさい! 消えな!」

「本当に怖いんだよ……真っ黒で顔がよく判んなかったけど……あいつ絶対俺に何かするよ……」

「知らないよ! あんた自分で何とかすれば!?」

「俺、何だかあいつに殺されるような気がするんだよペニー。薄情じゃねえか……話くらい聞いてくれよ……あの暗い壁にそっとたかってる真夜中の蛾みたいな男のこと……」

「うるさいうるさいうるさい! あんただって私がピエロの話しようとしたとき聞いてくれなかったじゃない! 自業自得だよ!」

「反省してるよマジで……俺が悪かったから、ちょっとだけ足を止めてくれよ……。何だよ……昔のことをネチネチ掘り返して……聞いてくれよ。俺一昨日の夜さ、プルネラって最近俺が付き合ってる女んとこに遊びに行ったんだけど……」

「そんな話聞きたくないいって言ってんの!」

「いや聞いてくれよ。別に俺もそいつのことお前のこと好きだったときほど好きなわけじゃないんだけどさ……」

「関係ないよ！あんた本当にやめな……！」

ペネロペは怒りのあまり足を止めてしまっている。そりゃそうだ。あのハビエル・コルテスの事件のときエドヴァルドは別れも告げずに姿を消していたし、ペネロペが引きこもってしまった後もしばらくはエドヴァルドを待っていたようだとイザベラさんからは聞いている。久しぶりに現れて、はっきり別れたかどうかも判らない前カノに今カノの話を、このボーイフレンドとしては屑としか言いようのないクソ男がするなんて……！

「そのプルネラのベッドでさ、二人で寝てたときに俺ふと目を覚ましたんだよ……」

「やめろって言ってるのが聞こえないの!?そんな話、私は全然！聞きたくないんだよ！」

と怒鳴るペネロペの気持ちも判るけど、その激しい怒りが怖くて、俺は「まあまあ、もう無視して行こうぜ……」とペネロペを宥めてここから離れようとしてギョッとする。ペネロペの形相に。額に青筋を立てて目を血走らせ、ガッと開いた口から歯を剝いている。ちょっと狂気じみてるぞ、と俺は思う。駄目だ。まだペネロペの精神状態は正常とは言えないんだ。

でもエドヴァルドはそんなペネロペの様子に構わずに続ける。「ベッドの足下に、そいつが立ってたんだよ……悪魔みてえに黒々とした姿で、存在感もなく、そっとさあ……」

ペネロペの鼻からツウッと赤い筋が延びる。鼻血だ。怒りの鼻血が顎を濡らしている。

「あんた、その話をやめないと、殺すよ」と言うペネロペの顔も怖過ぎで俺はもうどうしていいか判らない。

でオロオロするしかない俺の周囲でぶおおおと風の唸る音がする。風向きが変わった……だけではない、がざざっ！ぞぞぞっ！と何かが地を這う音も……ここに集まってくる。何だ!?

俺は周囲を見回す。島中の猫や犬がここに集まってきたんじゃないかと突拍子もない空想を思いついたんだけどそんなことはなくて、それよりももっとおぞましいことが始まっている。

集まっていたのは地面そのものだ。がざざざざぞぞぞぞぞぞっ！と渦を巻く地表が俺たちを取り囲んでいる。ざぶんざぶんとうねる草むらが獲物を狙う大きな肉食動物みたいに俺の背後を通り過ぎ、エドヴァルドのそばに行く。

「そいつが泥棒なんかじゃねえってことはすぐに判ったよ……泥棒はベッドの足下で寝てる奴のことじっと眺めたりもしないし、大きな翼をつけた衣装なんて着込まないもんな……」

「殺すよ……エドヴァルド……もうやめな……あんた殺しちゃうよ……？」

ぶつぶつ言い続ける二人とも恐ろしい。ペネロペの鼻血は胸まで真っ赤にしているしエドヴァルドは虚ろな目でふらふらしてるし何よりこの異常な状況に気付いてないのがおかしいぞ！見ろよ！

叫び出しそうになる俺の目の前、エドヴァルドを中心にして、ばあっと草と土の渦が立ち上がり、ぐみゅぐみゅと蠕動する四角い壁でエドヴァルドを囲んでしまう。

それでもエドヴァルドは独り言をやめない。「怖くてベッドの中で動けなくなった俺にそいつが言ったんだ……『静かに目をつぶって横たわり、明日のことを考えてみるのが一番いい』って……」

草と土でできた五メートル四方の立方体が閉じ込めようとしているのがエドヴァルド一人で、

「やめろって言ってるのに……！」と睨みつけて鼻血を垂らしているペネロペを見て、これが全てペネロペのやっていることなんだと判る。

「どういう意味か判らないけど、俺には判る……あの大きな翼の黒い男は俺に何か酷いことをするんだ……」と言うエドヴァルドがとうとう草と土の立方体に完全に覆い隠されてしまう寸前、エドヴァルドの背後に黒い土人形が立ち上がっている。帽子とぼさぼさ頭と丸い鼻。

ピエロだ。

土のピエロとエドヴァルドを包んで天井も壁も全ての穴が塞がれる。密室が完成したのだ。

「やめておけば死ななくてすんだのに……！」とささやく狂気のペネロペによって。

ペネロペはとうとう自分の服をほどかなくても、そこにあるもので密室を作ることができるようになったのだ。密室の中に潜む邪悪なピエロも。

俺はある種の感動すら憶えている。ペネロペの傷は苦痛の果てに具体的な力を持ち、とうとう武器にまで成長したのだ。

傷から生まれたその力を大文字の『ウゥンド（WOUND）』と呼ぼう、と俺は咄嗟に思う。インジャリー（INJURY）では即物的すぎる。トラウマ（TRAUMA）では病院の専門用語みたいに聞こえるし、心理的な意味が強すぎる。これは肉体的な、同時に情緒的な、人生の中で成長する傷なのだ……！

などと名前に拘ってる場合じゃない！アホなのか俺は⁉奇妙な感動など後回しだ！「っ駄目だ！ペネロペ！やめろ！」と俺はようやく声を吐き出す。「殺すな！」

ペネロペが俺のほうを見ずに言う。「私じゃないよ……?」

もちろん殺害を実行するのはピエロなんだろうけれども!

「エドヴァルド!逃げろーっ!」と叫びながら俺は道ばたに現れた密室に向かう。扉らしきものはない。窓もない。ただの立方体だ。ぎっしりと草同士が編み込まれ、土が隙間を固めている。俺は草を引きちぎるけれどもすぐさまその穴を別の草が埋め、土がかぶさってくる。壁全体が生きているのだ。

「うわあああああっ」と壁の向こうからエドヴァルドの悲鳴が聞こえてくる。

ピエロに吊るされてるのか?

本質的に、密室殺人というのは他殺を自殺に見せかけるために存在する。ではもしエドヴァルドがこのまま死んで誰かに見つかったとき、この草と土の密室の中で首を吊っているエドヴァルドの死を警察は自殺と判定するだろうか?

判らない。けれどもこの密室の作り方が判らない以上、他殺という立証ができない警官には自殺と判断する他ないんじゃないか?ならばペネロペの密室殺人はおそらく成功してしまうだろう。

だけどそうはさせない!ペネロペに殺人を犯させたりしないぞ!

俺はムチャクチャに草と土の壁をむしり、穴を空ける。自己修復のスピードを上回るしかないのだ。空いた穴から中のエドヴァルドの様子が見える……全身は見えないが空中に浮かんだ足がぶんぶんと左右に動いている。吊られているのだ。

「やめろ!ペネロペ!密室なんか作るな!密室なんか壊すんだ!」俺は叫びながら穴を広げ、それが新たな草と土に塞がれる前に中に飛び込む。

「駄目ーっ！ジョージ！出てきて！」とペネロペの叫ぶ声が壁が塞がって遠ざかる。

俺はその自生密室の中で、壁が塞がる瞬間に見る。天井から下がった草のロープで首を吊るエドヴァルドの向こう、天井から逆さに生えてくる土のピエロ。

俺はどうして自らこんなところに飛び込んじゃったのだ？「うわあああああっ！」。叫んだ俺の顎の下をびしゅうっ！と天井から伸びてきた草のロープが走り喉をぐるりと巻いて、凄い勢いで引っ張り上げる。俺の首に草のロープが食い込み、皮膚を切り裂くが、そんなの問題にならない。俺を一気に失神させようとするのは俺自身の体重で、首の骨が折れるのを免れた後はこれがギュウギュウと俺の首の血管と気道を締め上げて脳と肺を遮断する。血が止まり、酸素は全身で滞る。あまりの苦しさに俺は何とか首のロープが緩まないか切れないかと暴れるがびくともしない。それどころかロープの表面に新しいツタが走って補強が入る。すでにパニックになっている俺の顔の脇に土のピエロが顔を寄せて俺の死にゆく様を観察しているので俺はいよいよ焦る……が、これでは駄目だ！無駄だ！もう俺の足は地面には届かないしこのピエロは俺の死を確実にするために付き添っているのだ！力任せに何かを打破できるって状況ではない！

考えろ！

それしかできない！この密室を壊す方法を考えろ！

ペネロペ！

ペネロペは俺を救えるか⁉

無理だ！あの馬鹿は密室を作ったのだ。密室の中で何が行われているのか、ペネロペには判らない！全てをピエロのせいにしようとしているのだ！ここでじっと俺の顔を見つめるピエロがいる以上、ペネロペにはこれが全部自分の仕業だという自覚はない！俺もエドヴァルドも死んだ後、不思議な密室でピエロが殺しちゃったえーんと少し泣くくらいで葬式を終えてすぐに忘れてしまうだろう！ペネロペに期待しても無駄だ！

俺は俺で考えて、この密室を壊さなきゃならない！力任せは無理なのに⁉でも壊すことはできる！密室という概念を壊すことはできる！密室の本質は、他殺を自殺と見せかけることだ！ならばこれが他殺だと疑う余地を作れば！それを残すことができれば！警官が疑えるように仕向けることができれば！もう密室の役割としては破綻してるのだ！

「ぐぼぼぼぼぼ！」と俺が叫んだのは雄叫びとかじゃなくてさっき食べた朝食のパンケーキと紅茶が胃袋から上がってきて喉の途中で食道が塞がっていて逆流し肺のほうに入ったからで、いかん！俺は草のロープより先に自分の朝ご飯に殺される！と思い、急ぐ。しかし慌てるな！得物を落とすな！俺は尻のポケットからナイフを取り出す。と言ってもワインを開けるためのアーミーナイフで刃渡りほんの三センチ、護身用にこそこそしのばせておいた俺の情けないアイテムなのだが、これを持ってきていて本当に良かったぜ！

俺はシャツを捲り、ペロンと晒した俺の腹にそのナイフを突き立てる。「えろぐぼろろろろろ！」と悲鳴はゲロに取り込まれて喉を鳴らすだけだ。視界はとっくに霞んでもう何も見えないが、そばにピエロがいることは気配で判る。頭の奥でキーン……と痺れたような音が聞こえるし意識も朦朧（もうろう）としているけど、慌てるな慌てるな！

ちゃんと書け！

俺はアーミーナイフで手探りで字を書く。

遺書だ。土のピエロにこれが読めますように。


『これは他殺だ（MURDER）』


シンプルにこれだけだ。

これでギリギリ。最後の『R』を書いている間に俺の意識は完全に途切れ、真っ暗な世界が広がる。その奥に小さな明るい光が見え、ああこれがあの世の入り口か……おほほ暖かいぜいいじゃん飛び込むか……？いやいや俺この世でまだいろんなことやり残してるくさいんだけど……？と最終的に何だかうっとりした気分になったくらいのところで俺はばったりと地面に落ち、天井に広がる穴から射し込む太陽の明かりの中、自分史上最多のゲロを吐く。うぇろろろろろ！ゔぇれぼろろろろろろ！でゅわろろろろろろろろろろろろろろろろろ！

そうやって食道も胃も肺もすっきり綺麗にしてしまうと凄く幸せな気分で、俺にすがりついて泣くペネロペに分けてやりたいくらいだ。

「ごめんなさい！ごめんなさい！ごめんなさい！……」

エドヴァルドも失禁してるけど生きていて、俺はホッとする。腹が痛いけれど、これもすぐ治るだろう。


と思っていたけれど、俺は極限状況で力が入り過ぎていたらしくて傷が深過ぎて俺の腹の逆さまの『MURDER』はそのまま残るらしい……。医者の前で「えっ」と絶句してしまう俺の横でまたペネロペが泣き出すが、

「ジョージそれどうしたの!?誰にやられたの!?」

と懐かしい怒鳴り声が病室に響き、見ると入り口ドアのところにちょっとだけ背が伸びて髪も長くなってさらに美人になったリサリサが立っていて、俺ははだけていただらしない腹を隠し、ペネロペは涙を拭って泣き止む。

「まだあなたを苛める奴がいるのね！『殺人』だなんて書いて……これは脅迫なの!?ジョージ、あなた何に巻き込まれてるの!?」と一方的に決めつけるほぼ四年ぶりのリサリサは見た目の成長ぶりとは裏腹に中身はまんまであっと言う間にうんざりする。

「違う違う。これは僕が自分でやったの」「嘘言いなさい！こんなことする人はいません！」「いやいろいろ事情があるんだよ……」「じゃあその事情を話してごらんなさいよ！」「うるさいなあ、そんなのリサリサにしなきゃいけない理由も必要もないだろ？」と俺が面倒臭そうに言うとリサリサ

が黙り、突っ立ったままぷるぷる震えて目に涙を溜める。

やっぱうぜえ……。

「あ、あの、ごめんなさい」と言ってペネロペが立ち上がる。「私のせいなんです」

「いいよペネロペ。放っておけばいいからさ」

「でも……」というやり取りを睨みつけていたリサリサが言う。

「この人が、ママエリナの言っていたペネロペさんね？……初めまして、私は……」

ペネロペが言う。「ジョージとエリナから聞いてます。リサリサね？」

「あなたはリサリサなんて呼ばないで。私の名前はエリザベス・ストレイツォよ、セニョリータ」

バチバチッ！と二人の女の子の間に火花が走った気がして俺はハラハラし始める。ペネロペが今にもリサリサを取り囲むようにして密室を作り、あのピエロを呼び出すんじゃないかと……。俺は場の空気を何とかしなきゃと無理矢理喋る。「リサリサ、今日はどうしたの？うちに来るだろ？母さんもきっと喜ぶよ。あ、もう母さんには連絡してあるのかな？うちにはもう寄った？そうじゃないとここには来ないよね。うちのリサリサの部屋はそのままにしてあるからそこに帰って来なよ……」

「私がここであなたを見つけたのは偶然だったのよ、ジョージ」とリサリサが俺の言葉を遮る。「このお医者様に質問があってやって来たら、あなたが怪我して寝てるんだもん……ビックリした」とちょっとリサリサの口調が和らいだので息をつこうとしたら、医者が「私に質問？どのような？」と訊いてリサリサが言う。「この島で最近《翼を持つ黒い男》《蛾のような姿の男》について訴え、病院に来る患者さんは増えていませんか?」

　俺の安堵は吹き飛ぶ。


　その話、ちょうど、ほんのさっき聞いたばかりだ。

　おーい……本当だよ、聞いてくれよ。俺の前に、大きな翼を広げた気色の悪い男が現れたんだよ……!

　とエドヴァルドは言っていた。

　ペネロペも立ち尽くし啞然としている。

　すると医者も言う。「ああ……。そう言って何らかの精神疾患なんじゃないかと相談してくる人が増えてはいるね」

　リサリサがやはりと言うように頷く。「警察にも確認しました。《翼を持つ黒い怪人》の目撃情報は多く寄せられていますし、それらに怯えて自警団のようなものを組織する市民も出てきているようです」

　え?そうなの?と俺は驚く。ほとんど毎日引きこもっていたせいでそんな街の空気なんて知らなかった。

　医者が言う。「最初は何かの見間違いだ、幻覚だ、と思ってたんだが、だんだんそんな声が増えてくると、集団ヒステリーかな、という気がね、私はしてきたところだった。妄想を皆が信じてしまっていると……」。ひとつ深く息をついて続ける。「しかしね、実は昨日の夜、私のところにも来たんだよ、その、黒い翼の男が。あれは実在する何かだよ。妄想なんかじゃない。あれは……この世のものかどうかは判らないが、確かにいたんだ」

「………！」

つまりこの医者も妄想に駆られているのか……？大丈夫かここで診断を受けて？と不安になる俺を見つめてリサリサが言う。

「五年前のことを憶えている？ジョージ。ストレイツォたちがやってきて、島の皆に外出を控えてもらったでしょ？」

もちろん憶えている。俺は背筋がぞぞぞっと寒気立つ。「あれがまた起こるの？」

「ええ。そして、今度は徹底的にやるの」

俺は怖い。

医者が隣でエドヴァルド的虚ろな目をして「彼は私にこう言った。『**静かに目をつぶって横たわり、明日のことを考えてみるのが一番いい**』と……」などとあの台詞を全く同じく繰り返しているのがさらに怖い。

「その指示には絶対従わないでくださいね、先生」とリサリサが言う。「今夜は家の中に閉じこもり、何か怖い思いをしたら一目散に、さらに家の奥へと逃げてくださいね」

リサリサのその物言いが最も怖い。

「……五年前のあれ……って、何だったの？私も家の中に隠れて夜を過ごしたけど……？」とペネロペがこっそり訊いてくるけど、俺にも答えられない。

俺とリサリサとペネロペが黙りこくったまま家に帰ると、ストレイツォさんが客間で母さんとお茶を飲んでいる……が、それは旧交を温めているというようなのどかな様子ではなくて、それどころか空気は張りつめきっていて俺は泣きたくなる。もうどこにも逃げ場はないのだ。何かまた恐ろしいことがこの島で起こるのだ。

母さんとストレイツォさんが「おかえり」と俺たちを迎えるとリサリサが言う。「ママエリナ、そろそろジョージも知るべきだと思う。ジョージのパパに起こった本当のことを」

すると母さんが紅茶をテーブルに置く。「そうね、そろそろジョージも、少しくらい怖い話を聞いても大丈夫だよね？」

いやいやいやいやいやいやいや全然無理だからってのを口に出して言えないのも首を振ることすらできないのも恐怖で既に硬直してるからなのだ。

「私、部屋に行っていた方がいいですか？」とペネロペが言うと母さんは首を振る。

「あなたもここにいなさい。これはジョースター家の話でもありますが、人類全体の話でもあります」

そして母さんはその話を始める。

ちなみに、ディオという、イタリア語（DIO）でもスペイン語（DIOS）でも《神》を表す名前の男が俺の血のつながらない伯父であることは俺だって知っている。俺の祖父でスペル違いのジョージを何年もかけて毒殺しようとしているのを俺の父さんが見抜き、警官隊に逮捕されようとしたのに抵抗、ジョースター邸を全焼する火事に巻き込まれて死んだ……というふうに聞いていたのだが、事実は最後の部分だけ違った。そこでは死んではいなかったのだ。母さんの話はその訂正から始まる。

ジョースター家の一員となってもブランドー姓を名乗り続けたディオはジョナサンや警官隊たちの目の前で祖父をナイフで刺して殺害、メキシコ・アステカ文明の遺跡から発掘された《石仮面》なるものを顔に装着し血を塗りたくると仮面から何本もの針が飛び出して頭を貫き、それで死んだと思いきや、なんとディオ・ブランドーは吸血鬼に変身してしまう。強力なパワーで警官隊を全滅させ、俺の父さんと大立ち回りの挙句、二人とも大怪我を負ったもののジョースター邸の火災を生き延びた。その後ウィル・A・ツェペリなる人物と出会い呼吸を力の根源とする《波紋法(はもんほう)》なる武術?を体得した父さんとディオはウインドナイツ・ロットってイギリスの村で再対決。父さんは一瞬にして相手の体温を奪ってしまうディオに苦戦気味だったものの、会心の一撃をディオに打ち込んで勝利。だが最後の詰めが甘くて……と評したのはリサリサだが、谷底に落ちた吸血鬼の完全な死を確認してはいなかった。ディオは、おそらく父さんの波紋が全身を破壊し尽くす前に自分の首を切断し、生き延びてしまう。

約二ヶ月間の潜伏の後、生首のままゾンビを従えて、こともあろうに父さんと母さんの新婚旅行の船に乗り込み、父さんと三たび対決。対決の場になった機関室に母さんが辿り着いたその瞬間、ディオの目から体液の光線が放たれ、咄嗟に構えた父さんの両手を通過して喉を突き破ってしまう。瀕死の父さんはしかし最後の呼吸を振り絞り、襲いかかってきたゾンビに波紋を注入、機関室を破壊させて船を乗っ取ったゾンビたちとともに自爆する道を選ぶ。母さんもそこで共に死ぬ覚悟だったが、父さんに促され、母親を殺されて泣いていた赤ん坊のリサリサとともにディオの持ち込んだ特製の箱に入り、脱出。二日後にカナリア諸島の漁師に発見されて生還したのだった……。

その長く突拍子もない話が終わると、ストレイツォさんが言う。「もうずっとこの世から消え去っていた死者の国への扉を何百年かぶりにディオが開けて以来、運命と因縁が複雑な共鳴を始め、暗闇の勢力が度々各地で勃興をくり返しており、その余波を完全に断ち切ることができないでいます。そしてこの島でも、再び吸血鬼、あるいはゾンビが現れたようです。五年前に私たちが根絶やしにしたはずなのに」

太陽の光に塵と化したフェルナンデス先生と、リサリサが廊下に走らせた波紋?で吹き飛んだアレハンドロ・トーレスのことを思い出して身震いが止まらない俺の隣でリサリサが言う。「ここは沖合の島だから陸を渡って吸血鬼やゾンビがやってくることはない。そして他にもっと大きな島や貿易の盛んな島があるのに、二度とこのラ・パルマ島で事件が発生している。……私たちは、この島に石仮面が隠されているんじゃないかと疑っています」

それからリサリサが母さんをまっすぐ見つめて言う。「ママエリナ、私には疑問があるの。私は、私とママエリナを海で見つけてくれた漁師に話を聞いたのよ。彼らは証言してくれた。ラ・パルマから南東に百キロほど行った海の真ん中で私とママエリナを見つけたとき、私たちは大きくて真っ黒な、棺桶としか見えない箱を筏代わりにして水面に浮かんでいたと」


えええ？棺桶……？アントニオ・トーレスは俺のことを白い筏と呼んだけど、実際は黒い棺桶だったのか……？

呆然とする俺の顔をちらりと見てからリサリサが訊く。「大人が一人寝転んでちょうど収まるような大きさのね。内側はクッションで覆われていて、中に寝転んだ人を包みこんで衝撃から守るような構造になっていて、棺桶にしてはちょっと豪華すぎる内装だったらしいけど、でも漁師のおじさんはそれが棺桶だったと言っていた。ママエリナ、それは棺桶だったの？」

俺は母さんの顔を見るが、母さんは何か痛みに耐えているような強張った表情でリサリサを見つめ返しているだけで、何も応えない。

リサリサが続ける。「それと、その漁師たちの証言では、ママエリナがその棺桶の筏から漁船に乗り移ったとき、腕の中には赤ん坊だった私ともう一つ、ドレスを破って作った包みに何かをくるんで、大事そうに抱いていたという話だった。ちょうど、人の頭の大きさくらいの、何かを」

……人の頭の大きさってるってこと？

リサリサが母さんに問いかける。「まさかママエリナが、ディオ・ブランドーの生首をカナリア諸島まで持ち帰ったってことはないよね？ジョージのパパの遺体を沈む船に置き去りにして、吸血鬼の頭だけ、日光に当たらないようくるんで運び出したなんてことはないよね？」

リサリサの瞳にはしかし鋭い光が宿っていて、**今度は徹底的にやるの**と言っていた真意が判る気がする。家族同然に育った間柄であろうとも、今回は容赦なく踏み込んでみせるという決意がそこにはある。それにしても質問の内容がありえない。

「母さんが父さんを置き去りにするはずなんてないだろ！変な言いがかりはよせよリサリサ！」と俺が言ってもリサリサは母さんから視線を外さない。

どうして母さんも言い返さないんだよ！リサリサだろうがとっちめちまえばいいのに！と母さんを責めたい気持ちが、段々不安に変わり始めた頃、ようやく沈黙が途切れる。

「あれは、……ディオ・ブランドーの頭部などではありません」

あああ良かった！そりゃそうだろ変なこと言いやがってうんこリサリサくたばれーっ！とでも罵ろうと俺が椅子から立ち上がったとき、母さんが続ける。

「あれは私の夫、ジョナサン・ジョースターの頭部です」


生まれて初めて母さんのことが怖い。

第四章　杜王町

西暁町から杜王町まで、昼間に電車と飛行機とバスを乗り継いだとしても約六時間。距離は道のりで……約六五〇キロだから車でも同じくらい時間がかかる。僕が九十九十九の死の知らせを聞いたのが朝の六時半だったから、九十九十九は昨日の夜のうちに、僕には興味のないふりをしておいて、あるいは僕と別れてから何かの理由が病院で生まれて、自ら杜王町に向かったんだろう。さもなくば、誰かに杜王町に連れ去られ殺されたか、殺されてから運ばれたのだ。

運ぶ？

十六歳男子の死体を？

となると問題は移動手段だけではなくなるだろう。十六歳男子の死体は大きいが、九十九十九は別にバラバラにされたわけじゃない。よって運搬には手間と工夫が必要になるはずだ。こぼれた血を集め、それの凝固を防ぎつつ同時に運ぶための知恵も。

九十九十九は首を深く切られたけれどもうなじのところで皮膚一枚残ってる状態で見つかった。服を脱がされ、赤い菱形の腹掛け一枚を着けられて、自分の首を切ったまさかりを担がされ、標本の熊の背中に跨されて。もちろんそれは『金太郎』って昔話の見立てだろう。福井を出てからずっと僕の頭の中で誰でも知ってる『ま〜さかりか〜ついで金太郎ぉぉぉぉ♪』の童謡がリフレインしているが、それに漂う不謹慎さを気にしてはならない。犯人もおそらくふざけてそんなことをしてるはずはないのだ。たぶん。

杜王駅に降り立ったのが午後一時過ぎで、僕は改札そばにある杜王町全図を眺めながら何だか懐かしいような気持ちになる。ここに一度来たことがあるような？

でもそんなはずはない。東北には有名な《なまはげ探偵》がいて、たぶん名探偵が必要な事件はその人が一手に引き受けてるはずで、僕は呼ばれたことがないのだ。小学校のときの修学旅行は奈良京都だったし中学の時は東京で、僕は東北に足を踏み入れるのも初めてだ。

杜王町の駅周りには高いビルなどは全くないが、人通りは多く、和風モダンな造りのカフェや雑貨屋などが並んでいて、穏やかに賑わっている。都市計画がしっかりしているらしくて電信柱もなく車道も歩道も広い。駅前のロータリーにやってきた選挙カーの声も控えめだ。「杜王町の息子クモタク、東北の風雲児クモタク、雲井巧実に皆様のお力をお貸しくださいませ。……」。お腹が空いたので駅前のレストランで名物らしい味噌漬け牛タン定食を食べてみる。美味い。牛タンは想像してたより分厚くて柔らかいぞ九十九十九よ南無南無……。食べ終え、さて、僕は気持ちを引き締める。九十九十九とはほんの数時間一緒にいただけとは言え、この世に飛来したところを僕が見つけ、おそらく世界中に僕以外の知り合いなんかいなくて、死んだ知らせも僕のところに届けるほかなかったあいつの弔いの旅なのだ、これは。という訳で僕は駅周辺でお土産にと猛烈プッシュされているゴマみつ団子を試すのはやめておく。レストランを出てタクシーに乗り、あの不思議な飛来者の遺体が発見された矢十字屋敷(アロークロスハウス)に向かう。杜王町はなだらかな土地にあって、小さな商店街とそれを取り巻く住宅地をすぐに通り抜けて農作地に出る。田んぼと畑を横目にしながら綺麗(きれい)な県道を海に近づいていくとぼこぼこと丸い丘が増えてくる。その突起は海の中にも続いていて、遠浅の海に小さな島がたくさん並び、大きな海ボウズが集団で水面から頭を出してるような非現実的ながらも美しい眺めを作っている。観光名所になっていて、港には遊覧船が出入りし、土産物屋と飲食店と小さな旅館が軒(のき)を並べている。

　そういう海と港町を一望できる、周囲では一番大きくて海に近い、丸い丘の上にアロークロスハウスは建っている。真っ白な壁と平らな屋根が青い空をバックに映(は)えていて、こぎれいな美術館みたいに見える。僕の乗ったタクシーが坂を上がると、その角張(かくば)った白い建物の前に家主の漫画家、岸辺露伴(きしべろはん)さんが立っている。

　ちょっと驚く。もう三十を過ぎているはずなのに十代みたいに若々しく見える。僕は漫画をあまり読まないから岸辺さんのも読んだことはないけれど、存在を知ってはいる。『ピンクダークの少年』ってシリーズは二十年近くも続いていて今確か第八部を連載しているはずだ。タクシーを降りて挨拶し、すみませんと付け加えながらそう言うと、

「じゃあ見せてあげるよ僕の絵を」と言って唐突に僕の目の前でささささっと指先で空を切ってみせるのだが、その軌跡はつばの広い帽子を被った怪しげな男の子の顔で、僕にはその空中に描いた絵が判っただけじゃなくて深く感動したらしくて、ビシャーン!と雷に打たれたみたいになってしばらく身動きできず、一瞬意識も飛んでしまう。

そんな僕の反応に驚いたのか鼻白んだのか、岸辺さんはちょっと訝しげに僕を見て、それから言う。「じゃあアロークロスを案内するよ。と言っても僕もまだ買ったばかりで、半年ほどしか住んでないんだけどね。全くついてないよ。奇妙な館を手に入れたと思ったら、さっそく人殺しの現場になってしまうなんてね。まあらしいと言えばらしいし、僕にとってもいいネタになるかもしれないけどさ、実際の事件の内容をそのまま描くなんてやっぱりちょっと僕にはできないな。それはそうと、多分僕、ここ以外に住む場所を確保したほうがいいのかな？事件が片付くまでは？」と岸辺さんは早口だし文脈が飛びやすいので会話についていくのが大変そうだ。

「どうでしょう？これだけ大きなおうちだと、事件現場になった部屋にはなかなか入れないでしょうが、他のところにはすぐに出入りできるんじゃないですか？」

「なるほど。じゃあ問題はないな。ふん。確かにアガサ・クリスティでもエラリー・クイーンでも、殺人が続く屋敷に皆暮らし続けたりするもんな。一カ所にまとめておくせいで事件が続くってのにさ。そういうの、僕はストーリー進行のために実際には起こらないことを無理強いしてるんだと思ってたけれど、本当の実際には、人間は皆『連続殺人なんか起こらない』『自分の身に酷いことなんて起こるはずない』って信じ込んでるし、他に生活の場所を用意するのはなかなか手間だね。殺人が起こった家とは言え、そのまま住まわせてもらえるのはありがたい」

と思いながら殺されていった人たちのことを名探偵の僕は知ってるが、そんなこと言わない。ギャリッ、ギョロルリッと玉砂利を踏みながら岸辺さんと僕はこのいびつな建物を回る。庭木も花壇も何もないが、この光景があれば必要ないのかもしれない。「それにここは素晴らしい眺めですしね、岸辺さん。こんな絶景を眺めながら暮らしていたら、つまらないホテルには移れないでしょうね」

白い砂浜の広がる杜王パールビーチと、無数の小さな島が浮かぶ杜王湾を眺め渡しながら僕が言うと、岸辺さんが僕を睨みながら「『岸辺さん』？」と繰り返すのであれやべー名前間違えたっけ岸辺露伴だよな？と焦っていると「『岸辺さん』なんて呼ぶ人は誰もいないぞ」と言う。

僕は言い直す。「失礼しました岸辺先生」

「違ーう！そういう意味じゃない！」と突然怒鳴るので僕はぎょっとする。「僕のことを先生なんて呼ぶ必要はない！そんなふうに要求したと思われたくもない！僕はただ岸辺って名字で呼ばれるのに馴れてないだけだ！編集者も読者もそうだけど、この町では銀行員だって僕のことを呼ぶときは『露伴』だよ！」

わ〜さすが漫画家エキセントリック……ってことでいいのだろうか？言ってる内容はともかくいきなりこんなふうに興奮するなんてちょっと変わってるぞこの人……。「や、でも……」

「ここに議論の余地はない！」と岸辺先生？さん？が叫び、僕の目の前でまたさささささっ！と指先であの少年の絵を描く。と、またビシャーン！と僕は感動させられてしまう以上、僕は既に凄くファンになったたか、露伴さんの絵が何か特別な力を……って、え？

『露伴さん』？

「君はもう僕を露伴としか呼べないよ？」と露伴さんが言うので試そうと思うが、

「露伴さん。え？あれ？露……うえ？」

言葉が出てこない。名字で呼ぼうと確かにしてるはずなのに、口をつくのは『露伴さん』だ。何だこれ？変じゃないか？僕の頭か口がどうかしちゃったのか？

僕の方を振り返った露伴さんがちょっと笑う。「……ふ。うえ？じゃないよ。まあささいな変更だ。気にする必要はない。さあ、君は殺人事件を解決しに来たんだろう？仕事をしてくれ。僕にだって自分の仕事が残ってるし、アロークロスの事件が終わらない限り、警察は質問だの現場検証だのに僕を付き合わせようとするだろう。けど僕は暇じゃない」

変更？何を言ってるんだ？**気にする必要はない**？……つまりこいつは僕に何かしたんだ。何をした？

僕の目の前で絵を描いてビシャーンと痺(しび)れさせただけだ。でもそれ、だけ、ではないんだ。何か他のこともしたんだ。僕に変更を加えた。それはどういう意味だろう？

何だかおかしいぞ、と僕は思う。何か僕の知らない、奇妙なことがまたしても起こっている。僕は露伴に対する警戒度を上げる。

アロークロスハウスは名前の通り十字の四つの先端が矢印になった形の建物で、正式な玄関というものがない。矢印の両裏にある計八つのドアを適当に使えばいいということらしい。

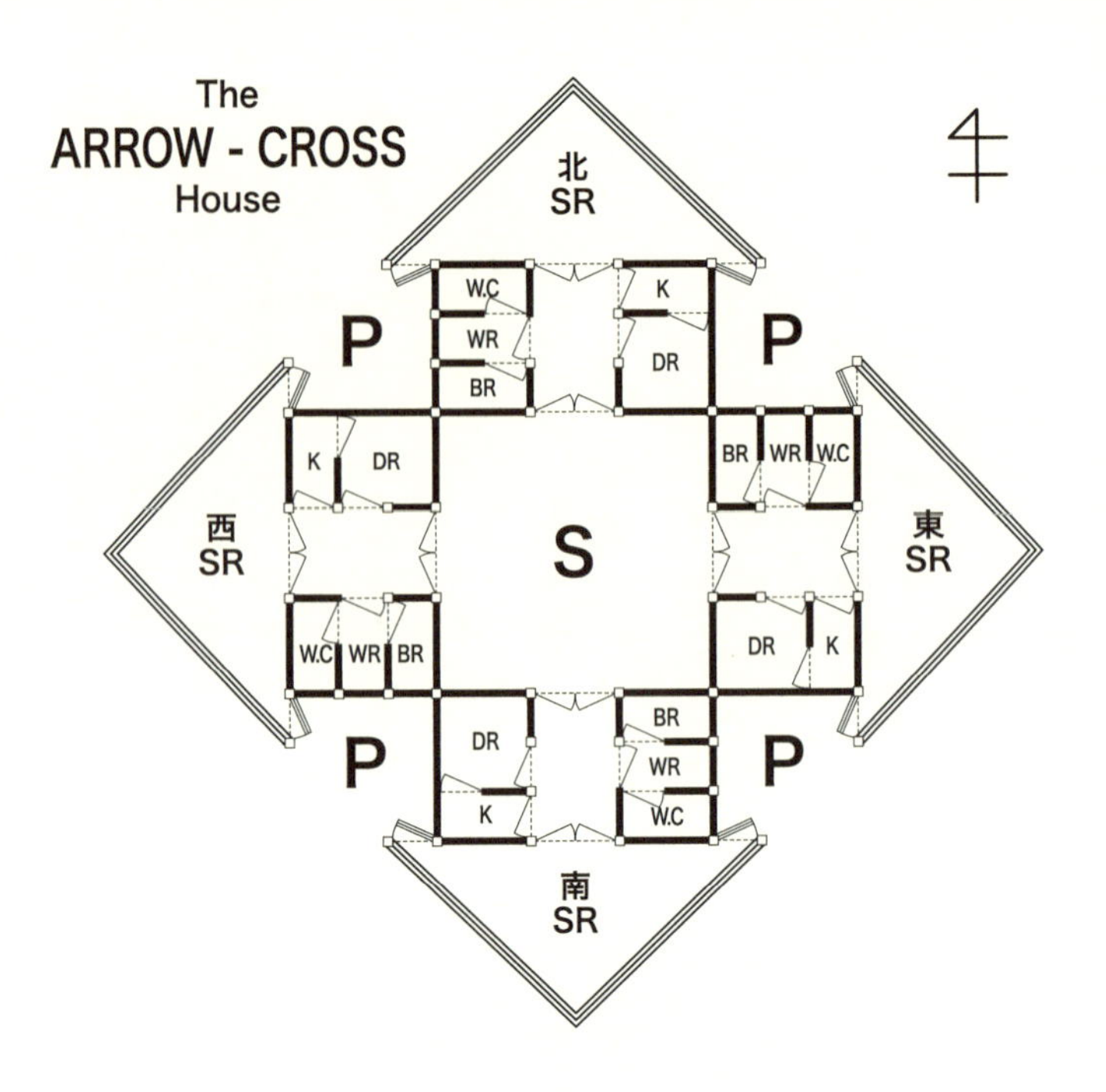

SR … Sun Room（サンルーム）
BR … Bath Room（風呂）
W.C … Water Closet（トイレ）
WR … Wash Room（洗面所）
K … Kitchen（キッチン）
DR … Dining Room（ダイニング）
P … Patio（中庭）
S … Study（書斎）

「このアロークロスは不思議な家でね」と露伴が言う。「五年前、周辺の住人が誰も気付かないうちにふと建っていたんだってさ。これだけの大きなうちなのにね。それもね、ここにはさらに三年ほど前からもともと別の家があったんだよ。つまりその家を壊して新たに建て直したか、あるいは増築したんだろうけど、地元の業者は知らないみたいだし、ここから港町を見渡せるように、港からこちらを見上げればこの家の様子は判るはずだしね、どうやって誰にも知られないままこのアロークロスが建ったのか……これが既に一つの謎だよ。そもそも土地も建物も登記されてなくてさ、ここの土地は杜王町の持ち物だから違法建築扱いで、建て主に申し出るようしばらく呼びかけてたんだけど現れなくてね、取り壊しが決まったところで僕が土地ごと買い上げることにしたんだ。ちょうどもともとの僕の家が火事になっちゃったからね。渡りに船だよ。ここは静かだし、ちょっと面白いじゃないか、誰がどうして建てたのか判らない家だなんて。それでね、以前ここにあった建物は立方体のシンプルな家だったんだって。それにも不思議な話があって、ドアも窓も見当たらなかったんだってさ。それじゃあ中に入れないじゃないか。ふふふ。まあおそらく隠し扉があったんだろうし、窓は天窓か何かでこの丘に登って来ても見えなかったんだろうね。もちろんこの丘のこの景色をどうして見ようとしなかったのか、という疑問はあるけどさ。その立方体の家……この辺の人はキューブハウスって呼んでたみたいだけど、それ、持ち主も不明なのにどこからそんな話が出てきたのか判らないけど、福井県の西暁町から移築されたんだって噂があったんだよ」

「えっ？西暁町？……僕もそこから来たんですよ」

「知ってるよ？」と露伴は言う。

知ってるよ?どうして知ってるんだ?九十九十九の死の知らせを僕の携帯に連絡してきたのは警察官だったし、僕が露伴に連絡を取ったときもいちいち細かい現住所なんて言わない。ひょっとしたら僕の名前を報道とかで聞いたことがあるのかもしれないけれど、僕は未成年だし殺人鬼による殺害予告も何度か受けているし、僕の個人情報は『福井県在住』ということ以外公にされてないはずだ。もしかすると露伴に有力者や警察官とのコネでもあって個人情報を容易く手に入れることができたりするのだろうか?

まあいい。それより九十九十九の殺害現場が西暁町から移築されてきた建物だったという、この重なりにはどんな意味があるんだろう……。

「この町では、名探偵が連続して殺されてるって知ってたかい?」とまた唐突に露伴に言われる。

「名探偵が?……本当ですか?」

「知らないのも無理はないよ。昨日の夜中から突然始まったんだ。テレビやらマスコミの取材もスタートしたばかりだし、君は福井から移動してきたんだろう?テレビを見る暇はなかっただろうね。ねえ君、彼は……このアロークロスで亡くなった男の子もまた、名探偵だったのかな?」

そう名乗ってはいた。「はい。……と言っても、遠くにいたみたいで、どんな事件に関与していたのかは……」知ってる。十五連続密室殺人事件を解決してきたのだ。『1904年』の、こことは全く別の世界の『カナリア諸島』で。でもそれを言っても意味不明だろう。「よく知りません。でも名探偵だったことは確かですよ」

「そうか。そうなるとこれはやはり連続名探偵殺人事件のうちの一件だな、これは」

「誰が……？他には誰が死んでるんですか？」

「………？ひょっとして名探偵同士のつながりもあったりするのかな？ショックを与えそうなら、中に入って椅子にでも座ってからにしようか？」

「大丈夫です。面識のある名探偵はいません。……九十九十九以外には」

「そうかい？じゃあ教えておくよ。八極幸有って奴と、猫猫にゃんにゃんにゃんってちょっと変わった名前の女の子さ」

名前は聞いたことがある。二人とも東京の人だ。アロークロスの入り口の一つに立ち、露伴が言うには、八極さんの遺体はこの丘から杜王湾の向こう、ボヨヨン岬の崖の上で、大きなウミガメの剥製の上に載せられて見つかったらしい。猫猫って子の遺体は住宅街の中にあるアンジェロ岩って変な形の岩の前で、犬と猿とキジの剥製に囲まれて。八極さんは日本酒を大量に血液注射され急性アルコール中毒死。猫猫さんはきびだんごをたくさん喉に押し込まれて窒息死。

つまり二人はそれぞれ《浦島太郎》と《桃太郎》の見立てを施されて殺されたのだ。

そして九十九十九の《金太郎》。

名探偵連続殺人事件か、と僕は思う。つまりは僕も同じように狙われる可能性があるのだ。

「じゃあ現場に案内しようか。鑑識の仕事はもう終わってるよ。僕もじっくり見たが、何も触ってないからね」と言う露伴に連れられて僕は東側からアロークロスの中に入るが、そこはだだっ広い三角形のサンルームで大きな窓が周囲と天井を覆っていて、床も壁も全て真っ白に塗られているからやたらと明るく、眩しい。でもそこに置かれている調度品はどれもなかなか趣味がよくて、もし中央にベッドがなければ家具屋か雑貨屋か、あるいは気の利いた漫画専門店のように見える。床や棚やテーブルの上などあらゆる場所に並べられているのは、よくある雰囲気作りの洋書や写真集などではなく、全て漫画だ。「あ、ここ全館土足で大丈夫だよ。この東側のサンルームは僕の寝室として使ってる」と言う露伴に続いて部屋を出るとカーペット敷の廊下に出る。窓がないので、背後でサンルームのドアを閉めると途端に薄暗くなる。瞼の裏にサンルームで見たベッドやキャビネットのシルエットがチカチカとするまま残して僕は廊下を進む。左右には洗面所と風呂トイレがあるらしい。廊下の突き当たりはアロークロスハウスの中央の四角い部屋だ。僕が事件解決のために赴いたどのような洋館でも、こういう屋敷中央の広間はサロンとして使われていたが、ここでは違う。「ここが僕の仕事部屋だ」と言って露伴がドアを開け、入ると、面積的にはきっとサンルームの倍くらいの広さの、窓のない薄暗い正方形の部屋で、その中央に小さな机が一つポンと置いてあり、天板の上にはペンやインクが整頓されて並んでいる。四方の壁にはそれぞれサンルームに続くドアしか見当たらない。明かりはどうやら天井のシャンデリアとデスクスタンドしかないようだが……「せっかく見晴らしのいい丘にいるのに、サンルームで仕事しないんですか？」と僕が訊くと露伴が言う。「しないよ。眩し過ぎるし、僕の仕事に眺望は要らないからね」。ああそう？なんだよさっき《キューブハウス》の話をしてたときはこの丘の眺望を活かさないなんてみたいな話をしてたのにな。まあいい。露伴に続いて仕事部屋を進み、廊下を抜けて北側のサンルーム、事件現場に入る。

と、途端に飛び込んでくる光で僕は二つの眼球を柔らかい子供の手か何かでばちーんと叩かれたような気分になる。さっきこの建物に入ったときも眩しかったけれど、今度はちょっと痛いほどだ。薄暗い廊下と仕事部屋を抜けてきたってのもあるけど、その真っ白の部屋には何の調度品も置かれてなかったせいだろう……部屋の中央に置かれた大きな熊以外には。その茶色い毛と、その背中の上に落ち床に垂れた九十九十九のものらしい血痕が目に優しいくらいだ。僕は《金太郎》の見立ての残りカスを見つめて目を明るさに馴染ませる。

「ここと反対側の南のサンルームは全く使ってないんだ。北は冬が寒すぎるし南は夏暑すぎるからね。それに仕事場と寝室さえあれば僕の生活には用が足りる、後はまあ観光に来た編集者を泊まらせてやるための客間くらい用意しておくだけだ」と同じように部屋の様子が眩しいらしい露伴が目を細めて言う。「そもそも殺人があったことなんて気にしないけど、ちゃんと掃除したいのに警察の奴らが現場保存のためと言ってさせてくれないんだよ」

「……………」

「あ、そう言えば君のお友達の遺体とマサカリは警察が押収していったよ。この熊も大きいからとりあえず残してあるけど、後で取りにくるみたいだ。何しろ昨日の昼と夜に二人の名探偵が死んでるのが見つかって今朝の三人目だろ?警察も忙しそうだ。まだ捜査本部も設置されてないみたいだしね。あ、鑑識の撮った写真、データ残させておいたんだ。見る?」

残させておいた?どうしてこの人はこんなふうに傍若無人（ぼうじゃくぶじん）に振る舞えるんだろう?そういう性格というだけじゃなく、実際に自分の周囲を思うがままに動かしているみたいに?まあとにかく写真は見たい。

　露伴がノートパソコンを持ってきて立ったまま腕の中で開いて見せるので、見る。九十九十九のハンサムな顔は青ざめ、熊の上に座らされ、肩に掛けたマサカリと一緒に針金でグルグル巻きにされて上半身を固定されているが、少し右側に傾いているんだろう、右肩のほうに九十九十九の頭部が倒れて左側の首の傷口がぱっくりと大きく開いてしまっている。

　その写真を見る僕の様子をほとんど覗き込むようにして露伴が観察しているのが判るが、気にしない。きっと悪気はないんだろう。自分の動作や表情の露骨さに本人が気付いていないだけだ。まだ出会ってそれほど時間は経ってないけれど、露伴が悪気がないタイプの変な奴ってことだけははっきり判った。

「何か気付いたことはあるかい？名探偵くん」と露伴がからかうように訊くが、これもそもそもの彼の口調であって挑発的な意味合いはないんだろう。

　僕は言う。「九十九十九の遺体の様子からは別にありません」

「そうお？じゃあ、この《金太郎》の仮装については？《桃太郎》とか《浦島太郎》とかさ」

「どうでしょうね。露伴さん、ひょっとしたら他の二人の名探偵の現場の写真も持ってらっしゃるんじゃないですか？」

「あるよ。よく判ったねえさすが名探偵！ってところ？」。露伴が嬉々としてパソコン画面に映し出しながら言う。「けれどどうして犯人はこんなことをしてるんだろう？素人考えでも、ちょっと大変じゃない？剝製を集めて飾り付けして、殺害方法までテーマに沿わせるなんてさ」

僕が言う。「とは言え、熊の剝製さえあれば犬猿キジのぶんを用意するのはずっと簡単だし、ウミガメの剝製だって、ここは港町だし、案外簡単に手に入れられそうですね。でも本来熊の剝製だって実際には大変ですよ。ここは丘陵地帯で、熊の出そうな山は遠い。だからここの白熊を流用したんでしょうし、おそらくここの白熊の存在が発想の原点だったんじゃないでしょうかね？」

「……え？あ、白熊？あれそうなの？」と露伴が言う。

「？気付いてませんでしたか？頭が小さくて首が長くて……間違いありません。これはホッキョクグマです」

英語名はポーラーベア。学名はアーサス・マリティマス・フィプス。

「へえ……だとすれば持ち主だって限られてそうだよな。普通の熊の剝製だってある程度そうだろうけどさ」

「あれ？これは露伴さんの持ち物じゃないんですか？」

「まさか。僕の漫画に白熊なんか出てこないからね。もし登場するなら買わないとも限らないけど、まあ動物園に行ったりどこか剝製の置いてあるところに取材に行けば済む話だからね。所有する意味はあまりない。……大体今白熊の剝製なんて買ったりできないんじゃないの？」

「ワシントン条約では売買そのものは禁止されていないものの条約の附属書Ⅱに記載されていて、輸出国による輸出許可証が必要になりますね。けどすでに国内に入ってるものもたくさんあるでしょうし手に入らないものではない。でも露伴さんは買ってない」

「買わないよ~僕に動物の死体を飾る趣味はない」

「……なるほど……でもこんな大きな剝製、中に持ち込むのはなかなか難しいですよ。かと言って大勢で作業なんかしたら……」

「当然気付くさ」

「事件が起こったのは昨日の夜中から今朝にかけてですよね……。露伴さんはどこかにお出かけだったわけじゃあ……」

「もちろんないさ。昨日も深夜二時まで漫画を描いて、今朝の夜明けちょっと前まで寝ていたよ。普段だと日の出と同時くらいだけど、今朝はちょっと早めだった」

「夜明けって……今だと五時くらいには明るくなりますよね」

「昨日の日の出は午前五時十八分。サンルームに寝てるからね。早起きは得意なんだ。そもそも僕は睡眠時間を大して必要としていないしね。普段から三時間くらいで十分さ」

「へえ……漫画家さんはお忙しいんですね。じゃあ露伴さんはへとへとに疲れて、同じ建物の中にそんなに大勢の人間が出入りしても気付かないほど深く寝てますか?」

そんなふうには見えないが、と思いながら確かめると露伴も言う。「無理無理!僕はこう見えて神経質でね、針の落ちる音ひとつでもって訳じゃないが、他人がこんな大きな剝製を持ち込もうとしてたらさすがに気付くよ」

やはり。どう見えてるか知らないが、見たまんまだ。

「でもそ～っと台車か何かに載せて、この剝製を家の中で移動させるくらいだったらどうでしょう?」

「そ～っとったって、そのそ～っと具合にもよるだろうけど、静かな環境を作るために音の吸収材も使ってるしね、ひょっとしたら家の中の移動くらいだったら判らないかもしれない。しかし外から中に入れるのは、普通の人間には無理だよ。さっき僕と一緒にぐる～り歩いてきただろう?アロークロスの周囲は玉砂利が敷き詰められている。防犯用にね。あれを音もたてずに踏むなんて、普通の人間にはできないさ。熊の搬入に必ずギャッギャッて物凄い足音が聞こえるはずだよ。確かに昨日の僕は、いつもよりは疲れてしまっていたかもしれない。何しろ自分の寝室をうっかり間違えてしまったくらいだからね。でも明け方の空の方角でそれに気付いて自然と目が覚めたくらいだ」

「自分の寝室を間違えた?」

「うん。僕の寝室はさっき入ったとこで、東側のサンルーム。今朝僕が寝てたのは西側のサンルームだったんだ」

「?どうしてそんなことが起こるんです?露伴さんが仕事していたのはこの家の中央、十字架の真ん中に机を置いてそこでお仕事をされてんですよね」

「ああ」

「机の正面が北でしたから、背後が南、左右がそれぞれ西と東ですよね。凄くシンプルだ。この家に住み始めて半年だから、さすがに間違えるなんて考えにくくないですか?」

「でも現に間違えちゃったんだから仕方がないだろ。僕は整理整頓が好きでね。ビシッと線対称になってないと堪らなくなるときがあるんだ。アロークロスを買ったのもそれが理由の一つだよ。東西のサンルームは全く同じ家具を対称になるよう並べてあるんだ。知ってるかい?人間の顔だって何だって、自然と生まれてきたもので完璧な対称になるものはないんだよ。つまり、対称の美は必ず人の計算によって生まれるんだ。人の作る美の基本だよ、対称性というのはね」

ふうん……。「でもその対称って線対称じゃなく点対称になるようにってことですよね?」

「うん?いや線対称、つまり鏡映しとなるようにって……」

「じゃあまたしてもおかしいですよ。東の部屋と西の部屋の家具の配置はドアを開けて見れば全くの真逆じゃないですか。それにも気付かずに寝ちゃったんですか?」

「……え、あ、そうか。うーん……」

「明かりを点けずにベッドに入ったってことですか?」

「いや、明かりを点けて、ベッドに入ってから枕元のスイッチで消したはずだなあ……」

「露伴さんお酒でも飲んでたんですか?」

「僕は基本的に九時以降は食事をしないよ。それに、アルコールを飲んでも飲まれる露伴じゃない」

「………」

「でもまあ、そういう間違いも起こるんだってことじゃないか?そう言えば昨日の夜同じ間違いをした人間がもう一人いるんだし」

「もう一人?誰ですか?」

「同居人だよ。一時的に居候させてあげてるだけだけどね」

「……では、昨日の夜この館にいたのは露伴さん以外にもう一人いるわけですね？その方にも話を伺いたいんですけど」

「もちろん紹介するよ。けどその子のことあまり外で吹聴しないでくれよな。高校生くらいの女の子なんだ。一人暮らしの男のところに転がり込んでるなんて噂になったら可哀想だろう？それに彼女にも事情があるからね」

「事情とは？」

「名前以外、自分のことを全て忘れてるんだ。記憶喪失って訳さ。この僕にも過去が判らないくらいなんだ。だからここで身の回りの世話をしてやりながら過去のことを調べつつ、記憶が蘇るのを待ってるんだ」

「へえ……」じゃあこの僕にもって何だ？「つまり、露伴さんのお知り合いではない？」

「知らない子だよ。君よりちょっと上くらいの年齢さ。ここに引っ越してきてすぐにふっと現れてさ。他人と同居なんて絶対無理だって思ったんだけど、ほっぽり出すわけにもいかないしまあまあいい子みたいだしさ、何とか上手くやってるよ」

「その子の名前は何ていうんですか？」

「杉本玲美さんだよ」

「で、その子も同じ間違いをした……ってことは、つまり、寝室を間違えた？」

何だか楽しそうな生活してるなあと僕は思う。露伴も心無しか嬉しそうだ。

「そう。彼女は僕のベッドで、僕は彼女に貸してるベッドで寝ちゃったんだ。気まずいぜーっ？最初に彼女が間違えてたとは言え女の子のベッドに潜り込んじゃうってのはさ。杉本さんが寝てる隣にゴソゴソってんじゃなくてホント良かったけど。で、寝ててさ、明るくなってくる空の方向が違うからさ、瞼に当たる光の感覚も違うわけだ。で、飛び起きて僕の寝室に行ってドアをノックして彼女を起こして、ドア越しに事情を説明して、彼女が寝室に戻りやすいように一旦部屋を離れて、仕事部屋を通過する彼女をやり過ごすために北のサンルームに行ったんだ。で、そこで、九十九十九くんの死体を見つけたわけだ」

「へえ……」。ラブコメ調のドタバタが一転して殺人事件へ、か。

露伴が続ける。「だからさ、まあシンプルな造りの建物だし家具も最小限だしね、そういうミスも起こるんだよ。でも酔っぱらってたわけでもないし、瞼に当たる日の出前の光の具合で飛び起きるほどの感覚の鋭さはあったわけだ。だから白熊の剝製を誰かが運び込もうなんてしてたら絶対に目が覚めたと思うな」

僕は言う。「もう白熊の運び込みについては考える必要はありませんよ」

「えっ？」と驚く露伴の前で、僕はその露伴と同居人に起こった寝室の入れ替えについて引っかかっている。どうしてそんなことが起こる？それも同時に？

ここには何か意味があるのだ。でも僕にはまだ答が出てこない。

「じゃあどうして白熊はここにあるんだい？」

と露伴が尋ねる。そこには答が出ている。僕は言う。

「白熊の剝製は今朝九十九十九の死体とともに運び込まれたわけじゃありませんよ。これはずっとこの館の中の、おそらくこの部屋にずっとあったんです」

「何だって？ずっと？このでっかい剝製がこの家にあったの？」。露伴が振り返るその白熊の体長は二メートル半。立ち上がれば三メートルほどもありそうだ。「これが……？ずっとってどれくらいのこと言ってるのさ」

「露伴さんがここに住み出して半年、どこかにご旅行とか行きましたか？」

「行ってないよ。連載が忙しかったからとかじゃないぜ？特に取材すべき場所もなかったからだ」

どっちでもいい。「毎日自宅でお仕事している露伴さんだし、外出のタイミングを計るのは難しいでしょう。だとしたら、この半年間、おそらくこの白熊の剝製はここにずっとあったんでしょうね」

「……ん？え？それって僕がこの家を買ってからずっとってことかい？」

「そういう意味です」

「で、ここに暮らしてる僕が気付かなかったとでも言いたいのか？どういう意味だい君、僕の目が節穴だとでも言いたいのかい？」

「露伴さん、もうすぐ夕方になります。日が傾く前に実験してみましょう」

「ああ！そうしようぜ！」

「その前に、……この剝製、露伴さん欲しいですか？」

「別にいらないよ！」

「一応所有権は露伴さんにあると思うんで確認です。じゃあちょっと、洗面所に案内していただいていいですか？」

「何ぃ？何で⁉」

「いやちょっとバリカンをお借りできればと」

露伴は頭頂部でストレートの髪をなびかせているが、変なギザギザ型のヘッドバンドを巻いていて、その下は刈り上げだ。

美容師に頼んでセットする髪型じゃなさそうだから、手入れ用のバリカンは絶対にある……と睨んだ通りで、案内された洗面所で僕はバリカンを見つける。箒とちりとりと雑巾を借りる。

「ちぇっ！僕はこういうもの人に貸すのってあんまり好きじゃないんだよなあ！言っただろ？僕は神経質だって！」

「いや僕が使うんじゃないんで」と言って洗面所を出てサンルームに戻り、僕は熊の剝製の毛の、茶色いペンキのついた部分を全部刈り落としてしまう。バアアアアンバリバリバリバリバリ！

「うわあああっ！ちょっと君、そのバリカンもう僕使えないから弁償してくれよ！ちょっ、ちょっ！絶対だからな！マジで！あああああああもう！」とギャーギャー喚く露伴を追い払うことにする。

「露伴さんうるさいから、今のうちに同居人の杉本さん、呼んでおいていただけませんか。ご挨拶して、彼女からもお話伺いたいんで。僕が呼ぶまで仕事部屋で待っててください」

「っちぇっ！……まったくもう、杉本さんには失礼なことしたりするなよ？僕が許さないからな」

とぶつぶつ言いながら露伴が出ていくのを振り返りもせず熊の毛を刈っていくと、僕の目の前に真っ白なホッキョクグマが現れる。よし。

僕は床の毛を掃き集めちりとりで取ったはいいけれどもゴミ箱すら置かれていないのでしょうがなく部屋の隅に置く。床の血も雑巾で拭いてしまう。雑巾を洗いに洗面所に通うと、仕事場のドアを開けて露伴がこちらの様子を窺っている。

「まだもう少し待ってくださいね」

「あ〜〜〜血痕まで拭き取っちゃって、現場保全しないで、知らないぞ僕は〜！」

「はいはい。大丈夫ですから」

床の血がすっかり消えて、サンルームの床も真っ白になる。よしよし。僕は雑巾をちりとりの脇に置き、サンルームを出て露伴を呼びに行く。薄暗い仕事部屋に露伴は一人だ。杉本さんは不在なのか？まあいい。「さあ、実験の準備はできました。こちらに来てください」

デスクの隅に腰を載せていた露伴がバッと立ち上がり、早足でこちらに来る。「で？これって僕の目の節穴実験だっけ？」

「そうですね」

「………！あのサンルームのどこかに白熊を隠したの？」

「いいえ？露伴さんの目の節穴ぶりを確認するだけですよ」

「何を言って……」と言いかけた露伴が、北サンルームの両開きのドアを開けた途端に絶句する。

「うっ……あれ……っ？熊は？……ここにいるのか？」

やはり。

見えないのだ。白熊は露伴の目の前で尻を向けている。

僕は説明する。

「おそらく雪の中での狩りのために特殊な進化をしたんでしょうね、ホッキョクグマの毛は特殊な作りをしていて、内部が空洞になっているんです。この空洞が、北極の眩しい光を散乱させ、獲物に自分の接近に気付かせないようホッキョクグマの体全体を白く光らせてしまうんですよ。身体に影ができないんです。もちろんこれには陽光を体皮まで直接届け、熱を蓄えるという役割もありますけどね。さっきの露伴さんは、だだっ広い雪原でホッキョクグマに狙われているアザラシと同じ状況にあったんです。この真っ白の部屋、大きな窓から入る陽光、そして窓の向こうに広がる白い玉砂利とその向こうの杜王パールビーチの白い砂浜、これらに囲まれて、毛の中で光を白く散乱させているこの白熊が、薄暗い部屋でずっとずっと仕事をしていた露伴さんというアザラシの目には見えなかったんですよ！」

「にゃにゃにゃののの一っ！」

ズドーンと推理をぶち込んだ僕に乗ったのか何なのか露伴が変な声をあげたので僕はぶぶーふ！と吹き出してしまう。ゲラゲラゲラゲラ……！

でも笑ってる場合じゃない。こんなの犯人が意図して仕掛けたトリックとかではないのだ。僕は続ける。「引っ越して来て以来仕事で忙しかった露伴さんはこの北のサンルームには物も置かず、ほとんど近寄らず、たまに来ても眩しい光の中で姿を見れなかったけれど、白熊はずっとこの部屋にあったのです。で、もちろんこのガラス張りの部屋に置いてあったのですから、時間帯や角度によっては……と言うより薄暗い部屋にずっとこもった後にこのドアからちょっとだけ覗くという方法以外でならこの白熊の剥製はちゃんと見えていたはずで、露伴さんには見えていないなんて思いもしない同居人の女性にも、生活圏にない熊の話なんて出なかったようですけど見えてたはずですし、もちろん九十九十九の殺害犯にも見えていたんでしょう。で、この剥製を利用して《金太郎》の見立てを施すことを考えた。いいですか?ここが原点なんですよ、露伴さん。ここから全てが始まっている」

「……?ここは三番目の事件だけど……」

「順番を遅らせてそういうふうに見えるよう演出しただけです。《熊》の手配ができたから《金太郎》の見立てが生まれ、《金太郎》が生まれたから《浦島太郎》と《桃太郎》が添えられた、と考えるのが妥当でしょうね、さっきも言ったけど、見立ての準備の難易度の観点からも」

「………」

「さて露伴さん、《浦島太郎》《桃太郎》そして《金太郎》……有名な三人の《太郎》とそれをモチーフにした童謡が見立てに用いられましたけど……これ以上この事件は続くでしょうか?昔話はたくさんあるのに、どうして《太郎》ものばかり三つも選んだんでしょう?」

「ええ?そんなの知らないよ」

「ここには意味があるはずです。でも、有名な三人は既に消費してしまった。では他に《太郎もの》の、童謡になってる昔話って知ってますか？」

「ゲゲゲかな」

「あれは昔話じゃないですしアニメ主題歌も童謡じゃないですよ」

「じゃあお化けのＱも違うのか」

「そうですね」

「……もう僕に思い当たるものはないよ」

「僕もです。ひょっとしたら日本のあちこちに《なんとか太郎》って主人公の昔話が残ってるのかもしれないし、それをモチーフにした童謡もあるのかもしれませんが、《見立て》というものは、それが何を見立てているのか、現場を見た人間に伝わらないと意味をなしません。犯人の独りよがりということだってありえますが、それにしてはこの三件の見立ては判りやす過ぎて、四件目がもし酷くマイナーなものをモチーフとしていたら連続殺人としてトーンが変わり過ぎてしまいます。……もしかすると、この三つの連続名探偵殺人事件で、見立ては終了なのかもしれません」

「でも僕が犯人だったら自分のオリジナル太郎をここで四番目の事件に使ってデビューさせるけどなあ」と露伴が余計なことを言って変な文脈を持ち込もうとしているのを無視し、僕は僕の思いつきを確かめる。三件の殺人。三点。三つの点は必ず一つの三角形を作る。トライアングル。「露伴さん、他の二つの事件現場を正確に教えてください」

　駅でもらってあった杜王町の地図を取り出して僕が言うと、露伴は自信ありげにそれらを教えてくれる。何故だか判らないが露伴はそれを知っていると僕は思ったし、実際に知っていた。露伴には……僕の知らない力がある。でもその問題は後回しでいい。露伴に言われた通り、《八極幸有》と《猫猫にゃんにゃんにゃんにゃん》と《九十九十九》が死んだ場所をマークして、三角形を作る。それから僕は肩に掛けっぱなしにしていたバッグから九十九十九の手描きの《世界地図》を取り出す。パンランディアが分解されて海のあちこちに広げられた地図。そしてそこにある《バミューダ・トライアングル》。見比べる。やはり僕の直感通りだ。この名探偵殺しの三角形と《バミューダ・トライアングル》はほぼ完璧な相似形になっている。

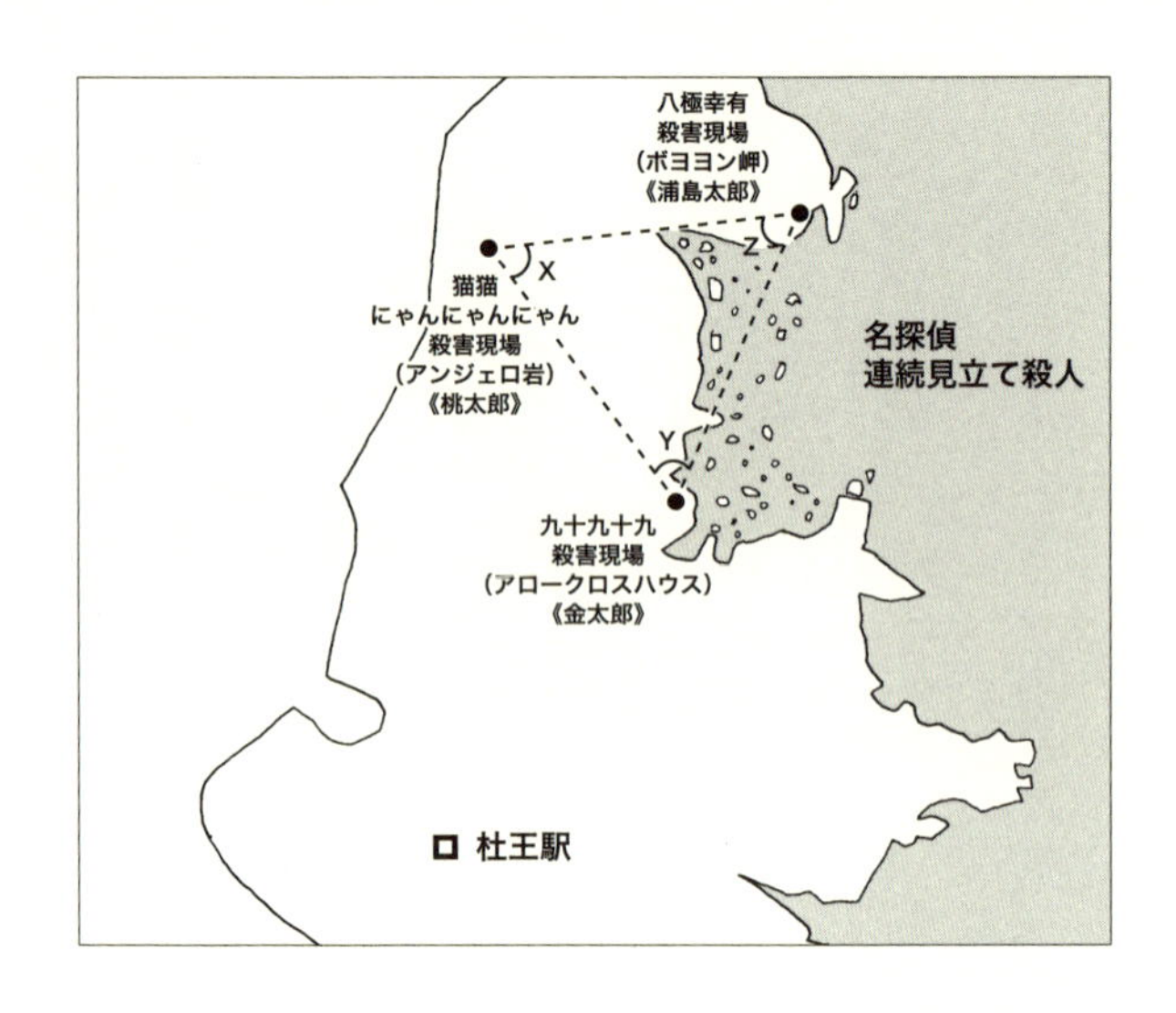
八極幸有
殺害現場
（ボヨヨン岬）
《浦島太郎》
X
Z
猫猫
にゃんにゃんにゃん
殺害現場
（アンジェロ岩）
《桃太郎》
名探偵
連続見立て殺人
Y
九十九十九
殺害現場
（アロークロスハウス）
《金太郎》
杜王駅

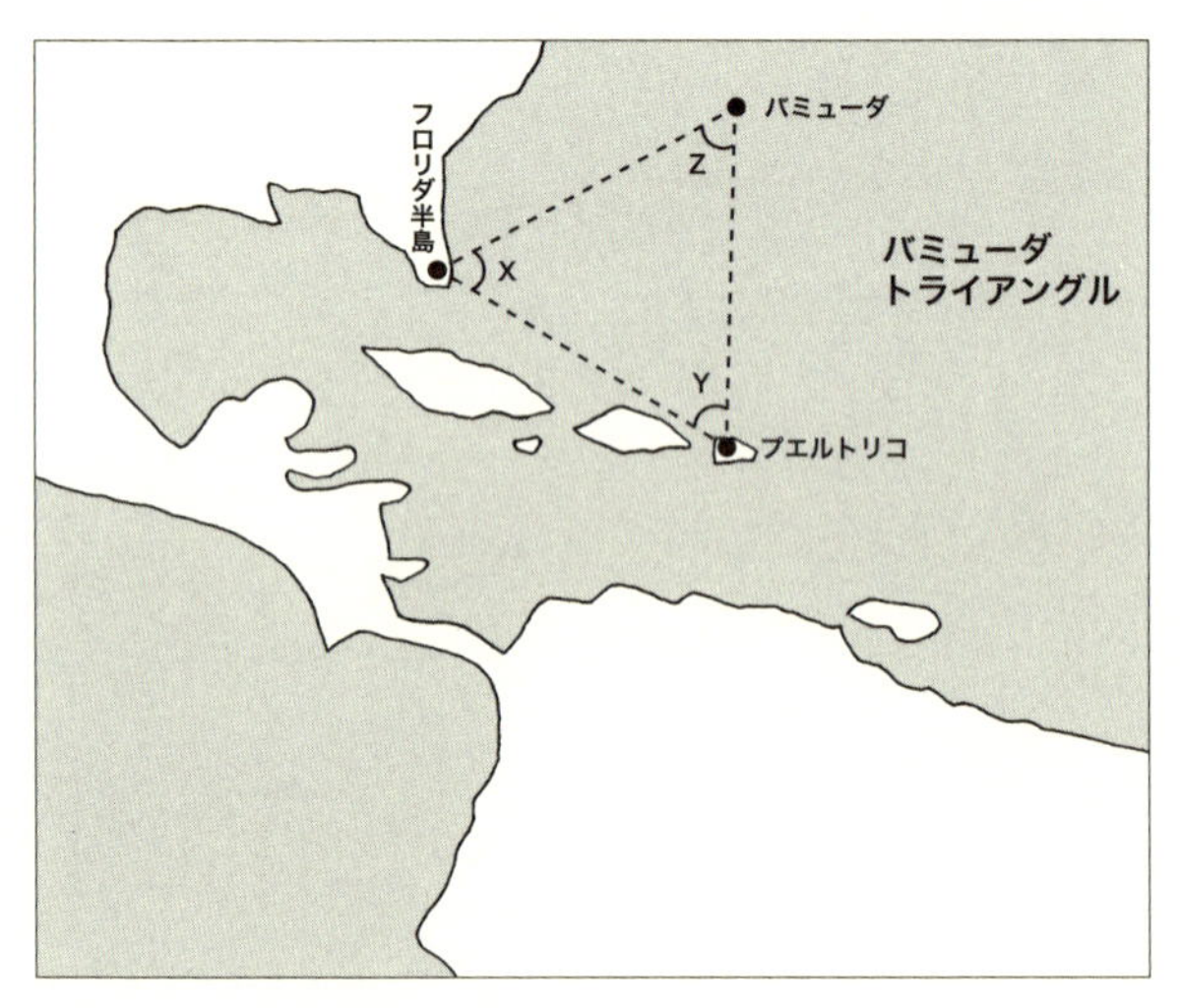
バミューダ
フロリダ半島
Z
X
バミューダ
トライアングル
Y
プエルトリコ

その三角形を通過して、時空を超えてやってきた九十九十九。この地図の符合にはどういう意味があるんだろう？

「……その奇妙な地図は何だい？」と露伴が僕の手の地図を見て言う。「それは世界地図……だよな？日本がある。でも、おかしな場所にあるし、世界の形がゴチャゴチャだ」

「これはこの館で死んだ九十九十九が昨日僕のために描いてくれた地図ですよ」

「君は……どうやらそこに描き込んである三角形と今回の事件の三角形を重ね合わせたみたいだけど……その架空の地図の中で起こった偶然に何か意味があると思ってるのかい？」

「………」

「何も意味などありはしないよ。シンクロニシティさ。奇妙な感慨を残すだけで、何か理由や原因があるわけじゃない」

僕は顔を上げて露伴と視線を合わせ、言う。

「いいえ。この世界には一つだけ重要な、不変の原則があります」

「………？」

「全てに意味があるということです。無駄なことは何もない」

「ふん。ミステリー小説の中だけの話だろ？」

「僕は名探偵ですよ？僕が関わっている以上、世界の規律は僕に従ってくる」

「……凄い自信と言うか、ほとんど病気に近く思えるけどね。ミステリー小説か。ふ。じゃあ僕にも言わせてもらえれば、僕が関わっている以上……この杜王町が舞台である以上、物事は単純な世界観では片付かない。物理法則だって、君の知ってるそれは簡単にネジ曲がるんだよ、ここではね」

「……？」。杜王町では？ どういう意味だ？ おそらく露伴は彼の持つ謎の力のことをほのめかしているんだろうが、それはこの杜王町という場所に原因、あるいは源泉があるんだろうか？ それとも……杜王町には他にも露伴のような力を持つ人間が大勢いる？「露伴さんは……何か変な力を持ってますね？」

「ジョースターくん、このアロークロスで九十九十九くんが見つかった部屋、いわゆる密室だったよ」と露伴が僕の質問をはぐらかすように言う。

「えっ？ そんな今さら……」。その《密室》に意味があるだろうか？ 中で死んでいる九十九十九は明らかに他殺死体だし、見立てまで施されていて、それも三件目なのだ。自殺の偽装なんて全くできていない。

「密室なんてものに意味を感じなくてね」と露伴が言い、僕は露伴が話をはぐらかしてた訳じゃないと知る。

「……ここでは物理法則がネジ曲がるからですか？」

「そうだよ。……遠くから手も触れずに九十九十九くんを殺害し、あそこに密室を作る人間は、おそらくこの杜王町には何人もいるだろう」

「……？ それは露伴さんにもできるんですか？」

「できるよ。僕なら九十九十九くん本人に密室を作らせ、白熊にペンキを塗り、裸になってあの赤い腹掛けを着させ、熊に跨ってマサカリで自分の首を掻き切らせるだろう……もちろんそんなこと僕はしないけどね」

「何何させるって……そういうふうに催眠をかけるってことですか？」

「それに近いかな？もっと手早くて抗いがたいけどね」

「……それは、……」と僕は躊躇するが、言葉にしてしまう。「それは、《超能力》の話ですか？ここは《超能力者》が集まってる特別な町なんですか？」

「君にその答が必要なのを知ってるから、伝えよう。うん。その力を僕たちは『スタンド』と呼んでいる。一般的にイメージされている《超能力》と違うのは『スタンド』にはそれぞれに像があるところだ。それはヒトや動物、虫といった生物に似ていたり、船や車といった乗り物、釣り竿や鍵のような道具に似た形でも存在する。そういう《像》が持ち主に寄り添っている様子から『スタンド』と呼ばれてるんだと思うな。……そして、『スタンド』を持つ者同士は、まるで特別な引力を帯びているかのようにお互いに引き寄せ合う。杜王町はそういう磁場の一つになっているようだ」

　僕は戦慄に言葉を失ってしまっている。

　超能力？

　そんなものを踏まえて僕は推理などできるだろうか？……という設問はしかし、もう遅いのだ。

　僕は既にそういう世界に絡めとられてしまっている。そもそも九十九十九の飛来からして僕の知っている常軌を逸していたのだ。

　全てに意味がある。無駄なことは何もない。僕は僕が言った台詞を心の中で繰り返す。僕は否応なく、この新しい要素を含んだ世界で推理を行わなくてはならないし、もし僕が名探偵ならば、それは可能なはずなのだ。

「物理法則のおかしさで言えば、もう一つ僕は思い出してしまったよ」と露伴が言い、僕は内心聞きたくない、と思うが、聞かなくてはならない。全てを知らなくてはならないのだ。

「……何ですか?」

「今朝僕が、うっかり間違えて西のサンルームで寝て目覚めたとき、僕は北のサンルームを見たんだよ」

「………」

「大きな窓同士で隣り合ってるし、矢の縁（へり）もガラスドアだから、もちろん北のサンルームの中はよく見えた。あの白熊の背中の高さは一メートル半くらいあるし、そこに九十九十九くんの遺体が乗っけられていたら絶対に窓から見えたはずだよね?」

「……ええ」

「全く見えなかったよ、ジョースターくん」と露伴は僕を哀れむみたいに言う。「僕が目を覚ましたとき、北のサンルームには白熊も九十九十九くんの遺体もなかった。日の出までには時間があったし西のサンルームから見て北のサンルームの背景はオレンジ色の朝焼けだったからね、白熊が光に溶け込んで見えないということはあるまい。断言するよ。あのとき北のサンルームではまだ見立てなんて行われてなかったんだ。さっきジョースターくんが指摘した、白熊がずっと北のサンルームにあったのだっていうのもきっと事実じゃないよ、残念だけど」

「……………！」

「僕は北のサンルームを偶然ちらりと見ながらベッドを出て、東のサンルームに向かい、杉本さんにひと言だけ声をかけてから北のサンルームに向かい、そこで《金太郎》の見立てを見つけた。つまり犯人は、その僕が移動する二分……いや、一分程度の時間に、九十九十九くんを殺害して見立てを作り、密室状況の中から脱出してみせたんだよ。北のサンルームに向かう僕に見つからず、外の玉砂利を踏む音もたてずにね。……これはさ、どう考えてみても、普通の人間がトリックどうこうでできる仕業じゃないぜ？」

「……どうやらそのようですね」

「脅かすわけじゃないんだけど、こうして名探偵が三人も殺されてしまっている以上、君の身の安全も考慮すべきなんじゃないかな……。君は優秀な探偵のようだし、ここでスタンドを持たない人間にできることは少ないと思う」

そうだろうか？

「全てに意味があるのなら、僕がここにやって来たことにも意味はあるんですよ、露伴さん」と僕は言う。「僕には何らかの使命がある。それだけは判る。……露伴さん、その《スタンド》についてもっと教えてください」

「僕たちのような人間は、他の奴に自分の力の詳細を教えたりはしない」

「……………」

「でもね、どうしてかな？君には僕は強く引かれているよ。と言っても勘違いするなよ引力の話だぜ？君に会ったのは偶然なんかじゃない、と何故だか確信しているんだ」

「そりゃそうですよ」と僕は言う。「僕はここにほとんど呼ばれて来たんですから。招かれたんですよ、脅迫の裏返しでね。露伴さん、……あの……あれ？あの……」

　あれ？言葉が続かない。ある名前、ほんのさっきまで憶えていたはずの名前が全く出てこない。その名前を知っているかと訊こうとしたのに……。

「うん？どうしたの？」

「すいません。ある名前についてご存知かどうか尋ねようとしたのに、その名前が全然思い出せなくて……」。こんなことは名探偵の僕には珍しい、と言うかあってはならないことだ。ド忘れだなんて……と思ったところで、いやいや、と考え直す。こんなことが僕に起こるはずはないんだ。無言で僕を見つめる露伴に僕は訊く。「これも露伴さんの力で、僕に何かしたんですかね？」

　すると露伴が頷く。「ああ。その名前を口にすると殺されるからね」

「……？」。何だって？**ジョージ・ジョースターは杜王町に近づくな。近づけば殺す。**あの脅し文句を露伴も繰り返しているのか？

　露伴は僕に何をしたんだ？記憶を奪った？違う。僕は露伴のことを露伴と呼ぶように仕向けられたのだ。露伴の力は催眠術に近いらしい……つまり僕は操られたのだ。その名前を忘れるように。一体どんな力がそんなことを可能にするんだろう？

「ならば露伴さんは、その名前の人を知ってるんですか？」

「顔は知らない。でも名前は知ってる」

「教えてくれませんか」

「駄目だ。その名前を口にすると死ぬんだ。爆破されてね」

「ええ？」。爆破？「どういう意味ですか？」

「身体が吹き飛ぶのさ。火と爆風とともにね。爪も髪の毛もすべて塵になるまで破壊されて跡形もなくなる」

「……？爆弾で殺されるってことですか？」。でも遺体をそこまで破壊し尽くせる爆薬なんてあるだろうか？

「……自分の全てが爆発物になるんだよ」

「？……何を言ってるのか……」判らない、と続けようとしたとき、チャイムが鳴る。

びにそおおおん……というその下手なバイオリンみたいな音が呼び鈴だと判るまで時間がかかった。

「あ……あいつらまた来た」と虚ろな目の露伴が言う。どうしたのこの人？と戸惑う僕を露伴が見る。「ごめん、君ちょっと追い返してくれる？僕の知り合いなんだけど最近僕のことを無視したりしてやな感じなんだ」

無視ぃ？「ええ……？そんなのご自分で対応してくださいよ……」。子供の喧嘩みたいなことにかかずらってる場合じゃない。

「うるさいなあ名探偵なんだろう？捜査を阻害するような輩を排除するのも君の仕事なんじゃないのかい？あいつらきっと盛大に邪魔してくるぜ」

「どんな知り合いなんですか……」と言いながら僕も見る。学生服を着た僕と同じくらいの年齢の男の子たちが三人、徒歩でこちらにやってくる。中の二人は完全に不良のように見える。確かに厄介そうだが……「学生だ。露伴さんのファンじゃないですか？」

「ファンなんかじゃないよ！単なる厄介な知り合いさ！あいつらが来ると面倒ばっかり起こるんだ！僕は仕事場に戻ってるから、君、さっさと追い返して来てね！」

そう言いおいて露伴が逃げるようにして北サンルームを出ていくときに、

「さ、杉本さんも」

と言う。

振り返るが、露伴の姿もドアの向こうに消えたところで、誰もいない。

僕の頭がくらくらしている。スタンド。一分間で作られた見立てと密室。記憶から抜け落ちた名前。おかしな露伴。**その名前を口にすると死ぬんだ。爆破されてね。**不思議な建物で不思議なことが起こっている。アロークロスハウスとキューブハウス。記憶喪失の女の子も混じっているらしい。杉本玲美。この子に関しても露伴はちょっとおかしい。**さ、杉本さんも**、と露伴は何もない空間に向かって、まるでそこにその女の子が存在しているかのように言ったけど……？僕は北のサンルームの掃き出し窓を開け、外に出る。とにかく僕は事実を集めなければならない。

アロークロスから出てきた僕を見て、三人がいかにも僕を迎え撃とうとするかのように正面と両脇に展開する。顔がそっくりな、おそらく双子の不良っぽい子たちが僕を挟み撃ちにする形で左右に分かれ、正面の、どうしてこんな子が他の二人と友達なのか判らない真面目そうな男の子が僕ににこやかに手を振る。「こんにちはー」

僕も会釈(えしやく)する。「こんにちは」

「ここ、今日殺人事件があったのに、誰か人影があるから、ちょっと気になって様子見に来たんですー」と言うその男の子が笑顔のまま僕を観察しているのが判る。

「初めまして。僕は名探偵のジョージ・ジョースター。今年で十六歳だけど、三人は……」

「あ、偶然だね！僕たちも十六歳だよ。へえ、名探偵か……。でも一人でこんなところにいるのは危険じゃないかな。ここで今朝殺されたのも名探偵のはずだけど」

「うん。俺の知り合いや」

「えっ、あ、そうなんだ。ごめんね。そうか……で、その捜査にここに来たのかな」

「そういうこと。君らは？」

「……ここの持ち主の露伴先生の友人だよー」

追い返せと言われるような、ね。「ほうか。心配かけて申し訳なかったけど、俺、露伴さんの許可もらってここ出入りさせてもらってるで、気にせんと……」

「てめえ、露伴先生に許可もらってるだってえ？」と僕の右側に立つ不良くんが言う。「すっとぼけたこと言ってると承知しねえぞコラ！」と、凄むが、一般的な不良のようにぐいぐいと間を詰めてこようとしない。ポケットに手を突っ込んだまま三メートルくらい離れて、でも攻撃態勢は十分という威圧感を持っている。

反対側の、静かに僕を見つめてるほうの不良くんも同じように距離をとっている。この不良たちの間合いがこれなのだ。素手では届かない。でも、彼らには届くんだろう。

超能力。スタンド。そばに寄り添う像。

「君ら……」と僕は言う。「もうスタンド、そばに寄り添わせてるんか?」

この質問が右側の不良くんのスイッチを押したらしくて「てめえ……!見えてるのか!」と叫ぶと同時に僕の首元に何かを飛ばす。彼自身は一歩も動かずに。ドン!と喉に大きな力が加わって僕を宙づりにする。それは見えない手だ。透明な手の平と五本指。人間と同じ形をしているが、人間ではない。スタンドにはヒト型があると露伴は言っていたが、それがきっとこれだろう。僕は首に手をやってそのスタンドの手を摑んでやろうとするが、空気をす、す、と搔き分けるだけでまったく何のひっかかりもない。そんな僕の様子を見たせいだろう、不良くんが言う。

「見えてねえのか……?おい!お前……スタンド使い……じゃあねえみてーだな!こんなところに上がり込んで何してる!露伴先生について何か知ってんのか!?」と不良くんが言い、手も触れずに空中の僕をアロークロスの大きな窓にドスッと押し付ける。

「………?何を……?」と息も絶え絶えの僕は訊く。

「露伴先生の居所だよ!だからすっとぼけるのはよせっつってるだろ!」

居所?

「ここにいるよ……?」と僕はあっさり露伴の居留守をバラしてしまうがしょうがない。僕の視界は掠れてほとんど消えかかっているし、意識も遠ざかり始めているのだ。

「ここにぃ……？何言ってんだ露伴先生もう二週間ほど行方不明なんだぞ！ふざけてんだったら承知しねーからな！」

行方不明？**僕の知り合いなんだけど最近僕のことを無視したりしてやな感じなんだ**と露伴は言っていた。でもこの不良くんは露伴を先生と呼び居場所を真剣に探して不思議な力で僕を空中にぶら下げている。何だこのチグハグは？これも気持ちのすれ違いで起こることだろうか？

「露伴先生ー！」と別の不良くんが建物に向かって声をかけている。ニコニコした男の子は黙ったまま僕を観察し続けている。

そしてぎいいと血流を圧迫されて酸素が欠乏し始めた脳で僕は考えている。

「露伴先生ー！」と不良くんBの呼ぶ声に「何だよもう……うっとうしい奴らだなあ」などとぶつぶつ言いながら近づいてくる露伴の気配があるのに、不良くんBは「あ、玲美ちゃん。露伴先生帰ってきた？」と言っている。これが露伴の言う通りの無視か……と思っている僕のそばで、「やっぱり……やな予感がビンビンするぜえ……今日のここの事件だって、やっぱりあいつのせいなのかな。こんなとこで一人でいると危ないぜ玲美ちゃん」と不良くんBが言い、さらに僕を締め上げている不良くんAが「え～？だって玲美ちゃんこいつ怪しいもんアハハ」と笑うので僕は思う。

え～？だってって、何がえ～？だってだ？

まるで杉本玲美の台詞に言い返してるように聞こえるけど、声は全く聞こえないし気配もしないけど……？

と僕が薄目を開けて首をよじろうとしたとき露伴のため息が聞こえる。「な?ジョースターくん、こいつらタチ悪いだろ?」

同時に不良くんAが続ける。「何しろ俺たち誰もあいつの顔知らないんだからさ。へへへ」。それから僕にささやきかける。「おいてめえ、お前実は名探偵のふりをしてるだけで、本当は吉良吉影じゃ……」


あっ!と僕が思うのと、ふっと僕の喉から透明な手が外れるのが同時で、僕は地面に崩れ落ちながら笑い出しそうになる。思い出したぞ!その名前!それ!どうして忘れてたんだろう!それ!

え?あれ何だっけ?

ガジャジャ!と玉砂利の上に膝をつき、ゲホゲホと咳き込む僕に駆け寄ってきた不良くんBが「うおおおっ!?おい!不可思議!どこ行ったんだ不可思議!」と叫び、変な言い回しだなあと考えてる僕の胸元を摑んでぐいっと引っ張り上げる。「おい……!お前やっぱりスタンド使いなのか……?」と凄む不良くんBの言ってる意味が判らなくて、僕はようやく周囲を見渡すと、不良くんAの姿がない。

「おい不可思議どこにやっちまったんだ!てめえ今すぐ戻せ!そうじゃねえとこの場で再起不能にしてやるぞおおおお!三秒待ってやる!いぃぃぃぃぃち!」

どうやら不可思議というのは僕を締め上げていた不良くんAの名前らしい。

そして彼が突然消えたことで不良くんBがいきり立ち、どうやら僕に何らかの攻撃を加えようとしている。ほとんど怯えるようにして。

「や、ちょっと待って俺何にも知らん……」と言いかけた僕の目の前に露伴がいる。「ちょ、露伴さんも見てたでしょ。何か言ってくださいよ……」と僕が言ったことで不良くんBが僕の視線を追って振り返るけど、すぐに僕に顔を戻して怒鳴る。

「何言ってんだてめえ！やっぱりお前、露伴先生の失踪にも絡んでるのか……？」

ええ？一体何を……呆然とする僕に露伴が「おいおい弟が今こつ然と消えたのに僕に嫌がらせを続けるのかよ……な？こいつらしつこいだろ？」と言うが、違う。無視してるんじゃない。

この不良くんBには露伴の姿が見えないのだ。

「こいつ怪しいぜ！康司と玲美ちゃんは下がって！不可思議をどこにやった!?本当のことを言うんだ！にぃぃぃぃぃぃい！」と不良くんBが叫ぶと、もう一人の男の子が僕を見つめながらすっと一歩下がり、僕は周囲を見渡す。

玲美玲美とさっきから言うが、当てはまりそうな女の子なんていない。が、それはいないんじゃない。

きっと僕には見えないのだ。

「コラァァァ！俺は本気でお前をメチャクチャにしちまうぞ！」

そして僕は気付く。

「もういい！時間切れだ！とりあえずボコっとくぜ俺はどうせヤンキーだ！さぁぁぁ」

透明な手にぶら下げられたとき、僕はアロークロスハウスの窓に押し付けられていて、そのまま下に落ちた感覚だったのに、その窓は僕の背後から約二メートルも離れている。

「ぁぁぁぁぁん！悪い犬に出会っちまったな！覚悟を決めて歯を食いしばれ！」と言ってさっき消えた不可思議？と同じく僕との間合いを詰めようともしないまま何らかの方法で襲いかかろうとしている不良くんBに僕は手の平をかざす。

「待って。僕がその不可思議くん、見つけてみせるから」

「何ぃぃぃぃぃ!?」と怒鳴る不良くんBだが、どうやら攻撃の手を止めてくれたらしい。僕は立ち上がって宣言する。

「僕は名探偵ジョージ・ジョースター。僕の推理で、必ずこの謎を解いてみせる！」

このいささか演劇的な台詞を言い放ちながら、僕は観察を続けている。

不良くんBの背後にいるもう一人の学生君も冷静そうでいながら不良くんBと同じくらい緊迫し、僕のことを警戒している。その向こうの露伴は、少し動揺が見えるけれどもこの状況を面白がっているようなところがある。そしてこの二人には演技めいたところは感じられない。幾多の事件で偽（いつわ）りを見抜いてきた僕の勘を信じることにする。この二人に嘘はない。二人が言ってることも見てることも本当だ。ならばここには、僕には見えない杉本玲美がいる。

そして僕も二人も何もしていない以上、残る杉本玲美こそが不可思議を隠したのだ。

でもそれは何らかの危害を加えたということじゃないんだろう。杉本玲美は露伴の同居人で、どうやら不可思議たちとも親しいらしいのだ。だからそれは消し飛ばしたと言うよりは、隠したのだ。

……どこに?どうやって?あのとき何が起こった?

不可思議が消えた。僕が地面に落ちた。落ちた地面はぶら下がっていた窓際から二メートルほども離れていた。不可思議が消えたとき、あいつは僕をブンと放り投げたわけじゃない。ふっと消えたのだ。僕はだから、ただまっすぐ崩れ落ちたのだ。二メートル先に。僕の背中に当たっていた窓だって、不可思議が消えたあの瞬間まで僕にくっついていたのだ。

物理法則だって、君の知ってるそれは簡単にネジ曲がるんだよ、ここではね。

僕は新しいルールを受け入れる。つまり僕が移動したんじゃない。

窓が二メートル移動して、僕を落として、また二メートル戻ったのだ。一瞬にして。

窓だけが移動した?それではあの図体の大きな不可思議は隠せない。隠そうとするならもっと大きな物を動かさなくてはならない。

その大きな物とは?僕は僕が押し付けられていた西のサンルームの大きな窓の下に来て、しゃがみ、玉砂利をどけ、乾いた土の匂いを嗅(か)ぎながら建物の土台を見る。外壁はそのまま地下に伸びているように見えるが、よく見ると薄い線が水平に入っている。

切り込み線だ。

以前の物理法則は忘れろ。

よし。僕は立ち上がりながら思い返す。どうして不可思議を隠さなければならなかったか。あのタイミングで。

あのとき不可思議がどうしていたか?

僕をアロークロスに押し付けながらあの名前を言ったのだ。そして僕が**あっ**と思ったと同時にふっと消えたのだ。

あの、今また僕が思い出せなくなってる名前がキーなのだ。もちろんそうだ。露伴が言っていたじゃないか。

その名前を口にすると死ぬんだ。爆破されてね。

こうも言っていた。

自分の全てが爆発物になるんだよ。

言葉通り受け取っていいんだ。あの名前を言うと自分が爆発して死ぬんだ。で、杉本玲美はそれを防いだ。

爆発しないように、おそらく、空気を遮断したんだ。

アロークロスハウスの下に敷いてしまうことで。

杉本玲美の、これが力なんだろう。

しかし彼女は《スタンド使い》の人間ではない。もしそうなら不可思議たちのように彼女の姿が見えただろう。でも僕には見えない。何故なら僕は《スタンド使い》ではないからだ。不可思議だってそれを確かめていた。

てめえ……！見えてるのか！

見えてねえのか……？おい！お前……スタンド使い……じゃあねえみてーだな！

見えるか見えないかが判断基準なのだ。そして僕に見えない杉本玲美。記憶喪失の女の子……ではない。

スタンドだ。ヒト型の。人間じゃないから、これまでの記憶もない。スタンドはただ寄り添うんじゃなくて、能力を持つ。ならば杉本玲美の能力は、どうにもまだ信じがたいが、おそらくこのアロークロスを動かすことなのだろう。建物を動かし、不可思議を隠したのだ。

そしてもう一人も。

僕は露伴を見つめる。家にこもってあまり人と会わないせいで、同居人の女の子が普通の人間じゃないことに気がついていないらしい漫画家は、今ニヤニヤと笑いながらことの成り行きを楽しんでいるらしいが、彼もまた見えない人間だ。

僕には見えるが、不可思議たちには露伴の姿が見えない。《スタンド使い》に見えないならばスタンドではない。露伴はまた別のものなのだ。スタンド以外の、しかし生きてはいないもの。でも死んでもいないんだろう。不可思議と同じように隠されているだけで。

アロークロスハウスに敷かれることがどのように不可思議と露伴を生かしているのか？そこに酸素はあるのか？それは判らないが、あまり気にしなくていい。物理法則がまかり通らないのだ。とにかく露伴も不可思議も生きている。どうせアロークロスで踏みつぶして殺してしまうつもりだったら、爆発するに任せればいいのに、そうしなかったのだ。

　では同じように生きても死んでもいない不可思議と露伴で、どうして露伴だけこうして僕の目に見える形で現れ、喋っているのか？

　おそらく連載を持つ漫画家だからだろう。仕事が気になって死んでも死にきれないタイプだ。

「露伴さん、」と僕は言う。露伴が見えない不良くんBとその連れはキョロキョロと僕の視線を追うが、まだ見えないだろう。「露伴さんのスタンドは、人を操ったり、人の性質とかを変更できるんですよね？」

　露伴が頷く。「そうさ。それが僕の《ヘブンズ・ドアー》」

　？それはスタンドの名前か？

　どうでもいい。「露伴さん、じゃあまずは、僕にスタンドが見えるようにしてもらえませんか」

　すると露伴が真顔になる。「いいのかい？知らなくていいこと、関わらない方がいいことがたくさんあるんだぜ？」

　僕は頷く。「でも僕は名探偵なんで、いろんな事実を知る必要があるんです。ここにスタンドという事実があるなら、それを僕は見なければ、飲み込んでいかなければならないんです」

「そうかい……。ふふふ。その覚悟、気に入った！よし、まさしく君の扉を開けてやろう！ヘブンズ・ドアー！」

　何の必要があるのか判らないけど必殺技の名前を紹介するかのようにスタンド名を高らかに叫び、露伴が僕の目の前であの自分の持ちキャラをササッ！と描いてみせ、またしても僕をビシャーン！と痺れさせる。

　そして僕には見える。

　自分の鼻の上でバラバラと広がって散らばる僕の顔……は、あああ！本のページみたいになっている！

「うわあああああっ！」と叫ぶ僕に露伴が言う。「ふ。僕のスタンド能力は、僕の絵を見せた相手を本にしてしまうことさ。君の全てを読むことができるし、君に新しく、何か命令などを書き加えることだってできるんだぜ〜？ふっふっふ」

　ばっさばっさと揺れる僕の顔のページを押さえつけながら不良くんBの方を見ると、そこには空飛ぶ異形のイルカがいる。それも三頭も。

　不良くんBが言う。「お前が本になったってことは……ここに、とにかく露伴先生いるんだな？」

「そうです……」

「……おいお前、あんまこっちじろじろ見てんじゃねえぞ〜？」

　と凄むので、その隣の男の子を見ると、彼の頭の上には『ドラえもん』のタケコプターみたいな回転翼が載っかっている。「すいません能天気みたいで」と言ってぺこりと頭を下げたりするので驚きつつもちょっと笑いそうになるが、堪えて訊く。

「消えた男の子のスタンドはどんなやつなんですか？」

「てめえにそんなこと教える必要ねえだろうが！」と兄っぽい方が言うけれど、

「事件解決のためには全ての情報が必要だと言ったでしょう。それに俺はあんたの兄弟を探してるんやで?」と言うと黙り、タケコプターの男の子が教えてくれる。スタンド名は《NYPDブルー》。優秀な警察官としての能力を持つが口汚く荒っぽい性格をしているという。何故か生粋のニューヨーカーらしい。ふうん?

そして露伴の隣の、きっと僕よりは少し年上の、綺麗な女の人を見つける。とうとう見えた。

「ご挨拶遅れました。はじめまして杉本玲美さん。名探偵のジョージ・ジョースターです」

杉本さんはこっちをじっと見つめたまま「はじめまして」と言うが、声が震えている。怯えているのだ。何に?自分がスタンドであることを暴露されることに?

僕が躊躇していることを見てとったのだろう、杉本さんが言う。「大丈夫です。本当のことを知ることが常に最上の善に結びつくことかどうかは判りませんが、少なくとも誤解や嘘を信じたままでは絶対に辿り着かないものです」

それをにっこりと笑って言い切って見せた杉本さんが凄く美しく見える。

最上の善、か。その言葉は僕にとっても福音だ。

そして杉本さんが手に取ったのは隣に立つ露伴の手で、「ね、露伴ちゃん」と微笑みかける。

「えっ?おいおい何だよ何のこと?」と顔を赤くしてうろたえる露伴のことが羨ましい。そうか、と僕は思う。彼女が案じていたのはこの奇矯な漫画家のことなのだ。

彼女の言葉を信じ、僕は言う。「露伴さん、じゃあ次に、この男の子たちにヘブンズ・ドアーをお願いします」

不良くんBが「てめえ男の子とか言ってお前と変わんねえだろうが」とかぶーぶー言うけど構わ

ず続ける。

「えーと、たぶん、幽霊じゃなくて、生き霊が見えるようにしてくだされば」


そのお願いの意味が通じて愕然とする露伴だが、ヘブンズ・ドアーは働き、二人が露伴を見つける。喜びと驚きと衝撃が渦巻く中、僕は僕の推理を述べ、杉本さんにお願いし、彼女の能力で僕たちはアロークロスハウスの下に潜り、そこで仮死状態になっている露伴と不可思議の様子を確認する。


露伴は呆然としたままで自分自身を見つめ、それから生身の人間じゃなかった杉本さんと顔を見合わせる。

「ふん、これまで食べたご飯とかコーヒーはどこに消えたんだよ。ったく。食材が全部無駄だったわけだ」といかにもな憎まれ口を叩いてみせる露伴に、杉本さんがにこりと笑って言う。

「ごめんね。でもどうしても露伴ちゃんとお食事一緒にしたくて」

「……や、別に責めてるわけじゃないんだけどさ……」と何だかイチャイチャしている二人に付き添ってもらい、スタンドの一般的な性質について説明を受けながらアロークロスの中に戻り、杉本さんに建物を動かしてもらって僕の仮定のための実証実験を済ませ、また一つ謎を解き、確認する。

「露伴さん、あの明け方の一分間での見立てと密室の謎も解けるんじゃないでしょうか？つまり、……露伴さんは昨日寝るとき、寝室を間違ってはいなかったんですよ。夜中に仕事を終え、露伴さんはちゃんと東側の自分の寝室で寝ていたんです。そりゃそうです。自分の仕事机の右側のドア、なんて間違えっこないですよ。部屋の中身だって、本当に西サンルームだったら鏡対称なはずなんですから、神経質そうな……そんなつもりないんでしょうけど、露伴さんが気付かないはずありません。露伴さんはちゃんと東サンルームに寝ていたんです。でも明け方にはアロークロスが180度回転し、西側にあった。で、異常を感じて露伴さんは目覚め、夜明けの空の方向から寝室を間違えたと思った。で、杉本さんと寝室を交替しようと起きたとき、露伴さんが見た空っぽの北サンルームってのは、だから、実は北側に移動していた南サンルームだったわけです。未使用だから空っぽで当然でした。露伴さん、そのとき反対側の……南側にあった北サンルームは見ましたか？」

「……いや、見ていない」

「そちらを向いていればきっと見立てが完了した殺人現場が見えたはずです。それに明るくなっていたんだから、よくよく部屋の中身を確認すれば、鏡対称になっていないことにも気付いたでしょう。でもそこには普段との違いがないからこそ違和感も感じられなかった。違いは太陽の出る方向だけだったんです。で、露伴さんは西側にあった東サンルームを出て、仕事場を通り、東側にあった西サンルームに行って杉本さんを起こした。そこで目を覚ました杉本さんは、いつの間にか建物全体が半回転してしまってることに気付き、即座に元に戻した。露伴さんが東側の廊下を仕事場に向かってるときか、仕事場に入って、北側に向かっている間にね。で、南側にあった北サンルームは露伴さんの気付かないうちに北側に戻り、露伴さんはそこで九十九十九の死体を発見したわけです」

杉本さんが頷く。「……概ね、おっしゃる通りです。私には180度回転し直したって意識はありませんでしたけど、目が覚めたとき、この家は半回転して元の状態に戻りました」

「でもさ、それって……」と露伴が言い出したのを遮るように僕は続ける。

「そう、この推理はこのアロークロスハウス中央にある、正方形の、露伴さんの仕事部屋が四つの矢印とともに回転していては成り立たない。だから今それを確認していたんです。僕の予想通り、この四角い部屋は、どれだけアロークロスを回転させても微動だにしません」

物理法則は関係ないのだ。

これまでの論理では見抜けないはずの仕掛けを、僕は論理矛盾を飲み込んでしまうことで解き明かしている。「思うに、この中央の四角形の部屋と、周囲の矢印形の建物は連動していないんじゃないですか？建物としてはつながっているけれども、構造としては別物として存在している」

僕を見つめる杉本さんの隣で露伴がぽかーんとしている。

「思い出してください、露伴さん。この丘には、まず窓もドアもない家が建ち、その後誰も知らないうちにこの建物に置き換わっていたんですよ。……でもそれは、建て換えではなく、増築だったわけです。キューブハウスはアロークロスをまとうようにしてここにあり、露伴さんの仕事部屋として使われている……そうじゃないですか？」

今や杉本さんもまた僕の推理の見事さに感服してしまっているようだ。「凄い。……その通りです」

「つまり杉本さんのスタンド能力は、もともと《キューブハウス》の形をしていた。でもそれが五年前に《アロークロスハウス》として変形した……それはスタンドというものに時々起こることなんですよね？露伴先生。突然変異や成長ということが、スタンドの像にもその能力にも起こったりするんですよね？」

「ああ。……僕のヘブンズ・ドアーには起こっていないが、確かにね」

表にいる不良くんB……虹村無量大数の異形なイルカの姿をしたスタンド《グランブルー》だってもともとは一頭だったのに、今は三頭に増えたらしい。そういうことだって起こるのだ。

そしてあの、名前を思い出さないほうがいい殺人鬼との戦いを続けている露伴たちによれば、そいつのスタンド《キラークイーン》にも似たことが起こっている。最初は触れた相手を爆破させたり遠隔操作の爆弾にしたりするだけだったのに、スタンドの一部が獲物を自動追尾する爆弾《シアーハートアタック》になったり、今や露伴を爆弾とし、自分の名前を口にする人間を爆殺していく能力《バイツァ・ダスト》まで持っているのだ。殺人鬼を倒すまで、あるいはその第三の能力を解除するまで、露伴も虹村不可思議もアロークロスの下で無酸素状態にしておく他ない。

「それで、僕からの質問です」と前置いて僕は訊く。「キューブハウスの形のとき、どんな能力を持っていたんですか？」

杉本さんがここで言葉を詰まらせる。「……ごめんなさい、憶えていません」

そりゃそうか、と僕は思う。この《杉本玲美》は《アロークロスハウス》を動かすスタンドなんだもんな。《キューブハウス》のときとは人格？でいいのかな？そういうものも入れ替わってしまったりするのかもしれない。

「……そうですか。じゃあ、次に、杉本さんは普通の生身の人間みたいに夜寝るみたいですが、その間、アロークロスはどういう状態になってるんですか？つまり、今朝のように杉本さんに意識がなければ、建物はぐるぐると回ったりするんですか？」

「う〜ん……これは私自身眠ってるときだし当然記憶はないけど、目が覚めて建物が回転してしまっていたってのは今回が初めてです」

「………？そうですか……」

細かな部分でまだはっきりしないところを残したけれど、あとは九十九十九を殺害した犯人を捕まえ、密室の謎を解くのと同時に、あの名前を思い出さないほうがいい殺人鬼を探さなくては、……と僕が杉本さんと露伴に向き直ろうとしたとき、虹村無量大数が露伴の仕事部屋に来て言う。

「杉本さん、何でアロークロス動かしてんの？」


僕たちは外に出て、アロークロスハウスが左右にぶんぶんと揺れるのを見る。遠心力が抹殺されているので中にいるときには気付かなかったが、この矢印の建物は何か異常を感じて全身で訴えようとしているかのようにめったやたらと身体を振っているが……。

「これ、私がやってるんじゃないよ？」と杉本さんが露伴に言う。

僕は観察する。

建物を見ていても、周囲の景色を見ていても判らなかったことだが、ふと空を見上げて、判る。

空の雲と、アロークロスハウスの動きは完全に同期している。

でも天が動いてるんじゃない。

この地面が動いていて、アロークロスハウスだけが、静止しているのだ。つまりあのホッキョクグマは、常に北を向いたままなのだ。僕は言う。「ああこれ、でっかいコンパスなんや……」

広瀬（ひろせ）康司くんがタケコプターならぬ《ブルーサンダー》で空に昇り、確認する。杜王町は町の境界線で地表を裂き、S市と離脱。一つの島として海原に浮かび、日本海沿岸に出た後で進路を変え、北上を始めている。

広瀬くんの報告を聞いて唖然（あぜん）とする僕たちの横で露伴が耳打ちする。「ビックリついでって意味じゃないけどさ、君って、どんな人間？」

意味が判らなくて僕から言葉が出てこない。

露伴が続ける。「や、言うべきか言うまいか迷ったんだけど、さっき杉本さんも言ってただろ？」

本当のことを知ることが常に最上の善に結びつくことかどうかは判りませんが、少なくとも誤解や嘘を信じたままでは絶対に辿り着かないものです。

「君は名探偵としての気概も十分みたいだしさ」

でも僕は名探偵なんで、いろんな事実を知る必要があるんです。

「だから教えておくけどさ、僕がヘブンズ・ドアーで読んだ君の《本》には、君の西暁町に生まれて名探偵として大活躍して……っていうのは全部『偽書』ってタイトルで章分けされているんだよ」

え？

露伴が続ける。「ちょうど君の左耳の後ろに『正書』もある。とても短いから暗唱するぜ？『1889年スペイン領カナリア諸島にて生誕。イギリス空軍のパイロットとなり第一次世界大戦に参戦。1920年空軍司令官に殺害され死亡』。これだけだ。『正書』と『偽書』を持つ人間なんて初めてだし、その『正書』の内容おかしいだろ？カナリア諸島なんて土地もイギリスなんて国もこの世にないし、そもそも1889年って……生まれたのは123年前だし死んだのも92年前で、……もしこれが本当に『正書』、正しい情報なら、一体君いくつなんだよ？」

FIVE 箱

母さんが唯一手元に残していた、結婚式で撮ったらしき写真に写る父さんはハンサムで身長は俺と変わらないけど体格は三倍くらいがっしりしていて、眉毛はまっすぐ太くて意志が強そうで、目は優しげで、でもどこか怯えた犬のように気弱に許しを乞うような悲しみをたたえていて、口元はぎゅっと締まっていて口数はそれほど多くなさそうで、柔らかそうな髪がふわりふわりと優しくこめかみを覆い耳の脇から首筋に流れていて、隣に立つ母さんはその父さんが愛しくてたまらないというように寄り添っていて、同時にこのどこか脆弱な雰囲気を持つ大男をどんなときも守ってみせるというような気概も見えるのだった……のだが、母さんが案内してくれた、我が家の、俺も存在を知らなかった地下室に保管してあった我が父ジョナサン・ジョースターは、まさしくその写真のハンサムマンが目を閉じているだけのように見えた……長い襟足の下には胴体がないけれど。

　十五年前に死んだ父親の生首とか言って正直完全に白骨化したしゃれこうべのことしか想像してなかったのだが、父さんは今首を切られて死んだばかりのように……いや、まだ生きてるようにしか見えない。肌は血色が良く艶もあって柔らかそうだし髪や眉や睫毛なども一本一本が濡れたように黒々としている。唇もプリプリしているし、何と言うか、色気のある生首だ。それを母さんは綺麗に磨かれたガラスケースに入れてある。

「ジョージ、この人があなたのお父さんよ」と母さんが言うけれど、やー何と言うかあまりに生き生きしているのではじめましてとか挨拶した途端目を開けて話しかけられそうなんだけど……?

「これ……死んでるんだよね?」と俺が訊くと、

「『これ』なんて言うのはよしなさい」と母さんは言うが、そのぴしゃっとした感じがいつもの倍以上って感じで言葉が出なくなる。母さんが俺の《母さん》じゃなくてこの生首父さんの《妻》になってしまっているような……。

「ごめん。でも凄い、まだ生きてるみたいに見えるから……」と呟く俺に、母さんはしかし何も応えない。

　え?死んでるよね?

「何てこと……」とリサリサが口元に手を当てて言う。こいつにとっても父さんのこの姿は予想外だったのだ。「首から下は、じゃあ……あの、私たちと一緒に箱に乗っていたあの恐ろしい男はやはり……」

「あなた……何か憶えてるの?リサリサ」

「うん。でも夢だと思ってた……あの男が怖かったってのもあるし、ママエリナも凄く怖がってたし、……あの……よく意味が判らなかったの。ママエリナはその人と愛し合ってるようにも見えたから、ジョージのパパのようにも見えたんだけど、ジョージのパパはあんなふうにミシミシと空気を張りつめさせるような恐怖をまき散らすような人じゃないもんね……?」

　愛し合ってるように見えた?

　何を言ってるんだ?と混乱する俺の横で母さんがビクッとしていて、俺はさらに戸惑う。どういう意味だ？棺桶風のあの箱で、俺が母さんの腹の中にいたときに、一体何が起こってたんだ？

　ふう、と母さんがため息をつく。「そこまで見られていた……のはあの狭い箱の中ではもちろん仕方のないことだったけど、まさか憶えているなんて……本当に凄い子ね、リサリサ」

「ごめんなさい……」

「あなたは何も悪いことなんてしてないわ。……ふふ。さすがはジョナサンの最後の呼吸を憶えていただけはあるってことよ」

「……たぶん、私、怖くて、一生懸命だったの」

「そうね、……そしてその恐怖は、あの船を脱出してからも続いているものね」

「………」

「順を追って話しましょう」と母さんが言い、俺とリサリサ以外の人間、ストレイツォやペネロペたちには一階に上がってもらう。

　地下室にはソファセットやテーブル、グラスを入れたキャビネットが置かれていて、母さんが時々ここにこっそり降りてきてゆっくり時間を過ごしていることが見てとれる。母さんが独り掛けのソファに座ったので、俺とリサリサが並んで長ソファに腰を下ろす。でも顔を向かい合わせた形にならないのは両方のソファが斜めになってハの字を作るようにして、どちらのソファからもキャビネットの上の父さんの顔を眺められるようになっているせいだ。つまり母さんは、時にはこの三人掛けソファに寝転んで父さんとの時間を過ごしてもいたんだろう。ゆっくりと二人だけで。

　今も、俺とリサリサは母さんの方向に身体を向けて座っているのだが母さんは父さんの生首の方を向いている。

　そうして三人が椅子に座っても母さんが話し出さないので、俺はさっき聞いた恐ろしい話を思い返す。ジョナサン・ジョースターとディオ・ブランドーの数奇な運命。俺の伯父は吸血鬼になってしまったのだ……！

　それにしても俺は呑気で馬鹿だった。自分の父親と母親の話だし出生の謎にも絡んでくるのだし、もっと考え、疑い、確かめるべきだったのだ。でも俺はずっと可哀想な俺自身のことで精一杯だった。

　よく考えてみれば大勢の人間が乗り込んだ客船で、どうして母さんだけが生き延びることができたのか、どうして強靭な肉体を持っていたはずの父さんには無理だったのか、疑問を持ってしかるべきだったのだ。客船には事故時のための脱出用ボートが当然たくさん取り付けてある。しかし他に生き残った人間がいないのなら爆発は突然だったはずで、対応できた母さんはその爆発までの進行状況を少なくともギリギリ直前には知ることができたということになる。母さんが知っていたなら、当然父さんも知ってただろう。そして父さんが母さんとともに生き延びれなかったのは、父さんが、爆発より前に既に死んでいたか、瀕死状態だったに違いない。そして箱に隠れたのも爆発の寸前で、自分たちが助かること以外にどんな余裕もなかったはずだ。そうじゃなかったら母さんは父さんの遺体とともに脱出していただろう。母さんが遺体と言えども父さんを置き去りになんてするわけがない。さっきは母さんに問いつめるような質し方をしていたけど、リサリサにだってそれは判っているはずだ。

で、その特製の箱だ。自分たちしか脱出できないような逼迫した状況で、どうして母さんのそばに都合良くそんなものがあったのか？それも、船の爆発に耐えるような頑丈なものが？

もちろんその箱を必要とする者がいて、そいつのそばに母さんがいたのだ。そいつが吸血鬼ディオで、母さんは父さんがそいつに殺されるところを目撃していたのだ。父さんは死んで、こうして生首になった。船の爆発前に生首だったのはそのディオだったのに。

では父さんの身体はどうしてしまったのだ？

簡単に出てくる答があるけれど、俺はそれを想像するのが怖い。その想像の先に、リサリサの記憶にあるという《恐ろしい男》の存在も説明されてくる。しかしリサリサはそいつが母さんと『愛し合ってるようにも見えた』と言ってるじゃないか。どういう意味だか判らない。判りたくもない。でもこの地下室のソファを立って逃げ出すわけにもいかない。上にはストレイツォさんたちがいて、逃げ出してきた俺に呆れかえるだろう。特にストレイツォさんには五年前にも俺は情けないところを見せてしまっているのだ。**あのリサリサの力も、僕は欲しくないよ**とか言ってめそめそ泣いて、俺は立ち向かうことを断固拒否してしまったのだ。だからってストレイツォさんたちの呆れ顔から逃れて外に飛び出したらもっと恐ろしいものたち……それから逃げるために恥を忍んでいるのに、それに出くわしてしまうかもしれないのだ。

この小さな島の片隅で、俺には逃げ場がどこにもない。

そしてリサリサは容赦なく母さんを追いつめ、俺が全く聞きたくない話を引き出そうとする。

「ママエリナはあの爆発した船からディオも助け出してしまったの？」

「………」

「だとしても、気持ちが判らないでもないの。だって、……ああして首だけの状態になってしまったってことは、ジョージのパパの身体は乗っ取られてしまったんでしょう？ディオに？だから……夫の身体を護(まも)りたいと思っても不思議ではないと思うの。ディオ・ブランドーという男の恐ろしさを、ママエリナが正しく認識できたはずもないしね。ママエリナがディオ・ブランドーの身体としてでもいい、ジョナサン・ジョースターの肉体に生き延びてほしいと願ったとしても、それは誰にも責められないわ。でもね？……引っかかるのは、あのとき赤ん坊の私にでも感じ取ることができたある種の親密さのことなの」

「………」

「……ママエリナとジョージのパパは、幼なじみ。ってことは、ディオ・ブランドーともそうだったわけでしょ？ディオ・ブランドーのことを調べていて、私たちはイギリスの、ジョースター家跡にも行ったの。そして町の人にも話を聞いた。……十三歳だったジョージのパパとママエリナがカップルになってすぐに、ディオ・ブランドーが二人を別れさせたこともね。ママエリナが浮気したみたいなことを言う人もいて、私はそんなの信じていないけど、でもディオ・ブランドーが何かして、二人が顔を合わせることすら避けるようになったってことは事実でしょ？でね、私はずっとジョージのお祖父ちゃんの殺害を企て吸血鬼になったディオ・ブランドーのことを乱暴な極悪人だと思ってたけど、驚いたことに、ジョースター家の故郷では凄く評判がいいのね。ジョナサン・ジョースターよりも良いくらい。切れ者で、紳士的で、男性にも女性にも親切で友人が多くて、ラグビーでも花形選手なのに得意ぶる様子もなくて、チームメイトからは絶大な信頼を集めていたしファンにも親切だったし……とにかく町で一番の有名人だったみたい。実際、ディオ・ブランドーの無実を信じる人たちもたくさんいるんだよ？それでね、女性にも凄くモテていたけど、特定の彼女を作ることはなくて、……大勢の人たちが、それはママエリナのことがあるからだと思ってたみたい。結局恋愛話みたいなのって、その十三歳のときのママエリナを巡ってのトラブルしか伝わってなかったから。……何が言いたいかって言うと、ジョージのパパはママエリナにディオ・ブランドーのことをほとんど何も説明してなかったんだし、その吸血鬼の表の顔は物凄く立派なものだったんだから、筏(いかだ)の上のママエリナが混乱を抱えたままだったとしても、それを私は理解できるってことなの」

うん？……リサリサは何を言ってるんだ？と思うけど空気的にそれを質してはマズい感じだなと思う俺の向かいで

「エリザベス」

と母さんが言ってリサリサと視線を合わせるのだが、いつもの渾名(あだな)じゃなくて本名で呼んだので、俺もリサリサもハッとする。

「……はい」とリサリサが返事をすると、母さんが言う。

「あなたはまだ十六歳でしょう？そんな小娘が男と女の心の在(あ)り方について訳知り顔で語ったり偉そうに説いたりするものじゃありません。あなたはまだ、何も知らないのです。少なくとも、私とジョナサンとの間に何が起こり、そして何が今も起こり続けているのかについては」

ひょえ〜〜〜〜！

母さんが感情的にリサリサを叱るのを俺は初めて見た。そしてそれは、図星を突かれたからとかプライドが傷ついたからとかそんなつまらない理由なんかじゃないことも俺には判っていた。もちろんリサリサにも判っただろう。母さんは怒りや苦しみといったネガティブな感情を短絡的にあらわにするのを避ける人だ。怒りが高まるほど冷静に、穏やかに振る舞っていたし、苦しいときや辛いときには逆に笑顔が増えるのが常だった。でも今は違う。怒りを怒りとしてそのまま表に出していて、きっとそれは、父さんに関することだからだろうなと俺は直感的に思う。

「……とは言え、あなたにいろいろ判らないことがあるのも当然でしょうね。これまで私は何も語ってこなかった訳ですから」と母さんの口調が穏やかなものに戻って俺はホッとする。リサリサも同じだろう……と思っていたら母さんが「けれども、知らないことは下世話な勘ぐりの理由にはなりません」とまたビシャリと言うので俺はまたひょえ〜っとなってしまう。

　そして母さんは語り始める。

「ディオ・ブランドーは初めて会ったときから邪悪な人間でした。狡猾で、残忍で、人心を操る術に長け、征服欲を隠そうとしないばかりか強烈なカリスマにより彼のように振る舞うことがこの世で一番格好良いのだと周囲に固く信じ込ませていました。これに気付くのは彼に好かれなくてはと思わなかった人間だけで、それほどたくさんはいませんでした。多くの人間は彼の大胆かつ抜け目のないやり方に単純に憧れましたし、何らかの反発を抱いた人間も彼と敵対すれば徹底的に痛めつけられるであろうことをほとんど本能的に察知してまるで無意識下で彼に取り入ろうと必死になってしまうようでした。彼の機嫌を損ねた人間が即座に彼から遠ざけられ、彼以外の人間たちによって容赦なく虐げられるのを見たり感じ取ったりした多くの人間が、彼に近づくことすら畏れてしまい、彼の話題を取り上げることすらせずにひたすら目を逸らし続けていました。だから彼の強大な邪悪さを見据えることができる……あるいは目の当たりにせざるを得ないのは、彼に好かれようとすることすら許されず、また逃げ去ることもできずに執拗に攻撃された一握りの人間だけでした。ディオが主に標的としていたのがジョナサン・ジョースターです。とは言ってもそれはディオがジョースター家に入ってからしばらくの間だけのことで、私とジョナサンの間を引き裂いてからのディオは直接ジョナサンを攻撃することはやめ、私にその矛先を向けたようでした。と言っても私に何か仕掛けるわけでもなく、私がジョナサンに近づくことがないように監視し続けていただけでしたが。最初、私はこれを、ジョナサンをさらに孤独な場所へと追いつめようとしているんだと思っていました。何しろ私とジョナサンが親しくなったとき、彼は飼い犬以外の全ての友達をディオに取り上げられてしまってましたから。……私がジョナサンから引き離された直後、愛犬ダニーが謎の事故で死んでしまったと聞いて、ああいよいよジョナサンが完全なひとりぼっちにさせられてしまったと思っていたら、しかし、ディオはあっさりと、まるで別人のようにジョナサンへの対応を改めました。以前の友人をそばに戻し、自らも、まるでそれまでの確執がなかったかのように親しげな笑顔を浮かべて突然ジョナサンの肩を抱いたりし始めたのです。遠目に見るジョナサンはそのことに戸惑い、友人たちに再び囲まれて笑い合えることにはホッとしているようでしたが、そのようにあっという間に態度を翻されることでどうしても不信感を拭えないように見えました。……つまり、ディオは既にジョナサンを孤独の淵に追いやっていたのです。こうして信用しきれない、上辺だけの《友人たち》で周囲を囲んでしまうことでその孤独を保存してしまったのでしょう。ひとりぼっちのままだったら、ジョナサンなら別の場所で気持ちを通じ合える友達を作ったはずですし、それをいちいち潰していくのもディオには手間でしたからね。そして……他の男の子たちをジョナサンのそばに戻したのに、私だけ、相変わらず近寄らないよう監視し続けていたことこそが私に大事な確信をもたらしました。私だけは、ディオがどれほど邪魔をしようとも、顔さえ合わせれば……いいえ、視線を交わすことさえできれば、ジョナサンと心を通わすことができるのだ、と。だからこそディオは私だけは決してジョナサンに近づけさせなかったのです。そして私は、ジョナサンの他人への信頼についての内心の絶望を思うと随分迷いましたが、ジョナサンへの接近を諦めることにしました。何しろジョナサンは私のために戦うことはできても私を守ることはできませんでしたから」

母さんがそう言ったとき、俺はドキッとする。おいおいそこに父さんいるのに、と思う。生首になっているけど、今もまだ生きてるみたいな父さんが。

俺の顔色が変わったのに気付いたんだろう、母さんが少し笑って言う。「大丈夫よジョージ。母さんはこの辺の愚痴はこの地下室で何度も父さんに言ってるから」

えーっ⁉それって死者にムチ打つ的な仕打ちじゃないのかな……？

「ふふふ。それにね、私には判っていたんです。あなたの父親は絶対にディオなんかにへこたれて人生の道を踏み外したりはしないし、必ず運命が再び二人を導き会わせてくれるってことをね。それは予期せぬ過酷な形になりましたが信じた通り、看護婦になった私のもとに、ジョースター邸の大火事で瀕死の重傷を負ったジョナサンが担ぎ込まれてきました。それからまたしてもジョナサンは戦いのために何も言わず私から離れましたが、それで良かったのです。私は信じて待ち、ジョナサンはまた大怪我をしたけれども戻ってきました。ディオ・ブランドーとの因縁に決着を付けて、晴れて結婚した……と思いましたが、さっきの話にも出てきた通り、ディオは首だけの状態で生き延びていてまたしても私からジョナサンを引き離そうとしたのです。ふふ。我が夫ながら、ちょっと間の抜けたところがありましたからね。不死身の吸血鬼の死体を確認しないなんて、横着にもほどがあるというものです」

そう言って、父さんの生首を見つめて笑う母さんには寂しさや悔しさなどは微塵もなくて、慈しみと深い愛情だけがあるのだった。凄い女の人だな、と俺は思う。隣のリサリサも息を飲んでいる。

「さて、じゃあ問題の核心に移りましょうか」と母さんが言い、俺とリサリサに顔を向ける。「ジョナサンとディオ・ブランドーの三度目の決戦がどうなったか、そして私とリサリサとお腹の中のジョージが乗った箱の上で何が起こっていたのか」。そう言って少しだけ目を閉じ、瞼を開けて話し始める。

「……船の中は、異世界のようでした。大勢の死者が見境なく人間を襲っていて、ほとんど全ての船室、全ての通路で悲鳴と、恐ろしい呻き声や笑い声が響き渡り、生温い血の匂いと、むせ返るほどの熱い狂気が充満していました。そしてその中央でジョナサンがディオ・ブランドーと戦っていて、私の目の前で全てがあっという間に決着してしまいました。ジョナサンは自分の死を受け入れ、一緒に死にたいと願う私に、そばで泣いていた赤ん坊のリサリサを助け、共に生き延びるよう言いました。これに抗うことはできず、私はリサリサを抱いて箱に入りました。それが特殊な箱であることは一目見て判りました。人が一人中に閉じこもることのできる、棺桶型のシェルターです。中から鍵を掛けられることもすぐに判りました。蓋を閉める直前、私はジョナサンをどうにかこの箱に一緒に入れることができないかと振り返りましたが、ジョナサンは生首のディオ・ブランドーを太い腕でぐっと抱きしめたまま自分ではもう身動きができないようでした。そして私一人の力では体重が倍ほどもあるジョナサンを、今にも吹き飛びそうな機関室の中でその箱の中に運び込むなんて到底できないことを見て取りました。それに、ジョナサンは死力を尽くしてディオ・ブランドーを抑え込んでいるところで、胸の中の吸血鬼を排除してジョナサンの身体だけを運び込むなんて不可能だったのです。『幸せに、エリナ』とジョナサンが最後に言い、その笑顔が私を箱の中に押し込みました。『考え直せジョジョ、お前にも永遠の命をやるから』と必死に懇願するディオの声を聞きながら私は箱の蓋を閉じ、内側から鍵を掛けました。すると同時に爆発音が響き渡り、箱が大きな力で吹き飛ばされたのを感じました。泣いているリサリサを抱いて私は悲鳴を堪え、子供の頃の子守唄を思い出し思い出し歌って聞かせました。箱の内側に張られたクッションが凄く柔らかかったし、この箱がおそらくディオ・ブランドーの持ち込んだものと見当がついていたので、私に不安はそれほどありませんでした。さっきも言った通り、ディオ・ブランドーという男はなかなか抜かりのない男なのです。箱の外側では何度もの爆発が起こり、その度に縦に横にと大きく吹き飛ばされ投げ出されましたが、全ての衝撃を外側の鉄板と内側のクッションが受け止めてくれ、あっちこっちに翻弄されていた箱もいつしか静かにゆらゆらと揺られるだけになりました。海に落ちて浮かんだんだろう、生き延びた人間がいるのなら助けなければ、と思い、私は箱の扉を開けてみることにしました。もちろん海面に浮かんでいるのが人間だけじゃなくて生き延びた死者だって可能性もあるのは私も承知していました。でも、そこにジョナサンの身体だって浮かんでいるかもしれないんだと思うと、どうしても確認してみずにはおれなかったのです。私はまず箱の蓋の境に耳を押し当て、外からあの死者たちの呻き声や笑い声が聞こえないかと耳を澄ましてみました。箱の表面に当たる水の音しか聞こえないので、私は鍵を開け、そっと蓋を持ち上げてみました。やはり怪しい影などはありません。代わりに、蓋の隙間の向こうには日が沈んだ直後の紫色の空が広がってい て、夕闇を含んだ海風がすうっと入ってきて、さっき船の中でまとわりついていた濃密な狂気を一瞬にして洗い落としてくれたことにホッとして、蓋を完全に開けてみました。驚いたことに、私たちが浮かんでいた場所は爆発した船から百メートルほども離れてしまっていたのです。遠くに燃える船の残骸が浮かんでいました。周囲を確認しても生きてる人間も蠢く死者もいないように見えましたが、できるだけ船が沈んだ場所の近くに戻ってみようと、私は素手でこぎ出すために腕を海に入れ、そして気付いたのです。私たちが乗るその箱の下に人間の腕があり、それが海水に差し込んだ私の手首を握りしめようとしたことに。そしてその腕の、手の、指の形に、私は見覚えがあることに」

母さんが続ける。

「バッと水の中から腕を出し、私はもう一度、爆発で表面がボロボロになった箱の蓋を閉めて中に閉じこもろうとしました……が、さっきまで私の腰の横で寝転んでいたリサリサの姿がありませんでした。『エリナ・ペンドルトン』と名前を呼ばれて振り返ると、箱のすぐそばの水面に、あの恐ろしいディオ・ブランドーの顔が浮かんでいました。首の下に、さっきまではなかった胴体を取り付けて。その胴体のまとう焼けこげた服にも、その大きな身体の全てにも、私は見覚えがありました。そうです。ディオはおそらく、爆発の衝撃で緩んだジョナサンの腕を脱出し、まんまと胴体を奪ってしまったのでしょう。私は悔しくて恐ろしくて泣き出したかったけれど、そんな余裕はありませんでした。箱の表面のささくれ立った木片に、ディオはジョナサンの両足の甲を串刺しにして仰向けに浮かんでました。夫のものだった肉体がこんなふうに乱暴にされていることに猛烈な怒りが湧いてきましたが、それをぶつけることもできませんでした。何故ならその、ジョナサンのものだった腕がジョナサンの胸の上で小さなリサリサを抱いていて、ディオ・ブランドーが牙を剝いていたのです。『いや……エリナ・ジョースターか』とディオは言い直し、爆発で半分以上吹き飛んだ顔をにやりと歪(ゆが)ませました。その、かろうじてジョナサンの首に頭を乗っけているだけのディオが持ちかけたのは、取引です。『二つに一つだ』と。赤ん坊のリサリサの血か、私の血か」

「リサリサは、私がジョナサンと約束した命です。それに手をかけるようなら箱に引っかけた足を外して海に捨てると私は言いました。ディオがそれに抗う力も残していないのを私は見てとっていましたし、もしそんな余力があるのなら、リサリサを奪い取ってこんな交渉をする以前に私を襲えば良いのですから。すると『では答は一つだな』とディオは言い、私は何も言いませんでしたが、その通りであることを受け入れる他ありませんでした。事実、赤ん坊のリサリサを吸血鬼に差し出すなんてこと、選択肢にもなりませんでした。『気が済むなら、こう考えればいい』とディオが言いました。『俺を生き延びさせるのではなく、お前の夫の身体を生き延びさせるのだと』。私は応えず、一つだけ約束させました。私をあのおぞましい生きた死者にしないこと。するとディオは、『俺の命を紡いでくれた人間に俺は当然の敬意を払う』と言いました。『ジョナサン・ジョースターに払った敬意を、同じくその妻にも払おう』。船の上でディオ・ブランドーが私の夫に払った敬意だなんて、苦しまずに死なせてやろうと思ったのにな、ってくらいのものでしたが。ふふ。とことんディオ・ブランドーという男は高慢なのです。私は腕を差し伸べ、血を吸わせてやりました。それからリサリサを受け取り、箱の中で休みました。ディオ・ブランドーという男が遠慮することなどありませんから私は失神する寸前まで吸われてしまったのです。蓋を閉じる前に水面に浮かんだままのディオが言いました。『ジョナサン・ジョースターと出会ったことが俺の運命だと思ったが、本当はお前と合わせて三人で一つの運命を作っていたのかもな』。これにも私は返事をしませんでした」

「その夜中ずっと、ディオはもがき、苦しんでいるようでした。ざぶんざぶんと水面を叩き、箱の上に上がったりまた水中に戻ったりと身体の制御が効かないようにも思えました。怒鳴っているような声が聴こえたり……狂っているような叫び声が箱を震わせたときには私はリサリサを抱いて震えているしかありませんでした。ディオの苦痛は当然です。何しろ血液型も何もかも違う他人の身体を自分のものにしようとしているのですから。看護婦の私は、そんなことが普通の人間には絶対に不可能なことを知っています。人間の身体には異質なものを排除しようとする拒絶反応というものがあります。血液型が同じなら、輸血程度はできます。が、内臓や骨はなかなかそうはいきません。ましてや首一つで胴体全部をねじ伏せようなんて……随分してから箱の外でディオの声が聴こえなくなり暴れている気配も消えたとき、私はジョナサンの身体がディオの頭を完全に拒絶し、ディオは肉体の乗っ取りに失敗し、再び首だけの状態に戻ってしまったんだろうと思いました。そしてその失意に沈黙しているんだろうと。でもそのひとときの静寂の後、ディオの大きな笑い声が高らかに聞こえてきて、ジョナサンの身体が解放されたんじゃないかという私の希望は掻き消されました。ディオはこう叫んでいました。そしてその台詞が、今度ははっきりと判りました。『世界はこの俺のものになるわけだ！ＯＫＯＫ！天国へ行く方法か！フン！登ってみせよう！』。……高揚したディオのその言葉を聞いて、私は不安を募らせるばかりでした。そして箱の暗闇の中で震えながら、私は、この悪魔をどうにかして葬り去らなければならないと考え始めました」

「夜明け前に、ディオが箱の表面を叩き、私は目を覚ましました。蓋を開けるとディオが『日が射す前にもう一度血が欲しい』と頼むので、私はもう一度腕の血を吸わせました。それが終わると、ディオは『腹が減っただろう。俺ばかり力を付けるのも不公平だし、お前に新しい血を作り続けてもらわなければならないからな』と言っていつの間に獲ったのか、片手いっぱいの小魚をこちらに見せ、それから箱の周囲に浮かんでいた、爆発した船の残骸の残りを手に取ると目から光線を当ててそれを燃やし、水面に浮かべたその火で魚を焼いてこちらに寄越したのです。それはジョナサンを殺した光線でもありました。それで私の命をつなごうというのです。私はディオの魚を受け取り、体格から言ってまだ生後三ヶ月ほどのリサリサでしたが、とにかく噛み砕いて食べさせました。みるみる衰弱していく赤ん坊のせめて体力があるうちに、と賭けたのです。血液を大量に失ったせいで体力も気力も酷く落ち込み、飢えてもいましたが、私自身はどうしてもディオから食事を与えられることを受け入れられませんでした。すると、ディオが言いました。『お前は俺からの食い物などロにしたくはないだろう。しかしその女の赤ん坊と同じように、自分の腹の中の子供に与えるつもりで飲み込んでしまえば良い』。……そのとき私はまだ自分の妊娠に気付いていませんでした。でも、確かに身体に変調があったので、その理由を思いがけない相手に告知されてしまったわけです。私は動揺しましたが、ディオが嘘をついているわけではないと、女としての私は直感的に判りました。そして私はリサリサに与え終わった残りの魚を食べました。そうする必要があったからです。『たくさん食べてできるだけ多く血を作るがいい。俺が吸っても余るようにな』。吸う量を加減してくれと頼むつもりは私にはありませんでした。もうすでに取引は終わっていて、私がディオに対し引き換えに与えられるものは何もありませんでしたから。ディオは既に私を難なく殺せるくらいまでは回復しているようでしたし。まあとにかくその魚は思ったとおりに美味しかったです。私はせっせと口に入れ、噛み砕いて飲み込み、すると胃に降りた魚の肉は消化と同時に血作りに回されていき、私の脈がみるみる蘇ってくるのが感じられました。人間の生きる全ての力は血から生まれるのだと私はしみじみ実感しました。吸血鬼が人間にないパワーを持つのは当然です。そうして腹一杯魚を食べてる私の脇で、次にディオは海水をガブガブと飲み始めました。『一旦俺の体液となればどんな加工だって自由自在なんだ』とニヤニヤ笑いながら言い、ディオは飲んだ海水を体内で真水に変えると、手を伸ばし、血を吸うときと同じようにジョナサンの指先を私とリサリサに少しだけ刺し込んで、水を私たちの体内に大量に注ぎ込みました。『もうすぐ日が昇る。日中は俺には何もできない。脱水症状で死なれたら困るからな。日が昇ったらこの箱に入って蓋を閉じ、できるだけ体力の消耗を減らせ。この中は周囲の気温に関わらず一定の温度を保つように設計してある』。そう言って水に潜り箱の下に隠れようとするディオを私は引き止め、海から上がって箱の中に入るように言いました。もちろん私やリサリサと同じ場所ではありません。実は、私はその箱が二重底になってるのに気付いていたんです。その箱の外側の大きさと内側の深さを比べ、クッションのぶんを抜いてもまだ十分に空間があるようでした。用意周到な吸血鬼は日光を避けるために緊急避難用の二重底を用意していたわけです。私がリサリサを抱いて開いた蓋の裏の方に移動すると、ディオは水から箱の上に上がってきて言いました。『水の中にいるよりもこの箱に入れたほうがチャンスがありそうだと思ったのか?エリナ・ジョースター』。私の思惑をズバリ言い当てられて、私は言葉が出てきませんでした。確かに、箱の下にいるディオには逃げ道がある……箱の影の中を数十メートル潜ってしまえば太陽の光は届かなくなりますし、吸血鬼のディオ・ブランドーにそれができないとは思えませんでしたから、……箱の中に入れてしまえば、蓋を開けるだけで日光を照射できると考えたわけです。それをあっさりと見破ったディオ・ブランドーは全身から水を滴らせながら私を見下ろし、言いました。『確認しておくが、俺は最早、お前を殺すことも、その前にその赤ん坊を八つ裂きにすることも、お前の腹の中の小さな小さな胎児をお前が生きてる間に引きずり出してプチッと噛み潰してやることも簡単にできるんだ。それを分かってるか？ちゃんと？しかし俺がそれをしないのは、最初に言ったように、お前に敬意を払ってるからにすぎない。つまらない企てで俺からの敬意を損なうのはよせ。敬意に価しないと思えば、俺はお前に最大の辱めを与えてやることもできるのだ』。……恐怖に凍り付く私の前に屈み、ディオが私の耳元で言いました。『わざとらしく俺を箱の奥に閉じ込めようとしやがって……でもバレバレだ。ひょっとしてお前は馬鹿なのか？……だとすればジョナサンの妻としてそもそもふさわしくなかったのかもしれんな』。その言葉は私の心臓を貫き、全身を引き裂きました。そして打ちのめされた私に『罰だ。さっき食べさせてやった魚のぶんを返してもらうぞ』と言って、私の首に指先を入れ、私の血を吸い上げてしまいました。……取引は終わったばかりか、一見対等であるかのようだった関係すらもあっという間に崩れ去ってしまったのです」

「それから『これもお仕置きだ』と言って箱の上底を片手で外すと、意識が朦朧としていた私からリサリサを奪い、私が存在を想像していた二番目の底に私を放り込みました。そこにも同じように厚いクッションが張られていて、それほど痛みはありませんでしたが、咄嗟にお腹を守ったのを見たのでしょう、ディオが『お前が本当に馬鹿だと腹の中の子は死ぬな』と言って上底を戻し、私を箱の奥に閉じ込めました。その後すぐにバタンという音が聞こえたので、おそらく日の出を迎える前に箱の大蓋を閉じたのでしょう。真っ暗闇の中で私はお腹に手を当てて、途切れがちになる意識を何とかつなぎ止めておこうと必死でした。ここで完全に気を失ってしまったら体力が落ちてお腹の子が死んでしまうと思ったのです。凄く凄く長い時間が経ったように思いましたが、そのうちにクッションを隔てた上の空間からディオの声が聴こえました。『おい、勝手にくたばるなよエリナ・ジョースター。お前が死んだらこの赤ん坊を食うしかなくなるんだからな』。ディオの手の中にいるリサリサのことを思うと私は何としてもここでまだ生きていることを伝えなければなりませんでしたが、声は掠れ、箱を叩く音はクッションに全て吸収されてしまうだけでした。すると『手間を焼かせる女だな』とディオが言ったかと思ったら、箱全体がザプンと波の上で半回転し、上下がひっくり返されたのです。そして、仰向けになったものの身動きが取れずにいた私の目の前で、箱の底に取り付けられていた小さな隠し扉が開けられ、朝日の出た青空が広がりました。白い雲と眩しい日光に私はつかの間の気力を取り戻し、身体を起こして隠し扉から顔を覗かせると、そこには海鳥が、羽根をむしられ丸焼きになって置かれていました。『食って血を作れ』と私の尻の下からディオの声が聞こえました。言われるがまま食べながら、私は考えました。日光を浴びれない身体のはずのディオは、どのようにしてこの扉を開け、この鳥を仕留めたんだろう?……でもぼうっとした頭では答なんか浮かびそうにありませんでしたが、判っていたのはただ一つ、ディオは何か、私の知らない力を持ってるんじゃないかということです。そしてその全く新しい力が、太陽の照りつける大海原の真ん中で、空を飛ぶ鳥を落とし、火をつけて焼いたのです。どれも水中で箱の陰に隠れてできる仕業とは思えませんでした。いや……それ以前に、ディオは私の尻の下、同じ箱の中にいて、そこから出てもいなかったのです」

「焼けた鳥をむさぼるように食べ、またしても急激に血を蓄えながら、私はようやく頭を働かし始めました。まず、海鳥がいるのなら、陸地はそれほど遠くないはずだと思いました。ならば救助される可能性は高いし、それはそれほど時間がかかることではないかもしれない。私はそれまで生き延びればいい。それまで何とかリサリサを守り通せばいい……ディオをこの海の上で殺そうという気持ちは完全に消え失せていました。とにかく生き延びなければならない、と、それだけでした。自分の人生のためではありません。リサリサと、私のお腹の中の子供のために。……血を増やすことで戻ってきた私の気力もしかしまたディオの怒声で消し飛びました。『おい！扉を閉めて箱の中に戻れこのウスノロが！俺の箱の中に光を入れるんじゃない！餌を食ったら穴に戻れ豚女！』。……そんなふうに他人に罵られたのは初めてでしたし、……そんな言葉を使う人間に接したのも初めてで、雷にでも打たれたかのようなショックを受けました。でも呆然としている余裕すら与えられなくて……『お前のお嬢様気取りにはもううんざりだ！魚だって肉だって生で食べさせることだってできたんだぞ！食わせるんじゃなくて、お前の胃に直接押し込んでやることだってできたんだ！それをしなかったのはお前のことを思ってだったのに……お前は俺が苦手な日光を俺のために遮ることすらできないのか！』……そんなふうに責め立てられて、私は慌てて箱の中に戻る他ありませんでした。でも扉を閉めて真っ暗な空間で寝ていることしかできない体勢のまま、それからディオにずっと罵られ続けました。私が《本当の苦労》を知らず、看護婦などをして《いい気になって》いるけれども、私の本質は《偽善者》で《のろま》で《人の役に立とうとすることがそのままその相手の足を引っ張ることになる疫病神》で、だからジョナサンも死ぬことになったのだ、と。ディオは……『ジョナサンを殺害することになったのは、そもそもはお前に理由があるのだ』『子供の頃、お前をちょっとからかったことでジョナサンが逆上し、俺に理不尽な暴力を振るい、それが俺の殺意の根源となったのだ』『ジョナサンはいい奴だったから、俺はあの暴力を受けていなかったら、あいつと本当の友達に、本当の兄弟になれていただろうが、それをぶちこわしたのはお前なのだ』『つまりジョナサンが死んだのは、あいつを煽り、俺にけしかけたお前のせいなのだ』『お前がジョナサン・ジョースターを殺したのだ』……そんなふうに言われて私は反論もできず、声を殺して泣くしかありませんでした。……とても悔しかった。私には言い返したい言葉がたくさんありました。でも……駄目ね。そんなふうになじられることに馴れてない私は、心のどこかに、ディオの言うことも一理あるような気がしてきてしまったのです。……何しろ私は最愛の夫を亡くしたばかりで、起こっている出来事が常軌を逸したことばかりで……気持ちを何も整理ができていなかったのです。そして、ディオはそこを突いてきました。私にはとにかく考えさせず、私を苛み、そして、急激に態度を変え続けることでひたすら翻弄しました。私が泣き始めるとしばらく黙ったディォが、声色を変えて言うのです。『敬意を払うと言ったのに、すまなかった。どうしても自分には激情を抑えられないところがあって、言うべきことじゃないことを言ってしまった。扉を閉めて中に入れというのは、お前のためでもあるのだ。さっきも言ったように、日中、俺にできることは少ない。お前が脱水症状に陥ったとしても助けられるかどうか分からない。だから余分に汗をかかないよう、早めに箱の中に戻ってほしかったのだ』。その前には『日中は俺には何もできない』と言っていたのだし、そう言ってたのに箱をひっくり返して焼いた鳥を私に食べさせることはできたのに……と私は思いましたが、そんなふうに言うことはもう怖くてとてもできませんでした。ディォの様子は異常で、不安定で、次に何を言い出すか判らなかったのです。そしていかに自分が私のことを考えているかを訴え続けるディォに、私はとうとう謝らざるを得ませんでした。それも、ディォの望む言い回しで。『私が思い至らぬから悪かったのです。すみません』。……自分の思いやりが裏目に出てしまった、かっとさせられてしまった、という反省に似せた自己弁護と、結局は私のせいなのだという言外の言葉……それらをずっと浴びせ続けてくるディォを黙らせたい一心だったのです。するとディォは今度は切り口を変えました。『すみませんって……何を申し訳なく思ってるんだ？』『意味も判らずに謝罪をしてみせるだなんて、こちらを馬鹿にしている』『俺は敬意を払っているのに、それを無視するなんてどういうつもりだ』……というふうに。そしてまた隠し扉を開いて私を箱の中から引きずり出しました。でもどうやってそれをしているのか私には判りません。ぐったりとした私の胸ぐらを摑み、その目には見えない何者かが私を箱から出したと思ったら、海に向けてぽーんと投げ捨てたのです。新婚旅行中で、ディナー用のドレスを着たままで、それが一瞬にして海水を吸って重くなり、身体にまとわりつき、泳ぐこともできないまま私は海に沈みました。ディオは私をひとしきり溺れさせておいて、また見えない何かの力を使って海中から持ち上げ、箱に戻し、水をげえげえ吐いて震える私に《反省》を求めました。また海に放り投げられるのが怖くて私は求められた言葉を復唱しました。すると威圧的だったディオの声がまた優しげになって……その調子でディオはいかに私が駄目なのかと叱り、溺れさせるか血を吸うかで罰し、それらは全て私のために優しさとして、思いやりとして行っているのだと猫なで声で言い、血を吸ったぶんをまた補給させ、それからまた些細な言いがかりをつけて私を罵り始めるのでした。私は昼過ぎ頃には完全にディオの支配下に置かれました。溺れさせられたくない、血を吸われたくない、それだけでした。その頃には私は溺れるか、血を吸われるか、機嫌を損ねたディオに自ら選ばせられていました。苦痛としては血を吸われる方がずっとマシだったのですが、お腹の赤ちゃんのことがどうしても気にかかり、やはり水に放り込まれるほうを選ばざるをえませんでした。言わば私は半日以上ずっと水攻めを受け続けていたのです。その合間合間に血を吸われながら。どちらにしても私は死の淵まで追いやられ、そこから強引に連れ戻されました。途中でもういっそひと思いに死にたいと何度も思うほどでした……が、リサリサとお腹の赤ちゃんが私を常に引き止めていました。生き延びたい……ではなく、生き延びなくてはいけない、と強くそれだけを思い、私はそのためなら何でもするようになり、夕方、日が暮れる前には、……私の人間性はほぼ完全に破壊され尽くし、私は言われるがまま、箱の中で姿も見せないディオ・ブランドーの妻になることすら、受け入れようとしていました」

「どうしても何を言ってもディオの機嫌を取ることができず、身体は怯え切って、ディオの声を聞くだけで吐き気を催し、でもそれを悟られるとまた水の中に沈められるので、私は水面に顔をつけてできるだけ音をたてずに吐いてました。ディオの罰と制裁を受け続けて結局箱の中に入れてもらえずに脱水症状を起こし、さらには日射病にもなり私は高熱を出していて、何も考えられないどころか既にそのとき自分の状況が理解できず、自分が誰なのかもはっきり判らなかったのです。全てはディオによって否定されてしまいましたから。そして水平線の向こうに太陽が沈むと、ディオが箱の蓋を開けて私の前に登場しました。日の出からずっと私の血を吸い続けてきたディオの火傷はほとんど完全に回復し、髪も肌もつやつやかで、夕焼け雲を背にして本当に美しい男に見えました。そのとき私の目に映る男はディオ・ブランドーではなく、私というオモチャをどうとでもできる完全な所有者だったのです。その男がとても美しい姿をしていて、私は心のどこかで誇らしい気がするくらいでした。しかし水面ぎりぎりの空中に謎の力で浮かべられている私を見つけてディオが笑い、『みすぼらしく汚らしい、血を溜めるだけの不細工な屑が。生かしておいてやる間、せいぜい俺に血を捧げろよ。勝手に死ぬことも俺は許さんからな』と言ったとき、私は紅い空の下に立つディオの姿をようやく本当に見ました。……そこに立っているのがディオ・ブランドーだとようやく頭が認識したのです。そして、私は思い出しました。私はエリナ・ジョースター。かつてエリナ・

ペンドルトンだった女。そして気がつきました。昼間のうちは心のどこかで、こうして私を支配下に置こうとするディオの中に男が女を求める気持ちがあるんだろうと思っていたけれど、そもそもそんなはずはなかったのだ、と。この男はディオ・ブランドー。私とジョナサンの仲を裂こうと乱暴を働いたときも、私に関心があってそうしたわけではなかった。ただひたすらジョナサン・ジョースターを孤独に追い込みたかっただけだった。私などその道具、駒に過ぎなかったのだし、今だって私が欲しくて私の心を壊したわけじゃない。私のことなどそもそもどうでもいいのだ、十年前も、今も」

「箱のふちに腰掛けたディオが不思議な力で私を空中に浮かべたまま自分のそばに運び、私を逆さまにして宙にぶら下げたまま、嘲(あざけ)り笑いながら『さて、新しい夫にキスをするのだ。貴様から な。上手にできたら、お前に水をやり、食事をさせてやってもいいぜ?』と言った瞬間、私の手が動き、ディオの顔をぶっていました。そして無意識的に私は笑い、言っていました。『できません。ここには私の唇を洗い流す泥水すらないのですから』。……その台詞の意味を説明することは省きますが、ディオはこうしてボロ雑巾のようになってもそんなふうに抵抗してみせる私に意表を突かれ、驚いているようでした。そしてそこには時間的空白が生まれました。と言ってもほんの一瞬ですが、ぼうっとしているディオの目の前で私は考えました。この男は十年前から相変わらずなのだ。本質は変わっていない。やることも同じだ。今、また、十年前と同じことを繰り返しているのだ。つまりジョナサン・ジョースターに孤独感と無力感を味わわせるためだけに、私を蹂躙しようとしている。ジョナサン・ジョースターに、蹂躙される私の姿を見せつけようとしている。ならば私の姿が見えるところに、ジョナサン・ジョースターはいるのだ。ディオ・ブランドーは生首だけで登場した吸血鬼。今はジョナサン・ジョースターの胴体を奪ってここにいる。が、ならばジョナサン・ジョースターの首はどうしたんだろう？爆発する船に捨ててくるだろうか？この異常に執念深いディオが？そうするはずはない。生首を運び、その目の前で妻に乱暴を働いてみせようと発想する異常者なのだ、この男は。そして、生首の状態で、ジョナサン・ジョースターを生かしておくこともできるだろう。ディオ・ブランドーは吸血鬼で、船の乗客たちを生きた屍にしていた。同じことをジョナサンにもしたに違いない。船の中で見たような、あのおぞましい化け物にされているのだろう……と思い、恐怖と悲しみとで震えながらも、私の身体に力が湧き出してくるのを感じました。私はそっと視線を逸らし、さりげなく海面を見回しました。ディオの立つ箱の周りにはたくさんの船の残骸が浮かんでいます。……波に攫われもせずに。その不自然さに気付いただけで十分でした。ディオの不思議な力が、そこにその残骸を浮かべたままにしているんだろう。しかしそれらは薪の材料として箱の周囲に留められているわけではない。その目的ならば少なくとも幾つかは箱の中に入れて、あるいは不思議な力で箱の蓋の上に並べて、乾かしておくだろう。そうしてなかったおかげで火が燃え始めるまでに時間がかかったりしていることを私は虚ろな瞳で見ていました。つまりこれらは薪のために箱のそばに浮かべられているわけではなく、その下に、何かを隠しているのだ。ディオが箱の下に隠れていたように。私は探しました。ジョナサンの頭部が隠れるのに十分な大きさの破片を。それを見つける前に、ディオが手を伸ばして逆さまになっている私の首を摑みました。『なかなか立派な口を利くじゃないかエリナ・ジョースター。ふっふ。まあいい。夜はこれからだ。じっくり時間をかけて、お前がいかにつまらない存在で今俺に働いた狼藉がどれほど身の程知らずだったか教えてやるさ』。……私は黙ったままディオの顔を見つめながら、思いました。ほんのさっきまであれほどまで恐ろしかったディオが今はそれほどでもないのは、ジョナサンが私のそばにいるからだ。ジョナサン・ジョースターが、私のそばに。そう思うだけで私の中で私自身が蘇ってきたのです。化け物だろうと、生きた屍だろうと、関係ない。ジョナサンはジョナサンなのだ。私の夫。その目の前で他の男に屈服するわけにはいきません。それから私はこう考えました。私はこれからまたディオに思う存分苛まれるだろう。もしあの化け物になってしまったジョナサンに、もともとの人間の心が少しでも残っているのなら、そんな私の姿を見るのはおそらく辛いはずだ。その苦痛から逃れる術はない……誰かがジョナサンを死なせてやらない限り。そしてその役目は妻にしかできない、と。罪深い考えです。しかしあの船の上で見たような醜い化け物に変身してしまった自分を、ジョナサン自身耐えられないはずだという確信もありました。それで、私はとにかく、私を空中に捕らえたままにしているディオの不思議な力から逃れることを目指しました。それは、ある程度の苦痛を飲み込んでしまえば簡単なことです。ディオのその力が私を海の中で溺れさせるとき、常に自分のそばでグイグイと押し付けているわけではありませんでした。ときには……私の体力が限界だと判断したなら、どうせうまく泳げない私をただ海に放り投げるだけでしたから。……気力が蘇ろうとも恐怖は身体の芯にこびりついていて、震えや吐き気を抑え込むのに苦労しましたが、私は冷静な素振りでこういうふうに言うことに成功しました。『おだまりなさい。人間ですらなくなってしまったあなたが人としての品格を口にするなんて笑止千万です』。これでディオのニヤニヤ笑いが消えました。私は追い打ちをかけました。『そもそも人間だった頃のあなたにも品格について語る資格はありませんでしたけど。あなたの言うそれは人の仕草や言葉遣いや暮らしぶりのような上っ面に言及しているだけで、人間としての本質にはちっとも届いていないのです。きっとあなたは貧困家庭に生まれたことに対しての、自分で作り上げた勝手な劣等感に囚われて、そこから抜け出せていないのです。いいですか、ディオ・ブランドー、その劣等感は環境のせいであなたに生まれたのではありません。親御さんとの関係から生まれたのでもありません。教育や福祉の欠損から生まれたわけでもありません。ただひたすら、物事の表面しか見ることのできない、虚栄心ばかりが強い、あなたの薄っぺらな心があなた自身にもたらしたものなのです』

「……そんなふうに言い始めてから、これが出任せなどではなく私の本心だと気がつきましたし、内容も決して間違いじゃないだろうと思いました。そしてディオにも、問題の核心を突いたとき特有の衝撃が襲っていることが見てとれました。ディオはしばらく混乱に震えてから、『黙れ！このゴミ豚が！』と叫び、また不思議な力を使って手も触れずに私を海に突っ込みました。溺れかけると引き上げ、私を罵り、また海に沈めて、あまりの激しさに私は気が遠くなりました。でもここで失神してしまうわけにはいきません。私は必死に意識を保ちつつ、海の中では目を開けてジョナサンを探しました。しかし自分の身体が立ち上らせる泡で全く何も見えません。泡が全て消えたと思ったらその瞬間に私は水から出されましたし。そのときのディオの怒り……と言うより戸惑いは凄(すさ)まじく、私はひたすらザブンザブンと海に浸けられ海水を飲み肺にも水が入り、胃から逆流してきたものと口から入ってきた水が喉の奥でぶつかり合って渦巻いていくのを耐え忍ぶしか……いえ、耐えきれないけれど、死なないように意識にすがりつくしかありませんでした。そうして私がいよいよ自分の吐瀉物(としゃぶつ)と海水の混ぜ物で窒息しているときに、ディオの不思議な力が私を放り投げました。おそらく十数メートルも遠くに投げられザブーン！と水に落ちたときの海中の静けさと言ったらありませんでした。私は喉のつまりを吐き出す前に、瞼を開けて箱のそばに浮かぶ残骸の下を見ました。そしてそこに、確かに夫、ジョナサン・ジョースターの首が、ゆらりゆらりと漂っているのを見つけたのです。遠目でしたから、どのような化け物にさせられているのかは判りませんでしたけど……海の中で朦朧としながら、私は妻の責任で、夫をちゃんと殺してあげなくてはならないと思いました」

「その猶予は、この一回、ディオのいる箱から十数メートル飛ばされたこの距離、ディオが私の行動に気付くまでのこの短い時間にしかないことははっきり判っていました。私の心はまたしても肉体の苦痛とその繰り返しの果てしなさにあっという間に音(ね)をあげそうになっていたからです。これ以上の乱暴を受けていたらまた私は自分の心を見失い、ディオのオモチャとしてジョナサンの目の前で辱めを受け続けることになるでしょう。それだけはどうしても避けたかった。だから私は海面に出て激しい咳き込みで胃と肺から中身を吐き出した後、気を失ったふりをして静かに海中に沈んでいきました。ディオが私をすぐさま引き上げたりはしないことを知っていましたし、そのときの怒り具合からもしばらくは私を瀕死のまま放っておくだろうと予想ができました。で、水の中に数メートル降りてから、私は必死に泳ぎ始めました。水泳はそれほど得意ではありませんでしたし、ドレスは重く邪魔で仕方がありませんでしたが、私はジョナサンを殺さなきゃと無我夢中で手で水を掻き、足で水を蹴りました。そうしてようやくジョナサンのもとに辿り着いたとき……私の決意は霧散してしまったのです。船の残骸の下、夕焼けのオレンジ色の空が透けて見える水の中に漂っていたのは、まだ生きているかのような、化け物などからは程遠い、首だけになっても愛しく美しいジョナサン・ジョースターだったのです」

「どのような化け物であったにせよ、生首のまま丸一日水の中にあれば肉はふやけ魚などにつつかれ顔全体がボロボロに崩れてるんじゃないかと想像していた私は、その奇跡のような光景に息を飲み、痺れたように身動きができずにいました。私はずっと、化け物の姿で蠢く夫を何とかして天に遣わそうとしていたのに……夫は死んでるようにも見えませんでしたが、しかし化け物として生きているようにも見えませんでした。私はジョナサンの生首に恐る恐るですが、手を伸ばしてみました。船の生ける屍たちはガウガウと吠えながら近くにいる生きた人間を無差別に襲っていましたが、ジョナサンは薄目を開けたまま私のほうを見ることもなく、近づく手に噛み付こうとしたり暴れ出したりもせず、どこも微動だにしないまま私の手に収まり、胸の中にかき抱いても、ふわりとジョナサンの柔らかい毛が私の頬(ほお)や顎(あご)を撫でるだけでした。……あまりにも予想と違った夫の様子に思わず躊躇(ちゅうちょ)していたせいで、ディオの不思議な力が私を見つけたのでしょう。ザーン！と、私の首根っこを引っ掴むようにしてその力が私を水の上に持ち上げて、ディオが『貴様！そこにジョナサンがいると知っていたのか！』と叫ぶ声が聞こえました。『馬鹿が！自分の夫に食い殺されたいか！』という台詞と慌てた声に私はドキリとしましたが、腕の中のジョナサンは相変わらず優しげに微笑むようにしてじっと黙っているだけで、私に襲いかかるようには見えませんでした。そしてそれより驚いたのは、ディオが私の身を案ずるかのようにジョナサンから引き離そうとしたことです。『やめて！』と叫び、私の腕からジョナサンの頭を奪い去ろうとした見えない力とジョナサンの奪い合いのようになりましたが、それはすぐに終わりました。ふっとジョナサンを取り巻く力が消え、私の胸元にジョナサンの頭が戻ってきて、振り返ると、ディオが呆然とした顔で私の腕の中のジョナサンを凝視していました。『一体何が起こってるんだ……？』と呟く様子から、ディオにとっても、このジョナサンの状態が自分の思惑通りの姿ではないことが判りました。そして私は、そのように美しいままのジョナサンを殺せないだけじゃなく、ディオの反応を見る限り、殺さなくてもいい可能性が出てきたんだと思い、安堵のあまり、それこそ失神しそうになりました。でもここで私が気を失ってしまったらディオがジョナサンに何をするか判らないと思い必死に堪えていると、ディオは私とジョナサンをリサリサのいる箱の蓋のほうに下ろしたのですが『ジョナサンめ……どこまでしつこく俺を追ってくるのか……。この因縁は、いつまで続くのか……?』とぶつぶつ独り言を言いながらジョナサンの首を睨んでいて、危機がまだ去っていないことを知りました。それどころか、ディオはこのジョナサンの登場に焦燥し始め、『やはりいかん!こいつは俺の邪魔になるに決まっている!遺恨残すべからず!どけ!エリナ・ジョースター!どうせそいつはもう死んでるのだ!』と叫び始めたので私は今度は一転この夫の首を守らなければ、と咄嗟に判断し、そばに浮かんでいた木片を取ってディオのほうを振り返り、『ジョナサンに手は出させません!』と叫んでその木片を自分の首筋に当て、私は一気に首の肉を掻き切って頸動脈を切断しました。もちろんそれが私の致命傷になることを看護婦の私は知っていました。そうなるように深くえぐったのです。そして、さらに私は、木片をそのまま首の回りを半周させ、気道も切断したのち、反対側の、もう一方の頸動脈も切ってしまいました。……私は一度に大量の血を捨てる必要があったからです。私の視界を放射状に吹き出す大量の血が埋め、私の肩がドロドロと生温く濡れるのを感じながら、これでいい、と私は思いました。即座に死ぬくらいの傷を負わなくてはならなかったのです。そしてディオは叫んでいました。『うおおおおおおおおっ!何をするんだこのゴミ女めがああああっ!』なんて。ふふふ。そのときだって思わず私はにやりと笑ってしまったような気がします。あまりに予想通りで。やはり、と思いました。やはりディオには私を殺すことができないのだ、と」

「私が抱いたディオへの違和感は、化け物になっているはずとディオの信じているジョナサンから私を引き離そうと……私を助けようとしたときに生じたものでした。ジョナサンに対するディオの異様に残忍な怨念から考えれば、ジョナサンが私を食い殺すというおぞましい状況は歓迎こそすれ阻止することなどなかったはずです。でもあの瞬間、慌てたように言った台詞にはディオの本心を感じました」

馬鹿が！自分の夫に食い殺されたいか！

「そして膨大な血液を首から吹き出しながら私は急速に気を失いましたが、やがて目を醒(さ)ましました。……ディオに血を投入され、首の傷をディオの謎の力に塞(ふさ)がれて。リサリサの泣き声で目覚めた私の隣に、ディオは倒れていました。私から吸い取った血のほとんどを私に注ぎ込んだらしく、ディオは意識があるものの、一番最初に箱の下から現れたときと同じようにほぼ瀕死の状態で。いやあのときよりも容態は悪かったかもしれません。最早リサリサを人質に取ったりする余裕すらないように見えましたから。自分の命を投げ捨てるようにしてまで私の命を助けたディオが、意識を取り戻した私を見てホッとしたようなのも判りましたが、私はまず自分の傷を確認しました。見ると、首の傷は本物の外科医と変わらぬほどの技術で縫い合わされていました。つい感心し、私はディオに言いました。『あなた、こんな手技をどこで学んだのですか？』。すると箱の上でぐったりと倒れたディオがちょっとこちらを見て、掠れた声で答えました。『医学書だよ。俺は本を読むのが好きだったから、あらゆる本を読み、独学でいろんなことを学んだのだ』。その言葉を聞いて、……私はディオの、本物の孤独を知ったような気がします。取り巻きを引きつれて陽気に騒いでばかりで本をじっくり読むような時間なんてなさそうに見えたディオですが、きっと、仲間との時間などは適当に切り上げていたのでしょうね。そういう表面的な人間関係ばかりで体裁を保ち、一人になると本を読むだけ……。ディオの中には、自分の意欲で得た本物の経験などないのです。素直な心を通わせる人間関係もなく、自分の手足を使って培った経験体系もない。空っぽなのです。だからか、と私は思いました。ディオがジョナサンに執着する理由が判ったのです。何しろジョナサンは中身がぎゅうぎゅうに詰まった男の子でしたし、表裏なく素直な気持ちを率直に伝えて気の置けない友人を作り、自分で考え、自分の身体を使って経験を積んでまっすぐな大人の男になったのです。それを同じ家で見ていたディオがジョナサンに拘るのは当然とも思えました。おそらくディオにとっては、ジョナサンに対するそのやるせない気持ちだけが唯一本物の、ディオの中から湧き出た感情なのでしょう。でもそれまで気持ちの表現をしたことがほとんどなかったせいで、ディオは間違え、ジョナサンを殺して身体を奪おうと考えたのです。ジョナサンのようになりたければ、身体を奪うのではなく、正直な気持ちを語り合い、見せかけではない友情を育めば良かったのに……。もちろんジョースター家に来るまでの人生がディオ・ブランドーを決定づけていて、実際にはそのような友情など起こりえなかったのでしょうけれど、でも、ジョナサン・ジョースターは犯罪者だからと言って相手をただ遠ざけてしまう人間ではありません。本当の気持ちをぶつければ、誠意のある答を出してくれたはずです……そう考えたとき、私は、さらに気付きました。ディオは、既にずっと自分なりに率直に、自分の気持ちをジョナサンにぶつけているじゃないか、と。ジョナサンを痛めつけて殺してしまいたいという気持ちは、つまりジョナサンへの憧憬(しょうけい)の裏返しではあるものの、まっすぐなものだったのです。そしてそんな気持ちを表に出せたのも、相手がジョナサンであるという前提だからこそなのだと。私は二人の男のすれ違いとぶつかり合いの結果を、海の真ん中に浮かぶ小さな箱の上で見ていたのです。一人は生首になって生きてるとも死んでるとも言えない状態になり、もう一人は吸血鬼となって相手の胴体を奪ったのに、その妻に血を与えてしまったことで、相手と同じように死ぬ間際にいるのです。私はジョナサンを抱いてディオを見つめているうちに、その男たちのために涙が溢れてきました。どうしようもなく悲しくて、悔しくて、苦しくて、堪らなかったのです。流れる涙を抑えようともせずに頰を濡らしていると、ディオが掠れた声で訊きました。『俺を殺すのか』と。『殺したりしません』と私は言いました。『泣いたりして、俺を哀れんでいるのか』と問うので、私は言いました。『私の命を救ってくれたあなたを哀れんでみせたりはしません。でも、どうしてあなたとジョナサンがこうならなくてはならなかったのかと思うと、涙が止まらないのです』。するとディオは言いました。『全て決まっているのだ』。その台詞を聞いて、私は咄嗟に訊きました。『今この状態も《天国へ行く方法》につながっているのですか?』。するとディオが顔を歪め『それを聞かれていたか。……畜生、お前を殺すことができるのなら即座に殺してやったのに』と言います。『私を殺さないことも、《天国へ行く方法》に含まれているのですね?』。するとそれには答えず、ディオは言いました。『血とは何か、お前には判るか？』」

「私が答えられずにいると、ディオが言いました。『血とは力なのだ、エリナ・ジョースター。生き延びて、血を紡げ。それが俺のためにもなるのだ。そして、俺のためになることも、お前のためになりうるだろう？』。ディオは、知っていたのです。私がこのジョナサンを抱いたときに、罪深くも望んだことを。私のおぞましい企みを」


長い長い話の後で、母さんが俺とリサリサに言う。

「その場でディオ・ブランドーを殺すこともできたのにそうせずに、ただその夜を休んで過ごし、日が昇る前にディオを箱の二番底の中に入れ、助けの船が現れたときにも重しをつけて箱を沈めただけだったのも、……全て私の責任です。私にはどうしてもディオを殺せなかった。化け物になってしまったのならジョナサンを殺さなければとすら考えた私なのに……私には希望が、見えてしまったのです」

希望？

この話のどこに希望があっただろう？

顔を強張（こわば）らせたリサリサに母さんが続ける。

「もちろんディオが箱の中で反省して人間らしい心を取り戻すなどと期待しているわけではありません。……あの男には、それはきっと無理でしょう」

ならばどこに希望が？

母さんは父さんの首に顔を向ける。

「でも、ディオが生き続けていれば、ジョナサンの胴体もまた生き続けるのです」

俺の身体にビシャーン！と電気が走る。

父さんの生首を見つめて母さんは言う。

「ジョナサンはまだ死んではいません。そして私は、ディオからジョナサンの身体を取り戻す可能性を失いたくなかったし、その日がやってくると信じて、ここでこうして待っているのです」


だから母さんは故郷イギリスに帰ろうとせず、こうしてカナリア諸島に住み続けていたのだ。父さんの身体が眠る海のそばで、父さんの頭部とともに。

でもつまり、ディオ・ブランドーという吸血鬼もまた生き続けているはずなんだろう。そして、思うに……父さんの身体を取り戻すチャンスというのは、そのディオと直接対峙するときにやってくるわけで、……瀕死のまま箱の中に保存されていたとしても、相手は吸血鬼だし、母さんの話を聞く限り、身体を動かさなくても、母さんに乱暴したときのように何か不思議な力を使って攻撃してくるのではないのか？そんなの凄いヤバいんじゃないの？

リサリサも言う。「ママエリナ、その、ディオの操る不思議な力だけど……どうやら、ジョージのパパの身体を奪ってから発現したみたいね。吸血鬼にそんな力はないし、ジョージのパパとの戦いでもそんな力を使うところを見せたことはなかったみたいだし」

「ではそうなりますね……あの最初の夜、ディオは箱の外で何か混乱していたみたいだから、それが何か関係しているのかもしれません」

「うん。あのね?その力についてなんだけど、……ある種の人間はそういう力を生まれつき持っていたり、怪我（けが）とかのショックで、突然そういう力を得たりするみたいなの。私たち波紋（はもん）使いはそういう力を《幽波紋（ゆうはもん）》あるいは《スタンド》と呼んでいるんだけど、何故そういう名前かというと、その力は、幽霊のような《像（ヴィジョン）》をもち、その力の主のそばに立つからなの。でね?ディオ・ブランドーはその夜、ただ混乱していたんじゃなくて、話しかけたり、乱暴をしようと暴れたりしていたんでしょ?それってつまり、その《像》を初めて見て、それが何者か判らなかったからじゃないかしら。《スタンド》って、人の形をしたりもするみたいだから」

そんなの母さんからは答を導き出せない話だった。

長い話を終えて、俺とリサリサと母さんが地下室から一階に上がったとき、怯えた様子のペネロペが俺に抱きついてきて、震えたまま離れない。

「たくさん人が死んだの。怖いよジョージ。この島、怖い」

え……。俺も怖いが、同時にリサリサのこっちを見る目も怖いんだけど、それはまあどうでも良くて、本当に怖いのは、ラ・パルマ島にある唯一の教会で火事が起こり、夜中だっていうのに何故かそこに詰めかけていた人間が七十人以上も死んでいて、その中には俺の傷を診た医者もいて、リサリサが言うには、そこで死んだ人たちは皆《翼を持つ黒い男》《蛾のような姿の男》を見たと証言した人たちで、消火された教会の壁には、自分たちの証言した通りの、巨大な羽根を持つ男の絵が描かれていたことだった。

明け方になって教会に俺たちも行って、リサリサが

「これがモスマン（蛾男）か……」

と呟くのを聞いて俺はぶるっと震える。「ちょ、怖い名前つけないでよ」

「私がつけたんじゃないわよ」

だとしても、俺の震えは止まらない。

焼け残った教会の壁の全てに、モスマンの絵が描かれていた。それも一つじゃなくて、無数に。おそらく火事が起こる前に集まっていた人たちが皆で描いて壁を埋め尽くしたんだろう……と思って背筋を冷たくしている俺に、リサリサが言う。

「これ、火事で出た炭で描かれてるね。人の身体も絵の具代わりに使われてるし、……この人たちがゾンビになって、炎でもう一度殺される前に描いたのかしら……？」

ペネロペにしがみつかれたまま俺はほんのちょっと、ひと雫だけだがおしっこを漏らしてしまう。

俺たちの背後で、母さんが言う。

「……私たちがここにいるせいでこういうことが起こってるという可能性も捨てきれませんね。ジョージ、イギリスに帰りましょう。よければペネロペも私たちといらっしゃい」

え⁉ マジで？

「いいの？ エリナ、私も？……なら行く！ 絶対行きます！ ジョージ、私も連れてって！」

「うん！ よっしゃ！」

俺は嬉しい。このクソの島から逃げ出せるなんて！

「でもいいの？……父さんの身体は？」

「……こんなふうにすぐそばで待ち構えていなくても、たとえどんなに遠くに離れていても、きっとそのときが来れば、お互いがお互いを引き寄せ合うんじゃないかしら？ そういう力を持ってるものだと思うの」

血とは力なのだ。

第六章　島

混乱が続く。

電線も電話線も全て分断されてしまったので、テレビも見れないし固定電話は使えない。が、携帯はまだ生きている。もちろんそれほど長い時間は使えないだろう。杜王町はジ・オーシャンに出て日本列島のおよそ五十キロ沖を約１００ノット（時速約１８０キロメートル）の猛スピード……いや、通常の船では考えられないほどの速度で南下中だ。いつ電波圏外になってもおかしくない。

まず携帯でテレビを見る。僕たちのいる杜王町を追いかけて自衛軍の飛行機が基地を飛び立ったと言っていて、ちょうど見上げると轟々と自衛軍機が六機も近づいてくるところなのだが、二機は大きな輸送機だが四機はどう見ても戦闘機で、あれれ輸送機の護衛なのかどうかしら？そうじゃなくてもまあ確かに戦闘機つけるよなあと思っていたら、先頭を飛んでいたF22が突然ドーン！と爆発する。

「あああっ！」と声をあげた僕たちが見たのは、戦闘機を包む炎が平べったく広がるところだった……まるで透明なドーム状の天井があるみたいに……いやみたいじゃない。天井ドームは確かにあるのだ。燃える戦闘機がその透明なドームの上を滑りながら上昇し、速度を落としつつ南西側から僕たちのほぼ真上まできたところで一瞬停まってから、今度は南東の方角にずるずると放物線を描いて落ちていく。その軌跡を見る限りどうやらドームは半球状になってるようだ。一緒に来た残り五台の飛行機は仲間の戦闘機の爆発とともに高度を上げていてドームへの接触を避けれたみたいだ。一方燃えた戦闘機はザパーンと海面に落下するが、それがこの杜王町という今や大きな《船》となった大地の作る波の立ち際で、そこまでドームの壁があるのなら、もしかするとその透明なドームは《船》を包み込んでいるんだろう。

「これもスタンドなんでしょうか?」と僕は露伴に訊く。

「判らない……しかしこんなに大きなスタンド、僕は見たことも聞いたこともないぜ……!?町をまるごと島にして動かしてしまうなんて……いいかい?スタンドっていうのは人間の、あくまでも個人の能力なんだ。どんな天才だろうとも、何でもできるってわけじゃない。人間には限界があるものだろう?そうじゃないのか?あるいは《限界》なんてことは凡人の思い込みに過ぎないのかな……クソ!まさか僕がこんなふうに驚かされるとはな!人間には、こんなことも可能なのか……!?」と露伴は言いながら考え込み、言いながら自分で自分を説得するような感じになってしまってるけどいいのだろうか?露伴は作家として、あるいは《凡人》という枠を拒みたいという気持ちから、《人間に限界がある》という言葉を否定したいだけじゃないだろうか?無理矢理に自分を納得させなきゃって段階でもまだないと思うけど……?何しろまだこれがどうして起こってるのか判らないんだし。ひょっとしてスタンド使いの人たちは自らに未知のことが多くて、まずはスタンドの能力では?と勘ぐることが日常的になり過ぎているのではないだろうか……と思ってると露伴が「これはしかし、最早スタンドの能力を超えた、《ビヨンド》とでも名付けられるべき能力では……!?」と言い出すので僕は慌てる。

「あ、すいません。そのネーミング、ちょっとかぶってるんで」

「?え?何?そうなの?」

作家って怖いぜ。何そのシンクロニシティ。で、僕は思いつき、九十九十九のことを露伴に質問する。当然この人は自分の家で死んでいる人間をヘブンズ・ドアーで調べたはずだ。「九十九十九くん?もちろん調べたさ。でも何も判らなかった。死んだら《本》の文章は全て『死』って文字に置き換えられちゃうんだよ……」と言う露伴の背後で虹村無量大数が叫ぶ。

「……あ!おいおい何してんだよ!ヤバいぜ!」

無量大数の視線を追って見上げると、さっき上昇して消えた戦闘機の一機が戻ってきて、ミサイルを水平に撃っている。

「わああっ!」

しかしそのミサイルは空中でゴボーン!と爆破され、また破片と炎が平たく丸く広がる。さっきの戦闘機と同じく透明なドームに当たったのだ。それを確かめるつもりだったのだろう。もし何も障害がなければミサイルは杜王町上空をただ横切っただけのはずだ。ミサイルを撃った戦闘機がドーム手前で急上昇してまた離れていく。

「これって守られてるってことなのかな先生?」と無量大数が訊き、露伴が言う。

「さあな。でもこのバリアーが僕たちのためにあるとは僕には思えない。あそこ、見ろよ」。露伴が指すのはアロークロスのある丘の下、杜王港で、ドームに包まれて杜王湾の一部が町とともに《船》として移動しているのだが、その囲われた海域に港からたくさんの船が出ていて、《船》の端に向かっている。「あの人たちが今から教えてくれるさ」

露伴の言葉通り、そして僕を含めた皆の予感通り、杜王港を出た船たちは一隻もドームを突破できない。ドームのそばで速度を落としていたから大きな事故は起こっていないけど、ドームの存在を銛(もり)でつついたり船の舳先(へさき)を軽くぶつけてみたりして大勢の漁師が集まっていて、結果的にドームのラインがはっきりする。やはり《船》の作る波に沿って、ぐるりと真円らしき円周を作っている。

真円か。「露伴さん、杜王町の地図持ってたら貸してください」

「?杜王町の地図?そんなの持ってないけど、僕が描いてあげるよ」

「え」。露伴が尻のポケットからメモ帳とペンを出し、しゃしゃしゃしゃしゃーっといかにも正確そうな地図を書き出すのを僕は黙って見守るけど……うーんまあ僕の気持ちの問題なんだけどさ……。

「君、僕の力をまだ信用しきれないようだね。ふん。僕は一度見たものは記憶から詳細なスケッチが描けるんだぜ?大丈夫大丈夫」と自信満々の露伴が描き上げた地図を使い、広瀬(ひろせ)くんに上空から《船》の境を調べてもらい、簡単な測量を重ね、僕は《船》の形を知る。陸地の縁は杜王町の境界通りで、海の方は円で切り取られたいびつな《船》だ。

進行方向

　で、僕は思う。この形の全体じゃないんだけど……一部に見覚えがある。でも、それが何か思い出せない。何だっけ？

　うーんうーんと考えていてもこういうのは出てこないので、まずは僕はこの地図を作った目的に戻る。うん。やはり。海の境は真円を描いていて、真円があるなら、中心がある。そしてもしこの

《船》が誰か一人の人間の力が作り出しているものなら……？

「ここに行かなきゃね」と露伴もその円の中心に指を置く。「力の中心がここなら、杜王町を動かしてる奴がここにいるんだろう」

「ここに何があるんですか？」

「俺らの通ってる学校じゃん。ぶどうヶ丘学園だよ」

と答えたのは虹村……不可思議だ。

あれ？地下から復活？

「おい！もう大丈夫なのかよ！」と無量大数が喜びの声をあげるけど、不可思議の背後から現れた杉本玲美と岸辺露伴は浮かない顔……って、あれ？岸辺露伴がもう一人？と思ったら僕の隣にいた露伴が消えている。

生き霊が肉体に戻ったのだ。

「吉良吉影が、キラークイーンのバイツァ・ダストを解除したの」と杉本玲美が言い、とうとうその名前を口にできるときがきたのか、と僕は思う。「露伴ちゃんに仕掛けた罠だけではきっと邪魔者を排除しきれないと踏んだんでしょうね。つまり、……吉良吉影は、戦闘態勢に入ったのよ」

「どうしてこのタイミングで……？まさか、この杜王町を動かしているのも吉良吉影なのか？」と露伴が言う。

「うーん……それ以外に考えにくいって感じね。露伴ちゃん、今朝の事件以来、いろんな名探偵さんから連絡もらったでしょ？」

「ああ……途中で面倒になって電話に出なかったけど」

「テレビ見て」

と言って玲美さんが差し出した携帯で名探偵が集団で緊急記者会見を開こうとしている。ライブ映像だ。白いクロスを掛けマイクを置かれたテーブルの向こう側にずらりと並んでるのが名探偵たちなんだろう。中央に座った金髪の男がマイクを手に取り、言う。

「時間がないので始めさせていただきます。まず、自己紹介から。ここに集まった十三人の人間は僕を含めて皆名探偵と呼ばれながら刑事事件、民事事件を捜査し、事件を解決しております。有名な名探偵の方もいらっしゃいますが、僭越ながら、僕から簡単に名前だけ紹介させていただきます。僕は巴里屋超丸と申します。で、そちらの右から順に、出逗海スタイルくん、湯上保々彦くん、蝶空寺快楽さん、蝶空寺嬉遊くん、ジュディ・ドールハウスさん、豆源さん、美神二瑠主くん、十一〇くん、月霜二七雄くん、日月さん、垣内万々ジャンプくん、冬舐鞘太郎さん、今のところ、以上です。今のところ、と申しますのは、これからも名探偵が杜王町の事件を解決するために集まってきそうだからです。その事件とは、今朝起こった、八極幸有くん、猫猫にゃんにゃんにゃんさん、そして加藤九十九十九さん、という三名の連続殺人事件のことです。この三名のうち、少なくとも二人、八極くん、猫猫さんは名探偵であり、もう一人加藤さんについてもおそらくそうであろうというのが僕たちの見方です。名探偵が三人も、一日のうちに殺害されたとすれば、これは名探偵たち、つまり犯罪を暴き、犯人に真実の鉄槌を加えようとする社会正義に対する反乱だと言えるでしょう。そして名探偵たちに対するテロ行為と言わざるを得ない今回の事件に対し、私たちはここで宣言します。名探偵は、このような卑劣な暴力行為に負けたりしません。そして必ずや今回の事件を全て解決して見せます。……しかしながら、現在杜王町は日本列島から謎めいた分離を遂げてジ・オーシャンを漂流しており、自衛軍機すらも近づけない状況になっています。つまり杜王町は名探偵連続殺人犯とともに孤島に閉じ込められているのです。この放送がまだ杜王町に届いていることを信じ、まずは住人の方々のご無事をお祈りいたします。杜王町の町長、獅子丸電太(ししまるでんた)様には町民の早急な安全確保と自警組織の結成をお願い致したいと思います。また、ここからはいささか繊細な呼びかけになりますが……」

雑誌やテレビで何度か見たことのあるイタリアンシェフ探偵巴里屋超丸が一息置いて続け、僕は息を飲む。

「吉良吉影殿。僕たち名探偵は知っている。八極くん、猫猫さん、加藤さんを殺害したのが君ではないことを。その三人が名探偵を大勢誘(おび)き寄せるための、言わば撒(ま)き餌(え)のようにして殺されたのであり、真犯人は別にいて、そいつは君を追いつめ、苦しめるためだけにその三重殺人を犯したのだということを。だから落ち着きたまえ、吉良吉影殿よ。僕たちは、少なくとも今は、君ではなくて名探偵たちを殺害した犯人を捜しているのだ。もし君が協力してくれたら、その捜査はより速やかにすすむだろうし、そして君には捜査協力という実績をつけることができる。約束しよう。悪いようにはしない。それどころか……この名探偵連続殺人事件が解決するまで、君のことをこちらから捜したりもしないと約束する。だから、どうか、気持ちを落ち着けてください」

おおおお、と僕は思わず声を漏らしている。僕以外の名探偵たちが吉良吉影の名前を知ってるというのはどういうことだろう？　九十九十九たちが殺害されたってだけでここに向かっているのなら、まだ吉良吉影の名前までは辿(たど)り着けないはずだ。ということは、まさか皆がそれぞれ十五連続密室事件に関わったわけじゃないだろうけど、僕と同じように、全く関連性がないように見えた何らかの別の事件の中で吉良吉影の名前が持ち出され、挑発されたのだろうか？　**杜王町に近づくな。近づけば殺す**と？　凄(すご)いなと思うのは、まだ杜王町には入っていないうちからこの杜王町を動かしているのが吉良吉影だろうと彼らが既に当たりを付けていることだ。これは少なくとも《スタンド》という特殊な能力の存在を自分の世界観に受け入れ、理解してなくてはならないはずだ。そうじゃなければ、例えばこの杜王町の出帆だってもともと地下にエンジンと燃料があってこういう巨大な《船》になるよう設計されていたというふうに、物理的に……といってもそんな船の建造が物理的にできるかどうかはかなり怪しいが、とにかく超能力なんていう要素を排除して考えるのが名探偵の普通なのだ。でも巴里屋超丸は杜王町に入れなかったのに、それを受け入れ、理解している……のは、彼より先に杜王町に入っている仲間がいるからだろうか？

僕だってこうして杜王町にいるのだ。少数で行動していれば他の名探偵も吉良吉影に勘づかれることなくドームで孤立化される前の杜王町に入れたに違いない。

巴里屋超丸があんなふうに名探偵ばかり十三人も集めて急遽(きゅうきょ)記者会見ができたのは、そもそもあの名探偵たちがお互いに連絡を取り合っていたからだろう。僕は単独行動ばかりで他の名探偵と親しくしたりはしてないが、ああやってグループになったりするのを厭(いと)わない人たちももちろんいる。

ではその仲間の名探偵は今杜王町のどこにいるんだろう？　僕はそいつと仲間になりたいわけでも

ないんだけれど、居場所などを把握しておいた方が良さそうだ。僕は九十九十九の台詞を思い出す。

名探偵が複数同じ事件に関わって、一人がもう一人よりも早くに事件を解決したとき、遅れたその名探偵は、それでも名探偵のままだろうか？

こんなうっとうしい疑問とずっと背中合わせなんて面倒過ぎる。杜王町に入っている他の名探偵を見つけたら、ぶつかり合わないように距離をとり続けたいところだ。

それにしても、と僕は思う。名探偵を誘き寄せて吉良吉影を脅かした人間は、杜王町がこんなふうに日本を飛び出してしまったことをどう思っているんだろう？

まさかそれをも想定内ということはありえるだろうか？と設問してみて、ありえないことはないな、と僕は自ら思う。

次々にやってきた名探偵という存在が、爆破殺人鬼にとっての苦痛、《傷》だとしたら……？

僕は九十九十九の台詞を思い出す。

僕は、人間は、同じ苦痛をくり返し与えられ続けることで、その苦痛から逃れるための超常的な力を持つことがあるんじゃないかと信じ始めてるんだ。

スタンドは一人一体と原則として決まっているらしいが、その新たな力をまとうことを妨げたりはしないだろう。とここまで思い至ったとき、あの巴里屋超丸の吉良への呼びかけの意味も判る。少しでもその苦痛を和らげてやること、名探偵という存在へのコンスタントな苦痛を中断してやること、それがこの杜王町を動かす巨大な力を解除する方法だと、巴里屋超丸は判っているのだ。

やはり名探偵が既に杜王町の中に入り込んでいて、まだ活動しているはずだ。

「うわー凄いことしてるな」と不可思議が言うので、また虹村兄弟の視線を追って上空を見上げると、透明なドームの天辺に自衛軍のヘリコプターが飛んでいて、ロープで隊員をぶら下げてドームの天井に下ろしている。危なっかしい。

「どうしよう、僕、手伝いに行った方がいいのかな」とブルーサンダーを頭に載っけた広瀬くんが言い、虹村兄弟が「よせよせ」と引き止める。「高校生がふんわり浮かんで近づいてきたらいよいよ向こうをパニックにさせるんじゃねえの?放っておけよ。あいつらだって大人だし、いろいろ確認しながら慎重にやってるだろ」

「そうかな……」

「そんなことより学校行こうぜ。もしこの町動かしてる奴がそこにいて、それが吉良だったら、野郎、取っ捕まえてやる」

「でも今日本当は平日だよ?夏休みは明日からだ。つまり生徒はたくさんいるし、吉良吉影って名前の生徒も先生もいないんだしさ……」

「吉良の野郎、名探偵がたくさん来たんでビビってんだろ?そんなの顔色見りゃ判るだろ」

「でも吉良はずっとこの町で殺人を繰り返しながら誰にも見つからずにいたんだよ……?そんなふうに判りやすくしてるかな……」という広瀬くんの疑念はもっともだと僕も思いつつ、そう言えばと思い、僕は皆にようやく訊く。

「あの、今さらなんやけど、どうして一度も捕まってない、吉良の名前知ってるん?俺ほんのさっきここに来たところで、ずっと名前発音できんかったし後回しになってたけど、吉良の存在と名前、どうやって判ったの？」

広瀬くんが教えてくれる。「吉良吉影はね、どうやら女の人の綺麗な手が好きみたいなんだよ。でね、僕たちの仲間の矢安宮重孝……重ちーって渾名の男の子がいてさ、その子のスタンド《ストレイドッグ》は街中の野良犬を操ることができたんだ。でさ、ある日そのうちの一匹が、吉良吉影のオモチャになってた手をくわえてきちゃったんだよ。女の人の手に塗られてたマニキュアが特別なものだったから販売店が判り、男の買い物客が珍しかったから名前が判り、僕たちは吉良吉影を一度追いつめたんだ。でもね、最初は僕一人で出くわしちゃったものだから、向こうは僕を殺して逃げ切る気まんまんでさ、スタンド名だの能力だのわざわざ説明してくれたんだよ。で、実際僕は殺されかけたんだけどさ、虹村兄弟が駆けつけてくれたおかげで形勢逆転、僕たちは吉良をほとんど仕留めかけてたのに、ギリギリのところで逃げられてしまったんだ。……辻綾っていう、僕たちの別の仲間の力をムリヤリ使わせてね。彼女のスタンド《フェイスオフ》は、二人の人間の顔と指紋を取り替えてしまうんだけど、吉良は通りすがりの、自分と似た背格好の人間を拉致して外見を交換させ、身分を証明するものを全部奪ってしまったんだ。そしてその相手と辻綾を僕たちの前でこれ見よがしに爆殺。さらには報復として重ちーも殺してしまった……。だからね、これは僕たちにとって町の平和を取り戻すって意味もあるけど、弔い合戦でもあるんだよ」

「だろ!?これは重ちーと辻綾さんの敵討ちだ！スットロいこと言ってないでこっちから動けば、向こうだって何か動きを見せるって！ぶちぶちうるせえなあ！行ってみなきゃわかんねーってことだろ結局！」と怒鳴った不可思議がドーンと五メートルくらい弾き飛ばされて僕は驚く。背後から襲ってきたのは敵とかじゃなくてアロークロスハウスの壁だ。回転したのだ。左回りに。この巨大なコンパスが回ったたってことは、《船（島？）》が向きを変えたのだ。

僕は咄嗟に上空を見上げる。ヘリコプターからぶら下がっていた隊員がバランスを崩したのか、それとも杜王町が急に進路を変えたのでドームの上を滑る風も急変し、ヘリコプターがあおられたのか、とにかく命綱は切れ、隊員が一人、透明なドームの上を滑り落ちて行く。無量大数は弟に気を取られているが、広瀬くんは僕とともに上空の異変にも気付いていて、

「わあっ！ヤバい！」と大声で言ってブルーサンダーでブウン！と飛び立っていく。

僕は無量大数に叫ぶ。「弟俺が見るで、上のほう手伝ってあげて！」

無量大数もトラブルに気付く。「うおっ！じゃあ頼むぞ！」

「うん！」

無量大数は空飛ぶイルカの背びれに摑まって空に昇って行き、僕は丘の斜面を駆け下りる。

「おーい！大丈夫か!?」と露伴も後を追ってくる。不可思議が草むらの中から身体を起こし、

「……ったくこの家で俺ろくなことねえなあ……」と呟くが、こいつに怪我がないのはガタイが良くて身体が丈夫だからってだけではなくて、スタンドを出して自分の身を守ったからだ。ちょっと変わった見た目の、スーツを着た太っていて頭の禿げたおっさんが不可思議の尻の下にいる。これが《ＮＹＰＤブルー》だ。

「このデカいケツを早くどけろよガッデム」

といきなり罵るので僕はビックリするけど不可思議は馴れているらしくて「はいはい」と言って平然と立ち上がる。「お前全然役に立たないんだから、俺の護衛くらいしろよ」

「うるせえクソ学生が偉そうな口を利きやがって死ねコックサッカー！」

……ちょっと言葉遣いが荒っぽすぎる、と思うけど不可思議はへらへら笑って受け流している。関係ない僕がハラハラさせられてるよ……。と思ってたらおっさんがこっちを睨む。

「ヘイ！何見てんだこの野郎！」

「うわあ」。思わず目を逸らす。「何やこいつ……」

「ひっひ。悪いな。こいつは大体いつも機嫌が悪いんだ。ニューヨークの警官のつもりでさ、俺がアメリカから勝手に連れてきたと思い込んでんだよ」

「はは……」

「何笑ってるんだこのスカムバッグ！」とまたいきなり怒鳴りつけてくるので身体がビクッとなるし笑顔も吹き飛んでしまう。そこに広瀬くんと無量大数が降りてくる。

「何かヤバいよ、ちょっと聞いてよ～！」と慌てた様子の広瀬くんが言う。「結局、やっぱり僕らが行ってもバリアー破れなくて何も手伝えなかったんだけどさ、町のリーダーにメッセージを伝えるように頼まれたんだ。それも極秘で！絶対にリーダー本人だけに伝えるようにだって！どうやらこの町に悪い奴らがいるってことらしいんだけど……」

「で？メッセージは何だって？」と不可思議が訊くと、広瀬くんが言う。

「このままだと、この島は転覆させられるってさ！アメリカ軍に！」

「何い……？アメリカと日本は同盟国じゃねえか！」と長い学ランを着た不良少年が怒鳴るのはなかなか奇妙な光景だったけど、まあそれはいいとして、何だって？

「話が突飛すぎる……どうしてそんなこと信じられるんだ……？」と僕が言ったのは独り言だったけど、広瀬くんが答える。

「何故ならこのメッセージを伝えに来た人物が人物だからさ！見てよ！これ！」と言って広瀬くんが差し出したのは携帯で、ディスプレイに写真がある。そこに写っているのは『このままではアメリカ軍にこの島は転覆させられる。』とヘタクソな日本語で書かれた紙をこちら側に向けてバリアーの表面に押さえつけているツナギを着た軍人……らしからぬ老人で、僕も皆も、その金髪の巻き毛に見覚えがある。「これは……！」

「そうだよ！元アメリカ大統領！ファニー・ヴァレンタインさんだよ！」


確かにそれは五代前のヴァレンタイン元大統領だ。もう八十歳は超えてるはずだけど、まだ生きていたのか……と言うか凄いきりりとした表情をこちらに向けているが、若すぎる。「まだこんなに髪の毛あるのかよ……」

「いや僕らも驚いたんだけど、カツラだってさ！それに顔もボトックス注射とかでしわとり手術とかいろいろして頑張ってるみたい！ってそんなのどうでもいいから！どう!?元大統領が言ってるんだよ!?これは信憑性あるでしょ!?」

ああそうか、証拠として撮ってきた写真か……。「でもどうしてヴァレンタイン元大統領がわざわざこんなところへ?自衛軍のヘリにまで乗せてもらって、危険な思いして……。ファニーの言うことやったらザ・ファニエストやかって聞いてくれそうなもんやのに……」

世界で唯一本名に「THE」を付けている男、ザ・ファニエスト・ヴァレンタインはアメリカの現大統領で、ファニーの孫だ。もちろんファニアー・ヴァレンタインもファニーの息子、ザ・ファニエストの父親として挟まっていて、この男は宇宙飛行士になってまだ現役、ベテランの五十歳、今ちょうど人類初の有人宇宙船での火星着陸を目指しているはずだ……ヴァレンタイン一族に何が起こってるのか知らないが、もしザ・ファニエストが杜王町を攻撃するつもりなら、ファニーの行動は祖父が孫を裏切るようなことじゃないのか?

僕は上を見上げて「わあ」と思わず声をあげる。「ファニーまだおるやんか」

ヘリへの回収作業に手間取っているらしくてファニー・ヴァレンタインのシルエットも見える。「ふん、放っておいても大丈夫だろ」と露伴が言い、広瀬くんが差し出しっぱなしだった携帯のディスプレイの一点を指差している。見ると、そこには小さく、ほとんど透明だが、二本足で立つ巨大なカエル人間が写っている。「スタンドだよ」と露伴が言い、なるほどスタンド使いかじゃあ何とかするかと思いながら、その事実の意味に気付き、僕たちは戦慄する。つまり五代前のアメリカ大統領はスタンド使いだったのだ。さらにスタンドは遺伝するらしいから、現職の大統領だってその可能性があるということになる。

「あっ」と不可思議が言うのでもう一度上空を見上げると、ファニー・ヴァレンタインがドームの天井から吹き飛ばされた直後で、びゅーんと遠ざかっていたのに空中で急ブレーキ。ロープも何もなしで、空をジグザグに飛ぶようにしてヘリのそばに戻り、中に消える。

「……自衛官の人、大丈夫かな」と広瀬くんが言う。「スタンド能力とか見ちゃって、……なんか処分とかされて口封じされたりして……」

「そんな危ない橋は渡らないだろ」と露伴が言う。「何しろあのヘリを操縦してるのは軍人だからね。余計なことをしようとしても話が大きくなるだけさ。きっと適当に誤魔化すよ。あっという間の出来事だったし、隊員たちにも何が起こったか判らないだろうしね」

ヘリは杜王町上空から飛び去っていく。すると遠くから、拡声器で「杜王町役場よりお知らせ致します。これから約二時間後、午後六時より緊急総会を開きますので、住民の皆様はぶどうヶ丘学園体育館にお集まりください。繰り返します。杜王町役場よりお知らせ致します。これから約二時間後……」と訴える声が聞こえてくる。見ると、拡声器を乗せたワゴン車がゆっくりと杜王港に向かっていくところだ。

住民を集めた緊急総会か。当然そこには町長、獅子丸電太も来るだろう。そしてその場所はぶどうヶ丘学園。杜王町を動かしている人間、吉良吉影がいるかもしれない場所だ。

「いろんなことが一点にまとまりつつあるな」と露伴が言う。「行こう。とりあえずここにいても不可思議が僕の家に弾き飛ばされて怪我するだけだ」

「うっせーよ先生よ〜！」

「杉本さんは、ここで一人で大丈夫？」

玲美さんが笑う。「ありがとう。平気。でもごめんね。私スタンドだからここから動けなくて」

「これから僕たちで吉良見つけて叩きのめし、すぐ帰ってくるからね」

そんなに上手くいくかな、と僕は思うし、おそらく杉本さんもそう思ってる雰囲気だけど、「うん、待ってるね。危ないことしないで、ちゃんと帰ってきてね」と杉本さんは笑って言う。綺麗で可愛い子でちょっと羨ましいぜ。

「や〜さし〜」「や〜さし〜」「いいなあ露伴先生」と虹村兄弟だけじゃなく広瀬くんまでからかうように言うと、露伴の顔が赤らむ。「うるさい。同居人に声をかけただけだ。さあ行くぞ」

しかしその暖かい空気の中で、僕は不安を感じる。何かこの流れ、怪しくない？と僕は思う。理由はない。でも何故か、露伴が泣きそうな気がする。「あの、僕スタンド使いでもないし、ここに残ってましょうか？」と僕が言うと、露伴がえ？って顔をする。

「何言ってるんだ。君は名探偵で、事件を解決しにきたんだろう？殺人鬼を追わなくてどうする。ここでの事件はもう起こってしまったし、警察も入って帰って行って、名探偵まで来てくれて、吉良のバイツァ・ダストも消えたし、もう大体終わりだよ。舞台は次に移ってるんだ」

確かにそんな流れなんだけど……まあ僕自身ここに残りたいという気持ちの説明がつかない。

「何か嫌な予感がするんですよ」

「君、ちょっと弱気になったんじゃないか？確かにスタンド同士の戦いは頭脳戦とは違うからね、危険なものになる。だから戦いは僕らに任せて、君は頭を使ってくれればいいんだ。どうやら君が名探偵ってのは本当みたいだからね。君になら吉良を見つけられるんじゃないかな。何しろ僕は吉良に爆弾にされてもまだ正体が見抜けてないんだぜ?とんだヌケサクだよ。プライドが傷ついたが、構わない。リベンジだよ、ジョースターくん」

そんなふうに言われて一緒に行かないわけにはいかない。

「おい!男だろてめえ!イギリス国籍だろうがニッポン男児だろ!気合い入れろ!吉良吉影は女ばっかり殺しまくってるクソ野郎だ!もうこれ以上一秒たりとも放っとくわけにはいかない!うだうだ言うな!行くぞ!」と無量大数が怒鳴り、不可思議と広瀬くんが僕をじっと見つめている上にNYPDブルーはニヤニヤ笑いながら中指を立てている。

「クソ!じゃあ杉本さん、何かあったら連絡……は無理か。どうにかして合図いただけますか?」

「うん。このアロークロス、東西南北からずらして固定することは無理だけど、回すことくらいならできるみたいだから……」

「じゃあそれでお願いします!」

「よし!じゃあ行くぞ!」

無量大数が叫ぶとグランブルーの三頭が現れ、僕たちは無量大数を真似て背びれを摑む。

「よーし!振り落とされるなよ!ジャック!エンゾ!ジョアンナ!スカイダイビングだ!ゴー!ゴー!ゴー!」

おそらく三頭のイルカの名前を呼んだんだろう、無量大数の掛け声とともにイルカたちがキキキキキッケロケロッと鳴いてドカンとロケットみたいに泳ぎ出す。驚くが、実際の物理法則よりずっと穏やかなのでGや遠心力などはほとんど気にしなくていい。物凄い勢いで風を切るが、風圧も軽い。本当の物理だったら目も開けられないし顔の肉も歪んで口もアバババ状態だっただろう。僕たちとイルカは丘を下って畑や田んぼの農作物を掠めるようにギリギリの高さで飛んでいく。イルカ的習性なのか、農作物の上をザップンザップン飛び上がるようにして三頭が身体を上下に揺らしキキキッ！キキキキッ！と笑う。「大人しくしてろジャック！エンゾとジョアンナものるんじゃねえ！遊びじゃねえぞ！」と先頭を行く無量大数が怒鳴っているうちに、僕がタクシーで二十分かかった距離を二分ほどで飛び越えてきて、杜王駅前の市街地にさしかかる。このままだとさすがに町民に見つかるんじゃないかなと思っていると、無量大数はひと気のない道をすいすいと進んでシャッター商店街を抜けて車の姿のないトンネルをくぐり、駅の向こう側に出る。さすがは地元民。まあ僕たちのところにあのワゴン車が来た頃には、この市街地の住民の大半が既に体育館に向かってしまったのかもしれないが……と思ってると、僕と同じイルカの背に摑まっている広瀬くんが「なんか変だな……。さっき線路をくぐったときに大きい方の踏切を覗いてみたけど、誰も渡ってなかったし、駅前のロータリーも、一瞬だったけど誰も人がいなかったし……これじゃ隠れてる意味がないってくらい無人状態だけど……？」と呟いているが、同じ不安を感じているらしくて露伴や虹村兄弟も険しい表情のまま周囲を見回している。

「杜王町の奴らってこんなに統率とれてたっけ？」と不可思議がわざとらしい明るい声で言うと、その背中からひょいと現れたNYPDブルーが

「バーカ、現実見ろ。あっち」

と指すのは、燃える寺だ。

条禅寺に僕たちが到着したとき、既に本堂は全焼していて火も消えかかっている。燃えているのは本堂から延焼した鐘突き堂や住居の方で、僕たちはイルカから降りて本堂に近づくが、中を見る前に言葉を失う。出火したのが建物の内部だと判ったというのもある。燃え残った壁と柱の内側ばかりが焼けているのだ。でも本当に恐ろしいのは、閉じられた扉の表に捨て置かれていたたくさんのポリタンクだ。灯油とガソリンの匂いが辺りに充満している。「どうしてこんな……」と言いながら僕たちが見たのは、異様な集団焼身自殺の現場だ。

焼け残った壁と床には無数の……蛾？か蝶の絵が描かれている。それは炭で描かれていて……いやよく見ると、血や肉もなすり付けられている。吐き気を堪える僕の背後で虹村兄弟と広瀬くんが転がるように飛び出していき、吐瀉物を地面にまき散らす音が聞こえてくる。

「自分の身体を焼きながら、こんな絵を描いたっていうのか……？」と露伴が言う。「これはしかし、一体、何の絵だ……？」

ただの蛾でも蝶でもない。二本の太い足があり、大きな頭はこちらを向いて目を剝いている。恐ろしいが……「美しい」

と言ったのは露伴で、思わず顔を見たが、「何だよ、そう思ったんだから仕方がないだろ」と言われてしまうが、違うのだ。僕もそう思っていたのだ。

露伴が言う。「この美しさは……判るかい？皆がこうしてたくさんの蛾男……これは蛾と人間のキメラだよな、この蛾男としか言いようのない絵を、どうしてこんなにもたくさん描いたのか。死んだ人より描かれた蛾男の数の方がずっと多いのは何故だと思う？」

蛾男という言葉が何だか怖過ぎて、僕にはまだ考えを進めることができない。

露伴が続ける。「これはね、たくさん試したんだよ。でも上手く描けなくて、描き直し続けたんだ。燃える自分の身体から炭と血肉を指先に取ってね」。絶句する僕に露伴は構わない。「絵描きだから僕には判る。皆一心不乱に余白を見つけては繰り返し繰り返し自分の満足がいく絵を追い求めたんだ。最期の最期に見たかったのは、美なんだよ。さっき僕がアロークロスで言った台詞を憶えているかい？」

美？

人の作る美の基本だよ、対称性というのはね。

ああ……。確かに蛾男の姿は「線対称……？」

と掠れた声で僕が言うと、焼けた肉のむせ返る匂いの中でうっとりとしながら露伴が「その通り！」と笑う。「筋肉を燃やして上手く制御できない指を震わせながら、ここで皆がひたすら同じ美を求めたんだ！これはある意味奇跡だよ！おぞましいけれども、ひたすら感動的だ！」

生き霊だろうと生身だろうと露伴はちょっと頭がおかしい……ということにしておきたいが、僕にも言ってる意味は判る。

でも問題は起こった内容の凄さではなく、あくまでもどうしてこんなことが起こったかだ。

「さあね、杜王町がいきなり動き出したから、皆仏罰でも当たったんじゃないかと慌ててここに集まったんじゃないのかな?で、僕の知らない仏教の何かで……」

「いや、集団自殺や焼身自殺につながる何かなんて仏教にはありません」と僕は必死に立ち続けながら言う。気を抜くと焼死体の中に倒れ込みそうだ。「だから、ここで起こったのは、おそらく何らかの集団ヒステリーじゃないかな、と。不安を抱えた人々が密室に集まることで……」と言いながら僕は思い至り、露伴も同時に気がついたようで僕と顔を見合わせる。

まさしく今、もっと大きな密室にもっとたくさんの、不安を抱えた人たちが集まりつつある。

僕も露伴も何も言わなくとも一緒に本堂を飛び出す。

「おー……あんたらよく平気だよな……」と顎のゲロを拭いながら言う無量大数に露伴が叫ぶ。

「グランブルーを出せ!体育館に急ぐぞ!」。その剣幕に煽られて無量大数が即座に三頭のイルカを呼び、不可思議も広瀬くんもここに取り残されたらたまらんとばかりに僕たちとともに飛び乗る。

「杜王町を全滅させたくなきゃ急げ!人目は今気にしなくていい!とにかく体育館までまっすぐ飛べ!」

「うおおおおおっ!」。無量大数の雄叫びとともにイルカたちのスピードが加速、もはや身体を跳ねさせることもなくひたすら直進してほんの十数秒でぶどうヶ丘学園の敷地に突入、住民たちの車で埋め尽くされた校庭を突っ切って体育館に飛び込むと、そこに詰めかけた数千人の人々が、お互いにポリタンクの油をかけあっているところだ。ぶつぶつと何か独り言を言いながら、誰の指揮も受けないいままで。空中に浮かんでそれを見ている僕たちのことなんて誰の目にも映っていないみたいだ。何をぶつぶつ言っているのかも聞こえてくる。

「怖い……」

ぞっとして、直感的に、これはまともに聞いてはいけないと思う。体育館を満たすその独り言を撥(は)ね除(の)けるようにして、「やめろーっ!」「やめろコラ!何してんだ!」「やめてくださーい!」「自殺なんてよせーっ!」と僕たちは口々に叫ぶが、誰の耳にも入らないようだ。皆何かに取り憑(つ)かれたように自殺へと邁進(まいしん)している。

一人露伴だけが「ヘブンズ・ドアー!」「ヘブンズ・ドアー!」とスタンド名を叫びつつ空中から住民たちを本にしているが、上手くいかないようだ。「クソ!こいつらの本、『不安』って言葉に埋め尽くされてて何も書き込めないぜ!どうする!?名探偵!」。僕に何ができる?

条件を壊すことだ。

不安を抱えた人たちが密室に集まって、焼身自殺を始めている。

一瞬で不安を取り除くことは難しい。でも密室状況というのは壊せる。

「体育館をぶち壊すこと、できますか!?」

皆に訊くと、無量大数は「イルカと俺とがかかってもガラスを破るくらいしかできないぜ!?」と言いながらガシャンガシャンと始めるが、窓を割ったくらいでは密室を破ったということにはならないらしくて住民たちのガソリンどぷどぷ作業は止まらない。不可思議とNYPDブルーも一緒になって窓ガラスを割り始めているが、時間もかかり過ぎている。今にも誰かが点火させてしまいそうだ。

そこで「僕に任せて!」と言ったのは僕の隣の広瀬くんで、振り返ると、イルカの背から飛び降りてブルーサンダーを発動し、ブウーンと体育館の天井近くに上昇。「破片にできるだけ気をつけて!でも焼け死ぬよりは絶対マシだよね!?」と叫んだかと思うと、頭の上のプロペラを一気に拡大させる。体育館の端から端まで届くほどに。そして回転速度を上げる!バアアアアアアアアアアアン!

するとそれはもはやヘリコプターの回転翼ではなく、巨大なミキサーの歯となる。壁を破って天井を落とし、全てを回転歯で細かく小さく粉砕していく。歯を通過した屋根の破片は、さらに広瀬くんが両手に出した別のプロペラで水平方向に飛ばされ、虹村兄弟たちが割った窓から外に吐き出されていく。あっという間に屋根が吹き飛び、見ると住人たちの一部がこちらを見上げている。でもまだ全員じゃない。高い壁があるうちは密室性は高いのだ。

「広瀬くん!壁の方も、下までできるだけ壊して!」と僕が叫ぶと広瀬くんが

「オッケーイ！」と親指を立てて寄越し、巨大なプロペラを斜めに倒し、体育館正面の壁をズババババババッ！と物凄い勢いで粉々にし吹き飛ばしてしまう。

そうすると夕方の太陽が斜めに刺し込んで、吹き荒れる塵（ちり）の中で住民のほとんどが壁がなくなったことに気付く。

密室が破れているのだ。

「ちょっと……？」「え？何でこんな油なんか……」「やだ臭い……」「危ないじゃんこんなの！」と人々が我に返る声も聞こえてくる。

広瀬くん以外の僕たちは体育館の床に降り、住民たちに呼びかける。「危ないですから、一旦外に出て、油を落としましょう！」。そうひと声かけるだけで、目を醒（さ）ました人々は自ら「そうだそうだ」と体育館を出て、水飲み場やプールのシャワー室に向かう。慌てて押し合ったりもしないところを見ると、完全に理性を取り戻したようだ。

ホッとしているところで露伴が訊く。「おい君、吉良吉影っぽい奴は見つかったかい？」

……いや完全にそんな視点忘れてたよ……と呆然としている僕に露伴が言う。

「何だよ名探偵。そこがそもそもの目的だろ？ぼーっとしてないで考えろよな」と何だよ偉そうだな……と思う僕に露伴がベラベラ続ける。「いやここでは考えるよりも探せ、よく見ろって言うべきかな。せっかく大勢の町民が集まっているんだからね。考えながら見ていこう。問題は、何を探すのか、何を見るのか、だよな。君は吉良の外見も何も知らないんだしね。僕が思うに、顔と指紋を変えたくらいで相手のアイデンティティを乗っ取れるような、そんな簡単なもんじゃないと思うんだよな、人間って。だって吉良吉影三十八歳だぜ？同じくらいの背格好ってだけじゃなくて年齢も同じくらいじゃないと、肌の張りやら筋肉のつき方やらでかなり印象変わるぜ？吉良は自分の身なりに気を遣うと同時に肉体も太くならない程度にかなり鍛え上げてた。急に違和感なく入れ替わることなんてできるかな？奥さんや恋人ならすぐに気付きそうなものだけど。それに仕事だってある。吉良は家電メーカーの総務部でこっそりサラリーマンやってたけれど何だかんだで係長には昇進していたし、相手も同じくらいの年齢ならそれなりに責任のある仕事を任されてるもんだろう？職種も違えば立場も違う人間にいきなりなりすますことができると思うかい？かなり難しいと思うんだよなあ。それにさ、家族だっているだろ？奥さんや子供がいたら、入れ替わったその日から家庭に戻るなんて完全に無理だよ。だって顔が一緒でも声が違うし、奥さんと子供の名前すら判んないし、何よりリアルな話、前日とかその日の朝にした会話の続きができないじゃん？こんなの絶対おかしいと思われるよ。でさ、こんなトラブルを吉良みたいな神経質なくらい慎重なタイプの殺人鬼が想像しないはずないし、絶対避けると思うんだよね。なのに、辻綾のフェイスオフによって実際に入れ替わりは行われた。……それは多分、その成り済ましが上手くいくと読めたからだと思うんだ」

　なるほど、考え方の筋としてはいいと思う。「で？」

「全部ひっくり返してみるとさ、吉良には今挙げた懸念をどうにか乗り越えられるって判断ができたんだ。つまり、身体、仕事、家庭、この三ポイントをクリアできるとふんだんだね。条件のハードルが高い順で言うと家庭、仕事、身体ってことになると思う。その家庭ってポイントをクリアするには、相手に恋人がいなくて、さらに独身か、単身赴任中か、あるいは家族と疎遠になっているかじゃないと駄目だろう。そして仕事だ。これは相手が自分と同じ職場にいたっていうこと以外なら無職か、そうじゃないなら入れ替わりの直後に転職するしかない。それから身体だ。まあでもこれは恋人も家族もいなければ関係ないだろうけど……なあ、僕の言いたいこと判るかい？」

「多分。つまり、家庭環境とか仕事の内容とか、……見た目からは判断しようがない。だから……」

「そう、だから……」

「吉良はその入れ替わりの相手をよく知っていた。替え玉候補ってのを作っておいた……？いや、それがたまたまピンチのときに捕まえられるかどうかは判らない。仕立て屋で広瀬くんたちと対峙したのは偶然だったんですよね？当然。で、辻綾さんのところに向かった……。辻綾さんはどんなお仕事をしてたんですか？」

「人の身体の部品を交換しちゃうんだぜ？もちろん裏稼業だよ。悪い子じゃなかったけど、随分危ない橋を渡ってた。でも表向きはエステティシャンだったね。『シンデレラ』ってお店を経営してたよ」

「じゃあ、仕立て屋さんからそのエステ店に向かう途中で、入れ替わりができそうな奴を拾った……？でも吉良ってのは慎重な男なんですよね？」

「そうだよ。だから凄い悪運の強さだなって皆で言ってたんだ。あいつの執念が運とか偶然を引き寄せてるとしか思えないよ」

「ふむ……そういう考え方ももちろんできますけど……吉良がもし辻綾さんの能力を知っていたなら、万が一のときには必ず辻さんを利用しようと考えてたはずですよね」

「ああ、そうだろうね」

「一方自分がどこでピンチに陥るかは判らない。だから……うん、偶然って要素を排除する方法が一つだけあります」

「えっ？……どうするんだい？」

「簡単ですよ。辻綾さんのそばにその入れ替わり候補を常に置いておくんです」

「………！なるほど……！」

「エステ店では女性が服を脱いだり着替えたりしますから、基本男性店員はいないと思いますが……」

「いや、いたらしいよ。裏の事務作業を手伝ってるだけのヒモみたいな男が！僕はゴシップに興味がなかったから顔も知らないけど、割とハンサムな中年だって山岸さんが言ってたな。広瀬くんの彼女だけど」

「その人の行方などは……？」

「もちろん知らないよ！でもそいつなら確かに身代わりの材料にぴったりだな！ヒモなんかしてるってことは家族はいないし、仕事もまともにしてないんだろう。身分だけ奪うには無駄がないぜ！よし、まずはその男について調べてみるか！ここで住民をじろじろ見ていても、僕はそのヒモくんの顔も知らないからね。康司くーん！」とけたたましく言って露伴が立ち去ったとき、僕のところに身体が大きくて背の高い、暑いのにスーツを着込んだ男の人がやってくる。

「やあどうもどうも！杜王町長の獅子丸電太です！やあさっきは危ないところをどうもありがとう！」と掠れた声でがなるように言うおっさんもまた全身ガソリンでずぶ濡れだ。

「あ、いやいや。無事でよかったです」

「本当に何を考えていたのか判らない！この油、僕が自分でかぶったんじゃないんだぜ!?秘書のこいつに頭からぶっかけられたの！怖いよホント！俺のサポート役が俺のこと燃やしちゃおうとするんだもんな！」

「先生も僕にガソリンかけたじゃないですか。お互い様ですよ」と言う獅子丸の背後に立っていた線の細い青年も頭からぐっしょりだ。

「とにかく危ないから、早く洗ってきてください」と僕は言う。「いつ引火してもおかしくないですから」

「もちろんだ！消防車も呼んであるよ！ところで君、凄いね！空を飛べるのかい？」

「え？飛べませんよ？」と答えてみたものの、実際飛んでいたようにしか見えなかったはずだ。でも認めないほうがいいだろう。「さっきまでちょっと気分が異常だったみたいだし、幻覚でも見たんじゃないですか？」

「いいや！違うね！君たちは空を飛んでやってきて、僕たちを救ってくれたんだ！」と全身から熱風でも吹き出してるような迫力に押されてうっかり忘れていたけど、この男にファニー・ヴァレンタインからの伝言があるのだ。でもそれは僕が託された伝言じゃないからどうしようかな、と……

迷ってる場合じゃない。僕はホッとしていてもう一つ忘れていた。

「町長、実はここに来る直前発見したんですが、……条禅寺ってお寺で人がたくさん亡くなっています。おそらくここで起ころうとしたことが、既に起こってしまったんです」

「……！何だって……!?君、それは……」と言いかけた獅子丸の背後で、秘書のお兄さんが言う。

「先生、雲井（くもい）さん出ました」

ハッとした獅子丸が秘書の視線を追って厳しい表情を向けるので僕も思わず見ると、皆と同じくずぶ濡れの背が高くて手足の細い男が、大勢のスーツの男たちに囲まれて足早にここを立ち去ろうとしている。「えっ、何あいつ、俺たちのこの会話聞いてたの？」「参謀の子が」「マジかよ！」。雲井って……ああ、町長選の対抗馬か。杜王駅の選挙カーで名前が連呼されてたぞ。クモタクだ。で、我に返ったこの人たちは早くも選挙戦に舞い戻ってるわけだな……？死人のとこに行って悲劇を訴えることにどういう効果があるか判らないけど……ってことでもないか。この小さな町で、この非常事態の中、リーダーは全ての責任を負わされるのだ。ここに生きてる人たちの危険はまだ完全に去ったわけじゃないし、まだ他の町民の安全だって……、とここまで考えて、思い出す。

他の町民。

僕たちがアロークロスから飛び出したとき、ぶどうヶ丘学園の体育館に集まるよう訴えるワゴン車は、ゆっくりと杜王港へと向かっているところだった。港町の人たちが僕らより早くこの体育館に集まることはできない。異常な不安に駆られた人たちが異常な行動に出るのはこの体育館だけではないのだ。お寺だっていいのだ。たぶん、大勢集まればいいのだ。

港町にそんな施設はあったか？　見下ろす限り、小さな商店や旅館が並んでるだけだった。が、あの丘の上に、僕たちのすぐそばに、ちょうどおあつらえ向きの建物があるじゃないか。

アロークロスハウス。

僕は駆け出し、バラバラの体育館の外に出てアロークロスの方角を見るが、住宅街を挟んでいるし遠過ぎて見えない。

「広瀬くん！　虹村くん！」と僕が叫ぶと、最初に反応したのは不可思議で、「おいどうしたんだよ」と駆け寄ってきてくれるけれどもこいつでは無理なのだ。すまん。「無量大数くん！」

「何だよてめえ」と言ってる不可思議の後ろから無量大数も現れる。「どうした？」

「ちょっとアロークロス確認して！」

「!?っしゃ！」

イルカの背に摑まってビューンと上空に昇る無量大数を、僕の後を追いかけてきた獅子丸たちも見上げる。「うわーっ！　凄いな！　ほら君たち、やっぱり飛べるんじゃないか！」

僕は相手にしない。無量大数がこちらに顔を向け、何も言わずにアロークロスの方角へと飛び去り、二頭のイルカが僕たちのところに降りてくる。「不可思議くん！　行こう！」「おう！」。何か異常が見てとれたのだ。不可思議もそれを見てとって、僕と同じようにイルカに飛び乗る。イルカがそのまま僕たちを空に持ち上げていく。「おおい、どうしたの!?」と叫ぶ獅子丸が遠ざかり、僕は見る。

丘の上のアロークロスがブンブンと左右に揺れている。約束通りの合図を送ってくれていたのだ。

でも気付くのが遅れた！

イルカたちのスピードは来るときよりもさらに速い！空気抵抗も震動もないのにスピード感だけがあり、飛び去る景色に僕は錯覚の遠心力や空気抵抗を感じて振り落とされそうになる。いよいよヤバいぞイルカの背びれから指が引きはがされそうだと歯を食いしばっていると、アロークロスの丘に到着する。ガソリンの匂い。転がるポリタンク。でもまだ火は出てない。

「杉本さん！」と叫びながら僕と不可思議が飛び降り、アロークロスに駆け込むと、しかし中には誰もいない。西のサンルームから中央の書斎に入ったが、焼死体どころか人が侵入した形跡すらなく、僕たちが出かけたときのままに見える。

「あれ……!?」立ち尽くす僕と不可思議に「おい、こっちだ」と呼ぶ声がして、見ると無量大数が杉本さんを抱きかかえている。

「おい大丈夫か！」「どうしたんだ!?」と駆け寄る僕たちに無量大数が「怪我はない」と言う。「精神的なショックが強かったんだ。ここを燃やそうと港の奴らがぞろぞろ丘を登ってきたんだからな」

この家……の前身、キューブハウスを動かすスタンドとしては、それは自分を殺そうとされるのも同じだっただろう。「でも、その港の奴らは……？」

「全員この家の下だよ。玲美ちゃん、片っ端から下敷きにしてったんだ」

ああ……つまりあのアロークロスのブンブンはＳＯＳサインじゃなくて格闘中の動作だったのか……！ホッとして僕は思わず床に腰を下ろす。「さっきの悪い予感がまるで当然のように的中したのかと思ったよ……！」と言いながら、どうしてそんな予感がしたのか判らない。名探偵らしい直感でも働いたのだろうか？　いやでも本当に何の根拠もない不安だったのだ。何となく文脈としてこれは……、というような。文脈？

物事の流れだ。

「俺、玲美ちゃん寝室に寝かしてくるよ。玲美ちゃん、立てる？」。無理そうでぐったり返事もできなくて、結局無量大数がもう一度お姫様だっこのスタイルに抱きかかえ直し、書斎を西側のサンルームに向かって出ていく。

「それにしても……俺の杜王町に何が起こってるんだよ……」と言いながら、不可思議は東のサンルームのほうへ書斎を出ていく。

僕は疲れを感じて机の下に敷かれたラグの上に寝転び、背中の異物感に気付く。

何だ？　ちょっと凹んでいるのか？　ゴツゴツと固い……。ラグを捲ってみると、そこにはドアがある。

地下向きのドアだ。

僕は露伴の机をどけ、ラグを完全に捲り、ドアの全体を露出させる。中央ホールのさらに中央に隠されていた、四角いドア。分からなかったのもしょうがない。ドアの表面には一面周囲の床と同じカーペットが貼られているし、ドアノブはドアに埋め込みになっていて、一旦つまんで引き出さないとひねることはできない。僕が感じ取ったのは、このドアノブをつまみ出すための小さな溝だ。よく見つけたな、と自分でも思う。

さてここを開けるとアロークロスの下で、杉本さんが下敷きにした人たちがぎっしり押しつぶされているのだろうか？……そうは思えない。

何故ならそのドアは奥に向かって押し開けるようになっていたからだ。アロークロスは空気が入らないよう土台との隙間、零ミリの空間に露伴と不可思議を閉じ込めていたのだ。ドアが下向きに開く余地などどこにもないはず……なのに、ここにはドアがある。どこに通じる何のドアだ？

僕は思い切ってドアノブを回し、扉を落とすように開いてみる。……開く。ドアはありえるはずのなかった空間に落ちて開く。そこには書斎と同じ造りの空間が広がっている。

露伴の机とラグがないこと以外今僕がいる中央ホールの完全なコピーだ。それを僕は真上から見下ろしている。そして僕の真下の床に、別のドアが見える。まださらに下の階があるのか？

頭をドアから差し込んで下の部屋を見回すと、サンルームに向かうドアと全く同じドアがついている。ふむ。アロークロスにはありえない空間だ。

それはつまり、これがアロークロスハウスじゃなくて、キューブハウスの部屋だからだろう。表向きアロークロスハウスに変化したようだけど、キューブハウスもまだ残っていたのだ。

スタンドに物理法則は関係ない。

で、僕はどうしても下の空間に降りてみたくて、考える。ロープなんかない。ラグの上に重し代わりに机を置いて、せめてラグをつたって数メートル降り、そこからジャンプしてみようかな……

と思うけど、やはり床までの距離がありすぎるし、机の重しなんてどれくらいももたないだろう。僕は思いつき、呼んでみる。「ジャック。エンゾ。ジョアンナ」

　ちょっと待っていると、キキキッと鳴きながら一頭のイルカが僕のところに空中を泳いでやってくる。さっきもその前も僕を乗せてくれたイルカだ。「ジャック？」「……」「エンゾ？」「……」「ジョアンナ？」「キキッ」。ビョンビョン。僕の周囲を旋回しながら飛び跳ねるイルカを見て確信する。「ジョアンナ、ちょっと僕乗せて、この下行ってくれる？」「キキッ」

　と返事が早いかイルカはスイッと僕の脇を抜けてドアをくぐるので、慌てて僕はジョアンナの背中に飛びつく。そうしてジョアンナに身体を預けたまましばらく下の部屋をぐるぐると旋回するに任せる。上に登ったり下に降りたりメリーゴーランド調にすいーすいーと遊覧した後、僕はジョアンナの腹を叩いて「よし、床に下ろして」とお願いすると「キーゴッ」と鳴いて紙飛行機が音もなく水平に着地するみたいな軽やかさでジョアンナは僕を下ろしてくれる。それから部屋の旋回に戻ったジョアンナは可愛くて、ああスタンドって飼えないのかなと僕は思うけど、無量大数に怒られそうなので言わないでおこう。

　足下のカーペットも上の書斎で敷かれているものと同じだ、僕は屈(かが)み、床のドアのノブに手をかけ、押し開ける。

　また次の空間がある。それもまた中央ホールのコピーだ。見下ろすと、床にはまたドアがある。「ジョアンナ」と呼ぶと従順なイルカが僕をまた下に降ろしてくれる。また床のドア。その下にはさらなる中央ホールのコピー。ジョアンナにもう一度降ろしてもらい、書斎から数えて三つ下の部屋に降り立ち、僕は床のドアを開けると、さらに次の空間が現れる。でもそれは新しい空間ではない。見たことのある部屋だ。

同じく中央ホールだが、床に露伴の机がある。僕がどけたラグと、僕が開けっ放しにしている床のドアがある。それを僕は天井から見下ろしているのだが、書斎の床の、僕が降りたドアの向こうにもう一つドアが見え、開けっ放しになっているそのドアの奥に二つ目の開け放たれたドアがあり、その向こうをスイッとイルカが通り過ぎる。イルカの通った空間に、人影もある。ん？

……僕だ。

奥の床のドアを開けて覗き込んでいる僕がいる。手前の床のドアを三つ隔てて、僕は四階下の僕自身の後頭部を見つめている。思いついて僕は上を見上げる。今降りてきた天井のドアの向こうの向こうの向こう、露伴の書斎の天井に、さっきは気付かなかったドアが開いていて、人影がある。顔を上げたまま、足下のドアに向かって手を振ってみると、同時に四階上の人影も手を振っている。僕だ。上にも下にも僕がいる。合わせ鏡でも覗いているようだ……。僕は床のドアを開けっ放しにしたまま立ち上がり、とりあえず東側のドアに向かい、開けてみる。サンルームかそれに続く廊下かどちらにつながってるのかな、と思ってたけれど、予想に反してどちらでもなく、また新たな中央ホールに出る。ほほう、と僕はその部屋をまっすぐ真ん中に向かう。床の中央に当然ドアがある。屈み、開けてみる。

露伴の書斎につながるけれど、僕の予想に反して、壁のドアじゃなくて天井のドアを開けている。

これは住居用のテッセラクト（超立方体）だ。

《テッセラクト構造のキューブハウス》

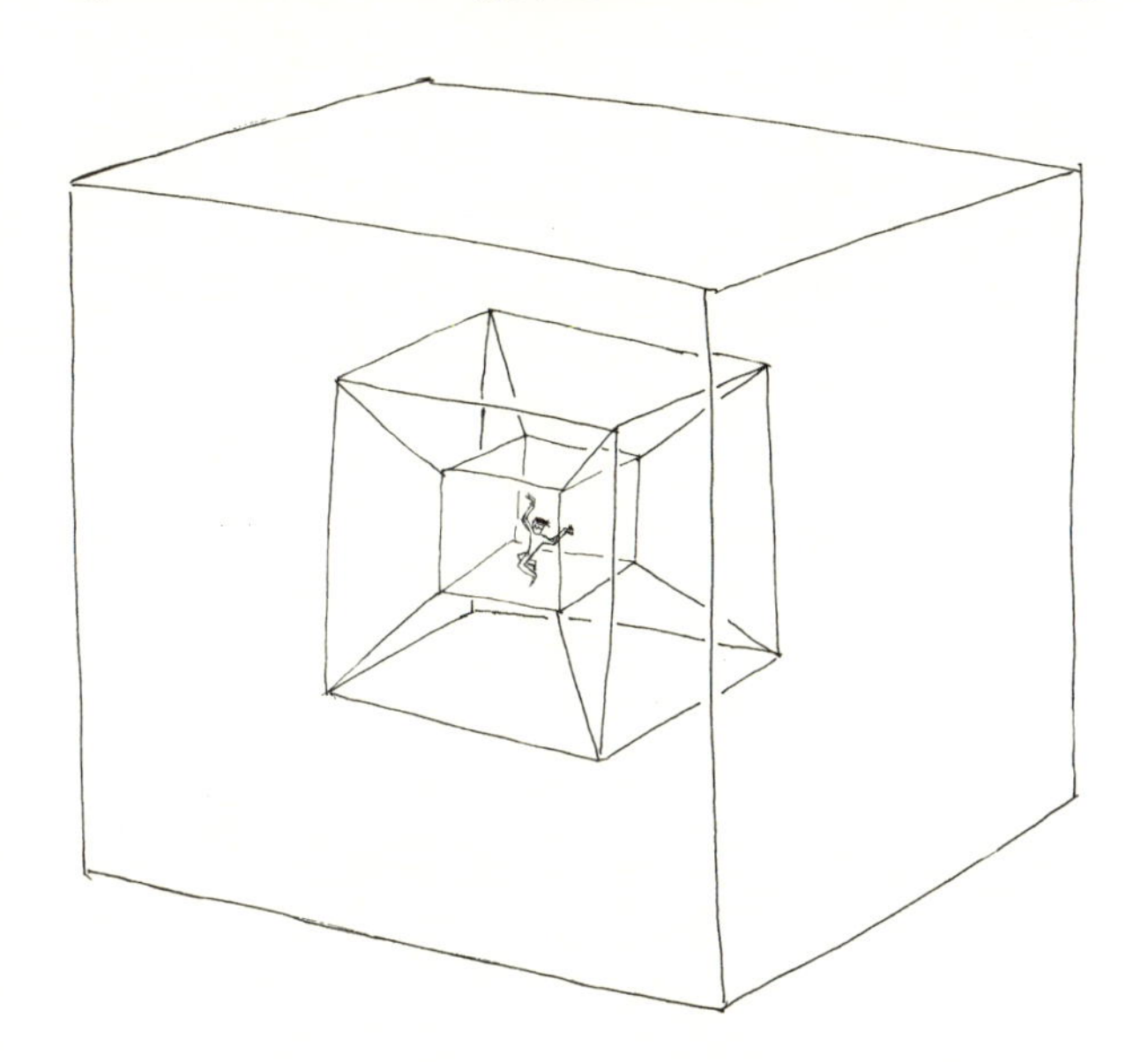

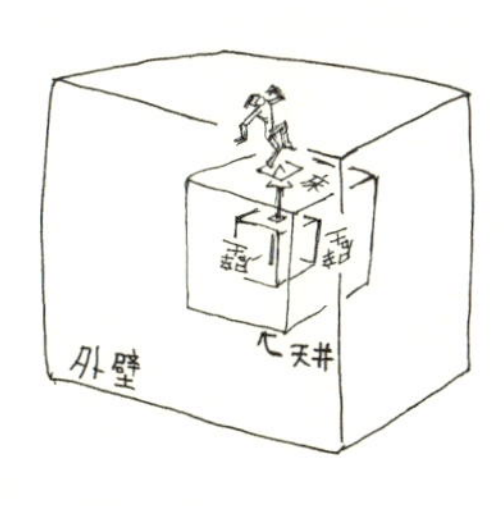

中にいる人間には
キューブハウスの外壁の裏（内壁？）は
認識できない。

以前ここにあった建物は立方体のシンプルな家だったんだって。それにも不思議な話があって、ドアも窓も見当たらなかったんだってさと露伴が言っていたが、外側にドアがないのも当然だ。そこに見えていたのは家の外側ではなくて世界の境界としか言いようのないものだったはずだ。

立方体の書斎の六つの面、つまり東西南北の壁四枚と床と天井のそれぞれに全く同じ立方体がくっついている。そしてその隣の立方体同士もまたつながっていて、合計八つの立方体が全ての面でお互いの隣同士と接する。一番外側の立方体は表裏反転して他の七つを外側から包む。それがテッセラクトだが、こんな空間のねじ曲がりや反転、回転を前提とした理論上の立体を実現しているところがさすがスタンドというところか？またこれはおそらく住居だからだろう、構造はテッセラクトなのだが、奇妙な法則を持っていて、それがまた物理とか論理を超越している。その法則とは、

1　水平の移動は床を歩き続ける。
2　床のドアは必ず天井につながっている。
3　露伴の書斎の水平のドアはキューブハウスの《隣の部屋》につながっておらず、アロークロスの廊下に出る。

ということだ。僕は今露伴の書斎から三つ降り、水平に一つ移動した後で床のドアを開いた。こ

のドアは露伴の書斎の壁のドアを開けなければならないのだが、まるでこちらの部屋か書斎がぐるりと回転したかのように天井のドアを開けさせられている。この物理的矛盾がなんだか気持ち悪いので、僕は今来た順に部屋を戻り、ドアを閉めながら書斎に帰ることにする。床のドアを閉め、水平のドアをくぐって……もう東西南北で理解するのはちょっと無理なドアを閉め、床のドアを閉め、ジョアンナに乗って一つ上に上がってから床のドアをもう一つ閉め、ジョアンナとともにもう一つ上がって床のドアを閉める。さらにもう一つ階を上がると書斎だ……とジョアンナを呼ぼうとしたとき、僕が開けた憶えのないドアがパタンと閉まる。

!?「誰?」と声をかけるけど返事はない。でも誰かいたのだ。露伴の書斎の真下の、隣……書斎から直接は行けない南側の隣部屋にその何者かが隠れている。……こわ!

「ジョアンナ!」

僕はイルカを呼び、背中に乗って書斎に登る。降りてすぐにドアを閉める。鍵はない。仕方がない。ラグも戻し、机を元の位置より少しずらして足を扉にそっと載せる。このドアを中から開けた奴に机の足の一撃を見舞えるように。もしそれがダメージを与えなくても机の上にはいろんな文房具が乗ってるので派手な音がたつだろうし、それに気付かなかったとしても全てを同じ形に戻すことは無理だろうから少なくともそのドアの開閉の痕跡だけは残すことができる。キューブハウスはこの書斎以外アロークロスと部屋を共有していないようだから残る出入り口は天井だ、と思い見上げたそのとき、

「おい、ジョースター!」

と大声をあげて不可思議が飛び込んでくるので僕は驚いてぴょんと一瞬足が宙に浮いてしまう。

「っちょ！何何」

「来いよ！凄いのが来たぞ！」

え～もうこれ以上何が起こるって言うんだよ……といささかうんざりしながらも、キューブハウスの闖入者の存在が怖くて、僕は不可思議に続いてアロークロスの外に出る。

「見ろ！あそこ！」

ザザザザ……という音が聞こえるわけではないんだけど、凄いスピードでジ・オーシャンを突き進んでいる杜王町に平行して追走している別の島が遠くに見える。

《船》の島は杜王町だけじゃなかったのだ。


ゴツゴツとした岩だらけで面積は杜王町の約十分の一のその島は、ネーロネーロ島。イタリアで二つ目の大きな島であるサルディニア島の南にある離島だ。

パッショーネ・ファミリーってマフィアの本拠地でもある。

SEVEN　飛行機

イギリス人はイギリス人で嫌な奴らなのだった。何と言うか、世界の頂上に住んでいる自分たちは当然他の人間を見下していい、見下すって言うか他の奴らが下にいるから自然と見下ろすことになるんだよなってふうで、悪気も罪悪感もないどころか他の国の奴らももっと頑張れば？ぐらいの温かい気分でいるので、本当に鼻持ちならない。どうしてこんな下劣な奴らが紳士ぶって自分たちが地球を回してるふうに茶をすすりながら世界情勢を話してるんだ？これだったらカナリア諸島のスペイン人たちの方がずっとマシだったぜ。あいつらは偉そうで乱暴に振る舞ってたけど自分たちはまともでございって顔はしてなかった。自分たちの横暴に倫理的優越、そもそもお前らクズどもに何を任せてもろくなことにはならないだろ？みたいなものを持ち込んだりしなかった。本当のアロガンス（尊大さ）はエレガンス（優雅さ）をまとおうとするんだってことを俺は初めて知った。本当の上品ってのは上品ぶらなくても伝わる気品ってものなのだ。

そういう意味ではジョースター家の故郷ウェイストウッド（Wastewood）には本物の紳士も淑女も見当たらなかった。皆が皆、毛色の違う俺たちのことをまるで自分たちの優位を確かめる道具みたいにして扱うだけだった。何しろウェイストウッドでのジョースター家の歴史は養子による当主と警官隊の皆殺し、屋敷を全焼する火事、生き残った実子の結婚と新婚旅行中での事故死で止まっているのだ。母さんが帰ってきても、え？ジョースターさんとこのお嫁さん生きてたの？まあカナリア諸島で赤ちゃんを産んでお一人で育ててきたの……逞しいこと……で、一度も住んだことのないジョースター家に《帰ってきた》ってわけ？ふうん……？お父様のやってらした病院はもう人手に渡ってしまって、ここにはもう親族もいないでしょうに……もう二十年近くも焼失したままだったジョースター邸が新築されてどうしたのかと思ったら……あらそう、スピードワゴン社の社長さんとお知り合いなの？おうちを建て直してもらえるなんてまあ……スピードワゴンさんもお独りだし、あなたもお子さんをお二人も抱えて大変でしょうしねえ……え？女の子の方は娘さんじゃないの？お嫁さんでもないって……あらそう……でもペンドルトンの娘が、随分立派におなりになったことねえ……でも今さら社交界に再デビューというのも、結婚式以来時間も経ちましたしねえ……息子さんだって倶楽部の子と馴染めないでしょうし……まあでもそんな現実的な話より、お島でのお話聞かせてくださいな、いろんな冒険なさったんでしょうねえ♡みたいな感じばかりで、まあ確かに奇妙な冒険をしてきた母さんとしては曖昧に笑ってやり過ごし、家にいてもこんなご近所の突撃を食らうばかりでたまらないとばかりにロンドンに通い始める。シティには俺の母方の祖父がやっていた病院がさらに大きくなって建っている。グレアム・ペンドルトンは確かに引退しているし経営も他の人間がやっているけれども株主は母さんと祖父ちゃんで、母さんはカナリア諸島時代もずっと祖父ちゃんとは連絡を取り合っていたらしい。その病院からちょっと離れたところに母さんはまた自分の会社を興す。カナリア諸島で作ったスターマーク・トレーディングス社をロンドンに本社移転したような形になる。島のオフィスも残してあるのでイギリスからも船を送り込んで島の貿易量を上げ、さらに海の覇権争いで仲が悪いイギリスとスペインの間を取り持つような形でスペインから物を買いイギリスの物を売って、会社の取引高はどんどん大きくなっていき、一緒に働くペネロペと母さんは毎日生き生きとしていて楽しげで、さて俺はと言うと、転入した父さんの母校ヒュー・ハドソン高校でまた苛められているのだった……。

　ホルへ呼ばわりでやいやい囃し立てられているのを聞いている限り、どうやら同級生たちは俺が貴族として落ちぶれているのが嬉しくてしょうがないのと同時に、商売が上手くいっていてこの地域では羽振りがよく見えるところが憎たらしいらしく、さらには母子家庭っていうのがからかいやすいっぽくて、まあいろんなことを言われる。でも俺自身のことをどう言われようとも気にしないけれど、そうやって平気そうな顔をしているとあいつら俺が腹を立てるツボみたいなのを手探りしだして阿呆が母さんを悪く言ってみたりするので俺はそういうときには耐えられない。カナリア諸島では殴り合いの喧嘩なんてほとんどできなかった俺が三人四人相手にもうムチャクチャに殴りかかっていく。もちろん敵わない。喧嘩っていうのは純粋に場数を踏んだ人間だけが強くなっていくものなのだ。高校生になってお互い身体も大きいしパンチもキックも痛いぜーっ⁉俺はしかし爽快な気分だった。俺だって誰かに向かって拳を振るえるのだ！同時に虚しかった。結局のところ俺の相手はどんなに卑劣な性格であろうとも単なる高校生で、普通の人間で、邪悪な吸血鬼とかゾンビとかじゃないのだ。俺の喧嘩なんて平和の中の眠たい小競り合いに過ぎない。

　で、いろいろ馬鹿らしくなってどんなことを言われようとも相手にしないようになる。母さんが気にすることないと言い俺の怪我の心配をするのが申し訳ないのとペネロペが怒りまくってニョリニョリニョリと密室ピエロを召喚しようとするので俺の喧嘩相手が危険だってこともあったが、単純につまらなかったのだ。俺は厭きていた。このただ陰鬱で暴力的で果てしなく平和な毎日に。
俺が思い出すのは九十九十九との日々だった。連続殺人鬼を追いつめたり密室殺人事件を解いたり孤島の館に閉じ込められたりするあのめくるめく日々！……っていうようなアドレナリンを求める気分ももちろんあるけれど、俺が本当に取り戻したいのはあのときの九十九十九との友情だった。何でも話せて、好きなように言い合って、本気で笑って本気で怒って、ああ……十六歳にもなっていささか恥ずかしいけれど、俺は友達が欲しい。なのに全然できそうにない。カナリア諸島にいたときにはスペイン人に囲まれてたから駄目だったんだと思っていたけれど、イギリス人ばかりでも駄目じゃんねえ……。と思って俺は誰ともつるまず一人で行動するようになり、田舎だから知ってる奴のいないところなんてウェイストウッドには海しかなくて、海岸線が切り立った崖ばかりのそんなところをブラブラしてる人間なんて俺くらいだからほぼ毎日通っていたのだが、そこでモータ－ライズ兄妹と出会う。

最初はおいおい一人っきりで崖の上を歩きながら海を眺めて戻りたくもないカナリア諸島のことを思い出して黄昏れたりするのが気持ち良かったのに何だよ邪魔だなあと思うが、二人が持ち込んだのが大きな翼を持つ鳥のような形の模型で、崖の縁のところまで持ってきて、まさかそこから押し出して飛ばそうとしてんのか？でもせっかく作ったのに結局海に捨てることになるだろもったいない……と思っているとその胴体部分に女の子の方が腹這いになって乗るのでビックリする。え？

何してんのあれで飛ぼうとしてんの？マジで？葉っぱじゃないんだからこの崖の上がどんなに強風でも浮かび上がるのは無理だろアハハビックリし過ぎて笑っちゃうと思いながらよせよせと大声で言いかけた瞬間、何の躊躇(ちゅうちょ)もなく男の子の方が女の子の乗った大きな模型の鳥を崖の向こうに押し出す。

「えっわああああっ！」

と駆け出した俺だがもうどうしようもない。女の子を乗せた《鳥》は尾っぽを持ち上げてすっと崖の向こうに消える。落ちたぞ！ヤバい！崖の下まで三十メートル以上はあるから海が深くても無事には済まないだろうが、それでも助けなきゃ！と海に落ちた子を引き上げるつもりで俺は俺からもっとも近い崖のへりに走り、落ちた辺りを覗(のぞ)き込む。海面にあの《鳥》の翼の先端が見える。崖に打ち付ける波の中に女の子の姿は見えない。俺は崖っぷちを走って沈んだ《鳥》の真上まで行くと突然駆け寄ってきた俺に驚く殺人犯に「お前！後で絶対取っ捕まえてやるからな！」と一応脅(おど)しておいてひと思いにやあっ！と崖から飛び出す……がその瞬間、その俺の真上を海の方からやってきた《鳥》がこれから助け出すはずの女の子を乗せてしゅうっとすれ違う。

「えっ？」と、俺と同時にその女の子も言う。俺は空中で振り返り、遠ざかる《鳥》と女の子を見つめながら、ああまたやってしまったなと思う。何だか俺はこうやって後先考えずにわざわざ自分から危険なところに飛び込んでしまうところがあるのだ。九十九十九にもよく叱られたっけ……と思いながら俺の目の前にビューンと立ち上がる崖を眺めつつ背後に迫る海面の気配を感じ着水の衝撃に備える。三十メートル。いけるか？いけるはずだ。俺はできるだけまっすぐ海に入れるようせめて両腕を伸ばして揃える。さあ来い！と身構えたその瞬間、崖に立っていたはずのあの男の子が空中で俺に追いつき、俺の身体を抱きかかえ、ふわっと方向転換して海面ギリギリを飛んでいく。海面に叩き付けられることを予期して全身を硬直させていた俺は声をあげることすらできない。

「…………!?」

「君ねえ……」とそいつが俺に言う。「いきなり何してんだよ。ちょっと顔を上げれば飛んでるグライダーが見えただろうに……怪我とかないよな？」

ない、が言えなくて首を振るとそいつの肩の上にはドロドロと赤黒く濡れた突起があって、それは二つ折りになって長く伸びていて、全体にわさわさと平たい毛が生えていて、ばさりと翻ると俺たちは海面を離れて空に舞い上がる。肩から血まみれの翼が生えているのだ。？あれ……？人間じゃないのか？「大丈夫!?」と叫ぶ声が聴こえて鳥人間の肩の上で振り向くと俺の救うはずだった女の子が鳥型の模型を操って俺たちに並んでいる。「ちょっともう驚かせないでよねアハハハハハハハ！」と爆笑する女の子に何だか俺はギョッとしてしまうが、鳥人間が言う。

「一旦着陸するかー」

「そうね～ちょっとぐるっと回ってから戻るね。大丈夫？スティーブン」

「おう」

「お兄さんもありがとね！」

え？何が？

「だって心配してくれたんでしょ!?フフフ凄い勢いで飛び込んでったね！ダダダぴょーんって！私

全部見てたよ！」

……………。

「じゃあ崖の上でね！」と言って模型の翼を操りこちらから離れつつ女の子が俺にチュッと投げキッスを寄越すので、鳥人間が彼氏だと思ってたから俺は二重の意味でドキッとする。でも本当に胸が高鳴ったのはその女の子が鳥型の模型を操って飛んでいる姿で、何の動力もついていないように見えるのに高度を上げたり下げたり右に左に旋回したりで全然落ちてこなくて本当に自由そうだった。鳥人間に無事崖の上に戻してもらえた俺は立ち尽くし、空を飛ぶ様子を眺めながら、その新しい力に夢中になる。「羨ましいなあ……あれ僕にも欲しいなあ……」

「フ、もう少しすりゃ誰だって乗れる時代になるよ」

「え？あれに？……どういう意味？誰にでもできることじゃないでしょ？」

「ちょっと練習すればできるさ。車と同じだよ。あいつみたいなのには乗れないけど、皆に乗れるやつがどうせもうすぐ出てくる」

「車……？ねえ、あれってあの女の子の特別な力でどうにか浮かせてるんじゃないの？」

「？何言ってんだ？」

「や、あんたのその、背中の羽根みたいに」

「あ？ハハ。違う違う。あれは普通に科学だよ。特別な力とかじゃなくて」

「だってあんなの重くて放っておいても飛ばないでしょ」。葉っぱじゃないんだから。

「もちろん放っておいても飛ばないさ。そうか、飛行機初めてなんだな？」

飛行機？飛行機っていうのかあれ。

「翼の下に空気の流れができると、上方向に力が働くんだよ。本当だったらエンジン取り付けてプロペラ回して速度をつけるんだけど、僕らには金も技術もないし、せいぜい木を削って布を張って、一人用のグライダーを作るのが精一杯だな……」

俺はさらに興奮していた。あれが普通の人に作れるものなら俺にも乗るチャンスがくるかもしれない！あれが本当に車みたいに世界に普及するなら、俺だって余裕で乗りこなすことができるかもしれない！凄いぜ！人は空を飛べるのか！俺はてっきりまた不思議な力を使う奴らと出くわしちゃったなと思ってたけど、あの女の子の方は違うのか！と思って鳥人間を見ると、羽根を折り畳んで地面に座り込んでしまっている。血は既に止まっているようだが、翼の肉はまだじゅくじゅくと柔らかそうだし、破れたシャツから覗く背中の翼の付け根も紫色に腫れてブクブクとした黄色い泡がまだちょっと吹き出している。

あの女の子が大丈夫？って訊いてたのはこのことか。全然大丈夫じゃねえじゃん。「ごめんね。僕がドジったばっかりに……」

「あ？いいよいいよ」

「なんか痛そうだけど、っつうか痛いよねそれ……」

「ああ……でも一応馴れてるから、しばらくすると落ち着くよ。つうか君、フフ、僕のこの羽根のことより飛行機の方にビックリしてんだな」

「え？うん。たまたまだけど、僕はそういう不思議にちょっと馴染みがあるんだ」

「へえ……」

「それって、どうしてそんな身体になったの？」

「うん……や、まあ……」

　待てよ、と俺はペネロペの力を得た経緯を思い出す。「や、そうか。嫌な話かもしれないから、別にいいよ話さなくて」

「フフフ、……嫌な話か、そう言えばそうかも知れないけど、そう言っちゃうとつまんない話にも思えるね。他人にこんな話したことない……まあ僕の羽根見たことある奴も少ないけどさ。……」

　そう言ったきり黙るので、俺ももう訊かない。空のグライダーとやらに目を戻す。見ているだけで爽快で、今のスティーブンって鳥人間が言う未来の話もあって、何と言うか、俺は人生で初めて未来が楽しみになる。明るい物事がこの先にたくさんあるんだなって気になる。

「ハハハッ！僕もあれ乗るぞ！絶対！絶対に！」

　するとスティーブンも後ろで笑う。「フフフッ、確かにこの崖からあんなに勢いよく飛び降りれるんだから、そのクソ度胸はパイロット向きかもよ」

　度胸？……まあクソがついてたけど、そんなものが俺にあるなんて初めて言われた。

　スティーブンの妹ケントンがすううっと滑り込むようにして崖の草むらの上に軟着陸した後、機体を確認するけど草の汁が擦れてるだけでほとんどかすり傷もついていない。驚き感心している俺をよそに二人はてきぱきとグライダーを解体し、あっという間に馬車の荷台に載せてしまう。俺も御者台に乗せてもらい、二人の家に一緒に帰ることになる。そこでようやく俺は正式に名乗ったのだが、すると二人とも驚く。

「ええっ⁉ジョースターさんとこの子なの？じゃあうちの祖父がそちらのお祖父さんと親しかったんじゃないかな？あれ？お祖父さんの名前もジョージだよね？」と訊くケントンに俺は頷く。

「そ。でも僕のジョージはＪＯＲＧＥだけどさ」

「あっ、ひょっとしてジョージって……ホルヘじゃない？ホルヘって呼ばれてない？あんた」

「……呼ばれてる……」。カナリア諸島でもイギリスでも。「何で？」。せっかく気持ちのいい出会いだったのに、こいつらも俺をからかいだすのだろうか？

「……ダーリントンって女の子、あなた知ってる？」

「知らない」

「えっ？知らない？同じクラスの子だと思うけど」

「学校の奴らなんてまだほとんど誰の名前も憶えてないよ」

「転校してきたって言ってたもんね……」

俺はまだ言ってないが？「そいつ何ダーリントン？」

「え？」

「上の名前」

「あ、ダーリントンが名前だよ。私の妹。確かに名字っぽいけど。つかもともと名字なんだけど。

私の名前もね。パパが昔の友達の名前をつけたのよ。女の子に男の子の名前をつけるわけにいかないからって名字の方を娘の名前にしちゃったわけ。酷すぎるっしょ」

「……？　つまり、ダーリントン・モーターライズ？」

「そ。私の家のお姫様。クラスでもずば抜けて可愛い子がいるでしょ？　フワフワの髪の。その子よ」

「……？　そんな子全然思い当たんないんだけど？」

「ちょっ……アハハハハハ！　これはあの子イライラするはずだわ！　本当にありがとう！　ジョージ・ジョースター！　うちのお姫様ちょっと天狗になってたから、いい薬になるといいけど！」

え？　え？　てことはこれからお邪魔するモーターライズ家にはその女がいるってこと？

どこにいっても誰かがいるし、誰かにつながるってのはラ・パルマ島と同じか。と俺がため息をついていると、翼を畳んで御者台の右端に座り手綱を操るスティーブンが言う。「まあ仲良くしてやってくれよな。……見栄えを気にしすぎだと思うけど悪い奴じゃないし、見た目以外にもちゃんと可愛いところはあるよ」

でも全然興味湧かねえ……。

モーターライズ家はいまだにちゃんと貴族をやっていて、広大な庭と大きな家屋があり、執事もいる。馬車に乗ったまま作業小屋に入り分解された飛行機を下ろすのを手伝っていると、その執事を連れてダーリントン・モーターライズがやってくる。

「兄さん姉さん、お茶をお持ちしたけれど……あら？　あなた、私のクラスの子じゃなくて？」と訊くその女の子には応えずじっと顔を見るけど教室で見たようなそうでもないような……。

「……なあに？」とその女の子が勝ち誇ったような、ちょっと不安なような顔で俺に訊く。

「ごめんちょっと見覚えなくて。失礼だったね。僕はジョージ・ジョースター」と言って握手しようと手を差し出すと、ダーリントンは一瞬むっとした顔をしたけど、

「ダーリントン・モーターライズよ」と言って俺の手を握り返してくる。「こっちは執事のファラデイ。私のお茶はジョージにあげて。……あれ？スティーブン、翼が……またケントンが事故ったの？」

「いやそれは僕のせいだよ」と俺が言うとダーリントンが睨む。

「何したの？あなたね、スティーブンのこの翼は怪我なのよ？三週間ほどはこのまんまなんだしずっと学校も行けないいし、どうしてくれるの？」

そんなに時間がかかるのか、と俺は焦る。ペネロペのウィンドみたいにその場だけのものじゃないのか……。俺がスティーブンを見ると彼が言う。「やめろよダール。ジョージはケンを助けようとして身を張ったんだ。ひょっとしたらそのせいで僕よりもっと大怪我を負ったかもしれないんだぞ？僕のこんなのはもう馴れちゃったことだし平気だよ。それにこれは別に治療を必要とするようなことでもないし、誰にもどうにもできることはない」

「でも三週間もかかるんだろ？学校大丈夫？」

俺が訊くとスティーブンが笑う。「学校なんて僕そもそも真面目に行ってないよ。勉強なんて自分一人でもできるし、今はグライダー作りが楽しいしね」

「あとさあ、ダール、」とケントンが言う。「ジョージと仲良くやりたくてお茶なんか運んできたんでしょ？ファラデイまで使って妙な小芝居してさ」

「変なこと言わないでよ」

「だってあなたこれまで私たちにお茶なんか差し入れたことないじゃないアハハハハハ！」

「ちょっと……」

「名前も忘れたふりしちゃってさ。『あなた、私のクラスの子じゃない？』だって！アハハハハハハハハハ！」

「もう！変なこと言わないでって言ったでしょ！」と怒鳴り、ダーリントンは離れを出てドスドスドスと地面を腹立ち紛れに蹴るようにして歩き去る。その姿を見て「アハハハハ！」と笑いが止まらないケントンにスティーブンが言う。「ケン、やめてやれよ可哀想に。あの怒りが結局めぐりめぐってファラデイや僕や親父にくるんだぜ？」

「だってあの子可愛いんだもん！」

「そればっかじゃん……」

あんなの相手しなきゃいいじゃんと思うけど、まあ兄妹だしスティーブン優しいんだろうなと思う。

ファラデイさんから俺もお茶をもらい、皆で飲む。美味しい。俺はお茶を持ったままスティーブンたちの作業小屋を見て回る。壁にはいろんな設計図が貼られ、棚には模型が並べられ、小屋の奥にはグライダーの部品がしまわれているが、どうやらいろんな形の機体を試しているらしくて設計図も模型も部品もどれもバリエーションが豊富であれこれ想像するだけで楽しい。するとスティーブンが言う。「ジョージ、放課後とか休日に、僕たちと一緒に飛行機作り、する？もし興味があればだけど」

俺はキョトーンとしてしまう。まさかそんな申し出をしてもらえるなんて。しかしながら「え……でも……」と二つ返事であるあるあるあるするするするする！と叫べないのはこれまでグループに入らないかと誘われたことがないからで、九十九十九みたいな友達が欲しいと思っていたのにまさかグループに入れてもらえるなんて……怖い、と思ってしまったからだ。すんなり希望が通り過ぎることへの空恐ろしい感じ。そんなことが自分に起こることが信じられなかったのだ。で、あわあわしながら俺は言う。「じゃあ、僕が仲間にふさわしいってことを証明してからね？」

すると二人が笑う。「そんなの要らないのに！」

でもそうしないと落ち着かないのだ。

そして思いつく。「ねえ、あの崖の下に沈みっぱなしだったグライダー、あれもう捨てたんだったら、僕がもらってもいいかな」

スティーブンが言う。「いいけどあれもうだいぶ長いこと水に浸かったまんまだよ？」

「うん。とりあえず引き上げて乾かしてみて、それからいろいろ見直すよ。あれが事故った原因は判ってるの？」

「まだ。ケントンの話だと、鳥か何かがぶつかった感じがあって、そこからどんどん崩れてバラバラになったんだってさ」

「ふうん……。じゃ、事故原因を検証して、そこを改良して、もう一回飛ばすってのを目標にしておこうかな」

するとケントンが笑う。「ちょっと！最初の目標にしては高いじゃない！つまり私たちを一気に追い越そうとしてないそれ？アハハハハ！いいじゃんあんた結構大胆だね！」

「え……もう少し軽めに目標設定した方がいいかな……」

「何言っちゃってんの！目標は下げちゃ駄目だよ！もう……大胆なんだか小心なんだか判んない子だね！いいよいいよ！私たちも手伝うからさ！」

という訳でもう一度馬車で崖に戻って海からバラバラになったグライダーを引き上げる。「翼が出てるときでちょうど良かったぜ！」と言うスティーブンが引き上げ作業のほとんどをしてくれて、俺は部品を受け取って馬車の荷台にのせるくらいしかできなった。ジョースター邸に帰って庭の隅っこでグライダーを干す。部品のあちこちが足りなくてスティーブンが備品などから譲ると言ってくれるけど、俺はどうしてもその飛行機を自分で復元したくて断る。そしてその日から俺は借りた資料を読み、グライダーの修復をしながら飛行機について勉強を始める。飛行機研究においてはアメリカのライト兄弟が一歩先んじていて、既に一年前に有人プロペラ機の飛行実験を成功させている。翼を撓ませて操縦する方法を二人も研究しているようで、その日俺が見たあのグライダー『モーターライジング七号』はその成果らしい。ちなみに海に落ちていたのは五号で、六号は突風にあおられて崖に激突、大破してしまったらしく、そのときは今回みたいに翼が出たスティーブンに助けられ空中で脱出したらしい。

　ケントンは言う。「スティーブンはね、自分に翼が生えてしまったことで、本当の本当には飛行機作りに真剣になりきれないの。でもね、私は逆にスティーブンみたいになりたいからいよいよ頑張ってるし、もちろん事故の危険も付きまとうじゃん？だから仕方なくスティーブンがそばにいてくれて、いよいよ私も燃えるし、危ないことも増えるって訳よアハハハハハ！」。キツい妹だ。

　もう一人の妹はあれ以来作業小屋には近づいてこないが教室にはいて、時々話すようになる。飛行機の話はダーリントンから振られても俺はしない。他の奴らが聞いていてどんな嫌がらせを受けるか判らないし俺をからかおうとしたせいでスティーブンたちに迷惑がかかったら申し訳なさすぎるからだ。でも飛行機の話をしなかったら特に話題もないのだけれど、小説の話くらいはできる。正直ダーリントンはたくさん本を読むような女の子には見えなかったのだが俺がカナリア諸島で手に入れた本をほとんど持っていて、俺はまだ読んだことのない本を借りにいく約束までする。スティーブンたちのところに行ったついでに、と思っていたのに日時の指定までしてきて、それはたまたま俺たちの授業が早く終わりスティーブンたちがまだ学校から帰ってきていない時間帯で、それじゃあ母屋でスティーブンたちが帰るのを結構待たされるじゃないかと思う。モーターライズ邸の母屋にはまだ入ったことがなかったし、作業小屋みたいに気楽で楽しい感じじゃないことは容易に想像できたし、小説だって今は飛行機研究の間の息抜きに過ぎなかったからダーリントンと会話を続ける面倒に比べたら諦めても全然良かったんだけど、しつこいダーリントンに断る面倒と比べたら大人しく行った方が楽な気がして、お邪魔することにする。

　約束の前の日にそのことを言うとケントンが笑う。「あー！あの子がどうして最近パパの書斎から小説本を抜き出して難しい顔してるのかようやく判った！ジョージと共通の話題を作るためだったのね！」。……はあ？

スティーブンが苦笑い。「だーからケン、そういうこと言うなよ」

「いいじゃない可愛いじゃない！きっとあの子ジョージのことが好きなのね！」

「いやいやいやいや！違うと思うよ！」と俺は思わず叫ぶようにして言う。

「何が違うのよ」

「だってあれは……思うに、クラスの奴らからはモテるみたいだし、僕だけがあんまり興味ないから、何とかして気を引こうとしてるだけだよ。ゲームの獲物みたいなもんで、気が済むまで頑張るだろうけど、本当に僕のことが欲しいとかじゃないよ。ひしひしと伝わるもん、なんか、何とかして攻略したいっていう意地みたいな気持ちが、ダーリントンからは」

するとケントンとスティーブンがちょっと驚いたような顔をする。

「っへええ〜〜。冷静じゃん」とケントンが言う。「それってあの子の本質を突いてると思うけど、なんか凄いね。ジョージくらいの歳の男の子なんて、ダーリントンにあんなふうに攻めてこられたら、割と簡単にぽーっと浮かれちゃうもんだと思ってた」

「別に……でも僕は友達もいないから、喋りかけてくれるだけでちょっと嬉しいってところはあるけど。あと、ダーリントンが僕に構ってくれるおかげで、他の奴らが僕のこと放っておいてくれるようになったし。まあダーリントンがオモチャにしてる間はってことだろうと思うけど」

「ふうん……。ジョージ、本当に好きな相手が他にいるね？」とニヤニヤ笑いながらケントンが言い、俺の脳裏にリサリサが浮かんで焦る。何でここでリサリサなんだよ！

「いやいないよ！」

「あぁっ！慌てた！いるね！絶対いる！」

「いないいない！」

「絶対いるーっ！いいじゃんいても。隠す必要ないでしょ何で隠すのよ」

「いないから！」

「いるから！アハハハハ！」

そこでようやくスティーブンが言う。「もうよせよ。ジョージ困らせて遊んでるのはケンもダールも一緒だよ」

よくぞ言ってくれた！

「アハハだってジョージってそういうなーんかちょっかいかけたくなる男の子なんだもん！あのさジョージ、それで今まで嫌なことばっかりだったかもしれないけど、周りが子供ばっかりだったせいだよきっと！だって子供って振る舞い方が判らない馬鹿ばっかりじゃん？なんかちょっかいをかけようと思うと意地悪になったりさ。下手なんだよ。好きな子に意地悪しちゃうのと、もうまっったく一緒だと思うな！でもね、もう高校生だし、ジョージはこれからモテるぜーっ？良かったね！まあ見た目もちょっといいもんね！微妙に薄暗いけど！」

あまりに意表を突かれ過ぎて俺に言葉は浮かんでこない。ないないないない……と心の中でひたすら否定しているだけで。

するとケントンがこう続ける。「まあでもモテても意味ないか！ちゃんと好きな人がいるんだもんねーっ⁉」

リサリサ、愛してるよ。

わああああああっ！どうしてあんなことを言ったのか⁉恥ずかしすぎる！「いなーい！ないない！いません！」と叫ぶ俺の横でスティーブンが言う。

「これを言うのはどうしようかと迷っていたけど……ジョージって、ママだけじゃなくてもう一人、凄い美人の女の人と暮らしてるよな？」。え？ペネロペのこと？

「きゃーーーーーっ！マジで⁉え？その子？ジョージ！既に同棲状態って訳？スゴーーーーーーーーーーーーーーーーーーーーい！」と絶叫するケントンに合わせてスティーブンがニヤニヤして言う。

「いいよなあ〜モテまくりで♡」

こいつこんな性格だったか⁉

ふん、あまりに変なこと言うので逆に落ち着いたよ。

「いや全然ないから」

ケントンとスティーブンが目を丸くする。「おっ」「あれっ」「こりゃ本当にないな」「つーことは……」とケントンが言う。「別にちゃんといるってことだな！別の場所に！……カナリア諸島に置いてきちゃったのかな⁉」

エリザベス・ストレイツォは今は確かローマにいるんじゃないだろうか？

私もだよジョージ。私も愛してるから。

うへええぇっ！どうしてあいつもあんなことを言ったんだよ!?どうしてまたあいつのことを思い出すんだよ！もう嫌だ！「だからいないいって！」

「嘘だ！また顔が赤くなったもん！」

「ないないないないない！」

「アッハッハッハッハ！ジョージってそういう素直で嘘のつけないところが可愛いし楽しいんだよねえ！」

からかいがいがあるってことだ。


その夜、俺の家の庭に俺が作業小屋代わりに作った簡易テントの下でグライダーの約七割の部品の組み立てが終わり、飛行機らしい形になったそれを眺めていて、気付く。上段の翼の右端に四つ等間隔に並んだ刺し込み傷が二組ある。それが俺にはどうしても、四本指の何者かがそこでぎゅっと翼に摑まっていたためにできた爪痕にしか見えなくて、そしてその場所はどうやら空中分解の原因となったらしい翼を撓ませるワイヤーの切断箇所に近くて、俺は何だか怖くなる。

海鳥か何かがぶつかってきたとケントンは言っていたが、パイロットのケントンからは見えないこの翼の裏に、この飛行機を落とそうとした何者かが潜んでいたんじゃないか……？とりあえず一人でこれを抱え込むのは嫌なので、明日モーターライズ家で二人の帰宅を待って相談しちゃおう、と俺は思う。

で、明くる朝から重たい雲が空に敷き詰められていて冷たい雨がぼどぼどと落ちていて、いよいよ面倒だなあと思いつつも学校が終わってからモーターライズ邸母屋に上がり、客間に通され、ファラデイさんからもらったお茶を飲んでるとダーリントンが小説『闇の奥（Heart of Darkness）』を持ってきて言う。「ねえジョージって好きな女の子いるんだって？」

「んんんーーーーーっ！」と変な声が出たのはお茶を吹き出しそうになるのを我慢したからで、俺はやりとげ、飲み込み、ちょっと息を荒くしながら「いないよ」と言う。

「私はいるよ？」

「へえ」

「………」

「何？」

「別に？誰って訊かないの？」

「え？訊かないけど……」

「ウィリアム・カーディナルだよ」

「知らないよ」

「……二つ上にいるじゃない。スティーブンの知り合いだけど、すっごいスポーツマンで、頭が良くて医者になるみたいだけど、本当は作家になりたいんだって」

「へえ……」

「でね、あなたのエミリー・ブロンテ『嵐が丘』の評はおかしいってさ。ヒースクリフの復讐を肯定するなんて。あれは小説の中でも呪いや悪霊のようなものとして描かれてるのに。あなたがもしあの小説をあなたが言った通り本当にゲラゲラ笑いながら読んだんだとしたら、あなた自身もちょっとおかしいってよ？」

　確かに俺は『嵐が丘』を爆笑しながら読み進め、ヒースクリフよよくぞ徹底して頑張ったぞ、でも残念ながら成果も効果も薄かったな、作者に最後に明るい雰囲気を持ち込むことを許してしまって俺も悔しいぜと思い、そんなことをダーリントンとの雑談の中で言ったような気もするが……

「作者がどんなつもりで書こうと、読み方は自由だろ？それに……俺は書いたことがないけど、小説の登場人物だって作者の思う通りにばかり動いてたりしないと思うけど？あと、小説の内容について感想を議論するんだったら僕とそのウィリアム・カーディナルの二人でやるよ。でも君がそのウィリアム・カーディナルの僕に対する批判をわざわざここで持ち出したってことの方が意味があると思うね。僕は批判されたりするのは構わないけど、他人の言葉を使ってそうするような態度は好きじゃないよ。ダーリントン、僕のことを批判したり悪口を言ったり罵（ののし）ったりしたいんだったら、せめて自分の言葉で言ってよね。そのウィリアム・カーディナルだってこんなところで僕にその言葉が伝わってるとは思ってないはずだし、彼にとっても失礼なんじゃないかな。とにかく……この本を借りるのはやめておくよ。また僕の評をめぐって君が変なことをするのは面倒だし、好き勝手な感想を言えない相手から本を借りるのも妙だからね」と言って手元に置かれた本をダーリントンの前に戻すと、ダーリントンが言う。

「ねえ……何で怒るの？」

「怒ってないよ。びっくりしてるだけ。君とは仲良くなったつもりでいたけど急に攻撃されたからさ。君、内心僕に対して不快な思いや不満があるんだったら、仲の良い真似なんて続けてないでそれを言ってよね。僕は友達が少ないし、友情を信じた後にがっかりしたくないんだ」

「ふうん。じゃあごめんね。もう帰っていいよ」

「うん。じゃあね」

俺は立ち上がり、客間を出たらファラデイさんに会ったのでお茶のお礼を言って帰ろうとすると、ファラデイさんが言う。「あ、ジョースターさん。そう言えばさっきご友人がジョースターさんのことを探しておいでましたよ」

「えっ……？」

「僕の？」。友人と言える人間なんて今一人減って、あとスティーブンとケントンしかいないけど？「この家で？どんな奴でした？」

「小学生か中学生くらいの若い男の子に見えましたけど……。最初はスペイン語を話してらっしゃいました。こちらの、別の客間にお通ししてあります」

俺は雨の降りしきる中薄暗い廊下を進んで中央ホールとは反対側の部屋に案内される。ゴンゴン、とドアをノックして開けると、「では私はここで」とファラデイさんが行ってしまう。俺には不安しか残らない。薄暗い部屋には人影は見えないけど……?友人?スペイン人?カナリア諸島から誰かが俺の友人を騙ってやってきたのだろうか?と思いながら俺はええいとドアをくぐる。そして奥に立つそいつを見て視界が揺れ、足が震え、頭がくらくらして立ってられなくなる。
「ちょ……」と呟きながら床に崩れ落ちそうになる俺に
「やあ君、ちょっと見ない間に大きくなったね!」
と笑いかけるのは、去年の夏に大西洋で消えた……死んだと思っていた九十九十九だ。

東洋人の顔は確かに幼く見えるけど……ははは、まさか……「君、どうして……」どうやってここに俺がいるって判ったんだ?

涙を堪える俺に九十九十九が言う。

「永遠と究極の果てに今僕はいて、でもたぶんずっといれる訳じゃない。ここに来たことにも必ず意味があるはずだ。何度も言っただろ?全てに意味があるんだよ。ここではおそらく君が求めたか、君のためになる何かが僕を必要としたんだろう。さあ時間がないぜ、君。ところでここはどこだい?カナリア諸島にはこんな立派な館はなかったと思うけど?」という懐かしい九十九十九のいつもの口調を耳にしていると単純な感激モードが落ち着いて二人で冒険を繰り返していたときの頭脳が目覚めるような感覚がある。

よく見てよく考えろ。九十九十九が繰り返し俺に言った言葉だ。よく見て……俺は気付く。

九十九十九が床から五センチほどだけど、宙に浮いている。

顔を上げた俺に九十九十九が言う。


「うん。僕はね、今ここに本当にいるとは言えない状態にある。ここでこんなふうに言っちゃっていいか判らないけど、僕は今、２０１２年の日本にいるんだよ。そしてそこで別の君、君とは全く違う日本人なんだけど同じ名前のジョージ・ジョースターと出会ったんだ。そして今僕はアロークロスハウスって館に運ばれて、事件に巻き込まれている」


《２０１２年》？今から１０７年後だ。別の俺？《日本人のジョージ・ジョースター》？《アロークロスハウス》？

何を言ってるのか全く判らないけれど「事件に巻き込まれてるのなら、助けに行こうか？」

「いや、向こうにもジョージ・ジョースターがいるから多分大丈夫……なはず。それにさっきも言ったただろ。僕は君に助けを求めてるわけじゃない。僕はここに、君のために来たんだ。君は今何かの危機的状況にあるとかそういうことはない？」

？今の俺が？「いや……相変わらず友達は少ないけど……」。でもイギリスにやってきても友達はできた。「特に僕は平気かな？」

「そうか、良かった。じゃあ何か別に理由があるんだろうね。お、……見て」と九十九十九が顎をしゃくって示すのは彼の左手で、手首から先がぼんやりと薄く消えている。「そうか。僕は九十九十九。もしかしたらもう一つ別の場所にもいるのかも」と意味不明なことを言いながら、九十九十九が俺を見て笑う。「そうか。僕は橋渡しをしなきゃいけないみたいだ。別のところで僕は左手を誰かに掴まれている。手の平が薄いし指も細いから、きっと女の子だね。そして彼女は君を求めている。君、この手を握ってみてよ」と言って右手を差し出すので、俺はその手を取ろうとして、留まる。

「どうして君がそんな役目をしているんだ?」

すると九十九十九は笑う。「きっと君のビヨンドがそうさせているんだよ。もちろん誰にでもできる役割じゃないだろうけどね。こういう《奇跡》を起こすには、《神の名前》が必要だ。《神とは言葉である》。言葉とは名前だからね」

これも意味不明だが、また『ビヨンド』などと言っている九十九十九に本人確認ができたみたいなホッとした気持ちもする。懐かしいぜ。「君のその変な名前が《神の名前》なの?」

「そうだよ。《九十九十九》は《九》《十》《九》《十》《九》。漢字の《九》はひっくり返せば占星術における《木星》の記号《♃》で、《木星》とは《ジュピター》、ギリシャ神話では《ゼウス》の星だよ。神の神さ。漢字の《十》はそのまま十字架で、三つの《万能神》を二つの《十字架》で結んだのが僕の名前だよ。神が三位一体ならば、神は三体に分裂するのだ。さあ、アロークロスハウスにいる僕と、ここにいる僕と、もう一人の僕が今つながろうとしている。君は行かなければならない。手を取りたまえ」

　取りたまえと来たか、と俺は苦笑いを浮かべつつも九十九十九と冒険していた頃の調子を取り戻してきた高揚感とともにその右手を取る。

「多分僕の名前から言って、君にはもう一度会えると思う」と九十九十九が言い、全ては闇に溶ける。


　暗闇の中で取った手が九十九十九のものではなくなっている。薄い手の平と細い指。女の手だ。驚いてるのは相手も同じらしくて、自分の鼻も見えない漆黒の中で「えっ……誰？」と訊く声に俺は衝撃と安堵に両方同時に頭をぺしゃんこにされたような、脳が何かのガスに取って代わったような気持ちになる。

「僕だよ……リサリサ」。そう言うだけで相手にも伝わる。

「ジョージ⁉どうしてここに……！」

　そのどうしてとかどうやってとかを全く説明できないけど、この暗闇の中でお互いの手を握っているリサリサは本物だ。たぶんさっきの九十九十九よりも。「落ち着いてリサリサ。ここどこだい？」

「ローマの、この千年まだ誰も入れたことのない地下神殿よ。どうしてあなたがここにいるの？信じられない……！」

「ちょっと僕にも説明できないんだ。それよりここの状況をちゃんと教えて。地下神殿か」。空気は湿っぽく、カビや埃の匂いが冷たく濃厚に充満している。足下も石畳らしいゴワゴワとした感触があるし、ここが、明かりがないだけでこの世に実在している場所ということは確かだ。「何だかどうしてここ、こんなに真っ暗なの？」

「明かりを奪われたの。さっきまでランプを持っていたんだけど……」

「奪われた？ここには君以外誰がいるの？」

「養父たちと一緒に来たんだけど……だいぶ前にはぐれたの。ここには……敵というんじゃないんだけど、何かを守ってる存在がいるの」

「何かを守ってるって何を？」

「エイジャの赤石」

「何それ」

「判んない。今生きてる人は誰も見たことがないから。ローマ皇帝が隠したと言われた宝石なの」

「え？リサリサ盗掘してんの？トレジャーハンティング？」

「馬鹿、違うよ。私たち波紋戦士って……本格的にストレイツォのもとに入らなければ吸血鬼やゾンビの退治屋さんだと思ってたんだけど、全然違ってた。私たちは人類と人類の秘密を守っているの」

「えっ!?ありがとう」

するとリサリサがぷーっ！くすくすと吹き出し笑う。暗闇の中で顔が全く見えないが、そのぶん声はよく聴こえて、リサリサはなかなか可愛い声をしているんだなと俺は思う。「ウフフ。ジョージ感謝スピード早い。人類の秘密とか言われてそんなにすんなり飲み込まないでよ」

「だって僕にもいろいろあったし、リサリサたちが戦ってくれてるのも知ってるじゃん」

「……そうか。ねえ、高校生活、楽しい？イギリスに行って、高校に通ってるんでしょ？」

うん？楽しいか？高校は別に……スティーブンとケントンはいい奴らだけど、ダーリントンはほんのさっき喧嘩みたいになっちゃったからな……っていやいや。「リサリサ、そんなこと話してる場合じゃないだろ」

「だって……私、ジョージが楽しく学校に通ってるとことか想像して頑張ってるんだもん。ジョージが友達とかと普通に生活できて、皆と笑ってるとこ想像すると、私に力が湧いてくるの」

ぐ。そんなこと言われたら楽しいと答えるしかないじゃんか……と思ってたらリサリサが言う。

「あなたまーた苛められてるんじゃないでしょうね」という暗闇のリサリサの声に小学校の頃のおっかない感じが戻ってきているようで俺は焦る。

「いや、僕にもちゃんと友達いるよ？凄い奴らなんだぜ。今僕も一緒に、飛行機について研究してるんだ。リサリサ飛行機って知ってるか？人間なのに、空を飛べちゃうんだぜ！それに僕らが作れるのは今は木と布で作ったやつばかりだけど、いろんなところで鉄で作って重たいエンジンを載せて飛ぶやつとかも作られてるんだ。鉄なのに飛ぶんだぜ!?原理判る？へっへっへ。僕には判ったよ！スピードは垂直方向に力を与えるんだ！」

うん？そんな言い回しで正しかったか？と俺がちょっと考え込むと、リサリサが言う。「そうか……飛行機……ジョージ、飛行機見つけたのか」

「?うん。何?悔しい?へっへ。イギリス人っぽい最先端って感じ」

「………」

リサリサが俺の楽しい話で沈んでしまうのでもう全くどうしていいか判らない。何だよこいつ俺が楽しんでる方が嬉しいみたいなこと言ってなかったかあ?と思ってる俺の背後で、ごそり、と何かが地面を踏んで動く音と気配がある。距離は……三メートルから五メートルくらい?でも……泥のような真っ暗闇にどっぷり浸かったままなのに、どうしてだか判らないけど、そいつの身体が凄く大きいような気がする。

「ぷすーーーーーーっ………」

と聴こえたそれは、呼吸の音だ。息を吐いたのだ。太った奴が階段を登り切ったときみたいな長い息を。

「私の……」とリサリサが掠れた声でそっと言う。「ランプ、……さっき取ってっちゃった奴が、戻ってきたんだと思う」。その声が震えている。怯えているのだ。

「ぷすーーーーーーーーっ……ぷ、ぶるるるる……」

と、また息を吐き、今度は何か口元を震わせてるような音も聞こえる。隆々とした筋肉の気配がある。ゴリラ二十頭くらいが固まってこちらをじっと睨んでいるような気がする。これをさっきまで一人で耐えていたのか?

そして彼女は君を求めている。

リサリサが俺を呼び、九十九十九を介して俺はここに来た。便利な道具みたいで悪いけど、感謝する他ないな、九十九十九。

俺は息を吐く。ふううううう、とゆっくり。暗闇の中の何だかでかそうな化け物は俺たちに存在を教え、威圧するために呼吸音を聞かせようとしてるようだけど、俺は違う。こちらは落ち着いてるぞ、というアピール。対抗しちゃいけないんだ、と俺は思う。だってこのリサリサを襲ったときだって、怪我をさせたとかじゃなくてランプを奪っただけだろ?どうして化け物がランプなんて奪う?

リサリサを怖がらせるためだ。今のわざとらしい呼吸音だってそうだ。俺とリサリサとを怖がらせたいだけなのだ。……少なくとも今は、手を出してはこない。そういうタイミングじゃないはずだ。俺たちはまだ怯え切っていない。まだ恐怖を与える余地があるから、この化け物はちょっかいは出してくるけれど、決定的に俺たちを阻もうとしては来ない。俺とリサリサがさっき普通に話しているときには出てこなかった化け物なのだ。そうだ。こっちが普通にしてれば出てこないのだ。

でもじゃあ今どうして出てきた?きっかけは何だっけ?

あ、リサリサが黙ったんだ。なんでだっけ?

俺が飛行機の話をしたからだ。どうして俺の飛行機の話がリサリサを落ち込ませるのか判らないけれど、あれが完全にムードチェンジャーだったことは判る。……うん?その化け物はどこかに隠れてて、お、なんか雰囲気変わったな、よし出番だ、っていうふうに考えてるってことか?

そんな馬鹿馬鹿しい化け物はいない。化け物ってのは、和やかな雰囲気、楽しげな空気を破壊して唐突に現れるものだろう?こちらのムードなんかどうでもいいはずだ。つまり……そこにいると感じる化け物は、確かにいるけど、それはしかし、リサリサが呼んだんじゃないか?リサリサの気持ちが?

そうだ、さっき化け物が出てきたとき、リサリサはなんか黙っちゃってたけど、俺はまだ普通に楽しい、飛行機の未来への展望に気持ちをワクワクさせてたのだ。つまり俺の気分は関係ない。これはリサリサの気分のもたらした化け物なのだ。

と一気に結論づけて、俺自身何それどういう意味?って判ってない部分もあるけれど、いい。間違っていない。間違っていなければいい。「リサリサ、大丈夫だよ」と俺は言う。化け物は襲ってこない、と言うと、余計化け物のことを意識しちゃうかなと思うので、言わない。どうしようかな。

「……何が、大丈夫なの?」

「僕とリサリサは、離れていても大丈夫ってこと」

「え?……どういう意味?私なんかいなくても平気ってこと?」とリサリサが言うと、ゴリラがたくさん合体して巨大な蜘蛛(くも)になってるっぽい化け物が、ぞぞ、とこちらに寄ってくる気配。

ちょちょちょ。やはりリサリサの気分が関係あるのだ。「違うよ」と俺は言う。「離れていても、こうやって、不思議な力で会いに来れるんじゃないかってこと」

するとリサリサがホッとしたようで、それとともにゴリラっぽい気配も下がる。「ああ……でもどうやって来れたの?イギリスにいたんでしょ?もしローマに来てたとしてもこの秘密の神殿には入って来れるはずないもの。ねえ本当のジョージ?本物なの?私の妄想とかじゃなくて?」

リサリサの妄想に近いのはたぶん暗闇の中のゴリラ蜘蛛の方だと思う……。

「本物だって。こんな真っ暗じゃ証明のしようもないけれど……」と言ってる俺にすっと顔を近づけ、リサリサが暗闇の中なのにぴったし俺の唇にキスをする。ビシャーン！という電流が流れるようなキスを。いやこれ驚きとかの意味じゃなくて、本当に何か熱いような冷たいような痺（しび）れるものが俺の唇から脳の後ろを回って脊髄（せきずい）を走り、手足の先までビリビリビリッ！と巡り巡るのだ。初めてのキスで、いや俺だって初めてだけど、たぶんリサリサだって初めてで、うっかり俺に波紋を流し込んでるのに気付いていないのだ。俺には判る。だってこれ俺が十一歳のとき学校の廊下で初めて食らったリサリサの藍色の波紋疾走（インディゴブルーオーバードライブ）とやらと完全に同じだから。俺は暗闇の中で白目を剝（む）きながらリサリサの柔らかく甘い唇を受け、電撃的ショックに耐えている。そのうちにリサリサが気付く。「え？あ！ごめんジョージ！」

気付いてくれればいいのだ。ゴリラ蜘蛛がどこかに行ってしまったことは忘れてくれていいのだ。

暗闇の中でまだ足がガクガクするけれど、「さあ、もう少し歩いてみよう」と俺が言い、リサリサと適当に進んでいく。その場に立ち止まっていても仕方がないし、またリサリサの気分が変わって変なのが出てきたら次もビリビリか？って方が怖い。

「フフフ。ごめんねジョージ、何だかおかしい。フフフフフ。……ップフフあー駄目だ笑いが止まんないの」

「いやドンと来いだよ……」

「っちょっ……、フフフフフやだ！ジョージ面白過ぎ！」

「……？」

「あーでも笑ってたら落ち着いてきて、呼吸が戻ってきた。うん。波紋でちょっと地形を調べながらいくね」

「え？波紋地面に流すの？」

「うん。でも大丈夫だよ。攻撃的なものじゃなくて、状況を調べるだけだから」

「や、でも流すとき言ってくんない？」

「え？うん。じゃあ、行くよ。……はい」

俺は震える足で必死にピョンと飛び上がる。

「っぷーーーーっ！♡♡♡ちょっと……やめてよね……！笑わさないでよ……！」

「え、いやだって怖いじゃん」

「大丈夫だって！もう！」とまたリサリサの顔が近づいて、硬直する俺の唇にちゅっとやるが、もう電撃はない。ひたすら優しく柔らかいリサリサのキス。「ね？」

あ、うん。本当だね。って言葉に出てなかった。言い直す。「あ、ふ、ふぉんとだね」

「フフフ。道も判ったよ」と言って俺の腕を引っ張り、リサリサがどんどん奥へと歩き出す。まるで状況の全てが見えているみたいに。俺はよたよたと歩き続けていく。時々波紋で道を確認するたびに俺はぴょんと飛び上がるのだが、その度にリサリサが爆笑するけれど、いやギャグじゃないよ……？

「あーもうまさかこの神殿に入ってエイジャの赤石を探すことがこんな珍道中になるとは思ってもみなかったよ！」と腹を抱えてうずくまりながらリサリサが言い、「あ、松明発見」と言って相変わらずの真っ暗闇の中から松明を拾い上げ、そばの石を打ち付けて火花を起こし火をつける。

　ぼうっと燃え上がった松明がその部屋を照らす。俺たちはいつの間にか……いやリサリサには見えていたんだろうけれど、巨大な宝物蔵に入っていて、大きな壺や箱に宝石や貴金属や金属製の像や甲冑、武器類などが無造作に散らばったままに積み重ねられている。奥の壁にも天井にも松明の明かりが届かないほどの広大な部屋にぎっしりとローマ帝国の秘宝が眠っているのだ。太い柱が床から立ち上がって伸びているが、それが俺たちのいる場所を円形に囲んでいるので、どうやらこの蔵も円形のようだが、俺たちを囲んでいるのは柱だけじゃなくて、宝に紛れて高さ三メートルほどの石人形が立っていて、それらが皆異形の姿をして恐ろしげな顔でこちらを睨みつけている。つまりここがこの宝の海の中心なのだ。

「あった」と言ってリサリサが取り上げたのは手の平ほどの大きさもある真っ赤な宝石で、石は澄み、不純物など一切混ざっていないと一目で判る。松明の明かりの反射以外に、この石そのものがボンヤリと赤く光っているのだ。

「見つけた……！ねえジョージ、これ、私につけて？」と言ってリサリサがその赤い石を俺に寄越すのだが、見た目よりもずっと軽くて、ちょっとその存在が信じられないくらいだ。幻覚でも見てるんじゃないかってくらい重たさというものを感じないので、俺は指先でつついてみる。固い。でもどこか柔らかいような……触っている肌にじゅうっと溶け込むように馴染む感じ。「ね、早く」というリサリサに振り返ると、リサリサがこちらに背を向けてブルネットのまっすぐな髪をたくし上げ、白いうなじを出している。ペンダント状になっているその宝石を俺はリサリサの細い首の向こうに回し、ネックレスの留め具をとめて首の回りに垂らしてやる。背中の上からリサリサの首と肩とその向こうのおっぱいの丸みを見ているとこのまま抱きつきたくなるが、やめておく。リサリサ相手に何考えてるんだ、という気分が俺の中にまだある。でもチュウしたよな?

あれ?なんでチュウしたの?

いや俺してないし。されたんだし。

え?リサリサ俺のこと好きなの?それっぽい……何で?

そもそも俺リサリサのこと好きなの?

っていう自問になるともうずっと堂々巡りを繰り返すだけだと知ってるのでやめておく。また先送りってことでいいや。

リサリサが言う。「ジョージ、この赤石のことだけど」。リサリサの声に俺のような浮かれた調子は皆無だ。

「あ、うん」

「これ、私が持ってること、誰にも言わないでくれる?」

「?別にいいけど、何で?」

「もちろん自分のものにしたいとかじゃないよ?……これ、私が命を懸けて守り続けないといけないから。ジョージがこれの存在を誰かに漏らした場合、これをどこかに隠した後で私は死ななきゃいけないの」

「え……!?」

「そのときは私、ジョージも一緒に殺すから、あの世でちゃんと仲良くやろうね?」

「………」。リサリサは笑顔だったけど、冗談じゃないことだけは伝わった。うむ。

「じゃあこれは、ジョージからのプレゼントってことで皆には説明しておくから。誓いの印だってさ、って」

「えっ!?」

「プーッ!♡♡♡♡フフフ!でも本当にそう言っちゃうから!」

「え?え?えーっ!」

「フフフ。ねえ、これ、どう?ペンダントとしては?ちょっと派手過ぎないかな」

「………!?」。松明の明かりの中で笑うリサリサは睫毛も長く彫りも深く瞳は大きくて頬が高くて鼻がつんと上を向いていて顎がすっきりしていて黒髪はさらさらつやつやで、宝石の大ぶりな感じにひけをとってないのだが、それは言葉にはできなかった。


リサリサがペンダントを服の胸元に隠し、俺たちは歩いて宝物蔵を出て暗い道を松明頼りに歩いていくとあっさりと出口について、そこにストレイツォさんたちが待っていた。皆俺の顔を見て驚く。「……ジョージ・ジョースター!?どうして君が……」

「すいませんお邪魔してます」と俺が言うとまたリサリサが爆笑して、その笑顔にも波紋の人たちは驚いているようだった。

リサリサは宝物蔵の様子を伝え、あまりに大量の宝石類で、赤石は見つけられなかったと頭を下げ、ストレイツォさんが言う。「でもその蔵に辿(たど)り着けただけでも素晴らしいよ。あそこを無事に通れた人間はこれまでいないんだ。……恐ろしい思いをしたんじゃないかい?」

するとリサリサが言う。「ええ……ジョージがいなかったら、私も通り切ることはできなかったと思う」

ストレイツォさんがうんうんと頷き、それにしてもどうしてジョージくんが……と訝(いぶか)しがるので俺は言う。「リサリサに引きずり寄せられたんです」

「ちょっと!」とリサリサが俺の腕をバチンと叩くけどある意味本当のことじゃないか?


それからその秘密の宮殿を出てこっそり波紋の人たちの秘密基地のような施設に移り、電話を貸してもらい、自宅にかける。すぐさま慌てた様子でペネロペが電話を取り、俺がイタリアにいることに驚きつつも慌ただしく母さんに電話が替わられる。「もしもしジョージ?今ローマなのね?」

「うん。ごめん。僕としてもどうやってここに辿り着いたのか説明できないんだけど……」

「いいのいいのあなたが無事なら。……ねえ、そこに椅子はある?」

「え?うん」

「じゃあ座って聞きなさい」

「?はい」。俺は椅子を借りて座る。「座ったよ?」

「落ち着いてよく聞きなさい。あなたは今日、モーターライズさんのお宅に行った?」

「うん。ダーリントンと約束があったから」

「そう。……上のお兄さんとお姉さんにはお会いした?」

「?ううん?何で?」

「……お姉さんの方、ケントトン・モーターライズが岬で見つかったの」

「え?どういう意味?」

「亡くなっていたの、ジョージ」

「ええええええっ!」。俺は座っていた椅子から立ち上がり、周囲の波紋使いたちが俺を見る。リサリサも。「それ……どういうこと?一人で?事故があるといけないから、必ずスティーブンと一緒に通ってたはずなのに……」

「あなたに誘われた、とケントトン・モーターライズはお兄さんに説明して、一人で出かけたそうよ。……現場には、あなたの飛行機もあったの。あなたがうちの庭で一生懸命直していた、あの飛行機が」

母さんが涙を堪えていて、俺は混乱している。「え?……つまり、ケントトンが僕の飛行機を勝手に持ち出して乗って、それで事故ったってこと?」。まさか!?ケントトンだってあれがまだ仕立て直し中だって判っていたはずだ。どうしてそんな……！と俺が考え込んでいると、母さんが言う。
「事故じゃないの、ジョージ。飛行機が落ちたとかじゃない。ケントン・モーターライズは、崖の上で、ナイフで何度も刺されて殺されていたの。……それも、うちの……ジョースター家の家紋入りの包丁で。そしてそこにあなたの飛行機もあったの。おおジョージ。あなた、何が起こったか、警察とスティーブン・モーターライズに説明できる？」

できない。

第八章　ネーロネーロ島

吉良吉影、九十九十九殺害、九十九十九を含む三人の名探偵の見立て殺人、海に出帆した杜王町、町民の集団自殺、そしてキューブハウスに潜む謎の人影、そのうえ杜王町と同じように海に浮かんで移動する謎の島の出現か……！考えなきゃいけないことが多すぎる、と僕は思う。矢継ぎ早にいろんなことが起こっていて、どれについてもじっくり考えるということができない。しかししょうがない。これがこの杜王町で物事の起こる本来的なスピードだと思わなければならない。ついていかなければ。

「畜生！何が何だか判らねえが、とりあえず見てくるぜ！」

と虹村不可思議がイルカに跨ろうとするので言う。「ちょう待って不可思議くん。ここに君らがいるように、向こうにも誰かいるんやろ。手のうち見せん方がいいかも」

どうやらこの杜王町にはスタンド使いが大勢住んでいるらしい。その特別さがこの町を海に浮かべていたとしたら、同じように浮かび移動する目の前の島も同じ特別さを持っているのかもしれない。しかし今、この杜王町にはどれほどのスタンド使いが残っているだろう？

条禅寺で死んでいたあの数百人の中にはどれくらいスタンド使いがいたんだろう？……不可思議が歯噛みしながらイルカから降りる。そうしている今もどんどん島は近づいてくる。

「おい、これで何か見れないか」と言ってアロークロスの中から無量大数が担いできたのはおそらく露伴の持ち物の天体望遠鏡と双眼鏡二つだ。おおっ！と声をあげながらも、僕はしまったと思う。

「無量大数くん、ちょっとしばらくこのアロークロスん中入らん方がいいわ。俺さっきこん中でキューブハウス発見したし、そのキューブハウスん中に誰かいたんよ、怪しい奴が」

「何だと……？」と無量大数は言いながら新しく出現した島とキューブハウスのどちらに向かおうか迷う素振りだ。

僕は言う。「でも一応キューブハウス閉じ込めてきたし、出入りがあったら判るようにしておいたよ」

「そんなもんでは足りん。出入り口はどこだ」

「え、書斎の机の真上と真下だけど……」

「判った」と無量大数はアロークロスに戻り、もう一度出てくる。「ビデオカメラ隠してセットしてきた」ってそのカメラも露伴のものだろうし、あまりの好き放題ぶりにちょっと笑ってしまうが、そんな場合じゃない。

「うおおおおおっ！これ多分日本じゃねえな！外国だ！なあ⁉」と叫ぶ不可思議に続いて双眼鏡で僕も覗いているが、明らかに日本の光景とは見えない。家屋が数軒見えるけど、それらもレンガ造りで風車があったりして、日本の田舎とは雰囲気が違う。畑に植えられて風に揺れているのは小麦だろう。僕は波止場を確認する。イタリア語表記の船が何隻も停まっている。小さな船着き場から村へと上がる坂道の入り口に看板を見つける。そこにはイタリア語で『ようこそネーロネーロ島へ』と書いてある。

「ネーロネーロ島やって」。僕が言うと無量大数がまたアロークロスに戻り、百科事典を脇に抱えて出てくる。ネーロネーロ島は杜王町のおよそ十分の一の大きさの島で、人口は約三千人。

そこには書いていないが、僕は知っている。「《ネーロ》はイタリア語で《黒》。ネーロネーロ島は伝統的にマフィアの拠点になりやすい島や」。僕は一度ある事件で必要があって世界の犯罪組織について調べたことがある。「今のネーロネーロ島は、パッショーネ・ファミリーの本拠地やったはず。構成員は約三百人。縄張りはローマ、ネアポリス……日本語名はナポリやな。シシリアン・マフィアともカモッラとも対立してるけど、この小さなグループが生き延びてるのは……前は判らんかったけど、ネーロネーロが動き出してるところを見ると、ひょっとして構成員にスタンド使いが大勢いるからでねえかな？こいつらの特徴は、ボスの顔が公的な記録としてどこにも残ってないってことだけじゃなくて、メンバーも、幹部ですらボスと会ったことすらないっていう極端な秘密主義や。ボスの名前も通称でしか知られていんしな。『ディアボロ』。イタリア語で《悪魔》や……おい、何か出てきたで」

杜王町と同じくネーロネーロ島も港と海の一部を一緒に運んできているが、その港へと続く道を一台のトラックが猛スピードでこちらに向かってやってくる。

「凄い血相だぜ……？」と望遠鏡を覗く無量大数が言う。「荷台に乗ってる奴らが何かこっちにすげー手ぇ振ってる。何だ……？」

僕も見るが、ちょっと遠過ぎてよく判らない……と目を凝らしていると、その小さなトラックがボン、と火を噴いて横転する。

「ああっ」と僕たちが叫ぶその向こうで、燃えるトラックの両脇から人影が現れ、地面に倒れた人影に近づき、手元から繰り返し閃光を放つ。パッ……パッパッ……パッ……。

「おいおいおい……！クソ！トラックに乗ってた奴らが片っ端から殺されてる！マジだ！ギャングがいて、そいつらトラック待ち伏せしてたんだ！クソックソッ！俺はもう行くぞ！」

望遠鏡に片目をぐいぐい押し付けながら叫んでいた無量大数がイルカ三頭とともに空中に飛び出てしまうが、僕にはもう見守るしかない。杜王町にはバリアーがあって、内側からも外側からも壊れそうにないけれど……。戦闘機がぶつかってもミサイルの直撃を受けても破れなかったその壁を無量大数が突破できたら事態は変わってくるだろう。「クソ！まだ他の奴らもいる！」。草むらを抜けてこちらに駆け出す人影が僕にも見える。銃を持った奴らがトラックを襲撃している隙をついたんだろう。杜王町に向かって必死に手を振ってくる。助けを求めているのだ。彼らの背後でまた閃光が放たれる。パッパッパッ……パッパッパパッ……。見えない手で薙ぎ払われたかのように、こちらに向かって駆け寄ってきた人たちが倒れる。

「おいてめー何かできねーのかよこの愚図！」と不可思議が怒鳴ってる相手はＮＹＰＤブルーで、無量大数に替わって望遠鏡を覗いたまま《彼》も怒鳴り返す。

「俺に何ができるって言うんだよ！これで撃ち返せって言うのか⁉」と言って脇腹のホルスターから取り出したのは大きな、本物の拳銃だ。すぐにホルスターにしまう。「このバッドボーイはコルトパイソン。中の弾は３５７マグナム。初期生産のほとんど美術品よ。このクソが当たれば頭は吹き飛び背中には大穴だ。でもな、当たれば、だ。どの銃にも射程距離ってもんがあるんだよ坊主。

弾はどこまでも永遠に飛び続けちゃくれない。スピードは落ち、方向は曲がり、どこかで単なる鉛の玉になってボトン、これが現実の拳銃の弾だ。そもそもこの距離からあそこの奴らに当てようと思ったらスナイパーライフルでも有効射程距離外だぜ。ここからあそこまで近く見えても三キロは離れてる。ついでみたいに言うけど本質的な問題として、ここと向こうの間にバリアーが挟まれている。それもおそらく二枚」

「……っく、何なんだよお前……何かできねえのかよ！」

「だからやってんじゃねえかガキが……。犯罪の証拠を押さえてんだよ。あいつら全員逮捕してやっから」

「逮捕って……そうじゃなくて、あの人たち助けてやれねえのかよ！」

「無理だって。……お。あそこにいる犯人グループの一人は、パッショーネのドルチオ・チョコラータじゃねえか」と言うＮＹＰＤブルーの腹、シャツの隙間からシャッシャッシャッと四枚の紙が出てくる。拾い、見ると、インターポール、イタリア警察、ＣＩＡ、ＦＢＩに保管されている犯罪者データの写しだ。アメリカ国内での麻薬密売だけでなく、テロ行為にも関与しているらしい。

「ビデオ記録をその四つの組織に今俺の腹からライブで送ってる。へっへ。お、セッコ・ロッターリオもいるじゃねえか。パッショーネの奴らが本拠地で一般人を殺しまくってるってのは……ひょっとしてボス殺しが始まって逃げ道を塞いでるか、終わって片づけに入ってるかのどっちかだな」

農民らしい男たち三人が港に辿り着き、ボートに飛び乗ってこちらに向かってくる。それを出迎えようと杜王湾の奥に無量大数がいるが、やはりバリアーの向こうには行けないらしい。どうにかそれを破ろうと体当たりを始めているが、透明な壁の方はびくともしていないようだ。そしてネーロネーロ島の方でも、農民の船は透明な壁に衝突してしまう。舳先をドーンと正面からぶつけた船が縦に撓み、操舵席にいた三人が投げ出される。一人は船の上に、二人は海に落ちる。壁と壁の間はおよそ二百メートル。無量大数がイルカと我が身をぶつけ続けるが壁は破れず、その二百メートル向こうで脱出船に追っ手の船が近づき、閃光。パッパッパパパッ……パッパッ……。

「ああああああっ！クソッ！クソッ！クソッ！」。不可思議が叫び、僕は直視できなくて顔を逸らし、地面に落ちていた別の書類に気付いて拾い、読むと、一枚はセッコ・ロッターリオの入院記録だ。精神科だが病名も何も書かれていない。担当医師の名前だけがある。ドルチオ・チョコラータ。

……何だこいつ医者だったのか？

　視線を戻すと、殺戮は一段落している。壁際で殺された三人以外にも波止場に辿り着いた人間はいたらしくて船着き場に点々と人影が倒れている。マフィアたちはそれを無造作に物陰に隠す。船着き場の死体は船の陰になるよう水の中に落とし、波止場までの道に転がった死体は草むらの中に引きずり込む。おそらくまたこっちに逃げてきた人たちを油断させ引きつけておいて殺すために。

「おい……向こうにも俺たちの島って見えてるんだろ？」と不可思議が口元を震わせながら僕に訊く。「どうしてあんなに堂々と人殺しなんかしてんだよ」

「………」。僕は口に出さないが、答は一つしかない。問題にならないからだ……あるいは、問題にならなくなるようにできると知っているからだ。

　マフィアが問題をもみ消す方法は三つ。買収、脅し、そして証言者の抹殺だ。彼らが杜王町の、どれだけいるか判らない大勢の町民を全員買収、脅しなどで封じ込めると考えてるはずはない。しかし……抹殺？ここにいる皆を？マフィアがどれだけ大勢いたとしてもそれほどのことができるだろうか？と考えて、不意に広瀬康司くんから伝え聞いた元アメリカ大統領のメッセージを思い出す。

このままだと、この島は転覆させられるってさ！アメリカ軍に！

それはこの杜王町が進路を変更した直後に発せられたものだ。西に急カーブを切ったせいで危険な目に遭ったファニー・ヴァレンタインが進路変更に気付いてないはずはないんだから、彼の言う『このまま』はそのときの西向きのことだろうし、ならば今杜王町はまさしくその危険な方角に進み続けているのだ。……アメリカ軍の意向をマフィアが正確に摑んでいるという可能性はあるだろうか？

さっきNYPDブルーが腹からプリントアウトした記録ではパッショーネはアメリカにも進出済みのようだし、マフィアが食い込もうとしない業界などはないので、当然政治家や軍関係者にも近づいているはずで、そういうところから何か情報を得ているのかもしれない。

でも今ネーロネーロ島は杜王町と並走しているのだ。その危険な方角に進んでるのは向こうも同じなはずだ……ひょっとしてネーロネーロの方にも同じくアメリカ軍による転覆の可能性が伝わっていて、それが島にもたらした混乱に乗じて内部抗争か何かを始めているのだろうか……？自分たちだけは生き残れると信じる特殊な力の持ち主たちが？

パッショーネの奴らがどんなつもりにしても、杜王町に危険が迫っていることには変わりない。巴里屋超丸ら名探偵たちは杜王町で自警団を作るように言ったけれど、あれは吉良吉影への警戒を呼びかけていただけだったが、さらに外側からの何らかの攻撃にも備えなければならない、と僕が結論づけたとき、ちょうど無量大数がイルカに乗って帰ってくる。体力も気力もかなりの消耗を負って。

「あいつら許せねえ……！」と震えながら言う不良高校生がマフィアとどれくらい張り合えるだろう？けれどそんなことを言ってる場合でもないのだ。どんな力でもいい、とにかく今は全員が力を合わせないと……！

「無量大数くん、この杜王町にどれくらいのスタンド使いがいるか知ってるう？」

すると無量大数がちょっと遅れて首を振る。「……知らねえ……」

「じゃあ知ってるだけでどれくらいいるの？」

「……教える訳ねえだろう……」

「なあ、もうほんなこと言ってる場合でないやろうが……」と言いながら僕は見る。始まった。

「おいおいおいおいおい！来るぞ！」と不可思議が叫び、無量大数も振り返り、見る。

杜王町の右舷を並走していたネーロネーロ島が急激に進路を取舵、つまりこちら側に切り、ネーロネーロ島が頭をこちらに寄せながら斜めに近づいてくる。こちらはまっすぐ進んでいるので、ネーロネーロ島の頭は杜王町を南下してちょうど僕らの目の前の杜王湾に突っ込む形になる……！

「うおおおおおおっ！」と僕も叫びながら、思う。戦闘機一機、ミサイル攻撃一発を弾き返したバリアーだが、バリアー同士、島同士のぶつかり合いには耐えられるだろうか？《島》としての大きさは杜王町の方が大きいが、《船》同士のぶつかり合いのとき、大きさよりも重要なのは、角度だ。杜王町は逃げることもできずただぶつけられる……！ずぼぼぼぼぼ……という鈍い音が聞こえ、杜王町がとうとう衝撃を受け、ぐうっと押し流される。

「うわああっ！」と叫びながら僕たちは丘の草の上に屈み、地面に手をついて踏ん張るが駄目だ。どおん、と反動で僕も虹村兄弟も杜王湾の方に放り出される。ゴロゴロゴロッと丘をしばらく転がり落ち、停まったところで僕たちは杜王町の透明な半球状のバリアーの上をネーロネーロ島がずりずりと這い上がっていくのを見る。ぶつかって停まらずに、バリアーの上をバリアー同士が滑り合ってネーロネーロ島を持ち上げているのだ……！そして僕たちは、島の移動の動力源を見る。ネーロネーロ島はただ浮かんで流されていたのではない。

泳いでいたのだ。

僕たちの目の前で持ち上がったネーロネーロ島の裏から、巨大な足が二本伸びて現れ、グモグモグモとそれぞれ動いている……！

「あー……俺、虫とか、駄目なんだけど……」と不可思議が言ったとき、今度はドドドドドド……！という音とともに地面が震動し、ビキビキバキバキ！と巨大な雷が空全体で鳴り響くような轟音が耳をつんざいたと思ったら、透明なバリアードームに乗り上がったネーロネーロ島が杜王湾の上に落ちてくる。ネーロネーロ島の重みでバリアー同士が破れたのだ。

今度はバリアーによる防音効果もない。巨大な島が海面を叩く。ドオオオオオン！

白い波の壁が立ち、それがプール状の杜王湾をザップンザップンと揺らし、港の船と町をあっというまにムチャクチャにしてしまう。そしてその残骸が渦巻く大波の収まらない杜王湾に、ネーロネーロ島が侵入し、二本足を前に伸ばしたと思ったら、島の脇から節のある巨大な足がさらにもう二本伸びてきて、透明なバリアーの裂けた口に爪先を引っかけ、グウッと自分の胴体であるネーロネーロ島を押し込んでくる。

僕たちは悲鳴も出ない。

杜王湾の波の音がドーム内に反響してゾブゾブゾブゾブと重たく僕たちの身体にぶつかり、耳が張り裂けそうだし頭が釘でも刺さったみたいに痛い。でも目を閉じられない。

ネーロネーロ島の巨大な身体が杜王湾の空にねじ込まれ、今や六本足で立っている。島でも船でもなく、まさか虫だったとは……。僕の足は震え、痺(しび)れたようになって全く動かない。無量大数も不可思議も真っ青な顔をして口を開けたまま硬直している。動いたのはスタンドだけだ。

グランブルー三頭が無量大数にそっと寄り沿うようにして近づいて来て、「キキキキッ」と鳴きながら身体を押したので無量大数が我に返る。同時に

バン!

と、波の音をはね返すような爆発音がして、慌てて振り返るとNYPDブルーがあのコルトパイソンをネーロネーロ島に向けていて、銃口からは煙が出ている。

「へ、」と笑ってNYPDブルーが言う。「もちろん今の銃弾があっちに届くと思っちゃいねえよ。これはウェイクアップコールだよガキども。ボケッと眺めてる場合じゃねえぞパンクマザーファッカーズ起きろ!どうすんだ?俺が司令官なら、まずは一旦引くけどな」。もちろんその方針に異論

はない。

僕も虹村兄弟も立ち上がり、アロークロスハウスの脇を駆け抜け丘の反対側の斜面に出て無量大数の寄越したイルカに飛び乗ろうとしたときに思い出してしまう。

杉本玲美さん！

僕はジョアンナの背びれから手を離して斜面に着地、そのままぐるっと勢いを利用して丸く斜面をUターン、降りかけた斜面を駆け上がっていく。「おい！どうしたんだ！」とイルカの上の不可思議が遠ざかりながら訊くので、「玲美さん！」とだけ叫び返し、アロークロスの真っ白な玉砂利に戻ってきたところで、背後から「ありがとうジョージくん、僕が行くから君は逃げていいよ」とありがたい言葉をいただくので振り返ると、頭にブルーサンダーをつけた露伴が僕の背後を飛んでいて、追い抜いていく。「杉本さんのことは僕に任せて！」

でも僕は戻らない。逃げるのは全員の無事を確認してからと名探偵として決めているのだ！それに僕はまたキューブハウスの人影のことを思い出したのだ。逃げるのはあの正体を確かめてからだ……！

ジャッジャッジャッジャッジャッ！と玉砂利を蹴りながら走る僕の目はアロークロスのサンルームの窓越しに、ネーロネーロ島が杜王港に上陸するのをとらえる。大波に既に破壊されている町を巨大な足が踏みつけている。島の重さに町の地盤が耐えられず、ゴボボン、ゴロ、ゴボボボン、と虫の足が町の地面にめり込んで、その窪みに海の水が入り込むのか地下から水が湧くのか、とにかく海が斑点で広がっていく。

思わず立ち止まってゆっくり呆然としたいような気持ちに駆られたけれどやめておく。僕はアロークロスの西サンルーム、無量大数が杉本さんを運び込んだはずの寝室に向かう。露伴と玲美さんがいる。二人もまた窓越しに巨大なネーロネーロ島が杜王港を踏みつけにしている光景に怯えていて、杉本さんが露伴に抱きついているのを見るとしばし躊躇しそうになるけどそんな場合でもない。

「露伴さん、杉本さん、ここから脱出できますか!?」と掃き出し窓を開けていきなり声をかけてきた僕に驚きつつも杉本さんが首を振る。やはり。スタンドだからなあ、と思っていると杉本さんが言う。

「ジョージくん、ここにいるのが一番大丈夫だと思う。……まだちょっとよく判らないけど」

「?」

「以前のキューブハウスならはっきりそう言えるんだけど……キューブハウスにとって外というのは世界の果ての向こう側で、干渉を受けないから……」と言われて僕も理解できる。そうだ、本来テッセラクトは七つの立方体の外側全体を八つ目の立方体が包んで内側とするのだ。テッセラクトを四角い壁で包んだキューブハウスは、その中に一つの宇宙、全世界を詰め込んでいると言えるはずで、つまりキューブハウスは別宇宙なのだ。干渉を受けないというのは、言い換えれば、どんな攻撃もキューブハウスの壁には届かないということだ。それはすぐ近くにある壁でありながらも世界の果てなのだ。

そして僕は思い至る。アロークロスの下敷きにされた露伴や不可思議がどうして爆発しなかったか。あれはただ無酸素状態だったからではない。それならば彼らが長時間ずっと生きていけるはずはない。あれはあそこがアロークロスの下でありながらキューブハウスの下であって、世界の果てに押しつぶされていたからだ。そこは全てがゼロ状態になる無緩衝地帯となるのだ。

興奮を抑えて僕は言う。「じゃあキューブハウスの中に逃げ込みましょう」

「でも、アロークロスに変わってしまったから、本来の力を持ってるかどうか……」

杉本さん自身にも判らないのか。スタンドが力そのものだとすれば、一般的に人が自分の力を把握できないのも当然かもしれない。

「いや、キューブハウス自体、同時に存在していますよ」と僕は言い、驚く杉本さんと彼女に付き添う露伴を書斎に連れていく。

まずラグの様子を確認する。捲(めく)れてない。机の上も見る。乱れはない。おそらく誰も出入りしていない。それから僕は机をドアの上からどける。

「あっ、ちょっと、勝手に触るなよな！漫画家にとって机は料理人の厨房、教師の教壇だぜ？他の人間がずかずか踏み込んでいい場所じゃないんだよ！」

無視してラグをどけ、床のドアを見せると露伴は黙る。一緒に驚いている杉本さんに訊く。「あの、このドアの下にさっき僕が入ったとき、実は人の気配があったんですが……杉本さん心当たりありますか？」

「え……？いえ、ありません」

「そうですか。……ひょっとしてじゃあ……」と言うのを少し迷うが、続ける。「最悪の場合九十九十九の殺害犯がこの中に潜んでるのかもしれません。露伴さんは九十九十九の殺害と見立て工作を終えた犯人の逃走が睡眠中だったから気付かなかった、ということになってると思いますけど……」

「いやそれは君がそう思ってるだけで、……」と露伴が口を挟むので、言葉を続けて制す。

「露伴さんはそれに気付かなかったのではなく、犯人がまだ逃走せずにここにいるのかもしれません」

すると露伴は今度はこう言う。「なるほど。ひょっとすると僕の目と耳を逃れて密室なんて作れたのも、ここを一旦中継地点にしたのかな？九十九十九くんやいろんな道具を予め運び込んでおいて、僕がこの書斎を離れた隙をついて作業を進めたのじゃないか？」

外の状況もあるのに露伴が妙に冷静に喋るので僕が煽りたかった緊張感が霧散する。「……もちろんそれも考えましたが、九十九十九の殺害にそれほどの余裕はなかったはずです。何しろ僕は昨日の夜十一時半に福井県西暁町で九十九十九くんと会ってましたから。それからすぐに……どうやって移動したのか僕にはまだ分かってませんが、どんなに急いだとしても夜明け前に九十九十九を殺害することにそれほど計画立てた順序を踏むことはできないんじゃないかと思うんですが……ってこんな話じっくりしてる場合じゃないですね。露伴さん何か武器とかありますか？」

「ゴルフクラブくらいかなあ……」

「じゃあそれを貸してください。あと、ロープとかはありますか？」

「登山用のがね」

「それも貸してください」

「言っとくけど両方とも編集者に押し付けられたんだよ、ちょっとは運動しようとか言われてさ、結局一度も使わずじまいさ」

「や、どうでもいいですよ。すいませんが早く」

僕は立ち上がって無量大数が仕掛けたはずの隠しカメラを探す……あった。部屋の隅の観葉植物の後ろに隠されていた。

僕がカメラを回収していると露伴がゴルフバッグとロープの束を手に戻ってきて「あっ!それも僕のカメラじゃないか!」と叫ぶので「無量大数くんにこのドアから人の出入りがなかったか録画しておいてもらったんですよ」と言い、ドアを跨ぐように机を動かし、その机にロープを括り付け、ドアを落とすように開ける。下の空間を覗き込んだ露伴が「おおお……僕の足下にはずっとこんな場所があったのか……」と呟いている横で僕はロープを下の空間に垂らす。

するとと杉本さんが言う。「ジョージくん、さっき危なかったんだよ、君」

「えっ?」

「キューブハウスって一人用のおうちだから、二人以上で動き回ると危ないの」

「危ないって……」

「だって、矛盾が出てきちゃうでしょ?床と天井で。中にいる人の都合の良いように部屋がぐるぐる回転してるからさ」

「あ、ほうか……書斎から水平に移動してるぶんには問題ないけど……」

「そう。床の下や天井の上に行っちゃうと、その隣の部屋の床は、書斎の隣の部屋の壁だからね」

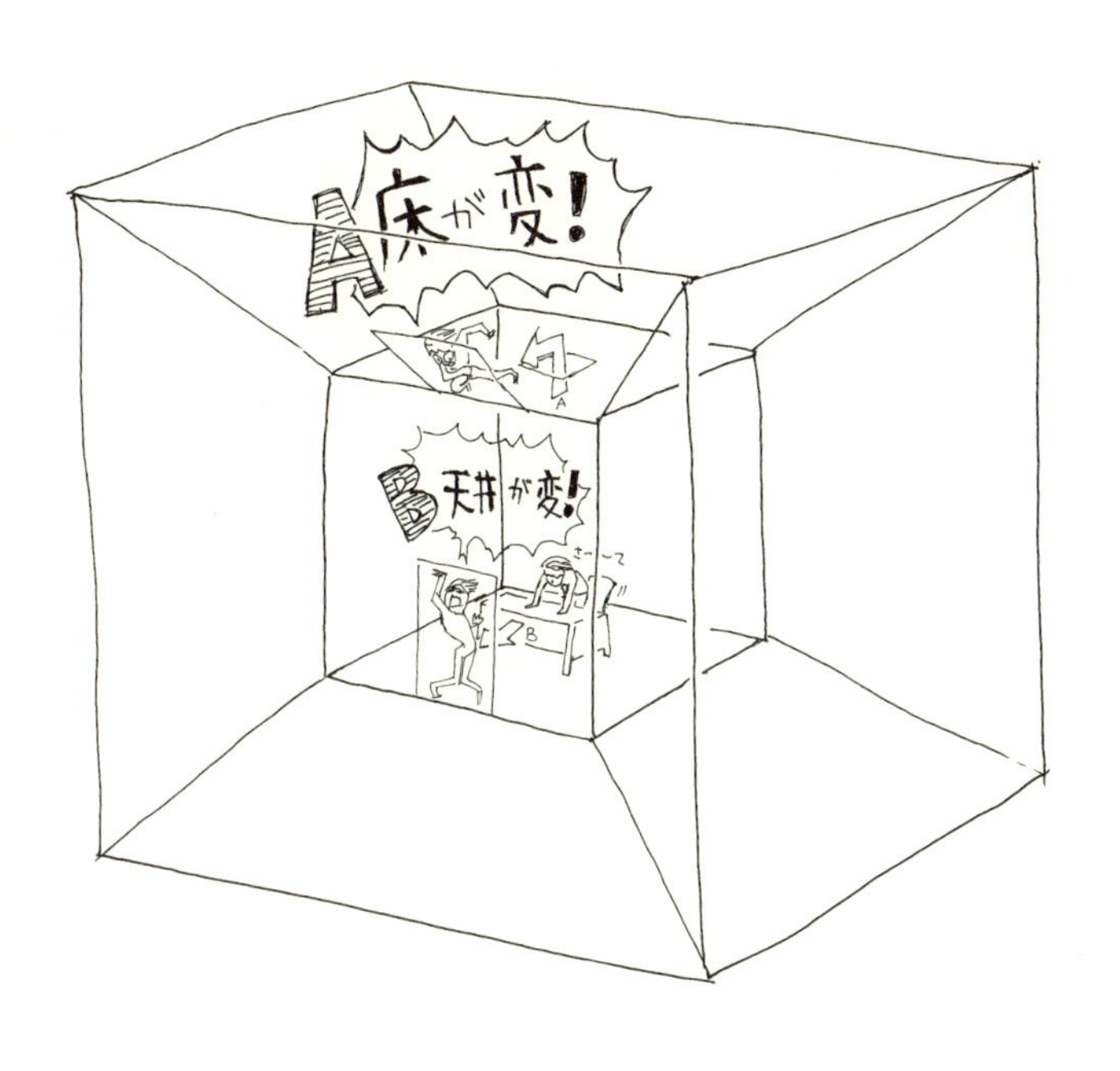
A 床が変!
B 天井が変!

「……ほうか……でも実際その矛盾をこのキューブハウスはどうやって処理するんですか？」

「どっちか片方をパラレルな異世界に引き込んじゃうの。その人はどこにも辿り着かない世界に迷い込むことになる」

え、本当に怖いじゃないか。「……それ、以前起こったことですか？」

「ううん？キューブハウスがキューブハウスだったときには私はここで一人きりだったからね。でも知ってるの。そういうものじゃない？能力って。知ってることは試さなくても分かるし、知らない部分もたくさんあるし……っていうような」

……ひょっとしてさっき僕が出くわしかけた侵入者もそのパラレルワールドの危険を察知して僕から逃げたのだろうか？

判らない。

「え、でもそれだったら、僕らがここに降りるのも危険じゃないか」と不安げな露伴に杉本さんが笑いかける。

「大丈夫よ露伴ちゃん。私がこのキューブハウスの持ち主で、私が基本なの。床も天井も方角も、私が決めるの」

頼もしい……！でも早くしないと。「ほしたら降りましょう」と言って僕がロープに体重をかけようとしたとき、杉本さんが言う。

「あ、あとこれ、ロープからまっすぐ落ちないでね」

「え？……あ、ほうか」

「まあそんなことないだろうけど、下のドアさらに三つ突き破って貫通しちゃったら大変だから」

僕は上を見上げる。杉本さんが言う《さらに三つ》のうちの下のドアがこの天井にある扉だ。下の部屋の下の部屋の下の部屋の下はこの書斎で、ドアを全部貫通してしまったら、もう僕はずっと落ち続けるしかない。そしたらどうなるんだろう?重力の加速度がこの場合にも加算されるなら、僕は極限までスピードを上げて落ち続けることになる。

「究極とか永遠が近すぎるわ……」と僕が思わず呟くと杉本さんが言う。

「キューブハウスだもん。しょうがないよ」

確かに。ここには世界が一つまとまっているのだ。


で、ロープを伝って無事三人とも下の部屋に降りる。ここはキューブハウスで、杉本さんの気持ちに余裕のようなものができたのが判る。笑顔も増える。「さあ、不法侵入の不届き者を探しましょう」

上の開けっ放しになったドアを見上げ、

「あそこのドア開けっ放しにしておくの不安だなあ……あのでっかい六本足のお化けが踏みつぶしてきたらどうする?まあこんな丘の上にわざわざ登ったりしないだろうけど」

とぶつぶつ言い続ける露伴に杉本さんが言う。「大丈夫よ露伴ちゃん。キューブハウスにちょっかいかけるなんて不可能なんだから」

その立方体の家……この辺の人はキューブハウスって呼んでたみたいだけど、それ、持ち主も不明なのにどこからそんな話が出てきたのか判らないけど、福井県の西暁町から移築されたんだって噂があったんだよ。

という露伴の台詞(せりふ)を僕は思い出す。

そのちょっかいかけられないキューブハウスをどうやって、誰が移築したんだろう?

「それが判らないの」と杉本さんが言い、僕はゴルフクラブを構えながらがっくり。

「ちょっとーそんなことも判んないのみたいな雰囲気だけど、それって自分の核心につながることでしょ?人間だってそんなの判らない人たくさんいるでしょ?どうして今の自分が成り立ったのか、とか」

確かに、と僕は空から降る杉本さんの声を浴びながら思う。

杉本さんと露伴を書斎の下の部屋に残し、僕だけその下に降り、床のドアを開けてそのさらに下の部屋が空っぽなのを確認している。僕がいるのはつまり書斎の下の下、同時に書斎の上の上の部屋になる。床中央のドアが三つ開いていてここで落ちて書斎の天井を抜いてしまったらさっき杉本さんが行ったように永遠にキューブハウスの中を落ち続ける訳だ。

「誰もいない?」「いません」「じゃあ上がってこいよ」。簡単に言うけどねえ……。

僕はロープをよじ登り、露伴と杉本さんが待つ書斎の下の部屋に戻る。「じゃあ残りはこの周囲四つの部屋ですね。一気にぐるっと回っちゃいましょうか」

と僕が言って、見ると、杉本さんが僕の持ってきたビデオカメラの映像をディスプレイで再生して確認してくれている。「何か映ってますか？」「全然〜」

露伴が言う。「それにしてもさっきの怪獣の足音も何も聴こえなくなったな」

ディスプレイを食い入るように見ながら杉本さんがフ、と笑う。「この家に入ったからね。あそこの書斎も、今はキューブハウスのひと部屋になってるんだと思う。アロークロスのひと部屋じゃなくて」

「……凄い家を買っちゃったなあ僕……」

下の部屋の東のドアを開けてみる。ここにも中には誰もいない。

「よし、じゃあぐるっと右回りに行ってみましょうか」と僕が提案するとゴルフクラブを構えた露伴が頷く。

「いいけどジョージくんさ、開けるときになんか、そーっと開けないで、バッと、一気に開けてくれる？映画とかで警官が突入するときみたいにさ。なんか君のやり方だと妙にホラー映画のワンシーンみたいで、余計な緊張感を煽られるんだよな」

「判りましたよ……」

ディスプレイを見つめる杉本さんを中心にぐるっと回りながら一気に進める。

バン！北の部屋も誰もいない。

バン！西の部屋も誰もいない。

「よし最後だ」「この勢いで動いてて僕らの目を避けるなんてできませんよね」「そりゃそうだろ」

最後の南の部屋の前に辿り着いたとき、後回しにしちゃったけど、さっき人の気配を感じたのもこのドアだし闖入者がいるとすればここだ、という訳で僕はさらに緊張する……が、のんびりしてられない。僕がノブに手をかけ、露伴と目配せ。露伴が頷き、さあ開けようとしたとき、「きゃあっ！」と杉本さんが悲鳴をあげて口に手を当て、手のビデオカメラを見つめたまま三歩ほどよろけつつ後ろに下がっている。

「どうした！」と露伴が立ち去るが、僕はこのもう一つのドアの向こうを確認しなければならない！バン！空っぽだ！よし！

「これ……これ！どういうこと露伴ちゃん!?」

と震える声で叫ぶ杉本さんのところに駆けつけ、ディスプレイを見て、僕も遅れて露伴とともに愕然とする。

そこに映っているのは九十九十九だ。


書斎の床のドアをよじ登ったところで、ドアを閉め、ラグを元通りに戻し、多分ドアを開けた拍子に倒れかかった机を直し床に散らばった筆記用具を手早く集めて僕が記憶している通りの場所に収め、並べ、置いていく。あっという間に何事もなかったような状態に戻り、さらに九十九十九は……確かに生きている九十九十九が、カメラのほうを見つめてまっすぐ近づいてくる。そのカーペットを踏む足音とともに、ドオオオオオオン！という大きな音が録音されている。

ネーロネーロ島が杜王町のバリアーを破って侵入した音だ。画面の中の九十九十九もさすがに顔を上げ不審そうな顔をしている。つまりこのビデオは、確かにほんのさっき撮られたものなのだ。

顔を正面に戻しカメラレンズをまっすぐに見つめて九十九十九が笑う。「ははははっ。僕は完璧にこの命をジョージ・ジョースターに捧げることになったね。でもジョージたちよ、気にしないでくれていい。イアソン・ソブラ・クアルト曰く『人生とは爆発である』ってね。僕は今命を爆発しまくっている。ははっ!ではまた!」。で、カメラの前から消えてしまう。

しばらく絶句したままで何も考えられなかったけれど、このままこうしている訳にもいかないと我に返り、僕はとりあえず外に出ることにする。「ああ……気をつけてね」と言う露伴も考え込んでいる。

杉本さんは呆然としたまま僕の方を向いて「人間には生き返ることも可能なの?」と言う。

「ははっ、」と僕が笑ってしまうのは、九十九十九が生きている可能性が突然浮上したからだろう。あの奇妙な男の子ともう一度話したいと僕は思う。「たぶん、ある種の人間はそう単純には死なないんだろうと思います」

どうして生き返ったと僕は信じられなかったんだろう?


僕は書斎の下の部屋からロープを登ってキューブハウスを出て、ドアを閉じ、西サンルームからアロークロスを出て、丘を再び駆け下りる。

ネーロネーロ島は杜王湾から上陸して杜王町中心部へと向かっている。さすがに身体が重くて陸上では動きが遅くなるんだろう。ぐうううううっと巨大な虫の足を持ち上げるのにも時間がかかっている。それ自体重い足が土の中に深くめり込んでいるし、一本の足を上げるために他の五本足を踏ん張ればそちら側はさらに深く土の中に埋まりバランスを崩す。それをどうにかこうにか騙し騙し体勢を保って空中に上げた足を前に持っていき、また建物を壊し地面を踏みつぶし地中に足を埋め込みながら前に進んでいるのだ。でもそんなエッチラオッチラなネーロネーロ島に僕はなかなか追いつかない。

僕の足は短く遅い！

いや股下は普通程度のはずだし運動神経はおそらくいい方なんだけどジョアンナに乗っているときのあの快適さを知った今この二本足のもどかしさと言ったらもう！ブルーサンダーは又貸しできないらしくて露伴が頭から外したらその場で消えてしまったらしいし当然タクシーなんて走ってないし……と気持ちばかり逸ってもどかしくって何だか泣きそうになっているけれど、丘から下りて大きな道路に合流するとそこは壊滅状態の杜王湾へ向かう緊急車両ばかりで、運転席でハンドルを握ってる人たちや消防車の脇に爪先を引っかけるだけで乗っている人たちの悲壮な顔つきを見てるとスピードのことなどどうでも良くなってしまう。アロークロスは何人の町民を下敷きにして保護できたんだろう？こうなってみるとああやって港の人たちが常軌を逸した行動に出てくれて良かったかもなと思う。

麦畑の真ん中の一本道をひた走りながら、僕は空を見上げる。そろそろ五時で日が傾いてきて西日が差し込んでいる。バリアが破れたおかげで風が流れるようになった。湿気をたっぷり孕んだぬるい海風が僕にたくさん汗をかかせるけれど、段々と爽快になってくる。足も軽くなってくる。いろんな余計なものが落ちていく。それから遠くだったネーロネーロ島の足音が近づいてくる。

僕は顔を前に戻し、スパートをかける。

戦場が近い。


杜王町の住宅地を駆け抜ける。ネーロネーロの足がたくさんの家を蹴り崩し踏みつぶしているけれど、避難が終わっていて人的な被害はなさそうに見える。後ろ足を越えて中足に近づきながら無人の駅を脇目に線路を越える。人の気配は前足の辺りにある。大勢の人間が既に集まっていたからだろう、混沌の中心はどうやらぶどうヶ丘学園だ。

どうやって近づこうかな……と考えながら速度を落として走っていた僕の横の道路の表面が小さく丸くパシン、と音をたてて弾け飛ぶ。

銃撃か!?と僕は咄嗟(とっさ)に道路から脇の家の庭に飛び込んで塀に隠れ周囲を確認するが、誰も見えない。と、そこにまたパシン、パシン、チュパンシン、と連続で着弾があり、道路から塀のこちら側にもザスン、ザスンと飛んできてようやく判る。これは水平方向から発射された弾じゃない。

上からだ。

見上げるとネーロネーロ島のゴツゴツとした沿海線が空中に浮かんでいる。誰かがふざけ半分に僕を撃っているんだ。ネーロネーロ島の腹が二百メートルくらいで、島の地面までは三百メートルくらいだろうか?上で撃ってる奴の顔も見えないけれど笑い声は聴こえてくるような気がする。

ザスッザスッ!ザスン!と着弾が止まずに塀の裏に貼付けにされているが、ここで待っていては当てずっぽうでもいつか偶然命中するかもしれない。
3、2、1!で僕は意を決して塀を離れてダッシュ。誰の家だかしらない民家の軒下に駆け込む。ザスザスッ!ザスッザスンザスザスザスン!ガン!バン!ガガン!と僕を追いかける弾丸が屋根に当たるようになるが、僕の姿が上空からは見えなくなって諦めたらしく、しばらくじっとしていると銃撃が止む。
ほっと息をつき、命を助けてくれた家の持ち主を確認せねばと振り返り窓から中を覗いたが、しんと静まり返った家の中には誰の気配もない。窓を叩いて呼んでみるが返事もない……と思っていると、空から今度はシュウン、と甲高い音が近づいて来て、ドオン!と大きな爆発音につながり、見ると数軒向こうの家が爆発して炎の柱が丸く立ち上がっている。

ロケットランチャーか!?

いよいよ戦争じみてきたな……!じゃなくて、僕が銃弾で狙われたように、ロケットで狙われた場所にも誰かいるはずだ。気付くと僕は軒下を駆け出ている。

僕の出現に気付いた何者かの慌てたような銃弾が僕の背後や脇でパシパシン、バチッ!ッチュン!パシンパシンパシン!と地面を叩くけどそんな距離から適当に撃ったところでこちらが動いてさえいればそうそう当たるはずないのだ。おそらくロケットランチャーだって。狙われた誰かが無事でありますように……!

煙がもうもうと立ちこめ、まだ炎も残る着弾地点に辿り着いて「おーい！生きてるか!?」ととりあえず叫んでみる。

返事がある。「ジョージくん！こっち！」

瓦礫の向こう、車庫の中に身を潜めた広瀬康司くんがいる。「ああっ！良かった！無事か？」

「うん！ジョージくんは大丈夫？」

「平気平気！」

僕も車庫の中に駆け込むが、広瀬くんが言う。

「またミサイルとか撃ち込まれると困るから、ここ移動しよう。あいつら武器ならうなるほど持ってるみたいだからさ」

「ああ」

「じゃあこれ、君の思い通りに飛んでくれるからね」と言って広瀬くんが僕の頭の上にもブルーサンダーを取り付けてくれ、二人でブウン！と車庫から飛び出る。これは……！イルカとはまた違って自分で本当に操縦できて、それも手も何も使わなくて思うがままで、まるで僕自身が勝手に飛んでるみたいだ……！実際には重心やバランスなんて関係ないはずなのに頭の上のプロペラだけで飛んでると思うとちょっと首が痛くなるような気がするけれども。

広瀬くんに続いて住宅地を超低空飛行でジグザグに進む。ネーロネーロ島の奴から身を隠すために、ほとんど地面すれすれの高さをプロパンガスや自転車、植木などを避けながらブンブンブイブイと行って町工場の建物に滑り込むと、そこに虹村兄弟もいる。

「おおおっ！ジョージ生きてた⁉」と不可思議。「露伴先生どうした？玲美ちゃんは⁉」と無量大数。僕は二人がアロークロスの中のキューブハウスに避難したことだけ伝えておく。九十九十九のことは後だ。「こっちの状況は？」と僕が訊くと三人とも一瞬押し黙る。

苦境を口にしにくい虹村兄弟に代わって広瀬くんが言う。「あっという間に制圧、占領完了ってところだよ。あの大っきな島がいきなり杜王町に乗り込んできてパニックのところをさらに数人、武器を持ったスタンド使いが空に浮かんで降りてきてさ、体育館で死にかけて気力を奪われてた杜王町の人たちを一気に攫っていったよ。竜巻を操るスタンドでさ、まるで掃除機で人間を吸い上げていくみたいだった……」

「ドルチオ・チョコラータだったな、あれ」と言ったのはＮＹＰＤブルーだ。「全部証拠は撮った」

「お前なあ……記録記録ばっかりじゃねえか！何とかしろよ！」と不可思議が怒鳴るけれど、声が掠れかかって悲痛な叫びになってしまっている。

「あのなあ、」とＮＹＰＤブルーが言う。「警官一人でマフィアの本拠地に突っ込めって命令するんだったら俺は従わない男じゃないんだぜ？言ってるだろ？お前次第だって」

「………！」

「っち、だからお前は坊主だってんだよパンク野郎め。口先だけ強がってたって駄目だ。大人の男にならなきゃよう。でっかい図体して情けねえ」

「ぐううっ！畜生！てめえ！じゃあどうしたらいいんだよ！」

「それももう言っただろ？じっと我慢の子だよ。勝てる見込みのない戦を徒手空拳で仕掛けるなんざ男のやるこっちゃねえ、恥に耐えられねえ格好つけだ。本物の男ってのは身を捨てるときには自分の恥以上の理由が必要なんだよ。それがなければじっと臥薪嘗胆、自ら動きつつも勝機を待つんだ」

「……………！」

ＮＹＰＤブルーに言われて不可思議が歯を食いしばりながら黙り、広瀬くんが続ける。「人質を取られてからはもう抵抗も何もなかったよ。獅子丸町長が呼び出されて、ほとんど御用聞きみたいにさせられて、もうずっとマフィアの要求は獅子丸町長から発せられてる。たった今はね、スタンド使いをあぶり出してるところだよ。自ら進んで来れば危害を加えない。こちらから見つければ罰を与えるってね。マフィアらしいと言うのかな、密告制度も出来上がって、もうこの一時間で何人も捕まってるよ。……僕たちの名前が挙がるのも近いかもしれない……」

「で？」と僕は訊く。「まだ事態はそこまでなんか？」

「え？あ、うん」

「人質とるのも町長舎弟にするのもスタンド使い狩り集めるのも、まだ制圧の段階ってことやな。占領完了なんか全然してない。それは皆の心の中の話や。実際にはあいつらまだ俺らを押さえつけようとしてる途中や。……そんで本当の要求はまだ来てないんやな？」

「本当の要求って……？」

「杜王町の占領があいつらの目的ではねえやろ。マフィアやで？敵対するマフィアがここにいる訳でもないし、当然他の利害関係もない。マフィアが欲しがるものがここには何もないとは言わんけど……金もあるし女性もいるけど、俺らがいるこの町の様子は、今絶対監視されてるはずや。２０

12年やで？偵察衛星が俺らを絶対追っかけてるしリアルタイムで何が起こってるか、有人無人の偵察機飛ばして空から見てるはずや。で、そんな状況でマフィアが日本円を奪ったところでどこで使うこともできんし、換金もできなきゃおそらく隠し切ることやかって無理やろう。女性やかって売り飛ばすなんて無理や。それをあいつらも当然判ってる。いつかどこかでこの二つの島に大きな力がやってきて、それこそ本当に制圧されるやろう。すでにあいつら自身の島の力でバリアーも破られてもうたしね。たぶん、それほど時間はない。その中で成し遂げられる本当の要求をこれから出してくるはずや。それは偵察衛星や飛行機の目には留まらない、小さな、ほやけど多分あいつらにとっては決定的な何事かなんやろうと思う」

「決定的な何事かって……杜王町の人間がマフィアに何かできるのかな……？」と広瀬くんが言うので、僕は続ける。

「この島は、おそらく大勢やってきた名探偵たちから逃れるために吉良吉影が動かしてる……って俺らは想像してるし、まあそれで正解やろう。ほしたら向こうも同じことが起こってるんやろうか？殺人鬼が名探偵から逃れようとしてるんやろうか？……まあ違うわな。見ての通りのマフィアの島だし、俺らはさっきアロークロスの丘で、ネーロネーロ島で虐殺が起こってたのを目撃してる。殺人鬼がどうこうって話ではなくて、当然マフィアの騒動が絡んでるんだろう。さっきNYPDブルーも言ってたよな？一般人を虐殺してるってことは……」

「**ボス殺しが始まって逃げ道を塞いでるか、終わって片づけに入ってるかのどっちかだな**」とNYPDブルーが自分の台詞をくり返す。「言った言った。マフィアの本拠地ってのはボスが一番安全だと感じる土地のことよ。つまり一般人も自分のことを匿ってくれるような場所だ。多くは出生地だろうな。自分もできるだけ金を落として地元を潤してきたから、当然その見返りが期待できる土地。そこが荒らされてるんだ。ボスが殺されて遺恨を残さないよう土地を一掃してるのか、あるいはボスを殺すために一般人が手助けなんかできないよう極限状態に追いやってるかだ。まあどっちにしろボスが死ねば大勢殺されるんだけどな」

しんとなった場で僕が言葉をつなぐ。「NYPDブルーの想像が正しいかどうかはまだ判らん。けどマフィアたちやかって目的があってここを襲ってるのは確かや。で、もう一つ。マフィアはどうしてその目的がここで達せられると思ったのか。……ほれはもちろん、ここのことをいろいろ知ってるからやろう。どうしてイタリアのマフィアが杜王町のことを知ってるのか？杜王町が海に泳ぎ出て動き出したからや。それがテレビやらなんやらで取材されて、当然こんな珍現象、世界中で放送されたからや。おそらくマフィアもそれを見たやろう。この杜王町に、吉良吉影って殺人鬼がいて、名探偵が数人殺されてるってことを」

巴里屋超丸のあの記者会見を見たとき、おそらくまだ僕以外にも名探偵が複数人入り込んでるんじゃないかと想像した。僕はそれなりに根拠立ててそう考えたけど、マフィアが根拠を必要とするかな……？と考えているときに、遠くの方から、さっき住民総会の開催をお知らせに来たのと全く同じトラックが拡声器で言う声がする。

「名探偵、大爆笑カレーさん、名探偵、ルンババ12さん、名探偵、ジョージ・ジョースターさん、至急、ぶどうヶ丘学園校庭までいらしてください」

えっ⁉……と僕は何層もの段階で思う。名指し⁉大爆笑カレーとかルンババ12とか、二人とも西暁町出身だ！ということは三人とも西暁町の名探偵じゃないか⁉どうして西暁町の名探偵ばかりがこの杜王町にいるんだ？他の名探偵たちは入れなかったみたいなのに⁉あとタイミング良過ぎだろ！

……まあタイミングというものはこういうものなのだ。良いときも悪いときもこうしてバッチリ当ててきたりするのだ。

「うわあ」と不可思議が言う。「どうすんだよお前？やめとけよ……勝機を待てよ」

と早速ＮＹＰＤブルーの台詞をパクってるのに吹き出しそうになりながら僕が「バッキャロー、」と言い、ＮＹＰＤブルーも「バッカ野郎！シャットザファックアップ！」と怒鳴るので不可思議だけじゃなく僕まで口をつぐんでしまう。な？タイミングってこうなのだ。

言い直す。「……名探偵っていうのはこういうとき躊躇がないもんなんやで？」

僕を名指しできたということは……僕はここにいる三人とキューブハウスの二人にしか名乗っていないので、他に僕の名前を積極的に調べていた奴が存在するということだ。

吉良吉影。

僕たちをマフィアに売って、自分のチャンスを窺(うかが)ってるな？さては。

虹村兄弟と広瀬くんにできる限りのバックアップをお願いして、僕は単身ぶどうヶ丘学園の校庭に行くと、そこには町民が集まっていて、中央に椅子に座る仕立てのいいスーツを着た若いイタリア人がいて、その隣に獅子丸電太が立ち、その向かいにルンババ12と大爆笑カレーが立って僕を見てバツの悪そうな笑顔を浮かべている。二人ともハンサムだけどいろいろあったんだろう、シャツもパンツもぐしょぐしょのドロドロのボロボロだ。僕の格好も似たようなものだけれど。

「おう久しぶり」「よう」「まだ生きてたんか」「えへへ」「まさかこんなとこで同窓会みたいになるとは」「ほんまやで」「うっとうしいわあ。ちょっと気になったからって来んとけば良かった」「ほやけどこれテレビとかで見てたら悔しかったやろうで〜?」「ああ〜〜」「ほんまや」

などと小声でボソボソにやにや喋っていたら、マフィアのお兄さんがドン!と僕らとの間に置かれていたテーブルを足で蹴る。

別にビックリしないけどヤバい。

「おい、あかんで」「あ、あかんあかん」「三人もおるんやったら二人いらんがな」「マジや」「お前がいらんやろ」「いやお前が」「阿呆お前が」

ドン!今度はお兄さんが懐に手を差し込んでいる。そろそろふざけてる場合じゃない。このおかっぱ頭のギャングはどうせ日本語なんか喋れないだろう。僕らは……少なくとも僕はイタリア語を喋れるけど面倒なので獅子丸電太に訊く。

「で?僕らはどうしたらいいんですか?」

「え、あ、多分この電話に、今から多分、電話がかかってくると思うんですけど多分はい……」と言う獅子丸の顔がボコボコに腫れているので一応町民たちを守るために身を張ったんだろうということにして、僕は許す……のはいいが、獅子丸の指し示すテーブルの上には電話なんか乗っていない。あるのは汚いゴムボールと靴の右側一足と石ころだ。「………？」

しかし、そのうち石ころが突然鳴り出す。「プルポンピンパラパラポン♪プルポンピンパラパラポン♪」。ブリリリとバイブ機能までついている。ああ……「スタンドだ」と僕が言うと横の二人が驚く。「え？何ジョージこれ何か判ってるの？何これ？」「何でこんなんが着信してんの？」

スタンドを知らないってことは、しばらくは苦労するだろう。でも名探偵だから僕と同じようにすぐに学び、理解するに違いない。僕は石ころを拾い上げる。ディスプレイも受信ボタンもある。押して出る。

「もしもし？」

すると向こうからも驚いたことに日本語が返ってくる。「もしもし？そちらは……ジョージ・ジョースターくん？」。若い男の声だ。

「はい。そちらは？」

「僕の名前はどうでもいい。君は、……日本生まれの英国人？」

「まあそうです。そちらはイタリア生まれの日本人？」

「………」

「用件は何でしょう？」

「君はちょっと愉快そうな人ですね」

「そうですか？じゃあちょっとこっちに降りてきてもらって、顔を合わせてお喋りでもしてみませんか？」

「用件を言います」

「それはご依頼ですか？」

「？……どういう意味ですか？」

「名探偵へのご依頼ですか？」

「そうなりますが……？」

「じゃあ依頼人の名前を教えてください。名探偵ともなると、利用するだけ利用して後で酷い目に遭わせてやろうとする輩には馴れていて、依頼人の身元がはっきりしない方とは付き合わないようにしてるんです」

「………」

「教えていただけないなら、この電話を切らせてもらいますが？」

「………」。ちょっと待ち、僕は実際石ころを耳から離して通話を切ろうとするが、そのとき電話の向こうから笑い声が聞こえる。穏やかで軽やかな笑い声だ。

「ふふふ……いいでしょう。僕の名前は汐華初琉乃。日系イタリア人で、もっぱらジョルノ・ジョヴァーナと名乗っています。これでいいですか？」

「……そうですね。ありがとうございます。では用件を伺いましょう」

「君たちに人探しをしてもらいたいんです。その人の本名は判りません。判っているのは通称だけです。その名前は『ディアボロ』。パッショーネ・ファミリーのボスです」

……まあ想像通りの展開と言うべきか。僕は訊いておく。「その人はスタンド使いですよね？」

「……そう思われます」

「でも僕も、他の二人の名探偵も、スタンドなんて使えないどころかまだ何のことかよく判ってないんですけれど」

「あなたたちにはこちらから補佐役をつけます」

「僕らが選んじゃ駄目ですか？」

「………」

「そりゃそうですよね。で？」

「今目の前にいるブローノ・ブチャラティのチーム四人があなたたちにつきます。チームリーダーのブチャラティが僕との連絡係となり、残り三人があなたたちそれぞれに一人ずつつき、行動を共にします」

「そうですか。……期限はありますか？」

「ありません」

「……でも、この状況、ずっと続くとは思えませんけど」

「どのような状況であろうとも、何が起ころうとも、かならずディアボロを見つけてください」

「……!?」

「いいですか?何が起ころうとも、必ずです」

「……できなかったら?」

「そのことは考えなくて結構です」

「あ、そうですか」

まあ考えないほうが良さそうだ。

「ではジョージ・ジョースターくん、よろしくお願い致します。お待ちしてますよ」

そう言って電話が切れると、目の前の椅子からブローノ・ブチャラティが立ち上がり、イタリア語で言う。「お前、イタリア語、本当は喋れるだろう?」

うおっ、と思ったのが間違いだったらしい。ブチャラティが笑う。「ふふ。嘘の匂いで判るんだよな。憶えておけよ?隠し事もな、味も匂いも薄いけど、やっぱり嘘なんだぜ?」

笑うブチャラティの背後から三人の悪そうな目つきをしたイタリア人が現れる。皆まだ若い。

僕は訊く。「で?どうするの?俺はイタリア語喋れるけど……」

ブチャラティが僕の背後の二人にイタリア語で訊く。「お前らもどうせイタリア語くらい喋れるんだろう?名探偵さんよ」

すると大爆笑カレーもルンババ12も揃って頷く。「シ!シ!(YES!YES!)」

ま、コミュニケーション能力は高いのだ、職業柄。

それからつききりになるメンバーを当てがわれる。

大爆笑カレーにはレオーネ・アバッキオ。長身で強面で、それほど背の高くない大爆笑カレーは口を開けて見上げている。

ルンババ12にはグイード・ミスタ。帽子を被ったマッチョ。体臭があるらしくて神経質なルンババ12がクンクンと一度やった後顔をしかめたままになっている。

そして僕についたのはナランチャ・ギルガ。僕とほとんど変わらないくらいの年齢で、いかにも少年ぽい顔立ちをしている、が、ギラギラした目で僕をねめつけて威嚇してくるのは、やはり自分の見た目の幼さを自覚してるからだろう。「てめえ舐めんなよコラ」みたいなことをぶつぶつ言っているしどうやら刃物も隠していてチラチラ見せてくるところを見ると、どうやら一番危ないのはこの子だな。


さてこれから捜査に乗り出すぞ、と僕は石ころを引き続き持つことになり、ゴムボールが大爆笑カレーに、靴かたっぽがルンババ12にあてがわれそうになってルンババ12がすかさず交換してワイワイ寄越せ寄越せと騒ぎになってブチャラティが「てめーらいい加減にしろ！」と怒鳴ったとき、僕の、ナランチャとは反対側の隣に人が立ち、見ると九十九十九だ。

「………！」

にっ、と笑って九十九十九が言う。

「やあ。君の道具だよ。君を必要としてる人がいる。僕が連れてくからね」

と言って僕の肩を摑む。

と同時に「おい何だお前！」と怒鳴ったナランチャが僕の身体をどけつつナイフを取り出して九十九十九に向けるが、その瞬間に僕たちは飛ぶ。

「ありゃ。変なのも付いてきちゃったけど、まあ何か意味があるんだろう。じゃあね」

と言って九十九十九は消えたが、僕とナランチャは残る。

そこはアメリカ合衆国ＮＡＳＡが打ち上げた有人宇宙飛行船『ＨＧウェルズ』。ちょうど火星への周回軌道に乗って火星の裏に回りかけたところで、新しい発見をする。

それは火星の裏にずっと隠れていたせいで地球からは見えなかった、フォボス、ダイモスに続く火星三番目の月だ。

NINE 崖

ケントン殺害事件でローマから帰国した俺を即座に逮捕、強引に起訴させたのは司法関係者に友人の多い父親のベン・モーターライズで、さらに十六歳の俺を大人と同じように罰するよう少年保護法の例外とされ、俺は第一級殺人罪に問われることになる。

留置所に入れられた俺に母さんとペネロペが会いにくる。俺の顔を見るなりペネロペが泣き出す。

「ジョージ！可哀想に……私が絶対ここから出してあげるからね！ああジョージ！ジョージ！」

あまりの剣幕に俺のほうがギョッとする。「いや僕は大丈夫だからペネロペ、落ち着いて。君の気分の安定のほうが大事だよ」。密室ピエロを呼び出されたら困る。

すると俺が冷静なので母さんもペネロペも驚いたらしい。「ええ……？」とペネロペが不審そうに訊く。「何でそんな平気そうなの……？」

「いや僕ももう大人だし、しっかりしなきゃなって」

「はあ……？」

母さんも怪訝そうだが、こう言う。「まあでも安心したわ、ジョージ。でもできるだけすぐ家に帰れるよう手配しますからね。心配しないで」

「うん。母さんも僕のことは心配しないで。僕はマジで、快適なくらいだからえへへ」

「………？どうやら本当に大丈夫そうね」と拍子抜けした様子で母さんもペネロペも帰っていくが、

成人犯罪者と隔離するため俺にあてがわれた独房に戻る俺の足も軽やかだ。スキップすると警官に叱られるのでそっとそっと歩いてく。浮き足立つとはこういうことか。早く自分の檻(おり)の中に戻りたい。一番奥の小さな檻に。

そこにはリサリサがいる。

檻のそばまで来ると警官がビシャンと痺(しび)れて立ったまま気を失う。正確には脳の思考回路部分だけ麻痺(まひ)させて、日常的な行動だけ……頭を使わなくてもできることだけ行うようになる。容疑者を檻に戻し、鍵を掛けるというような毎日の仕事だけ。だから一応目も見えてるしリサリサの姿も小(こ)綺麗(きれい)で冷蔵庫まで置かれてる檻の様子も見てるはずだがそれを理解できない。俺の脳が平気なのは、リサリサが与えてくれた靴下が床を走る波紋(はもん)を遮断してくれるからだ。特別な糸で縫われているらしくて……何だっけ、サティポロジア・ビートルだったかな？変な虫の糸で、波紋を散らしてしまうらしい。

「お帰りジョージ」

「ただいまっす！」

「ママエリナ、最初は心配そうだったけど、安心して良かったね」

「え？見てたの？」

「うん。ママエリナの様子次第では私がついてますからって言おうと思って」

「えー」。母さんにそんなことバラしたら、女の子が留置所なんてうろうろするもんじゃありませんとか言って出入りを禁じられそうだ。

「うふふ」とリサリサが笑う。「でも安心したみたいだから、言わなくても平気そうだね。ママエリナもスピードワゴンも手を尽くしてるし、波紋戦士のコネも活かせそうだし、きっとすぐに出られるよ」

「う～ん……」。出ていきたくない……正直リサリサが優しくてご飯やお菓子を持ってきてくれたり掃除してくれたり勉強を教えてくれてたりいろいろしてくれるし学校も行かなくていいし、ここ極楽なんですけど……と言ってられないのは判ってるんだけど。

俺が逮捕された直後からリサリサが俺につきっきりでいてくれるおかげで、不安も恐怖も全く感じずに済んでいる。頼もしい女の子なのだ。ビシャンビシャンと警官を失神させつつ正面から堂々と留置所に乗り込んできたリサリサを見て、俺にあった絶望感は吹き飛んでいったのだった……。

「本当はこんなふうに波紋を使うなんて叱られちゃうんだけどね」と笑うリサリサは最高だ！

夜は帰っちゃうけど。「はしたない真似はできません」とか言って。いや何もしないから。↑？

で、夜一人になると、ケントン・モーターライズのことを思う。俺に夢をくれた人。鳥の背中に乗る妖精のようだった女の子。ずっと笑っていて、たまにギョッとするくらい辛辣なことを言ったりして、でも嘘をついたり誤魔化したりするようなことはなくて、楽しかった。

でも死んでしまった。

留置所に入って六日目の朝、スティーブンがやってくる。えっ、と俺は思う。俺のことを犯人だと疑ってるかもしれなくて、会うのが怖い。けど会いたい。妹を亡くした彼に哀悼の気持ちを伝えたい。何もできないかもしれないし、言葉なんて出てこないかもしれない。それでも顔を見せるべきなのだ、と俺は思う。ケントンの腹や胸や顔を二十三カ所も刺してグチャグチャにしてしまったのは俺のうちのナイフだったわけだし、そばにあったのは俺の飛行機だったのだ。俺に具体的な責任はなくても、俺は俺にできたはずの、ケントンを死なせないための何かがあったと思う。しかしやはり怖い……。友達の死というものに向き合うのも怖いし、妹が殺された兄という存在と接することも怖い。

「行ってあげなさいジョージ。私があなたのそばにいるように、友達のそばにいてあげないと」

リサリサが面会室の近くで見守ってくれると言うので、俺は覚悟を決めてスティーブンに会いに行く。

焦燥した様子のスティーブンがそこにいて、げっそりと痩せて別人のようで、俺は言葉を失いかけるが、言う。「ケントンのこと……悲し過ぎて、悔し過ぎて、……言葉にならないよ。僕は警察に疑われてるようだけど、……当たり前だけど、何もしていないよ」

するとスティーブンが言う。「もちろんそう信じてるよ。君がケントンを殺したりするはずがない。でも……今日僕は謝りに来たんだ。ごめん。どうやら父は、君が犯人だと思い込んで、徹底的に怒りをぶつけるつもりのようなんだ。君がそんなことするはずないとずっと説得してるんだけど、どうやら復讐心に取り憑かれてるみたいで全く話を聞いてもらえないんだ」

俺の気持ちが暗くなる。でも顔には出さない。「いいよいいよ。君は僕のことは心配しなくていいよ。今は余計なこと考えず、亡くなったケントンを悼んでいればいい。僕も毎晩祈ってるんだ……ケントンが天国で幸せにやってくれているように」

「……ありがとう。でもケントンはズタボロにされてしまった。今の僕には天国も地獄も見えないよ。どうしてケントンみたいな子が殺されなくちゃならなかったんだろう？」

　俺に答なんてなかった。

「飛行機、また一緒に飛ばせるといいな」とスティーブンが言う。「君の飛行機、見たよ。バランスが良くなって、もう少しで問題なく飛べるね」

「ああ……」と俺は俺が直していた旧モーターライジング五号、新生『スターシューター』のことを思う。俺の体重が百グラム程度ならば乗ることだってできるだろう。実際凧(たこ)にはなるのだ。ケントンが殺された崖で、俺の飛行機はただ転がされてたわけではなかった。大きな岩とケントンの遺体を重しにして、ロープでつながれて空に浮かべられていたのだ。海から吹き上がるあの日の強い風で雨に濡(ぬ)れて布が重たくなっていたにもかかわらず、高く飛んでいたらしい。それでケントンの死体はすぐに発見されたのだが、……凧に気付いたのもおぞましい妹の遺骸を見つけたのもスティーブンだった。そのときのスティーブンの気持ちなど想像もできない。

「飛行機か。もう僕には触れそうにないよ」

　と俺が言うとスティーブンが笑う。

「そんなふうに思うなよジョージ。僕も君も飛行機から離れたら……何て言うか、ケントンがいた証拠みたいなものまでなくなっちゃうじゃないか」

　その台詞(せりふ)を思い出し、俺はその夜檻の中で泣く。

　ケントンは飛行機が好きだった。飛ぶことが好きだった。上手だったし、美しかった。今となっては飛行機が気に入ったのか、あのとき崖の空を飛ぶケントンに憧れたのか、よく判らない。

母さんたちの尽力もなかなか届かず留置所生活は続くが、警察官たちも俺を立件するのは大変そうだった。裁判にするためには犯行にまつわる全てを調書にまとめなければならないが、ケントン殺害事件には謎が多過ぎる。

まず犯人としての俺の足取りがそもそも説明不能だ。モーターライズ邸でダーリントンと会話した後ファラデイさんの案内により別室に移動し、その約二時間後にローマ市内から電話連絡を寄越したのだから。空白部分はその二時間しかなく、イギリス・ウェイストウッドからイタリア・ローマへの移動自体二時間では到底無理なのだった。列車と船で四日はかかる距離で、アメリカの飛行機を最大飛距離で並べて乗り継いだとしても丸まる二日かかってしまう。

刑事からの尋問では、俺はこう答えている。「ファラデイさんに別室に案内されたら死んだはずの友人がいて、手を握ると真っ暗闇の中にいて、洞窟だと思って這い出してみたらそれはローマの地下の遺跡でした」。それはほとんど本当のことだから、嘘を見抜く警官相手でも俺は緊張せずに話すことができた。リサリサの存在は伏せ、あの宝物蔵のある神殿ではなく予め（あらかじ）リサリサに教えてもらった別の適当な地下遺跡のことを言っただけで。そっちの地下遺跡もまだ公的には発見されていなかったので、イタリア警察に確認を取ったところ世紀の発見と騒ぎになったので、実際に俺がそこに迷い込んでいなければその発見はなかったはず、と俺の嘘は露見せずに済みそうだった。無罪放免となったらイタリア政府から感謝状が送られるという話もあったくらいだ。もちろん断ってもらったけど。リサリサたち波紋使いはどうやら地下の建造物に詳しいらしい。

この突拍子もない俺の証言に刑事たちが苦慮（くりょ）しているのが目に見えた。いくらなんでもそれをそのまんま調書に書く訳にはいかないからだろう。ファラデイさんの証言もありローマでの証拠もあり、俺の言ってる内容はともかく事実は疑えない。俺は精神鑑定を受けさせられたがその結果がどうであれ調書では《どのようにして二時間でイギリス、ウェイストウッドでケントン・モーターライズを殺害したのちローマに移動したか》を詳細に書かなくてはならない。

で、ベン・モーターライズが強権を発動させる。知り合いの判事に前もって『殺害後の行動の曖昧（あいまい）さは犯行立証の妨（さまた）げにならない』という傍証を付けさせたのだ。これで俺の移動方法の謎は無視して良いことにされてしまった。調書は俺の証言のまま書かれ、しかしまあそれはいいとして、と無視されることになった。

だとしても調書成立までのデタラメはまだまだ続く。

そもそも俺にはケントンを殺す動機がない。あるはずない。何しろ彼女はイギリスでできた俺の数少ない友人の一人……どころか唯一の友人兄妹の一人なのだ。俺は陽気で物言いの明け透けなケントンのことが好きだったし飛行機乗りのテクニックを教えてくれる先生役として慕ってもいた。それが真実だ。が、調書ではこう書かれた。俺がケントンに恋心を抱いていて、あの日自分の飛行機を見せるという口実でケントンを誘い出して交際を迫り、拒否されたので殺害した、脅迫するつもりだったのでナイフを用意していた、遺体に飛行機を結びつけて飛ばしたのは墓標のつもりだった、と。「それは事実ではありません」という言葉を俺は何万回も繰り返し、学ぶ。嘘でも何でも自分の都合のいいよう形を整える、と決めている相手には何を言っても無駄なのだ。

ケントンの殺害推定時刻からも俺の犯行と考えるのは難しいはずだった。俺がモーターライズ邸を訪れたのが午後三時半で、ファラデイさんに案内されて別室に入ったのが午後四時。しかし帰宅直前のスティーブンがモーターライズ邸の門の辺りで崖の方の空に浮かぶ凧を発見したのはその少し後、だいたい午後四時十分頃なのだ。モーターライズ邸から犯行現場となった崖の上までは馬車で二十五分かかる。徒歩だと二時間、走っても、緩やかながら坂になっているので一時間はやはりかかる。午後三時半過ぎくらいにケントンが徒歩で雨の中傘を差しながら学校を出るのが目撃されていて、そのまま徒歩でまっすぐ崖に向かったとすると三十分かかり、遺体の発見状況から……自宅のすぐそばで雨の空に凧を見つけ、異様な気配に馬に乗り崖に駆け上がったスティーブンの証言では、ケントンの遺体はまだ温かかったそうだが、ならばつまり四時から四時十分のたった十分間で犯人は学校帰りのケントンを殺害し、俺のスターシューターを遺体に結びつけて飛ばさなければならないことになるだろう。

その飛行機を運び込むことだって大変だ。俺のテントの中で蘇りつつあったスターシューターは組み立てられた状態だったから、普通に考えるなら犯人はそれを一旦分解してから運び、組み立て直さなければならない。しかしスティーブンが見たところ機体に新しい記号のようなものなど書き込まれてはいなかったようだからスターシューターの作りをよく知っている俺以外の人間にはおそらく分解して組み立て直すという作業は無理だろう。何しろ俺自身初めての組み立て作業だ。チグハグな部分継ぎ接ぎの激しい部分もあちこちにたくさんある。だから、犯人はスターシューターをそのままの形で現場まで運んだに違いない。縦横十メートルほどのグライダーを五キロほど離れた現場まで。途中にはウェイストウッドの中心街もあるから、人目を避けるなら迂回したに違いない。

凧として空中に浮かしたまま移動することはできただろうか？……ロープが空中に伸びていて、その先に何が括りつけてあるのだろうかと気にならない人はいないだろう。それに人間一人の体重では風に乗ったスターシューターは押さえきれないはずだ。

もちろんスターシューターに乗って移動するのが一番早いだろうし犯行当日は風が出ていて、そういう日はテントの中に風を通してやるとスターシューターは浮くくらいなのだが、スティーブンの言う通り、人ひとりを乗せて飛ぶバランスをまだ獲得できていないのだ。……が、調書の中で、俺はそれをやったことになる。学校を出て一度自宅に戻り、ナイフを持ちスターシューターに乗ってモーターライズ邸に行き、ダーリントンとの会話の後こっそり屋敷を出て再び飛行機に乗り崖へ。呼び出しておいたケントンに交際を迫り断られて殺害……。

俺が全てを否認したまま調書は仕上がり、俺は自宅に戻ることを許される。俺としては檻の中に残りたいが、いつまでもリサリサに甘えている訳にもいかなくて、しぶしぶ帰る。と言うかそろそろ俺のほうが遠慮しないとリサリサの波紋を受け過ぎてウェイストウッド署の警官たちが時々白昼夢でも見てるかのように白目を剝いて突っ立ってるようになってしまった。怒り心頭のリサリサだから、ちょっと余計に波紋を使っていたのかもしれない。

で、檻から警察署の正面玄関まで堂々と俺に付き添ってきたリサリサが言う。「じゃあ私、ここでとりあえず行くね」

「えっ？一緒にうちに帰らないの？」

「だってストレイツォの仕事もあるし。ずっと休んじゃってたから」

「何だ……寂しいな……」

「駄目よジョージ。あなたはあなたで頑張らないと。結局起訴されることになっちゃったでしょ？これからもっと大変になるんだから」

そうなのだ……。「気が重いよ……」

「ジョージ、しっかりしなさい。あなたのお友達が殺されて、あなたが疑われてるのよ？気が重いなんて言葉で済むような事態じゃないんだから、そもそも」

その通りだ。「うん。……」全くその通りで、俺はケントンを失い、おそらくスティーブンも失っているのだ。「……確かにそうなんだ……」。そして俺の大事なものが、これからの裁判の流れ次第でさらに失われていくことになるのだ。

俺は戦わなければならない。

「いろいろありがとう、リサリサ」。俺の顔をリサリサが見つめる。「……これからは僕、もっと強くなるよ。一人でも頑張れるように、もっともっと強くなりたい」

するとリサリサは言う。

「強くなんてならなくていいの。大人の男になりさえすれば、それでいいの」

「じゃあ僕、それを目指すよ。そして強くなる」

「うん。……一人だけで頑張らなきゃいけないと思わないでね、ジョージ。私はまた助けにくるから」

「……でも僕、リサリサみたいに強くならないと……」

「ジョージ、私は別に、一人で何でもできる訳じゃないよ。決して強くなんてない。私は私で、ジョージに助けられてるじゃない」

「えーっ？」

警察署の檻の中での暖かい思い出ばかりが俺の中にあって、リサリサが何を言ってるのか本気で判らない。

「だって私がローマの地下で怯えていたときにジョージが来てくれたでしょ？私、あれで凄く助かったと言うか……たぶん命を救われたの。あの暗闇に、何かいたでしょ？ジョージ、気付いてたよね？」

ゴリラ蜘蛛。

ぷすーーーーーーーーーーっ…………ぷ、ぶるるるる……。

「うん……いたね」

「あれが何だったのか、いまだに私にも判らないけど……あれは私を狙っていたの。でも私に襲いかかろうとしたとき、あなたが現れて、私を守ってくれたのよ、ジョージ」

そうだったのか……？「いや、でもそれは僕が頑張ったって感じじゃなくて……」

「言いたいことはね、ジョージ、頼れる人を作ることが自分の力になるの。実際に頼る頼らないは大した問題じゃないと思う」

うちに帰り、母さんとペネロペから祝われ、ご飯を食べ、俺は部屋に入って一人になって、ようやくケントンではなく九十九十九のことを考える。

あのときモーターライズ家の客間で少しだけ浮いていたあいつは確かに九十九十九で、生きていて、でも普通の状態じゃなかった。

僕は今、2012年の日本にいるんだよ。そしてそこで別の君、君とは全く違う日本人なんだけど同じ名前のジョージ・ジョースターと出会ったんだ。そして今僕はアロークロスハウスって館に運ばれて、事件に巻き込まれている。

つまり九十九十九は船で死んだのではなく、107年後の日本にタイムスリップしたわけだ。そのことについては良かったことに思えた。今、日本はロシアと戦争中で、日本の攻勢が続いているようにも見えるけれどもロシアはおそらくバルチック艦隊で日本海軍を壊滅させてしまうだろう。戦況をひっくり返して日本を降伏させ朝鮮を支配下に置いた後は日本本国にも手を伸ばすと見られているし、九十九十九自身も何か辛い目に遭うかもしれない。またたった一人になってしまった俺の友達だけど、戦争のない世界にいるのならそれがいい。そこにはもう一人の俺もいるらしいし。

……そのジョージ・ジョースターというのは、俺の子孫だろうか？俺の名前が俺の祖父と同じであるように107年後にもジョージはいるのか？でもどうして日本なんだろう？ジョースター家は日本に移住するのだろうか?何故そんなことが起こるのだろう?イギリスに何かあったのだろうか?これからイギリスはロシアと戦争して、ロシア占領下の日本を保護国とでもするのだろうか?

俺は戦争についてなんか何も知らない。タイムスリップについても、ウェルズの小説についてでしか知らない。１０７年後のことなんて想像もつかない。

けれど少なくとも一つ判っている、と俺は思う。九十九十九は海に沈んで死んだ訳じゃないのだ。そう思うと、俺は九十九十九を探しに行きたくなる。九十九十九に何が起こったのか、俺は知らなくてはならないんじゃないかという気持ちになる。かつての相棒として。

でも俺に何ができるだろう?

九十九十九の乗った船はアメリカのフロリダ半島沿岸で沈んだ。それを調べに行くことなんてできないのは、俺が今から第一級殺人罪で裁判を受けることになっているからだ。国外に出れば逃亡したとされるだろう。

それに、タイムスリップの痕跡など残るのだろうか?残っていてもそれが俺に理解できるだろうか?もしそこに何かワー凄いというようなタイムスリップの跡みたいなのを見つけたとしてどうなる?俺は九十九十九を追いかけて１０７年後の未来にでも行けるとでも思っているのか?

九十九十九は本当に特別な男で、俺は普通だ。俺にできないことはそもそも多く、さらに今はまだ十六歳で、殺人容疑まで抱え込んでしまったのだ。

……あいつはもう一度俺に会えるだろうと言った。俺はそれを待つしかないのだ。

正確には何と言ったんだっけ?

多分僕の名前から言って、君にはもう一度会えると思うと言ったんだ。

名前？どういう意味だ？

そう言えば漢字がどうたら言ってたよな……と思い、九十九十九にもらった日本語の辞書の存在を思い出す。調べてみたけれど特別な意味はない。《九》と《十》は九と十だ。


起訴されたけど俺が無罪答弁をしたので陪審トライアルが行われる。冒頭陳述があって検察がデタラメを言い、母さんが見つけてきた敏腕なはずの弁護士が陪審員に反論と問題点を挙げる。証人が呼ばれて主尋問を受け、反対尋問を受け、最終尋問を受けるのだが、この過程がかなり長い。で、裁判中は学校に行かずに自宅学習をすることになり、またペネロペが先生になる。結構判りやすく教えてもらえて勉強は進み、自由時間が増える。退屈だけど飛行機いじりはもうする気がしない。しかし街に出ると学校の奴らがいるしひょっとしたらモーターライズの家族だって歩いてるかもしれない。自分の身に起こったことが非日常的過ぎて小説には集中できない。飛行機いじりは楽しかったし道具もいろいろあるんだよな、とりあえず手だけでも動かしてようかな、と思っているところに母さんが帰って来て、降りてきたのは会社で使ってる自動車で、俺は次のオモチャを見つける。

自動車！

ブルーン！イエイ！

俺は早速母さんに頼み、免許を取ってもらう。俺は納税していないから許可証は取れない。もちろん世間では大人の男の乗り物って雰囲気だったけど、母さんはそういうのは気にせずに俺を自由にさせてくれる。俺は母さんの送迎をしている運転手に車の運転方法を習い、すぐに憶える。飛行機と比べて操縦の仕方はシンプルだ。運転の難しい乗り物じゃない。

で車を買ってもらう。ローバー8。二人乗りのこの車を俺は早速分解し、改造してみようかなと思うけど、全て手作りで簡単に代用品は見つかりそうもなく、またスティーブン・モーターライズがそばにいて飛行機をいじってたときと違って先生もいずに一人だけなので、そろそろと、少しずつ剝がし、ちょっと見て戻しちょっと見て戻し、エンジンの作りを見ていくが、当然途中で壊れてしまう。わはは。決して俺は器用という訳じゃないのだ。根気もない。

それでロンドンにある自動車修理工場に持っていき、そこで俺はジョン・ムーア＝ブラバゾンという大学生に出会う。

ジョンは見るからにただ者じゃなかった。高級そうなスーツを着崩して修理工場をプラプラしながらそこにあるあらゆる自動車をジロジロ見つめているので大胆に潜り込んだ泥棒ではと思って見ていると突然そのうちの一台のエンジンを取り外してしまったり車輪を交換してしまったり、好き放題に振る舞っていて他の職人も何も言わないので訊くと、どうやらそこにある七台の自動車の全てが彼の持ち物であるということで、おいおい手作り生産で貴族にだってまだ行き渡らないのにどんな金持ちがそんなにたくさん自動車を占有できるんだよと思ったら、どうやら彼はチャールズ・ロールスって自動車会社をやってる男に専属でついたメカニックらしい。だからそこにある七台のうち四台は彼の仕事上の資料で、残り三台は彼のボスから預かった試作品らしくて、どの車も彼以外触ってはならないとされているらしい。ほえー楽しそう。その上まだ学生と聞いて、いやあ世の中には凄い奴がいるよなあと思いながら俺はジョンが車をいじるのを眺めている。あっちをちょいちょいこっちをちょいちょい、気が向くままに思いつきに任せて七台の車をひょいひょい渡り歩きながら部品を外して取り替えてバラバラにして組み直してを繰り返していく様子は楽しくて、最初は車の構造を盗み見しようと思っているのにいつの間にかジョンの手つきや身のこなしにうっとり気を取られている。ゆっくりと衝撃が自分の中に広がり、染み込んでいく感じがケントン・モーターライズに出会ったときと似ているな、と思い、それだけじゃないな、と思い出すのは九十九十九との出会いで、つまり俺はここでまた人生が展開し、拓けるんだなあとぼんやり感じる。

だからジョンが俺に気付いて話しかけてきたときもああとうとう始まったなと思うだけだった。罵られた。「じろじろ人のケツ見てんじゃねえよこの野郎！」

え！何言ってんだこいつ！「見てねえよクソが！」

「何だこのクソガキ！」「誰がガキだこのボンボンすねかじり小僧！」「俺は俺の力で稼いでんだ！てめえの自動車のほうは親に買ってもらったもんだろ！こなくそ！」バチーン！とレンチで俺のローバー8をぶん殴りやがったので俺はかっとなる。「何しやがんだ畜生！」と怒鳴ってジョンの七台を順番にムチャクチャに壊してやろうかと思ったけどもったいないのでやめておき、俺はジョンを押しのけてローバー8のエンジンルームを開けて故障箇所を直し始め、怒りに燃えた頭だと見えてなかった部分も見えてあっという間に修理を終え、ジョンのレンチで凹んだ傷を裏から叩いて綺麗に直すと全て元通り、俺は運転席に飛び乗り、ぽかーんと俺を見上げるジョンに怒鳴る。「てめえ轢(ひ)き殺してやっからな！そこでじっとしてろ！」。バン！ドルドル……とエンジンがかかって俺は発進し、マジで轢いてやろうとジョンを追いかけ始めるけれど、「やなこったバーカ！」と駆け出したジョンは表に停めていた八台目の故障していない自動車に飛び乗って逃げ出し、工場敷地内で追いかけっこが始まる。が、全然勝負にならない。ジョンの自動車は俺の倍くらいのスピードでビュンビュン駆け巡り俺を翻弄(ほんろう)し涙目の俺を運転席からからかってくる。べろべろバーだのここまでおいで〜だの子供っぽい嫌がらせをしてくるのでなおのこと腹が立つけれど、追いつけない。ゲラゲラ笑いながらジョンが「よーしこのままロンドン全体で鬼ごっこするかー！」と嬉しげに言い、俺は頭の隅っこであ、やべ、警察に捕まったら俺裁判に響くかも、とは思うけど、止められない。「ふざけんな死ねーっ！」と言いながら工場を飛び出て馬車だの通行人だのをビックリさせながらスイスイ異常なテクニックですり抜けていくジョンを追いかけていると、やはり感心してしまう。そのうち騎馬警官に追いかけられた頃には俺も笑い出している。捕まったら完全にマズかったのに。でも楽しかったのだ。俺は生まれてこの方ずーっと苛(いじ)められるばかりで人とまともな喧嘩(けんか)したことなんかなくて、ギリギリまでの我慢を爆発させて頭を真っ白にしたまま暴力をふるったことはあるけれど、ジョンはナチュラルに俺の怒りを引き出し、罵り言葉を口から吐き出させてくれた。俺は爽快な気分だった。虚しさはなかった。俺にもこんな台詞が言えるなんて！ぶちきれるんじゃなくてぶつかり合うことができるなんて！

　ジョンと二人で工場に戻り、心配していた職人さんたちに呆(あき)れられながら俺たちは笑い合い、俺はジョンと親しくなる。まあ思った入り口じゃなかったけど、予感通りに人生が拓ける。ジョンは王立自動車クラブ（Royal Automobile Club）のメンバーで、スターだった。

　俺にとっては魔法使いだった。何しろジョンの手にかかればどんな故障もたちまち直ってしまう上に以前より調子が上がるのだ。運転席にジョンが乗れば、その車は別物のように走り、曲がり、遠くまで行って帰ってきてジョンが降り立つころには全身を磨き上げられたように美しくなって見えた。自動車レースでの彼は、勝つことよりもその場の流れの中で最大限楽しむってことに気持ちが行くようでムラっけのある展開に賭け手からは評判が良くなかったが、見ているぶんには毎度毎度はっとさせるテクニックや思いがけない発想の戦術があってドライバー仲間ではすこぶる評価が高かった。

　ジョンは仲間内では唯一年下の俺のことが気に入ったようだったが、これは迷惑なことのほうが多かった。ジョンは人をからかうのが上手くて、特に俺は毎回毎回執拗にやられて悔し涙を堪えるのが必死なくらいだったのだ。でもそんなのに耐えながらジョンの背中を追いかけているうちに俺のレース成績はどんどん上がり、いろんな人から一目置かれるようになったが、注目を浴びれば俺の背景も知れ渡る。俺が殺人容疑で裁判を受けていると知ると大勢の人間が俺から離れた。

　ジョンは言う。「別に殺してたって殺してなくたってどうでもいいじゃんか、なー？」

　いやいやいやいや。「どうでもよくねえよ」と俺は言ったけど、ジョンの真意は判っていた。自分たちの関係の前ではそのことの真偽は大した意味を持たないということなのだ……と感動している俺にジョンが続ける。

「だって戦争になれば大体の男は人殺しになるんだぜー？皆それでも普通に生きて暮らしてくんだ

から」

何を言い出すんだこいつは……。「戦争なんて行かなきゃいいだろ」と俺が言うとジョンが笑う。

「馬鹿だなジョージ。これから起こる戦争は戦場も兵士も武器も、全て段違いに大きくなるぜ？」

どういう意味かよく判らなかったが、ジョンは正しかった。俺はもともと政治とか世間を見通す力に欠けているのだ。

バルチック艦隊は日本の海軍に完膚（かんぷ）なきまでに負けて沈み、日本はロシアに戦争で勝っていた。おおお、日本人すげえなと思いつつも、九十九十九のいない日本にはあまり興味が湧かない。

裁判にもうんざりしていた。

何しろムリヤリ警察がでっち上げた調書を元にムリヤリな裁判が続くので、やってる人間が信じてないものを聞いてる人間に信じさせようと思うのが土台無理な話なのだった。十二人の陪審員全員を納得させることはできずに評決不能を繰り返し、ようやく三回目の評決で無罪が出て、はーよかったと思ったら法務長官から『無罪判断が覆（くつがえ）る可能性あり』と付託され、控訴院での審理が続くことになる。そうしてる間に俺は相変わらず容疑者のまま十七歳になり、十八歳になり、ヒュー・ハドソン高校には一度も戻らないまま卒業し、ペネロペや母さんに勧められたけれど、大学に行くのは断る。何しろ小学校からずっと学校にはいい思い出が一つもないのだ。

それに俺は王立自動車クラブでようやくジョンといいレースができるようになってきたし、自動車も凄い勢いで進化していて前の年にジョンのボス、ロールスが作ったシルバーゴーストは時速八十キロでも音もせず走れたし、アメリカのフォード社はTシリーズを工場で大量生産し始めていて、時代は自動車！ってところだったのだ。で、俺はそんな一番熱い場所の中心部のすぐそばにいて、ジョンはベルギーのアルデンヌで周回レースに出場しミネルバ社のミネルバを駆って六百キロを六時間十四分五秒で走って優勝を成し遂げる。国外に出れない俺にジョンが電話をかけてくる。

「おい！次は飛行機だぜ！」

えーーーーーーーっ⁉

ジョンもジョンのボス、チャールズ・ロールスも基本冒険野郎なのだ。ロールスは飛行機のエンジン作りに社を挙げて取り組むつもりらしいし、ジョンも乗り気だし、俺がケントンの事件まで飛行機いじりをしていてって話もしてあったし、ジョンが

「お前はひょっとして自動車よりも飛行機の方が向いてるかもよ？」

などとムカつくことを言うので、俺は飛行機に再挑戦することを決め、スティーブン・モーターライズに話をしにいこうと思う。

しかしもちろんモーターライズ邸に直接顔を出すというわけにもいかないんだよな〜と思い、し

かしスティーブンはまともに学校に通ってなくて友達らしい友達はほとんどいないし、全く通わなくなった俺には当然ツテが見つかるはずもなく、しょうがないので母さんに訊いたら「息子さん今は家を出てフランスの方でお仕事してるみたいよ?」ということで詳しくは動向が判らないらしい。もちろん調べることもできるが国外にいるのなら今の状態だと俺は会いに行けないし電話などでする話でもないし……まあしょうがない諦めるか、と思っていたらペネロペが訊く。

「スティーブン・モーターライズに何の用なの?」

何故か怒り口調……。

「いや、こんどジョンたちと飛行機事業に取り組むことになったからさ」

「はあ?飛行機?……ジョージ、やめといたら?私、飛行機は嫌な予感するよ?」

「え~?……いやでも、ジョンはもう決めちゃってるし……」

「もう!ジョンジョンって!あんたさーちょっと友達に流されすぎじゃない?なんかすぐべったりになってその人のことばっかりになる感じ、気持ち悪いよ!」

ばびーん。気持ち悪いですか。「……そうかな……」

思い当たらないわけでもない。九十九十九のときだってそうだったし、俺はあんまり友人を作らない代わりに、変にべったりしてしまうのかも……。

「……いや私もそんなジョージに助けられてるんだけどさ!心配なの!」とペネロペは言うけれど、ちょっと不安になっているその数日後、ダーリントン・モーターライズがジョースター邸を訪ねてくる。

殺されたケントン・モーターライズのもう一人の兄妹。

二年ぶりに会うダーリントン・モーターライズは以前あった甘い柔らかい感じが消えて、代わりに凄みと威圧感ばかりが増している。「こんにちは。突然訪ねてきて、ごめんなさい」とダーリントンは丁寧に言う。

「あ、いや、……久しぶり……」と俺は慌ててしまってまともに話せない。

「ちょっとお話があって……お時間いいかしら?」

「うん、ああ、いいよ?どうしよう、……ちょっと外出ようか?」

その日は休日でペネロペがいる。二人が鉢合わせなんかしたらトラブルしか想像できない……と思っていたらダーリントンが言う。「そうね、少しだけ、二人でお話しましょうか。……私たち、もうずっとお互いの顔を見かけてもいなかったから」

俺はダーリントンと玄関を出て、自動車に乗るかと誘ってみるが断られる。「この辺を散歩しましょ。今日はちょっと暑いけど、あっちの林の中なら少しは涼しいでしょ」

それで俺たちは裏のブナの林に入るが、ダーリントンがなかなか話し出さないので、俺は言う。

「申し遅れたけど、ケントンのことは本当に悲しいよ(Please accept my deepest condolences about your sister.)」

しかしダーリントンは表情も変えず何の反応も見せずただ黙って歩き続けるので俺も言葉をつな

ぐことができない。

林の木漏れ日の中をしばらく歩いていて、ダーリントンが言う。「ウィリアム・カーディナルって名前、憶えてる？」

？何だ唐突に？「え、ごめん誰だっけ？」

「私の彼氏」

「ああ……。スポーツマンで、頭が良くて医者になるみたいだけど、本当は作家になりたい人ね」

俺がダーリントンの台詞を暗唱すると彼女は驚いてこっちを見るが、俺自身こんなことを憶えてるなんてと驚いている。「凄い記憶力ね」

「やあ……ひょっとしてショックだったのかも」と俺はまた適当なことを言ったつもりで微妙に図星をとらえてるような気がする。

「え？あなたが？」とダーリントンが言うのも無理はない。「どうして？」

「や、だって……あのときも言ったけど、君に急に攻撃されたように感じたことが、僕は怖かったから」

「……ごめんなさいね。あのときの私も混乱した小さな女の子に過ぎなかったから」

も？随分落ち着いたように見えるけど。

「いや、僕もあんなふうにカチンとくる必要なんてなかったよ。小説の批評が自由なように、俺に対する批判だって自由だもんね」

「でもあなたに対する悪口をあなたに伝えてしまうなんて、やっぱり私が悪かったのよ」

「……」。それは確かにそうかもしれない。「でも、もういいよ。……こうしてまた君と喋れるなんて夢にも思ってなかったんだ。ケントンのことがなくてもね。だから、嬉しいよ、ありがとう、訪ねてきてくれて」

「……」

「そのミスター・カーディナルはどうしたの？」

「大学を出たら、医者になる前に軍隊に入るんだって言ってるわ。将校を目指すんだって。人を動かすのが上手だからひょっとしてお医者様としてより成功するかも」

「へえ。小説は書かないの？」

「そういう話は最近聞いてないわね」

「つまりその人とはまだ付き合ってるんだ」

「そうね」

「なんだ」

「……そのガッカリしたふうなのは、多分ウィリアムのことをあまりいい人間じゃないんじゃないかって印象を私が与えてるからよね？」

「まあ、そうかもね」

「ねえ、……これも突然な攻撃だと思われたくないんだけど、私、ずっと考えてきたの。言っていい？」

「え？……いいよ？」

「ウィリアムは確かに完璧な人じゃないし、薄っぺらでつまらないところも多いし無神経だったりもするけれど、あなたよりはマシだと私は思うの」

「え……。いやその人が僕よりマシというかまともな人間であることに、僕が異論を唱えることはないと思うけど」

「ちゃんと聞いて。あなたって、周囲の女の子全員に自分のことを見てくれるよう誘い込んじゃうところがあるわよ？」

「えっ……どういう意味？」

「しらばっくれないで」

「いや本当に意味が判らないけど……」

「じゃあ考えて」

「ええ……？」

「私、ずっとそれを指摘したかったの。この二年間、ずっとよ？」

「ええ……？ごめん」

「まだ謝るのは早いでしょ？なんのことか多分判ってないし」

「うん……」

「あなたがマズいところはね、無自覚なところと、そうやってその気にさせた女の子に恋愛を求めてるんじゃないところよ。だってその部分はもう埋まっちゃってるみたいだもんね、ずっと前から」

「ええ……？」

「女の子に守られようとしないでよね」

なんか、その台詞の意味は判った。俺はだらしないってことだ。


しばらく黙ったまま林の中を歩き、それから家に戻り、玄関を開けるとホールの階段の上から「その女、ここで何やってるの？」というペネロペの声が雷みたいに落ちてきて、俺は固まる。

「こんにちは、ミス・デ・ラ・ロサ」と冷静そうに言うダーリントンはペネロペと既に面識があるみたいだ。

「ジョージに殺人の濡れ衣を着せようとしてる家族の一員がよくもこの家を訪ねて来れたね！」

「……今日はまさしくその話をしに来ました」

「今さら訴えを取り下げてもジョージの二年間は戻らないよ！」

えっ⁉と思う。ああ、そういう可能性もあるか！と俺の気持ちが浮き立とうとしたとき、ダーリントンが言う。「いいえ、そのような流れには今のところなりそうにありません。……実は今日ここに来たのは、父が近いうちに新しい証拠を提出し、膠着していた裁判が動きそうなので、……ジョージに、非公式なものだけど、司法取引に応じてもらうという可能性について検討してもらったほうがいいんじゃないかと思いまして」

司法取引？何それ？

「はああああ?」とペネロペが怒りの声をあげるとゾゾゾゾゾ、玄関にあった家具やポーチの向こうの草木や地面がダーリントンを中心にして動き出す音がする。

いかん。……ペネロペが密室とピエロを呼び出そうとしている。

「何それ!?ジョージに有罪を認めてしまえって言ってるの!?罪を軽くしてやるからって!?」

にゃんですと!?

「……落ち着いて考えて、ミス・デ・ラ・ロサ。新証拠の提出できっと有罪結審の流れに一気に傾くのよ?だってこの案件……司法の世界でも、単なるベン・モーターライズの復讐心によるものだって広まってしまっているもの。内容が支離滅裂だし、とにかくどのような形でもいいから片づけたいというのが関係者の意志なの。そして父は自分がやると決めたことを途中で放り出したりしないし、求めた結果を常に手に入れてきているの。そして今回もそのための大事なパズルのピースを見つけた。判事が……もちろん裏の裏の話だけど、その新証拠の提出の話を聞いて喜んでいるって噂まで半ば公然と流れてるのよ?有罪となれば、武器を用意しての故殺、それも交際を一方的に迫っての自己中心的な動機、さらには罪を逃れるために入念な工作を施したことへの懲罰も加わって、受ける罰は大きくなると思う。刑務所に、長く入ることになるかもよ、ジョージ」

まあでもそしたらリサリサと刑務所で長く暮らすか、と俺は即座に思い、その情けなさに気付いて頭がくらくらする。リサリサが刑務所にもついてきてくれるだろうというのは確信があって、それは俺の願望とは関係ないが、でもそれならじゃあ刑務所も大したことないか、と受け入れようとしてしまうほど俺は落ちぶれているのだ。リサリサの人生を自分の寂しさ紛らわせ、恐怖薄め、不安霧散のために俺は使い潰そうとしているのだ。俺はだらしないどころの男じゃない。屑だ。

　刑務所なんかに入る訳にはいかない、と俺は思う。リサリサは必ず俺に会いにくるし、俺だってこのままの俺ではそんなリサリサに絶対甘えてしまうことになるだろう。長い時間が小さな世界で過ぎるうちに俺はきっとまあこういうのも悪くないかと受け入れてしまうに違いない。


女の子に守られようとしないでよね。


　とさっきダーリントンに言われたばかりの台詞を俺は骨身に沁みさせなければならない。無罪を勝ち取らなくてはならない。「ダーリントン、」と俺は言う。「その新証拠って何だい？」

「………」

「頼むよ。君だって僕が本当にケントンを殺したなんて信じてないだろう？」というこの質問をダーリントンにしたのは初めてで、でもダーリントンが応えないので俺は不安になる。……まさか、俺の犯行説はあの日モーターライズ邸で俺と会っていたダーリントンを説得するような信憑性を持ってるのか？それともその新証拠とやらがあまりにも決定的すぎるのか？

　しかしやがてダーリントンが言う。

「……あの日の夕方、あなたの家の庭を飛び立つ飛行機と、私の家の庭に隠されていた飛行機を見たって証言する人が新たに二人見つかったの。この二人は、父が用意した偽証者じゃないわよ、ジョージ」

　俺の足が一瞬ブルブルッと震える。完全に推測に過ぎなかった調書に背骨がはいることになる。これは確かに裁判を動かしそうだ。

「偽証者じゃないって……どうしてそれが判るんだ?」

するとと階段の上からペネロペが怒鳴る。「やめなさい!ジョージ!その女から離れて!」

ダーリントンを中心にして俺の家の玄関がバリバリと壊れ、土と混ざり合い、新たな壁となってダーリントンを取り囲もうとしている、俺はダーリントンに一歩近づいてその壁の中に入る。密室が完成すると同時にピエロも現れるだろう。俺とダーリントンの首を吊るために。「ジョージ!そこから出て!」と叫ぶペネロペを無視して俺がダーリントンを見つめる。

ダーリントンが言う。「だってその証人というのは、階段の上の彼女と、私だもの」

「………!何だって!?」

「あそこの頭のおかしな女の子はあなたの不利になる証言をずっと黙ってあなたを守っていたのよ。そして私も。……ジョージ、あなたの飛行機は、少なくとも午後三時にあなたの家を飛び立ち、三時半には私の家の庭に着陸していたの。私も……今ここで不思議な力を使って私たちを土壁で囲もうとしている彼女も、証言台に呼ばれることになる。彼女は拒否できるかもしれない。でも代わりになる証拠は既に押収されているの」

「証拠?……そんなものがあるの……?」

「たまたま仕事先から自宅に寄ったときにあなたの飛行機いじりを応援していた彼女が、まだ飛ぶはずないと聞いてた飛行機の飛び立つ姿を見て、どうしたと思う?」

「………?」

「お祝いのメモを残したのよ。『スターシューター初フライトおめでとうジョージ。雨の中大丈夫？今度私にも見せてね！P』。……仕事で使ってるメモ用紙でね。スターマーク・トレーディングスの社名が印字されてたよ？」

「……………！」。俺は振り返り、ペネロペの表情が怒りと焦りで混乱しているのを見て、悟る。ダーリントンの話は本当だし、ペネロペの見たことも本当だし、スターシューターが分解されて運ばれたんじゃなくて誰かに運転されて飛んだのも本当なのだ。

「ジョージの馬鹿！」。密室の中から動かない俺に痺れを切らし、ペネロペが階段の上から離れ、廊下を走って二階の自室に飛び込む音が聞こえる。ペネロペがいなくなると土壁密室が完成寸前で静止する。

「……これ、凄いね」とダーリントンが言い、見るとダーリントンのすぐ脇に俺の家の玄関ポーチの破片でできたピエロが立っていて、その手には庭の草木が編まれてできたロープがあり、今にもダーリントンの首に掛けようとしている。もう一本、ピエロの肩にかかっているロープは俺のぶんだろう。

「ごめんな」と俺は言うが、ダーリントンは平然としている。「……怖くなかったの？」

「私を本気で殺そうとしてる人じゃないからね。……私、脅しに屈するタイプじゃないの。それに、あいう可哀想な力を持ってる人、他にも知ってるから」

「？……ああ……スティーブン？」

傷の翼。

しかしダーリントンは応えず、「じゃあ、私行かなきゃ。ジョージ、司法取引の件、考えてみてね。ちゃんと、真面目に」と言い、「……これ、壊していいのかな?」と密室の土壁を押してみる。指先で作った小さな穴がばりべりと広がり、俺とダーリントンを取り囲んでいた壁が一度に崩れ、床と壁とドアが粉砕され大きな穴となった玄関が現れる。「じゃあね」

そう言ってダーリントンが立ち去り、俺は二階のペネロペのところに行く。ベッドに突っ伏して泣いている。

俺に言葉はない。この二年間ペネロペが抱え込んでいた内容とその重さを思うと、感謝しようと思っても言葉では足りないくらいなのだ。ましてやペネロペの思いが破れ、事が明るみに出ようとしているときに泣いてるペネロペを慰めるなんて俺にできるはずもないと思った。大丈夫だよペネロペ、みたいな浅い薄い言葉で気持ちが上向くはずもない。俺は有罪になるだろう。そのことがペネロペにも判っているからこそ泣いているのだし、そういうことなんだな、という現実が今俺の頭の上にどしんと載っかかってきたところで、その重たさが俺から言葉を奪ってもいるのだ。

司法取引ってものが何なのか判らないが、それを考えるべきなのかもしれない。刑期を短くすることを目標に切り替えるべきなのかも……。しかし俺はケントン・モーターライズを殺してなんかいないのに?それが現実を受け入れるということだろうか?と何も言わず突っ立っていた俺の背後で、

「まったくもう、何なのこの有様は」という声がして、振り返ると寝室の入り口に母さんが立っている。「ジョージ、あなたもう諦めちゃったの?」

「……え……?何を……?」

「……車に乗って飛行機乗りにまでなろうって言うのに、あなたまだ子供のままなの？考えなさい」

「え……だって僕の状況、悪くなりすぎでしょ……」

「で？諦めたって訳？」

「……だってどうすればいいの……？」

「あなたの人生でしょ？あなたが考えなさい」

「……」。俺が全て我慢するってことで収まるだろうか？

とこの世で一番ぬるいことを考えたとき、母さんが言う。「あなたが諦めたとき、傷つくのはあなたの名誉だけじゃありませんよ？このジョースター家の名前、ペンドルトン家の名前、スターマーク・トレーディングス社の名前、あなたが入ってる王立自動車クラブの名前、あなたを仲間として周囲に紹介してくれているジョン・ムーア＝ブラバゾンさんたちの名前。それだけじゃありません。あなたは私とペネロペの気持ちを裏切り、リサリサの期待を裏切り、あなたの友達だった名探偵、九十九十九のことも裏切ることになるのです。さらに、モーターライズ家のスティーブンやダーリントンのことも傷つけることでしょう。そして何より、ケントン・モーターライズの死の名誉も。あなたはこれを全てどうでもいいと考えるの？」

「いや！どうでもいいとかじゃないよ！」と俺は反射的に言うけれど、そういうことなのだ。諦めるっていうのは、全てを投げ打つことなのだ。どうでもいい、価値がないと目をつぶることなのだ……！

いつの間にかペネロペが泣き声をあげるのをやめ、顔を起こし、涙を頰に伝えながらこちらを見つめている。

「どうでも良くない」と俺はもう一度言う。でもじゃあどうしたらいいんだ?と思うけど、訊くな。人に頼るな。考えろ。クソ!俺は他人に頼ってばかりで楽をし過ぎていたのだ。頭が働かない……と決めつけてさらに楽をしようとするな。考えろ!「だから、僕は、僕の身の潔白を証明しなくてはいけない」という決意表明だけじゃ駄目だ。俺の気持ちなんてクソの役にも立たない。俺の身の潔白をどうやって証明する?俺にできないことは明らかじゃないか。ローマにいたんだぜ⁉……と思うが、これが思考停止なのだ。ここで留まっているから俺はどんどんと追いつめられるばかりだったのだ。俺がローマにいたことは証明できている、というところにすがりついていたから結局後退戦だったのだ。攻めなきゃ駄目だ。やり返せ!

どうやって?

調書はでっち上げ。それを皆が信じようとしている。こちらの言い分は既に全て言ってある。俺の言い分を無視することで成り立っているのだ。同じことを言い直しても無駄だ。向こう側が新証拠を発見したように、こちら側からも何か新しい要素を入れなきゃ駄目だ。それは何だ?

あの日の俺の行動は事実の一つしかない。それを訴えることは通用しないのだ。ならば別の何かを考えろ。俺のことはもういい。

考えつかない……のは、俺にできることって範囲で考えてるからだ。俺の思う俺にできることは、本当にできることより小さいのだ。俺はだらしのない奴だから。俺はもっとできるのに、楽をしている。俺は何ができないと信じているんだ？

そんなの判らないので、とにかく何をすべきか、この現状を打開するために何が必要なのかを考える。俺がやっていないということを証明する。

どうやって？

俺がやっていないということはもう言い尽くした。だから、……そうだ。他の奴がやったということを証明しなくてはならないのだ。

「真犯人を探す」

と俺は言って、自分の言葉に全身がブルブルと震える。

うおおおおおお！

両方の太ももの内側から何かじんわりと熱いものが湧き出てくる。俺は名探偵九十九十九と行動を共にしていた。あいつといるときに俺自身が推理したことなんてなかったけれど、俺はあれを真似しなくてはならない。やり方も考え方もそばで見てきたのだ。それを応用するのだ。……できるだろうか？

じゃない。やらなければならないのだ。俺以外の全てが懸かっている。

「そういうことよ」と母さんが言う。「それがダーリントンの言いたいことでもあったの、ジョージ気付いていないでしょ？」

「あっ……」。そうか。どうしてあいつがわざわざあの知らせを持ってきたのか。ダーリントンは俺が犯人だなんて信じるはずもないのに。減刑目当てに罪を認めろなんてダーリントンらしくない考えなのに。

私、脅しに屈するタイプじゃないの。


あの台詞は、まさしく脅しに屈しそうな俺に発破をかけようとして言ったんじゃないか？

「最悪、私が犯人でしたって名乗り出るから、ジョージは思いっきりやってみなよ」とペネロペが言うので俺はぎょっとする。

「ペネロペ、駄目よ」と怒気を込めて言う母さんをペネロペはまっすぐ見つめ返す。

「私、本当に本気だもの」

何てこった、と俺は思う。俺はこんなふうに女の子に言わせてしまうほどの駄目人間だったのだ。

結局女性に助けられてばかりだが、俺はやる。

「必ず真犯人を見つけてみせるよ」

「私も手伝う！」とはしゃいだように意気揚々と立ち上がるペネロペをどうしようかと思うし、ダーリントンの台詞**女の子に守られようとしないでよね**も引っかかるけど、リサリサの台詞も思い出し、俺は手伝ってもらうことにする。

頼れる人を作ることが自分の力になるの。実際に頼る頼らないは大した問題じゃないと思う。

真っ当にやることで自分のことを信頼してくれ、力になろうとしてくれる人間を作ることは、自分の力をさらに大きくするということだろう。一切頼るなということじゃなく、あてにせずに自分で頑張っていれば自然と力になってくれる人もいるということだ。

ペネロペは母さんから休暇を取り、俺の手伝いに専念することになる。俺がその気になってようやく打ち明けられたが、実はペネロペはケントン・モーターライズ殺害事件の調査を二年間ずっと続けている。裁判記録を集めて精査しているだけじゃなく、犯人の足取りも追っている。ダーリントンの宣告と脅しに見せかけた内部情報の流出のおかげでペネロペが見たジョースター邸から飛び上がったスターシューターがモーターライズ邸に向かったことは判った。分解して運んだんじゃない。凧として運ぶと目立ちすぎるし空へ引っ張る力が大きすぎる。つまりスターシューターを乗りこなして移動したのだ。誰にそんなことができる？

君の飛行機、見たよ。バランスが良くなって、もう少しで問題なく飛べるねと俺のところに面会に来てくれたスティーブンは言っていたが、確かに大人の体重がなければ飛べるのだ。

子供の……と考えたとき、俺はファラデイさんが九十九十九のことを**小学生か中学生くらいの若い男の子に見えましたけど**と言っていたのを思い出す。そう言えばあいつは空中に浮いていた。九十九十九が俺のスターシューターを飛ばしたという発想はどうだろう？

あいつは名探偵で、あらゆることをまるでずっと練習してきたことのようにあっさりこなしてしまう奴だから、グライダーの運転だって即座にできそうだ。そうだ。あいつは俺に会いにきたのだ。いや違うか？僕はここに、君のために来たんだとあいつは言っていたが……でも俺のところにやってきたことに間違いはない。あいつはあの日より１０７年後の未来から来たらしいが、それはともかく遠くから俺のところに来るとき、ピンポイントでモーターライズ邸にやって来れるものか？最初に訪れるのは、やはりジョースター邸ではないか？で、俺が留守で、あいつは名探偵だから俺の行き先をすぐに知り、俺の飛行機で移動することにした……急いでいたからだ。俺とリサリサの手をつなぐために。そしてモーターライズ邸で乗り捨てたスターシューターをダーリントンが目撃した……！

しかしもちろん九十九十九がケントン・モーターライズを殺害するはずはない。だが飛行機は崖で発見された。ではこう考えたらどうだ？

俺をローマにいるリサリサのところに移動させた九十九十九は、そのまますっと消えたんじゃなく、もう一度スターシューターに乗って移動した。崖の方に向かって。で、ケントンの死体を見つけた。ひと気のない崖の上で雨が降る中、でも自ら通報できない事情があって、せめて早く見つけられるように俺の飛行機を爪代わりに飛ばしておいた。それをスティーブンが見つけた……。

うん、筋は通るんじゃないか？つまり、ケントン殺害犯と飛行機を移動させた人間は別人なのだ。

では飛行機のことは忘れてケントン殺害犯、俺のメインターゲットを追おう。

スタート地点は、しかしまたジョースター邸だ。ジョースター家の家紋入りナイフの移動。これが飛行機の移動とかぶっているせいで混乱したのだが、別々に考えればいいのだ。「うちの包丁は、犯行当日に盗み出されたと考えていいのかな？」と俺が尋ねると、ペネロペは頷く。

「これについては確認してある。ジョースター邸に通ってもらってる家政婦さんが夕方の休憩をとっている間に盗られたの。警察から証拠品として確認させられたけど、何度も研がれて大事にされてきた包丁だし、刃渡りや細かい傷の場所なども全部一致したみたい」

ちぇ、もっと以前からなくなってたかもしれないけど気がつきませんでした、ということなら飛行機とのスタート／ゴール地点がかぶらないのに……と思うけど、事実ならしょうがない。つまり俺のところに向かう九十九十九とケントンを殺して俺のせいにしようと考えてる犯人がジョースター邸の敷地内に同時にいたということだ……と考えて思い出す。

君は今何かの危機的状況にあるとかそういうことはない？

と九十九十九の言っていたのはまさしくこのことだったのだ。あいつは謎の力でそれを察知し、俺のところに来て、俺をローマに飛ばしたのだ。そしてそのおかげで少なくとも二年間は犯人の思惑通りにはいかなかった。もし俺がモーターライズ邸をあのダーリントンとの会話の後トボトボ帰ったりしていたら完全に俺は術中にはまり、なす術なく投獄されていただろう。

悪意があり、それは俺に向けられているのだ。

クソ！怖いので、そいつを早く見つけてしまいたい。

包丁はどうやって動いた？俺の家から現場までは徒歩だと一時間半はかかる。計画的にケントンを殺すつもりだったとしたらケントンが学校を出るのを見届けてから行動し始めるのでは間に合わない。学校を出た時刻が三時半過ぎ。殺されたのが遅くても四時十分。四十分で殺害し終え、そこに飛来した九十九十九が遺体を見つけて飛行機を凧にし、それをスティーブンが見つけて駆けつける……うん？何か違和感というか、引っかかりを感じる。

九十九十九がその現場を見つけたのは偶然だろうか？あいつは名探偵だ。何らかの根拠があってそこに向かったのかもしれない……。ということはあのモーターライズ邸内で俺と会ったときには何か考えがあったのだろうか？それとも俺がローマに消えてから、何か発見したのだろうか？……もし何か知っているのなら九十九十九ならば俺に何か言ってくれていただろうし、危機的状況にあるのか？みたいな曖昧な訊き方はしないだろう。俺が消えた後に何かあったのだ。モーターライズ邸の中に、ケントン殺害を察知する何かが隠れているのだ。

……としても、母屋に入ったのはあの日が最初で最後だったので、俺にはそれが何か判らない……と思おうとして、だとすれば九十九十九も一緒だろ、と思い直す。考え続けろ。包丁の動きに戻ろう。

ケントンが学校を出てからでは遅いのだから、出る前に予め包丁を取りに行き、崖の上のケントンを殺しに向かった訳だから、ケントンのその日の行動を摑んでいなくてはならない。あんな雨の日にケントンがあの崖に行くなんて誰が想像つくだろう？ケントンは俺と会うとスティーブンに言って崖に向かったらしいが、その偽の伝言を誰が伝えたんだ？そいつが犯人だろうが、ならばケントンにそんな伝言を渡せる相手だということになる。俺とケントンが親しいこと、あの崖が二人で会う場所として自然だということを知っている人間は少ない。そしてその人間はケントンとごく親しい間柄だったはずだ。

あるいは、と俺は思う。そんな親しい相手なら、俺に会うというのはケントン自らがついた嘘だったのかもしれない。

ケントンにボーイフレンドの影はなかったように思うけど、よく判らない……っていや、そもそも、俺たちがよく知らないボーイフレンドをケントンがあそこに呼ぶような気もしない。ケントンにとってもあそこは三人だけの場所だったと思う。

行き詰まったのでまた包丁の動きに戻る。これが全然説明つかないのだ。何か手がかりとかないのか？

「ペネロペ、包丁のことだけど、……何か犯人の遺留品とか見つかってないの？」と訊いて思い浮かべる。「足跡とか？」。あの日は雨だったから濡れた足跡が残っていてもおかしくない、と思うがペネロペが首を振る。

「ないの。警察も私も調べたけど……でもね、おかしいことがあって……。実は雨水みたいなのが床に落ちてるのは見つかってるの。開いてる窓から廊下を渡ってキッチンまでぽつぽつと。なのに、足跡は全くなくて……空中に浮かんでいたみたいに」

などと言うのでまた九十九十九のことを思い出し、いやいやあいつはケントン殺害に関係あるはずない……と思ってるところにペネロペが続ける。

「そういえば、ジョージのテント周りも、テントの中だってそうだよ？ジョージ以外の足跡が残ってないの。だからジョージが疑われてるってのもあるんだよ？」

ああ、それは九十九十九が浮いていたから……とまた九十九十九だ。

あいつならできるし、別々の意志を持った人間が同じ場所で同じ時刻に動き出した、みたいな余計な偶然を持ち出さずに済むのだ。……九十九十九が包丁を持ち出したという可能性はないだろうか？

ケントン殺害に結びつけるからありえないと思うだけで、時空を超えてやってきたあいつが俺の家から包丁を持ち出すというのは本当に考えられないだろうか？

護身用？……いや違う。九十九十九は俺の危機的状況を想像していたのだ。ならば俺を護ろうとして隠し持っていた武器なのかもしれない。

だとするとどうなる？スターシューターに乗ってモーターライズ邸に辿り着く。俺は大丈夫そうだ。包丁を使わないまま屋敷を出てスターシューターに乗って飛行中、ケントンを見つける。死んでいる。自分が通報する訳にいかなくてスターシューターを凧にして人を呼び寄せることにし、武器と誤解されるのを承知で包丁を置いておく……？なんて、筋が通らない。

俺は一歩考えを強引に進めてみる。ケントンを殺害したのが九十九十九という可能性は本当にないだろうか？……あいつの想像していた《俺の危機的状況》がケントンによってもたらされるはずだったとしたら？

いやいや、と俺はすぐに引き返す。ケントンは俺の友達だ。そうじゃなくても誰かに何か酷いことをしそうな女の子ではない。ありえない。しかし、ならば九十九十九の包丁持ち出しもありえない。ということはまたしても包丁の移動が謎に戻る……。

俺が黙ったまま考えているのでペネロペが訊く。「ねえジョージ、足跡のことはもういいの？」

「あ、うん。……ねえ、ケントン・モーターライズが崖に行った理由について考えてるんだけど……」

「ああ、それについては私も調べてるけど、何も浮かんでこないんだよね。実はね、学校の生徒さんからも私、聞き取り調査してみたの。でもね、クラスの子も何も変わったことなんてなかったって言ってるの。ケントン・モーターライズってちょっと変わった子扱いされてたみたいで、普段から誰かと喋ってたりもしてないし、綺麗な子だけど学校でも有名だから最近ではもう誘いかけてくるような男の子もいなかったみたいだしね。その日変わったこともなくて……まあ私が話したそのクラスの子がちょっとビックリしたって言ってたのは、その日あった進路調査の中で、彼女が就職を希望してたことくらいって話だったな。えー貴族なのに外で働きたいんだみたいな」

へえ、と俺も思う。何となくだけど、モーターライズの家の中で暮らしながら趣味で飛行機を飛ばしてスティーブンと楽しく生きていくようなイメージだったけど……まあ時代が変わってきたし、ケントンも当然勤労の欲求が湧いてもおかしくないよな。

「ともかく、誰かに呼び出されるとしてはひと気がなさ過ぎるし、遠いよね。女の子だったらそんなとこ一人で行くかな？　結局殺されたんだし、殺されるような可能性のある相手とそんな場所で会うなんて考えられない」と言うペネロペに凄く説得される。そうだよな！　そりゃそうなんだよ！

でもだからこそ「うううううん！　判らん！　どうしてもケントンがわざわざ崖に行く理由が思いつかないよ！」と呻（うめ）く俺にペネロペが言う。

「じゃあ、行ってみる？」

「崖よ。私たちじっと座って考えてるけど、まずは現場を見るもんじゃない？」っていうふうに九十九十九も言ってた気がするのに、俺は応用できてなかった。

「？どこに？」

二年ぶりの、思い出の崖に来る。別にこの丘はモーターライズ家の持ち物ではないけれど、スティーブンがここに現れるんじゃないかと辺りを見回してしまうが、なだらかな下り坂が続き、丘の下には林があり、その向こうにモーターライズ邸の大きな屋根が見えるが、その下にもスティーブンはいないはずだ。**今は家を出てフランスの方でお仕事してるみたいよ？**

「ここがケントンの遺体の発見現場だよ」とペネロペが指し示す場所には大きな岩があり、スターシューターにつないだロープでその岩とケントンの死体を括り合わせてあったはずだ。俺も馴染みのあるその岩にそんなことが起こったなんて信じられない。でも死体はそこで見つかっているのだ。ケントンは顔や胴体を二十三カ所も刺され、モーターライズ邸を見下ろすようにしてこの岩に括りつけられていたってことになる。スティーブンが見つけたとき、ケントンはまだ温かくて死んだばかりだった。……と、その状況を考えてまた違和感、引っかかりを感じる。さっきうちでペネロペのそばで一人で考え込んでたときにもあったぞ？この違和感。引っかかり。

何だ？いつだ？どこだっけ？

九十九十九がスターシューターに乗って崖を通りがかりケントンを見つけ目印として飛行機を凧

として上げ、それを見つけてスティーブンが馬で駆けつけた、ってとこだ。しかしどこに違和感とか引っかかりを感じるべきところがある?

スティーブンの馬だ。スティーブンが馬を駆って死んだばかりの妹のところに駆けつける?いや途中まではまだしも……と俺は丘の坂を眺める。ここにあった崖の上の遺体はスティーブンが屋敷から来る途中の坂の随分手前で見えるはずだ。何しろ崖っぷちからなだらかに下るばかりの場所なのだから。飛行機の目印まであれば、雨の中でも、林を抜けてすぐに見つけられたんじゃないのか?そしてぐったりと倒れたケントンが目に飛び込んできたとき、スティーブンの背中から翼は生えなかったのか?

生えたはずだ。誰かを助けようと慌てたときに生える羽根なのだ、あれは。そして翼があれば、岩の多い崖の斜面を五分も十分もかけて登らずにひとっ飛びで妹のもとへ辿り着ける。そうだ。生えるべきなのだし生えたんだろう。スティーブンはそんな話してなかったけど、細かい部分だ。別にいい……のか?俺と直接顔を合わせてもいるのに翼の話が出てこないなんておかしくないか?と考えていて、俺は気がつく。

九十九十九以外にもう一人、宙に浮く奴がいる訳だ。スティーブン・モーターライズ。飛行機も飛ばせる。

何を考えてるんだ、と俺は思う。ケントンはスティーブンの妹なのだ。それも特別に仲の良い。

それに俺の友達だ。

が、頭が勝手に推論を進める。

ケントンを殺害したのがスティーブンで、俺を陥れようとするなら、全てが可能だ。俺の予定は話してあったしスティーブンの翼なら俺の家まで数分で往復してしまうだろう。例えば……俺の家に飛び、まずは包丁を盗る。ケントンを殺害する場所はどこでもいい。崖の上にケントンの遺体を置いてから、俺の行動につじつまが合うよう飛行機を一旦モーターライズ邸に運んでから崖の上に持っていき、自分が第一発見者になるよう《凧の目印》の言い訳を作り終えると、通報した……。

俺がモーターライズ邸の屋敷内で姿を消したことを、帰宅したと判断したんだろう。俺のアリバイ証明が難しい時間帯を狙ってケントン殺害を終えたスティーブンは、妹を殺された悲劇の兄を演じた……留置所の俺のところに来るまでに六日、事件から十日も待ったのは、悲しみを堪えていたとかじゃなくて、背中に生えた翼が落ちるのを待っていた……？**もちろんそう信じてるよ。君がケントンを殺したりするはずがない。**あの台詞だって嘘だったのか？

そんなはずがない、と俺は実際に首を振る。ペネロペが俺のことを見つめてるが構わない。まだ何も言えない。

スティーブンがそんなことをするはずない、と繰り返しながら俺は思い出す。

それに、ああいう可哀想な力を持ってる人、他にも知ってるから。

ダーリントンがああ言ったのも、俺へのメッセージだったのだろうか？

可哀想な力？

そして俺はああなるほど、と思ってしまう。だからベン・モーターライズは俺に罪を着せたいのだ、と理屈が通る。あれは息子を守るため……か、ないしは家の名誉を守るための必死さなのだ、というふうに。貴族に生まれた唯一の息子がフランスなんかで仕事をしているのも、ほとぼりをさますために遠ざけられているとすれば。そして今日二年ぶりに見たダーリントンのあの凄みと威圧感の理由も理解出来る。

あれは突然大きな家を任された少女の気迫と、家族の秘密を抱え込み続けてるが故の絶え間ない緊張感がもたらしていると考えられるじゃないか。

ああああスティーブン・モーターライズ！本当か⁉事実ならば、何が起こったんだ⁉ケントンを殺害なんて……どうして？あんなに仲が良かったのに！俺が出会うまで、二人だけで飛行機を飛ばし、笑い合っていた二人だったのに！

と天を見上げ、俺はさらに思い出す。

まあ私が話したそのクラスの子がちょっとビックリしたって言ってたのは、その日あった進路調査の中で、彼女が就職を希望してたことくらいって話だったな。えー貴族なのに外で働きたいんだみたいな。

これだ。おそらくケントンは就職など許すはずのない父親から離れてでも自由を求めたんだろう。しかし父親から離れるということは家を出るということだ。それはつまりスティーブンのそばからも立ち去るということだ。殺害の動機の本質はこれになるだろう。でも、と俺は思う。

どうして俺にその罪を着せようとした⁉︎俺の何が憎かったんだ⁉︎判らない！判らない！

俺がフラフラと崖の端に歩いていくので、ペネロペが俺の腕を抱く。「危ないよ」

もう三歩で崖の下だ。もう俺を助けてくれるスティーブンはいない。

「ちなみにね、」とペネロペが言う。「この崖は、ハリエット・モーターライズ、ケントンたちの母親が投身自殺した場所なんだよ」


「スティーブンがケントンを手放すはずないじゃない。でもケントンはね、ずっと籠(かご)の中に入れられっぱなしになるくらいなら死ぬと言って、あそこから飛んだのよ、スティーブンを苦しめるためにね」とダーリントンは言う。

二年ぶりの崖から三日後で、俺もダーリントンも司法取引の話なんかしない。

「その場にいた訳じゃないけど、全部判るわ、私。スティーブンに初めて翼が生えたときは、私たちの母親を救えなかった。そのことをケントンは無言でなじったの。そして脅したの。『私も死ぬまでここから飛び降り続けるわよ』ってね。それにスティーブンは耐えられなかったの。……ケントンが自殺し続けるという悲しみにじゃないよ？その度に自分の肉体を傷つけて翼を生やさなくてはならないっていう痛みにね。……ジョージも見たことあるんでしょ？スティーブンの羽根。あの痛々しい、大っきな傷。あの翼を生やすたびにスティーブンの味わう苦痛は想像を絶するわよね。

でもスティーブンは笑って何でもないような顔してた。……けど何でもないわけないわよね。背中からどかんと肉と骨のある翼をひり出すんだもん。で、それを見透かして、絶望的な脅しをかけてくるケントンに、スティーブンは怒りを爆発させたの。ずっと溜め込んでいた怒りをね。ずっとスティーブンの苦しみを知りつつ、自分の思うがまま振る舞って危険なことしてスティーブンに甘えるふりして……ずっと苛めてきたことに気付いちゃったわけ。二人ともにとってストレスの捌け口よ結局。ケントンもずっと苛立ってたし怒ってた。スティーブンもずっと苦痛を飲み込んで、怒ってないふりしてた。そういうのがとうとう行き詰まったのね。まあ、お互いがお互いのこと判ってただろうから、ケントンのあれも、殺人ってよりは自殺だよ。まあ実際崖から飛んだんだろうから最初っから最後まで自殺ってことだけど、とにかく二人はお互いを解放し合ったんだと思う。激情をぶつけ合うことでね」

「でも、証拠はない」とティーカップをソーサーに戻し、ダーリントンが言う。

その通りだ。「そして君は俺のために証言なんてしてくれない」

「当然よ。私はダーリントン・モーターライズ。……守らなくてはならないものをたくさん背負っているの。ジョースターなら判るでしょ？」

どうだろう？

返事がないのを見てダーリントンが笑う。「あなた、ケントンやスティーブンの友達だけど、あの二人よりもっと気楽そうだものね。ジョースター家はあなたしか男性がいないでしょう？ねえ、どうしてそんなに身軽そうなの？性格？」

ううむ。

「それとも、スペイン領育ちだからとか？フフフ」

それはあるかもしれないけど……。

「あるいは他の誰かがジョースター家を背負うって決まってるのかしら？」

それが一番近いかもしれない。

ラ・パルマ島から引き続きイギリスのうちの地下にもジョナサン・ジョースターがいて、まだ死んでないってことが、俺の気分に影響を与えてるかもしれない。どうせまた父さんの時代がやってくるんだし、俺はそれまでのつなぎでしょ、みたいな？

こんなふうに思ったのは初めてだけど。

俺は言う。「僕にまだ濡れ衣を着せようとするなら、僕はスティーブンを探し出し、罪を告白させてみせる、とお父さんに伝えておいて。国外に出なくても、僕にはそれができるんだ」

ダーリントンが俺をじっと見つめる。「骨っぽいことも言うじゃない」

まあな。俺だってジョースター家のグズッ子ジョージなだけじゃなくて、王立自動車クラブの二代目エースの座を狙う最年少ドライバーなんだぜ？

ダーリントンが言う。「伝えておくけど、もうたくさんの人を乗せて動かしてるし、そうそう簡単には停まらないからね、この列車は。人にとって一番難しい問題は、振り上げた拳をどうやって、どこに下ろすかだから」

時間がかかるのは構わない。何しろ次は飛行機なのだから俺にはやること学ぶことがたくさんあるのだ。

二年ぶり、二度目のモーターライズ邸を出るとき、ファラデイさんにお茶のお礼を言う。俺のことをどう思っているのか、何を知ってるのか判らないけど、ファラデイさんは微笑の一歩手前みたいな曖昧(あいまい)な柔らかさのある表情を浮かべて「夕方からまた雨が降りそうですので、お早くお帰りくださいませ、ジョースター様」と言うので、俺は思い出す。

「あの、二年前の夕方、ファラデイさんが案内してくれた、僕を尋ねてきた男の子……あの子の足下、見た?」

するとと少し黙り、ファラデイさんが言う。「……いいえ。正直申し上げて、あのときのお客様のことはあまり思い返さないようにしております」

「?どうして?」

「いささか不吉なお客様でしたから」

「……まあ、言ってる意味が判らないでもないけど」

「ジョースター様にはどのようなお姿に見えましたか？……そのお客様のこと」

「え？……いや普通に僕の友達の日本人に見えたよ？」。ちょっと浮いてたけど。

するとファラデイさんが言う。「そうですか……私には、目玉のない、恐ろしげな姿をしたスペイン人に見えました」

「うん？目玉はあったよ……？スペイン人？スペイン語を喋る日本人じゃなくて？」

「ええ。確かにあれは、帽子を目深に被って顔を隠していましたが、瞼の奥には暗い空洞があるだけの、褐色の肌をしたスペイン風の子供に見えました。十二、三歳くらいの。日本人を私は見たことありませんが、東洋人ではなかったですね。あれは、何と言うか、今から考えるとですが、子供の姿をした、邪悪な何かでした。……だからあの後ジョースター様がローマの地下に消えたという話を伺ったときも、あの小悪魔が何かしたんだろうと思い、深く納得する気分でした。……この話は誰にもしたことがありませんけれどね？……恐ろしくてもう……とても恐ろしくて」

何を言ってるんだ？まだ頭がボケたとは思えないこの中年執事はあの雨の夕方に何を見たんだ？


次の年、俺はケントン殺害の嫌疑を解かれ、晴れて王立飛行クラブに入る。その翌年にジョンがシェペー島でイギリス人で初めての公式飛行記録を残し、さらに翌年の１９１０年にチャールズ・ロールスが飛行機事故で死ぬと、ジョンは飛行機に乗るのをやめてしまうが、他にも仲間がいるから俺は操縦桿を握り続ける。

すると不吉な風が吹き始める。

馬鹿だなジョージ。これから起こる戦争は戦場も兵士も武器も、全て段違いに大きくなるぜ？

ってジョン・ムーア＝ブラバゾンが言った通りの巨大な戦争（Great War）も起こるし、他の邪悪もやってくる。

第十章　HG ウェルズ

船長のファニアー・ヴァレンタインがヘッドセットに向かって「ヒューストン、ウィハヴアプラブレム」とか言ってわあ映画と同じだあ……と思ってる間にナランチャともどもとっ捕まり、両腕を拘束具でベッドにつながれる。ナランチャは混乱し過ぎてスタンドを出してはいないようだ。月の発見とほとんど同時に突然現れた僕たちを見て同じくパニック状態の船員たちの中、ただ一人冷静さを保とうとしている男の人がいて、僕たちに質問を始める。「私の名前はエンリコ・プッチ。……君たちの名前を教えてくれるかい？」

ナランチャは英語ができないみたいなので僕が応えることにし、まずは僕の名前も住所も全て教える……と、プッチが一瞬ぎょっとしたような顔をする。

「？何か？」

「……いいえ、何も……」と口ごもるが、何かある。

やあ。君の道具だよ。君を必要としてる人がいる。僕が連れてくからね。と九十九十九(つくもじゅうく)は言ったのだ。僕を必要としてる人とは誰だろう？

僕の道具とはどういう意味だ？どうしてあいつは全てを理解し納得しているようなふうにあんなことを言い、僕を翻弄(ほんろう)するまま説明しようとしないのか。

自分が生きていたことすらも。

……あいつが死んでないということがありえるだろうか？死んだふりをしたとは思えない。僕は切り落とされる寸前まで首をパックリと割られた九十九十九の写真を見ているのだ。その写真が何かの間違い、罠、偽物であるという可能性は？

ここでは判らない。僕は床に置かれた石ころ携帯を見つめる。飛行士たちは誰もそれが電話だと気付いていないみたいだ。僕はまだそれがつながるんじゃないかと考えている。物理法則とは関係ないスタンド能力だ。きっとつながる。杜王町につながるのなら、誰かにいろいろ調べてもらえるはずだ。

「……で、連れの名前は？」とプッチが我に返って訊く。ナランチャについては名前しか知らないし本人も口を開かないので僕は言う。

「彼はワイズガイだ」

『マフィア』はイタリア語だし『ギャング』もナランチャに通じてしまいそうなので英語表現でできるだけ仄めかしに近い形で言うと、プッチはナランチャから奪い取ったナイフを見る。そこには紋章がある。パッショーネ・ファミリーのものだ。それでプッチはナランチャの素性については切り上げて質問が続くけど、僕たちがどうやってここに来たのかについては判らないとしか言いようがない。でも僕らが杜王町とネーロネーロ島から来たと言うと他の船員同士が顔を見合わせる。

「モリオー!?ネーロネーロ島？おいマジかよ……あの陸地船出現象（land sailing phenomenon）とも関係あるのか？」って声も聞こえる。そんなふうに呼ばれてるのか。

「そうか……とにかく君たちはしばらくここでじっとしていてくれたまえ。……君たちの安全のためにもね」と言って仲間のところに戻るプッチの情報を僕は思い出そうと報道の記憶を探る。エンリコ・プッチは神学校出身という奇妙な出自の宇宙飛行士で、刑務所の教誨師からの突然の転身でアメリカ中で話題になった。『天国へ行く方法』を探す旅を始めたのだ、とか言って社会問題にもなってたはずだ……と考えてる横で「おい……！お前、これ、何なんだよぉ！てめえのスタンド、何してくれてんだよぉ！」とナランチャが僕に向かってワーワーうるさくて僕の足をべしべしと蹴ってくるが、無視する。

宇宙船に乗ってる飛行士たちは皆科学者なので、僕とナランチャが突然現れたことと第三の月を発見したこと、さらには地球上で二つの陸地が原因不明の移動を行ってることの関連づけと計算を、ヒューストンの司令室と同時進行で始めているらしくて、僕はその議論を聞きながらそばの小窓より宇宙空間を眺め、考え続ける。

火星の裏に隠れていた第三の月がその小さな小窓からも見える。宇宙飛行士たちとは視点が違うだろうが、僕がここに来たこととあの衛星の存在は無関係ではないはずだ。タイミングにも意味がある。

小窓の向こうに浮かんでいるのはとても小さな衛星だ。そして丸い。ほぼ完全な球だ。他の二つの月、火星の表面より約6000キロ上空を一日に二周しているフォボスも、さらに小さく23000キロ上空を四周しているダイモスも、いびつな形をした氷と岩石の混合体だが、それとはまるきり別物に見える……と言うか、この第三の月は小惑星としても、そもそも天体としても、異様だ。

何しろまずクレーターがない。凹凸もない。鏡のようにつるつるだ。しかしガスや液体でできているようではない。それは既に飛行士たちの解析結果でも出てきているようで、その天体表面を赤外線分光法で測定したところ確かに岩石でできているらしい。ひょっとして、以前火星に水があったときに削られた?……などと考えてみるが、ありえない。直径五キロもの岩を転がす川など、直径は地球の半分、重力は三分の一という火星には生まれない。クレーターについては、どうだろう?宇宙誕生以来、この直径五キロのボールに隕石が衝突しない可能性なんてあるのか?……という以前に、どうやってこの球体は生まれたのか?

その上不思議なのは火星との距離だ。漏れ聞こえる飛行士たちの議論を聞けば、何と地表から八キロほどしか離れていないらしい。だとすれば十キロの厚みしかない火星の大気に接してしまっている。既にはじき出されるか火星の地表に落下していなければおかしい状態のはずなのに、そこに留まっている。物理的にありえないのだ。

この月に僕がここに連れてこられた理由がきっとある、と結論づけたその瞬間

コォォォォーーーーーーーン……。

というチャイムに似た音が僕の中で鳴り響くので、おおお、何か正しく思い至ったときに頭の上に電球が光ってピコーン!と鳴るのはマンガ表現じゃなくて本当に起こるのか、と一瞬思うけどそ

んなはずない。それは僕の頭の考えたリアルなイメージとかじゃなくて、僕の頭の中ですらなくて、僕の腹の中、内臓の裏のどこかで発信されて身体の中をビリビリと震動させ跳ね返りながら拡散した実際の音なのだ。

何だ……!?と僕が咄嗟に隣にいるナランチャを見ると、ナランチャの方も既に僕を見つめていて、目が合い、僕の顔をジロジロ疑うように言う。「何だぁ？お前……スタンド使いじゃねぇのかよ……？……それとも既に外に出してんのかぁ……？」

こいつは今僕にスタンドを使ってるのだ……僕の中で。「やめろよ。僕はスタンドなんて持っていない」

「何ぃ……？嘘つけこの野郎……」と僕を睨んでたナランチャがすいっと顔を背け「まあいいや。死にたくなかったら頭を左にずらすんじゃねーぜ？」と言った瞬間、僕のまた腹の中でボシュッと音がして、何かがシュイイイインとまっすぐ突き進む。僕の血と肉を泡立てて立てながら。クソ！こいつ何してんだ……!?それは臍の裏から真上、心臓の横を通って肩に向かう。その何かが通った後で波のようなものが僕の胃や心臓を順番に揺らす。波を立てているのだ。間違いない、これはミサイル……いやスクリューを持った魚雷に似た何かだ！その先端が僕の左肩の皮膚に到達する。

バン！と僕の首の左横がシャツごと弾けて吹き飛ぶ。血が僕の左頬にかかり、激痛が遅れてやってくる。

死にたくなかったら頭を左にずらすんじゃねーぜ？

もし頭を左に動かしていたら、この《魚雷》は僕の首を抜けて頭を破裂させていたのだろうか？

「うわあああああっ!」と血まみれで叫んだ僕に飛行士たちが駆け寄って……来ない。一歩踏み出したところで立ち止まり不審そうな顔でこっちを見つめている。

するとナランチャが怒鳴る。「お前ら……!どうしてこいつの怪我の様子を見てやらないんだ!?可哀想じゃねえのかよーっ!?」

ヴァレンタインもプッチも……他の乗組員、ポコロコ・トリプルセブンとゴヤスリー・サウンドマンも、喚くナランチャをじっと見てるだけで異様で、僕は思う。何のやり取りをしているのか僕には不明だが、おそらくナランチャと四人の乗組員の間では理解が始まっているぞ、と。そしてそれは不明であるほうが健全な内容なのだ。

ナランチャが叫ぶ。「てめえら!見えてるな!?判ってるな!?スタンド使いだなぁ!?そうじゃなくても構わねえ!死ね!」

すると蹲る僕の腹の中からボシュボシュボシュボシュ!と連続で四つ発射音が響き、シャアアアッ!と短く僕の背中の中を走ったと思ったら、僕の脇腹からボンボンボンと長細いミサイルが飛び出て空中で短い翼をそれぞれカチカチッ!と開き、四人の宇宙飛行士へと向かう。……どう見ても巡航ミサイルで、つまり僕の身体の中にはそれを発射した攻撃型潜水艦が潜んでることになる。

……それがナランチャのスタンドなのだ。

「何してるんだよ……こんな狭い中で!?」と僕は思わず叫ぶが、ナランチャは構わない。「うっせー先手必勝よお!」と空中を飛行するミサイルが四人に命中する寸前に僕は身体を丸め、衝撃に備えるついでにうっかり船体が壊れて穴が空いたときに宇宙空間に吐き出されないようベッドの端を摑む。既にビニールの拘束具で縛り付けられてるけれどもその細いヒモ一本で全体重を支えるとなったら手首がやられるかもしれない……！と身構えていたらドンドンドンドン！というくぐもった爆発音がさらに何かの壁に遮断される。

顔を上げて見ると、四人の飛行士の前に砂の化け物が立っていて、ぐるぐると渦巻きながら身体の中に煙を飲み込んでいる。……スタンドだ。ナランチャの読みは正しい。

「クソ！」。僕の中からまたミサイルが発射され、腹の脇からの一発が今度は僕の腰から背後に飛び出して僕の手首に着弾する……ドンッ！で、ああ僕の手首は吹き飛んでしまった！と絶望した一瞬後も、ベッド端を握っている手の感覚は残る。そのミサイルが吹き飛ばしたのは手首じゃなくてそこに巻き付いていた拘束具だったのだ。おかげで両手が自由になったぞ！とナランチャに報告しようとした瞬間、「てめえ何ボケッとしてるんだよぉ！」って怒鳴られ殴りつけられる。ゴボン！と僕の口の中で左上の犬歯が折れる感触があり、白い左上の奥歯が僕の口から血とともに飛んでいくのが意識朦朧ながらもはっきりと僕の目に映り、見える。その歯に小さな影がある。

潜水艦だ。浮上している。

そしてその歯がネイティブ・アメリカン出身で話題の宇宙飛行士サウンドマンに届きそうになったとき、砂の化け物に弾き返される。虚しく転がる僕の犬歯……。

「サブマリン……生物の体内を航行できるようだな」とサウンドマンが言い、ナランチャを睨みつける。「だが俺の動体視力をすり抜けることはできない」

するとナランチャがにやりと笑う。「へっ！隠れて行動してなんぼの潜水艦をどうして浮上させたと思う?」

サウンドマンの顔に血の飛沫がかかっている。僕の歯と一緒に飛んだやつだ。そしてその表面に、サウンドマンを嘲笑うかのように一旦浮上してから急速潜航してみせる潜水艦の姿がある。それでようやく僕にも判った。サウンドマンが言ったように人間の体内を自由に動ける潜水艦スタンドで、それが血や歯……おそらく皮膚でもその他の体液などでもいいんだろうが、生体との接触で別の身体に移動することができるのだ。そして僕の負傷も、きっと容態を確認しようと僕に接触させることが目的だったのだ。「目に自信がある奴ほど騙すのは簡単なんだよぉ!俺の《Uボート》は艦隊だぜ!ダイブ!ダイブ!ダァァァイブ!」と僕の隣で畳みかけるナランチャが開けた口からにゅうっと異形の拳銃が出てきて、それを握ってるのも人間の手じゃない。銃口がナランチャの眉間に押し当てられて、ファニアー・ヴァレンタインが言う。「攻撃をやめろ!お前のミサイルが爆発する前にお前を即死させてしまえばいいんだぞ!?」

「フ……フゴッ!」とナランチャがどうやらファニアーのものらしいスタンドの手首を口にくわえたまま何かを叫ぶと、その手首が消え、一瞬後にぱかっと開いたままだった口の中に魚雷がビュッと飛び出したと思ったら前歯の裏側辺りに当たり、ドーン!と爆発。ナランチャの鼻の下が丸く吹き飛んでしまう。

ナランチャの体内にも潜水艦がいるんだろう。手首への攻撃をかわされ自分のスタンドで自分を傷つけてしまっているが、ナランチャはさすがと言うか、大怪我を負っても闘志が衰えない。「うおおおおっ!てへえやるじゃねえか!」と言ってサウンドマンの中の潜水艦からミサイルをボンボンボンボン！と撃ち上げるがサウンドマンのスタンドなんだろう、砂の化け物が全てを巻き込み、砂の渦の中で爆発が続く。ドンドンドンドン！

「しゃらくせえ！これでほ食らえ！」と叫んだナランチャはおそらくサウンドマンの体内を攻撃し始めたらしくてズプッズプッズプッという鈍い破裂音とともにNASAの制服を着たサウンドマンの背中が爆発していくが、さっきナランチャの口から出ていた手ももう一度出現していて、今度は二段ベッドの上段に目がカメラのレンズのようになっているヒト型のスタンドが現れ、異形の拳銃をナランチャの後頭部に向けて至近距離から躊躇なく発射する。バンバンバンバンバンバン！……が、ナランチャの頭は吹き飛ばずにそのままで怪我も表面的で浅く、そのファニアーのスタンドが撃ち込んだ弾丸は全てナランチャの頭皮ギリギリで爆発しているようだ。眩しい火花が銃口と後頭部をつなぐ空間でバチバチバチ！と続いていて、脇の壁に弾丸らしきものがぶつかるのを見て僕には判る。拳銃の発射に合わせて後頭部内部に頭皮ギリギリまで浮上させた潜水艦からミサイルを垂直に発射、迎撃していたのだ。凄まじい……！が、この狭い空間で、それも精密機械に囲まれた宇宙船の中で小型とは言えミサイルを撃ったり拳銃を乱射したりしてる場合じゃないぞ！

僕は怒鳴る。「こんなところで死ぬ気かナランチャ！たとえここを生き延びたとしても地球には帰れないぞ!?」。まだ少年ぽさを残す彼の外見に賭ける。「二度と仲間にも会えない！」

するとナランチャが一瞬だけ迷うのでああやはり世界中の少年ギャングと同じく孤独の中で仲間だけを支えにしてるんだろうと思うけど、「うるせえぞてへぇ……ここあでやられてやへられるか！俺の恥はハッショーネの恥！仲良し小良しのたえにファヒリーやってんじゃねえんだ！」とよく訓練された兵隊らしくナランチャが怒鳴り返し、再び瞳に暗い殺意の炎が戻る。

駄目か⁉と思うが、僕はナランチャが変な汗をだらだらとかき始めているのに気付く。顔だけじゃない、全身から。だらだらと滴るその汗は無色透明じゃなく緑色や紫色が混ざっていて、よく見るとナランチャのギラギラしていた目がとろんとぼやけ、視線が虚ろに彷徨うようになる。

「………⁉」。どうした⁉

ナランチャが突然笑いながら泣き出す。「へへへ……やってやったぜ……俺はこんなところで死ぬみたいだけど、俺のこと忘れないでくれよな……フチャラティ……アハッキオ……ヒスタ……ジョルノ……」と呟くナランチャの顔はドロドロで、滴る汗は汗じゃなくて顔の肉が溶け出した体液で、ナランチャの全身が腐り始めていることを知る。振り返ると、飛行士たちの攻撃が止んでいる。

エンリコ・プッチの背後にヒト型の、王冠型のマスクを鼻まで被り全身にDNAの塩基配列が描かれたスタンドが出現していて、プッチ以外は既に戦闘終了とばかりに任務に戻っている。背中を爆発させたはずのサウンドマンも平気そうだ……⁉何が起こったんだ？と僕が不思議そうに見ているのに気付いたんだろう、プッチが言う。「ミスター・サウンドマンの身体はね、ほとんどが砂でできているんだよ。子供の頃からかな……彼は砂漠に住む先住民の子でね、彼曰く身体がある日、砂漠を理解し、砂漠が彼を、彼が砂漠をお互いに飲み込んだんだそうだ……。そういうことが人間には起こるんだよ。人間には、生きる土地を受け入れることで一体化したりするんだ。例が多くないからまだ名前がついていないけれど、僕やミスター・サウンドマンはそれを『バウンド（BOUND）』、《結びつき》と呼んでいる。……もちろん人は環境に適応する。サバンナの住人は草原の遥か遠くまで見えるようになり、水泳選手の手の指の間には水かきができる……そんな肉体変化を伴わなくとも誰だって環境に馴れ、馴染んでいくが、そういうことじゃないんだ。バウンドは、完全にその環境と合体すること、それそのものになってしまうことなんだよ。対応するんじゃない。一致するんだ。そして幸福なミスター・サウンドマンは一致している。……君はスタンド使いじゃないんだね？ジョージ・ジョースター」

名前を呼ばれてハッと気がつく。僕はいつの間にか寝てたみたいだ。で、顔を上げるとプッチが僕とナランチャに近づいて手を伸ばしていて、ナランチャの頭から飛び出ているCDのような円盤を抜き取る。一枚、二枚。ナランチャはもう表情もなくぶつぶつと呟くだけになっていて顔も身体もデロデロ、腐って落ちそうになってるみたいだ……そして僕も。帽子なんか被った憶えがないから、この僕の額からひさしのように飛び出た丸くて平たいものはプッチがスタンド能力で作り出した僕の大事な何かなんだろう。取られてはいけない、と僕は思うけど、全く身体が動かない。腕も足も融解が進んでいて筋肉が役に立っていない。

プッチが僕の頭からディスクを抜いて、すうっと撫でる。「……ディスクは一枚……君は確かにスタンド使いではなさそうだね。そして……ほう、もらわれっ子か。しかしジョースター家の子」

⁉聴こえているが、意味が判らない。考えることもできない。

プッチがディスクを僕の頭に差し戻すと、それはするりと滑り込むように僕の頭の中に消える。思考が戻ってくる。

プッチが訊く。「君は《天国に行く方法》について、何か知ってるかい？」

プッチが僕に何かしたらしくて……おそらくは質問に答えられるぶんくらいの体力を戻したんだろう、少しだけなら僕にも喋れる。「……それを……教えてくれるのがあんたの役目だろ……？神父さんよ……」

僕が掠れた声で言うと、プッチが目を輝かせる。「その通りだ。さすがは名探偵。正しい答を導いてくれるもんだな。しかし君は、さっき君たちを連れてきてすぐに消えた、あのツクモジューク・カトーの台詞の意味は判っていない……まだ」

やあ。君の道具だよ。君を必要としてる人がいる。僕が連れてくからね。

記憶を読まれているのだ。あのディスクを抜かれることで。驚く僕を見下ろしながらプッチは上機嫌そうに笑う。

「名探偵というのは素晴らしい存在だね。全てに意味がある、か。なるほど」

「この世界には一つだけ重要な、不変の原則があります」

「……………？」

「全てに意味があるということです。無駄なことは何もない」

　プッチが言う。「神とは普遍である。神とは言葉である。言葉とは意味である。よってこの世の全てに意味がある。なるほど！では君たちがここに来たことにも意味があるんだね？そして……君は、誰か君のことを必要としてる人間のためにここに連れてこられた。それは誰のことだろうね？」

　と、そのとき、背後でポコロコ・トリプルセブンが言う。「おい、もう一人……誰かが来るぞ。そいつはこのHGウェルズを破壊しちまう」

「何ぃ⁉」とファニアーが叫ぶ。「誰だ⁉」

「判らない……！」

「おい、見ろ」と言ったのは窓から火星方向を見つめているサウンドマンだ。「俺の砂が何かに捕まった」

　それは僕のそばの窓からも見える。宇宙空間にさっきサウンドマンを取り巻いていた砂の一部が放出されていて浮かんでいるが、それがランダムに回転し、形をグニャグニャ変化させている。

「お前がやってることじゃないのか？」とファニアーが僕と同じ疑問を持つ。

　サウンドマンが首を振る。「俺じゃない。そして……そこで黴（か）びているイタリアのガキでもない」

　ナランチャはもう全身ボロボロで崩れ落ちそうだ。

どうしてナランチャの話になったのかも見ていて判る。その怪しい砂の塊の中にナランチャのUボートの舳先が見える。おそらく体内にあったUボートごと宇宙船の外に捨てたんだろうが……その砂は宇宙空間では何らかの働きかけがないとありえない動きを続け、それから回転しながら火星へと急速に落下し始める。そして僕も他の乗組員たちも気付く。「おい……」「あれは何だ……？」「俺たちは何を見てるんだ……？」

僕たちが見ているのは、その砂の塊に巻き付きながらたぐり寄せる黒い糸だ。それを引っ張っているのは、火星の地表近くに浮かぶ新発見の小さな月だ。

月の表面から何らかの糸状のものが宇宙空間に伸びていて、それが砂の塊を捕獲した……その表面に何があるんだ？

「ヒューストン、この映像を見ているか」とファニアーがヘッドセットに言う。

返事もスピーカーから聴こえる。「ああ。……全く信じられない。今分析しているが……誰かが月の表面で空に向かって釣り糸を投げてるのか？……そうとしか考えられないが……」

「サウンドマン、もうあの砂動かせないのか？」とポコロコが訊くが、ネイティブアメリカンの飛行士は首を振る。

「もう遠い。あれは普通のどこにでもある砂に戻ってしまった」

するとポコロコはプッチの方に振り返る。「よう、そこのイタリア人のクソガキの方叩き起こして、あの潜水艦が動くかどうか確かめてみろよ」

「了解だ」。プッチが言い、ナランチャから奪ったディスクを彼のとろけた頭に差し込む……と、僕やプッチや他の乗組員の身体の表面に潜水艦が浮上する。主人の再起動を待つかのように一斉に。

「ひいふうみい……おいおいこいつ潜水艦の大部隊を率いてるじゃねえか……」とポコロコが言う。

「この歳でこんなもの操ってるなんて、こいつ、どんな修羅場をくぐってきたんだよ……？」

「まだ十六歳だが、父親からの虐待にくわえて親友の裏切りで少年院に入って苛められ……その上浮浪者になってからもストリートギャングどもに食い物にされまくってた訳だ……まあこの少年がマフィアに入って殺した二十三人もろくでもない奴らばっかりだったし、罪らしい罪はないな」と言いながらプッチがもう一枚のディスクをナランチャに戻し、イタリア語で語りかける。「神はお前の罪を赦し、お前は私に逆らわない」

十日間くらい外に放っとかれっぱなしのチーズケーキみたいだったナランチャが元の姿に戻り、吹き飛んだ唇も何かのついでみたいに復活して、大きな目が力を蘇らせて、まずは驚く。「えっ！あれ……？お前らのこと、俺殺したんじゃなかったんだっけ……!?」という幻覚を見せられていた訳だ。

「どうして君が私たちを殺そうとする？」とプッチが言う。「そんな必要はない。私たちは君らの仲間であり、君らは私の言う通りにしていればこの宇宙船から追い出されることはないのだから」

するとナランチャがどうにも納得いかないような複雑な表情を浮かべているけれども反抗しきれずにいて、僕は恐ろしくなる。おいおい……スタンドはこんなふうに人間の精神や感情まで操ってしまうのかよ……!?そして思う。エンリコ・プッチは邪悪な人間だ。

本当に善良ならばこのように一方的に人の心を組み替えたりしない。人に嘘もつかない。善悪とはあくまでも行いであって気持ちや動機は倫理感や批評に影響を与えるだけだ。もし為された行為が良い結果を与えれば善で、善意があればパーフェクト、そうじゃなければマイナス評価になるし、人に害を与えればそれは悪で、善意があっても情状酌量されるだけ、悪意があれば容赦ない罰を受けることになる。でも動機が善であることを信じすぎる薄っぺらい人間が多くて、ここにも一人いた。……ひたすら自らの善意を信じて悪をなし続ける災いそのもののような奴が。

「ナランチャ、あそこにあるお前の船、動かすことができるかい?」。プッチが指し示す方向、窓の向こうに、もうだいぶ遠く小さくなったけれども急速に第三の月へとたぐり寄せられる砂の塊とUボートがある。

「……距離は大丈夫だけど動かないな。あの砂もうスタンドじゃねえんじゃないの?」

「厳密には俺の《デューン》はおそらくスタンドではないが……」と言ってサウンドマンが頷く。

「もう俺の身体からは随分離れて、ただの砂に戻っている」

「俺のUボートは生体かスタンドの中しか動けねえんだよ。でもまだミサイルは撃てるぜ?この宇宙船ぶち壊してやろうか?」

「やめなさい」とプッチに言われてもナランチャは笑っている。

「へっへ。それかあの丸いの壊してみよっかな〜」と第三の月を眺めて言うとプッチも窓の向こうを見つめる。

「……よしなさい。あれにはきっと大事な意味があるのだから」

「知らねえよ〜」とふざけるナランチャをプッチがビシャリと叩いたと思ったら頭からまたあのデ

ィスクがべろんと飛び出ていて、それをプッチが触る。

「……私は口の利き方がなってない小僧が一番嫌いなんだ」と言って戻すと、虚ろだったナランチャの顔つきに生気が戻り、「ほんとマジすんませんプッチ神父」と頭を下げる。「俺そんな阿呆なことぜってーしませんから～」

「……教養がなければ上限も自ずと決まるか……」とプッチがため息をつくと、今度はガラッと表情の変わったナランチャが睨みつけて「おいてめえ俺の頭が悪いって言いてえのかよ……」と言ってどうやらさっき暴れていたときには隠し続けていたナイフを取り出すのでプッチも驚く。

「なんて奴だ……！」

人には他人の手が届かない無意識ってものがあるのだ。

で、ナランチャが振り回すナイフを避けながらプッチがまたディスクを取り出して武器を捨てさせていると「ＨＧウェルズ！衝撃に備えろ！」という金切り声がスピーカーからして、
ドン！

という猛烈な震動が宇宙船全体を襲い、僕たちは全員身体を床や壁に投げ出し打ち付ける。

「何だぁ!?」とポコロコが叫び、スピーカーの声が続く。

「こちらヒューストン。ＨＧウェルズ、無事か!?」

ファニアーが応える。「今のは何だ!?故障か!?」

「遠隔操作でこちらから操縦させてもらった。緊急用の逆噴射エンジンを点火中だ。君たちは今から五秒以内に静止状態になり、その直後に火星から離れることになる」

「何だと……⁉ミッションは中止か⁉」

「いや応急処置に過ぎない。一度距離をとって再突入を図るつもりだが……とにかくまずは報告しなければならないことがあるんだ！」

スピーカーからパニックをムリヤリ抑えた声が続く。「ＨＧウェルズ、先ほどの映像からとんでもない結果が出た。……まずは砂の塊をキャッチした糸について、こちらで解析した。見てくれ」

皆が動きを止め、居住区で一番大きなモニターを見つめると、映し出されたのは球体から枝分かれした糸が上方に向かって無数に伸びる３Ｄ画像だ。何かの植物か菌糸のように見えるが、根っこはなくて一つの球にまとまっている。その球体があまりにも小さく、四方八方に広がる糸の長さと範囲が長く広いので、それが何なのかすぐには理解できない。

「中央の小さな球が第三の月だ……！」。絶句する乗組員たちにスピーカーの声が続ける。「その第三の月の表面からは《触手》がたくさん出てるんだ。……で、その《手》に機体が捕まる前に逆噴射エンジンを点火したんだが、……計算上は、すでに君たちは《触手》の林の中に入ってしまっている。あの砂の塊のように絡めとられるかどうかは、これからの様子見になる」

乗組員たちは誰も口を開かず考え込んでいる。

スピーカーがさらに言う。「驚きはもう一つある。……そっちに高解像度分析の結果を送るので、見てくれ。……俺たちにはこれが本当に起こってる出来事だとは思えないんだ」

そこには一人の髪の長い男が映っている。半裸で、腰巻きだけをつけて、どうやら額に角（つの）があり、恐ろしいのはニヤニヤ笑いながらこちらを見ている瞳の焦点が完全に合っていることだ。

「何だこいつは……」というファニアーの呟きが司令室に聴こえたんだろう、スピーカーの声が声を落としながらも叫ぶように言う。

「そいつが手にヒモのようなものを持っているだろう? 右手だ」。モニターを確認するが、それは持っているというよりは手首から先がロープ状に変形して画面外に伸びているように見えるが……? 「そのロープが上空の第三の月につながっているんだ。そいつは風船みたいに直径五キロの月を八キロ上空に浮かべたまま走ってるんだよ……! 火星の裏でロープ一本使って第三の月を固定しているのはこいつなんだ……! こいつがこれまでずっと第三の月を持って走って火星の裏に隠してたんだ……!」


火星の赤道面での直径は6794・4キロメートル。円周はつまり21334・4キロメートル。火星の一日は24・62時間。つまり最大で時速866・54キロメートルで火星の地表を突っ走ってることになる。毎秒240・7メートルだ。音速の四分の三のスピードになる。……24時間不眠不休で走っての計算だが。重力が地球の三分の一だからってこんなに速く走り続けることができるのだろうか?

「今はただ突っ立ってるだけに見えるが……?」とファニアーが言うとスピーカーの声も言う。

「ああ……! だからこそ恐ろしいんだ。この生き物はさらにもっと速く走れるんだろうし……」

「おい、サウンドマンの砂が月に落ちたぞ……」と窓の向こうに顔をやっているポコロコが言い、飛行士と司令室のやりとりをぼんやり眺めていたふうのナランチャが言う。「うん？俺のUボートがもう一回動き出したぜ……？あれ？おかしくねえか？……月の表面にいるよな……」。ナランチャの右目の前にヘッドセット風の潜望鏡が降りていて、それを覗き込んで続ける。「うん……。俺には分かんねえんだけど、月って生き物なのか？」

何を言ってるんだ……？と僕がナランチャを見つめたとき、ポコロコが悲鳴をあげる。「うわあああああっ！」

そして僕たちも窓の向こうを見て、目撃する。遠くに小さく浮かんでいるその月が、僕たちのほうを振り返るのを。

月には巨大な目があり、それが大きな瞼を開けている。

それは画家オディロン・ルドンの『眼＝気球』か漫画家水木しげるの描く《アメリカの妖怪バックベアード》そっくりだった。

僕も遅れて悲鳴をあげようとしたとき、

グモン！

と今度は警告なしに飛行船全体が凄まじい衝撃で揺さぶられる。

「うおおおおっ！」

床を転がりながら僕は思う。さっきとは反対方向だ！つまりこれは……⁉

ぐうううううっと床がせり上がるようにして機体が傾いていくのは逆噴射エンジンとやらがまだ動いているからだろう。僕は窓の外でHGウェルズの胴体が黒い糸に絡めとられているのを見る。既に捕捉されていたのだ。

「ちくっしょおおおきめーんだようりゃああああああ！」

揺れる窓の向こうで第三の月の表面から土煙が上がっている。ナランチャがUボートで攻撃しているのだ。そしてHGウェルズをぐるぐる巻きにしようとしている糸の上を何十台もの潜水艦が滑り、第三の月へと向かって巡航ミサイルを一斉射撃！ドンドンドンドンドンドン！垂直に上がった何百ものミサイルが同時に水平飛行を始め、巨大な眼を持つ月の顔へと雨のように降り注ぐ……そのとき、月が口を開ける。眼の下から半月状に開いた切れ目が目の両脇までぱっくりと裂け、白い牙がみっしりと並んでいるのが見える。ぐわああっと大きく開いた口は顔を覆い、僕たちはその月が薄い外殻だけでできていて中は空洞だと知る。火星の上の角が生えた男が持っていたのは直径五キロの風船だった訳だ。巨大な一つ眼を持ち、無数の手を宇宙空間に伸ばす、生きた球体。

ナランチャのUボート艦隊が発射したミサイルは全て月の口の中に飲み込まれていく。最後の一発まで頬張り切ると口を閉じ、中で起こる連鎖の大爆発を口いっぱいに味わっている。ズモンズモンと触手を伝わって震動する中でナランチャが愕然とする。「マジかよ……⁉なんの傷もつけらんねーのかよぉ⁉」

その横に立つプッチは目を大きく見開き、驚愕の中に感動を滲ませて言う。「素晴らしい……！私たちはおそらくこの出会いのために遥々地球からやってきたのだ……！」

そしてスピーカーの司令官が言う。「HGウェルズ、こちらヒューストン。大統領から直接話したいことがあるそうだ」

ファニアーが深刻そうな顔になり、ポコロコが眉をひそめて言う。「ザ・ファニエストが……？」

こちらからの返事を待たず、スピーカーから聴こえる声が変わる。落ち着いた、どこかすがすがしさすら感じさせる穏やかな声に。

「HGウェルズ乗組員の諸君。私はアメリカ合衆国大統領、ザ・ファニエスト・ヴァレンタインだ。私は今ニューヨーク国連本部で安全保障理事会の緊急会議に参加しており、火星の裏で見つかった謎の生命体、ここでは仮にアイドバルーン（The Eyed Baroon）と呼ぶが、そのアイドバルーンについての対応を話し合っている。そこでの内容をまずは申し伝えたい」

月の触手に巻かれ、グルグルと回転するHGウェルズの震動の中でザ・ファニエストが続ける。

「そちらのモニターに、まずは先ほど大きく球体内部を露出させたアイドバルーンの拡大写真を送る」。モニターに口を開けた月の静止画像が映り、それにぐるりぐるりぐるりと円が七つ描き込まれる。

「次はこの円で囲った部分のさらに拡大写真だ」と七つの映像が切り出され、解像度が上げられる。と、滑らかに見えていた表面に異物がある。月の内側の表面に浮かんでいるそれは機械の一部のように見える。

「……何だ……？これは……人工衛星……？じゃないな、」とポコロコが言う。「これは……探査機だ。それも装甲板と、鏡で覆われてる……？まさかこれは……!?」

「そうですトリプルセブン隊員。これは1985年に欧州宇宙機関（ESA）がハレー彗星探査のために打ち上げた無人宇宙船です。国際標識番号も機体表面に確認できます。1985—056A」

確かに七つの拡大画像のうち……二つの機体の胴体に番号が書かれている。

……？二つ？

「ありえない……」とポコロコが呟き、ザ・ファニエストが言う。

「しかし、そこで起こってる事実なのです。その写真に写る七つの宇宙船は、全て同じもの、同一のものなのです。七つとも全て、1986年3月14日にハレー彗星の内部にまで入り込み、600キロの至近距離からハレー彗星の核の姿を写真に収めた後、1999年以降行方が判らなくなっていた探査機、ジオットなのです」

「もちろん長年宇宙事業に携わっている父さんならご存知でしょう。全く同じ探査機を七つも打ち上げたりはしないし、国際標識番号だって同じにはできません。何らかの陰謀があってアメリカが秘密裏に複数の同型探査機を打ち上げていたということもありえません。何しろ探査機の製造と打ち上げにはお金がかかりますし、国民にも秘密のロケット発射台なんてどこにも作りようがないしそんな予算はどこからも降りません」

つまり七つのジオットは宇宙空間でコピーされた挙げ句このアイドバルーンにぱくぱくぱくと食

べられたというわけか？この触手に引っかかって？この触手の範囲は半径約百キロほどもあるだろうが、そんなものはこの広大な宇宙では豆粒よりもずっと小さい。こんなことは起こりえないはずだが……という愕然とした雰囲気の中、僕の隣のナランチャはアイドバルーンに虚しい攻撃を続けていて、向かいのプッチは皆と同じように絶句しているのだが、どこか恍惚とした表情で「十四の言葉には……意味があるのか……？」と呟いてる。

十四の言葉？こいつだけ何か別の物を見すえて違うことを考えているようだ。

七つの探査機ジオットか……写真に写っただけだからもっとたくさんあるかもしれないが、その謎はともかく、僕たちの乗るこのＨＧウェルズだって間もなくアイドバルーンの口の中に突入するんじゃないのか？事実、窓の外をぐるぐる回るアイドバルーンの巨大な丸い顔と瞳がかなり接近してきている。

「そしてこれが第二次世界大戦中スイスにあったナチスの施設から収容された写真です」とスピーカーの向こうでザ・ファニエストが言い、いきなり《ナチス》なんて単語が登場して驚くが、モニターに現れたその写真でその驚きなんて吹き飛ぶ。そこにはあの火星の地表でアイドバルーンのロープを持つ角のある男が映っている。切れ長の眼と黒くて長い髪。どうやらナチス戦闘員に囲まれているようだがニヒルに笑いかけ、この写真でもカメラに視線が合っている。

ザ・ファニエストが言う。「この男の名前はカーズ。この男の詳細はほとんど不明なのですが、判ってるのは五点。《柱の男》と呼ばれ、メキシコの地下遺跡で発見されてナチスの研究下にあったこと。研究材料として四体捕獲されていた《柱の男》のうち生き残ったのはこのカーズだけだったこと。カーズはイタリア、ヴォルガノ島の火山噴火に巻き込まれてどうやら地球外に放出されたらしいこと。そしてその直前、どうやらカーズは……これも詳細が謎ですが、《エイジャの赤石(せきせき)》を装着した《石仮面》を被って紫外線を浴びたことで《究極生命体》、《アルティメット・シング(ULTIMATE THING)》となったとのこと。さらに最後の一つは、三体の《柱の男》を倒し、《究極生命体》となったカーズを宇宙に追いやった男の名前が、アメリカ在住イギリス人《ジョセフ・ジョースター》であったということ」

……何?

それは俺の義理の曾祖父であり、俺の義父ジョンダ・ジョースターの血のつながった祖父の名前だ。

「そこにいるのはジョージ・ジョースターだね?」とスピーカー越しにアメリカ大統領が訊く。「君がどうして……どうやってそこにやってきたのかを教えてもらえないか」

ファニアーたち乗組員も僕のことを見つめる。特にプッチの目はギラギラと光っていて何やら恐ろしい。彼の方は見ずに僕も英語で言う。「こっちが教えてもらいたいくらいですよ」

「……何にせよ、これは偶然起こってることではない」とザ・ファニエストはあっさり切り上げ、言う。「以上がこちらで明らかにされた内容です。そして国連安全保障理事会の結論を申し上げます。……諸君はこれから十分以内にアイドバルーンの触手から逃れてください。十分を過ぎると遠隔操作でHGウェルズを爆破します。救助ミッションはありません。究極生命体(アルティメット)カーズを地球に接近させないことが最優先事項です。この決定内容は理解できましたか?ヴァレンタイン船長」

え?爆破?十分以内に触手から脱出しないと?

じゃあその結論をまず言えよ!と当然のことを僕は思い、気付く。もう無理と知っていて、どうせ爆破するつもりなんじゃないか?

僕は窓の外の機体の様子を確認する。既に何重もぐるぐる巻きにされているし、巻き付いている糸だって一本や二本じゃない。それにこの一連の会話を無視して(英語を理解できなくて)ナランチャがUボート艦隊で総攻撃をかけ続けているがほとんどダメージを与えているようには見えなくて、あまりの暖簾(のれん)に腕押し具合にナランチャは涙目になっているのに?

ファニアーが一人息子に言う。「了解したよ、大統領。……完全にな」

睨みつけるような目で言ってから通信を切りモニターの映像をカーズの写真に戻し、こちらを振り向くと顔つきが変わっている。冷静で、しかし決意に満ちた船長が指令を出し始める。「ポコロコ!HGウェルズの船体から触手を切り離す方法を考えろ!同時にこの船に仕掛けられた自爆装置とやらを見つけて排除だ!プッチとサウンドマンと私はナランチャ・ギルガとともにこのカーズとやらをとにかく何とかして殺す！そしてそこの名探偵！」

僕だ。「はい？」

「君がここにいることはどうやら必然らしい。君はスタンドを持っていないんだろう？……ならば名探偵らしくいろいろと謎を解いてほしい。今の処刑宣告を聞いただろう？残りは……あと九分だ。こうなったら君がここにいる理由や目的はともかく我々と一蓮托生だ。君はとにかく今必要なことを必死に考えてくれたまえ！」

「サーイエッサー！」と僕は手刀を額に当てて敬礼してみせる。ふざけている訳じゃない。ファニアーの言う通りなのだ。僕は名探偵だからここにいるのだ。

仕事をしなくてはならない。

「ジョージ・ジョースター」と呼ばれて振り返ると、サウンドマンが宇宙服を着込んで僕の隣に来ていて、屈んで言う。「彼は英語がわからないんだろう？」。ナランチャのことだ。「君に通訳を頼みたい。彼はどうやら小さな潜水艦を何隻も持っているようだが……それを大きな一隻にまとめられないものだろうか？」

「うわああああっこいつめ！こいつめ！何だこの野郎！どうして俺のミサイルを三十八度に設定された温いシャワーみたいに受け流してやがんだよ畜生ぉぉぉぉぉ！」と半狂乱になっているナランチャの肩をそっと叩く。「うるせーな！何だよ！」

サウンドマンの提案を伝えると目を丸くする。「……その手があったか……！全然！全っっっっっ然思いつかなかったぜ！俺は阿呆じゃねえけど！よおおおっっっし！やるぜえええええっ！Uボート！一時撤退して再度総攻撃だ！」

アイドバルーンの触手を伝って何十隻もの潜水艦がこちらに昇ってくる。

サウンドマンがそれを見て静かに立ち上がり、宇宙服のヘルメットを被りながらファニアーに言う。「火星の砂の声を聞き、理解してくる」

ファニアーが頷く。「君なら火星とも友達になれるさ」

するとその脇に宇宙服姿のプッチが現れる。「私も行こう。対話のために」

「……あくまでも天国を目指すか、エンリコ・プッチ」

「より大きな志というものがあるのだ、ファニアー・ヴァレンタイン」

「戦闘の混乱の中の必然に任すことになるぞ」

「私の命のことは心配しないでくれたまえ。私はまだ死なないよ。少なくともここではね」

ナランチャが叫ぶ。「ひょほおおおっ！できた！できたぞぉぉぉぉっ！俺の全力のUボートだ！乗りたい奴は早く乗れ！すぐに出航するぜ！」

窓の外に、ほぼ実物大の潜水艦がある。HGウェルズは直径十メートルほどの球状の居住区の前後にそれぞれ高さ二メートルの円錐状の緊急脱出システムと円柱状の宇宙船アダプタが付いているが、ナランチャのUボートはそれよりもずっと大きくて、全長百メートルほどもあるだろうか？まるでビルが横倒しになったみたいだ。

「サウンドマン！プッチ！君たちに与えられる時間は三分だ！その中で戦闘を終えて帰還しなければ、HGウェルズは君たちを待たずにここを離脱する！」

と言うファニアーにプッチが確かめる。「どちらかと言うと君がこちらの船に乗り移っておくべきなんじゃないか？」

「私が任せられた船はＨＧウェルズだよ。私はこの船と運命を共にする」

「そうか」

宇宙服を着たサウンドマンとプッチがエアロックに向かい、減圧した後に宇宙空間を渡って潜水艦に乗り込むのだが、ふうわりふうわりという普通の宇宙飛行士の動きではなくてハッチが開いた後はビューンと飛んであっという間に潜水艦の中に消えてしまう。さすがはスタンド使い。「ナランチャくん、行こう」とイタリア語で言うプッチの声が、ナランチャのヘッドセットから聴こえる。

「ようし！全力前進だ！Ｕボート！行っっっっっけえぇぇぇぇぇぇ！」

ざああっとＨＧウェルズを離れてアイドバルーンに向かう遠隔操作のＵボートは細い触手の周りをぐるんぐるんと旋回しながら物凄い速さで突き進んでいき、同時に攻撃を開始している。バシュバシュバシュバシュと撃ち上げられた巡航ミサイルの大きさも実物大だ。水平に飛んでアイドバルーンに次々に命中し、そこで起こる爆発や衝撃もさっきまでとは迫力が段違いで、アイドバルーンの大きな目が閉じられる。効いている⁉

「よし！判ったぜ船長！」とポコロコが叫ぶ。「俺の《ライトスタッフ》は絡み付く糸から抜け出す方法を見つけた！」。見ると胸の前で両手を並べて作ったボウルの中に異形の小人たちがいて、彼らは小さな小さなＨＧウェルズの模型を作り、バラバラに分解したりしながら問題を分析検討しているワークチームのようだ。ポコロコが続ける。「俺たちはこれからＨＧウェルズの外壁を全て内側から外し、解放してやる！球と円柱に対して触手は真横から巻き付いているから、おそらくこれで機体は安定する。そして間髪入れずに推進エンジンをスタートさせて、外壁を触手の中に残し、脱皮する形で脱出する！丸裸になるが宇宙船は風邪をひくわけじゃねえからな！へっへっへ！そんで自爆装置の除去作業に取りかかるぜ！既にライトスタッフは爆発物を探知している！」

「よし！」とファニアーが頷く。「取りかかれ！進捗は全て報告しろ！」

「任せとけ！」。肩の上に小人を並べたポコロコが居住スペースを出ていく。

その背中を見送り、ファニアーが僕の方を振り返って言う。「君はプッチの言う『天国へ行く方法』についてどう思う？」

いきなり何を言うんだ？

つか今そんなこと話してる場合か？あと八分足らずでこの宇宙船は爆発するというのに……!?しないのか？ポコロコが仕事をやり遂げると知っている？しかし今のファニアー・ヴァレンタインの落ち着きは、仲間を信じる優秀な船長のどっしりとは別物じゃないか？

ファニアーが唐突な話を続ける。「エンリコ・プッチがまだ十七歳だった頃、彼は夢遊病を患っていたんだ。月に二度か三度、眠ったまま夜中に家を抜け出してぶらぶらと遠くに行ってしまう。彼の家族がフロリダのケープ・カナベラルに移り住んでいたのは、そんな病気を持つ長男が車の事故に遭ったりしなそうな、住人の少ない、見晴らしのいい土地で、かつ軍人や役人の多い場所だからどこかで寝ぼけている息子の発見も早いだろうと踏んだからだ。……そこにはケネディ宇宙センターと空軍基地があるからね。二十四時間毎日周辺のパトロールが行われている。しかしある夜、また眠ったまま家を出て、父親が神父を務める教会の門の前で目が覚めたとき、朝の五時だった。普段はパトロール警官に見つかって夢うつつのまま自宅に戻されていたからね、そんなふうに朝明るくなるまで眠っていられたことは、少なくともケープ・カナベラルに移ってきてからは初めてだったそうだ。しかしプッチの父親も母親も毎朝四時くらいに早起きして自分がちゃんとベッドに寝ているかどうかを確認する習慣だったから、おそらく心配してるだろうと思ってね、プッチは裸足(はだし)で走って帰り、もう自分のことを心配してくれる家族などいなくなったことを知った。プッチ家は直径十七メートルのクレーターと化して消え失せていたんだ。隕石の直撃だよ。しかし明るくなってきた空の下、誰もこの隕石の落下に気付いていなかったのは本当に不思議な話だ。宇宙センターと空軍のレーダーをかいくぐってその隕石は落ちてきたのだからな。そしてたった一人でクレーターの前で立ち尽くし、絶望の中、プッチはクレーターの中に家族を殺した凶器を発見するが、それは宇宙から落ちてきた石ころではなかった。それは鉄板だったのだ。耐熱シールド加工をされたね。これだ」

ファニアーがモニターに映し出したのは四角い鉄板で、二種類の文字が書かれている。一つはその鉄板にそもそも塗料を用いて書かれていた文字で、『1985―056A』とある。

うん？

ファニアーが言う。「これは探査機ジオットの国際認識番号だよ。十三年前の1999年7月、地球に接近していたジオットはNASAからの信号に応答はしなかったけれど、一つだけ信号を落としていた。それは空から降ってきて、エンリコ・プッチの父親と母親、そして次男を殺し、長男だけを生き残らせたのだ」

またジオットだ。

しかしその『また』はアイドバルーンの中にある七機のジオットのことだけではない。その鉄板に書かれたもう一種類の文字、誰かが何か尖(とが)ったものでゴリゴリと表面を擦(こす)って書いた削り文字でも、『ジオット（GIOTTO）』の文字は見える。それ以外の言葉もある。

合わせて十四個。

英語とイタリア語が混ざっている。

『らせん階段』
『カブト虫』
『廃墟(はいきょ)の街』
『イチジクのタルト』
『カブト虫』
『ドロローサへの道』
『カブト虫』

『特異点』
『ジオット』
『天使(エンジェル)』
『紫陽花(あじさい)』
『カブト虫』
『特異点』
『秘密の皇帝』

ファニアーが笑う。「さっきのプッチの慌てっぷりを見ただろう?」

十四の言葉には……意味があるのか……?

プッチは神父ではあっても名探偵ではないから、信じられなかったのだろう。全てに意味はあるのだ。

「この鉄板の裏にもメッセージはある。こっちがメインになるだろうな」と言ってファニアーが画面を切り替える。同じくゴリゴリ英語の文章が三つ並んでいる。

『勇気をもってスタンドを捨てると、朽ちるスタンドが三十六の魂を集めて新しいものを創る。』
『それは十四の言葉を言うものを友とする。』
『その場所は北緯二十八度二十四分、西経八十度三十六分である。』

全く意味が判らないが、思いつくことはある。

北緯二十八度二十四分、西経八十度三十六分。

「確か火星にも、緯度と経度はありますよね?」と僕は言う。「ヴィルヘルム・ベーアとヨハン・ハインリッヒ・メドラーが最初に作った火星の地図で小さな円形模様を基準点としたのが最初で、それが今も受け継がれて今はエアリー0と呼ばれ、そこで子午線が引かれている」

そしてそこが……。

「その通り」とファニアーが頷く。「そして火星における**北緯二十八度二十四分、西経八十度三十六分**というのが、今アイドバルーンを片手に持つカーズの立っている場所なのだ。カーズは私たちがやってくるこのタイミングでそこにいたのだし、そのタイミングで私たちはそこにやってきたのだ」

ファニアーがくっくっくっと肩を揺する。「プッチめ、対話などと言って、自分の信じた『天国』とやらに自分だけで行ってしまうつもりだな？聖職者にあるまじき身勝手さだが、そのような拙速(せっそく)ぶりで果たして天国への階段は拓(ひら)けるかな」

僕はファニアーの視線を追って火星の表面を見る。既にナランチャの潜水艦は火星表面に到着しているが、宇宙服姿のエンリコ・プッチが船の外に出て、地表に立つカーズのもとに走っていく。「ちっ！何だよあいつ〜〜〜っ！邪魔っけだなあ！」と僕の背後にいてファニアーとの英会話には無関心なナランチャは舌打ちしきりだが、そんな文句を言いながらも攻撃は続けていて、無尽蔵に撃ち上げられる巡航ミサイルによって上空のアイドバルーンの表面で爆発が起こり続けている。穴が開いたりもして分裂していたときよりも大きなダメージを与えられてそうに見えるけれど、風船はすぐに穴を閉じてしまう。「うぎいぃぃぃぃぃぃっ！何だよあれ常識ねえな！壊れろよこのクソ！クソ！クソクソクソ！」。そんな、テレビゲームでもやってるみたいなナランチャの脇で僕はプッチの様子を見るが、ファニアーの言う通り、ジオットの鉄板の裏にあった文章がプッチの言う『天国へ行く方法』ならばあれ?十四の言葉に意味なんてあったのー?みたいな調子で近づこうとしても無駄なのでは……?

と思って遠くから眺めているこの窓がいつの間にか静止している。触手に囚われた外壁を外し、機体の姿勢が安定したのだ。

ポコロコがスピーカーを通じて言う。「ようし!ヴァレンタイン、エンジン点火の用意はいいか?」

が、ファニアーはそれを無視する。

それどころか僕の方を向いて口元に指先を当てる。しー。

いやどうせ僕の声なんて届かないしファニアーだってヘッドセットのマイクをつないでいないみたいだし……?

「ヴァレンタイン!おい!?っちっ!何が起こったんだ!?ライトスタッフ、誰か行って確認してこい!」

そんなポコロコの焦った声を無視してファニアーが僕に言う。「ちなみにジョージ・ジョースター、君はこの宇宙船の操作方法を知ってるかい?まさかとは思うが、名探偵っていろんなことに興味を持って勉強してるみたいだからさ」

?何が訊きたいのか……?「いや。宇宙船の一般的な仕組みは大体知っていても具体的な運転方法などは知らないよ。だってコンピュータの制御システムとかも君ら飛行士とエンジニアたちがお互いの連携の中でいろいろ手を入れているだろう?打ち上げる前にも打ち上げた後にも?そういう訓練と実践の中での知識がないと宇宙船の操作なんて無理だろ……」

「その通りだ。安心したよ」とファニアーが言ったとき、僕の背後ですっと何かが引っ込む気配があって、振り返るとあのファニアーのスタンドが拳銃を持ったまま去り、そいつの覗いていた《窓》ののっぺりとした平面も消えて鉄の梯子(はしご)の向こうに壁が戻ってくる。

僕の背後に回って銃口を向けていたのだ。

「君という存在には何か意味がありそうだしね」と言うファニアーの笑みを見て僕は悟る。こいつはこいつの企みを持ち、たった今動き出したのだ。スタンドを使って。

こいつのスタンドは三度出現している。ナランチャの口から、二段ベッドの上段から、そして今は鉄の梯子から。そのスタンドが現れる空間は磨(す)りガラスのような平面で途切れ、スタンドはその平面の上からにょっきり現れる。必要な条件は、おそらく《枠》だ。どんな枠でも、そこに《窓》を作って自分のスタンドを覗かせることができるのだ。

スピーカーからポコロコの声が聞こえる。「……!ヴァレンタインてめえ!」

バン!

銃声だ。

その後は無音。ふと見ると居住スペースの入り口にポコロコの小人が一人やってきていて、立ち止まり、姿が薄くなり、消える。遠隔操作でポコロコを撃ち、おそらく殺したのだ。

「ん!?……おいてめえ、今の何だ?」とナランチャが気付く。「クソったれの銃声だ……誰が何撃ったんだよジョースター!?っぽっ!」

怒鳴っていたナランチャの口からまたあのスタンドの腕が飛び出て、握っていた拳銃を額に当てる。「潜水艦を全て火星に送ったのは間違いだったな」とファニアーがナランチャには伝わらない英語で言う。「あと、君はいちいち言葉が汚いんだよ」

バン！

ナランチャが頭から血を流して倒れ、スタンドの腕が口から消える。

僕は窓から火星を見下ろす。アイドバルーンの触手の上に停泊していたUボートもまたふうっと消えてしまう。

「……？ナランチャくん、どうした？そっちで何かあったのかい？」とスピーカーからプッチの不審そうなイタリア語が聞こえる。

「ナランチャくんかい？彼は死んだよ」と英語でファニアーが応える。「そっちの『対話』は順調かね？」

「………！」

「なあプッチ、一度ちゃんと訊いておきたいんだ。いいかな？……君は実のところ、一度だって神を信じたことがあるのかい？」

「何を……」

「ないだろう、君は。……だって君はどこまでいっても、とんでもなく自分本位な男だからな。きっと神父としての権威をまとうことでちょっと気分が良かっただけだろう？その道を選んだことだってさ。君には他人に対する本当の愛も慈悲もない。断罪するよ、エンリコ・プッチ。君は本当に罪深い男だ。人を導く立場でありながら一人だけで天国を目指した罰を受けるべきなのだ。しかし……その赤茶けて何もない星だが、美しいだろう？　そこで死ねること、それが僕から君への、本当の、心からの慈悲だよ」

「……ふん。ここにいることこそ必然、神の意志だ」

「天国へ行く方法とやらかい？　君は何も判っちゃいない。だからカーズとの対話も成立しない」

「……」

「私はもう十一年もカーズとは交渉を続けているよ。君の家に落ちてきたメッセージ・プレートを読んでからずっとね」

「……!?　リアウィンドウか……!?　盗み見たのか？」とプッチが言い、ファニアーがその単語が出てきたことでちらりと僕の方を見たので、それがファニアーのスタンド名だと判る。《裏窓（Rear Window）》か。《枠》や窓があればどこへでも移動できる……ということなら名は体を表すという訳だ。

ファニアーが言う。「盗み見とは失敬な。不審な飛来物を確認しただけさ。ふふふ。私はあのとき既にケープ・カナベラルの宇宙センターで宇宙飛行士として訓練中だったからね。正直言うと、ぱーっと夜遊びしてこっそり基地に帰るところだったんだ。あの鉄板を盗み見たおかげでそんなサボりは二度としなくなったけどね。何しろそのことで地球外に知的生命体がいるとはっきり判ったし、四角い鉄板が落ちてきたってことは、四角い穴が空いてるってことだから、《窓》を探すのは比較的簡単だったよ。そしてカーズたちと出会った」

うん？

……たち？

ファニアーが言う。「天国への道も、ここまでだ。とにかく火星までは辿り着けたんだ。その幸せを抱いて眠れ、エンリコ・プッチ」

「神の意志は私にあるんだ！」

「幻想だよ」

バン！

銃声が三たび響き、無音になる。

僕は火星の表面を探すが、プッチの姿は遠くて見えない。アイドバルーンのロープが降りていく先にいるはずだが……。

「さて、……名にそぐわない静かな男ゴヤスリー・サウンドマンよ、沈黙の行はそろそろ終わりにしないか」とファニアーが言うが、応答はない。「………？君が怯(おび)えてるはずがない。……何をしているんだ？」

僕には見える。

火星の表面に一本の長い影が浮かび、どんどん伸びていて、判る。巨大な砂の塔が高く高く伸びてきているのだ……この船に向かってまっすぐに。火星の地表の模様がその塔の足下にずずずずっと集まっている。地面を吸い上げるようにして塔が延長しているせいだ。サウンドマンの砂。**火星の砂の声を聞き、理解してくる。**それは成され、火星の砂はサウンドマンと一体化したのだ。あっという間に宇宙空間に突入した尖塔の天辺(てっぺん)がHGウェルズに迫る。

あと数キロ。

「おおお、さすがはサウンドマン」。気がつくとファニアーが僕の背後で同じ窓を見てこちらに急接近する塔を見つめている。「前言撤回するよ。君は名前の通り、常にディィープ＆サウンドな男だった」

あの澄んだ瞳のネイティブ・アメリカンも殺されてしまうのか……！「やめろ！」と僕は言うが、こんなふうに口で言っていても仕方がない。**君はこの宇宙船の操作方法を知ってるかい？**こいつは自分以外の宇宙飛行士を全員殺すと決めているのだ。止めるには身体を使わなくてはならない……！僕はナランチャの遺体からナイフを取ってファニアーの首に一気に突き立てようとするが、かわされ、ドム！と膝(ひざ)で腹を蹴り上げられる。

「じっとしていたまえジョージ・ジョースター。今はサウンドマンとの最後、男同士のさよならを告げるところなんだから」

ファニアーにあっさり奪われたナイフが僕の右肩に突き立てられる。「うわあああああっ！」

これで僕の肩は両方とも怪我を負い、腕は両方とも上がらなくなった。

「ということで、さよならだ、サウンドマン。君とここまで来れて光栄だった」。ファニアーが言い、またしても銃声が響く。

バン！

……また無音……。僕は血まみれの肩の向こうの窓を見る。火星から伸びる巨大な尖塔の天辺はもうあと数百メートルの距離にあって、……まだ近づいている。

⁉

ファニアーも気付く。「?·サウンドマン?·まだ生きているのか?·」。遠隔操作ができるが、自分のスタンドが見ているものは見えていないのだ。

バン！バン！バン！バン！·と銃声が連発するが尖塔の天辺はさらに接近し続けている。あと百メートルほどで届く。そして近づいたので肉眼でも見える。塔の天辺に空っぽのヘルメットがあって、それにしがみついたファニアーのカメラ眼のスタンドが銃弾を撃ち込み続けてひたすら穴を空けている。が、そこにサウンドマンの頭はないのだ。

「サウンドマン⁉·どこだ！」と叫ぶファニアーと呆然としている僕の目の前で尖塔の先が変形し、丸い穴と溝ができる。ドッキング用のハッチだ……！。尖塔の中にサウンドマンがいる。そして火星の地表からＨＧウェルズまで二分弱、もちろん身体を鍛えた宇宙飛行士なら砂の塔の中で呼吸なしで十分耐えられるだろう。

ドン、と機体に尖塔の天辺がぶつかりＨＧウェルズが揺れる。

「何と言うことだ……！·戻れリアウィンドウ！·」。ファニアーに呼ばれてスタンドが居住スペースの入り口に出現する。

ゴン、ドンドン、ゴゴゴ、と金属と砂が重たくぶつかり擦れる音が響いた後、ゾッゾッゾッゾッ！と砂の足音が近づいて来て、全身に大量の火星の赤い砂をまとったサウンドマンが現れる。顔まですっぽり隠れている。ファニアーのリアウィンドウに備えてネイティブ・アメリカンの宇宙飛行士は呼吸を止めたままで突入してきたのだ。

ファニアーの顔が恐怖で歪む。「何てことだ……！撃てリアウィンドウ！」

バンバンバンバンバンバンバン！ファニアーのスタンドが拳銃を乱射するが、その弾丸を全て砂の表面に吸収したままでサウンドマンが駆け寄り、そのままファニアーに体当たりで襲いかかる。

「うわあああっ！」というファニアーの悲鳴が砂の向こうに消える。

ザンザンザン！ドンドン！ザザン！と当然目も見えないサウンドマンがムチャクチャに暴れて固い砂のパンチやキックを繰り出すので僕はよろよろと逃げ出すが、機体が壊れてしまいそうだ。ファニアーが再起不能になったか死んでいたらサウンドマンに教えてやらないと、と思って振り返り、僕はファニアーの姿がどこにもないことに気付く。さらに、ファニアーが追いつめられたように見えた壁には扉があって、窓の外でその扉の向こうにあるはずの緊急脱出ポッドが離脱してＨＧウェルズから離れていくことにも。

「サウンドマン！外だ！ファニアー・ヴァレンタインはポッドで脱出している！」

ポッドの小さい窓からファニアーがニヤニヤこちらを見て笑っている。サウンドマンが暴れてコンピュータに開けた穴にリアウィンドウがいて、待っている。暴れるのを中止したサウンドマンの呼吸を。

「顔を出すな！リアウィンドウがまだここで拳銃を構えてるぞ！」と僕が叫ぶのが遅れ、息を切らしたサウンドマンが砂から出した顔の眉間をリアウィンドウの弾丸が貫く。

バン！サウンドマンの頭が弾け飛び、砂の服が崩れて落ちる。「ああぁっ！サウンドマン！」

するとスピーカーからファニアーの笑い声が聴こえてくる。「はっはっはっは！さよならだサウンドマン！ジョージ・ジョースターくん、君には申し訳ないが、あと二分でその船は爆発する。君に本当に何か必然や運命が用意されているならきっとその爆発も越えて生き延びてくれると信じているよ！」

床に膝をついた僕は両肩が痛くてもう立ち上がれる気すらせず、窓の向こうを離れていくファニアーと緊急脱出ポッドをぼんやり眺めているしかできなくて、気付かなかったが、ファニアーが近づくアイドバルーンの表面に潜水艦が浮かんでいる。


「っち、宇宙飛行士なんかが人を殺そうと思うのが間違いなんだよ。原則が判ってねーんだもんな。頭に二発だよ。一発じゃあ駄目だ、念のためのもう一発が必要だってギャングなら皆知ってるっつーか常識だぜクソが！」

と僕の背後で毒づくのはナランチャで、銃弾の穴の開いた額から小さな潜水艦が抜け出ていて、その船の中央には銃弾がめり込んでいる。スタンドを最後の一隻分、体内に残していたのだ。

「へ。俺のUボートは一度遠くに出すとなかなか戻って来れないんだから常に身体の中に一隻二隻は残しておけってブチャラティとかジョルノとかがうるせーんだよな」と笑うナランチャをファニアーが見つけて小さなポッドの小さな窓の中で驚いているが、そのせいで背後に迫る巡航ミサイルに気付いていない。着弾。

ドオオオオオン！という音は聴こえないけれど、ファニアーの乗った円錐形の船が爆発し、粉々になり、僕らのそばにいたリアウィンドウの姿が薄くなり、消える。

「ふん！ばあああああっっか！」とナランチャが窓の外のポッドの残骸に向かって中指を突き立て、それから僕の方に振り返る。「おい、ボケッとしてるんじゃねえ。今すぐ脱出すっぞ」

「え？でもどうやって……？」

「とりあえず俺の潜水艦に乗って下の星に降りよーぜ」

「いやでも減圧とか……」

「何だよそれ知らねーよ。何とかなるだろ」

「え！ならないだろ……」

「なるなる！成せば成る！ポジティブに考えろよ馬鹿！」

「………⁉」と言ってるうちにアイドバルーンの触手を伝って巨大な潜水艦が近づいて来て、HGウェルズに突っ込む。

ドオオオオオン！という轟音と凄まじい震動に併せて機内の空気が船体の穴からビュオオオオオオッと一気に抜けていくが、潜水艦の舳先にも穴が空いている。「っしゃあ！あそこに飛び込むぞぉ！」と叫んだナランチャが瓦礫の中を風に乗って水平に飛び、潜水艦の中に吸い込まれていく。

「うおおおおっ南無三！」と僕も叫んで同じように潜水艦の穴を目指したのだが、肩の怪我のせいで身体のバランスが取れなかったのか、穴の脇をすいいいっと抜けてHGウェルズに空いた穴の方に飛ばされていく。その向こうには宇宙空間が広がっている……！「うわあああっ」と叫ぶ僕の脇で潜水艦が発進し、僕を追い抜き、HGウェルズの穴の向こうで舳先の穴を構え、すぽっと一瞬だけ生身のまま宇宙遊泳を果たした僕の身体を受け止めてくれる。

「危ねーな馬鹿！へったくそ！」とナランチャが笑いながら罵るが、言い返す言葉は僕にはない。

「ほら立て！奥の部屋に逃げるぞ！」とナランチャに肩を借りて立たされ、背後の穴から飛び出す船内の空気の中を逆走するようにして二人で狭い通路を艦尾に向かって走る。「ははははっ！俺自分のスタンドの中入るの初めてでだ！結構ちゃんと作られてるんだな！」

計器やパイプがたくさん並んだ本物の潜水艦とほとんど同じような作りのUボートの中を僕たちは全速力で駆け抜け、小さなハッチをくぐるとナランチャが扉を閉め、丸いノブを回して固定する。

「よし！Uターンして出発！」

潜水艦がゴオン、という船体のきしむ音を一度鳴らし、動き出す。しゅううううっとパイプの中をガスが駆け巡っているのが判る。右目の上にヘッドセット風の潜望鏡をつけたナランチャがUボートを発進、再びアイドバルーンの触手の上を伝ってバルーン本体に到着、丸い表面をさらにぐるっと滑り降りて、次はロープの上を走る。宇宙空間と違い火星の大気の中で重力が働き、垂直に降りるUボートの中で長い縦穴と化した通路の両脇に分かれてパイプにぶら下がる。ナランチャは両手で、僕は両足をひっかけて。

潜望鏡を覗きながらナランチャが言う。

「おい、あのロン毛の半裸、どうすんだ?」

カーズ。究極生命体。どうすべきなんだ?

「どうせ無駄だけどもう一回撃ってみる?」とナランチャはふざけた調子で言うが、「やめとこう。さっきからずっと攻撃しているけれど、君が言う通り無駄みたいだし、向こうからはまだ何もされていないんだから」と僕は言う。で、どうする?

対話すべき?ブッチが試したように?……それも全然通じなかったみたいだけど……?

「ようし!地上まで三メートルの地点まで降りて急停止!」

ゴオオキュウウウウオオオオオ!と甲高(かんだか)い音が船内に響き、停まる。

さてこれで火星の大気の中に入ったし地上にも近くなったが、僕たちは生身だし、外の空気は気圧だと地球の一パーセントにも満たないし二酸化炭素が九十五パーセントもある。全然呼吸などできない。しかしこのUボートの中で永住できるわけでもないし空気の量だって限られている。いよいよ切羽詰まってしまった。が、まだ生きている。

「あ、宇宙船が爆発したぞ」とヘッドセットの潜望鏡を覗きながらナランチャが言い、僕も見せてもらう。火星の昼の空に、大きな花火が広がっている。

その空には目のある月が昇っていて、その目と僕の視線が合う。「わ。こわ」と言ってナランチャに潜望鏡を戻したとき、ギ、ギ、ギ、とハッチの向こうの垂直の通路を誰かが上がってくる音がする。そう言えば舳先には穴が開いているし、その向こうにいたのは……。

「あ、半裸の男消えたな」と潜望鏡を覗くナランチャが言う。

カーズがUボートの中に無理矢理入ってきたのだ。つまりスタンドが見えるらしい。

究極生命体の接近に僕は身体を硬直させていると、ナランチャが足下のハッチに向かって叫ぶ。

「おい！何だか知らねえけどお前、俺の潜水艦壊すなよ！空気はここにしかねえんだからさ！さっきまでのことはマジ謝るし！マジマジ！メンゴだから！」

……まあこいつが普通に人に謝るよう躾されたことがないってことだけは判る。

まだ十六歳だが、父親からの虐待にくわえて親友の裏切りで少年院に入って苛められ……。

するとグモオン、と金属がひしゃげるような音がハッチの向こうから聞こえ、ミシミシミシッとパイプの中を何かが移動する音が近づいて、こちら側の空間に入ってくる。……来た。

僕もナランチャも息を飲んでいると、目の前のパイプがブシリと破れて中からブクブクと肉が溢れ、その肉が骨格を持って背の高い、黒髪の長い、半裸の男の姿になる。

カーズだ。

どうとでも身体を変形させられるのか……。シュウウウウウ、とパイプの穴に漏れている空気を、パイプを軽々とよじって止める。そして僕たちなんて見えないみたいにUボートの内部を見回した後、深呼吸を始める。

すうううううううううっ。

はあああああああああああああ……。

そしてイタリア語で言う。「地球の空気だ……。俺がこの空気をどれだけ待ち望んでいたか、お前たちは知らないだろう……」。それから微笑む。「帰還のときは来た」

帰還？

「どこへ？」とナランチャが訊くが、カーズは無視して言う。

「ここの空気は……三人だと四時間くらいはもつな」

「おい！無視すんじゃねーよチリチリパーマ！」と怖いもの知らずのナランチャが怒鳴って僕は身体がビクッとなる。

「っちょ、地球に帰るに決まってるじゃん」「ああ!?こいつ火星人じゃねえの？」「地球の言葉喋ってるだろ？地球にいたんだよもともとは」「ああ……そうか。でもどうやって帰んだよ。宇宙船ぶっ壊れちまったじゃねえか」。確かに、と言いかけて僕は思い出す。

「宇宙船ならあるよ」

少なくとも七機。探査機ジオット。

いやしかしあるにはあるけどでももう電源も入らないだろうしいろいろ壊れてるだろうし燃料だってない……とぼんやり考えてると、カーズも言う。「宇宙船ならある」

……!?対話ができる？「でも壊れてるでしょ？」と僕が言うとカーズが僕を見る。

凄(すご)く綺麗な水色の目。

「直せる。ハレー彗星から乗り移り、俺はずっとこの機械の動いているところを調べていたからな」

確かジオットはハレー彗星に最も近づいたときにアンテナの不具合が出て三十二分間通信が断続的になったはずだが、それはダストの粒子がぶつかったせいじゃなくてカーズが飛び移ってきたせいだろうか？

「……でも燃料は?」

「十分にある」

「どこに?」

「上空に浮かべてあるだろう」

?アイドバルーン?

「え?あれは……?何なの?」

「余計な《俺》だ」

「余計……?」

「ああ。三十六回宇宙が繰り返され、宇宙の終わりと始まりを通過するうちに累積された三十六体の《俺》だ」


究極生命体は宇宙の終わりですらも生き延びるのか?

宇宙の繰り返しは歴史の繰り返しで、同じ運命がカーズを三十七回究極生命体にし、三十七回宇宙空間に放逐(ほうちく)され、三十七回火星の裏に辿(たど)り着き、集合したという訳か?

あまりの長大な時間的スパンの話に絶句する僕の隣で、ただぽかーんとしていたナランチャが潜望鏡を覗いて言う。「おい、月が壊れたぞ」

僕も見せてもらう。アイドバルーンがバラバラに崩れ、断片がまとまり、三十六人のカーズになる。肉体を合体させて平たく広げ、巨大な球体になってたわけだ……！カーズたちとともに、球体の内側に保管されていた三十六機のジオットも落ちてくる。

カーズが言う。「機械の修理のために数人使い、残りは化石燃料にする」

火星の地表の上でカーズがジオットの部品を拾い集め、素手で組み立てていくのはジオットやHGウェルズよりもずっと高性能な宇宙船だ。足りない部品は《余分なカーズ》の肉片を変形、材質も変化させて取り付けていく。宇宙船が出来上がると、残った《余分なカーズ》たちが皆何の感慨もなさげにドロドロに自分たちの身体を溶かし、燃料タンクに入る。そのグロテスクな作業をナランチャはギャーギャー騒いでじっと見てられないようだが、僕は驚きとともに一部始終を眺めてしまう。

滑らかなカーブを持つ円錐型の宇宙船を仕上げ、たった一人残ったカーズが僕たちのところにまたパイプを伝って戻ってきて、ナランチャに言う。「この乗り物を二人分まで小さくしろ。残りの空気は俺が圧縮する」。ナランチャは言われた通り僕たち二人を覆うくらいのサイズまでUボートを縮めていく。その脇でカーズが空気を肺に吸い込んでいく。小さな潜水艦の中に僕とナランチャは抱き合うようにして寝転び、それを上半身を倍の大きさにしたカーズがひょいと背中に乗せて宇宙船の中に運び込む。中に空気が入れられ、ナランチャがUボートを自分の中に戻すと、中は寄せ集めとは思えない美麗な意匠の船になっていて、今のSF映画のセットにも負けないくらいだ。

僕は思い切ってカーズに訊く。「ここまでできるなら、どうして自分だけで地球を目指さなかったの？」

カーズが言う。「材料や燃料となる《余分な俺》が足りなかったのだ。計算上必要十分となるのがこの三十七度目の宇宙だったがな。それに俺はジオットに乗って地球に二度接近したときの経験もあった。一度目は遠過ぎたし二度目にはジオットを改造し肉体の一部を燃料として突入しようと試みたが地球に落ちる角度が判らなかったのだ。浅すぎれば大気の壁で跳ね返り、深すぎれば俺の体積では対流加熱と輻射（ふくしゃ）加熱で対応する間もなく蒸発してしまうことが予測できたからな。着地まで身体がもっても俺はかなり損傷するだろう。俺の飛来を察知した人間に捕獲され、別のロケットでさらに遠くへと飛ばされてしまったら全てが無駄になる。俺はある程度自分の身を守りながら地球へ戻る算段を立てなくてはならなかったのだ」

探査機ジオットはハレー彗星の調査の後、地球から1630万キロまで接近してフライバイ、地球の重力によって再加速してP・グリッグ・スケレラップ彗星の調査に向かった。その後、もう一度地球に接近してきたけれど信号に無反応で、それ以降の消息は不明だが……その二回か。

毎日無数に地球に落ちてくる隕石が地表に届くことがほとんどないのは、落ちてきた隕石によって圧縮された大気そのものが速度に応じて高温化する対流加熱と、その圧縮大気が発する電磁波エネルギーによる輻射加熱によって燃え尽くされるからだ。

「だから火星に辿り着いた後も、俺は焦らずに機を待ったのだ。そして宇宙が三十六巡し、俺は十分な燃料と資材を得た。そしてファニアー・ヴァレンタインという宇宙飛行士との出会いが、この三十七巡目の宇宙では起こった。ファニアーは俺とともに突入対策を考え、補助する代わりにアメリカ人を食糧にするのをやめ、利益をもたらすよう交渉を持ちかけてきた……俺に異存はなかったので、ファニアーがここに来る日を待った」

へえなるほど……しかしファニアーはどうしてこんな危険な生き物を地球へ……って、うん？

……食糧？人を？

「食べるの？人を？」と僕は思わず訊く。

するとカーズは僕を見つめて言う。「……どうして貴様たちを生かしておくと思ってるんだ？それに言っただろう。酸素は四時間ほどしか保たない。余分な《俺》で飛ぶこの宇宙船も計算上地球まで半年はかかるからな。どうせ貴様らに生き長らえることはできなかったのだ。大人しく俺の食事となっておけ」

え……？

「いやお前ずっと長い間火星の裏で何も食べずに生きてたんだろぉーっ⁉半年くらい腹ぺこ我慢しろよてめえぇぇーっっ！それにたったの四時間ったって四時間もあればいろんなことできんだよぉーっ！」とナランチャが喚くと、カーズが言う。

「俺は宇宙が三十六巡する今日までずっと、飯も食わずに火星を周回していたのだ。俺にそういう習慣はないが、祝いの乾杯みたいなものだな」

「いやいやいやいや！地球についてからたらふく食べればいいじゃん俺以外を！」

「……やかましいぞ、貴様。どうせ四時間の命だし、俺が肺の中の空気の放出をやめたら、すぐに人間なんぞ窒息してしまうのだ。つまり、お前たちの寿命はとっくに尽きているのだ。諦めろ」

「やだーっ！やだーっ！やだやだーっ！」と涙目で地団駄を踏むナランチャの横で僕は言う。

「？肺の中の空気なんて、呼吸してたらすぐに入れ替わるし、なくなっちゃうんじゃないの？」

「だから俺は呼吸などしない。肺からゆっっくり空気を出すだけだ」

「え……？でもさっき三人で四時間ぶんって言ってたよね？」

「お前らと、飛行士だ。ファニアー・ヴァレンタインは結局俺に突入対策を教えないまま死んでしまったようだからな」とカーズに言われて見回すと、床の隅っこに宇宙服姿のプッチが倒れている。

ヘルメットに丸い穴が空いているのはファニアーのリアウィンドウが弾丸を撃ち込んだせいだろうし、額の中央にも銃弾の入り口が見える。が、銃弾はその入り口で停まっていて、僕が指先で銃弾の尻をちょんちょんと叩いてみるとぽろりと落ちて、脳は無事だと判る。ヘルメットと額の弾丸の穴に詰まっているのは赤い火星の砂で、誰がプッチの命を救ったのかが判る。

あの高潔そうなネイティブ・アメリカン。おかげで僕たちの命も助かったのだ……と思い返している隣で静かにプッチは瞼を開けている。「あ、起きたのか……」と言いかけた僕を無視してプッチが独り言を言う。「三十六人の《余分なカーズ》……？」

とっくに目が覚めていてカーズの話をじっと聞いていたのか？

で、火星の地面からドーンと飛び立ち、大気圏を出て宇宙空間に飛び出し、あっという間に火星から離れていくと、床に寝転んでしくしく泣いているナランチャのそばでプルポンピンパラパラポン♪と電子音が鳴り、ナランチャがバッと起き上がって手に取ったのはあの石ころ携帯だ。

存在を忘れていた。

「あああーーんブチャラティィィィ！ブチャラティだろ⁉俺だよナランチャ！いろいろあってすっかり忘れてたよこの携帯のこと！」と興奮して叫ぶナランチャにブチャラティが何か言ったらしくてナランチャが激高する。「ああああーーーーーんん？何言ってんだブチャラティこの野郎！こっちは大変だったし、すでにもうモリオーになんていねーんだよ！火星だ火星！星の！うん！ええ⁉」と言ってからナランチャが膨れっ面をして僕に石ころ携帯を寄越す。「ブチャラティがお前に代われってさ」

携帯を受け取り、耳に当てる。「もしもし？」

「お前どこで何をやってるんだ？さぼってると承知しねえぞ⁉」

さぼってるって……究極生命体の食糧として宇宙船に乗ってるんだけど……？

僕だってナランチャのように喚き散らしたくなるが、堪えていると、ブチャラティが続ける。

「こっちはモリオーの住人を全員人質に取ってるようなもんだ。できるだけ丁寧に少しくらい荒っぽくやってみてもいいんだぜ？」

何言ってやがるんだ、と僕の心は荒んでいる。「君たちギャングが随分紳士的な口を利くじゃないか。知ってるぜ？ネーロネーロ島でボスを探すために虐殺しまくってるのをさ」

僕や虹村兄弟は見たのだ。波止場に近づいた島民たちが隠れていたギャングたちに襲われ、無惨に殺されていくのを。

　が、しかしブチャラティは言う。「虐殺……？　何のことだ」

「とぼけるなよ！　船で逃げようとした島の人たちを何人も殺しただろ!?」

「……？　俺たちは一般人には手を出さない」

「建前の話じゃない！」

「そうじゃない……それが俺たちの血の掟なんだ」

「だとすりゃその掟は全然守られてないよ！」

「待て。……その虐殺、どこで起こった？」

「ネーロネーロ島の西側の波止場だよ！」

「……………？　俺たちは島を一周したはずだが、波止場なんか見たことないぜ……？」

「………？」。でも見たのだ。「俺は嘘は言っていない」

「……そのようだな。電話相手に言うのも何だが、嘘の匂いはしないぜ」

「………」

「島の一部を、内部からでは見えないように隠してる奴がいるな……？　そんなことができるのは、ただ一人《イーヴルデッド》を持つセッコ・ロッターリオしかいない……！」

へっへ。お、セッコ・ロッターリオもいるじゃねえか。とＮＹＰＤブルーも言っていた。

　ブチャラティが言う。「でかしたぜジョージ・ジョースター！　全てが終わったら礼を言おう！」

　そして電話が切れるけど、僕とナランチャがどこにいてどういう状況なのか絶対判ってないよなこれ……。

　と思いながらナランチャに携帯を返していると、カーズが言う。

「ジョースター？……貴様も『ジョジョ』なのか？」


あ。


カーズがにやりと笑う。「……食糧にする前に、聞き出さなきゃいけない話がありそうだな」

僕は白目を剝きながら、その話をせめて四時間以上かけられますように、と思う。

「ええええーーーっ！俺は⁉」とナランチャが叫ぶけど、まあ、頑張れ。

ELEVEN　グレムリン

飛行中に何か怪しい影を見かける、飛行機に不具合が出たりするのがそいつの仕業らしい、という噂が俺のところにも届き、どうやらそれが人のような形をしていて、小さく痩せていて、眼孔には目玉がない化け物だという話を聞いて、俺はもちろんケントン・モーターライズが死んだ夕方にファラデイさんが見たという《邪悪な何か》について思い出す。

瞼の奥には暗い空洞があるだけの、褐色の肌をしたスペイン風の子供に見えました。

場所もタイミングもバラバラだし、相手も無差別だ、と思っていたのだが、そうでもないかもしれない、と思ったのはその化け物の目撃談がどんどん俺の身近に迫ってきたからで、とうとう王立飛行クラブ（Royal Aero Club）のジム・グラハムまでもが「出たぜ！俺の胴体の裏に貼り付いてた！」などと言い出す。「見ろよ！」と飛行場に帰還したばかりのフランス生まれの愛機《シモーヌ》の腹を叩く。ブレリオXIは単葉機で主翼の下に二つ、尾翼の下に一つ車輪があって、その前輪の間のパネルがポカンと開いてしまっている。その四角い穴の向こうにはエンジン部分が覗いていて、どうやらシリンダー回りのネジが二つ三つ緩んだりなくなったりしているようだ。「な⁉なーんかエンジンがガタガタうるせえなと思ってたらやっぱりそうだ！」と興奮しきりのジムに話を聞くとやはり眼球のない身長五十センチほどの小人が機体の下側を這い回りながらゴソゴソ何かやってるのを見たらしい。

五十センチ？想像よりもずっと小さいんだな、と俺は思う。

「それにスペイン人とかそんな感じじゃねえよ。人じゃねえもん絶対。歯が全部尖ってってさ、爪も長くて尖ってたし、ニヤニヤ笑いながらこっちの方見てさ、俺は何もできないじゃん？で、ゴソゴソやられてるうちにエンジンもがたついてきてマジで焦ったぜ。墜落させられる前に慌てて飛行場に戻ってきたけど、その化け物はいつの間にか消えちまってた……」

ジム・グラハムはそれから拳銃を操縦席に持ち込むようになるが、二度とその化け物を見なくて、じゃあ銃が魔除けになるんじゃないかと他の奴らも真似し始めるが、俺はどうしようかと迷う。やはり追い払う前に確かめなくてはならないだろう。そいつがあのときモーターライズ邸に現れた目無しじゃないと。

で、俺は操縦席にカメラを持ち込む。コダックのブローニーってボックスカメラで、何かあったらそれで撮影して、写っていればモーターライズ邸をもう一度訪ね、ファラデイさんに確認してもらおう、と思っているのだが、その前に別のものが写る。

ＪＧロウリンズの曲芸飛行の様子を撮影したのだが、逆さまになろうとしているＪＧの《レズリー》の遥か向こう、雲の隙間に飛行機のシルエットが浮かんでいて、写真を見せたクラブの連中の誰もその機体の型を知らず、俺だけはどこかで見たことがあると思う。知ってるぞ、と強く思うのだが、なかなか思い出せずにいたが、ある日突然記憶が蘇る。……俺はその飛行機を実物で見たわけじゃなかったのだ。俺はそれを設計図で見たのだ。まだ妄想の段階の、メモの落書きで。あのモーターライズの作業小屋で。そうだ。

それはあのスティーブンの《モーターライイジング》だ。

フランスに渡ったはずのスティーブンがドーヴァー海峡の付近で何をしているんだ?フランスから飛んできたとしたら、それは非公式なフライトのはずだ。誰でも勝手に国境を渡っていいという時期ではない。ではフランスから帰ってきたのだろうか?……でもフランス帰りでオリジナルの飛行機を飛ばしているなどということがあれば必ず噂になるし、俺たちの耳に入らないはずがない。

そもそもスティーブンがフランスで何をしているのかも判らないのだ。フランス人とイギリス人はずっと仲が悪かったようだけど八年前に英仏協商を結んでからは行き来が盛んで俺自身フランスにもパイロット仲間がたくさんいるが、誰もスティーブン・モーターライズなんて奴を知らないし、飛行機のメーカーの方にも名前がない。まだまだ狭い業界だから、まともにしていれば噂くらい伝わってくるものなのだが……。まあまともにやってるんじゃないだろうな、と俺は思う。そしてこっそり飛行機を飛ばしている。自分オリジナルの。飛行機作りには金がかかるから、当然モーターライズ家からそれは出てるんだろう。ならば実質的な後継者となりつつあるダーリントンならばスティーブンの動向をちゃんと把握しているはずだ。

と思い、俺は今度は五年ぶりにモーターライズ邸を訪れる。ケントン殺害の裁判が結局不起訴処分となってからベン・モーターライズは事業に対する熱意を失っていき、今はほぼ完全に引退してアメリカに渡り、マイアミってリゾートで早々と隠居生活を始めているらしいが……。さらに美しくなった上にモーターライズ家とその事業を切り盛りしている若い女当主然としてきたダーリントンは異様な迫力を湛えているが、俺の持ってきた写真を見せると顔を強張らせる。「……で？」

「スティーブンが何をしてるのか教えてほしい」

「………」

「この飛行機にモーターライズの資金が入ってないとは言わせないよ？……そして、モーターライズの金が君の知らないところで動いているとも思えない」

「……あれから本当に骨っぽくなったのね、ジョージ・ジョースター」

「……どうかな」と言いながら俺は確信している。こうやって一拍置きながらダーリントンは何かを考えている。俺に何を言うべきかを。ならばつまり何か知っているのだ。ダーリントンの話題逸らしに付き合わず、俺は答を迫る。「でも飛行機には詳しくなったし、これがスティーブンの設計していたモーターライジングだというのは判る。一番特徴的なのはこの単座のデザインだ。一見複座に見えるけれど、これはそうじゃない。これは何らかの事情で飛行機を脱出したスティーブンが、翼を使って空中でスムーズに操縦席に戻り、翼を畳むための作りになってるんだ。……こんな飛行機は他にはない」

それから黙ってしばらく俺の顔を見つめていたダーリントンが、まずは「どうして今日なのかしら？」と言うが、どうやら独り言だったらしくて俺が返事をしようとするのを遮る形で、しかしさらに思いがけないことを言う。「……ジョージ、あなたは、……死者が蘇るという可能性についてどう思う？」

「えっ……？」。何だ？これもはぐらかしだろうか？けれどもこれは……？「……どうとも考えたことはないよ。死んだ人間は生き返らない」

嘘(うそ)だ。俺は知っている。屍生人(ゾンビ)となる死者がいる。でもあれは生者として生き返るわけではなく、死者のまま生者のように振る舞い、人の血を吸い、肉を食う。

俺の背筋がゾゾゾと震える。久しぶりに味わう恐怖。俺はこれを全てカナリア諸島に置いてきたつもりだったのに……。

平静を装う俺の顔をじっと見つめた後にダーリントンが言う。「……そうよね。でもそう考えない人もいるし、文化もあるし、宗教だってある」

ジーザス・クライストだって磔(はりつけ)から三日目に蘇ったとされている。それを世界中で多くの人間が信じている。

「……？どういう意味だい？スティーブンが、それを信じているのかい？」

「判らないわ。でも父とスティーブンはその可能性に賭けている。ケントンを蘇らせるためにね」

「……！何だって……？しかし、そんなことどうやって……？」

「……あなたが飛行機を学んでいる間、父とスティーブンは死者とその復活について調べていたのよ。そして、南米にその風習があって、何らかの儀式によって死者の蘇りが実際に起こった証拠のようなものも見つけたようなの」

「そんなものもあるのか……」

「ブードゥーって民間信仰よ。ボコっていうある種の司祭が呪文を呼びかけていると死者が起き上がってくるんだって。そうやって死んだまま立ち上がったそれを、ゾンビって呼んでるらしいの」

屍生人……!? いよいよストレイツォさんから聞いた話と重なってくる。ダーリントンは続ける。

「ブードゥーはアメリカ人が連れてきた奴隷たちが持ち込んだもので、元はアフリカ大陸にあった信仰のようだけど、南米という土地は不思議な土地で、他にも死者の復活が絡む土地や謂れがあるみたい。アステカ文明では、死者がその時の王になったりしたとも言われてる。……ジョージ、あなた石仮面って知ってるわよね?」

唐突に言われ、俺は焦る。「何、何を……? 石仮面?……何のことだい?」

「アステカの王を生ける死者にした道具。……あなたのお父様、ジョナサン・ジョースターがそれについて熱心に研究していたことを私たちは摑んでいるの。私の父は、随分昔になるけれど、一度あなたのおうちに招かれたときに応接室の壁に飾られたその石仮面を確かに目撃したのよ?」

俺は既にとぼけることもできない。言葉を失い、ダーリントンの話がどこまで辿り着くのかを聞く他なくなってしまっている。ダーリントンはそして核心にどんどん近づいていく。「その応接室は二十四年前の大火事でジョースター邸とともに焼けてしまったようだけど……その火事の夜、あなたのお家で何が起こったかもご存知でしょ?」と質問をしながらも、ダーリントンは答を待とうとはしない。「あなたのお祖父様、あなたと同じ名前のジョージ・ジョースターを殺害しようとした養子ディオ・ブランドーを逮捕しようと大勢の警官が集まり、全員が死亡したのだけど……全員が焼け死んだわけではなさそうね。それどころか、火事で死んだ人間はおそらく一人もいなかったはずじゃないかな。警官隊全員が、火事の前に既に、異常な残酷さで殺害されていたとしか思えないのだから。……火事跡の遺体の検分調書の写しを私たちは手に入れたの。皆手足がちぎれたり、頭が半分に割れていたり。そして警官の遺体の中には頭に穴が二つ空いているものもあった。ちょうど、……指を二本突き立てたような」

……！ダーリントンは気付いていないようだけど、そこまでの詳細は俺だって知らなかった。ディオ・ブランドーが石仮面を被って俺の祖父を殺害して血を浴びることで吸血鬼と化し、警官隊を全滅させた、ということが俺の知る全てなのだ。

「焼け残ったジョースター邸の一部……天井からも同じような丸い穴があったり、壁には人の足を突っ込んで垂直に歩いたとしか思えない穴が二列左右交互に並んで続いていたりして……二十四年前のあの夜、ジョースター邸では何か尋常ならざる強大な力を持つ者がいたのよ。そして、アステカの王もまた、同じように人間離れした力を持っていたということが判っている。……アステカ文明とジョースター邸を結ぶ石仮面という共通項は、さらに三つ目の土地にも結びつく。谷間の町、ウインドナイツ・ロット」

ここまでくると、流石だ、と俺は感心せざるを得ない。本当によく調べている。

「ここにあった町は一晩にして全滅。生き残った幼い姉と弟がいて、二人はどうやら誰かに固く口止めをされていたようだけど……たくさんあったはずの死体も全てどこかに持ち去られていて、ここには大きな組織が関わっているようね。しかし父たちは、その生き残った姉弟から何とかして話を聞き出したようね。お金も遣ったようだけど、それよりも《ディオ・ブランドー》の名前と顔写真を出したときの方が効果があったみたい。姉の方が証言してくれたんだって。ディオ・ブランドーがその夜、その町に現れ、村人たちを生ける死者としたと」

ダーリントンが完全に核心に踏み込んでくるが、まだ止まらない。

「そして、父たちはあなたのお父様とお母様が乗った新婚旅行の船が途中で沈んだことにも着目し、調べたけど……船を引き上げようと捜索したのだけどどうしても見つからず、出発した港の記録を精査するくらいしかできなかったが、気になる荷物を見つけた。それは差出人の名前が《DB》とだけ書かれて申請された大きな箱……それを船に運び込んだ雑役夫の証言では棺桶に似た頑丈そうな黒い箱だったようで、そして別の雑役夫はこう証言してくれたの。中から何か唸るような声が聴こえた、と。……ジョージ、大西洋、カナリア諸島沖で漁師の船に助けられたとき、あなたのお母様は黒い大きな箱、……棺桶にしか見えない箱に乗って、大海原を漂流なさっていたらしいことも判ってる。……そして、ジョージ、父とスティーブンがどうやってその証言を取ったか、もちろんお分かりよね?」

「………」

「カナリア諸島のラ・パルマ島に行って知ったのは、あなた方家族の消息だけではなかった。1905年には島の教会で七十三名もの人間が死んでいるのが見つかってる。そしてその夜、謎の組織によって島中に外出禁止令……実質的には戒厳令が出されていたし、さらに調べてみたところ、その五年前にも同じ組織がやってきて、同様に戒厳令を敷き、何か活動をしていた……何かおぞましい、島民たちの気持ちを頑なに閉ざしてしまうほど恐ろしい活動を。ジョージ、あなたは憶えてるでしょ?……トーレス親子の事件を。学校にやってきたアレハンドロ・トーレスは、若返り、天井を走り、大きな牙を剝いていて、その化け物のようなトーレスを一撃で粉砕したのがあなたとそのときまで一緒に暮らしていたレディ、エリザベス・ストレイツォ。……彼女はその夜も五年後の夜も、島にやってきた謎の組織と行動を共にし、そしてジョースター家を出ていった。それからの行方は杳として知れないけれど……もしものときにはあなたのそばに、必ずいる。あなたの身に何かがあれば、必ず来る。そうでしょ？ウェイストウッド警察署の留置所の中でも一緒に過ごしてたくらいだもの」

とまで指摘されてさすがに俺もギョッとする。「どうして……」

「そうじゃないかなーって当たりを付けたのは私よ。エリザベス・ストレイツォの小学校時代の写真も結構使えたわ。あの人、子どもの頃からずっと大人びた美人さんなのね。……それを見せたら屈強な警察官たちがビシャーンと雷に打たれたみたいになって目が虚ろになって意識が遠のいちゃうのよ？傷は深いわね……。一体何をしたらあんなに大勢の男性をノックアウトできるのか判らないけど、とにかくね、中の数人はエリザベス・ストレイツォの姿を憶えてた。この女の子が自由に警察署の中を闊歩している様子をね。どうしてそんなことができたのか警察官本人たちには判らなかったみたいだけど……あなたには判ってるんでしょ？ジョージ。だってどう考えてもあなたに付き添って留置所にまで来てくれたんだもんね」

そんなことまでバレていて、俺はみっともないやら照れくさいやらで顔が赤くなりそうだった。でも必死に無表情でいようと頑張っていると、ダーリントンが言う。「私、ジョージに女の子がつけ込めない理由がはっきり判ったわ。あんな凄い子が完全にジョージを囲い込んじゃってるんだもんね。ジョージの気持ちも心も、それどころか身体も全部、自分の思うがままに飼い馴らしてるし、浮気なんかできないように仕込んじゃってるんだもん」

「え……」。そうなの？

とうっかり見せた俺の素の反応にダーリントンが爆笑する。「あっはっはっは！ごめんごめん！ちょっと意地悪に言ってみただけだよ！いや単純な話、あんなに綺麗で凄い人にはそうそう敵いっこないってこと！」

「そんな……」って何の話をしてるんだ？

「率直に言うわね」とダーリントンも軌道を修正する。「私の父と兄は、姉を蘇らそうと必死になるあまり、ちょっと常軌を逸してきてるの。そして、アステカ文明、石仮面、ジョースター家の事件、エリザベス・ストレイツォという糸をたぐって、とうとうその彼女さんが属する組織の存在を確認したようなのよ、今日。……ほんのさっき、連絡があったわ、……スティーブンから。スティーブンは私が二人の気持ちに加担してると思ってるのよ。でも、そうじゃない。だって……姉とは言え、悲劇的だったとは言え、死んだのよ？もう。それを蘇らせたってスティーブンの罪は消えないし、一度死んで生き返ったケントンが、以前と同じケントンだとは限らない。……と言うより、アステカ文明やディオ・ブランドーに起こったことを考えると、陰惨で恐ろしい結果になるとしか思えないの」

その通りだ。その結果を未然に防ぐためにリサリサたちは戦っているのだ。

俺は言う。「スティーブンがやろうとしていることは、ケントンへの追憶とか個人的な贖罪とか、そういう話には終わらない可能性の方が大きいよ」

七年前、ラ・パルマ島で母さんはこう言った。

あなたもここにいなさい。これはジョースター家の話でもありますが、人類全体の話でもあります。

ウインドナイツ・ロットで、田舎町とは言え一晩にしてほとんどの村人が屍生人になってしまったのは、屍生人に血を吸われたり肉を食われたりした人間もまたその場で屍生人になり、その感染が物凄い勢いで広まっていくからだ。だからラ・パルマ島でアントニオ・トーレスの事件が起こったとき、波紋使いたちは島民に一切の外出を禁止した。

「ねえジョージ、一体どうしたらいいのかしら？私の家族は完全に暴走していて、私では止められないの。……こんな話したくなかったけれど、すでにモーターライズの財産の大部分を父とスティーブンが移していて、好き勝手に使える状態なのよ」

「……まずは僕はリサリサ……エリザベス・ストレイツォに連絡を取り、警告を出しておくよ。その上で君の父親とスティーブンについては穏やかに処置してもらえるよう頼んでみる。……安心しな、ダーリントン。何と言うか、エリザベス・ストレイツォの今所属している組織ってのは凄い人たちの集まりだし、皆人間的にも信頼できる人たちばかりなんだ。きっと上手に君の父親とスティーブンを慰めてくれるよ」

「本当？ジョージ……本当に？ケントンのゾンビなんて現れない？」

「ああ」。もしそれが現れたとしてもあっという間にリサリサたちが消滅させてしまうだろう。「君はそんなこと恐怖しなくていい」

するとぶるぶると身体を震わせてダーリントンが泣き出してしまう。「良かった……！私、怖かったの、本当に……！本当に……！」

その小さく細い肩を抱いてやるべきなのかな、と思うけどやめておき、俺は明るい声を出す。

「ハハハ、でもたまたまスティーブンの写真を撮ってここに来て、ちょうどタイミング良かったってことかな」

どうして今日なのかしら？とさっきダーリントンが言っていたけど今日ここに来れて良かったのではないか？

するとダーリントンが「いいえ、でもそうかもしれないけれど……」と言いかけたところで玄関の車寄せに一台の車が止まり、それを見たダーリントンがはっとして頬の涙を拭う。

背の高い男が一人降りてきて、ファラデイさんの出迎えを受けながら主人然としてモーターライズ邸に入ってきて、「ただいまダール！」と大声で言う。ただいま？ダール？……その呼び方をするのはスティーブンとケントンだけだったと思うけど……。

「紹介するわ、ジョージ」とダーリントンが笑顔を作り、ギュッギュッギュッギュッと大袈裟な音をたてて革靴で廊下を踏みしめながらやってくる男を出迎える。

「やあダール！崖の上に花束を置き、ご冥福を祈りつつ君のお母さんにも僕たちのいい知らせを報告してきたよ！」と言って入ってきた俺よりもちょっと大きな筋肉質のハンサムに、俺は途端にうんざりしている。こいつが誰だか既に見当がついていたからだろうか？

「おや、お客様だね？失敬！」と笑う笑顔も爽やかそうでうっとうしい。

ダーリントンが言う。「ウィリアム、こちらはジョージ・ジョースター。ジョージ、こちらが私の婚約者、ウィリアム・カーディナルよ」

するとカーディナルはちょっと目を丸くしてから破顔して握手を求めてくる。「おおお！君がミスター・ジョージ・ジョースターか！はじめまして！今日はどうしてここに？」

話すことは何もない。「婚約の話を伺って、お祝いに。おめでとう」と俺は言い、カーディナルの太い大きな手を握り返してやる。

「へえーっ？それはそれはわざわざどうもありがとう！」

握手が終わると、俺もカーディナルも黙る。お互い相手と喋ることなんてないと即座に判ったのだ。

「……………」

「……………」

「……あの、ジョージ、今日はありがとう」とダーリントンが沈黙を破る。「玄関まで見送るね」

「あ、うん」

ダーリントンと廊下に出ると、当然のようにカーディナルもくっついてきて言う。「ジョージ、君も僕たちの結婚式に出席してくれるかい？」

え。「……申し訳ないが謹んでご遠慮するよ。僕はこの家とはちょっといろいろあったし、縁起のいい人間とも思えないからさ」

「それもそうだな！」と言い放つカーディナルにもぎょっとするけど、まあいい。

玄関に出てきたファラデイさんに挨拶し、外に出るとカーディナルが言う。「君自身が言ったことだけど、……君はこの家にいい影響を与えないようなところがあるから、できれば今後一切の訪問をお断りさせていただいていいかな？これからこのモーターライズ家を立て直していくのに大変だし、君とダールの友情は本当にありがたいけれども、これからは僕たち夫婦で頑張っていかなきゃいけないからね！」

振り返り、ダーリントンを見るが、俺とは視線が合わない。さっきこの家を訪ねてきたときの迫力は完全に霧散してしまって別人のようにおどおどしている。その肩を抱いて、カーディナルが言う。「なあダール？……どうした？ぼうっとしているようだが……疲れているのかな？しゃきっとしなさい」

するとダーリントンが「あらフフフごめんなさい」と笑って《しゃきっと》する。「これまでいろいろありがとう、ジョージ。確かに私たち両家の間にはいろんな悲劇的な出来事が続いたけれど、私個人はあなたのことをずっと信頼していたわ。……さようなら、ジョージ・ジョースター。おうちの方にもくれぐれもよろしく伝えてね」

いかにもしっかりとした次期女当主らしい口ぶりだが、目に力がなくて、でも俺には何も言えないと思う。他人の家庭と人生だ。

俺は手を短く振ってモーターライズ家を離れる。

自宅に戻り、職場の母さんに電話してリサリサに連絡を取ってもらう。十分ほど待ってると折り返し電話が鳴り、どこにいるのかは決して教えてくれないリサリサに俺はダーリントンの話をする。

するとリサリサは言う。「そのカーディナルって男については何も知らないけれど、モーターライズの親子についてはもうずっと監視しているからきっと平気よ。どちらかと言うとオリジナルの飛行機を持っていたりして、ありがたい存在になるかもってくらい」

へえ……。

「ジョージ、まだ今すぐじゃないけど、戦争が起こりそうね」

「そうだね。もうずっとRAC（王立飛行クラブ）は海軍に協力してるし、おそらくこのまま海軍の航空部隊に編成されてくんじゃないかなあ」

「……死なないでね？絶対に」

「死なないよ」と俺は言う。「飛行機乗りなんて偵察に使われるだけっぽいし、まあ空を飛んでる僕らを落とせる奴はいないんじゃないかな？整備不良で勝手に落ちなければね」

それからすぐにイギリス軍航空隊（Royal Flying Corps）が設立され、俺は海軍航空隊に入隊する。水上機に乗って訓練を受けながら、新型艦船導入のための甲板からの離発着訓練に参加したのだが、なかなか我ながら筋がいいと思う。俺は操縦桿を握るとゴチャゴチャ難しいことを考えるのをやめてしまうので、思い切りがいいっぽいのだ。阿呆で良かった、と思う。でも停泊中の船からの離発着訓練で上手くいく奴はそれなりにいても洋上で動いている航空母艦でそれができるパイロットが俺とジム・グラハムぐらいで、航空母艦はいまいち機能しなさそうだなと思っているところで世界大戦が始まる。

オーストリア＝ハンガリー帝国がセルビア人に皇太子を殺されてセルビアに宣戦布告。三国同盟で結ばれていたドイツはオーストリアをセルビアへけしかけながらベルギーに侵攻してフランスを挟み込み一気に叩こうとするが、中立国をいきなり襲ったせいでイギリスも参戦、兵隊を揃えるのに時間がかかるだろうと思ったロシアが案外早く態勢を整えて出てきたのでドイツは慌ててオーストリアにロシアへの対応を迫り、オーストリアは混乱。三国同盟のもう一国イタリアはオーストリアと領土問題で揉めてて態度を保留したのち英仏側について参戦。同様にロシアと領土問題を抱えていたオスマン帝国はドイツ、オーストリア側に入り、さらに日英同盟の規定で日本も加わり、そして宗主国イギリスのためにカナダ、オーストラリア、ニュージーランドも参戦して、文字通りあっという間に世界中がその戦争に巻き込まれていく。

で、俺も戦う。

戦場での俺たち海軍航空隊の主な任務は敵の戦艦、潜水艦の発見で、しばらくは水上機でバーンと飛び立ち、二機ずつの編隊でイギリス海峡を見張っていたが、俺もジムも航空母艦からの離発着ができるということでより広い北海に出される。

すると二週間ほどで俺の相棒航空士フランク・ディマレストから「お前のせいで危険なところに出された」とぶつぶつグチグチ飛行中に背後で言われ続けるのが嫌になって俺は着艦した瞬間に殴りつけ、クビにする。フランクはありがたそうだったが。

確かに敵艦の数は段違いに増えた。けれどそれを見つけておくことが同じイギリス人たちの命をたくさん救うのだ。戦艦の機銃なんて滅多に当たらないし陸軍の奴らが繰り広げてる塹壕戦と比べてこっちは大空で解放的にぱーっとやれてんのに何がそんなに怖いんだよ！と俺は思うけど、怖いのはいいことで、航空士をつけるのにうんざりした俺は一人で飛行機を飛ばすようになり、ちょっとばかり無茶をするようになる。

　空いたフランクの席に爆弾を積み込み、見つけたドイツの戦艦に上空から爆撃をしてみる。いや正式な爆撃機の製造が進んでいることも知っていたけれど、それが俺のところに届くまでにもいろいろやってみておきたかったのだ。何しろ飛行機ってのはよほど間が抜けてなければ船相手にやられたりしないし、上空から見る限り戦艦なんて物凄く無防備に見えるのだ。で、えいえいと爆弾を落としてみると、これが思った通りに命中して俺は戦果を上げる。俺も嬉しい。イギリスの船がまともにやり合って多数の死傷者を出すよりも俺がこうやって吹き飛ばしてしまえばいいのだ。

　ジムなんかは意見が違う。「俺たちは言われた通りのことをやってればいいんだよ。戦艦の上空にいれば撃ち落とされる危険が高まるんだし、死んじゃったら栄誉も何もないんだから」

　う〜んそれは飛行機乗りっていう比較的安全な位置を確保した人間の傲慢な考え方に過ぎないんだよな、と俺は思い、そう言って、戦争前にはやらなかった喧嘩をジムとするようになる。いやジムだっておおっぴらにそんなことを言う奴じゃないし、俺相手だから自分の本音的なところを出してきたんだろうけれど、やはりそれは今イギリスのために戦っている他のイギリス兵士に対し卑劣な考え方だと思う。誰かを守りたい、そういう気持ちがなくては俺は戦場にいられないだろう……。

などという高揚した気分を、一発の銃弾が吹き飛ばす。

バン。と俺が自分で整備し改造も少しだけ加えて《スターシューター》と名付けた水上機の右の横っ腹に穴が空き、俺は一瞬訳が判らない。どうして横から？

とうとうジムの奴が俺を拳銃で狙ってきたか、と思って右を見ると、ドイツのアルバトロスが俺の方にまっすぐやってきて、機体の両サイドから飛び出させた機関銃の銃口がまた火を吹く。バタタタタタッ！しかし着弾したのは俺のすぐ左斜め上にいてアルバトロスの襲撃に先に気付いていたらしいジムの水上機版《シモーヌ》で、距離をとろうと斜めに倒した主翼をほとんど舐めるようにして掃射を受けてしまう。

翼がバラバラになる前に機体が半分に折れて、操縦席のジムの身体が殻を割った卵みたいにしてゆっくりぼってり落ちてくるのが判ったので、俺は咄嗟にスターシューターにその下をくぐらせ、ジムの身体を空中でキャッチ。ジムが後ろの席の爆弾の上にどさっと落ちたときにちょっとひやっとするけれども爆発しないしそんなこと気にしてる余裕もない。すぐ上から空中分解中の《シモーヌ》が降ってくるのをギリギリでかわし、後部座席に残って船尾とともに落ちる航空士のピーター・フレイザーと目が合う。こちらに飛び移ろうとするかのようにシートから立ち上がろうとするピーターを待って受け取りたいが、《シモーヌ》の翼の残骸を避けるとピーターからは離れ、もう戻っても追いつかないとお互いが判る。

「ジョージ！また来るぞ！」と背後でジムが怒鳴り、俺は急旋回して再びこっちに向かってくるアルバトロスを見つけ、操縦桿を倒し、機銃掃射をかわす。アルバトロスがそのまま俺の背後に回ろうとくっついてくるので俺はひたすら機体を左右にブインブインと振って照準を合わせにくくする……ように見せかけて、スピードに余裕が出てホッとした様子のアルバトロスの目の前で俺は急上昇。そのままぐいーんと船首を持ち上げていくと空がひっくり返る。宙返りだ。「うおおおおおおっ」と俺の背後でジムが叫ぶ。積んでた爆弾がボロリボロリと座席から飛び出して、必死に座席にくらいつくジムに当たり、その向こうの空に放り投げられていく。

これまで試したこともない宙返りをバッチリ決めたものの、アルバトロスは冷静に旋回。元の体勢に戻ろうとする俺たちの背後に再びつこうとするので、俺はジムに爆弾を投げさせる。「そんなもん当たるわけねえじゃん！」と叫ぶジムに俺は「いいから投げろ！当たんなくても別にいいんだよ！」と言って拳銃を取り出し「うおおおおっ」と意味の判らないままジムが投げた爆弾を撃つ。

バンバンバン！

するとドーンという猛烈な音とともに爆弾が空中で爆発、そのそばでアルバトロスが爆風と炎を浴びて体勢を崩し、おそらくパイロットも焼けたんだろう、体勢を元に戻せないまま墜落していく。

「すっげえ！……それもう一回やれるか!?」とジムが訊くのはアルバトロスがあと二機向かってきてるからだ。

「やめとこ！逃げるぞ！」。ともかく敵戦艦の情報を味方に伝えなくてはならない。

が、この機銃を機体に取り付けプロペラの回転翼と同期させて銃弾が当たらないようにした《戦闘機》としてのアルバトロスはスピードも以前の型よりも上がっていて、あっという間に俺たちは追いつかれ、機銃掃射を避けきれずに尾翼を吹き飛ばされてしまう。

「野郎！」とジムが怒鳴り、今度は自分一人で爆弾を投げて拳銃を構えるが、自分の銃弾を当てる前にアルバトロスの銃弾が当たって爆発、ドーン！と広がった爆風の中に二機のアルバトロスが突っ込んで、炎をまといながら慌てて出てきたところをお互いの翼が接触、バランスを崩して改めてぶつかり合い、くんずほぐれつ絡み合ったまま墜落していく。

それを無言で見送り、二人で思わず笑う。「……ハハハッ！」「……ラッキー」で、俺が振り返って後部座席のジムと握手をして、尾翼の失われた《スターシューター》の船尾を見つめる。俺の視線に気付いてジムも。俺が言う。「まあ不時着するしかないね」

ジムも肩をすくめる。「北海の真ん中で、か。それでもピーターよりマシか」

「……ピーターのこと、すまなかったな」

「ふ。あれは誰にも助けられねえよ。俺の方こそ、礼を言わなきゃなありがとうよ、マジで」

「あんなふうにパカッと機体が綺麗に半分に割れなきゃできなかったし、僕の位置もたまたま良かったな」

「ああ……」。震え始めたジムから進行方向に向き直り、さて、と俺は思う。この状態でどれだけ味方に近づけるだろうか？

どれだけも無理だな、と俺は即座に判る。横っ腹にもらった最初の一発がちょうど燃料タンクを傷つけているらしくて、計器に表示されているガソリンの残量がもうない……と思ったらちょうど切れたらしくてプロペラがキュルンキュルンルンルン……と甲高い音をたてて停まってしまう。上空まだ八百メートル。随分落ちることになる。が、「大丈夫！絶対ちゃんと着水してみせる！」と俺が叫ぶと、「もう爆弾全部捨てるぞ！」とジムが言って背後で残りの爆弾をぽいぽいと捨て始めて低い雲に突入し、真っ白な視界の中で俺は気付く。

停まったプロペラの羽根のシルエットの間に、小さな、目のない男が顔を出している。ニヤニヤ笑う口の中には牙がたくさん生えていて、ヨダレのようにダラダラと口から漏らしているのはガソリンだ。

ガソリンが切れたんじゃない。こいつが吸い上げてしまったのだ。

その化け物がガソリンでごぼごぼ喉を鳴らしながら言って、笑う。「おい……ジョージ・ジョースター……残念ながらここで死ぬけど……お前がここで死んだ後、お前の家族は……もっと酷い死に方で……お前の後を追うぜ……？」

きひひひひ！

という笑い声が異様に甲高くて、ジムが背後で「うわあっ！」と悲鳴をあげる。ジムにも見えているんだ、これが。俺のことを名指しで呼んだ化け物。褐色の肌をしていて、栗色の癖っ毛で、ニヤニヤ笑っていて……俺はこいつを知っている、と思う。

誰だ？俺は操縦席に置いてあったカメラを取り出してシャッターを押す。

バシャン！

直後、バッと雲を抜けて視界が晴れたときプロペラの翼の間から顔は消えていて、俺もジムも黙ったままだ。

「おいジム……今の君も見たよな……？」と俺はカメラを構えプロペラを見つめたまま言うが返事がなくて、「なあ、見えたよな？」と振り返ると、ジム・グラハムが口を開けて白目を剝いて喉を両手でかきむしっている。

「……か……ふ、が、っく、……っが！」と断続的に何か声を出そうとしているが喉が詰まっているのか出てこないらしい。

何だ⁉何かの発作か⁉「ジム！どうしたんだ！おい！」。俺が叫び、ジムの黒目が戻ってきたから一瞬ホッとしかけたのもつかの間、ジムは右手を自分の口の中に勢いよく突っ込み、グイグイと押し込み、それから何かを握って引っ張り出したが、それはジム自身の舌だ。それが何だか錯乱しているジムには判らないらしくてグイグイと力任せに引っ張られた舌は伸びきり、口から三十センチほども引き出されている。もはや舌だけじゃなくて喉の内側の肉もべろりと剝がれてくっついてきている。なのにジムは引っ張るのをやめない。「おい……ジム！やめろ！何やってんだよやめろって！」

何なんだよ！何やってんだよ！と俺もパニックになりかけるがジムはお構いなしで、右手で引っ張り出した部分を左手でも握り、さらに強く引っ張ることで、べろべろブチブチとジムの喉の奥が芋づる式に引っ張り出されてくる。ジムは右手を手前にやってぐいぐいずるずるまた引き出された部分を左手で握ってバキバキパキン、とうとうジムは自分の内臓と、どうやら肋骨の一部まで引っ張り出してきたみたいで、俺は吐きそうだ。ジムはまた白目に戻っているが、瞼からも耳からも鼻からも血を噴き出していてもう完全に死んでいそうなのに手が止まらない。食道とともに胃と小腸まで口から抜き出そうとしてさすがに顎(あご)につかえたらしくて、それでも無理矢理引っ張ったので、胃の途中でブチンと内臓がちぎれ、ジムの両手が反動でベッと前に振られて血だの内臓の中身だのが俺の方に飛び散るので俺は顔を背け、背中と後頭部に浴びたびちゃびちゃという感触でどうしても耐えきれず、俺は操縦席の中で吐いてしまう。えろろろろろろろっ！でろろろろろろろろろっ！ヴぇろろろろろろろろろろろろろろっ！

泣きながら胃の中のものを全部吐き出している俺の背後で、ジムはまだ手を止めない。今度は右手と左手を交互に突っ込んで、喉に詰まった内臓をブチリブチリとむしるようにしてちぎり、口から空中へ投げ捨てる。

今まさに墜落中の飛行機の上で俺はあまりの惨劇に頭が朦朧(もうろう)としてきてこのままジムと海に突っ込み二人で死んでしまうべきなんじゃないかと思うが、やめる。

こんなところで死んでたまるか！

と俺ははっきりと思う。戦争に出てきて以来何となく漠然と、こうやって戦いの中で死んでしまっても仕方がないんじゃないか、それはそれで意義のある死であって自分は穏やかに受け入れられるんじゃないかと思っていたけど、全然間違えていた。他の場面ではどうか判らないが、ともかく今は死ねない！

自分の身体の中身をひたすら引きちぎって海に捨てているジムの様子はもう見ない。狂気にあてられて判断力を鈍らせてる場合じゃない。俺は正面を向き、目の前に迫りくる海面を睨みつけ、目を離さない。

ぎゅびっ、ぶるりっちゅ、どぅりっ！と柔らかい肉が口から引き出される音に混じり、「ジョ、ジョージ……ジョージ、ジョジ、ジョージ、……たす、助けて……」という声が聞こえるが、待て、今は待て、もうすぐ海面がスターシューターにぶつかるのだ……！

最後の瞬間、俺は水平に滑り込んできたスターシューターの機体をすいっと上げて、尾翼の吹飛んだ船尾をまずはちょっと水面にあててやる。柔らかく、そっと、静かに。するとさあっと水しぶきを上げながらスターシューターが海面を走るので、ゆっくりとその重みを海面に預けていきながら両脇のフロートも水面に当てる。もし海が鏡の表面みたいにつるつるだったら俺は何の問題もなくそのまま綺麗に気持ちよく着水しただろうが、もちろん波にぶつかるので、ドン！ドオン！というそのひだをぐい、ぐい、と船首を引き上げたり下ろしたりしながらできるだけ衝撃を吸収し、やり過ごしていくと、次第に速度が落ち、やがて静かに停まる。

不時着は成功した。俺はまず息を大きく吐き、吸い、それからすっかり静かになった背後を見る。

丸い後部座席の中でジムが背を丸めて突っ伏し、もうぴくりとも動かない。大量の血が床と座席と船の腹を汚している。肉片もべたべたとそこらじゅうにへばりついていて、計器類の表面をずるずると落ちているものもある。

俺は座席から腰を上げてジムの首に指先を当てて脈を探るが、とれない。呼吸もしていない。死んだのだ。俺は親友の死体を見つめながらコクピット前の甲板に腰を下ろし、さてでは一人になって、これからどうしようかと思う。不時着が無事に終わってからもジムとワイワイやれると思っていたので、俺は今やたら寂しい。

北海の海面は暗く、空は青く、雲は高く、風は優しく冷たい。

二度目の漂流か、と思っていやいやと訂正する。一度目はまだ生まれる前だからこれが初めてなのだ。たぶん母さんからあの漂流の話をしっかり聞き過ぎている。母さんは小さなリサリサを抱えて父さんの首を隠して吸血鬼のディオを相手に大変だっただろうけど、こうしてたった一人でプカプカ浮いているだけの俺とどっちが辛（つら）いだろう？……もちろんそんなの比べようがないし比べる意味もない。そもそも母さんは助かってるし、……と思ってから気付くけど、どうして母さんの漂流と俺のこれを比べようとしたのか？……俺もまたこの漂流から救い出されると信じているからだ。

どうしてそんなふうに思えるんだろう？という設問には答が一つだ。

リサリサ。あいつがいるからだ。

俺は確信を抱きリサリサを待ちながら太陽を浴びていてうとうとと眠くなるのに任せ、寝る。そして飛行機のエンジン音で起きる。

グオォォォォォォーーーン……というプロペラの回る音を聞きながら俺は目を覚ましているけれど瞼を開けずにいる。やはり来た、という満たされた気持ちと自分の予感が当然のように当たったことへの穏やかな驚きを噛み締めていて……というつもりだが、俺はそのエンジン音についていつの間にかじっくり聞き込んでいて、そのエンジン音が俺の知ってるどの飛行機にも当てはまらないことに気付く。イギリス産でもフランス産でもなければドイツ産？ならば敵機だ。俺は瞼を開けて空を見て、俺に近づいてくるのは水上機だが、その独特なフォルムで判る。俺はこれもあの作業小屋の壁に貼ってあった設計図で見ている。これもまたスティーブン・モーターライズのオリジナル飛行機、モーターライジング号だ。

一見複座に見えるが実際には単座であるはずの操縦席に二つ人影があって、後ろの一つは確かにリサリサだ。ではもう一つは？

モーターライズの親子についてはもうずっと監視しているからきっと平気よ。どちらかと言うとオリジナルの飛行機を持っていたりして、ありがたい存在になるかもってくらい。などとリサリサは言っていたが、俺はぎゅっと拳を握りしめて自然と身構えている。

低空飛行を始めたモーターライジングの座席から待ちきれないというようにリサリサが身を乗り出した……んじゃなくて完全に外に出て機体の左舷に右手右足だけを引っかけていて、ワンピースの裾をバタバタとはためかせていると思ったら水面より五メートルほどの高さからすっと飛び降りてしまう。

「わあっ！」という俺の焦りをよそに涼しげな顔をして着水……でもなくてドボンとはいかず、海の波の上をしゃあっと滑りながらスピードを殺し、やがて立ち上がり、まるでアイススケートでもしてるみたいにして海面を走り出す。俺に向かってまっすぐに。「ジョージ！大丈夫!?」

あっけにとられる俺だけど、グオォォォォォォーーーン……と着水を躊躇するように俺の真上を旋回するモーターライジングに気付いて見上げる。操縦席にいる男がゴーグルをぐっと上げて俺と顔を合わせる。表情は判らない。が、十年ぶりのスティーブンだ。ちょっと痩せたようだし目元の雰囲気もいささか険しくなったが、あの飛行機野郎だ。

俺もスティーブンも視線を交わらせるだけで挨拶らしきことは二人とも何もしない。ただ確認しただけだ。お互いが生きていて、これから顔を合わせることもできるし、言葉を交わすこともできるだろうということを。

スティーブンがゴーグルを戻し、モーターライジングがゆっくりと降下を始め、着水する。それを眺める俺の中にある感情が何なのか、今はまだちょっと判らない。ケントン殺害容疑を被せられた恨みや怒り、裏切りへの悲しみ、そして率直に言って、また会えたという喜びだってあるだろうか?

さらに、顔を合わせたその瞬間、スティーブンには何の罪もないんじゃないかと思ったのは、俺がそう思い込みたいだけだろうか?ジョン・ムーア＝ブラバゾンとの出会い以来、自動車と飛行機を介していろんな奴らとワイワイやるようになったけれども、やはり俺は友達というものに強い思い入れがあって、だからスティーブンのことにも執着しているのかもしれない……。

「ジョージ！怪我とかない⁉良かった！」と言って目に涙を浮かべ俺に抱きついてくるリサリサが連れてきたのだ、このリサリサを連れてきてくれたのだ、というところを信用してもいいということにする。「リサリサ、」と俺は訊く。「どうしてここが判ったの？」

「あのね、波紋の師匠にトンペティって方がいらっしゃるの。その方は波紋で将来起きうる出来事を予測なさるのよ」

「へえ……。未来が見えるのか。百パーセント当たるの？」

「……私が知る限りではね」

「でもどうして僕のことなんか占ってくれたんだろう？」

「ふふ。もちろんタダじゃないよ？あなたにはこれからやってもらいたいことがあるの。でもその前に、あなたスティーブンと話をしたいよね？」

「………」。どうだろう？怖くもあるが……話したいというよりこうなったら話さざるをえないという方が近い。

「ごめんね勝手に連れてきて」とリサリサが俺の心を読んだかのように言う。「でも今朝突然師トンペティからジョージの事故の予言を聞かされて、即座に戦場に飛んでもらえるパイロットがスティーブンしかいなかったのよ」

つまりスティーブンとリサリサは今朝すぐそばにいたのだ。「随分親しそうだけど、スティーブンと何をしてるの？」

「それはスティーブンから話されると思う。……ジョージ、久しぶりだけど、相変わらず私にはあなただけよ」

と言ってリサリサが俺の頬にキスをして、波紋も流れない優しいチュウで、ああそう言えばあのローマの地下神殿以来唇にキスはしてないけれどもうそろそろ俺たちだって大人の付き合いを……

などと咄嗟にムフムフ考えだして、え？リサリサと？マジで？とおなじみの混乱で自分自身をグシャグシャさせてる場合ではない。ドッドッドッドッ……とプロペラをゆっくり回しながらスティーブンの操るモーターライジングが俺たちのところに近づいてくる。

さあ何を言えばいいいんだ？……いやまず俺から口火を切らなきゃいけないような場面か？ケントンを殺し、俺に罪を着せて姿をくらましていたのはスティーブンの方なのだ。

果たしてスティーブンが言う。「久しぶりだなジョージ。悪かったね、ずっと連絡もできずに。君が逮捕されて、僕は君の無罪を証明するために犯人を追っていたんだ。そしたら三年後には僕に嫌疑がかけられ、警察が僕を捜しているようで、どうしてもイギリスには戻れなかったんだよ。……逮捕されてしまえば僕はムリヤリにでも有罪とされ、軍部にこっそり引き渡されて実験動物同様の扱いを受けるだろうと父に脅されてもいたしね。でもここではっきり言っておくよ、ジョージ。僕は、ケントンを殺してなんかいない。殺したのはスペイン語を喋る、目玉のない小人だよ」

言葉を失う俺にスティーブンが続ける。「殺される前の数ヶ月間ずっと、ケントンが僕に言っていたんだ。暗い曇りの日や雨が降ってるときに飛行機に乗ってると、ときどきモンスターが出るってね。そいつはスペイン語らしい言葉で何か言ってニヤニヤ笑いながらケントンや飛行機に悪戯を仕掛けるんだ。でも僕が見ていても判らなかった。何度か僕が見ている前でも出現していたらしいんだけどね。実際にグライダーの布が破かれていたり翼のネジやナットが外されていたりされていて、ケントンの身体に引っ掻き傷みたいなものもあったし、確かに何かがケントンと飛行機にちょっかいをかけているらしかった。でも、僕もケントンもあまり深刻に考えてなかったんだ。多分僕の背中から翼が生えたりしたから、そういう不思議に馴れてしまっていたんだろうね」

ちょっかい？

おいおいそいつのやってたことは多分ただの『ちょっかい』なんてことじゃないぜ、と俺は思い出す。俺が崖の下の海の中から引き上げたモーターライジング五号を修理したとき、俺は四連の爪痕のようなものが二組並んでいるのを見つけていたのだ。そうだ。それもケントン殺害の前日で、もうとっくに忘れてしまっていた。

スティーブンがさらに続ける。「でもね、ある日そのモンスターのスペイン語のぶつぶつの中に《ホルヘ・ジョースター》って単語があったのをケントンが聞きとがめたんだ。それはジョージ・ジョースターのことなのか、と。スペイン語には疎くともモンスターが口にしてるのが罵り言葉や呪詛だということは判っていたから、君の友人としてケントンはそれが許せなかったみたいだった。ケントンが怒り、怒鳴りつけると、そのモンスターは眼球のない目でケントンを睨みつけ、英語で『お前を殺す（You Shall Die）』とひと言吐き捨てて消えたらしい。ケントンは怯えてなんかいなかった。憤りつつジョージのことを心配していた。次にジョージに会ったときにその話をして警告しておこうと僕と言い合っていたんだ。変なモンスターが君のことを名指しで罵り、何か邪悪なことを考えているぞ、と。その次の日も雨で、ジョージの名前でケントンは呼び出されたようだけど、君は来ずケントンは殺されてしまった。……君に罪をなすりつける形で。ジョージ、僕は崖に駆けつけたとき、ケントンの上に跨るそいつがナイフを抜いて崖の向こうに消えたのを見たんだ」

眼球がないスペイン語を喋る子供。

あの日モーターライズ邸内にいてファラデイさんの目の前にも現れたそいつがケントンを殺した……？俺の名前を罵り、俺に罪をなすりつけて？

おい……ジョージ・ジョースター……残念ながらここで死ぬけど……お前がここで死んだ後、お前の家族は……もっと酷い死に方で……お前の後を追うぜ……？

あれは俺の幻聴ではなかったのか。

「じゃあ……ケントンを蘇らせようとしているっていうのは……？」

俺が漏らした疑問にスティーブンが答える。「ダールから聞いたのかな？うん。ちょっと前までね、実際その可能性にのめり込んでたのは事実だよ。でもリサリサと出会って、本物の屍生人を見て……ケントンをあんなふうなおぞましい存在に変えてしまうなんて罪深いことはできないと知ったよ」

「そうか……」。スティーブンが俺の無罪を知っていたこと、ケントンの死の真相、謎の化け物が何故か俺を名指ししていること……俺の頭は混乱しているし、いろんな気持ちがないまぜになって胸が苦しいが、とりあえず俺は操縦席からカメラを持ち上げて言う。「あと、俺、犯人の姿、撮ったかも」

で、俺たちはスティーブンのモーターライジングに乗り込み、フランスに向かう。スターシューターに置き去りにしたジム・グラハムの死体については機を見て報告するしかない。操縦席につくスティーブンの背後で俺はリサリサを膝の上に抱えるようにして座る。リサリサの顔が赤いし、俺の頬も熱い。気を逸らすためにって訳じゃないけど俺もリサリサも話し続ける。イギリス海軍航空隊で噂される眼のない小人たちの話をするとリサリサもスティーブンも考え込む。やがてスティーブンが訊く。「そいつらはジョージのことを何か言ったりするのか？」

「いや、そんな話は出てきたことがないな。スペイン語云々っていうのもほとんどない。ただ空中でいつの間にか飛行機に取り憑いて、悪戯をして、いつの間にか消えるって感じらしい。スペイン語を喋る喋らないはまちまちだし、身長も五十センチの小人サイズから俺が見たような子供サイズまであるけど。それに最近は容姿もいろいろで、耳の大きなトカゲのような姿だったり頭から角を生やしていたりするみたいだけど、まあ共通してるのは目に眼球がなくて薄暗い空洞になっているってところだな」

「……最近は容姿もいろいろ、ね。ふうん。それはどれくらいの目撃談があるの?」とリサリサも訊く。

「もう数えきれないくらいだよ。一日に別の箇所で出現した場合だってたくさんある。そいつらをグレムリンと呼ぶ奴もいる。どっからつけた名前か判らないけどね」

「じゃあそのグレムリンの個体数は一体とは考えにくいわね」

「ありえないね。フランス軍や他の飛行機乗りたちに何が起こってるかは判らないが、イギリス海軍航空隊はイギリス海峡と北海のそれぞれ全域に展開してるからさ。目撃談はそしてそのほぼ全域にあると思う」

「そう……その目撃談は、あちこちで同時に現れたの?それとも一カ所で始まったものがどんどん広がっていった?」

「えっ。……そう訊かれてみると、どうだったかな……?僕がその噂を最初に聞いたのは王立飛行クラブから海軍に飛行訓練に派遣された奴からだったかな……」

「でもそれって1910年以降だろう?」とスティーブンが言う。「ケントンは1905年にはもう見てたぜ?ウェイストウッドの空にはもうとっくにいたってことだ」

「でもスティーブンたちが飛行機を飛ばし始めたのはいつから?」とリサリサ。

「1903年だね」

「その頃には見てたの?」

「……いや。1905年の3月あたりからかなあ……ケントンがそういうこと話しだしたのは。確か、うん」

「1905年の2月だよね、ジョージたちがカナリア諸島を出てイギリスに引っ越してきたの」。リサリサがビシャンと言う。

「………!?」

その露骨な仄めかしにスティーブンが黙り、俺は言う。「そしてその年の10月、ケントンが殺された夕方にそいつはモーターライズ邸に侵入していたんだ」

俺がファラデイさんの目撃談を話すとスティーブンがほとんど狼狽える。「何てことだ……！どうしてそんな大事なことをファラデイさんは言わなかったんだ……!?」

それはもちろん自分の見たものを簡単には信じられなかったからだろう。何しろ目玉のない子供だ。**あれは、何と言うか、今から考えるとですが、子供の姿をした、邪悪な何かでした。**そして直後俺が消えたことで、ファラデイさんは口をつぐんでしまった。……**恐ろしくてもう……とても恐ろしくて。**

「間違いないね。そいつはジョージを付け狙う何者かなんだよ」とリサリサが言う。「スペイン語を喋るなら、きっとカナリア諸島からジョージを追ってやってきたんだ」

目玉のない子供の化け物が!?

フランス本土にようやく辿り着くと波紋戦士たちがリサリサを出迎え、俺たちは秘密の地下施設に案内される。ドイツ国境も近くモロに戦場だが、波紋戦士たちは皆落ち着いていると言うか我関せずと言うか、まあこの人たちは戦ってる相手が違うものな、と俺は思う。

カメラを渡して現像を頼み、それを待つ間、俺はンガプー・ンガワン・トンペティって禿げ頭のチベット人に面会させてもらう。

俺をひと目見て、「ジョージ・ジョースター」と呼びかけてくる。

「はじめまして、トンペティ老師」

「私の夢には何度も君が出てくる。だからはじめましてという感じがせんが、こうして直に会えて光栄だよ」

光栄？「僕はただの軍人です」

「君はジョナサン・ジョースターの息子だ」

ああ、父さんに会ったことがあるのか。途端に俺は誇らしいようなうざったいような気持ちになる。「父は立派な人間だったようで」。生首の今でも妙な威厳があるのだ。

しかし師トンペティは笑う。「立派？あれは立派な男では決してない。もともとは甘えん坊で気が弱くて楽をするのが好きで間が抜けていた。しかしあの男には僅かながらも勇気があった。ジョージ・ジョースターよ、ほんの小さな勇気でも、それを猛烈な恐怖の中で発揮することは至極難しいのだ。あの男は皆が小便を漏らして立ち尽くす他ないような恐ろしい場面で、一歩前に進み、生意気な台詞を言うような荒々しい勇気があったのだ。そしてその勇気は君の中にも受け継がれている」

「ええっ……？」。俺は本気で驚く。「僕には父さんのような真似はできませんよ」

警察官をあっという間に全滅させてしまう吸血鬼と一対一で戦ったり、村人のほぼ全員が屍生人になった村に乗り込んでいったり？無理無理！

すると師トンペティが言う。「勇気というものはイマジネーションの中で出すものじゃない。実際に現実の恐怖と面と向かって対峙したときにブルブル震えながらも自分の奥底から絞り出すものなのだよ」

そんな勇気が俺の中にあるとはやはり到底思えないが、せっかく鼓舞してくれてるのをここで否定しても意味はない。

「はあ。では頑張ります」と言ってチベット風に両手を合わせて頭を下げ、別れてから、電話を借りる。俺はイギリス海軍航空隊に連絡を入れる。名前を名乗ると電話が回される。

「ジョージ・ジョースター、君は今どこにいるんだ⁉」といきなり怒鳴られて面食らうが、この声に聞き覚えがある。が、いつもの将校ではない。詰問を無視して訊く。

「失礼ですが、そちらはどなたですか？」

「私だよ、判らんかね？」

知らねーよ！

「ジョースター家の一人息子はどこまでボンヤリなんだ！」という大声の持ち主にようやく思い当たる。何だよ知ってたよ。

「ミスター・ウィリアム・カーディナル」

「サー・ウィリアム・カーディナルだ、ミスター・ジョースター」

うっっとおおおおおしいいいいいいい！何でこいつがここに？

サーが言う。「本日付けで君の管区の司令官を拝任したのだ。最初の質問に答えたまえ。君は今一体どこにいるのだ。負傷した仲間を放ったらかして一人だけ生き残ろうと、どこに逃げ込んだのだ？」

あああ？「負傷した仲間？……誰のことです？」

「ミスター・ジム・グラハムのことだ！とぼけても無駄だぞ！貴様！」

負傷⁉

「つまり、ジムは生きてたんですか？」。

舌を引っこ抜いて胃やら腸やらちぎって投げてたのに？

「とぼけるなと言ってるんだ！この卑怯者が！ジム・グラハムから既に話は聞いているぞ！貴様、ドイツ戦闘機三機と遭遇して交戦中、早々と降参して投降し、敵機二機を撃墜しながらも大破して海に落ちたジム・グラハムを見捨て、敵機に乗ってその場を去ったという話じゃないか⁉グラハムが死んだと思い込んで早速スパイ活動か⁉ああ？ふざけるんじゃないぞ貴様！」

何をトンチンカンなことを言ってるんだ？アルバトロスは三機とも撃墜したじゃないか、当のジム・グラハムだってそのうち二機を落としたんだぞ⁉

「彼の記憶が混乱しているか、……故意に嘘をついています」。ジムがどうしてそんな嘘を、それも俺を貶めるような嘘をついたりする？考えられない。「いや、やはり嘘は考えられません。彼はいっとき精神的に錯乱状態になり、自傷行為を行って大怪我を負っていましたから、そのショックで記憶が入れ違ってしまってるんだと思います」

「自傷行為？彼は海に墜落したときに多少擦り傷を負ったものの他はピンピンしてるよ！」

？？？全く意味が判らない。「失礼ですが司令官殿は今日が第一日目ですから、ジム・グラハムと他の隊員を間違えてるのではありませんか？」

「何を⁉貴様そんな……私を愚弄する気か⁉」

「いいえ、そういうことではなく……、とにかく船に帰ってからグラハムと話し合ってみて……」

「それには及ばん！ここにグラハムはいる！貴様の乗り捨てた船を筏にして漂流していたところを我が軍の飛行機が見つけたのだ！電話を替わるからな！」

この怒声を張り上げてばかりの男を相手にしているよりはずっとマシだと思い、グラハムに受話器が渡されるのを待つ。

電話の向こうでグラハムの声が言う。「ジョージ・ジョースター」

「ジム！お前生きてたのか⁉」

「貴様に見殺しにされかけたけどな」

「………⁉何を……おい、ジム、どうしたんだ⁉」

「黙れ！ＲＦＣの面汚しが！貴様をスパイとして告発し、俺は喜んで証言台に立つからな！」

「何を……⁉おい！俺が生きてるお前を見捨てたりするはずないだろう⁉お前が死んだと思ったからこそ……」

「俺が死んだと思ったから堂々と裏切ったんだな！友と祖国を！」

何だこいつ……これはグラハムじゃないぞ⁉

「お前誰だ……？」

「貴様が裏切って見殺しにしようとしたかつての友達だよ、ジョージ・ジョースター。次に顔を見せたときにはお前をドイツ兵どもと同じようにぶっ殺してやるからな！」

「おい……」

ガチャン！と電話が叩き切られる。

何が起こってるんだ？


茫然（ぼうぜん）としている俺のところにリサリサがやって来て、一枚の写真を見せる。そこにはあの眼のない子供が写っていて、首尾よく撮影が成功したことを喜びかけたところでリサリサが言う。「この男の子、あなたも知ってる子だよ？」

えっ⁉俺の身体が硬直する。「誰⁉」

眼のない子供なんか知らない。でも確かに見たことのある顔のような……。

「忘れちゃったの？あなたを付け狙うスペイン人の子供なんて一人しかいないじゃない」

俺は言葉を失い、リサリサが続ける。

「懐かしい苛（いじ）めっ子、アントニオ・トーレスよ。本名アンソニー・ハイタワー。まったくもう、まさかあのペラペラの皮一枚が屍生人として生き残ってるなんてね」

リサリサが続ける。

「それでいろいろ説明がつくね。どうやって飛行機に悪戯を仕掛けるか。おそらく飛行機の中に最初から潜んでるか、ペラペラの皮を凧かモモンガみたいに開いて風に乗り、空中を飛んでいるか、まあその両方でしょうね。そしてその目撃情報が多いことも理由がつく。思い出してジョージ。あの子、母親からの虐待で新陳代謝が異常に発達し毎年皮が頭の天辺から爪先まで一気にベロリと捲れる体質になっていたのよ？」

人間の細胞は七年で全身が入れ替わり、表皮だけなら一ヶ月しかかからないと言われてるけど、アントニオ・トーレスの皮膚はマリアの決めた『ムキムキの日』、六月十六日を迎える三日前くらいからだぶつくようになってるんだ。

「皮だけの屍生人になってもそれが受け継がれていたら、皮が皮を生んで、アントニオ・トーレスは毎年六月十六日の『ムキムキの日』に自分自身を増やしてきたんじゃないかしら？ラ・パルマ島での卜ーレス事件が起こったのは1900年。あれから十五年経っていて『ムキムキの日』は十四回、アントニオの分身が分身を作って二倍二倍で二の十四乗、単純計算で16384枚の意地悪アントニオが生まれてる計算になるわね。……イギリス海峡と北海全域に散らばっていても今800人ほどのイギリス海軍航空隊のパイロットたちを脅かすには充分な数じゃないかしら？」

あのクソみたいに恐ろしいアントニオ・トーレスが16384人!?俺は泡を吹いて倒れそうだ。

それからちょっと考えてリサリサが言う。「ねえ、でもさっき聞いた話だと、噂のグレムリンは身長が五十センチだったり最近は容姿がいろいろだったりって話でしょ？……でも、目が空洞ってことだけが共通している」

「？……ああ」

「それってつまり、飛行機に乗ってて実際にアントニオと遭遇してるんじゃなくて、噂から想像した偽物に出くわしてるんじゃないかな？」

「……？どういう意味？」

「つまり人は不安になると、ありもしないものが見えたりするし、それは幻覚ってことに留まらず、実物として創り出しちゃうんじゃないかな？嫌な空想が現実化して、実際に自分の悪夢通りに悪戯されたりしちゃうってわけ」

「ええ……？そんなことありえないんじゃ……」

「ありえるよ?だって私とジョージ、同じものに遭ったはずだと思う」

「?何のこと?」

「あのローマの地下神殿でのこと。あの暗闇の中にいた怪物、憶えてる?」

ゴリラ蜘蛛(ぐも)?


ぷすーーーーーーーーーーーーっ………ぷ、ぷるるるる……。


「憶えてるよ?」

「でもあれって、実在する生き物だと思う?」

「いや、実在したじゃん」

「うん。でもそうじゃなくて、もともとこの世に自然に生まれてきたものだろうかってこと。何と何がかけ合わさってあんなものになったの?」

「………」。戸惑いながら俺は思い出す。俺自身、あの化け物がリサリサの気持ちの呼び出したものだと考えていたのだ。しかしまさかそんな現象を事実と捉えるべきとは……。

「地上にはどこにもいないし、この世にもいるはずがなかったものが、地下のあそこにはいたんだよ」

「え……つまりリサリサは、あれが僕たちの空想の創り出したものだったたって信じるの？」

「いいえ、私たちだけの空想じゃない。私の養父が言ったでしょ？あれはあの地下神殿でずっと……宝物を守り続けていたんだよ。つまりあそこには何度も何人も人が入っていったの。たぶんその人たちが次第に創り上げていったんじゃないかな。暗闇の中で、いたとしたら怖いものを想像していって、それが付け合わされて、だんだんとあの太い足を持つ筋肉質の巨大な蜘蛛になっていったってこと」

「………!?」

思い出すだけで怖いあの化け物は、じゃあやっぱり実在するわけだ。

「そして人の空想パターンがもし似たようなものになるなら、どこの暗闇にもあのゴリラ蜘蛛が潜んでるかもしれないってことになるわね」

ちょ、怖いから！

やめて、という言葉が出てくるまでに時間がかかったせいでリサリサの考えが押し進められる。

「人の恐怖が想像をかき立て、それが重なることが実体を生んでしまう……とするともう一つ判るわね、あの1905年のラ・パルマ島の教会で、大勢の島民が一斉に死んでいた事件があったでしょ？あれって……五年前にトーレス事件を経験した島民たちが、また同じような事件が起こるんじゃないかと不安に駆られて一カ所に集まって、お互いの不安をかき立て合ったせいで、あの集団死は起こったんじゃないかな？……つまり、不安を抱えた人間が一カ所に集まると、極限まで高まった恐怖の空想は蛾男の姿になるわけ。でもそれは実体としては現れず、壁の落書きとして密室の内側一面に描かれるの。人々が命を絶ちながら、その最期の仕事みたいにして」

焼けた身体の血肉と炭を使ってまで描かれたあの禍々しい沢山の絵を思い出して俺は意識が飛びかける。リサリサの声も遠のく。「人間はようやく空を飛び始めたばかりだからね。でもこうしてグレムリンが誕生して、きっとこれからはずっと、不安を抱えて空を飛ぶ人間には眼球のないアントニオ・トーレスが襲いかかってくるようになるんだろうね。あはは。凄いね」

俺は失神する。

第十二章　カブト虫

ジョセフ・ジョースターが二年前に癌で亡くなったことを伝えるとカーズが「そうか……つくづく悪運の強い男め」と言うので、僕は訊く。

「生きてたら復讐した？……相手は百歳近いお爺ちゃんだったけど……」

「したとも。何しろこのカーズを三十七度も宇宙に放逐し続けた男だからな。因果を断つ意味でもけじめをつけなければならぬ。これまでの永遠以上に長い時間、俺はずっとあの男に石仮面を被せて吸血鬼にし、存分に他の人間の血を吸わせた後で食ってやるつもりだったからな」

「………？石仮面とは？」

「人間を高エネルギー、高栄養化させる道具だ。ただの人間のままだと、俺たちにとってはいささか食い足りないからな。一旦吸血鬼にしてやることで食いでが生まれるし、吸血鬼が血を吸えば若返り、体力は倍増する。ジョセフ・ジョースターはきっと愉快で美味い吸血鬼になっただろう」

僕は平静を装いながらカーズの恐ろしい話を聞いているが……何を言ってるんだ？石仮面？人間を吸血鬼にする？そんなことができるのか？

「人間という生き物には可能性がある」とカーズが言う。「脳を少しいじればどんなこともできるようになる。脳の変化は電流の変化。電気信号が変われば血も変わる。血が変われば骨も内臓も皮膚も全てが変わる。ジョージ・ジョースター、貴様はジョセフと比べて身長が足りないな？」

足りないぃ?足りないってことはない。確かに百九十センチ以上もあったらしい曾祖父と比べれば背が低いけれども、日本人としては普通以上のはずだ、と思う僕の頭にカーズが手を伸ばし、え、と身体を硬直させているとその指先が僕の頭の中にすっと入ってくる。飛行機が雲の中に入るみたいに何の抵抗感もなく。

「うわあああっ!」と悲鳴をあげてみたけれど下手に動くとどんな怪我をするか判らないのでじっとしている他はない。

「安心しろ。脳に痛点はない」とカーズが言って僕の頭から指を抜くと、そこに傷跡もどんな印も残ってなくてああ良かったと安堵するのもつかの間、ゴクン、と喉が鳴ったと思ったら僕の頭が横倒しになっていて、あ、つば飲んだんじゃない首の骨の音かと思ったらバキン、ボコン、ボキボキバッコン、全身の骨が順番にメチャメチャな方向に曲がっていく。が、見た目に衝撃はあるし身体は震動を感じているけれど痛みはない。膝や肘が反対に曲がりかかとや手首がぐるりとひっくり返り、どう考えても骨が折れてなきゃおかしいと思うのだが、どうやら折れてない。傷もない。

そして僕の身長が約二十センチ伸びている。「………!?」

「判ったか?俺は人間の脳を知っているのだ」とカーズが言う。「背中から羽根を生やすことだってできるぞ?」

と、また手を僕の頭に伸ばすので身をよじってそれを避ける。「いやいいから」

「フフフ。人間というのは面白い生き物だ。常に何か別物になりたがっているように見えるけれど、実際の変化はしたがらない。おそらく空想や想像が楽しいだけなのだな。そして俺が人間について最も気に入ってるところもそこだ。人間だけが空想や想像をする。物語を創る。地下に暮らしていたとき、俺は人間の書いた書物を集めて読んでいた。人間だけが自分以外の人間に起こったことを楽しむ。最初は俺もそれをどうやって楽しんでいるのか判らなかった。感情移入、他の存在になりきるという頭の使い方は、それをしない脳には難しかったのだ。俺たちの種族は既にあるものだけで完結し、満足してしまっていた。そしてそれが故に何の向上心もなく、よって発展もなく、停滞の中でぼんやりと生きていたのだ。しかし、充足していることと、何が不足しているか判らないことは違う。俺は気付いた。俺たちは完全ではない。不全に気付いてないだけだ。そしてそれを指摘する能力もない。俺たちが自分と他人を比べることをしないせいだ。他人には何も求めず、ひたすら既に自分が持ってるものだけで間に合わせていたせいなのだ。でも俺は気付いてしまった。人間の書物を読み、それを楽しめるようになった俺の頭が新しい電気信号を交わしたのだろう。俺が判ったことは、俺たちは自分の可能性について考えたことがないということだった。俺たちは種としてもう最高位に到達したつもりになっていて、そのせいで終わっていた。俺はようやくそのとき初めて感じたよ、不満というものを。自らに対する疑念というものを。それはすぐに憤りとなり、怒りとなった。俺は憤り、怒りながら、同時に喜んでいた。人間の言葉で言うところのエウレカだ。俺は俺の俺自身に対して激怒しながら歓声をあげていた。この俺にもあったのだ、可能性というものが」

「そうして自らを振り返ってみると、どうして不満や疑念を持たずに生きて暮らしてこれたのかと不思議なくらいだった。俺たちは太陽の光を浴びることもできず、昼間の地上の光景も知らず、ただずっと地下の世界に閉じ込められていたのだから。俺には堪らなかった。だからすぐに俺は俺の可能性について取り組んだのだ。脳だ。全ては脳から始まる。俺は俺たちの脳を診るために俺たちの種族を人間を殺すように殺した。殺し、頭を割り、脳を検分してみると、やはり思った通りに可能性はあった。それより細かく、深く、確かに調べるために大勢殺したが、殺害自体は俺の種族ではなかなか問題にならなかった。何しろ自分のこと以外に関心のない奴らだからな。俺は時に他の奴の目の前で仲間を殺したが、それでも誰も何も言わなかった。感情移入ができない、想像力がないというのは恐ろしいことだと俺はつくづく思ったものだ。こうして誰かが俺たち種族に侵攻を企てたり征服を試みようとしたときにこんなにも反応が鈍ければ、場合によっては致命的だ。俺たち自身の慢心と傲慢が俺たちを殺していただろう。俺は俺の危機感を抱きながら研究を続け、俺のための石仮面を作り、脳を押して太陽を克服した。それだけじゃない。生物として完璧な肉体を持ったのだ」

「ふうん?で、どう?死なない身体って」

「……時間は長い」

と思わず発した僕の核心的な質問にカーズが実感のこもった台詞でボソリと答えるので僕は思わず吹き出しそうになるが、カーズは怪訝そうな目でこちらを見るだけだ。危ない危ない。馬鹿にしたと思われて怒りを買ったとき、この狭い……と言ってもHGウェルズ号よりも三倍くらい大きいが、逃げ場のない宇宙船の中で僕には抵抗の手段がない。

はてさて、と僕は思う。この究極生命体カーズをこのまま半年後に地球へ届けていいものだろうか？

いいはずがない。何しろこいつは人を食うのだ。人を吸血鬼にしたりもするらしいし、人間の敵となる存在であることは間違いない。

しかし、人間の脅威が存在してはならないというルールはこの世にはない……けれど、僕は人間で、やはりこの脅威を目の前にして、やはり僕ができることをすべきだろうか？……と言っても死なない生物なのだから殺そうとしても無駄だ。この飛行船を何とか破壊することはできるだろうか？……無理だろう。あっという間にジオットを分解してこの船を組み立ててしまった頭脳を持つのだ。僕たちの手元に強力な爆弾などはないし、ナランチャのUボートで破壊しようとしても、その意図を察知された途端にナランチャは殺され、スタンドは消えてしまうだろう……と思っていたら、僕の身体の中でコオォォォォォォォーーーンという音が鳴る。ナランチャのUボートがまたいつの間にか僕の中に潜り込んでソナー信号を放ったのだ。カーズに気付かれないように。

僕はそっとナランチャの方を見る。その少年のようなマフィア構成員の目が完全に座っている。食われる前に何か仕掛けるつもりなのだ。Uボートで？生体とスタンドの中しか動けなかったはずだけど……と考えて思い出す。この宇宙船の素材の一部は余分だったカーズなのだ。自在に動けるんだろう。だから僕に触れずに僕の中に入ってこれたんだろう。何ができる？

と想像を脹らませようとしたその脇でカーズが言う。「何だこれは？」

見るとカーズが自分の胸の中に腕をずぶずぶと差し込んでいて、ちょっと中を探るような素振りがあって抜き出した手の中にはナランチャのUボートが握られている。「これは……機械なのか？人間の文明は体内に潜る船を造れるようになったのか？」

あ、これは駄目だ、と僕は思う。究極生命体という存在について、僕もきっとナランチャもまだ充分に理解できていない。それを証明するかのようにカーズは床に座り、Uボートを僕たちの目の前で無造作に分解していく。まるでそれを組み立てたのがカーズ自身であるかのような正確で迷いのない動作で。カーズの指先が熱線を出してまずは外壁だけに切り込みを入れ、ペリペリと剝いた後に機関区と居住区と操舵室とミサイルスペースをそれぞれに分けていくのだが、その指先の一本一本に小さな手が沢山出ていてそれがナットやネジの一つ一つをちゃんと開けて外しているので配管システムも故障がない。カーズがそっと撫でるようにしているだけで全ての部品が厨房のスプーン一つ一つや士官室のベッドのスプリングのレベルまでバラバラにされて床にきちんと並べられていく。操舵室に並んだモニターや機関室のコンピュータについては分解しながら構造と仕組みまで分析しているらしい。「何か映像データがあるな」と呟いたカーズがバラバラにしたコンピュータを組み立て直し、その小さなコードを手の平に差し込んで口を開ける。喉の奥に明かりが灯り、上下の顎の間に薄い膜を作り、カーズの口は映写機になる。手の平からの情報がペロリとセロファン風の薄い紙に転写されて口の中に現れ、カーズの正面の壁に映し出される。

裸の女の子のエッチな写真だ。

「えっ⁉ちょっ！うわあっ！」と顔を真っ赤にしたナランチャが叫ぶ。「やめろおおぉぉぉぉっ！やめろよーっ！何だよこれ⁉お前、うわーっ！」

ナランチャは慌てるあまり羞恥心が恐怖心をどこかに押しやったようでカーズに飛びかかって口の映写レンズを押さえようとするけれど、カーズに軽々と持ち上げられてくるくると空中で回されてから飛行船の天井に押し付けられ、変形させたコードやパイプでがんじがらめに拘束されてしまう。その真下でカーズ映画館の上映が続く。カシャリ、カシャリ、と古い映写機同様のアナログな音とともに次々映し出されるのは同じ女の子の裸の写真ばっかりだ。「やめろっつーの！おい！人として間違ってるぞこの野郎！お願いカーズ先生！マジでマジで！っっきゃああああっ！」と天井のナランチャが興奮し過ぎて鼻血まで垂らし始めていて、さすがに可哀想になる。

「カーズ、これ、ひょっとして個人的な記憶かもしれないし、大事な人の思い出をこんなふうに晒すなんて行儀が悪いんじゃゃ……」と僕が言った瞬間、カシャリ、その女の子が写った雑誌の表紙が映し出される。「えっ」。何だよこれ全部グラビアかよ！

「ううううおおおおおおおおっ！俺のトリッシュ・チチョリーナをよくもよくも！」とナランチャが叫んだので思い出す。トリッシュ・チチョリーナって有名なポルノ・スターで、イタリアの国会議員にもなって日本でも話題になった人だ。もう今はおばさんだけど、その若い頃の写真か……。

ちら、と上を見るとナランチャと目が合う。「何だよチクショーーーーッ！おいてめえ！このこと誰にも言うなよ！言ったら殺す！つーか放せコラ！カーズ！こんにゃろ！こっから自由になったらお前ら全員殺ぉぉぉすっ！」とヨダレだの鼻血だのまき散らしながら喚くナランチャに「まあまあ、いいじゃん誰のファンでも……」と僕は言うが全然慰めになってないらしくてさらにナランチャがギャーギャー騒いで「うるせえっ！黙れっ！クソ野郎ぺっぺっ！」とツバまで飛ばしてくる始末。

「わあっ」とそれを避けながら僕は笑ってしまう。何をやってるんだ僕たちは。

映写機状の口を元の形に戻し、カーズが言う。「つまりこれはお前の体内から出てきた機械なんだな?人間の身体は機械を生産できるようになったのか?」

「死ねカーズ!ぺっぺっぺっぺっ!」ともう見境なくなったナランチャの吐き出すツバを全く気にする様子がなくカーズは立ち上がり、ナランチャの腹に手を伸ばすので、同じように無造作に身体を分解して工場探しをされたらナランチャが死ぬと僕は慌てて叫ぶ。「いや違うんだカーズ!それは機械として存在してるけど違うものなんだ!」

するとカーズは手を止めて僕を見る。「………?どういう意味だ?」

「それはスタンドっていう、機械の姿をしているけれど、実際には別物なんだ。いやこれ、僕も今日知ったばかりなんだけど、スタンドっていうのは……普通の人間にはない、特別な能力、例えばテレキネシスとかテレパシーとかといった超能力のようなもの、そういうものが凄く多様化、複雑化して、人や動物や植物、機械や道具などの姿として見えるようになったものなんだ。これはスタンドを使える人間にしか見えないし、触ることもできないんだよ。僕はたまたま他のスタンド使いに見たり触ったりできるようにしてもらったんであってスタンド使いではないけど……」

「ならば俺もそのスタンドとやらを使えるのか?」

「いや多分究極生命体だから見えるし触れるだけで……」と言う僕の目の前で、カーズが腕を胸の前に出し、その上に潜水艦をザブンと浮上させる。ナランチャのUボートとはデザインが違う。

「………!」。僕は天井を見上げるが、ナランチャも驚き、言葉を失っている。カーズがオリジナルのスタンドを発現させている。

「ふむ……」とカーズは自分のスタンドを見つめながら言う。「なるほど。理解できた」

あらら、これはマズいぞ、と僕は直感的に思う。究極生命体には全ての可能性があるのだ。何でも吸収されてしまうし、限度がない。

「自分の能力だから、……何ができるかは完全に把握できる」とカーズが言った瞬間、ゴバァァァァァァーーーーーーーン！と僕の身体の中に猛烈な爆発音が鳴り響き、堪らず耳を押さえてみるけれども内部からの音を塞ぐことはできない。「お前の中にスタンドがないってのは本当のようだな」というカーズの声が聴こえ、ああ鼓膜は無事かとホッとしてすぐ、今の轟音がソナー信号であったことに思い至る。でも頭の中でまだワンワン余韻が続いている。豪快すぎる。

「ちょっと……音量小さくできる？」と頼んでみるがカーズは無視。

「うぐっ！」という呻き声が聞こえ、見ると床に寝転んでいたエンリコ・プッチが両手で両耳を押さえて苦悶の表情を浮かべている。同じソナーを受けたのだろう。

「ふむ。貴様の中には何かいるな」と言って歩み寄るカーズから怪我人プッチは這って逃げようとするが動きは遅く、逃げ場はない。

「うう……やめろ……」というプッチの呻き声も無視してカーズは屈み、プッチの背中にズボッと腕を突っ込む。「うわあぁーーっ！」という悲鳴をあげたプッチの背中から、プッチとほぼ同じ体格のスタンドが首を摑まれてめりめりめりと抜き出される。

「ふむ……」とカーズが観察しながら言う。「これは、人のようだが人ではない……。動物でもないし、一体何なんだ……?どうして身体の表面にアルファベットが書かれている?」

「ぐ……クソッ!黙れえっ!やれホワイト・スネイク!」とプッチが叫ぶと同時にスタンドがパンチを繰り出してカーズの頬を殴ると、ぐりんと横を向いたカーズの側頭部からCDに似たディスクが飛び出すが、一枚二枚ではない。ボボボボボボボボボッと泡が湧き出すようにしてディスクが束になって吹き出てきてざあっと床にこぼれても全く停まらない。

殴ったプッチも驚愕のあまり身体を硬直させている。

ディスクを頭から溢れ出しながらカーズがプッチの方に顔を戻し、言う。「これが……貴様のスタンドの能力という訳か。面白い。理解できたぞ」

えっ⁉

驚く間もなくカーズの背中からヒト型のスタンドが飛び出してくる。それはプッチのホワイトスネイクに似ているが、より大きく、顔が三つあり、腕が六本あって、阿修羅像と似た造形になっている。右の中腕がプッチの顔を殴りつけるとディスクが二枚飛び出して、カーズがちょっと驚いたような顔をする。「………?たったの二枚か……?」。そう言うカーズの側頭部からはいまだに大量のディスクが勢いも衰えずザラザラこぼれ落ちている。

「どれ」と言ってカーズがプッチのディスクの一枚を拾い、自分の額に差し込む。「……なるほど、ホワイトスネイクか。相手の記憶とスタンド能力をディスクにして奪ったり、書き込みを加えて操ったりすることができる……」と言ってどうやらプッチのスタンド側のディスクを読み終えた後、

「やめてくれ……」と訴えるプッチにカーズが訊く。

「貴様たちはこの力をどのようにして手に入れたのだ？ある特別な矢に射られたのではないのか？……昔俺が地球にいた頃にもおかしな力を持つ人間がごく稀にいて、俺はその力を引き出すための道具として特殊な弓と矢を作ったが、結局ほとんど使う機会もなく自らの部族の殺戮を始めてしまった……。その弓と矢も人間のスイッチを押すはずだった。致命傷から自分の生命を維持させるために、自らの才能を猛烈に伸ばして開花させ、そのエネルギーを浴びることで傷を癒すとともに、これまでは内に秘めていた特殊な才能を発現させるというのが俺の仮定だったが……。貴様のこのスタンドもそうやって表に出てきたんじゃないのか？」

プッチの答を待たず、カーズは記憶側のディスクを抜き取って意識を失わせた後、それを自分の頭に差し込む。「……ふむ……俺の弓と矢は用いられてはいないが、理論はどうやら間違っていないそうだな……《悪魔の手の平》……結局生死の境に陥り、スタンドを潜在させていた者だけが命を取り留めている」

《悪魔の手の平》の伝説を僕も聞いたことがある。アメリカのどこかにある聖地で、それは自ら移動しているから場所を特定できないが、そこに迷い込んだ者は《選ばれた者》以外死ぬ、と。

カーズがため息をつく。「……しかしそれ以外は退屈なばかりだ。……そもそも人間の記憶から学ぶべきものなどないな。注意力がなく、考察も甘く、再現能力は低い……」と言ってディスクを抜き取ろうとしたとき、「うん⁉︎」と言ってカーズは手を止める。「これは……？」

それからディスクを抜き取り、プッチの頭に乱暴に戻すと、僕の方をチラリと見て笑い、言う。

「どうやらこいつのおかげで六ヶ月は四時間に縮まりそうだぞ？助かったな、お前ら」。えっ⁉︎と驚く僕とナランチャに構わず、意識を取り戻したプッチにカーズが訊く。「おい貴様。俺はジオットの外壁にメッセージなど書いてはいないし、地球に飛ばしたりもしてはいないぞ？……考えろ。お前の家族を殺したその鉄板は誰が用意したものなんだ？」

えっ？えっ？……何？

《天国へ行く方法》のメモを頼りに火星の裏まではるばる来て《ジオット》を見つけてカーズに出会い、いよいよ《天国》に向けて何かが動き出したのだ……という雰囲気に飲まれていたのは僕も同じだったので、混乱する。しかしでは誰にそのメッセージ付き金属板を用意できる？誰がどうやってそれを空から落とし、プッチの家にぶつけることができるんだ？ただぶつけたんじゃない、跡形もなく吹き飛ばしたんだ。

プッチ家は直径十七メートルのクレーターと化して消え失せていたんだ。

誰にこんなことができる？

「よく考えてもみろ」とカーズがプッチに言う。「俺がポンと投げた鉄板が地球に届くくらいなら、俺が自分自身を地球に飛ばしている。ありえないのだ。いかに耐熱加工をされていたとはいえ、宇宙からやってきた単なる鉄板一枚が燃え尽きずに地表に辿(たど)り着くなどということは。特にジオットの耐熱シールドならば俺は理解し終えている。それがどのように地球の大気に飛び込もうとも、かならず成層圏内で蒸発する。そもそも……当たり前だが、耐熱加工は外側にしか施(ほどこ)されていない。

裏はただの鉄板で、ここから融解が始まるだろう。それに表だって文字の形で傷をつけられている。これではせっかくの加工も役に立たない。……人間はどうして理屈に合わないことに眼を瞑ってしまうのだ? これが宇宙の誰かからのメッセージであるという物語を信じるために、都合良く理性を抑え込んでしまうという愚かさをどうして修正できないのだ?」

しかし明るくなってきた空の下、誰もこの隕石の落下に気付いていなかったのは本当に不思議な話だ。宇宙センターと空軍のレーダーをかいくぐってその隕石は落ちてきたのだからな。

とファニアー・ヴァレンタインも言っていた。それをおかしいと思うべきだったのだ。不思議だなじゃなくて。

しかし翻って考えてみると、では鉄板一枚を普通にぶつけて直径十七メートルものクレーターなど作ることはできない。宇宙から落ちてきたほどの速度がないとこれは難しいはずだ……というのは普通にぶつけて、の話だ。普通にぶつけたんじゃなければ?

普通じゃない方法を使う、普通じゃない奴らがいるのだ。

「おい貴様、そのときの空をよく思い出せ」とカーズが、呆然としたままのプッチに言う。「貴様の再現能力の低い記憶でも、かろうじてとらえているぞ、そいつの姿を」

「………!?」。動揺が収まらない様子のプッチに苛立つカーズが「見ろ」と言って口の中を再び映写機に変え、壁に映し出す。

カシャリ。夜明けを迎えようとする紫とオレンジの混ざった空に、一つの点がある。

カシャリ。その点が拡大されると、どうやらそれは人影らしい。

カシャリ。その人影をさらに拡大するが、太陽の方角を背にしたそいつの姿も顔も陰（かげ）になってよく見えない。

カシャリ。光量を高めて全体を明るくすると、その宙に浮く男の筋肉質で長い手足と厚い胸板とニヤニヤと笑う整った顔がはっきりと浮かぶ。

その男を僕は知っている。


いや、知らない。

どうして今知ってると思ったのかがよく判らない。

そいつは白人で、誰にも似ていない。切れ長の鋭い目つきで、頑丈そうな顎で、唇が厚く、左耳にはほくろが三つ並んでいる。ハンサムだが、見るからに邪悪そうな顔つきだ。そして笑う唇の隙間から、鋭い牙が二本覗いている……スタンド使いというよりも、既に人間には見えなくないか？

パッと壁の写真が消え、「ふふ」とカーズが笑う。「こいつは吸血鬼じゃないか。俺の食料風情（ふぜい）が俺のもとに宇宙飛行士とジョセフ・ジョースターの子孫を派遣して何を企んでるんだ？」

「え？いや僕は養子であってジョセフさんとは血がつながってませんし……」。それに僕をＨＧウェルズに乗せたのは吸血鬼じゃなくて九十九十九だ。と言った次の瞬間、僕の目の前にカーズのホワイトスネイクが飛び出ていて拳を握っている。あ、ぶたれる、と思うけれど身構える余裕もない。バン！と僕は顔が半回転するだけじゃなくて胴体も持ってかれてその場でぐるりと宙返りをするくらい思いっきり殴られる。首の骨を折らなかったのが不思議なくらいだ。身構えず、身体を柔らかくしていたのが逆に良かったのかもしれない。

「一応貴様の記憶も確かめておくか……」と言ってカーズがホワイトスネイクに僕のディスクを抜き取らせ、自分の頭に差し込む。一応とか言ってそんな程度ならもうちょっと力の加減をしてほしいけれど、それを言う気力は僕にはない。頬骨が折れているらしくて触れないし既にボッコリ腫れてきている。そう言えば両肩も大怪我を負っているし、僕はもうそろそろ満身創痍だ。

大体そもそも、とほっぺのズキズキに脳を締め付けられながら僕は思う。九十九十九はどうして僕を火星なんかに送り込んだんだ？**やあ。君の道具だよ。君を必要としてる人がいる。僕が連れてくからね**、などと言っていたが結局僕は何もしていないじゃないか。ジョセフ・ジョースターと因縁があるらしいカーズと僕を引き合わせただけだし、カーズは人じゃない……。

と思ったところで僕は首を振る。いやほっぺが痛くて振れないが気持ちの上で。

僕が何もできなかったのは僕を必要としている人がいなかったからではない。僕がただ何もしようとしなかったからだ。僕が何事かを成していれば、それが本当は必要だった人間に役立ったのかもしれないのだ。まだ九十九十九プレゼントの旅は終わってない。それにこの宇宙旅行を僕たちは与えられた四時間のうちに切り抜けられるかもしれないみたいなのだ。どうしてかはさっぱり判らないけれど。

「っちょ、カーズ先輩」と僕は言う。口の中が血でネチョネチョしていてむせ返りそうになるのを我慢しながらもう一回。「カーズ先輩、すいません、ちょっと、……僕の怪我治してもらえませんか。頭と身体が痛くて物考えらんないんで」

カーズが返事をしないので、僕は一瞬だけよ一瞬だけだから、と自分を騙して顔をカーズの方に向ける。その些細な動作だけでバキン！と長い銛をほっぺから脳を貫いて後頭部から二メートルほど飛び出させるみたいな痛みが僕の視界を歪ませるけど、意識を取り戻し、僕はカーズが僕の記憶で楽しんでいるのを見る。宙を見つめてぼうっとしているだけだけど、多分楽しんでいるんだ、僕のカラフルな人生を。

「ちょ、カーズっち、無視するな」

すると僕に気付いてカーズがニッと笑う。

「お前、くだらないパズルに時間をかけてばかりだな」

いやそれは結果とか結論から見たら簡単に思えるだけでコロンブスの卵であってそこに到るのは結構大変なんだぜ？……みたいなことを言いたいけどそんな余裕はない。「だから頭もっと回すから、怪我の方をよろしくですよ……」

「お前も結局のところはただの人間だな」とまたしても僕を無視してカーズが言う。「目の前の謎を不思議だなで棚上げしてばかりだ」

うっせーな。「後々それをつなげ合わせて最終的に意味が通ればいいんだ……、謎が現れるたびにいちいち考え込んでも全ての情報が揃わない限りはどうせ答なんて出ないんだよ……」と思わず僕は一生懸命言っているけれど、そんな名探偵の極意を究極生命体相手に言ってどうする。

しかし、するとカーズは「ふうむ……まあ、なるほどな」と言い、僕の様子に気付く。「うん？貴様、記憶のディスクを抜かれてもそんなふうに思考活動ができるのか？経験の使い廻しではない、知性による創造もあるのか。さすがは『推理する機械』だな」

いや僕の記憶のどこから引っぱり出してきたのか心当たりがたくさんあるけれどそれ探偵小説というジャンル批評の中で名探偵の存在を揶揄するための悪口だから。……じゃなくて、そんなことはどうでもいいので「怪我、治して」と最後に残った気力を全て声にして吐き出すと、ようやくカーズに届く。

「怪我？人間の治癒力は脆弱すぎるし、時間がかかるな」と言いながら僕のディスクを頭に入れたまま僕のところに来て屈み、「よく憶えておけよ、怪我を治すボタンはこうだ」とか言って僕の脳天のやや左側に指をズキュンと突っ込むけど、いや僕の目には見えないし、脳とか押せないから……とボンヤリ考えていた僕の脳がバン！といきなり脹らみ、ぐっと縮むとポンプで何かを下に送り出したかのようにまずは僕の腫れていた頬がさらに巨大化してギチギチと骨が擦れ合うような音が聞こえ、頬の皮膚が戻ると腫れが引いていて骨が元通りにつながってすっきりと細くなっている。僕の頬を一瞬で完治させた脹らみは首を通じて両肩に降りる。バン！とまた両肩が大きく丸まり、傷口もバッと開くけど痛くないし血も出ない。ぶううっと身体の中から風が通り、それが止むと傷口が塞がっていて、脹らみが萎むと骨も肉も全て綺麗につながり、元通りになっている。肩の治療が終わった後は脹らみは傷や怪我を探すようにぐねぐね移動しながら僕の身体を降りていって、最後に尻に辿り着き、バスン、とおならになって外に出てくる。「わあ、」と恥ずかしくて思わず立ち上がるが、僕の身体は完全に元通り、どころか以前より快適だ。でも視線が高い。

「カーズ、ごめんだけど身長を元に戻してくんない？」

「？……見栄えが悪い方がいいのか？」

っちっ！「悪くないから。つか服とかつんつるてんでこっちの方が格好悪いし」

「服など着替えればいいだろう」

などと半裸の奴に言われたくねえよ、と僕は思うけど言わずにいると、カーズがもう一度僕の頭に手を伸ばし、ぬむ、と脳を押す。するとまたバキン、ボコン、ボキボキバッコンとさっきの反対側に骨が折れて僕は元通りの身長に戻る。うん、これでいい。なんだか頭でっかちになったような気分だけど元からこうなのだよ。

「よし、」と僕は言う。考えよう。「カーズ、ディスク返してくれよ」

「貴様より俺が見た方が有用だ」

ぐぐ。「でも、僕の記憶だから」と言って僕はカーズの頭から三分の一くらいはみ出していた丸いディスクを抜いてしまう。大胆に振る舞っている。どうせ殺されるとしたら一瞬のことだし、その一瞬は常にすぐそばにあるし、何が理由でその一瞬を迎えるのか全く判らないので僕はもう構わないことにする。怪我を治してくれても完全には安らがない。

でディスクを入れ直している僕にカーズが言う。

「俺はもう見つけたぞ」

「?何を?」

「さっきの吸血鬼」

「……え?どこで?僕の記憶の中で?」

「ああ」

本当かよ⁉

「つまり僕はその吸血鬼と出会ってる?」

「いや写真を見かけただけだ」

「ええ……?」

「貴様が七歳の頃、ジョースター家で古いアルバムを見ていたときに、一度だけ視界に入れている」

そんなもの思い出せるはずがない。アルバムを見た記憶すらない。「……⁉」

絶句する僕を見てカーズが笑う。「フフフ、言っただろう?貴様の記憶なんぞ、俺が見た方が役に立つのだ」

そう言ってカーズが再び口を映写機にして記憶を映写する。

カシャリ。そこに映し出されたのはアルバムの一ページで、白黒写真が並んでいる。

カシャリ。そこに並んでいるうちの一番大きな写真が拡大される。それはどうやらジョースター家がアメリカに住んでいたときの写真だろう。大きな洋館で、農場のような広い土地が背景になっている。その洋館の前に身なりのいい男性が三人並んでいる。中央の中年男性は椅子に腰を掛け、その背後に二人の少年が立ち、三人ともうっすらと微笑みをたたえている。

カシャリ。その背後の二人のうち、左側に立っている少年が拡大される。さらりとした柔らかそうな明るい髪のハンサムだ。切れ長の眼に丈夫そうな顎と厚い唇。

こいつだ。

穏やかな表情を作って取り澄ましているが、まだ若くて身長も低いし身体の線も細いが、この男が、あの宙に浮いて邪悪そうな笑顔を満面に浮かべていた奴なのだ。

カシャリ。一旦映像は写真の全体に戻る。その三人の男の写る写真の下にメモが貼られている。キャプションだ。英語で『1881年、ジョースター邸』とあり、名前が三つ、逆三角形に並んでいる。三人の男の立ち位置に合わせてあるのだろう。椅子の中年男性は『ジョージ・ジョースター(GEORGE JOESTAR)』、立っている少年のうち右側は『ジョナサン・ジョースター(JONATHAN JOESTAR)』、そしてその隣の、問題の少年の名前は『ディオ・ブランドー(DIO BRANDO)』。

ディオ・ブランドー。

この名前を見て、僕の肩から背中に、何故かピリピリと電流のようなものが走る。


1881年?

131年も前だ。ジョナサンは僕の義理の曾祖父、ジョセフ爺さんの祖父だろう。ジョセフ爺さんは自分の父親のジョドー・ジョースター（JODOH JOESTAR）と折り合いが悪かった（陰気で口数が少なく何を考えてるのかよく判らないところがあって、良くも悪くも竹を割ったような性格のジョセフ爺さんとは全く性格が合わなかった）けど、このジョナサンのことは慕っていたようでよく話に出てきた。紳士的で優しくてハンサムで、さらに身体は頑強で歳をとっても若者と混じってラグビーのような激しいスポーツができたらしい。そのジョナサンが少年時代にこうして寄り添ってるのだから、椅子に座っている髭（ひげ）をたくわえたジョージ・ジョースターというのは父親で、僕とは血のつながらない六代前のジョジョにあたるんだろう。

もう一人のジョージ・ジョースターか、と思い、僕は九十九十九の言っていたことを思い出す。

僕が元いた世界にも、もう一人のジョージ・ジョースターがいるんだよ。

九十九十九と友達だったのがこの中年のジョージだったという可能性はあるだろうか……？いや違うだろう。九十九十九の主張する《元いた世界》というのは1904年の7月23日で、この写真とは二十三年の開きがある……どころじゃない。九十九十九の《元いた世界》とは世界地図が違うのだ。百年程度の時間で大陸が一つに集まったりはしない。

……本当にそうか？

杜王町とネーロネーロ島に起こってることを見ろ。あんなふうにして六本足……程度では到底足りないと思うが、大陸が短い時間に動いて今の世界を作ったということは考えられないだろうか？そしてそれを世界の歴史が秘密にしているということは？

待て待て、と僕は思う。

すでに僕は、僕の生きている歴史の中で考えなくていいということを知っているのだ。僕はカーズを見る。

このカーズはオリジナルのカーズで、究極生命体だから世界の終わりにも死なずに生き延び、三十六回も世界の終わりと始まりを経験し、その中で三十六人の《余分なカーズ》と三十七個の探査機ジオットを集めたのだ。

つまり、世界はほぼ似た形で歴史を繰り返すのだ。

哲学者ニーチェの言う《永劫回帰》とはこれだろうか？『歴史は繰り返す』という格言はもっと大きなスパンで実在したのだ。

ならば九十九十九の言う《元いた世界》もそうした三十六回の世界の繰り返しの中に存在したと考えたほうが判りやすく、世界地図の大きな違いも、世界の繰り返しの中で小さな差が蓄積したと考えたほうが合理的だ。そうだ。九十九十九の《元いた世界》のジョージ・ジョースターは、世界の寿命をいくつも隔てた過去にいた別のジョージ・ジョースターなのだ。そして九十九十九が言ったようにその『ジョージ』の綴りが『JORGE』ならば、歴史の小さな差は積もり積もって僕の六代前のジョージに……じゃなくて、日本人で養子の僕になったと考えることもできるんじゃないか？……僕の綴りは今のところまだ『JOJI』だけれども。

ちょっと無理があるか。何しろもらわれっ子だもんな、と僕は思う。歴史の繰り返しで差が生まれようと共通項があろうと、それらはジョースターの血筋の中の話だろう。養子には関係ない。

それはともかくディオ・ブランドーだ。こいつについて僕は何も知らない。

「カーズ、このディオ・ブランドーって男はジョースター家とどういうつながりがあるのか判らないか?」。名探偵たる僕が自分の記憶について他人に訊く羽目になるとは……まあでももういい。名探偵じゃなくてもいい。どうせこの一連の騒動、どこか一カ所に関係者を集めて推理を披露、みたいなことは起こりえないのだ。

僕の忸怩たる思いなど全く関知しないカーズが即答する。「ジョースター家の養子だ。ディオ・ジョースターとして1889年に列車事故で死んでいる」

養子⁉僕と同じじゃないか……⁉

カーズの口がまた映写機になって画像を映し出す。カシャン。それは動画で、カーズの耳がスピーカになって音声までついている。懐かしいジョセフ爺さんが映っている。子供の僕がキョロキョロしていたせいで映像が落ち着かない。爺さんの話に興味がないのだ。どうやらそれは爺さんの寝室で、ベッドに座ってジョセフ・ジョースターが言う。「俺の祖父ジョナサンは義理の兄弟の列車強盗を止めようとして亡くなったヒーローだからな。ジョースター家でわしの父親に勝るクズのDと相打ちになってしまっていなければ、わしの父親をしっかりしつけ直して立派な男としてこの家をさらに発展させていただろう……」

名前を発音することすら嫌悪感でやりきれないというようなジョセフ爺さんがアルファベットで吐き捨てていた『D』というのはディオ・ブランドーの頭文字だったのか……。それにしても列車強盗とは。ジョースター家はイギリス人の中でも貴族に属した裕福な家庭だったはずだけれども。とんだ跳ねっ返りがいたものだ。ジョースター家の人間が秘密のようにしていたのもしょうがないかもしれないが……しかし本当に死んでいるのなら1999年の7月にケープカナベラルの空に現れて探査機ジオットの看板を猛烈なスピードでプッチ家にぶつけることはできない。

　ディオ・ブランドーはどこのタイミングで吸血鬼なんかになったんだろう？　吸血鬼なんかになってしまっては到底社会生活は営めないだろう……いや、列車強盗などを企てる男が社会生活なんてまともにやってただろうか？「カーズ、君は太陽光を克服したんだよね、《エイジャの赤石(せきせき)を装着した石仮面》を用いて……？　吸血鬼も同じように太陽光は苦手なのかな？」

　口を元の形に戻してカーズが言う。「もちろんだ。吸血鬼どもに日光は一瞬たりとも耐えられない。俺たちは……以前の俺の部族は、しばらくなら日光の中でも活動ができたし、身体を土と金属に変えて石の中に潜(もぐ)り込んでしまえば一部露出している部分に日光を受けるくらい問題なかったがな。ディオ・ブランドーについて考えているのか？」

「………!?　そうだけど……」

「吸血鬼は人間には及びもつかない力を持ち、強靭(きょうじん)な治癒力があり、獰猛(どうもう)な身体能力と鋭利な感覚を備えるが、羽根は持たない。飛べないのだ。でもさっきの写真では翼もなく空に浮かんでいた。このプッチという男のスタンド能力は1999年にはまだ発現しておらずそれが見えなかったようだが、この吸血鬼もきっとスタンドを持っているはずだ。あるいはそれに類する何か別の力を」

　その通りだろう。そしてそんな力を持つ吸血鬼が、百年以上の時を超えて何らかの巨大な企みを持って暗躍している。《天国へ行く方法》などというまやかしでプッチを動かし、火星へと送りつけ、とうとうこの究極生命体カーズを地球に誘(おび)き寄せている結果になっている……？

うん？

まさか、と思い、僕はカーズを見ると、究極生命体がニヤニヤ笑っている。

「フフフ。どうやら吸血鬼風情が思い上がって俺様にちょっかいをかけようとしているようだな。自らのスタンド能力によほどの自信があるようだが……こうして考えると、火星にやってきた飛行士たちがスタンド使いだったことも運命的だったな。俺はこうして地球に戻る前にスタンドを学ぶことができる。どうやらこのスタンド能力というものは、物理法則を無視できるようだし、思いがけない落とし穴を俺に仕掛けることだってできただろうが……手も触れずに俺の身体を遥か遠く、再び宇宙のどこかに飛ばすことだってできたかもしれないが、俺はもう準備ができたぞ。……地球に降りたら、まずはスタンド使いどもを征服する」と楽しげにカーズが言ったとき、僕は岸辺露伴（きしべろはん）の台詞を思い出す。

『スタンド』を持つ者同士は、まるで特別な引力を帯びているかのようにお互いに引き寄せ合う。

スタンド使いが沢山集まっているところが既にある。それはジ・オーシャンの真ん中に浮かんでいる。杜王町（もりおうちょう）とネーロネーロ島。

その二つは今さらに重なり合ってしまっている。そしてその二つの島をアメリカ軍が取り囲んでいる。

このままだと、この島は転覆させられるってさ！アメリカ軍に！

広瀬康司くんの受け取った伝言だ。……どうしてアメリカが杜王町を排除しようとしているのか？その海域にカーズの乗った宇宙船が半年後ではなく、ほんの四時間後に落ちてくるとアメリカ軍が知っているからではないか？

アメリカ軍の総司令官は大統領で、ザ・ファニエスト・ヴァレンタイン。その父親ファニアーはさきほど火星の裏で他の宇宙飛行士たちを殺害しようとした。あれは明らかにカーズの奪還、独り占め作戦だったはずだ。ＨＧウェルズの爆破がシナリオ通りで、ファニアーだけが今の僕たちのようにカーズの宇宙船に乗って国際社会には秘密裏に帰還する作戦だったら……？そしてその作戦の結果を案じた、あるいは息子と孫とは意見の異なる元大統領ファニー・ヴァレンタインこそがあの警告を広瀬くんに伝言したとしたら、さらに話の筋が通る。うん、きっと間違いない。

アメリカ軍はカーズの接近を予期している。ファニアーが火星でナランチャに爆死させられたことまでは気付いていないのかもしれないし、カーズとともに乗船しているのがファニアーだと信じているのかもしれないが、ともかくこの宇宙船が地球に落ちてくるのを待ち構えている軍隊がいるのだ。そして相手が究極生命体だからとそれに対応するのに充分な準備をしているとしたら……スタンド使いのファニアーならともかく、生身の僕など巻き添えになって簡単に死んでしまいそうじゃないか……？いかん、と僕は天井に拘束されたままになってうなだれているナランチャに駆け寄り尻のポケットの石ころ携帯を取り出し、リダイアル。トゥエムエムエムエム、トゥエムエムエムエム、と呼び出し音が聞こえ、「はい」と冷静そうなあの汐華初琉乃が電話に出る。

「もしもし」と僕は日本語で言う。「ジョージ・ジョースターですけど」

「ああ。どうしました？」

「そちらの様子を伺っておこうと思いまして」

「ああ、なるほど。まあでもちょうど良かった。こちらからも連絡しなければならなかったので」

「ディアボロ見つかりましたか？」

「いいえ。こちらの状況ですが、一時間前にアメリカ軍より今いる海域からの即時退去を求められ、三十分前に最後通牒を受け、ほんのさっきですがアメリカ空軍の偵察機が杜王町上空で原因不明の空中分解を起こし墜落しました。今救助に向かった町民が海兵隊と衝突、交戦が始まっています。おそらくこれから杜王町とネーロネーロ島が空爆を受けることになるので、全ての町民と島民にネーロネーロ島の下に隠れるよう呼びかけています。しかしネーロネーロ島もまた僕たちが操縦しているわけではないので、もし再び杜王町の上で移動が始まった場合、その腹の下に隠れながら一緒に移動していただくような形になりますが、それ以外今のところどうしようもありません。また、同時に連続殺人鬼、吉良吉影の捜索も承っておりますが、依然としてそれらしい人物は浮かび上がっておらず、アメリカ軍の攻撃が始まれば混乱の中でいよいよ捜索は難しくなると思われます」

淡々とした口調で報告されたけど……何だって？ 交戦？ 町民と海兵隊が？ 軍人と戦うことのできる町民ってたぶんスタンド使いなんだろうけど、スタンドを持たない世界中の人間にとってはアメリカ兵が非武装の日本国民に銃を向けているという構図にならざるをえないはずだ。同盟国相手にそんなことがどうして許されている？ 空爆？ アメリカ軍の攻撃？ 一体どうしてそんな突拍子もないことが起こるんだ？ 世界には秘密にされている、としか思えない……！

すると僕の気持ちを読んだみたいに汐華が言う。「杜王町とネーロネーロ島はテロリストに乗っ取られ、町民たちは特殊な病原菌に脳を侵されて凶暴化、テロリストの手先として救助に来た日本軍とアメリカ軍を襲撃中とされています」

「……………⁉」

「イタリアのサルディニア島と日本の東北地方で、事実、突然凶暴化して人を襲うようになった患者が報告され、その症状が感染し、被害が拡大しています。ゾンビ映画そのものですよ。死者が人を襲い、噛み付かれたり体液に触れたりした人間が別の人間を襲っています。映画と違うのは、空飛ぶゾンビがいるという噂があることでしょうか？ とにかく世界中がパニックになっていて、杜王町とネーロネーロ島はその病原菌を蔓延させた大本だと信じられています。ジ・オーシャンに船出したのも、別の地域にゾンビ菌を運んでいるのだと言われており、国連の緊急安全保障理事会では今この二つの島の処分を巡って会議が行われています。既に上空には衛星兵器が配置されているので、最終的にはこれが島を吹き飛ばしてしまうと予測されていますので、僕たちはそれまでにこの島を操縦する力を手に入れないといけません」

もう何が何だか……ゾンビ？空飛ぶゾンビ？どうしてそんなものがこの世に存在するんだよ!?

言葉を継げずにいる僕に汐華が言う。「ところで君とナランチャは今どこにいるのですか？」

「え？……あ……宇宙ですけど」

「……？ナランチャに電話を替わってください」

「あ、はい」と言って僕は石ころ携帯を天井のナランチャに渡すと、ナランチャが「ジョルノォォォォッ！俺だよ！畜生聞いてくれよぉぉ！」と言って涙目のままこれまでのいきさつを話し始めるので僕はふらふらとその場を離れる。と、ニヤニヤしたカーズが目に入るので思わず言う。

「ひょっとすると君が征服したいスタンド使いは全滅しちゃうかもよ？」

いやひょっとしたらそんなことはないのかもしれない。スタンド使いたちの力は驚異的だから、アメリカ軍の攻撃も何とかしのいでしまうのかもしれない。

でも心配なのだ。

するとカーズが笑う。「心配ならば助けてやればよかろう」

こいつも気持ちを読むか。「それができれば苦労しないよ」

「貴様、本当にできることがないか考えてみたか？……人間の頭の働きは鈍く、忍耐力は弱く、すぐに諦めてしまうんだな」

何を……!?僕はスタンド使いじゃない、生身の人間なんだ!と言おうと思ったところで僕は考え直す。……カーズが答を何も用意せずに僕にこんなことを言ったりしない。つまりカーズには僕にできることが見えているのだ。僕にはできることがあるのに、僕は気付いていないだけなのだ。

考えれば判る。生身の人間なんだ!というのが僕の理由なら、それをどうにかすればいい。究極生命体とかスタンド使いじゃないいんだよと言いたかったんだけど、そこを何とか変えればいい。

変えられる。

カーズの向こうに、怪我人のエンリコ・プッチが息を荒くして寝転んだまま宙を睨み、何やら考え込んでいる。彼のスタンド。ホワイトスネイク。二枚のディスク。スタンド能力は取り出せるのだ。記憶のディスクを読んだように、スタンド能力のディスクを頭に差し込めば、記憶と同じようにその能力を自分のもののように使えるんじゃないか?「カーズ、」と僕は言う。「君のスタンド能力をディスクで貸してもらえないか?」

するとカーズが笑う。「フフフ、心がけがいいなジョージ・ジョースター。俺に助けるよう頼んでくるかと思ったが、自らの手で何とかしようという気概はいいぞ」

え?あ、そうなの?代わりにやってくれるんだったらそっちがありがたいんだけど、と言いたい僕の前でカーズが阿修羅風のホワイトスネイクを出し、自分の頭からディスクを二枚抜き出す。ホワイトスネイクとUボートだろう。でもカーズの背後にホワイトスネイクが立ったままで、あれ?と思っているとカーズが言う。「コピーだ」

本当に何でもありなのだ……と呆れるような気持ちでディスクを受け取り、僕はそのうち一枚を頭に差し込む。

直前にカーズが「しかし俺の力を人間のお前が使い切れるかな?」と言うのが聞こえ、あ、そうかやべーと思ったのと同時にブラックアウト。

僕は爆発する。


文字通り僕の身体は爆発したらしくて、宇宙船の壁全体に血痕が残っているし、呆然と僕の方を見つめる天井のナランチャも床のエンリコ・プッチも血まみれだ。でも僕の肉体は無傷のまま元に戻っている。カーズがまた笑っている。「貴様は本当に考えが足りない」。手にはディスクがあって、僕の頭から抜かれたんだろう。そして僕が死ぬ前に肉体を元に戻してくれたのだ……究極生命体の前では僕なんて骨の周囲に血と肉を集めて作った肉人形みたいなものなんだろうなと思いながら、迂闊に死にかけた僕が今こうして生きているのがボンヤリありがたい。

「ありがとうカーズ。……ちょっと聞きたいんだけど、……どうやったの?……僕完全に死んだと思うけど?」

「肉体は器で、魂はその中で作ったアイスクリームのようなものだ。器が壊れてもしばらくはその形でもつ。魂が溶けてなくならないうちに器を直してもう一度入れてやっただけだ」

「はは……軽く《命とは?》みたいなのの答が出たけど……」

「そんなものは疑問にならんだろう」

「……そうか……でも僕のアイス、大丈夫だった？……こぼれてない？」

「俺に失敗はない。それに俺は余分な《俺》の魂を三十六個も取り出してやってるからな。経験も十分だ。しかし経験があるからこそ判る。お前はすでに何度か死んでいる」

「え？」

「アイスクリームのたとえで言えば、一度溶けたアイスクリームを凍らせ直しても同じ味にはならない。食感も違う。だろう？」

「うん……」

「まさしくそんな感じだ」

「死ぬような思いを沢山したってことかな……」

「……ふむ。気持ちが魂を壊す、か。なるほどありえないことではなさそうだ」

「カーズは《余分なカーズ》を燃料だとか宇宙船の資材にするとき、気持ちで魂壊したかな……」

「そういう感覚はなかったな。余分な《俺》は俺に命を差し出し、俺はそれを抜き取っただけだ」

「ああ……そうなの？……カーズ同士張り合うと面倒だから……？」

「究極生命体の俺たちに対抗心はない。全てをお互いが理解するだけだ。それに抜き取った魂も捨てるわけではない。俺の一部として取り込んである」

「……アイスクリームみたいにペロペロ舐(な)めて食べちゃったの……？」

「アイスクリームは喩えだ馬鹿者。お前は本当に人間か？文脈を捉(とら)える力はどこにやってしまったんだ」

「はは……頭がいいっすねカーズ社長……」

「貴様は馬鹿すぎる。あの抜け目のなかったジョセフ・ジョースターの子孫とは思えないぞ」

もらわれっ子なもんで……、とは言えない。ジョセフ爺さんにはいろんなことを教えてもらったのだ。ジョースター家で僕は育ったのだ。なのに情けない。僕は名探偵だったはずなのに考えが足りないだの馬鹿すぎるだの言われてそれが全てその通りだなんて……！

段々頭がはっきりしてくる。

「確かに僕はもっとちゃんとしなきゃいけない」と僕は僕自身に言う。ぐんぐん僕の脳に血が巡り直してくる。「僕はジョージ・ジョースター。名探偵ジョジョだ」

ならばもっとちゃんと考えろ！状況に圧倒されすぎなんだよ！そのせいで脳が萎縮してしまってまともに働いてないんだよ！脳にもっと仕事をさせろ！……確かに今回の出来事は僕の全ての経験を超えている。しかしこれまでだって驚いたことはたくさんあったし、全ての驚きや未知の体験を、僕は考えることで全て乗り越えてきただろ!?名探偵ならば今回のこれも同じく知性で乗り越えられる！信じろ！自分を信じられなくとも、知を信じるんだ！「本当だね、カーズ」と僕は言う。「思い出したよ、自分が誰だか」

カーズが僕をじっと見ている。

「俺は誰よりも深く広く考えられるはずなんだ」

するとカーズが言う。

「その通りだ。だって貴様はあの九十九十九の言ったビヨンドの話の本質を、本当は理解できているものな？」

僕が君にこうして会えたのも、絶対に意味があるんだと思う

と九十九十九は笑った。

全てに意味がある。

もちろんカーズとこうして出会ったことにも意味はある。この圧倒的なカーズですら、きっと僕の名探偵としての役割を果たすために必要な要素の一つなのだ。

僕は頷く。「君はそれでいいの？」

カーズが笑う。「俺は主役でありたい訳ではない」

九十九十九の持ち込んだ文脈をカーズは完全に踏まえている。凄まじい頭脳だ。そしてそんなカーズのおかげで僕はこの世界との歯車がようやく噛み合ったような気分になる。ガシャリ、と固い音をたてて。

僕はカーズに僕のために力の容量を落としたヴァージョンのスタンドディスクを出してもらい、それを頭の中に入れる。僕がまず身につけたのはカーズ版Uボートの縮小サイズで、するともう一枚のディスクは入らない。スタンドは一人一体、というのが原則だと露伴も言っていた。特例はカーズだけだろう。でもこれでいい。Uボートはホワイトスネイクよりも今は役に立つだろう。

「カーズ、地球まであとどれくらいかな」

「あと十五分だ」

「えっ。もうそんなに来たの?」

「おかげでお前らを食い損ねた」

「……………」

「しかし退屈はしなかった。気にするな。地球に戻れば食い物はたくさんある」

いや気になんてしていないけど。「どうして半年かかるはずの旅行が四時間に縮んだのかな?」

「それは俺にもはっきり分からん。しかしあの宇宙飛行士のスタンドが時間の流れに何か影響を与えているのだ」

ホワイトスネイクが?スタンドと記憶をディスクにするだけじゃないのか……?まあいい。「カーズ、燃料はどれくらい残ってる?」

「計算通りだ。ちょうど間に合う」

「突入する前に減速するでしょ?そのとき少しだけ宇宙空間に放出してもらっていい?」

「少しだけならな。好きなようにしろ」

しかしその燃料は《余分なカーズ》なのだけど?と思った僕にカーズが言う。「頂点は常に一人。それは他の俺も理解している」

だから三十六人は躊躇なくこのオリジナル・カーズのために燃料や宇宙船の部品となったのだ。

僕は石ころ携帯を手にしたまま呆然と僕を見つめているナランチャに言う。「それ、もう電話切れてるの？」

「えっ……？ あっ！」。慌てて耳に当てる。「っち！ 切れてんじゃん！ お前なあ、いきなり爆死したりしてビックリさせるんじゃねえよ！ 大丈夫かよ!?」

「あははごめん。大丈夫大丈夫」

「大丈夫大丈夫じゃねえよ……ったく」

「ナランチャ、今杜王町とネーロネーロ島が、アメリカ軍に攻撃されようとしてるんだ。それをなんとか防ぎたいんだよ」

「おう、Uボートだろ？ カーズ燃料の上走らせてドカンドカンって訳だ。やってやろうじゃん！」

心ここにあらずみたいだったくせに話が早い。さすがはギャングと言うべきだろうか？「そろそろ地球だ」

「へへ。生き延びたな」

「まだこれからだよ」。カーズに頼む。「ナランチャ降ろしてくんない？」

カーズが手をさっと振っただけでナランチャが解放される。「ほえ〜！ 自由最高！」

「はは」。僕はこの船の中で唯一の宇宙飛行士を見る。「プッチ、そろそろ地球だけど」

「……ああ」と言ってよろよろとプッチが立ち上がり、操縦席に着く。ジオットの部品で再構成された通信機器を取り、ちょっとカーズの方を振り返ってから通信を開始する。「ヒューストン、こちらエンリコ・プッチ少尉。ヒューストン、聴こえるか？」

するとちょっと雑音が聞こえ、返事がある。「こちらヒューストン。これは……プッチ、君か？どうしてジオットの周波数で通信をしている？」

「ジオットに乗ってるからだよ」

「……そこには誰がいるんだ？ファニアーはどうした？」

「ファニアーは死んだ」

「……………」

「サウンドマンも、ポコロコもだ。ファニアーが殺したんだ。大統領に伝えろ。……この罪は必ず購(あがな)われなければならないと」

「落ち着けプッチ」

「私はこれ以上ないほど落ち着いている」

「……カーズはどうした？」

「ここにいる」

「そうか。……今こちらの方で君たちの位置を把握した。これは……ジオット一機だけじゃないわけだ。こちらのモニターでサイズが出てるよ。大きいな。それにべらぼうに速い。『スター・ウォーズ』の乗り物みたいだ。……君が一人で操縦してるのかい？」

「私は操縦なんてしなくていいんだ。何しろこれはカーズの肉体でもあるからな」

「……………」

「そちらに戻るプランを教えてほしい」

「……よし、今から伝えるが、いいか？」

手際が良過ぎるのは、おそらく下準備ができていたからだ。それどころか全て完全に準備されていたかもしれない。最終的な乗組員の構成が違うだけで。

プッチがNASAの司令官とやり取りを交わしているうちに地球が近づき、窓の中で大きくなる。

「うおおおおっ地球だあああっ！」とナランチャが叫び、僕の肩を手で摑む。「おい！帰ってきたぜええっ！」

帰ってきた。僕もホッとしている。でも戦いはこれからだ。

カーズは真っ青な地球を見て驚いている。

「これが地球か……？陸地はどうして減ったのだ？」

宇宙の寿命が三十六巡する前の世界では地球はどんなふうだったんだろう？と考え、思い出し、ひょっとしてまさか、と僕は九十九十九と交換した世界地図をカーズに見せる。と、「これが俺の知っている地球だ」とカーズは言う。

九十九十九はオリジナル・カーズの生まれた宇宙から来たのだ。

全てつながっている。

「今見えているのはジ・オーシャンで、パンランディアは今ちょうど地球の裏側にあるんだよ」

カーズが言う。「まるで水の器だ」

するとガシャン、という音がするので振り向くとプッチが呆然としているのか恍惚(こうこつ)としているのか……ビックリし過ぎて今にも笑い出しそうって顔でカーズを見つめている。

何を考えているんだろう？

宇宙船がスピードを落とし、カーズが操縦席に近づき、プッチのヘッドセットを奪って言う。「カーズ様のご帰還だ。パーティの準備はいいか？」。カーズがはしゃいでいるふうなのがさらに恐ろしくて、僕もナランチャも黙ってしまう。

ヘッドセットをプッチに投げて返し、カーズが僕たちに言う。「今なら窓から着陸予測地点が見えるらしいが、海を渡って島が二つ重なりあっていて、それが邪魔になるから追い払うそうだ」

「………！」

僕もナランチャも窓に飛びつき、丸い地球の青い海を見つめる。ジ・オーシャンは広く、僕たち人間の目には杜王町もネーロネーロ島も小さ過ぎるし遠過ぎる。

「判んねえ、判んねえよ！」とナランチャが騒ぐので、背後にやってきていたカーズがナランチャの後頭部に手を入れ、脳のどこかを押し、視力をいじったらしい。途端にナランチャが言う。「あ、見えた！見えたぜ！おいおいおい！煙と炎も見える！何だよこれ！完璧戦場じゃん⁉」

僕が言う。「カーズ、燃料頼むよ」

カーズがナランチャの頭から手を引き抜いて頷くと同時に、窓の外に黒い液体がズボボボッと排出される。地球に向かって。生体燃料だ。「ナランチャ、行くぞ。杜王町とネーロネーロ島を援護射撃だ」

「ううう、よっしゃ！行くぜジョージ！俺の仲間に手ぇ出す奴は皆ぶっ殺してやる！」

僕は石ころ携帯を取って汐華にかける。

「もしもし？」

「あ、ジョージ・ジョースターです。今上空にいます。これからアメリカ軍に向かってミサイルを撃ち込みますので、町民と島民を避難させてください。スタンド使いたちも」

「一般人の避難は既に完了しています。スタンド使いたちも三分で全員ネーロネーロ島の腹の下に入れます。思う存分やってください」

「了解。しかし、アメリカ兵の負傷者をできるだけたくさん助けてやってください」

「……もちろんです。幸い杜王町からもネーロネーロ島からもまだ負傷者は出ていませんから、住民たちの感情も比較的柔らかいでしょうし」

「よかった。では攻撃を開始します」

「了解です。よろしくお願い致します」

電話を切り、ナランチャに言う。「聞いただろ？ぶっ殺しまくるんじゃなくて、武力を無効化する方向でよろしく、とボスが言ってるからね」

「……っちっ！しょうがねえなあ……」と渋い顔のナランチャの右目の前にヘッドセット風の潜望鏡が浮かぶ。僕も僕の右目の前に僕の潜望鏡を浮かべる。

自分の能力だから、……何ができるかは完全に把握できる
とカーズが言った通りだ。具体的に何ができるのか判らないけれど、このUボートを完全に操ることができると僕は知っている。

「っっっっよおおぉぉぉぉぉぉっし！いくぜジョージ！」とナランチャが叫ぶ。

「おおおおおっ！」。僕も雄叫(おたけ)びをあげる。「行こうナランチャ！」

「ロックンロールだ！ダイブダイブダァァイブ！」

僕とナランチャのUボートが宇宙船の表面に浮かび、放出されている燃料の上を走る。僕もナランチャも（念のための一、二隻ぶんを自分たちの中に残して）総力を一隻の巨大なUボートとして集める。ミサイルは大きくいくぞ！

「全門開けろ！」というナランチャの号令に従い、僕は魚雷と巡航ミサイルの扉を全て開放する。

「俺は東半分に展開している部隊を！ジョージは西半分を撃て！」

潜望鏡で全てを確認する。ロックオン。「爆撃準備完了」と僕が言うとナランチャが叫ぶ。

「っし！全弾撃てえええぇぇぇぇぇぇぇぇっっっっっっっ！」

撃つ。

ゾムムゾムゾムゾムゾムゾムゾムゾム！

バシュバシュバシュバシュバシュバシュバシュバシュバシュ！

魚雷二十四発が燃料の中を走り、巡航ミサイル三十二発が宇宙空間に撃ち上げられ、それぞれ全てがやがてまっすぐ地球に向かう。大気圏に突入する。普通のミサイルだったら隕石と同じく大気の中で燃え尽きただろう。でもスタンドに物理は関係ない。宇宙空間とほとんど変わらないスピードで杜王町とネーロネーロ島の真上から地表に届く。

ドンドンドンドンドンドンドンドン！

杜王町に展開していた海兵隊の戦闘機とヘリを一気に全て撃ち落とす。雷管を抜いてあるので爆破はしない。無力化するだけでいいのだ。「っちぇええーーーーっ！つまらん！」とナランチャは不満そうだが。

さらに続けて第二波を撃つ。上陸作戦を実行中の揚陸艦とその沖にいる艦隊を叩く。ドンドンドンドンドンドンドンドンドンドンドン！同じく爆破はさせず、しかし戦艦の機能を奪う。

「あ、やべー一隻沈めちゃいそう♡」とナランチャが笑うので僕は言う。

「やめとけよ。救助活動にパッショーネの人間も出すって汐華くん約束してくれたんだぞ？」

「えっえっ!?ちょ、ジョルノには内緒にしておいてくれよジョージ！」

とワイワイやってる僕らにプッチが言う。「そろそろ突入だ。スタンドを戻せ」

宇宙船は大気圏突入の進路を進んでいるので潜望鏡を覗いている間に杜王町とネーロネーロ島からは随分離れてしまっていて、二つ重なった島が地球の丸みの向こうに消える。「あと一発！」と言ってナランチャがUボートを戻しながら杜王町上空に配備されていた衛星兵器にミサイルを撃ち込む。ドオン！と、爆破。

あーあ、という顔の僕にナランチャが「何だよいいじゃん無人なんだしあんなの宇宙にあるの怖いだろ！」と言うけど、スペースデブリになって後々邪魔っけになるだろうにな、と思うが、とりあえず構わない。

Uボート二隻を宇宙船に回収し、僕たちはぐるりと地球の周りを回りながら近づいていく。「さ

あいくぞ、衝撃に備えろ」と操縦席のプッチが言い、いくぞも何もプッチが操縦してるわけじゃないんだけど、

「よし、いこう！」と僕は言いナランチャも「いこう！地球に帰ろう！」と叫ぶ。

大気に突入する寸前、石ころ携帯が鳴る。プルポンピンパラパラポン♪ナランチャが取る。

「え？何だよブチャラティ今ちょっと話せないんだけど⁉」とガタガタ震動を始めた宇宙船の騒音の中で電話の向こうの声がかすかに聞こえる。


「ディアボロと、モリオーの殺人鬼、キラー・ヨシカゲの死体を一緒に見つけた！何者かが二人を始末したようだが、詳しいことはまだ判らない！」


え？吉良吉影？始末って……ディアボロも吉良吉影も死んだのか？いきなり？二人とも？マフィアのボスに連続殺人鬼。ならばいいニュースなのか？と思うけど、違う。ディアボロも吉良も、それぞれネーロネーロ島と杜王町を動かしていたはずじゃないのか？その二人が死んでしまったらもう両方とも身動きできないし、カーズを乗せた僕たちの宇宙船は落下中で、スタンド同士は引き寄せ合うのだ……！あれ⁉**スタンド同士は引き寄せ合う**？

僕はナランチャの手の中の石ころ携帯に向かって叫ぶ。「島の奴らは全員逃げろ！今からそこに

宇宙船が墜落するぞ！」

が、電話は切れてしまって僕の台詞が届いたかどうか判らない。ナランチャと目が合う。海面にならともかく、地面に激突して僕たちが生き延びれるとは思えない。

宇宙船が炎に包まれ、《余分なカーズ》たちが焼かれて声もなく消えていく。それからスピードを落とすための羽根が開き、雲を突き抜ける頃には宇宙船を覆っていた炎が消えて窓の外にああやはりネーロネーロ島と杜王町が見える。杜王町の上に六本足で突っ立つネーロネーロ島。僕たちの墓場だ。でもカーズは生き延びるだろう。ナランチャに言う。「ごめんな、君は火星になんて行かなくてよかったはずなのに」

ありゃ。変なのも付いてきちゃったけど、まあ何か意味があるんだろう。じゃあねなどと言って九十九十九が僕と一緒に連れてきちゃったのだ。でも意味はあった。「ありがとう」と僕は言う。

「君がいなければ僕は最期に地球を見ることもできなかったよ」

するとナランチャが涙目で言う。「っちぇっ！なんかそんなふうにしんみり言うなよな！暗いの嫌なんだよ俺！」

僕は笑い、目を瞑り、誰を最期に思い出そうかと考えるけれど、九十九十九との出会いから杜王町に来て火星に行ってという今回の冒険のいろんな場面がランダムに再生されるだけで、まあでもなんか凄かったなと穏やかな気持ちで思う。ちょっと瞼を開けると、震動する宇宙船がいよいよもう避けようもなく杜王町に向かっている。同じ光景を別の窓から見ていたプッチが呟く。

「これが《カブト虫》か……！」

そして僕たちの乗る宇宙船が向かうのはアロークロスハウスで、十字架型の屋根が見えて、プッチが歓喜に震えている。

「そしてこれが《ドロローサへの道》なのか……！」

《カブト虫》《ドロローサへの道》。それらはあのジオットの鉄板に書き込まれていた十四の言葉のうちの二つだ。

《ヴィア・ドロローサ（Via Dolorosa）》＝《苦難の道》というのは処刑の前に十字架を背負わされて市民の前を引き回されたイエス・キリストの最後の道のりのことを言う。別名《ヴィア・クルシス（Via Crucis）》＝《十字架の道》。僕たちは逆さまに落ちていたから、真下のアロークロスを背負う形になるというわけだ。

そしてカーズと僕たちの乗った宇宙船がアロークロスを直撃し、そのショックでネーロネーロ島は杜王町から飛び出し、杜王町はひっくり返る。

すると、まるでもともと杜王町の裏には別の島が逆さにくっついていたみたいに転覆した杜王町と入れ代わりにその島が海の上に浮かび上がる。面積は杜王町の約９００倍になる巨大な島が海を押しのけるようにしてボン！と広がったけれど、杜王町を囲っていたアメリカ軍の戦艦や空母は少し揺れただけで済む。突如出現した２１９８５０平方キロメートルのその島は、この世界の誰も知らなかったグレートブリテン島。

幻のイギリスだ。

杜王町に降り立ち、駅で杜王町全図を見たときに懐かしいような気持ちになった理由が、激突寸前、空から見た杜王町の姿を思い出して僕には判った。

ここに一度来たことがあるような？

というのは勘違いで、僕は前日に九十九十九が描いた世界地図の、イギリスの形を思い出していたのだ。左右反転していたから判らなかった。人間だからという言い訳を言いたくないけれど、僕はまだまだ注意力が甘かった。もっと頑張れば生き延びれただろうか？

THIRTEEN 敵

繁殖したアントニオ・トーレスの数量の膨大さに失神してる場合じゃない。俺がジム・グラハムに起こったことを話すとリサリサが言う。「舌を引っこ抜いて内臓を引っ張り出して？……ふうん……身体の中身を空っぽにしたわけね。中身は海に捨てたはずなのに、今は軍隊に戻ってる……身体の中に何が入ってるんだろうね？」

これは疑問ではない……。ジムに異変が起こる直前に現れたアントニオ・トーレス。異変の後は姿を消したが、あれはお化けっぽく虚空に消えたとかじゃなくて、ジムの身体の中に潜り込んだのだろうか？俺がもう一枚写真を撮れないかとカメラを構えている隙に……!?

「この推測が当たってるとするなら、」とリサリサが続ける。「問題は屍生人が飛行機を運転でき、軍隊の中に紛れ込んで本人に成り済ますことができるくらいの知能を持ってるってことね。アントニオ・トーレスは酷い子だったけど馬鹿じゃなかったし、人格や知性が皮膚の方に宿るということがありえるのか……これは大事な例かもしれない。私たち波紋戦士は学んでおくべきだわ」

アントニオは母親の虐待による苦痛から逃れるために驚異的な新陳代謝能力を身につけたのだ。蛇が脱皮するみたいにして自分の皮膚を剝ぎ、頭のおかしな母親に渡していたが、まさか皮膚だけの生き物（死に物？）になってしまうとは……。

「問題はさらに二つ」とリサリサがさらに言う。「ジム・グラハムの身体を着込んだことで、どうやらアントニオ・トーレスは昼間でも太陽光を浴びずに活動できるということ」

ああそうか、と俺は思う。グレムリンの出現情報のうち、体長五十センチほどの小型の奴は昼間にも出てきたけれど、一メートル三十センチほどの大きなグレムリンは夜空や雲の中でしか現れた話を聞いていない……。

「もう一つは、その知性の高い、人間の中に隠れることのできる、昼間でも活動の可能な屍生人が単純計算でも一万六千体以上もいるということ。……そいつらが飛行機乗りにちょっかいをかけていたのが単なる悪戯目的じゃなくて飛行機の構造や運転を学ぶためだとしたら大変なことになるわね……屍生人が世界中に、物凄い速さで移動してしまうし、今世界は死者で溢れてる。屍生人は死者を蘇らせ、生きてる人間を襲って相手を屍生人にしてしまうから……ねずみ算は倍以上に加速して、屍生人王国は爆発的に広がることになる」

というリサリサの推測が周囲の波紋戦士たちをざわつかせる。

リサリサがストレイツォさんたちの方に振り返り、言う。「ラ・パルマ島にいたアントニオ・トーレスは波紋戦士の存在を知っていますし、私がその一人で、ジョージと合流したことを見ていますから、きっと行動開始は早いでしょう。何かしら電撃的に動き出すはずです。イギリス海軍航空隊の様子を確認しながら、私たちも急がなければなりません」

「うむ」とストレイツォさんも頷く。「しかし戦闘機に乗る屍生人を相手にどう戦うかな？ 鉛の銃弾に波紋は込められないし、空中では波紋は伝わらない。飛行機の操縦席に座る屍生人に直接触ることなどできまい」

「大丈夫ですよ。ジョージが全て撃ち落としてくれますから」

と言うリサリサは笑っていない。ちょっとちょっと……と言おうとしたところでドオン！という地響きとともに地下施設が揺れる。流石(さすが)戦場だな、と思ったところで波紋戦士の一人が駆け込んでくる。

「敵襲だ！イギリスの飛行機が空爆を始めてる！」と叫んだ瞬間、通路が爆発してそいつが吹き飛ぶ。

ゴボォン！

土煙が吹き込み、天井の照明が消える。

「リサリサ！」「ジョージ！」

と俺たちの呼び合う声が重なる。手を伸ばすとリサリサも同じようにこちらに手を伸ばしていて、握り合う。

「出口へ！」とリサリサが叫び、俺は引っ張られるままに走る。ズドオン！ボオン！と爆発が続き、地下施設が揺さぶられ、天井が落ち、壁が崩れる中を俺とリサリサは駆け抜けていく。

「どうしてここが……!?」と走りながら考えているリサリサに俺は言う。

「さっき俺たちの乗ったモーターライジングが尾行されたんじゃないか!?」

「それはないわ！私もスティーブンも尾行にはもちろん気をつけてるし、少なくとも私はずっと確認していたもの！」

「じゃあ内通者がいたんだろ！」

「…………⁉」

地下通路は海への出口を持つ洞窟につながっていて、洞窟は波止場に改造されている。通路から飛び出した俺たちにスティーブンが手を振る。「ジョージ！こっちだ！」。水上機仕様のモーターライジングが二機、波止場に浮かべられていて、俺とリサリサは片方に乗り込む。既にエンジンがかかっていて、プロペラも回っている。俺たちが操縦席についたのを見てスティーブンが叫ぶ。「操縦の方法は判るね⁉ジョージ！」

俺は親指を立てて見せる。「任せろ！俺もそろそろベテランだから！」

「ハハハッ！じゃあ見よう見まねだけで飛行機を飛ばしてる化け物なんてイチコロだな！」

その通りだ！

俺とスティーブンは飛行機を発進させる。平行に並んでズバババババッ！と洞窟の中で加速していくと背後で水しぶきの壁が二枚並ぶ。洞窟を出た瞬間に機体を急上昇させると、上空に我がイギリス海軍航空隊のソッピーズキャメルがパッと目に入っただけで十二機も飛び交っていて、爆弾を地下施設めがけてばらまいている。「やめろおおっ！」と俺は叫んでみるが、無駄だ。爆発音とエンジン音とプロペラの回転音に紛れて俺の声なんか届かないし、キャメルを飛ばしている俺の仲間は既に死んでいるのだ。一機とすれ違ってそれが判る。パイロットが焦点の定まらない目で空中のあらぬ方向を向いてにやにや笑っていたのだ。

後ろの席のリサリサが俺の肩に手を置いてくれる。

「大丈夫。ありがとう」と俺は言うけれど、たぶんリサリサには聞こえなかっただろう……。俺とともに戦ったパイロットたちはもういない。頼もしい姿だった飛行機たちも敵機と成り下がってしまった。……しかし、それが判って良かった。俺はそれを受け入れ、覚悟を決める。引き金を引きやすくしてくれてありがとうとすら思う。これで波紋戦士たちを守ることに専念できる。ガガガガガガガッ！と機関銃を撃ち、俺が一機撃墜すると、スティーブンも攻撃を始める。俺たちの反撃に気付いた航空隊の飛行機が迎撃を始めるけれど、実戦経験を重ねた俺の敵じゃない。俺は一機ずつ片づけていく。弾を無駄にすることもない。背後についてガガガッとエンジンを撃ち抜く。ドカン！俺の仲間だったパイロットは俺のことを振り返ったりもしない。咄嗟に機体を立て直そうともしない。ただじっと弾丸の開けた穴を覗き込んでいる。死人なのだ。キャメル二機の間をすり抜けながら俺は翼を撃ち抜いていく。バキンと空中で折れてきりきり舞いを始めた機体を避けながら次に近づいてきたキャメルの腹を撃つ。ガンガン！ドオン！空中で爆発して飛んできた破片をかわし、俺は宙返りをしながら次の標的を探す。ダダダダダッという機関銃の音が背後から聞こえ、生意気にも俺を撃ってきたゾンビ機を振り切り、ぐるりと回って後ろについて引き金を引く。ガガガン！銃弾はパイロットの身体に直接当たるが弾け飛んだ背中からも頭からも血が出ない。代わりにニュルリと姿を現したのは確かに目玉のないアントニオ・トーレスだ。俺は躊躇なく追加の銃弾を撃ち込む。ガガガガガガガガ！ガガガガガガ！俺はアントニオ・トーレスのペラペラの身体を弾丸で引き裂き、粉々にしてしまう。思わず笑ってしまうが、涙も浮かんでいる。俺をずっと苛めていて、今もまだ俺を付け狙い、俺の仲間を殺し、人類のために戦っている英雄たちを襲撃してきた幼なじみを俺はぶっ殺しているのだワーハハハ！ガンガンガンガン！俺は頬の涙を拭う余裕もないままさらにゾンビ機を追撃していく。ガガガ！ドカン！ガガガガ！ギュウーン……ドオン！煙を上げながら落ちていった敵機が地面に激突するのを確認していると、シュウッと横切ったモーターライジングがゾンビ機に追われて銃撃に晒されている。俺は急降下。真上からゾンビ機を撃って、そいつが爆発するのと俺がすれ違うのがほぼ同時になって危なかった。「ごめんリサリサ！怪我ない!?」。振り返るとリサリサが目を爛々と輝かせている。

「平気！凄いジョージ！強いね！」

リサリサにそんなふうに言われるのは初めてで、照れくさい。でも今ぶっ殺したパイロットのほうが、俺よりずっと操縦も上手く、銃撃の腕も上だったし、アクロバティックな運転のアイデアも多かったんだ。

ガガガガガ！と次に翼を撃ち抜いたキャメルで、パイロットが操縦席の中で立ち上がり、こちらを向き、口を開けたと思ったら中からペラペラのアントニオ・トーレスがずるりと出てきてばっと身体を広げ、モモンガスタイルでこちらに飛んでくる。「ホルヘ・ジョースター！てめえなんぞが俺より先に大人になろうだなんて百年早えんだよーっ！」と空中のアントニオが叫び、俺は吹き出してしまう。そんなことが悔しいのかよ!?後ろでリサリサが「さ、これは私の仕事ね」と言って立ち上がり、スカートがばさばさーっと翻る。綺麗な足が見えてギョッとする俺にリサリサが言う。

「ジョージ！この戦争が終わったら結婚しようね！」

「えっ？うん。……え？」

「さあ来なさい！アントニオ・トーレス！私のことも憶えてるでしょ!?」

空中のモモンガアントニオが「うわっ」と言う。「リサリサ⁉マジかよ！バルサブランカって本当に情けないチンポふにゃふにゃ野郎だぜ！」と久しぶりのアントニオ節を聞いて内心ドキッとするけど「何だとペラペラの死に損ないが！もともと中身のないクズだったのはお前の母親のせいじゃないか！」と毒づいてみせる。

「何だとコラーッ！」と母親を持ち出されて激高したらしいアントニオが牙を剝いて俺に襲いかかってくるが俺は避けない。首に嚙み付こうとした瞬間にしゅっとリサリサの細い腕が伸びてきてアントニオの首根っこをくしゃくしゃに鷲摑みする。

「つぐ！……放せブス……！」というアントニオは本当に子供の頃と変わっていなくて、馬鹿馬鹿しいやら空恐ろしいやら……。リサリサが言う。「あんたにはかける言葉もないわ」

「何だとこの……」。言い返そうとしたアントニオがリサリサに捕まえられている首元からボロボロにひび割れていき、全身が粉々になって風の中に散り去る。

パンパンと手を払いながらリサリサがシートに座る。「さあ、あと五機よ。機関銃の弾は足りてる？」

「ああ」。五十発もあれば十分だ。

ガンガンガン！ボン！

ガガガッ！ガガガ！ズドン！

俺は屍生人たちの飛行機に銃弾を撃ち込み、エンジンや翼を破壊していく。「ドイツ人の方が全然手強いぜ！」と俺は罵るが、そりゃそうだ。敵側パイロットでも同じ飛行機乗りとしての敬意は感じている。でも屍生人どもには何も思わない。こいつらがイギリス海軍航空隊の大切な財産を乗り回していることに俺は腹を立てているのだ。クソ!クソ!クソ!アントニオ・トーレスめ!俺にイギリスの飛行機を落とさせやがって!

スティーブンも二機撃墜し、数えてなかったけどリサリサによると俺は二十三機も撃ち落としたらしい。一度の戦闘でそれだけ落とせば撃墜王の称号でももらえそうなものだけれども、相手は飛行機乗りじゃなくて屍生人なのでもちろん無効だ。称号どころか自慢にもならない。俺はひたすら飛行機がもったいなく感じる……。波紋戦士たちが地面や海面に落ちた飛行機を確かめ、パイロットの死体に念のための波紋を流してアントニオたちを死滅させていくのを空中から眺めながら、俺は思う。

簡単すぎる。

これまで何年もかけてじっくり飛行機の運転を学び、イギリス海軍航空隊を襲撃してパイロットと飛行機を奪うことができたのにこの程度の攻撃しかできないとは……?波紋戦士たちの被害は最初の奇襲部分でしか出てないし、拠点も地下にあるから地上の爆撃も効果が限られている。それにアントニオ・トーレスは航空隊でパイロットをやってる俺の実力を知っていたはずだし、だとすればこの結果だって十分に見えていたはずだ。狡猾(こうかつ)な奴なのだから。

だとすればこの戦闘は何だ?

陽動作戦か足止め作戦だ。どちらにしても、この戦闘の表向きの見え方……波紋戦士殲滅……は本当の狙いではない。では何だ？アントニオの台詞が唐突に俺の耳に蘇る。

おい……ジョージ・ジョースター……残念ながらここで死ぬけど……お前がここで死んだ後、お前の家族は……もっと酷い死に方で……お前の後を追うぜ……？

あのクソは俺の家族を殺すと宣言したのだ。

「リサリサ」

「うん？」

「電話貸して」

母さんに電話をかける。ロンドンの港界隈にある母さんの会社スターマーク・トレーディングス。パニックはまだだが、母さんは目撃している。「海からたくさん飛行機が飛んできたわね」

落ち着け。「母さん、今すぐペネロペとロンドンを出てウェイストウッドの家に帰って」

「どうしたのジョージ？何が起こってるの？……飛んでるのはイギリスの飛行機ばかりみたいよ？英雄の凱旋だって街の人たちは通りに出てお祭り騒ぎが始まってるけど……」

「英雄の凱旋……？」

「だってボロボロの飛行機ばかりが飛んでるもの。銃弾を受けたみたいな飛行機とか、翼が折れたのを継ぎ接ぎに直したようなのとか……」

戦死者たちの乗る飛行機だ。窓の外を見る。まだ明るいがイギリスは……？「空に太陽は出てる？」

「雨は降っていないけど、雲が覆ってるわ」

「母さん」

「判っています。これからジョースター邸に帰り、地下にペネロペとジョナサンと隠れます。あなたはどこにいるの？」

「フランスだよ。でもリサリサと一緒だ」

「そう。じゃあ安全ね」

「でも波紋戦士たちは飛行機に乗れないし、そっちの空を飛んでる奴らは、たぶん死んだパイロットたちだ」。けれど中身はアントニオじゃないだろう。太陽が出ていなければアントニオに運転を任せなくてもいい。そして死んだパイロットでも本人の体得した技術が残っているのなら今度こそ本物の空中戦になるのかもしれない。「僕が戦わなければならない」

「……そう。あなたのパパも自分の戦いを戦ったわ。そして勝ってきた。私もあなたの武運を信じてます」

「ありがとう。じゃあできるだけ早くそっちに向かうよ。母さんも急いで」

「ええ。私たちのことは心配しないで。じゃあ電話を切ります。愛してるわよジョージ」

「ああ。愛してるよ母さん」

俺は電話を切り、それから思いついてもう一件電話をかける。「おーっ⁉ジョージ・ジョースターか！今電話をかけているってことは空の大航空部隊の中には混ぜてもらえてないってことだな⁉

これは一体どういうパフォーマンスなんだ?俺の知らないイギリス軍大勝利でも起こったのか!?」と興奮した様子で喋るのはジョン・ムーア＝ブラバゾン。五年前のチャールズ・ロールスの事故以来ずっと飛行機に乗るのはやめてロンドン市内でエンジニアとして研究職に就いている。俺は言う。

「僕の言うことを信じてくれるか?ジョン」

「ああ?……ハハッ。何だよ当たり前じゃん言ってみろ馬鹿」

「空を飛んでる奴らは味方じゃない。敵だ。人間でもない。死者たちだよ。生きてる人間を自分たちの仲間にすべく黄泉(よみ)の国からやってきたんだ」

「……!?ええ……ジョージ、何を……」

「空の飛行機をよく見てみろ、ジョン。君の知ってる飛行機がないか?飛んでるはずのない、死んだ奴の飛行機だ」

「死んだ奴の……?ああ……っ?どうしてだ?……ルパート・スティラーの《メアリー》と……デイヴィッド・シーモアの《エマ》が見えるぞ?」

二人とも王立飛行クラブで出た死者で、《メアリー》も《エマ》もフランス製の複葉機アンリ・フォルマンⅢだ。ジョンは次々と空に仲間を見つけていく。飛行機を一番最初からいじっていた奴だから、死んだ仲間もたくさん知ってるのだ。

「うう……ジョー・ディアラブまでいるじゃないか……」とジョンが泣き出してしまう。俺は冷静な声に努める。

「皆死んでるんだ。でも邪悪な存在がいて、そいつらが死んだ僕や君の仲間たちを暗い場所から引っ張り出してきてしまったんだ。ジョン。そいつらはイギリスの市民たちを殺し、食べてしまうんだよ」

「……食べる⁉どういう……」

「言葉通りの意味だ。そいつらは生きてる人間を食べてしまうんだよ」

「あいつらがそんなことするはずないだろう……！」

「お前の知ってる友達じゃないんだ。お前の死んだ友達は死んだままで、蘇ったわけじゃないんだ。ただ墓から出て飛行機に乗ってるだけだよ」

「……ああ……っ！」

　ドオン、という爆発音が電話の向こうの遠くから聞こえる。始まったのだ。「なんてことだ！イギリスの飛行機がロンドンを攻撃している！」

「ジョン、落ち着いてよく聞け。君たち生きてる人間はそいつらと戦わなきゃいけない。僕も今からそちらに向かうよ。ジョン、聞いてるか？」

「何てことだ！畜生！やめろ！」と俺の電話を放ったらかしてジョンが叫ぶので、俺も怒鳴る。

「ジョン・ムーア＝ブラバゾン！聞け！君が頼りなんだ！できるだけ早く大勢の仲間を集めて飛行機に乗り、戦い始めろ！迷うな！躊躇うな！相手は死人だし、ただ殺しても死なないぞ！徹底的に殺すんだ！」。おぞましい台詞を吐いている。でもそういうふうに言うしかないんだ。

「うおおおおジョージ！これは本当に起こってることなのか⁉」

「ジョン！俺は今からそっちに向かうから！戦って生き延びるんだ！」

ドオ！という爆発音が終わらないうちに通話が切れる。僕は受話器を戻し、振り返り、僕の背後で電話の内容を聞いて既に臨戦態勢になっている波紋戦士たちに言う。「本命はイギリス本土です。死者の乗った、堕ちた飛行機が飛んでいます。イギリスの飛行機だから、攻撃開始までは自由に飛べたでしょう。ロンドン上空にはもう辿り着いていて、どうやらたった今、攻撃が始まったようです。僕たちが追いつく頃には既に侵略は進んでいるはずです。イギリスにいる波紋戦士に連絡を。またイギリス軍にコネのある人も今すぐ迎撃態勢に入るよう指示してください。撃墜されたのに生きてる奴もたくさんいるでしょうから、地上でも活躍していただかなきゃいけません。また、どうか大事な人に逃げて隠れるよう伝えてください。僕はこれから戦いに向かいます。空からできるだけたくさん屍生人を落としますから、生きてる人たちを救ってあげてください」


皆走る。俺が乗り込んだモーターライジングにリサリサも登ってこようとするので「リサリサ、今度は危ないよ」と俺は言うけれど無視。またスカートのままで俺の背後に座るので「せめてズボンないの？」と言うとフフンと笑う。

「大丈夫だよ。女の子ずっとやってるからスカートの中身見せない技術くらい身につけてます」

そういう問題か？と思うけどまあリサリサのやることだ。リサリサが大丈夫と言うなら言葉通り平気なんだろう。「あ、じゃあこれ貸して」と言ってリサリサが俺の飛行帽を奪い、「はい、これだけあげる」とゴーグルだけ返してくれる。……まあいいけど。隣の水上機にスティーブンも乗り込もうとしている。正直戦闘経験の乏しさがさっきの戦いで見て取れたけど、俺は何も言わない。

俺とスティーブンはもう一度洞窟から海に抜けて空に舞い上がり、空爆された地表の被害状況をざっと検分してから北海上空を西に向かう。派手な攻撃だったが、やはり人的ダメージはそれほど深刻ではない。ロンドンまで海の横断に約一時間。この間に屍生人航空隊はどこまで進撃するだろうか？死者たちの飛行機の大半はこの大戦で墜落した戦闘機だろうが、武器はどれくらい積んでるんだろう？撃墜されたときの残りしかないならそれほどの量にならないだろうが、アントニオ・トーレスがそんな中途半端な準備はしない。そしてイギリス海軍航空隊の基地は既に陥落しているようだし、そこからたっぷりの爆薬と銃弾が奪われ装填されているはずだ。……激しい戦いになるだろう。「ねえジョージ、」とリサリサが背後から言う。「ちょっとお願いがあるんだけど」

「何？」

「ざっとでいいから飛行機の操縦の仕方教えてくれない？」


北海を渡り終える頃にはリサリサが俺のモーターライイジングを操縦している。「ふうん……これって他の飛行機も大体似た作り？」

「まあね。操縦に必要なものは共通してるし、基本的にはこの長細い胴体に翼がくっついて正面にプロペラがあるっていう構造が一緒だから」

「なるほどね」と操縦席の機械類を見つめるリサリサを見てると不安になる。

「……なにするつもり？」

「さっきは私、後ろに乗ってるだけで何もできなかったでしょ？だから今度は思いっきりやってみようと思って」

　不安が高まる一方だ……。「思いっきりって何をするのさ」

「まあその場のインスピレーション次第だから。あ、そうだ」と言ってリサリサが操縦桿を横に倒し、ブウゥンと機体を横に流してスティーブン機の正面に出す。「ジョージ、操縦代わって」「えっ」。慌てる僕の横でリサリサが立ち上がり、その隙間に俺が身体を入れて操縦桿を握ると、リサリサは後部座席に行くんじゃなくて空中にポンと飛び上がる。「わあっ！リサリサ！」。あまりにも無造作に行うものだから事故だと思い込むが、リサリサはしていたマフラーをほどいて操縦席に結んでいて、その細い糸をそそそっと素早く伸ばしながら空中を飛んで真後ろを飛んでいたスティーブンの飛行機の真上一メートルに辿り着き、糸から手を離してポンとスティーブンの背後に飛び降りる。俺もそうだけどスティーブンも口をあんぐりを開けていて何か喋れた様子じゃない。俺が慌てて飛行機を下げてスティーブンの隣に並ぶとリサリサがスティーブンに何か叫んでるのが聞こえる。「……大丈夫！」と言ってリサリサはスティーブンの肩に手をやり、そっと背中を撫でるようにして肩甲骨に両手を当てて、ぐっと押してから自分の身体ごと手を離すと、その手の平にスティーブンの翼がくっついて出てくる。背中から引き出される大きな翼にスティーブンも驚いているけれど、苦痛を感じている様子はない。リサリサは白い羽根を二枚とも全部背中から出させてからスティーブンに何か言い、右手をちょんと肩に置いて立ち上がると真横に並んだ俺を見付け、笑う。何か言っているような気もするけれど風とエンジンとプロペラ音で全く聞こえない……、と思ってると、リサリサが操縦席から飛び出てモーターライジングの胴体の上を走り出し、茫然とするスティーブンの脇を駆け抜けてから、次は翼の上に乗り、風に押されてほぼ九十度横倒しになったままスカート翻してパタパタパタ……と走って先端まで来たらぴょんとジャンプ、俺の飛行機の翼の上に飛び移るとまたパタパタパタ……と走って俺のところに戻ってくる。「ただいま！」と言ってズボン！と後部座席に飛び込んだリサリサにしばらく俺は口が利けないが、リサリサが言う。「スティーブン、翼用意しておいたほうがいいと思ってさ！あれ出すとき痛そうでしょ？波紋で身体の痛み散らしながらあらかじめ引っ張り出しといてあげたの！」

へえ……そうですか……。**今度は思いっきりやってみようと思って。**……あはは。思いっきりの度合いがいちいち想像を絶するなあ、と思うが本当に頼もしい。

それから「ジョージ、見えたよ！」と言ってリサリサが指を指す遠くの空に厚い雲がかかり地表を覆っていて、一番低い部分がオレンジ色に染まっている。炎が照らしているのだ。ロンドンが燃えている。

「行くぞリサリサ！」「ええ！」。スティーブンを見ると、頷いて寄越す。正面に視線を戻すと、遠くに戦闘機らしいシルエットがチラチラ見えてくる。それに近づいて俺は異様な光景に戦慄する。ロンドン上空をぐるぐると三百機ほどの飛行機が列を組んで同心円状に旋回している。まるでロンドン上空に巨大な魔法陣でも描くかのように。「こんな戦場見たことないぜ……」と俺は呟くが、当然だ。これは死者との戦いなのだ。おそらく戦術も戦略も全て生きてる人間相手とは変わってくる。「私は勝手にやってるからあなたも存分に戦っててね」と言って俺の両肩に手を置きリサリサが立ち上がる。「あとさっきも言ったけど私のスカートは大丈夫だから気にしないでね」

笑って背後から俺を見下ろすリサリサに俺は言う。「絶対に死なないでくれよリサリサ」。俺の妻になる女の子。

俺を見つめてリサリサも言う。「私は絶対に死なない。あなたも絶対に死なない。私たちは勝って帰って結婚するの」

「約束だ」

「うふふ。あなたこそ守ってね」

「もちろんだ！」

ブウウウウゥゥゥゥンと水平に近づく俺たちに屍生人パイロットの一部が気付き、ギャーギャーと騒ぎ出す。隊列が乱れ、十数機が俺たちの方向に向かってくるが、相手にせずに突破してしまおう。たったの二機でこの大軍を相手にするのだ。カオティックな状況の方が絶対にいいだろう。ダダダダダ！ババババババババ！ガンガンガンガン！同時に始まった機銃掃射をかわして魔法陣の中に突っ込んでいくと、真横から突っ込んできた俺に驚いて操縦を誤ったパイロットたちが隣の飛行機にぶつかり玉突きを起こしてもみくちゃになり一度に五機、六機と自爆して落ちていく。しかしポンコツのはずなのに飛行機はしっかりしている……パイロットばかりではなく屍生人になったエンジニアだって付いているんだろう。たまらず「うおおおおおっ」と俺が雄叫びをあげると、それに呼応したように屍生人たちも「ぐえええええっ」だの「ダルダルダルダル……」だの叫び声呻き声をあげて空が一層にぎやかになる。

「さ、じゃあいってきます！」と言ってリサリサが再びモーターライジングの胴体の上を正面に向かって駆け出し、翼の上に足をかけてからポンと飛び上がるとちょうどそこに敵機がやってきていて、胴体下の車輪に手をかけて飛び移ったリサリサが俺から離れていきながら波紋を流したらしくて「げひー……」と全身を溶かされていく屍生人パイロットの断末魔も遠ざかっていく。俺はモーターライジングを旋回させながら少しだけリサリサの様子を窺うが、スイスイスイと機体を這い上がって空っぽの操縦席についた後、俺の方には脇目もふらずに銃撃を開始する。ダダダダダッ！ドカンドカンドカン！その機銃掃射が一度に三機くらいを爆破していて俺は思わず笑ってしまう。

「あはは！すげえ！」と言ってる場合じゃない。リサリサは本当に大丈夫どころかこっちがうっかりお荷物にならないよう頑張んないといけないレベルに頼りがいが有り余ってる。俺はあんなふうに飛行機から飛行機へと飛び移ることはできないから、今積んでる銃弾だけで戦っていかなければならない。つまり慎重に狙いを定めていかなければならない。と思うと俺の気持ちは落ち着き、操縦桿の操作はリズミカルになる。集中できている。ガガガ！ドオン！ガガガガ！バアン！どこを向いても敵機敵機の空の中、最初のうちは俺の銃弾が屍生人たちを次々撃ち落としていくが、さっきと違って戦闘経験が腐りかけの身体に染み付いているらしい屍生人どもが俺の乱入にすぐさま対応してくる。旋回して俺を撃ってきた奴を俺は多分知ってると思う。フランス部隊のヴァンサン・ルクールって奴だ。犬のイラストが腹に描かれたニューポール17。間違いない。最大で時速177キロしか出ないニューポールを200キロで飛ばしたって噂でスピードスターとして評判だったが死んだ今も勢い衰えずビャーン！と稲妻が横切るみたいにして俺の飛行機と交差する。でも追いかけない。俺はさらに魔方陣隊列の中心へと突き進んでいく。ガガガ！ガガガ！と俺の正面に居合わせた気色悪い肉人形を鉄の箱ごと落としていく。空中で分解した飛行機から屍生人が降ってきて俺とすれ違うけれどどいつもこいつも体液をダラダラ全身から垂らしてニヤニヤしてたりボケーッと違うとこ見てたりして操縦席から離れた途端に本当にただの死んでない死体になる。クソ！と俺は思う。せめて何か反撃してからもう一度死ねよ！……でも俺に気付いた屍生人たちが航空隊を編成して俺を追いかけ回し始めると、いや死人がそんな頑張るなよと思う。元飛行機乗りだからって屍生人相手に同情してる場合じゃない。俺はロッテ戦法を振り切り宙返りやエルロンロールを駆使する屍生人戦闘機を撃ち落とす。ガガガ！ガガガガガ！俺も無傷ではいられない。ソッピーズキャメルの連隊が雨あられと撃ちまくった銃弾がモーターライジングの横っ腹をとらえる。「クソッ！」。俺は真上からキャメルどもを薙ぎ払うけれども再びニューポール17のヴァンサン・ルクールが襲いかかってきたときに翼にまともに被弾する。ガガガン！バッチリやられた。バリバリ、バリバリバリ……と翼が真ん中からバキンと割れる寸前に俺の真下に滑り込んできたのはもう一機のモーターライジング、スティーブンだ。「飛び降りろ！」と手招きしているけれども、マジかよ……⁉しかしここでじっとしていたら機体は空中分解。スティーブン機に飛び込むなんて到底無理になる。俺は操縦席を出て一気に空中に躍り出る。「おりゃあああああっ！」。その瞬間、俺の脇でモーターライジングの翼が折れて機体が上昇しながらバラバラになって遠ざかっていく。落ちながら飛び続ける俺をスティーブンの操るモーターライジングの後部座席が柔らかく拾ってくれる。「つっしゃああああああっ！」。座席にしがみつきながら叫び、俺は白い翼越しにスティーブンの肩をバンバンと叩く。「サンキュースティーブン！」

「ハハッ！良かった上手くいって！君、やっぱり凄いな！僕は逃げ回るのに精一杯だよ！」

「へへ！でもよくかわしてるじゃん！」

「うん。でも僕も攻撃しなきゃ！戦闘機は君に任せたよ！」

「えっ」

「彼女を見てご覧よ！」。スティーブンが指差したのはもちろんリサリサで、屍生人戦闘機を股にかけてぴょんぴょんと飛び回りながら波紋で屍生人をビシャンと蒸発させ、積載された弾丸を撃ち尽くすまで引き金を引いてそれがドカンドカン敵機を撃ち落としていき、弾が空になったら一番近い戦闘機にほとんど体当たりするみたいにして近づいていってまたぴょんビシャンダダダダドカンドカン！……あれは鬼神だな。

「あんなふうに僕も自由にやるよ！」。そう言ってスティーブンは背中の翼を広げて空中を後方へと離脱。ああっと振り返る俺は、スティーブンが背後に迫っていたニューポール17に舞い降り、操縦席からヴァンサン・ルクールらしい飛行服姿の屍生人をつまみ出して空中に捨ててしまうのを見る。そうして操縦席を占拠したスティーブンは急上昇しながら機銃を撃ちまくりこれまたドカンドカンと敵機を撃墜していく……。いかん、見事だなあとぼうっとするな。戦場だぞ！と俺は気合いを入れ直す。リサリサとスティーブンを見てると優雅な舞踏でも眺めてるような気分になる。俺はスティーブンから引き継いで二台目のモーターライジングの操縦桿を握り、叫ぶ。「よっしゃ来おおおぉぉぉぉぃ！」。ガガガガガガ！ドカンドカンドカンドカンドカンドカン！

ロンドン上空を俺たち三人は縦横無尽に飛び回り、敵機を殲滅していく。大戦でドッグファイトのテクニックは日進月歩していて、先に死んだ奴らの知らない技がたくさんあるからそれがバシバシ決まるのが最高に快感だがもちろん相手も死んでても戦闘機乗りだから俺の飛行機にも銃弾が当たったりして、俺はスティーブンとリサリサの手助けをもらってさらに四回、空中で飛行機を乗り換える。……俺がピンチのときに必ず二人のどちらかが来るということは、俺が完全にお守りをされていたということだけど、まあしょうがない！最後に俺が乗ったのはフォッカーEⅢ。紛れ込んでいたドイツ機で、ドイツ人屍生人の頭を拳銃で撃ち抜き、二度死んだ死体を捨てて、ずっと俺に粘着しているキャメルと対決する。キャメルのパイロットはジム・グラハム。腕を見る限り、中にはアントニオ・トーレスは入ってなくて空っぽのままのはずだ。俺の脇で翼を広げたスティーブンが言う。「手伝おうか？」

俺は首を振る。「いや、いい。多分平気だよ」……と言ってはみるものの、この二十秒前に俺の乗った別のキャメルを撃ち落とされているのだ。ジムめ、屍生人になってからの方が操縦上手くなってないか？中身が空っぽになって動きやすくなったのか？フォッカーの操縦桿を握り直して俺は叫ぶ。「もう一戦お相手願うぜジム！」。すると俺の体勢の整うのを待つかのように空中を旋回するだけだったジムのキャメルが俺をめがけてまっすぐ突っ込んでくる。俺はロールを駆使して銃弾をかわし、フォッカーの、銃弾がプロペラに当たらないよう設計された世界初の同調式機銃の引き金を引く。ガチンガチン。

え？

あれ？ジャムってしまっている。……やべえ、と正面を見ると、ジムが屍生人のくせしてにやりと笑うところで、俺は腹が立ったのですれ違いざま翼をぶんと振って単葉機フォッカーの羽根の先端をジムの頭に当て、首から上を吹き飛ばしてやる。バシュッ！と消えたジムの首からは血が出ない。そして俺はその首の断面に大きな穴が空いていて、やはり空っぽだったことを確認する。……このロンドン上空にアントニオ・トーレスは一匹も出現しなかったな。つまり他の場所で別の悪さをしてるんだろう……と思っているといつの間にか空が静まり返っていて、最後の屍生人パイロットを吹き飛ばしたリサリサが戦闘機を駆って俺のフォッカーの斜め上に来て、操縦席からふわりと飛び降りる。

「ジョージ！」「うわわ！」

俺の操縦席めがけて飛んでくるリサリサを俺は操縦桿から両手を離して空中でキャッチし、思う。確かにスカートの中身が見えないように上手に飛び回るもんだなあ……。

俺にぎゅううっと抱きつきながらリサリサが言う。「凄いよ！ジョージ、本当に強い男の子になったんだね！見て！この三人でロンドンの空を守ったんだよ！」

見渡すと、オレンジ色に照らされた雲の下に屍生人はもう飛んでいない。そして歓声が聞こえてくる。燃えるロンドンの街からだ。見下ろすと、俺たちの落とした屍生人どもが人々に追い回されていて、さらにいつの間にか地上に波紋戦士たちが到着していたらしく、次々に屍生人たちが塵や煙とされていく。

「あ、あっちも終わったんじゃないかな」とリサリサが言うので振り返ると、北の空から十数機のイギリス機が近づいてきていて、屍生人じゃない証にぱちぱち、パチパチパチとライトを使ったモールス信号を送ってくる。リサリサも読めるらしくてメッセージを教えてくれる。「《ロンドン奪還成功おめでとう、感謝する》だって！」。俺はその信号をくれた人間の顔を見て泣きそうになる。

ジョン・ムーア＝ブラバゾンだ。

「《遅れてすまん、せめてロンドンを包囲しようと周辺地域を制圧してた》。ふふん、ねえジョージ！諦めるのが早いって言ってやっていい？」

「えっ！アハハ駄目駄目！」

「もう！」

すれ違いながらジョンと俺は親指を立てて笑い合うのだが、俺の膝の上でリサリサが抱きついているのを見つけてジョンがちょっとビックリした後ピュウと口笛を吹く真似をし、さらにフォッカーの翼の陰から羽根を伸ばしたスティーブンが現れ、ジョンが眼を丸くして口をポカンと開けたまま遠ざかる。「ま、そういう反応だよな」と笑う空中のスティーブンに俺は言う。「今のはジョン・ムーア＝ブラバゾン。政治的にも力のある家の奴だし、今回のこのロンドン奪還戦の功績でスティーブンの無罪は勝ち取りやすくなるんじゃないかな？」

するとスティーブンが呆れたような顔をする。「君の無罪を知りながらほとんど助けてやれなかった僕にも君は優しいんだな。ちょっとお人好しすぎるよ」

俺は本当に気にしていないのだ。「だって戦友じゃないか」

お互いが手を伸ばし、俺とスティーブンは風の中で握手をする。

「ありがとう、ジョージ。イギリスを救ってくれてありがとう。世界を救ってくれてありがとう」

などと言いながらスティーブンが泣き出し、大袈裟だなあと俺は思うけど、実際ここで勝ったことでイギリスは救われたのかもしれないし世界も救われたのかもしれない。

「三人でやったことだよ」と俺は言う。「ありがとうスティーブン、ありがとうリサリサ」

リサリサは俺に抱きついたまま眼を閉じ、穏やかに微笑んでいるだけで何も言わない。あ、そうか、と俺は思う。リサリサにとっては日常的にやってることなのだ。

世界を救うことなんて。


イギリス全土で波紋使いたちが調査し、屍生人の攻撃が続いている場所は見当たらないという報告を受ける。しかしアントニオ・トーレスはまだ何千体も、あるいは一万体以上も隠れているはずで、波紋使いたちは捜索を続けているし、国民全員の健康診断という形で内部に潜んでいるかどうかの確認も始まる。

スティーブンはモーターライズ家に戻り、リサリサは波紋戦士と合流、俺は普通に戦争を続け、大勢の友人が死に、ウィリアム・カーディナルのようなつまらない奴が生き残る。カーディナルはアントニオ・トーレス集団に海軍航空隊を襲撃されたときも足を折ったくらいで助かったし、その後ロンドン上空で戦った俺を指揮したなどと嘘を主張して俺以上の英雄扱いを受け、昇進し、終戦間際に海軍航空隊と陸軍航空隊が融合されてイギリス空軍が誕生したときには最高司令官に任命され、おかげで危険な戦地に出向くこともなく車椅子に座ったまま威張り散らすだけだったが、そんなふうでもとにかく終戦がやってくる。

どんな戦争も、それが終わるときだけが良い。

で、終戦を迎えたのでウェイストウッドのジョースター邸に戻り、さて戦争も終えたしこれからどうしようかな、戦闘機のパイロットも素晴らしい仕事だけれどもこれから家族を持ち子供を育てていくとなると死ににくい職業の方がいいかな、商用飛行機のパイロットとかどうだろう？旅客機とかのんびり飛ばすってのはいいんじゃないか？でもジョン・ムーア＝ブラバゾンとかが政界に入るよう誘ってきてて、何となくだけど自動車、飛行機とこれまで一緒にやったことは楽しかったし新しい挑戦が多くてやりがいもあったしいい予感がするなあ、でも俺ずっとジョンと一緒だし、男として何か一人で全く別のことを試してみたいような気もする……などと考えていたのだけれど、ちっともリサリサが迎えにこない。……あれ？どうしたのかな？忙しいのかなと思うけど、リサリサの環境で暇だとかはなさそうなので、それは問題じゃなさそうだ。

気が変わっちゃった？

と考えると胸がきゅううと心臓なのに空気抜けちゃったみたいに萎(しぼ)んで痛いので真面目に考える。

……俺何かしたかな……。

屍生人によるロンドン占拠未遂事件以来は人間相手の戦争をしてただけだけど……と考えて、俺の仲間たちの話を思い出す。ガールフレンドでも妻でも、自分は何々してただけなんだけどな〜、ってのは言い訳にはならないのだ。その何々が相手にとって不愉快な内容だったってパターンもあるし、その何々以外に何もしていなくて、相手はその何々以外のことこそをしてほしかったのにということだってありうるのだ。

俺が戦争に行って戦闘機に乗ることにリサリサが不満だったということは考えにくい。だからきっと俺がやらかしちゃったのは後者だろう。俺は戦争だけしてて、リサリサのやってほしかったことをしなかったに違いない。うん、もしリサリサに内心俺に期待していたことがあっても、それを叶(かな)えていないということには自信があるほどだ。俺はマジで戦争しかしていなかったから、この三年くらい顔を合わせてもいなかったのだ。もちろん電話なんかもしてないし手紙も書いてない。

いやしかし俺たちはずっとこうだったはずだけど……？リサリサが波紋戦士の一員としてストレイツォさんのところに行ってからはラ・パルマ島の教会でたくさん人が死んだ夜とローマの地下神殿の暗闇の中と留置所と、ロンドンでの屍生人退治の日しか会っていない。……あれ？少な過ぎる？この十七年で二週間だけしか顔を合わせていないのか……？留置所生活がちょっと長かっただけで、回数的には四回だ。

……四回？

え?マジで?もっとずっと何度も会っていろんなことを喋ったりしてすぐそばにいたような気がしてたけど、全然じゃないか。何だこのピンチのときだけに半分偶然任せで会ってるような感じは……?と思い、気がつく。子供の頃と同じだ。困ったときにしか会ってないじゃないか。それも、俺は自分の困ったときだけリサリサを必要としている……という構図だけじゃなく、リサリサもまた同じく自分の困ったときにだけ俺と会ってるんじゃないか?つまりお互いそれくらいで充分としてしまってるんじゃないか?

でも大人になった俺は知っている。恋人や夫婦という関係はそういう必要なときだけ会えばいいという考え方では成立しないのだ。もっと普段から、何かをしてる訳でもないぼんやりした時間だって一緒にいて、二人だけのつながりを育んでいくものなのだ……。むう、いかん、いかんぞ、と思い、俺は焦る。お互いに意識改革が必要だ!と意気込んで俺はリサリサに会いに行くことにする。母さんによれば今はスイスにいるという。スイスか。素敵だ。雪山を背負わせたら俺以上に似合う奴はいないぜ!……などと妙なテンションで俺はスイスに行ってリサリサを捕まえて言う。

「畜生リサリサ、僕のことが好きじゃないんだったら結婚しようとか言うなよな!」

……うん?あれーっ!?どうして俺は自分がそんなふうに言ったのか全く判らない。完全に駄々っ子みたいだし、馬鹿みたいと言うか馬鹿だし、幼稚過ぎる！……そもそも俺は大人の男としてびしっと、お互いにちゃんと付き合おう、気持ちに向き合おう、時間を使って関係性を深め、高めていこう、というようなことを言いたかったのだ。それがこれだ……。

あうあうあうと口をぱくぱくさせるだけで言葉を続けることも訂正することもできない俺をぽかんと眺めていたリサリサが爆笑して、俺は凄くホッとする。それはいつものリサリサだし、リサリサのこの眩しい笑顔を見るだけで、俺は自分が変に思い詰め過ぎていたんだなと即座に判る。

「馬鹿ねえジョージ」とリサリサは俺が心のどこかで期待していた通りの台詞を言ってくれる。「私があなたのことを好きじゃないなんてどうして思えるの？好きに決まってるじゃない。私のこと見てて判らない？見てなくても判るくらいじゃない？私はもう私の人格の一部みたいにしてジョージのことを愛してるのよ？私のことジョージはよく知ってるんだから、そのこともちゃんと判ってるはずだよ」

その通りだ。でも何だか不安だったのだ。

するとリサリサも言う。「ごめんね、きっと戦争が終わったのに私が波紋使いの仕事ばかりで会いに行けなかったからだよね？」

いやもうズバリまるきりその通りだ。

リサリサが続ける。「本当にごめん。私だってジョージのところに飛び込んでいきたかった。戦争が終わるのずっとずっと、ずーっと、心待ちにしてたんだもん。……ふふふ。ごめんなさいね、こんな、若い子みたいな口調で。もう三十路前なのに。他の人にはちゃんと大人っぽく振る舞ってるのに、ジョージに対しては、子供の頃の気持ちとか全部残ってるし、表に出てきちゃうみたい」などと言うリサリサはまだ二十歳前みたいに見えるし、俺の目には十歳くらいのころから全く変わっていないようにしか見えない。

で慌ててそう伝えようとするとリサリサが言う。

「でもね、私、どうしても怖かったの。だって……だって師トンペティが、私と結婚する前後にあなたが死ぬなんて馬鹿げたこと言うんだもの」

何ですって？


その方は波紋で将来起きうる出来事を予測なさるのよ。

北海の真ん中で漂流している俺を見つけるきっかけになった禿げたおっさんだ。ンガプー・ンガワン・トンペティ。

泣き出すリサリサを見て、しかし俺は言う。

「僕は死なないよ、リサリサ。……絶対に死んだりしない。父さんのこと憶えてるだろう？ジョースター家の男は、妻や恋人を残して死んだりしないんだ。僕は首だけになったりもせず、五体満足のまま必ずリサリサのそばにいるよ」

するとリサリサが俺の胸に飛び込んできて、ぐいぐいと顔を押し付けるようにしながら泣くので、俺は怒り出す。やい禿げのクズ野郎どこだ？変なこと言ってリサリサを泣かすんだったらぶっ殺してしまおうかな……そしたら予言が無効になったりしないかね？


頭に血を昇らせた俺が嫌がるリサリサを無理矢理連れてトンペティを探し、見つけ、目の前にすると異様な迫力で、俺はあっさり怒りを引っ込めニコニコと笑って言う。

「すいません俺が死ぬって予言なんですけど……」

東洋風の着物を何枚も重ねて着ているトンペティが言う。

「死ぬよ？何で？死なないと思うの？」

……………。「いや寿命とかの話じゃないですよ？俺がリサリサと結婚してすぐに死ぬみたいな勝手な嘘と言うかデマの……」

「私は勝手な嘘やデマは言わない」

すると涙を浮かべながらリサリサまで言う。

「そうだよ、師トンペティはそんなこと言わないよ」

リサリサちゃんよ、その予言を否定したくないのか？と思い、でも口先で否定してくれたところで運命とか宿命とかあるんだろうし、そういうのを誰かが予言として言葉にすることができるっていうのはリサリサだけでなく俺もなんとなく判るし、受け入れているんだよなあ……と思って気持ちが萎（な）えそうになったところでトンペティがちょっと不思議そうな顔をし、言う。

「が、死なないかもしれないいな。うん？いや死なないな。判らん、君次第だ」

え?と顔を上げたのはリサリサも同時だ。
師トンペティが言う。「君には何か……この世の神とは違う、君のための個人的な神のようなものがついとるようだな」

懐かしい台詞だ。個人を恣意的に選ぶ神。

ビヨンド。

そしてその存在を、僕は《世界を超越した場所で僕を操るもの》、『ビヨンド(BEYOND)』と呼んでいる。と言っていたのは名前を思い出すのも久しぶりの九十九十九だ。
師トンペティが続ける。「君も話として知ってはいるようだな。それを信じるかどうかだジョージ・ジョースター。それを信じるなら、君は死なない。それを信じきれないなら、君の宿命通りだ。君は恐ろしいものに残酷に殺される」
「信じます」と俺は口走りながら思う。**『ビヨンド』を確信することによって、君の冒険は全く様相が異なってくるはずだ**と九十九十九も言っていたのだ。

するとと師トンペティがギョロギョロとした大きな目を細めて笑う。「じゃあ死なないんじゃないかな」

え……そんなものなの？リサリサもきょとんとしている。

「その《神》もまだ迷っているかもしれん。が、とにかくもし生き続けたければ、その《神》に従う他ないな」

ならば仕方がないので俺は俺の『ビヨンド』を信じる。と言っても信じ方もよく判らないのでよろしく頼むぜ！と一瞬思うだけで、特に何かをすることもない。

それからリサリサとスイスから帰り、婚約の報告をし、結婚式の準備を始める。教会はここ、それからジョースター邸の庭でパーティをしなきゃ、飲み物や料理も用意しなきゃ、バンドと演奏はどんなのがいいかしら？みたいなのをきゃっきゃきゃきゃっきゃとリサリサ、母さん、ペネロペが話し合う。

以前はリサリサと対抗するような態度もあったペネロペが楽しそうなので俺はホッとする。俺がホッとしてるのに気付いたペネロペが言う。「だってリサリサって凄いんだもん！全然敵わないよ。……でもね、私リサリサで良かったなと思うの。他の人だと悔しかったかもしれないけど、リサリサなら全然そう思わないもの！」

なんか似たようなことをダーリントンも言っていたなと思い出す。**いや単純な話、あんなに綺麗**

で凄い人にはそうそう敵いっこないってこと！確かに綺麗で凄い女の子だからなあと思いながらエヘエへ笑っているうちに、俺はリサリサを妊娠させてしまう。

やべえ。

でも母さんもペネロペも爆発的に喜ぶ。きゃーーーーーーっ！っと甲高い悲鳴をあげて。リサリサも恥ずかしそうだけど嬉しそうに笑っていてホッとするけど、いやストレイツォさんどう思うかな……。

リサリサが言う。「別に何とも思わないと思うし、まだ不安定な時期だからちょっと様子見して、あっちに伝えるのは落ち着いてからにしましょ」

それからリサリサと母さんとペネロペはプランを一からやり直し、お腹が目立つ前にしようか、でも急すぎる、じゃあいっそのこと子供が生まれてからにしましょうか、となって結局結婚式は次の年になる。

子供を先に生むことにして、リサリサが皆に大事に大事に扱われる。スピードワゴンのおじさんなんか凄まじい勢いでプレゼントを送ってくる。男用女用両方を揃いで。嬉しい悲鳴ってのを俺は初めてあげる。

「頼むから落ち着いてくれよーっ」とか言いながら俺も笑っている。「好きにさせろーっ」とスピードワゴンのおじさんも引かない。あはは。

それから子供が生まれる。男の子だ。

名前はジョセフ・ジョースター（JOSEPH JOESTAR）とする。こいつもちゃんとジョジョになる。

リサリサの才能を受け継いでいて赤ん坊のくせに呼吸がナチュラルに波紋を作るので、おむつを換えたり抱っこしようとしたりするとビシャリ、バシン、と俺を痺れさせ、飛び上がらせる。泣いてるジョセフを抱いてあやそうとしているときなんて脳天から左の腰の上くらいまでずっとビリビリバンバン気を失いそうになるのを我慢したりして何も問題ないように振る舞っていた俺だけど当然リサリサに通用するはずなくて、リサリサ愛用のマフラーと同じ布で作ったスカーフをプレゼントしてくれる。サティポロジア・ビートルって虫の糸で作られていて、波紋を弾いてどこか別のところに流してくれるので、俺はこれでジョセフを巻いておむつを換え、抱っこをし、お風呂に入れる……がお風呂は水を媒介して波紋が伝わってくるのでビートル効かないけど。

で、元気なジョセフの首も座っちゃってから結婚式の日になり、準備も万端、天気だけが怪しいねと思っていた十一月十一日当日の早朝、空軍の礼服を着込んだ俺のところに同じくタキシード姿のジョン・ムーア＝ブラバゾンがやってきてニヤニヤ笑いながら「おい、付添人のあいつ、まだ来てないぞ？」と言う。え？あいつって、スティーブン・モーターライズが？「しっしっし。昨日のバチュラーパーティそんなに盛り上がったのかよ。ちぇっ。まあいいや、心配するな、俺がちゃんと代わりに付添人やってやるからよ」

何故かジョンはずっと俺の結婚式の付添人をやりたがってくれるし俺としてもそれなりに苦渋の選択だったけれども、イギリスでの最初の友達でご近所さんで命の恩人に頼まないってのは考えられなかったのだ。

で、俺は花嫁を動揺させないようこっそりモーターライズ家に様子を見に行くことにして、花嫁側の付添人ペネロペには状況を伝えておく。「え～？ 誰か他の人に行ってもらえないの？」とペネロペは言うけれど、俺とモーターライズ家のしがらみもあるし、姿の見えないベン・モーターライズの代わりにウィリアム・カーディナルが当主顔してるから余計な面倒をかけるのが目に見える。ジョンは実のところ、まあ当然というか傲慢で権力を笠に着るカーディナルとは犬猿の仲だし、俺が行くのが早いだろう。

ジョセフを抱いた母さんが結婚式会場として飾り付けたジョースター家の庭を駆け抜ける俺に気付いたっぽいけれども無視して俺は車に飛び乗り、モーターライズ邸へ。

スティーブンもカーディナルとは折り合いが悪いようだし、いつものちまちました俺への嫌がらせの一環でカーディナルの奴がスティーブンに何か面倒をかけてるのかもなと俺は思いながらモーターライズ邸に到着する。スティーブンの車はある。昨日のパーティからはちゃんと帰ってきている。まあ空軍の仲間たちのギャーギャーしたノリとは違ってゆっくり静かに飲んでいたスティーブンだし、帰るときにひと声かけてくれたときもそんなに酔っぱらってはなさそうだったから帰宅の道も大丈夫だろうとは思ってたけれど。

俺は車を降りてモーターライズ邸の玄関に向かいながら本番の衣装、礼装用の軍服を着てくるべきじゃなかったかなと後悔している。あの傍若無人で自分が見下した相手には徹底的に野卑になれるド糞が俺の礼服にコーヒーだの紅茶だの、手が滑ったふりでもしながら引っかけかねない。

まあでも今日の俺にそんなことをしたら俺は……黙ってても、リサリサが黙っちゃいないぞ！

俺はチャイムを鳴らす。普段だとすぐさまファラデイさんが走ってもないのに素早く駆けつけてくるのに、その気配がない。ドアをノックする。が返事もないのでノブを回してみるが、鍵は開いている。ドアを押し開け、中に一歩だけ入って「もしもーし。おはようございまーす」と声をかけてみるけれども、これにも返事がない。

おかしいなあ、留守か？……と思おうとしたけれども思えなかったのは、家の中にひと気があったからだ。

ひと気？それも違うような……。

何だろうこの、急激に胸に広がる嫌な予感は？「スティーブン？おい、スティーブン・モーターライズ。ジョージだよ～……」

二階のスティーブンの部屋に行ってみるか？と思って階段を登りかけ、足が止まる。床のカーペットを大量の血が濡らしている。

事件だ。それも血は全く乾いていないから……いやそれどころかうっすらと湯気までたっているところを見ると、まだ起こったばかりだ。

ガタン、と館のどこかで物が倒れ、呻き声らしきものまで聞こえる。事件は終わってもいない。今もおそらく進行中だ。……しょうがない。俺は玄関ロビーの奥にある暖炉の脇から火掻き棒を取って両手で握りしめる。物音は二階から聞こえてきた。階段を上がって右だ。右側にはダーリントンの寝室があるはずだ。スティーブンの部屋は左だったけど……スティーブンは寝室に銃を隠しておいたりしてるだろうか？……判らない。とにかく俺は階段を駆け上がる。

壁に背を付けて右側の廊下をそっと見ると、奥にパジャマ姿の女の子が顔をうつむかせて立っている。全身血まみれで。

「ダーリントン！」と言いながら廊下に飛び出してしまうが、いやあれダーリントンか?と思う。ダーリントンよりも背が高くて痩せているし、髪がまっすぐ下りていて、ダーリントンのような華やかな巻き毛ではない。でもその髪型に、体つきに、憶えがある。

　廊下に出てきた俺に気付いたその血まみれの女の子が顔を上げる。ケントン・モーターライズだ。十五年前に死んだままの。

　屍生人になってしまったのだ……いや、ひょっとしたらもうずっと屍生人だったのかもしれない。

　驚愕して立ち尽くす俺にケントンが言う。「でべべる……」

あなたが飛行機を学んでいる間、父とスティーブンは死者とその復活について調べていたのよ。そして、南米にその風習があって、何らかの儀式によって死者の蘇りが実際に起こった証拠のようなものも見つけたようなの。

　とダーリントンは言っていたが、まさかリサリサたち波紋戦士たちと一緒に行動したことのあるスティーブンが、それもダーリントンを屍生人なんかにするはずない。それはもう現実の屍生人を見て諦めたはずだ。**ケントンをあんなふうなおぞましい存在に変えてしまうなんて罪深いことはできないと知ったよ**とスティーブン自身言っていたのだ。

「ああ、ケントン……どうして……?」

「でゅえ、べふぇふぇ、ふぁ！」と意味不明な声をあげ、ケントンの人格など掻き消えた表情で口を開けて俺の方に突進してくる屍生人の顔に、俺は躊躇なく火掻き棒を突き立てる。ごめん。さようなら俺の友達。俺に飛行機を教えてくれた女の子。君への憧れがそのまま空への憧れだった。もう一度死ぬ。

「でんげ！」と叫んだ屍生人の後頭部から火掻き棒の先端が飛び出て、屍生人は動きを止め、もう一度死ぬ。


これはケントンじゃない、と俺は自分に繰り返し言い聞かせながら、そっとその細い身体を廊下に倒すと、背後で「おう、何だ貴様……ジョージ・ジョースターか？」と言うウィリアム・カーディナルが車椅子に座ってこちらを向いていて、手には拳銃が握られている。

こいつだ。スティーブンがケントンを屍生人にするわけがない。じゃあこいつがどうして？

簡単だ。こいつは馬鹿だからだ。何も知らない無知な馬鹿なんじゃない。屍生人に襲われて痛い目に遭ってるのに、それをどうにか利用できると思うタイプの馬鹿に馬鹿を重ねる馬鹿なのだ。

「ケントンを戦争に利用しようとでも思ったのか？カーディナル」

「はっはっは！そういう発想ができない奴は軍人として……」

こいつは口数の多いタイプの馬鹿でもあるから絶対に何か演説を始めると思ったのだ。その嬉々とした得意そうな声をあげた瞬間の隙を突き、俺はケントンの頭から抜いた火掻き棒をブンと振ってカーディナルの手から拳銃を叩き落とす。バチン！ガシャーン……。拳銃が壁に当たって床を滑り遠ざかる。

ちょっとビックリした顔をしてカーディナルが黙る。「よし、もうそのまま喋るんじゃない」と俺が言うと、カーディナルが呟く。

「痛くない」

「………？」。お互いアドレナリンが出ているからな、とぼんやり思いながら、この男を裁くのは軍か警察かどちらがいいんだろう？それとも俺がここで裁定を下してしまおうか？と考えていたのに、カーディナルの千切れた右手の指から血が出ていないのを見て、全ての思考が停まる。

「あれれ？……こんなことになって痛くないはずないよな!?ジョースター!?」と叫ぶカーディナル自身も気付いていないらしいが、こいつもそうなのだ。屍生人。

しかしこいつは空軍司令官として毎日勤務していて……日の下にも当然出ている。つまりカーディナルの外側は人間としての肉体を持っているのだ。とすると……俺の足が震え始める。俺は訊く。……スペイン語で。「どうしてお前、そんなに俺のことが嫌いなんだよ？……何がそんなに憎しみをかき立てるんだ？」

ウィリアム・カーディナルの口の奥からアントニオ・トーレスがくぐもったスペイン語で答える。

「もう俺の趣味だよバルサブランカ、へっへっへ……と言いたいところだけど、本当は違うよバーカ。お前なんか相手にするか！俺は俺のボスの言うことを聞いてるだけだよ！……たまたまお前が関わってくるから楽しいだけでな！」という声の中に、ずるり、ぐちゃべちゃ、ずべりりり、という音が混ざり、カーディナルの皮膚が内側に引っ張られたりねじれたりしている。現在進行形で食事が進んでいるのだ。そしてカーディナルの体の支配をさらに強めていく。

俺は廊下を後ずさる。ケントンの死体の脇を通り過ぎると、部屋のドアが開いていて、中に食い散らかされたスティーブンとベンとダーリントンが転がっていて、静かではなくモゾモゾと蠢いていて、かつて彼らだった屍生人になって起き上がろうとしている。俺の友達たちが……！

「っぷ、ふう……ボスの命令ってのが絶対なのはお前も軍人だったら知ってるだろう？っぐ」とげっぷをしながらアントニオが言う。「……今日が終わりの日だ、ホルヘ・ジョースター。死ぬしかないんだよ」

車椅子を両手で押しながらカーディナルを着たアントニオが近づいてきて、俺はさらに後ずさるが、すぐに廊下の突き当たりに辿り着いてしまう。

「僕は死ぬ訳にいかない」と俺は言う。

今日は結婚するのだ。死ぬんじゃなくて。

「死ぬんだよ」とアントニオが言う。「決まってるんだ。運命だってさ、ボスが言ってたぜ？」

「さっきからボスボスって……誰だよ？お前みたいなクズを雇うような奴なんて、どうせろくなもんじゃないんだろうけどさ」

「ボスの悪口を言うんじゃねえ！」とアントニオが怒鳴る。「お前みてえなクズの弱虫がまともな口を利こうとするんじゃねえよ！」

ふ、と俺は笑ってみせる。「随分威丈高だけど、僕は飛行機でお前をたくさん撃ち落としてやったぜ？子供の頃の関係性がいつまでも通用すると思うなよアントニオ。このチビが。飛行機に乗ってないからって僕に勝てると思ってるのか？」

「……思ってるよクソ野郎。素手で戦って負ける気は全然しねえよ」

するとアントニオはカーディナルを着たまま立ち上がろうとするが、車椅子生活も長くなったカーディナルの足は筋肉が足りなかったんだろう、ふにゃふにゃと崩れて床に倒れる……が、両手をボン！と床に突くとその力だけで全身を真上に飛ばし、天井の明かりにぶら下がる……！屍生人の力は強い。対する俺の手には火掻き棒。足りるか？カーディナルの肉は分厚く固そうだ。この火掻き棒がどこまで通じるだろう？……うむ。確かに不利かもしれませんな。

けれども俺を待ってる花嫁がいるのだ！俺は邪魔っけなリボンを垂らした軍服を脱ぎ捨て、火掻き棒を握りしめ、構える。アントニオ・トーレスと対峙してるってだけで涙がにじむ。足が震える。子供の頃のことをいつまでも引きずってるのは俺の方か。畜生！「さあ来い！アントニオ・トーレス！ずっとずっと僕のこと苛めやがって！一回、目に物見せてやるぞ！」

天井でアントニオが笑う。「へっへっへっへ！強がっちゃってまあ。ここにはリサリサも助けに来れないぜ？見てみろ」

アントニオがくい、とカーディナルの顎を曲げて指した方向に窓があり、その向こうの空に別のアントニオ・トーレスがモモンガふうに飛んでいる……二匹、三匹、……いやもっといる。窓に顔を寄せて判る。

海岸線に大量のモモンガアントニオが飛んでいる。「全部で何人いるのか判るか？」とアントニオが訊くので俺は言う。

「人じゃねえだろペラペラ屍生人が」

しかしアントニオは無視して続ける。「だいたい九十二万人だ」

九十二万……！と俺は絶句しながらもアントニオが死んで二十年経った今、二倍二倍に脱皮していけば戦争で俺たちがどれだけか殺したとしてもそれほどの数になるのか、と思う。

「たった今イギリス全体を包囲した。今日こそが本番だ。この国全体を俺のボスが征服するんだ。へっへっへ。俺はボスにリサリサをもらう約束をしてる。今度は俺があいつの中に入るんだ。ゆっくり中から食ってやる。脳は最後まで残しておいて、自分が内側から血を吸われ、内臓をかじられ、骨をしゃぶられるのをじっくり味わわせてやるからな。楽しみだぜ！へっへっへっへ！」

どうしてもその口を封じたくて俺は持っていた火搔き棒でバキン！と殴るけれども、カーディナルの頭蓋骨がひしゃげて頭の大きさが半分になるだけで、既に死んでるカーディナルをもう一度殺すことはできない。

アントニオが言う。「無駄だ。ボスもお前は死ぬように決まってると言ってるんだ。大人しく死ねよ」

「僕は死なない！」

と俺は叫び、もう一度火搔き棒で殴りかかり、それを空中で受け止めたアントニオが「貴様のせいでダールは死んだのだ！」と叫ぶが、それはカーディナルの声だ。見ると、カーディナルの、口を開けて舌をべろりと垂らしていた顔が、生きてる人間のように引き締まり、目に力が戻っている。

「ジョージ・ジョースター！全ては貴様の責任だ！貴様が死を連れ込んだのだ！この疫病神（やくびょうがみ）が！」

俺を罵りながらカーディナルは火搔き棒を握りしめたまま物凄い力でブンブーンと振り回すので俺は宙に投げ出され、床に打ち付けられたときには手に武器はなくなっている。

「とうとう最後だな、ホルヘ」とアントニオの声に戻り、笑う。「お前をこうして殺す日が来るなんて、正直思ってなかったぜ。死ねばいいと思ってたけれど、俺はお前が悲しそうな顔で泣いたり俺を見て逃げてくのを追いかけ回すのが楽しかっただけで、本気で殺すことまでは考えてなかったからな。へへ。でも来るべくして来た結末だ。そういう運命だったんだよ、そもそも。ずっと前から決まってたんだ」

アントニオがカーディナルの拳で俺を殴り飛ばす。バキン！俺は隣の壁にしこたま頭をぶつけ、気を失いかける。一瞬心のどこかで、こうなったらもう積極的に意識を失ってしまった方がいいんじゃないか？楽になるんじゃないか？とすら思うが、やめる。俺にはリサリサとジョセフがいて、俺が来るのを待っているのだ。俺の家族と友達が集まった俺の家で。

俺は英国教会でのしきたり通りに日曜日の教会で三回も《結婚予告》をして正式な手続きを踏んだのだ。そしてようやく今日を迎えたのだ……！あそこに帰らなければならない！

「へっへっへ！どうした⁉」。ガチン！アントニオが俺から奪った火掻き棒で俺の頭を横殴りにする。ギーン……と痺れながらも俺は考え続けている。「抵抗してみろ！おい！ホルへ！俺と喧嘩するんじゃなかったのかよ！目に物見せてくれるんじゃなかったんですかあぁぁぁぁ⁉」

ガチン！

倒れた俺の背中をまたしてもカーディナルが火掻き棒で叩く。が、俺は考えるだけで応戦しない。素手で単純に殴り合って勝てる相手じゃないのだ。それに殴り合いの興奮の中で俺の頭は思考停止になるだろう。負けると判ってる勝負はできない。

考えろ……！どうやってこれを生き延びる？いつもだったらリサリサがここにやって来てくれるのだ。でも今日は間に合わないだろう。花嫁が一番忙しい日なのだ。

このままだと俺はもうすぐ死ぬ、とはっきり判る。ウェディングドレス姿のリサリサが駆けつけるのをただ待っているなら、俺は死ぬ。

駄目だ。リサリサには頼れない。リサリサをいつも通り待ちたいという気持ちを捨てなければならない。リサリサに俺の命の責任を押し付けるな！……でも俺に何ができる？すでに瀕死（ひんし）の俺に？

「おいおいおいつまんねえ、本気でだらしのねえヘッポコ野郎だなホルへ！」とアントニオが俺をなじる。「最後に男気を見せるくらいできねえのかよ！このまま死ぬかぁ⁉」

俺は死なない！……と今ここに至ってもそう思えるのは何故だ？また九十九十九がどこからかふっと現れて助けに来てくれるとでも思ってるのか？

思っている。実際にあいつも言ったのだ。

君にはもう一度会えると思う、と。

よし、じゃあ今だ。さあ来い。

でも来ない。来るはずない。そんな気配はない……。気配はない？

十五年前、モーターライズ家に九十九十九が現れたときも別に気配なんてなかった。じゃあどうしてあいつは来たんだ？

あいつは**僕はここに、君のために来たんだ**と言っていた。俺のために来てくれたのだ。俺のためなら来てくれるのだ。

「いいんだな死んで！へっへ！マジで無駄な人生だったな！お前みたいなのに関わった俺まで大損だったぜ！お前は本物のクズで泥沼みたいな奴だから、周りの人間に迷惑かけてばっかりなんだよ！そもそも生まれてくるべきじゃなかったんだ！」

九十九十九はこうも言っていた。

きっと君のビヨンドがそうさせているんだよ。

そうだ。ずっとあいつが言っていた、俺が持っているという力。**ビヨンド。**またしてもすっかり忘れていたけれど、ちゃんと思い出した。俺には何か、神様のようなものがついているんだ。

君は、自分の『ビヨンド』を信じ、自分の運命を乗り越えていかなければならない。

俺はさらに思い出す。トンペティの予言。**だって師トンペティが、私と結婚する前後にあなたが死ぬなんて馬鹿げたこと言うんだもの**と言っていたリサリサの不安もそもそもの予言もばっちり当たっていたのだ。まさかその当日とは思ってなかったが、とにかく俺はここで死ぬ運命なのだ。でもトンペティはこうも言っていた。**判らん、君次第だ**と。そうだ。俺次第なのだ。**その《神》もまだ迷っているかもしれん。が、とにかくもし生き続けたければ、その《神》に従う他ないな。**他に道はない。これを生き延びたければ、俺はそのビヨンドってものを信じなければならない。

オーケー。信じよう。アントニオに火掻き棒でしこたま殴られ、ぼうっとしてしまった俺の頭で。

「うらうらうら！おい！飛行機に乗ってないとこうも駄目なのかよ！マジでチンポ付いてんのか？久しぶりに確認してやるよ！」と言ってアントニオがカーディナルの手で俺のズボンをパンツごとずり下ろすけれども、させておく。抵抗することに力を使う余裕はない。考えろ。ビヨンドを信じるということはどういうことだ？

俺を主人公にして物語を描いている作者がいるということだ。

じゃあとっとと俺を助けてくれよ！と思うけど、それができない理由を俺は知っている。九十九十九がいなくなってひとりぼっちだった俺はたくさん小説を読んだから判るのだ。物語の筋というものには文脈があって、理屈が通らないこと、唐突で不自然なことは起こらない。

文脈を作らなければならない。

ビヨンドは存在する。だから十五年前に九十九十九は来た。俺がビヨンドを信じてるわけでもなかったのに来たのは、……こう考えよう、俺にビヨンドの存在を信じさせるためなのだ、と。それと同時に、俺にビヨンドの使い方を教えるためなのだ、と。

「すげー白い尻だ！へっへっへ！すっべすべだ！」と笑いながらアントニオが俺の尻を火搔き棒で殴ると、尻のほっぺがえぐられて半分くらい吹き飛んでしまう。「柔らかすぎるぜ！おい！何だよこれ！ゼリーかよ！ぽたぽたしやがって！」

ビヨンドを使えば九十九十九は来る。必要なのは使い方だ。考えろ。

あいつがここにやってくる文脈とは何だ？

俺は思い出す。あいつは、正しくは、最後にこう言ったのだ。

多分僕の名前から言って、君にはもう一度会えると思う。

そうだ。……名前？そう言えばあいつ、十五年前も自分の名前について何かゴチョゴチョ言ってたぞ？

九十九十九。

《九十九十九》は《九》《十》《九》《十》《九》。

三つの《万能神》を二つの《十字架》で結んだのが僕の名前だよ。神の名前。

そうだ。あいつは神の名前を持つから、もう一度俺のところにくるのだ……。でもどうしてそんなふうに言える？あいつの名前に何があるんだ？……何かあるのだ。

万能神と十字架以外に何か意味がある。

俺は九十九十九から日本語の辞書をもらって少しだけ捲ったことがあって、思い出す。

「オラ！チンポ出せ！へっへっへ！何だこれ……こんなのお前チンポじゃねえよ！何だこれ！大人はチンポが汚えよ！気持ちわりーなゲロ吐きそうだ！」と叫んでアントニオが仰向けにした俺の股間の上に本当にあったかい吐瀉物を落とす。ドロドロに嚙み砕かれたウィリアム・カーディナルの中身。

日本語は音を表記するだけの文字ではない。そこには意味が込められ、意味には広がりがある。《九》が《万能神》に、《十》が《十字架》に置き換えうるのはその意味の広がりを操ったからだ。漢字の形を記号に見立てたのだ。日本語ではそういう意味の操作を何々は何々に《通じる》と言う。ちょっと強引でも《道》が通じれば《意味は通る》というわけだ。

じゃあ九十九十九に戻る。《九》《十》《九》《十》《九》。あの別れのときに日本語の辞書を渡されたことも俺のビヨンドの仕業だったに違いない。俺には判る。日本語における意味の広がりの多様さを知っていて本当に良かった。

日本語は漢字を使う。漢字は大抵複数の読み方を持つ。

《九》という漢字にも三つの読み方がある。《きゅう》《く》《ここの》

《十》だって五つ。《じっ》《じゅう》《しゅう》《と》《とお》

このうち《ここの》と《とお》は《ここ》と《遠》に通じる。

《ここ》《遠く》《ここ》《遠く》《ここ》

つまり《HERE》から始まり《FAR AWAY》を二度往復する名前なのだ。

「クソが……このチンポのせいで吐いちまっただろうが！」

と怒鳴り、アントニオが火搔き棒を振り上げるが、俺は間に合ったのだ。考えに集中してたつもりだけど内心ヒヤヒヤしてた。でも間に合ったのだ。


遠くに行って、二度戻ってくる。アメリカに消えて、一度モーターライズ邸に戻ってきて、また消えたけど、もう一度戻ってくる。ここに。

「そういうことだよ」

といつの間にか俺の脇に立ち、床に寝転ぶ俺を見下ろしているのは十五歳のままの九十九十九だ。

「ようやくビヨンドを信じたようだねジョージ。まったく。そんな血まみれになるまで待たなきゃいけないとは手間のかかる主人公だな、こりゃ」と言う九十九十九が屈んで俺の肩を持ち、アントニオが「……！何だよ久しぶりじゃねえかツクモジューク・カトー！何でお前も若いまんまなんだよコラーッ！」と叫んで襲いかかってくるのをかわして空に消える。

「え？」と俺は言う。「結婚式に戻るんじゃなくて？」

九十九十九がすまなそうに笑う。「君には君の役割があるんだ。でも安心しな。君のビヨンドが君のために用意した役割だよ。必ずしもハッピーエンディングに導かれるとは限らないけれどね」

「ちょっと……それじゃ意味がないだろ」

「大丈夫！その意味はきっと君自身が見出せるから！」

「いやいや……で？ここどこだよ？」

俺と九十九十九は異国の土地に立っている。ヨーロッパではない。遠くに見える集落の家々は綺麗でしっかりとした造りだが、ヨーロッパの建築ではない。農地らしき四角く区切られた泥溜まりに植えられ、青々と実っている作物も麦ではない。

九十九十九が言う。「ここは日本だよ。日本の、杜王町って田舎町だ。今は大西洋の真ん中でひっくり返ってるけれどね」

言ってる意味が判らないが、俺はその単語に仰天する。「日本!?どうしてそんなところに……？」

「君の役割がここであるからだろうな」

「すげえな、日本……綺麗な国じゃないか」

「ありがとう。君は多分ここで事件を解決しなければならない」

「え？事件って何の？」

「殺人事件だよ。被害者は僕だ。頼んだぜ親友」

「………!?ええっ!?何……」

「君と出会えて友達になれたことは光栄なことだった。君のことを誇りに思うよ、ジョージ・ジョースター。じゃあ、後の世界はよろしく頼む！」

と言って九十九十九は虚空に消えたのか、それともそのとき本当に俺が瞼を開けて夢を終わらせたのか、判らない。ともかく九十九十九が消えた途端に明るかったはずの杜王町の風景は真っ暗になり、月も星もない闇夜の冷たい道路の上に俺は寝転んでいる。俺の身体はアントニオ・トーレスに受けた仕打ちで血まみれ、頭の骨は折れてるし背中も尻も肉がえぐれて無茶苦茶だ。

しかし瀕死だけれど生きている。


カーディナルの姿をしたアントニオは、その後駆けつけたリサリサに殺される。

邸内はケントンたちが近所の人を連れ込んで食い荒らしたせいで血肉でグチャグチャで、俺の立派な軍服もずたずたにされているのを見つかり、皆俺が死んだと思い込む。

リサリサを泣かしてしまう。

でもリサリサだけじゃなくてペネロペも泣いていて、怒っていて、だからアントニオ・トーレスが九十二万体も出現してグレートブリテン島をぐるりと囲んでしまったとき、ペネロペは怒りに任せて密室を作ってしまう。密室の材料は海岸上空を飛び交っていたモモンガふうのアントニオたちで、それをバラバラにして混ぜ込んだ巨大な壁がグレートブリテン島を包む。「よくもジョージを！許さない！絶対に許さない！」とペネロペが怒り狂ってる相手が世界そのものだから、アントニオの混ざった壁がイギリスを包み込むように見えるが、そうではない。ペネロペが密室に閉じ込めてしまうのはイギリスの外の世界だ。……ペネロペによって巨大な壁として合体した九十二万体のアントニオ・トーレスが、世界を腹の中に飲み込んでしまう。

第十四章　廃墟の街

火星からはるばるやってきて角度計算して後は海に落ちるだけ、ジ・オーシャンの真ん中だからどこに落ちても余裕余裕と思っていたのに待ってたのが杜王町でアロークロスハウスに直撃で、あらら残念さあ死んだ……と思ったのに、目を醒ますと僕はいて、生きていて、ナランチャとプッチも一緒に眼を開けてお互いが生き延びたことに少しだけ驚いて、そして今僕たちを取り巻いているのが宇宙船じゃなくて球体になったカーズだと判る。あのアイドバルーンの小さい版みたいになったカーズがベリリと丸い壁に裂け目を作るので、外に出ると、夕暮れなのか夜明け前なのか、薄暗くて涼しくて空には星と月が出ている。明るい方の空と暗い方の空がちょうど半々くらいだ。僕は北極星を探す。カシオペア座と北斗七星が見つかり、北極星もあった。明るい方は西で、今はどうやら夕暮れらしい。その星空の下はどことも知れない田舎の光景で、丘陵地帯で大きな山はなくって感じは杜王町と似てるけれども違う。田んぼはなく、麦畑が広がっている。遠くに見える家々も日本家屋じゃなくてレンガ造りや石造りで、古いヨーロッパの光景っぽい。そこに風が吹き込み、僕は何だか甘い匂いを感じて振り返る。丸まったカーズの外側には僕たちの乗っていた宇宙船の残骸が貼り付いていて、カーズの肉は溶け、じゅうじゅうと音をたてながら煙を昇らせている。しかし動物の肉が焼ける匂いはせず、どちらかと言うと甘い、果実のような……。

「カーズ、大丈夫？」と僕が言うとカーズがゆっくりとヒト型に戻るがそれなりにダメージは大きいようで、ちょっとよろけたりする。

「宇宙船を覆っていた余分な俺が地上ギリギリで燃え尽きてしまった」と掠れた声でカーズが言う。

「ちょうど後一人分足りなかったようだな……」

でも後一巡待ってもう一人《余分なカーズ》を加えてってわけにはいかなかっただろう。**そしてファニアー・ヴァレンタインという宇宙飛行士との出会いが、この三十七巡目の宇宙では起こった**とカーズは言ったが、つまり宇宙の繰り返しの中で毎回起こることと起こらないことがあるのだ。

「いや三十六人でちょうどのはずだ」と勝手なことを断言するのはエンリコ・プッチで、三十六って数字がどんな場所でも《ちょうど》と思えると思うなよ、と思ったけど、プッチは何か考え事をしているらしくてこちらを見てもいない。

それに僕には判る。《三十六の魂》という数字にプッチは拘っているんだろう。ちょうどプッチのぶつぶつ呟く声も聴こえてくる。

「三十六じゃないと駄目なはずだ。三十六は十二が三つ。十二も三もキリスト教では聖なる数字なのだ……」

《天国に行く方法》との符合にプッチは取り憑かれているが、僕が思うに……

『勇気をもってスタンドを捨てると、朽ちるスタンドが三十六の魂を集めて新しいものを創る。』

『それは十四の言葉を言うものを友とする。』

『その場所は北緯二十八度二十四分、西経八十度三十六分である。』

最初の言葉について言えばまだ数字しか当てはまっていない。三十六人のカーズは集まったが、それは誰かがスタンドを捨てたおかげとは見えない。究極生命体が宇宙の終わりを三十六回生き延びただけじゃないか？けれど僕がまだ知らないだけで、その宇宙の終わりは誰かが《勇気をもってスタンドを捨て》たせいなのかもしれない。そこで《新しいもの》なるものも生まれているのかもしれない。

《十四の言葉》については符合が着々と揃っている様子だ。

『らせん階段』
『カブト虫』
『廃墟の街』
『イチジクのタルト』
『カブト虫』
『ドロローサへの道』
『カブト虫』

『特異点』

『ジオット』

『天使(エンジェル)』

『紫陽花(あじさい)』

『カブト虫』

『特異点』

『秘密の皇帝』


このうちプッチはどうやら動き出した杜王町とネーロネーロ島を《カブト虫》に見立てたらしいが、これはなるほどと僕も思う。節のある足を持っているらしいし、もう今は割られてしまったが《甲羅(こうら)》としてのバリアーを背負っていた。

でもならば《カブト虫》って単語が四つあることは、他に二つ動き出す島があるということだろうか？

アロークロスハウスへの落下を《ドロローサへの道》とすることも僕はそれでいいんじゃないかと思う。そしてあそこに落ちたおかげで僕たちは今こうして生きているんじゃないだろうか？《ジオット》はまさしくカーズの宇宙船の原材料だった訳だし、後は……？

と振り返ってみると、さっきカーズの台詞にプッチが反応していた理由も判る。カーズは地球のことを《水の器》と形容したが、それは《ハイドランヂア》という《紫陽花》の学術名の翻訳だ。

　北緯二十八度二十四分、西経八十度三十六分というのはカーズを見つけた場所を示す火星の座標のはずだ。だから《天国へ行く方法》はこれらの符合を考えると《カーズと友達になる》というふうに読むのが最も文脈が通りそうだと思うが、どうだろう？……食糧としての僕たちが究極生命体と友達？全く想像がつかないし普通にしていても醸し出す気配のあまりのスケールの大きさにひたすら怯え続けているけれども、落下中の業火から僕たちを守ってくれたのだった……今ようやく気がついたけれど。まさかそんなことをしてくれるはずがないと思っていたからカーズの行為について何の判断もつかなかったが、あれは自己犠牲だよな？足を少し開いてまっすぐに立ち、ちょっと上を向いたままじっとしているカーズの体中の火傷に似た怪我がみるみる治っていく。じぐじぐぷちぱちと爆ぜるような音をたてて膿のような体液が傷跡から飛び、地面に落ちるとじゅっ、ばしゅっと泡立ち、蒸発して消える。

「うわ、凄い痛そうだけど……何かできることあるかな？」と僕が訊いても無視だ。僕なんかにできることもないだろう。でも僕は言う。「助けてくれてありがとう」

　するとナランチャも言う。「おう、そうだ。助かったぜ。ありがとうな。でもお前、なんで俺ら助けてくれたの？」

　自己治癒に専念しているカーズは答えない。

「なあ、」とナランチャが僕に言う。「今のうちにそっと逃げようぜ。こいつ動けねえみてえだし」

「?逃げ出すってどこへ?」

「ブチャラティたちんとこ」

「……ナランチャ気付いてないの?ここ杜王町でもネーロネーロ島でもないよ?」

「えっ……?」。慌ててナランチャが周囲を見回す。「うお……えええ?マジかよ?ここどこだ?」

「判らない」

「だって俺らモリオーとネーロネーロ島の真上に落ちたよな!?俺見たぜ!?」

「うん。僕も見た」。さらに細かく言うとアロークロスハウスに落ちたのだ。で何が起きた?

僕たちは今度はどこにやってきたんだ?

ナランチャが草の上に何百隻もの小型Uボートを下ろし、放射状に偵察に向かわせる。思い出し、僕もカーズに借りた《Uボート》を出して同じように草の上に放す。

「火星と違って草木があるってのはいいねえ~地球ラブ♡」とナランチャは言う。確かに空を見上げれば慣れ親しんだのと同じ夕焼け空があり、明るい月があり、星も瞬いていて、周囲には見知らぬだけでリアリティのある異国の田舎の光景で、宇宙服がなくても空気が吸えてるし重力だって僕の動きを軽くもしないし重くもしていない。ここは地球だ。でもどうしてこんなふうにただならぬ違和感があるんだろう?「民家に入るが……誰もいねえ」とヘッドセットふうの潜望鏡を覗きながらナランチャが言う。「どの民家も空っぽだ。……何だ……?お、村の看板だ。うん?……英語かな。わ……わす……わすて……」

「見せて」と僕は言い、ナランチャの潜望鏡をほとんど奪い取るようにして覗く。ガタガタ道が草の茂る小川にぶつかり石の橋がかけられているが、その手前、道の脇に木の板を緑色のペンキで塗った看板が立てられていて、『Wastewood』と書いてある。「ウェイストウッドかな。確かに英語っぽいね。アメリカってことか……?」。でもアメリカの田舎町の風情じゃない。アメリカなら車が走りやすいように道は舗装されてるはずだ。川だって治水工事が施されてるだろう。橋もコンクリでできて欄干くらいあるはずだ。しかしそういうふうに行政が仕事した跡が全く見受けられない。物凄い田舎ってことだろうか?でも今時こんな光景ありえるか?麦畑もあるし民家も見える。人間が通う道なら絶対に舗装されてないと車が通りにくい……と思って潜望鏡を覗き続けていると、理由が判る。一台のUボートが大きな洋館に辿り着き、敷地内に侵入すると、その正面玄関前の車寄せに一台の車が停まっているが、それがクラシックカーだ。映画『シャーロック・ホームズ』的な。貴族が乗り込む馬車から馬を外して小さなタイヤを四つくっつけたような外見。古い家の造りとよくマッチしているけれど、趣味で飾られてるにしては無造作な感じがするなあと思う。誰かが適当に乗り捨てたような……と思いながら近づくと、全く手入れがされていないどころか本当に乗り捨てたまま風雨に晒された印象だ。土ぼこりで全体が汚れ、大きな四角い窓ガラスの中は見えない。しかし百年放っておかれてるようには見えないが……。

「人影が全然ねえな」とナランチャが潜望鏡を隣から覗き込んで言うので僕も頷く。

「確かに。……でも百年誰も住んでないって感じでもない」

「百年?」

「ほらこれ」。僕が示したのは別のUボートが小さな商店の内部を窺っている様子だが、雑貨屋らしいその店内に並ぶのはどれも骨董品のようなパッケージだ。そして入り口ドアの脇に新聞が売られていて、そのそばにUボートは停泊する。タイトルと年月日を映し出している。デイリーミラー紙。１９２０年11月11日。

今から92年も前だ。本当に売り物なのか？しかしその新聞も店全体も作り物とは思えない。細部までリアリティがある。

「おいおい」とナランチャが言う。「１９２０年て……今から何年前だよ……えっと……今が２０１２年なんだから……20－12＝8で20－19＝1だから18年前か……？俺の生まれる前じゃん！」

若くしてギャングなんかになるもんじゃないんだなと僕は思う。「92年前だよ」

「何でだよ！」と即座に切れてナランチャがギャーギャー喚くけどさすがに僕ももう馴れた。無視して他のUボートの映像を見ている。鳥や魚に乗り移ったUボートから人間以外の動物たちの様子は判る。皆普通に生きて活動している。人間だけがそこにいないのだ。

するとー匹の……おそらく蝶だろう、画面の端に大きな白い羽根がぱたぱたと翻るのが映っているし、身体が空中で小刻みに上下している……そいつがある民家の窓から中に入る。アールデコ調の古めかしい家具が並んでいるし、テーブルの上には食器が出ている。ほんのさっきまでそこで食事をしていた気配。朝ご飯だろうか？簡単なパンとスープとコーヒーを食べていたらしいが、その食卓から人がいなくなったのはほんのさっきではない。おそらくひと月くらいはそのまま放ったらかしになっているんじゃないだろうか？カゴの中のパンは虫がほとんど食べ切っている。スープ皿の中身は蒸発し切れなかった野菜などが腐った後にカチカチに固まり、コーヒーカップは内側も底も真っ黒に汚れている。何かが起こり、この家の住人は食卓をそのままにして立ち去って、二度と帰ってきていないのだ……。Uボートを乗せた蝶がヒラヒラふぁっふぁっと舞いながら家の奥へと進んでいく……と、「おいジョージ、」とナランチャが言う。「お前の名前、ジョージ・ジョースターだよな……？」

「……？そうだよ？」

「おめでとう」

「何が？」

「見てみろ」。ナランチャの方の画面を横から覗いてみると、映し出されているのは大きな洋館の広い庭で、そこにはテーブルと椅子が並べられ、真っ白なリボンやクロスで飾り付けられている。すっかりしおれているが花も沢山飾られていたみたいだ。テーブルの上にはグラスやボトルが載っている。パーティの終わった後じゃなくて、始まる前のまんま残っている……と判るのはワインのほとんどが口を開けられていないからだ。そしてそのテーブル席の向こうに、真ん中に真っ白のカーペットを敷き、その両側に整然と椅子が並べられているコーナーがあり、正面に祭壇が設けられているのを見て、そこが、執り行われることのなかった結婚式場だったと判る。夕景の中に佇む空っぽのパーティ会場の物悲しい光景の中、庭の入り口近くにウェルカムボードらしきものがぽつんと立っていて、Uボートを乗せた鳥がその前をしゅっと通り、その一瞬で僕は解読できる。そこにはこう書いてあった。

『ジョージ・ジョースター&エリザベス・ストレイツォ結婚式へようこそ(Welcome To The Wedding Reception Of Jorge Joestar And Elizabeth Straizzo)』

「えへへ。な?めでたいだろ?」

ナランチャが笑う横で僕は思い出している。

僕が元いた世界にも、もう一人のジョージ・ジョースターがいるんだよ。

ジョージのスペルが僕の目標と同じで、こいつが九十九十九(つくもじゅうく)の言っていた《JORGE JOESTAR》だと直感的に思う。

九十九十九がいたのは、おかしな世界地図の1904年。ということはここはラ・パルマ島だろうか?いやカナリア諸島はスペイン語圏だから英語のウェルカムボードやウェイストウッドって地名はそぐわないような気がするけど……。もう一人の《ジョージ・ジョースター》は生粋(きっすい)のイギリス人のはずだから、ひょっとしてここはイギリスだろうか?と僕が考え込んでいると、Uボートを乗せた鳥が母屋(おもや)を離れ正門辺りを出ていこうとしていてそばに郵便箱があって、そこに書かれた名前に僕は気付く。『JOESTAR』。これはおそらく《ジョージ・ジョースター》の実家で、庭で挙式をしようとしてたんだな、と思う。ではこの家の中にはもう一人の《ジョージ》の個人的な品物などがあるかもしれない。それを確認して何になるのかは判らないがそれを見たい、と僕は思う。

「ナランチャ、このジョージ・ジョースターのうちに行ってみたいんだけど」

「えっ!?当ったり前じゃん行こうぜ!ここにぼけっとしてても何にもなんねーみたいだしよ!」

僕はカーズの方を振り返ると、背後にプッチがいてちょっとドキッとする。「ここは……どこなんだ?何が起こったんだ?」

戸惑うプッチに僕は言う。「まだよく判らないけど、僕たちはタイムトラベルしたようだね。速度はタイムトラベルの大きな要因の一つだから、宇宙船の落下スピードが早過ぎたのかもしれない」と言いながらもそんなスピードは光速に近づくとという話であって大気中を落下するときには空気抵抗があるわけだからもちろん光速には届いたりしない。海に落ちれば無事生還って速度のはずなのだ。じゃあ実際には何が起こったのか?僕はカーズが何か能力を発現させたんじゃないかと思うけれども、今ここで当てずっぽうを言っても仕方がない。「で、タイムトラベルでやってきたのはおそらく1920年で、場所は……イギリスのようだね。ウェイストウッドって町みたい」

幻の国《イギリス》が実在することにどう反応するかなと思って見ていると、プッチは深く頷く。

「なるほど。では私たちは首都《ロンドン》に向かわねばなるまいな」

「?·何で?·」

「《廃墟の街》に何かがあるのだ」とプッチは得体の知れない確信を持っている。

ロンドン？　それが実在するかどうかもまだはっきり判らないのにここを移動していいのかなと僕は思う。僕たちは確かに杜王町に落ちたはずなのに今このウェイストウッドって見知らぬ土地にいるのだ。おそらく杜王町に入り口が、こちらに出口があるに違いない。もしかしたら出口からだって元来た道を戻れるかもしれないじゃないか？

と考え込んでいるとナランチャが「ん？……あれ？　それ人じゃね？」と僕の画面を見つめながら言うので視線を戻すと、さっきのチョウチョがヒラヒラと納戸か物置部屋か地下室なのか判らない暗い部屋に入り込んでいて、確かに部屋の中心に誰かが立っている。三人だ。全員男だろうが、身なりがボロボロだ。古くさいズボンもシャツもあちこち引き裂けているし、一人なんか尻が丸出しだ。そんな三人がお互いの顔を接近させて部屋の中央に突っ立っている。何か密談でもしているのか……？　と思ったが、蝶がその三人に近づいて判る。そこにいるのは三人ではなく四人で、四人目は五歳くらいの女の子で、屈強そうな男三人に首回りを嚙まれているせいで足が宙に浮いていて見えなかったのだ。「何だこりゃ……⁉」ナランチャが呟き、僕は絶句している。

男たちは三人とも目をつぶっているが、画面右の男がゴクンと喉を鳴らすと、その震動に反応して他の二人がビクン！　と身体を震えさせた後女の子の身体をグイーッとお互い引っ張るしもう一人の男も負けじと引っ張り返す。そして三人が女の子の首にぐっと強く歯を立てたおかげで男たちの口元が見える。そこには牙が並んでいて、前の方の牙は女の子の身体に深く刺さっている。一人の女の子に三人の男が奪い合うようにして食らい付き、……ゴクンとまた別の奴が喉を鳴らすのを見る限り、血を吸っているのだ。

　でもゴクゴク飲もうとはしないのはおそらくこの三人で大事にゆっくり保(も)たすためではないだろうか?何しろ村は空っぽだ。

「クソッ!発射用意!」とナランチャが叫ぶ。「撃て!撃っちまえ!」

　バスバスバス、と巡航ミサイルがUボートから三発撃ち上げられ、すぐに水平飛行に入り、男たちの頭部にドンドンドン!とほぼ同時に着弾する。バッカリと割れた頭から血も脳も吹き出さずに男三人は倒れ、その真ん中で床に落ちた女の子は既に死んでいるようにしか見えないが、

　ゾンビ映画そのものですよ。死者が人を襲い、噛み付かれたり体液に触れたりした人間が別の人間を襲っていますと汐華(しおばな)が言っていたことを思い出す。まさか、と思ったその次の瞬間、その女の子が白目を剝(む)いてモゾモゾと立ち上がる。頰(ほお)が裂け始めるまで開けた小さな口には沢山の牙が並んでいる。

「……何だこれ……人間じゃないのかよ!」と混乱しているナランチャに

「ゾンビだよ」と僕は言う。

「ゾンビって……」

「ナランチャ、この子のことも撃つんだ」

「ええっ!……そんなことできねえよ!」

「……じゃあ、ナランチャ、Uボートをここに戻せ」

「ああ？」

「早く」。そのとき僕は周囲の様子に気付いたのだ。僕たちの周りを囲む麦畑にぽつぽつと人影がある。薄暗くてシルエットでしか見えないが、人の形をしている。でもひと気は感じない。つまり人じゃないヒト型のものがたくさんこちらを見つめ、僕らを取り囲もうとしているのだ。

「急げ！」と小声で言った僕の声が聴こえたかのように周囲の人影が一斉に僕たちに近づいてきたおかげで、その全員が口を全開にしてヨダレを垂らしながら牙を剝いているのが見えるようになる。

「死者が歩いている……」とプッチが言う。「この世の終末も近いな」

その縁起でもない言葉を振り払うように僕はUボートたちを呼び寄せ、雄叫(おたけ)びをあげながらミサイルを発射する。「うおおおっ!」ドンドンドンドン!麦の穂の中をこちらに向かって駆け寄ってくるゾンビたちを順番に爆破していく。ナランチャのUボートも合流。二人でほとんど全てのゾンビを吹き飛ばしたが二体だけ麦畑を突破してこちらに駆け寄ってくる。

「あぎ、あぎぎ、あぎあぎ……」と牙を剝いた口から呻(うめ)く声が近づいてきてUボートのミサイルが間に合わなそうで焦るが、僕たちに襲いかかる寸前、プッチのホワイトスネイクが二体を次々殴りつけ、拳で頭をバコンバコン!と割ってしまう。

「世界が終わることこそが天国の到来の前兆だ」とプッチが言うのが空恐ろしい。

ゾンビはまだまだ集まってきている。

ナランチャのUボートを集めて実物大にして僕たちは乗り込む。仁王立ちのままプスプスまだ煙をあげているカーズも乗せようと言うとナランチャが嫌そうな顔をするけれどもプッチも言う。

「ここに来た全ての要素が必然だ。何も欠かしてはならない」

この宇宙飛行士がいよいよ予言者じみてきたけれど、こうやって根拠不明だが確信に満ちた言葉で言われるとナランチャは気圧されてしまうようで、え……？そんなふうに言うってことは俺が理解していない何か難しい理由があるのかな？と勝手に自分を納得させて従ってしまう。自分の理解力や思考力に自信がないとこうやって押し出しの強い方に流されてしまうのだ。で、僕は付け加える。「同じ意味で僕たちはジョースター邸を確認しなければならない」

するとプッチだけでなく、ずっと視線すら動かさずに自分の大怪我を治していたカーズがこっちを見て言う。「ジョースター邸……？」。あれ？やばいのかな？と僕は思うけど、まあいいやとすぐに思い直す。

僕にもプッチと似た感覚がある。

全てに意味がある。

草原と雑木林を抜けてナランチャのUボートがジョースター邸に着き、僕は艦橋に出て郵便箱の名前を確かめる。確かにジョースター家だ。それから庭に入ると芝生の上のテーブルや椅子をなぎ倒しながら進み、母屋のそばへぐるっと回り、正面玄関の前で停止したUボートから僕は降りてポーチを上がり、ドアの脇の窓から中の様子を窺う。さっきのようなヴァンパイアゾンビが中に大勢いたりして、と恐る恐るガラスの向こうを覗いていると、がらんとした玄関ホールの奥の廊下をすっと何者かが通り過ぎる……。ゴンゴン、と僕は腕を伸ばしてドアをノックしてみる。が、反応はない。「もしもーし」と小声だが声をかけてみるが返事もない。

す、と背後に気配を感じたのでナランチャかなと思い振り返り、僕は驚く。僕の背後に立っていたのは顔を真っ白に塗って目元に緑色の星型と、唇を囲うようにして大きなたらこ唇を描いた、派手な縞模様の衣装のピエロだ。

「アンタ！何者ダイ～～ィ!?」と甲高い英語でピエロが叫ぶと同時にドバババババッと玄関ポーチが風に吹き上げられるようにしてバラバラに舞い上がり、落下せずに空中でつながってポーチの天井まで届く高い大きな壁を作り始める。ポーチの瓦礫でできた壁の向こうでナランチャが叫ぶ。「ジョォォォオォォジ！何してんだ逃げろぉぉ！」

ピエロの登場に驚き反応が遅れて僕は壁に囲まれ、暗い密室の中にピエロと二人きりになる。これは……！

ナランチャと僕を隔てる壁を破ろうと僕は足で蹴ったり手で何とかこのバラバラの木の破片をむしり取れないかと悪戦苦闘を始めるが、すぐに頓挫する。手が届かなくなる。気付くと壁と同じく木っ端でできたロープが天井から伸び僕の首に掛けられていて、それが僕の喉を締め上げつつ僕の身体を天井に宙づりにしようとしている。

ピエロが笑う。「ぺねろぺノ友達ジャナイ奴ハミンナ首吊リ自殺ダァ〜〜〜ッ！」

ペネロペ？女の子の名前だ。


ピエロ。密室。

とうとうロープの首輪に引っ張り上げられて足が浮き、喉を締め付けられながら、この二つのキーワードで僕は思い出す。「やめろ……！僕は《密室先生》じゃないぞ……！」と僕が言うとピエロが僕の顔をじっと見つめる。

やはりそうだ。僕は続ける。「っぐ、ハ、ハビ、ハビエル・コルテスは、ハビエル・コルテスはもういないんだ……！」


ラ・パルマ島のスペイン人警官たちはその男の子を棍棒でめった打ちにして殺し、夜のうちに海に捨てたんだ。

するとピエロは魂が抜けたようになり、一瞬全身を硬直させた後グルグルと回転し始め速度が上がってパーンと破裂すると、同時に僕を取り囲んでいた密室もロープも全て吹き飛ぶ。玄関ポーチの床に崩れ落ち、僕が咳き込んでいるとダダダダッという駆け足が近づいてくる。玄関ドアの向こうから。バタン！とドアが開けられ飛び出して来たのは綺麗なラテン系の女の人だ。

「ジョージ!?」とキョロキョロしながら言うので思わず床に座ったまま

「はい」と返事をすると、ようやく僕に気付いたらしくて困惑顔だ。僕は言う。「どうも、ジョージ・ジョースターです」

「ふざけないでよね……!?」

怒気を込めた英語で僕を睨みつける彼女が求めているのは九十九十九の友達の《ジョージ・ジョースター》だろう。

「ふざけてなんかないっすよ、ペネロペさん」。あのピエロを操っていたのはこの人だろう。僕は尻のポケットから財布を取り出し、名刺を一枚抜いて渡す。そこにはパスポートなどの正規書類とは違うスペルで僕の名前が書かれている。『GREAT DETECTIVE JORGE JOESTAR』

「?この《偉大なる警察官》ってどういう意味?」とペネロペさんが訊く。

「《名探偵（Great PRIVATE Detective)》。事件を解決することがあらかじめ予定されてます」

「?何を言ってるの?」

「シャーロック・ホームズは読んだことないのかな……」。ここは本物のイギリスなんだろう?コナン・ドイルの創作じゃなくて?

「ああ……でもどうして……あなた中国人じゃないの?」

「……日本人ですが、今はイギリス国籍ですよ」

「日本?ああ……ひょっとしてツクモジュークの知り合いとか?」

その名前が出てきて僕の全細胞がざわざわざわざわっとする。やはり。九十九十九はここからやってきたのだ。そして九十九十九が消えた後、この島ではどうやらおかしなことが起こっているらしい……。「その通りです」と僕は言う。「ところで、一体何が起こってるんですか?と言うか大丈夫?ここはあなた一人?……生きているのは」という質問の途中でナランチャが「おいジョージ!誰なんだよそいつ⁉」とイタリア語で声をかけるとペネロペさんの態度が突然硬化する。

「ここには私しかいません。何が起こってるのかは判りません。こちらのことは御心配なく。お引き取りください」と突然言い放って玄関の中に入りドアを閉めてしまおうとする。どうやら他人を招き入れたりするようなつもりはないらしい……が、奥から
「ペネロペ、」

と穏やかに声をかける女性が現れて、僕はその人を見た瞬間にすうっと辺りの空気が薄くなったような、でも同時にほんのり暖かくなったような気がする。物理的には気圧が下がれば気温も下がるんだけど……ってそんなことはどうでもいいけど、その人は四十歳くらいの女の人で、美人で、何と言うか真っ当な人なのでこの人を裏切ったり騙(だま)したりしたらバチが当たりそうな感じのちょっと神々(こうごう)しい雰囲気で、自然と緊張させられる、でもこの人にちゃんと相手にしてもらえてるうちは何事もうまくいくというような……。

「エリナ……」とペネロペさんが応え、そのエリナさんが続ける。

「お客様にひと言だけご挨拶させて」

するとペネロペさんがすっとどいて、僕の正面にエリナさんが立つ。

「はじめまして。エリナ・ジョースターです。あなたは、ジョージ・ジョースターさん？」

ただ目の前に立っただけなのに、品と優雅さに思わず僕は息を飲んでいて、返事が遅れる。「あ、はい」

「あら随分お若いのね、失礼ですけれど、おいくつ？」

「あ、十六です」

「ひょっとしてあなた、日本人かしら？」

「あ、そうです。すいません、あ、あ、ってうるさくて。僕普段はそんなに人と会って緊張する方じゃないんですけど」

「ふふふ。いいんですよ、お気を楽になさって」

いやエリナさんは笑う様子も何だか圧倒的な感じでリラックスとかマジ無理っす。

背後でナランチャが苛立(いらだ)っていて「おーーーい！てめえ何ぐずぐずやってんだよ！そいつらから何か判ったのかぁ!?」と怒鳴るのが本当に無礼で申し訳なくて顔が赤くなる。

「ふふ、元気なお連れ様ね」とエリナさんが僕の肩越しにナランチャを見て言うと
「何だよおばはん！ここら辺危ねえし一緒に来るか来ないかはっきり決めちまえよ！」とナランチャが言うのでギャー！無礼ってのは態度で伝わるぞ馬鹿！

「やめろナランチャ黙れ！」と思わず振り返って言うと、ナランチャの背後に三体のゾンビが駆け

寄ってきていて、ナランチャは気付いていない。「あぶ……！」ない、と言おうとした瞬間、背後でザクン！ザクン！ザクン！と地面から三つ、電話ボックスくらいの大きさの四角い箱が立ち上がってゾンビを飲み込んでしまう。その箱は庭の土と草でできている。僕を飲み込んだ密室が玄関ポーチの破片でできていたように。僕がペネロペさんを見ると目が合い、ふん、と逸らされる。怖いけど、なんだか可愛い人だ。「この敷地内は安全だから。でもああいうの寄ってきちゃうけど」

ああいうのってゾンビだろうけど、あの四角い箱の中で何が起こってるんだ？あの小さなブースの中にそれぞれピエロが現れてゾンビの首を吊っているのか？ふと見ると庭の隅にブースが幾つか立っていて、完全な形を残しているものと崩れて穴が空いていたり壁の下の部分しか残っていなかったりするのだが、その穴の空いてるやつで中の覗けるものがあって、首吊りゾンビがぶら下がってるが、首から下がない。僕の視線に気付いたらしくてペネロペが言う。「吊られてからも暴れるからすぐに首が千切れて落ちちゃうの」……と言ってるそばで新しくできた三つの一番右のブースの中でドサッという音がして、ナランチャが「うおうっ」と飛び上がる。

「ね。でもそんなとこエリナに見せたくないんだから、……早く帰ってくんない？フン、変な服着ちゃってさ」

僕はエリナさんに顔を戻す。「失礼しました。どうして僕が日本人だと判ったんですか？」

「私、ずっと貿易会社を営んでて、ときどき日本人ともお付き合いさせていただいているの。だから英語のトーンと、あとは顔つきかしら？日本人独特の、柔らかい表情をなさってるから」

「そうですか？まあよく間抜け面だとは言われますが」

「ふふ。あなたくらいの年齢の男の子もかつて知ってましたしね。そう言えばあの子も名乗ってたわ……？」

「ああ。多分それ九十九十九じゃありませんか？」

「そうです。私の息子の友達だったの。ほとんど唯一のね。だから中学時代はずっとべったりだったわ。その頃はカナリア諸島に住んでたんだけど、急にその子が日本に帰国することになって、ただでさえ落ち込んでたのにその子が船の事故でなくなったと聞いてしばらく臥せってしまって……でもあなたが九十九十九をご存知だということは、九十九十九は亡くなってはいなかったのね？」

船の事故では死んでない。「はい」

「……あなたはどちらからいらっしゃったの？」

どこからというのが正しいのか？杜王町から？火星から？うむ。「九十九十九は日本の福井県の、西暁町という田舎町に実家があって、僕もそこに住んでいます。遠いところです。でもそこで九十九十九と出会って、それからいろいろあってここに来ました」。本当にいろいろあって。

「いろいろ、ね」とエリナさんも言う。僕の言ってる内容を察したみたいに。さすがに無理だろうけど。

「そうです」

「でもここに来たのは、普通の手段じゃないわね？」

「……ええ、その通りです。あ、すいません、お訊きしたかったのに忘れてましたが、……この、死者たちが歩き回り、人を襲っているのは……どうしてこんなことが起こったんですか？」

「どうしてなのかは、まだ判りません。でもそれは……どうやら私とあなたと、私たちの友人たちが皆で解き明かしていくことになるんじゃないかしら？」

「……」

「ジョージ・ジョースター、あなたは運命を信じますか？」。エリナさんが僕の目を見つめる。

「……ええ、」と言ってから思わず笑う、自分がこれから言う内容に。「僕は運命を信じて、それで食べてますから」。名探偵稼業ってそんな感じなのだ。

「ふふふ」とまたエリナさんが素敵に笑う。「頼もしいのね、遠いところからやってきたジョージ・ジョースター。あなたにお会いできて本当に良かったわ」

「あ、はい。あ、またすいま……あ、あわわ」

「ふふふ」

そこにペネロペが言う。「あの、ちょっとごめん」

「はい？」と僕。

「今からどこに何をしに行くの？あなた」

「え？……今から？一応ここイギリスみたいだから、ロンドンに行こうと思って……」

「で、何しに？」

「何しにって別にまだ判んないんだけど、《廃墟の街》を探してるんだよ。この様子だとロンドンだって生きてる人はもう逃げちゃってるんじゃないかなと思うんだ」

「《廃墟の街？》」

「そう」

「何でそんなもの探してんの？」

何でだろう？……判んないけど、文脈で？と思うと笑ってしまう。今とんとんとんとプッチの求める符合が見つかっていて、それが道しるべになってるんじゃないかと思うんだ、としか言いようのない今の状況を笑わずにはおれない。「天国へ行く方法を探してるんだよ。ははは」

すると僕の正面にいたエリナさんが言う。「《天国へ行く方法》……!?」

その驚きようにこちらもビックリで、ああでもこんなゾンビに囲まれた状況だと僕の台詞は自殺の仄めかしに聴こえたりするんじゃないか？と焦る。「いやでもそんなの冗談みたいなものだと思うんですけど……」と取り繕う僕に構わずペネロペが言う。

「あのさ、突然でごめんだけど、その旅、私も一緒に行っていい？……あなたたち遠くから来たんでしょ？私、守ってあげられると思うし……。エリナ、ごめんなさい。いい？私行ってみても。その間この屋敷は私のピエロが守り続けてくれるし、できるだけすぐ帰ってくるから」

ええ？でもゾンビなんて今の僕らには大した脅威じゃないから女の子に守ってもらう必要なんてなさそうだけど……と思いながらも、これもまた大事な文脈なのではないかと思い直す。

しかしエリナさんは言う。「あなた女の子なのに……」

「でも……」

「うーん……」

「……でも、リサリサ……エリザベスだってそうじゃない」とペネロペが突然涙声になって言う。

「私、……こんなふうに言うとエリナには悪いんだけど、女の子だからとか怖いからとか危ないからって安全な場所にいるだけじゃ、結局男の子に取り残されたりもするんだと思うの。エリザベスは危険な目に遭ったり死にそうになったりしてるけど、でも大事なときにジョージのそばにいられたじゃない！エリザベスは幸せだったもん絶対！」

するとエリナさんとしては思うところがあるらしくてちょっと考え込む。

ペネロペが僕に言う。「ねえ、本当に急なお願いで申し訳ないんだけど、連れてって。絶対足手まといにはならないから」

ううむ。「危険だよ？やめとけば？」

「危険は承知の上よ」

「でも……」

「お願い。……それに今のこの状況、私の責任が大きいの。だから、何か自分にできること探したくて」

責任が大きいって……？「ゾンビ作ったの君？」

「そんなことしないよ！……このグレートブリテン島、全部丸ごと密室で囲っちゃったのが、私なの」

「え……!?」。余りの話の大きさにちょっと言葉が出てこない。でも同時に、じゃあこの人は確かにこの状況と問題の当事者だな、と思う。「……だとすると参加資格はあるような気がするね」。それにしても巨大な密室を作ったもんだなあ……！「ってああ、でも本当によした方がいいよ」と僕は付け加える。「ちょっと旅の仲間が異常だし」

「でもあなたは一緒にいるんでしょ？大丈夫よ。私は自分の身を守れるから」

いや相手が人間の常識なんてお構いなしの究極生命体なんだけど……。

エリナさんが言う。「やはり駄目よ、ペネロペ。危険過ぎます」

ペネロペは聞かない。「私、行きます。これまでいろいろありがとうエリナ。私ずっと幸せだった。でももう駄目。ジョージがいなくなってから、私の胸と腹とその下にグルグルと黒くて熱くて重いものが渦巻いてて、私のこと咬むの、内側から。私、イギリス中の屍生人を全部弔るしてしまわないと、そのグルグルに食い殺されちゃうの」

「……ペネロペ……」

「だからお願い。許してとは言わないけど、このまま行くから見逃して？」

「……………！」

「はは。……でも絶対帰ってくるから！生きて帰ってくるから！……少なくともエリザベスは連れて帰るよ！だって私だけじっと我慢してるの嫌だし！あはは……！」

涙声で言うペネロペをエリナさんがそっと抱きしめる。「いってらっしゃい、ペネロペ。絶対に帰ってきてね。私はもう、これ以上家族を失いたくないから……！」

「うん！絶対に無事に戻ってくるから、ごめんねジョセフのこと放ったらかしにしちゃって……」

「ジョセフのことは大丈夫。時々ストレイツォさんたちも確認しにきてくれますから」とどうやら僕らの仲間が一人増えそうな気配の中、ジョセフ？と僕は思う。「ジョセフ・ジョースター？」

するとニ人の女の人が同時にこちらを見る。

僕は赤ん坊のジョセフ・ジョースターを見せてもらう。玄関を入ってすぐ脇の部屋に乳母車が停められていて、その中で眠っている。父親がジョージで母親がリサリサ、エリザベス・ジョースターというらしい。ならば同じジョセフ・ジョースターでも僕の義理の曾祖父ではない。あっちのジョセフの父親はジョドーで母親はマリア・ユリアス・ツェペリ。なのに顔が少し似ているような気がする。既に何となくやんちゃそうな気配。赤ん坊なのに。

でもおそらくこの子がこの回の歴史でも究極生命体カーズを宇宙の果てに追いやってしまう男なのだ。ゼロ歳児なのにすでにカッコいいぜ……！と思ってニヤニヤしている場合ではない。

「ふうむ……こやつが赤ん坊の頃のジョセフか。すでに面影があるな」と言って僕のそばで覗き込んでいるのはカーズで、いつの間にか傷も回復している。

僕は身体が動かず頭も完全に真っ白になってしまうがエリナさんとペネロペは突然の半裸の男の登場にも咄嗟（とっさ）に赤ん坊を庇（かば）うように身体を間に入れている。

「ふははは！心配するな！俺は子供を殺したりはしない！それにこの男が毎度《俺》を俺のところに送り込んでくれるからこそこうして今俺はここにいるんだからな！それにここでこいつに手出しをしたりして歴史にどんな影響があるか判らぬ！さあ元いた時間と場所に戻るぞジョージ・ジョースター！」と言ってカーズは歩き去り、僕は本当にホッとする。足がガクガクしている。

「何今の？あいつ……」とペネロペも涙目だ。「ここ入ってきたの全然気付かなかったんだけど……！」

「あれが……旅の仲間の一人だよ」と僕は言う。「あんな半裸の、得体の知れない相手も同行してるけど本当に大丈夫？」

絶対にやめた方がいいと僕は思うけどペネロペはゴクンと一回ツバを飲み込み、「平気」と言ってから付け加える。「……超怖いけど」

「安心して」と僕は言う。「俺も怖い」

それから僕はペネロペ・デ・ラ・ロサを連れてUボートに戻る。艦橋にいて退屈そうにしていたナランチャがそれを見つけて「おーいてめえ何ナンパしてきてんだよ！こんなときにこんなところで！馬鹿かよ！それとも異常なのかぁ!?」と笑うが放っておく。船内に入るとカーズとプッチが待っていて、ペネロペを紹介し、一緒にロンドンに向かうと伝えるが、二人とも特に反応はなくてプッチなんかはペネロペの顔をちらりと一瞥（いちべつ）しただけでまた考え事に浸（ひた）り込んでしまうが、構わない。「よーしてめえら出発だ！」とナランチャが言うけど「よーし行こう！」と調子を合わせるのも僕だけだ。

「ねえ、あんたたち仲間じゃないの？何このしーんとした空気……」とペネロペが言うけれど、しょうがないのだ。僕は一応紹介する。

「ペネロペ、こちらがさっきも会ったけど、カーズ。究極生命体ね。で、こっちの宇宙服姿の紳士が宇宙飛行士のエンリコ・プッチ」

ペネロペが「どうもこんにちは。お邪魔します」と挨拶しても返事はない。「ちょっと……居心地悪いんだけど……！」と小声で僕に文句を言われてもどうしようもない。

けれどペネロペがこのイギリスに何が起こっているのかを説明しだすとプッチの目の色がありありと変わっていく。ペネロペが語るのはジョージ・ジョースターの半生でもある。《密室先生》ハビエル・コルテスの十五連続密室殺人事件。ペネロペに発現した、有り合わせの材料で密室を作り、中に出現したピエロが密室内に閉じ込めた相手の首を吊って自殺に見せかけて殺す、という能力。「そういう能力、ジョージ・ジョースターがウゥンド（WOUND）って名付けたの。繰り返し繰り返し傷つくことで生まれる能力だからって」

僕はカーズの作った《弓と矢》の話を思い出す。

致命傷から自分の生命を維持させるために、自らの才能を猛烈に伸ばして開花させ、そのエネルギーを浴びることで傷を癒すとともに、これまでは内に秘めていた特殊な才能を発現させるというのが俺の仮定だったが……。

傷、つまり自分を損（そこ）なうことが、他の人間にはない、自らの秘められた特別な力を身につけさせるなんて。治癒とは、再生とは何だろう？

傷を治そうとする身体自体がその傷を繰り返し受けたくない、身を守ってほしいがために武器を与えよう、という気持ちを持つということなのだから、つまりスタンドもウゥンドも気持ちが形になって現れたものなのだ。

気持ちは形になる。

などと考えながらペネロペの話を聞いているとラ・パルマ島の教会での集団自殺の話になる。全身を炎で燃やしながら描いた蛾男の絵。ペネロペが言う。「それから十年以上経ってジョージが判ったんだけど、人間って不安や恐怖で何かを想像するとき、その想像したものがその場に残り、集まり、溜まっていくと具体的な形と身体を持つみたいだってさ。だから地中の暗闇の中ではゴリラみたいに手足の太い大きな蜘蛛が潜んでたりするし、陸では密室の中で皆が蛾男の姿を絵に描きながら死んでいくんだし、空にはグレムリンが出るんだって」

グレムリン？……モグワイのあれか？スピルバーグ製作のジョー・ダンテ監督作……でも確かにあの映画の中でも登場人物の一人が『外国産の製品の中にはグレムリンが潜んでて、そいつが時々悪戯するから度々修理に出さなきゃならない』というようなことを愚痴るシーンがあったはずだ。

「飛行機って最近になって発展してきた乗り物だから、その試行錯誤の中の不安がグレムリンを作ったんだ」というペネロペの台詞にうんうんなるほどと頷いていたけれど、それがすぐにひっくり返される。子供の頃から《ジョージ・ジョースター》にしつこく絡むゾンビ、アントニオ・トーレス。「皮が年に一度脱皮するってウゥンドを持つアントニオ・トーレスがイギリスまでジョージを追いかけて、飛行機乗りたちを襲っていたのがグレムリンの起源なんじゃないかってさ」

そして事件内容が最近のものになる。約ひと月前。

「ジョージが所属していたイギリス空軍の司令官が、実はそのアントニオ・トーレスに取り憑かれてたんだよね。それに気付いたジョージは殺されちゃった……」と言って少し黙り、ペネロペが続ける。「私、エリザベスと一緒にその司令官の家に行ったの。同じウェイストウッドにあったから。エリザベスがその司令官を殺すのも見た。身体の中にアントニオ・トーレスがいて、エリザベスは、……怒りに燃えてたって言うか、頭が狂いそうになるのを必死で堪えてるように見えた。いつも冷静で頭の回転の速いエリザベスだけど、言えたのもひと言だけだったわ。『お前たちを全員殺す』。でも全員殺すって言っても絶対無理だと思う。アントニオ・トーレスも殺される前に『やれるもんならやってみろ！俺たちは九十二万人もいるんだぞ！』って言い返してたし、でもその日、九十二万匹のアントニオ・トーレスがグレートブリテン島全体を囲んでて、私、うっかりそのアントニオ・トーレスの身体使って密室作っちゃったんだよね……」

としょんぼりペネロペが言うと、ニヤニヤ笑いながらそれを聞いていたカーズが口を開く。「1915年のイギリス制圧未遂事件時、波紋戦士どもを襲うのに数十機、ロンドンを中心に空襲するときに数百機、しかしその数百機はパイロット自身が屍生人だったしロンドン上空は太陽が差していなかったからアントニオ・トーレスの力は必要ない。ならば最大限見積もって千体のアントニオ・トーレスが戦争時に消費されたとする。ならば1900年にアントニオ・トーレスが屍生人となったのなら年に一回脱皮して1915年までに十四回、つまり二の十四乗、16384体のアントニオ・トーレスが生まれたはずだ。そこで千体消費されて残りは15384体。それからさらに1920年まで五年間、15年内の分裂も含めて二の六乗倍すると984576体、この二十年でアントニオ・トーレスは百万体近くに増えたわけだ。しかしペネロペ・デ・ラ・ロサによって《壁》

にされたのは九十二万体。ならば《壁》と戦争で消費された以外の、ざっと数えて少なくとも六万体のアントニオ・トーレスはどこへ行ったんだ?」

ペネロペは答えられない。

カーズが笑う。「何だ?屍生人どもの数など把握する気にならなかったのか?六万体もの屍生人がいればその十倍以上の人間を屍生人にすることができる。一体で十人を相手にできるという話ではない。一体で相手にできるのは二人。しかし一体で十人を相手にしたとき、最初に二人を首尾よく屍生人にできれば三対七、あっという間に十人全員が屍生人になるだろう。それに一対十なら人間が勝てても七対七十はパニックが先立つし、七十もいれば千人の村は絶滅だ。六万体もの屍生人の存在を無視するのは愚かしかろう」

そうだ。話を聞く限り、ここにいるゾンビはジョージ・A・ロメロの創ったリヴィングデッドとは全く違う。物を考えることができるし生前の技術や知識をそのまま保つこともできる。元パイロットならそのまま飛行機に乗ることだってできるし、ゾンビになってから運転の仕方を習うことだってできるらしいのだ。訓練された軍隊が相手でも、内部にゾンビが出たらあっという間に混乱してしまうに違いない。

少なくとも六万体か……、と思って具体的に想像すると悪夢に目眩がしそうだが、アントニオ・トーレスはペラペラの皮一枚だそうだし折り畳んで綺麗に仕舞えばそんなにかさばらないで済むのかな……とか余計な想像してってもしょうがない。生身で空を飛び、飛行機の運転技術もあるゾンビだ。人類に対して何かを仕掛けようとするなら十分な数だ……と思ったとき、僕はジオットの寄せ集め号で地球に落ちていくときに汐華（しおばな）が教えてくれたニュースを思い出す。

イタリアのサルディニア島と日本の東北地方で、事実、突然凶暴化して人を襲うようになった患者が報告され、その症状が感染し、被害が拡大しています。ゾンビ映画そのものですよ。

混乱の中で思い出すのが遅れたが、現代の日本とイタリアでもゾンビは発生しているらしいのだ。でもあれはここじゃなくて2012年の、ここから何十回も宇宙の歴史が終わって始まってからの現代の話だ。どうしてここでのゾンビ発現と遠い僕たちの現代のゾンビ情報がつながる？ゾンビというものは宇宙の歴史の中でそれぞれ一回ずつは大量発生したりするものなのだろうか？

もちろんしてもおかしくない。この宇宙は毎回カーズを究極生命体にして宇宙に吹き飛ばし、火星の裏に集めていたのだ。僕はこれまで知らなかったが、大きな食物連鎖の中で、カーズやその他の《柱の男》たちの下には吸血鬼が、吸血鬼の下にはゾンビがいたのだ、ずっと。とは言え空を飛ぶゾンビは少ないはずだ。ゾンビはもともとは人間で、空を飛べる人間もほとんどいないのだから。

汐華はこうも言っていた。

映画と違うのは、空飛ぶゾンビがいるという噂があることでしょうか？

その空飛ぶゾンビがここに現れたのと同じくアントニオ・トーレスであるという可能性はあるだろうか？

何かの拍子でアントニオ・トーレスもタイムスリップしたのだろうか、と考えてすぐにその何かの拍子について僕は思い至る。九十九十九がラ・パルマ島を出てバミューダ・トライアングルでタイムスリップ。２０１２年の西暁町に現れたのだ。

そして僕は思い出す。病院で九十九十九はこう言っていたのだ。

あ、そう言えば、僕、『１９００年のアントニオ・トーレス』の皮膚、荷物の中に入れて持って帰ろうとしてたのに、あれ、こっち持って来れてないのかな……？意識がなくなる直前にもうすぐ船を下りるからって荷物まとめてたとき、ちょうど僕、それが入った筒、肩にかけた気がするけど……。


九十九十九がバミューダ・トライアングルで消えたのが１９０４年。１９００年に生まれたゾンビ版アントニオ・トーレスがただの皮膚標本『１９００年のアントニオ・トーレス』と入れ替わって九十九十九とともにタイムスリップしたとすると、四年間で二の四乗、十六体に増えていたアントニオ・トーレスは十五体に一旦減る。それから二倍二倍と増えていき、十一年後の１９１５年のイギリス制圧未遂事件のときには十五体から二の十乗倍され１５３６０体。そのとき千体消費されたとして、１４３６０体がまた１９２０年まで増えたとして五年後だけど、15年のムキムキの日も加えるから二の六乗倍、アントニオ・トーレスは９１９０４０体まで増え上がったことになる。１９１５年の千体という消費数が多めに見積もられたものだから、この最終的な９１９０４０体って数字はかなり実際に近いものなんじゃないだろうか？つまり、アントニオ・トーレスはあと六万体どこかに隠れてるんじゃなくて、二の二十乗という計算式の方が事実に即していなかったのだ。1904年のアントニオ・トーレスは一体だけ2012年の西暁町に来てゾンビを増やしている……。九十九十九が西暁町に来てからどれくらいの時間が経っただろう？まだ丸一日経っていないはずだ。でも既に行動が起こっているのは、ゾンビの繁殖力の強さ、早さなのだろうか？いや2012年の世界にも僕が知らなかっただけでゾンビはいるはずで、そいつらにアントニオ・トーレスが接触して今の騒ぎが起こっているのだろうか？日本とイタリアで？ちょっと距離が離れ過ぎているが、杜王町とネーロネーロ島のカブト虫化に何か関係があるのだろうか……。

もちろんあるのだろう。たまたまの偶然のはずがない。このイギリス、グレートブリテン島だってゾンビを材料にして壁を作っちゃったってペネロペは言ってたけど、それが甲羅になって足が生えてこの大きな島が巨大なカブト虫になっちゃったりして……とまで考えたところで、僕は気付き、立ち上がる。部屋を出て艦橋に行き、梯子を上ってハッチを開けて、ロンドンに向けて草原や雑木林を抜けていくUボートの一番高い場所からオレンジ色の西の空を見る。まだ明るい。

僕たちがここに来たときと空の雰囲気が変わらない。西は明るく東は暗く、ちょうど半々くらいの空に月と星。もう二時間近く経っているのに太陽がちょうど地平線の向こうに隠れたところで静止してるみたいだ。それともこの世界の時間が止まったような……？

あるいは、と僕は思う。この島が太陽を追いかけるように海の上を走っているんじゃないか……？西へ西へ。僕の知らない、この宇宙のこの時代にはあった大西洋の中央へと。

しかし太陽との追いかけっことなるとかなりのスピードになるはずだが風や重力加速度を感じな

いのは、きっと《甲羅》のせいだろう。杜王町が動いたときも僕たちはアロークロスハウスが動き丘から海を見渡すまで判らなかった。同じだ。なっちゃったりして、じゃない。グレートブリテン島こそが三つ目の《カブト虫》なのだ。僕たちはまたその背中の上に乗っかっている。

艦橋に上がってくる人影があり、「どうした?」と声をかけてくるそいつは当然のようにエンリコ・プッチで、こいつは宗教的感動を嗅ぎ付けたな、と僕は思う。しかしこの流れはもう止められないようだし、おそらくこれが僕たちをどこかの決着に連れていくのだ。

僕はプッチに説明するが、全てを聞かなくともプッチには伝わり、またあの恍惚とした表情を見せる。「あとはもう一つの《カブト虫》、《らせん階段》、二つの《特異点》、《天使》、そして《秘密の皇帝》を特定するだけだ!」と言うプッチに僕は訊く。

「あれ?《イチジクのタルト》は?」

するとプッチが僕の顔を見る。「あれ?気付かなかったかい?」

「……何がですか?」

「さっき地球に落ちたとき、カーズの身体が燃えて、甘いいい匂いがしただろう?あれはまるきりイチジクのタルトの匂いだよ」

ああ……と僕は何だかげっそりする。あのとき嗅いだ果実の匂い、それを僕も何の匂いか記憶を参照しようとしてやめたのはそれが人……じゃないけどヒト型をして人間の言葉を喋る誰かの怪我の匂いだからで、何と言うか、宗教的奇跡体験は人間としての節度を超えていいものなのか?と思うけど、そんなことに構わないものなんだろうな……。

「それに、」とプッチは僕の表情にも構わず言う。「イチジクはあらゆる国で《不老不死》の果実とされているし、旧約聖書『列王記下』第二十章にもこんな描写がある。病人ヒゼキヤのもとに預言者イザヤが立ち寄ったとき、一目見て助からないと悟ったイザヤはこう言った。『家の人に遺言を残しなさい。あなたは死ぬでしょう。生きながらえることはできません』。号泣し神に祈るヒゼキヤを置いて立ち去ろうとしたイザヤに、神の声が届く。そしてイザヤはヒゼキヤのもとに戻り、言った。『干しイチジクのひと塊を持ってきて、それを腫れ物につけなさい。そうすれば治るでしょう』。……どうだい?さっきのカーズの身体からイチジクの匂いがしたのもふさわしいことだと思わないか?」

　と正面から見つめられて僕がどう言ったもんだかなと考えていると、下からプルポンピンパラパラポン♪と石ころ携帯の着信音が聴こえてちょっと驚く。凄いな。物理法則関係ないと言ってもここまでとは……。ナランチャが僕を呼ぶ。「おい!ジョージ!どこにいんだよ!」

「ここここ」と返事しながら船内に戻ると憮然としたナランチャが「何言ってんのかどうせ俺には判んねーよ!」と言って石ころ携帯を僕に突き付けてくるので受け取る。

「もしもし?」

「ブチャラティだ。お前ら一体どこにいるんだ？さっき杜王町に落ちてきたのはお前らじゃないのか？」

「僕らだと思いますよ。でもまた随分遠くまで来ちゃいました。火星よりもある意味ではずっと遠くへ」

「…………？それはどこだ？仄めかしはいらない。はっきり言えよ」

「イギリスですよ。グレートブリテン島」

「……何？そんな国も島もないだろう？」

「在った宇宙の在った時に来てるんですよ。おそらく宇宙が何巡もする以前の世界です。突然こんなことを言われても意味が判らないままでしょうが」

「まったくだ。それで結局のところ、ここに帰って来れるのか？」

「その方法を探るとなく探っているところです」

「そうか……」

「そちらの状況はどうです？アロークロスハウスはどうなりましたか？僕たちの宇宙船がぶつかったと思いますけど……」

「ああ。天井が抜けて床も少し壊れてたけど、もう直っちまったよ。あれ、建物の基礎がスタンドなんだってな。あれを操ってるスタンドの女の子も無事だ」

「ああ、そうですか。良かった」

「被害として残ってるのは漫画家の机だけだよ。先生すげー怒ってたぜ」

「あはは。アメリカ軍はどうなりました?」

「お前とナランチャのおかげで双方負傷者が何人か出たくらいで死者も重篤な怪我人もいない。上陸した海兵隊は既に投降を始めている。どうやらアメリカ軍本隊との連絡が取れなくなってしまったんだ。その上出入りもできない。お前らが突っ込んできた後、どうやら杜王町のバリアーが復活してしまったみたいだ。空はもう真っ暗で星も月も見えない。電気もほとんどないから町中真っ暗闇だよ。アロークロスハウスだけは明かりもあるし水道ガスも通じてるから助かるが」

「星も月も見えない?……昼間は別に空とかは見えてたし、バリアーは不透明じゃなかったと思いますけど」

「ああ。でも本当に見えないんだ。お前らが落ちてきた衝撃でネーロネーロ島がドーンと浮かび上がったのまでは見たんだけど、どこかに消えちまった。たぶん杜王町の外に弾き飛ばされたんだろうけど、バリアーが復活したせいかはっきり見えない。ディアボロの残党がいるから今のうちに全員叩いておきたいんだけどな……」

「そう言えばボス・ディアボロ、見つかったんですよね」

「ああ、死体でな」

「……誰かが殺したんですか?」

「さあ?判らん」

これはマフィアらしい嘘とはぐらかしだろうか?「……詳しい状況を教えてもらえませんか?」

「ああ、判った」

とあっさり言うので僕がちょっと驚くとブチャラティが付け加える。「何しろここには名探偵たちがいるからな。お前がいなくてもいろいろ詮索されてるしな。でもあいつらなかなか使えるぜ。俺も名探偵の扱い方を学んでおいた方がこれからも良さそうだ」

マフィアに飼われる名探偵だって出てくるだろうな、と僕も思うけど。「で?」

「見つかったのはアロークロスハウスの中央の部屋だ。ロハン・キシベって漫画家の書斎になっている」

「………。え?で?」

「?そこで見つかったんだ。二人とも床に倒れていた」

「書斎のカーペットの上に?」

「そうなるな」

「え?でもその書斎って家具が机くらいしかないがらんとした部屋ですよね」

「そうだ。お前そこに今日一日何度も出入りしていたんだろ?でもそこにその二つの死体はあったんだ。それも死後硬直の様子やカーペットについた血の量と乾き方から言って、その二人はその場で殺害され、少なくとも十二時間はそこでそのまま放置されていたらしい」

「十二時間前?」

「午前八時くらいだな」

「え……?じゃあそれ、九十九十九の遺体が発見された直後で、おそらく警官たちが大勢出入りを続けていた時間帯ですよ。それなのにそこで殺害事件が起こって、その死体に気がつかなかったって訳ですか？」

「そういうことだ。不思議だが、ジョースター、この謎を解く必要なんかないんだぜ？死んだのは連続殺人鬼とマフィアのボスだ。俺だって人のことは言えないが、まあ死んで良かった連中だよ」

「………！でも、その二つの死体の身元の確認は取れたんですか？」

「ああ。見るか？」

「え？……あ、はい。見れるものなら」

「じゃあそっちに送る。アバッキオのスタンド《ヴィデオドローム》の能力のことは他言するなよ？」

しないしないするはずない。

で、石ころ表面のディスプレイに画像が送られてくる。ファイルは二つ。

一つ目。まず写ってるのは床に倒れた二人の男の死体だ。二人とも僕が見たことのある顔ではない。一人はスーツ姿の日本人で、痩せていて、髪の毛をきっちりと整えていて、前髪を少しだけ前に垂らしているのだけれどもいかにも作った《遊び》で、逆に神経質さがにじんでしまっている。それなりにハンサムだが地味で印象の薄そうな顔立ちで、そういうのが連続殺人鬼の中に一定数いるのを僕は知っている。目立たないように他人の注意を引かないように気を配っている自律タイプだ。

もう一人は明らかに凶悪そうな顔立ちをしている。長い髪が奇妙なまだら模様をしている。瞼を開いているのだが、その瞳も丸ではなくていびつに曲がり、ところどころ掠れてしまっている。まるで内心の邪悪が表に出てきて身体を異質に変化させてしまったみたいだ。これでは社会生活が難しいんじゃないかと思うくらい、パッと見からして異常者だ。徹底的に姿を隠していたのもこの風貌では誰かに命を狙われたりしたときに隠れ蓑を用意したり、外で街行く人間に溶け込もうとしたり、目撃談を減らそうとしたりするのはかなり難しいからだろう。

二人とも喉を切られている。九十九十九と同じくらい深く、両耳の下をまっすぐ繋げるようにして。おそらく即死だろう。

その血まみれの男たちのそばに屈んだ男の視点が映し出されてるんだろう。屈んだ男の名前は確かレオーネ・アバッキオ。ブチャラティの部下だが……アバッキオはまず日本人の死体の方のスーツをはだけさせ、シャツを捲り、むき出しになった脂肪率の少なそうな薄っぺらい腹を出すと無造作に手を突っ込む。手首よりもさらに十センチくらい奥にぐりぐりと入れてちょっと中を探ったような気配があり、抜いた手にはヴィデオテープがある。背にはタイトルが書かれている。日本語だ。

『吉良吉影（2012年7月24日）』

そのテープ自体の角に操作ボタンが並んでいて三角形の再生ボタンを押すとテープがパタパタとほどけるように広がり、人の形になり、死んだ日本人の姿になる。……これが爆破殺人鬼、吉良吉影か。焦燥しきった男の顔。汗でぐっしょりになっているが、この神経質そうで端正な顔つきの殺人鬼にとっては不本意のはずだ。古い映画の冒頭のように数字のカウントダウンが空中に浮かぶ。

『3』……『2』……『1』……。

「おおっ！」

とその男は叫び、ほとんど何の抵抗もしないまま空中で喉を裂かれ、バッと血を吹き出して倒れ、死ぬ。と、ババーン、と空中に『THE END』という字幕が現れる。

え？これだけか？あっけないな……と思っていると、《吉良》の形がほぐれ、またパタパタと一つに畳まれながら集まって元のヴィデオテープの形に戻る。

次にアバッキオは髪の毛の色も柄も瞳の形もおかしい白人の死体の方に手を伸ばし、またシャツを捲って腹を露出させるとそこに手を突っ込み、中からヴィデオテープを取り出す。タイトルはイタリア語で『通称／ディアボロ（2012年7月24日)』。再生。

白人の男が立ち上がるが、吉良と同じように取り乱し、絶望を顔ににじませている。しかしこの男の背後にはスタンドらしき像が立っている。ヒト型だが顔がは虫類に似ていて額にもう一つ顔がある。カウントダウン開始。『3』……『2』……『1』……。

「ああっ！」

ボスもまた喉を切り開かれて血が噴き出して倒れて死ぬ。『THE END』

えっ⁉こっちもこれだけ？

パタパタパタパタ……とテープの形に戻っていくのを見ていると、ブチャラティが言う。「以上だ。この後すぐにお前らの宇宙船が降ってきたんだ。遺体を担いで外に逃げ出すので精一杯だったぜ」

「………」

「……いいからジョースターよく聞けよ。ヴィデオドロームは相手の零時から二十四時までを録画するが、死んだ場合は息絶えたところまでで終了だ。……この意味が判るか？」

「？どういう……」

「こいつらは零時から午前八時、死亡推定時刻までの記録がないんだよ。本来ならどこにいようともヴィデオドロームに録画されているはずなんだ。しかしこいつらには何もない。この二人の男は午前八時まではこの世ではない他のどこかにいて、死亡推定時刻になってこのようにして突然アロークロスハウスに現れ、約一秒生きて、殺され、死んで、それからほんのさっき、午後八時までほぼ半日の間、警官が大勢出入りし、家主たちが生活を続けていただだっ広い書斎に倒れたままで気付かれなかったんだ」

「え……！そんなはずがない……！」

「けれど事実なのだ。ヴィデオドロームは事実を再生するんだからな。しかし、だ、ジョージ・ジョースター、こいつらはマフィアのボスと連続殺人鬼だ。俺みたいなろくでなしにだってはっきり保証できるが、この二人はとんでもない悪党だぜ？この……キラー・ヨシカゲは『コーサク・カワジリ』って名前で生活してた。メーカー工場に勤務する会社員として普通にな。奥さんは選挙運動員、小学生の子供はサッカークラブで活躍。どこにでもいる普通の家族に見えたはずだけど、捜査の手が近づくと奥さんも子供も無惨に殺されてしまっていたよ。俺のチームにそういうのを調べる特殊な力を持ってる奴がいるが、家の中には死んだ女の遺留品が百人分近く残っていたぜ？ディアボロの殺した人間は百人じゃきかないし、犠牲になったのは必ずしも敵対マフィアのメンバーばかりじゃない。自分の不利になれば、あるいは自分の得になれば、一般人相手だろうと権力者や司法関係者であろうと、それこそ仲間であろうと、躊躇せずに殺してきた奴なんだ。女や子供を平気で売り飛ばしたし、貧乏人を使い捨てにして、金持ちを骨の髄までしゃぶって、ありとあらゆる世界と人間を腐らせてきたんだよ。この二人は死んでしかるべき、死んだ方がマシな人間だったんだ。だからよ、放っといていい」

「……!?」

「いいか?もう一回言っておくが、こいつらの死の真相なんて放っておいて構わない。と言うか、手を出すな。こいつらをぶっ殺した誰かに感謝状を贈ろうってことならまだしも、捕まえようとかは筋が違ってるからな?こいつらは死んで良かったんだ。殺した奴はでかしたんだ。人間として立派な仕事をしたんだよ」

混乱する頭を抱えたまま僕は確かめておく。「二人のスタンド能力は判りましたか?」

「……ああ。アバッキオのヴィデオドロームとアロークロスハウスの家主のスタンドとの合わせ技でね。家主の作家は偏屈だが人の秘密を調べるにはうってつけのスタンド使いだな。まあ力ずくで無理矢理何かを命令しようとしても動かないが、正義だの大義だのをちらつかせればすぐに食いついてきたよ」

ふふ、とちょっと笑ってしまう。岸辺露伴対マフィアか、ちょっと見たかったような気がする。

ブチャラティが続ける。「キラー・ヨシカゲのスタンドの名前はキラークイーン。直接相手を爆破することもできるし、その相手を爆弾にすることもできる。爆弾の種類も、キラークイーンのスイッチで爆破する点火式と相手が触れると爆発する接触起爆式があるようだ。また左手は分離して自動操縦型のシアーハートアタックって戦車のようなスタンドにもなる。これは熱を感知して自動追尾するようだ。また、キラークイーンにはもう一つ能力がある。このバイツァ・ダストっていうのがなかなか謎めいてるんだが、誰かを爆弾にし、その誰かに他の人間がヨシカゲのことについて質問したりその名前を口にしたりするだけで爆発、ヨシカゲの正体を探る人間を殺した途端に時間は戻り、約一時間前から繰り返すことになるらしい。このとき、爆弾になった人間だけが当日である前日の記憶を残しているんだが、爆破された相手の運命は変えられず、相手は何の接触がなくとも同じ時間に爆破されてしまうんだ、どんなに脈絡のない場面でも」

岸辺露伴を爆弾にしていた吉良吉影のバイツァ・ダストについては、……そうか、そんなふうに時間を戻して繰り返してしまうのか、と僕は思う。吉良吉影め、便利で都合のいい能力を身につけやがったな。

「そして、我らがパッショーネ・ファミリーのボス、通称悪魔、ディアボロのスタンドの名前はキング・クリムゾン。こいつは額に付属してる顔型スタンド《エピタフ》が十数秒程度だが正確に未来を予見するのだが、その未来の一部をそのまま削り取り、その後の出来事に影響を与えずに《経験》だけをなかったことにしてしまうことができるんだ。つまり、飯を食う、腹がいっぱいだという時間の流れのうち飯を食った時間をキング・クリムゾンで削り取ってしまうと、どうして腹がいっぱいなのか判らなくなってしまうんだ。未来を予知して時間を削り取っちまうだなんてよ、道理でいろんな暗殺計画を生き延びてこれるはずだぜ！」

と言ってブチャラティが実際の組織内での裏切りや揉め事で起こった不思議な体験を話してくれるが、僕はあまり聞いていなくて、考えている。

吉良吉影もディアボロも、時間に手を加えることができるスタンドを持っていたわけだ。ここで僕は、引っかかる。

時間。

アロークロスハウス。

アロークロスハウスでは九十九十九が死んでいるが、あいつもまた時間を移動している。１９０４年のイギリスから西暁町にやってきて、杜王町アロークロスハウスで死んだはずなのに、唐突に空中から現れて僕を火星に運んでしまった。最初にタイムスリップで現れた九十九十九だし《ビヨンド》の話もあったから、**やあ。君の道具だよ。君を必要としてる人がいる。僕が連れてくからね**などと笑う九十九十九の暴挙も何となく受け入れてしまっていたけれど、一度目のタイムスリップはあくまでも《バミューダ・トライアングル》という、少なくとも伝説として人や乗り物が消える地域を介して起こったはずなのだ。説明はつかないけど、理屈もはっきりしないけど、ボンヤリとしながらも理由らしきものはあった。……でも二度目に僕を火星に連れ去ったとき……あそこにはあったか？

僕には見えなかった。

でも当たり前だけれど、タイムスリップだろうと何だろうと、事象には理由がある。僕には判らなかっただけで、あのとき笑ってた九十九十九には理由もあったし理屈も判ってたし説明だってできたんだろう。そうじゃないと名探偵を名乗る人間があんなふうに能天気に笑っていられはしない。時間がないから解説できないだけで、九十九十九は全てを理解していたはずだ。だから西暁町に来た夜の混乱は、あのときの九十九十九からは消え去っていたのだ。そうだ。九十九十九は全ての謎を解き終わってから僕のところに来て、死んだのだ。

その上で僕にあんなふうな謎めいた言い方しかしないのは時間がなくて説明できないというだけじゃなくて、同じく名探偵を名乗る僕をちょっとからかうような気分があるんだろう。君はまだ判ってないようだけど、というような。そしてそんなふうにからかうのは、僕が理解できてもおかしくないことに手間取ってしまっているからだ。つまり九十九十九は知っていた。僕にも理解できると。

この謎を僕も解くことができるはずだ。

火星に飛ばされたり遠い過去のイギリスにやってきたり、ハチャメチャが過ぎるようにも思えることも全て意味があるのだ。そうだ。基本的な考え方は変える必要はない。世界のルールは変わっていない。だから僕は考え続ければいい。時間。アロークロスハウス。

もう一つのタイムスリップを、僕たちが起こしている。カーズの宇宙船は確かにアロークロスハウスを直撃したのだ。でも僕たちはアロークロスハウスで死なずに１９２０年のイギリスに飛ばされてしまった。

……《飛ばされてしまった》？

その通りだ。僕たちがここに向かったんじゃない。アロークロスハウスが僕たちをここに追いやったのだ。

アロークロスハウスは、そういう装置なのだ。自らの理由で、誰かを時空を超えて飛ばしてしまうのだ。


どうやって……？

時空を超える方法は、時空の穴、いわゆるワームホールというもともと別時空をつないでいる通路を通るか、時空を曲げてショートカットをするしかない。ワームホールはある程度位置とつないでる時空が固定されているはずだから、おそらく《バミューダ・トライアングル》がこれに類するんだろう。でもアロークロスハウスは違う。僕たちを宇宙の歴史を何度も超えたところの１９２０年のイギリスに飛ばしたり、そこで死んだ九十九十九を使い、僕とナランチャをぶどうヶ丘学園の校庭から火星上空の宇宙船まで飛ばしたりしたのだ。と考えていて、思い出したが、あの九十九十九の自在な感じは何なんだろう？

僕のところに現れたとき、九十九十九はそこに僕がいることを知ってたみたいだった。

やあ。君の道具だよ。君を必要としてる人がいる。僕が連れてくからね。

そしてＨＧウェルズ号に連れていってからも、そこが宇宙船だと知って驚いた様子もなかった。

ありゃ。変なのも付いてきちゃったけど、まあ何か意味があるんだろう。じゃあね。

タイムスリップに巻き込まれて突飛なところに飛ばされた被害者ならば、もっと動揺すべきはずだ。ナランチャのことなんか気にする余裕なんてないだろう。実際に、昨日の夜西暁町に来たとき混乱していたように。

Perdón(ペルドン). ¿Qué(ケ) pasó(パソ)? ¿Dónde(ドンデ) estoy(エストイ)?

あの夜の九十九十九は確かに混乱し、怯えてすらいたのだ。でも死んで、その後僕を火星に連れていくときには全てを理解し終え、余裕を滲(にじ)ませ、僕をいささか挑発的に笑っていた。つまりあのとき、九十九十九はただ全てを理解していたんじゃない。タイムスリップすら自分で自在に操っていたのだ。

アロークロスハウスが時空を超えるための装置なら、九十九十九はそれを使いこなしていたのだ。アロークロスハウスは時空を曲げ、ショートカットができる。それも時や場所を選んで思い通りのところに行くことができる。デリバリー的に誰かを拾いに行って目的の場所に届けることもできる……!どうやってだ?時空をどうやって曲げる?

現代の科学だと判ってる方法は二つ。速度と重力だ。

太陽やブラックホールといった巨大な天体は宇宙空間の時空を曲げていて、そこでは光もまっすぐには進まない。でも杜王町に……アロークロスハウス内に、そんな重力を持つものは存在しないし存在しえない。何しろ重力を持つこととは実際に物量として大きくなることなのだ。杜王町もアロークロスハウスもそんなものを抱え込むには小さ過ぎる。その物量を体積的に圧縮しようとするならそれ以上の力が必要になるし、それが成功することはそのままブラックホールを生成することなのだ。そんなものをスタンド使いでもない九十九十九が制御できるだろうか？アロークロスハウスのスタンド能力がブラックホールを持つことならば、起こる出来事はタイムスリップだけではないだろう。物が消え、潰れ、光も音も全てが吸い込まれてしまうのだ。僕がアロークロスハウスに入ったときに感じた印象はそんなカオティックなものではなかった。作家の仕事場らしく物静かで落ち着き、優雅でどこか呑気だった。何でも吸い込むブラックホールのようなものがどこかに隠れている印象は全くなかった……何でも吸い込む？

ああ、間違えている、と僕は気付く。吸い込む一方じゃ駄目なのだ。

九十九十九は時空を行き来したのち、アロークロスハウスに戻って死んだのだから。吸い込むだけじゃなくて戻れないと駄目なのだ。重力を反転させる方法だってあるのだろうけれど、それを考慮する前に僕は考え直す。

アロークロスハウスが装置なら、その構造や仕組みからその働きを突き止められないか？

アロークロスハウスは今方位磁石として動くけれど、基本はキューブハウスだ。

テッセラクト。

どこまでも移動し続けることのできる八つの四角い部屋が接続された家。ここにあるのは永遠性で、重力圧縮装置などではない。

じゃあ、と僕は次に速度についても確かめようとして、僕は思い出し、何だよ、と思う。……僕は既にキューブハウスの装置の中心部を覗いていたのだ。グランブルーのジョアンナたちと岸辺露伴の書斎に行って、床のドアを開けて中を覗いていたときに。何しろ四つ進むと同じ部屋に戻ってくる造りなのだ。その後岸辺露伴たちと再びそのドアを開けたとき杉本玲美さんが**あ、あとこれ、ロープからまっすぐ落ちないでね**と言ったときに僕はちゃんと想像だってしてたのだ。

下の部屋の下の部屋の下の部屋の下はこの書斎で、ドアを全部貫通してしまったら、もう僕はずっと落ち続けるしかない。そしたらどうなるんだろう?重力の加速度がこの場合にも加算されるなら、僕は極限までスピードを上げて落ち続けることになる。

あのときはそこで考えを止めていたけれど、その極限こそが時空を曲げるんじゃないか?

そして実際に曲げたのだ。僕がカーズたちとともに空からまっすぐアロークロスハウスに落ちてきたときに。

被害として残ってるのは漫画家の机だけだよ。先生すげー怒ってたぜ。

僕たちはキューブハウスの天井を抜け、まっすぐに岸辺露伴の机を壊して下のドアを突き破り、さらに下の階とその下の階を突き抜けてキューブハウスの永久機関に組み込まれたんだろう。本来なら空気抵抗によって遅くなっていた宇宙船の速度はキューブハウスの内部を落ち続けることで加速、極限まで辿り着いて時空が曲がって……どうなった?どっち方向に曲がった?

タイムトラベル装置だとは知らずただ落ちていた僕たち。そこには誰の意志もない。《どこに行こう》がない。《どこに行きたい》もない。装置だけが稼働して結論のないまま動いていてひたすら加速が続いているとき、装置はどう振る舞うのか?

意志で装置を動かせるなら、そして装置内部にそれがないなら、外部から調達してくるんだろう。そして遠くにいる人間の意志と、装置内部の人間をつなげてしまう。

そうだ。アロークロスハウスは中央の永久落下機関によって時空を曲げる装置。そこを落ちる人間にどこへ行きたいって意志があればそれに従う。でもその人間に何の意志もなければ、外にいる誰かのためになるように機能するのだ。それを理解していたからこその九十九十九の**やあ。君の道具だよ。君を必要としてる人がいる。僕が連れてくからね**って台詞なのだ。

僕は九十九十九に追いついた。

ここまでおそらく約三十秒。いかにディアボロってボスがクズ野郎なのかを教えてくれるブチャラティは僕が黙り込んでいたことにも気付いていないようだ。彼の言ってることにも一理ある。でもギャングの彼は理解していないのだ。

「ブチャラティ、」と僕は言う。「でも、僕は謎を解かずには前に進めないんですよ。それが名探偵ってものなんです」

「……そうか」とブチャラティも言い、人間の業や宿命というものを深く理解している人間の台詞を口にする。「なら仕方ないな」

「おい、ロンドンが見えたぞ！」とナランチャが言い、僕は電話を切って艦橋に上がると、激しい戦闘の後の瓦礫に埋もれた巨大な街が現れている。

「やはりこれが《廃墟の街》か……！」と神父がさらなる符合に感極まっていると

「待っていたぞ、天使、エンリコ・プッチよ」

という声がして、見ると、森の上を走るUボートの甲板に二人の男が立っている。見覚えのある、特徴的な渦を作る癖っ毛の、身なりの立派な男が言う。「私はアメリカ合衆国大統領、ファニー・ヴァレンタイン」と名乗るのは２０１２年のファニーじゃなくてこの世界のファニーだろう。若く、僕の知ってるファニアーやテレビで見たファニーにもザ・ファニエストにもそっくりだ。

ファニーが僕たちを無視し、呆然としているプッチに言う。「ははは。驚き顔だなプッチ神父。信仰の徒が自らを《天使》と呼ばれるとは思わなかったか。まあよい。残りは《カブト虫》一匹と二つの《特異点》と《らせん階段》だな？最後の《カブト虫》については、このままテームズ川のほとりを南下していけばもうすぐに見えてくるさ。あるいはここに私がいることから判るだろうか？君を迎えに来たんだ。世界の中心となる島につれていくために」

「………!?」

「それはもちろん我がアメリカにある」

「………」

「今もあるし、君のいた時にもある」

「……そして教会もある」

「ははは！その通り！教会もある。その名前は奥義を示している」

「トリニティ教会だ」

「そうだ。その名前の教会はアメリカには三つあるが、島にあるのはただ一つだ」

「ニューヨークの、マンハッタン島だ」

「そうだ。ちょうど見えてきた。四匹目の《カブト虫》、マンハッタン島だ」

グレートブリテン島はテームズ川の河口側を先端にして西へ西へと進んでいて、とうとう大西洋を渡りきり、さらにアメリカ合衆国の領土に乗り上げるようにして上陸している。巨大な虫の無数の足がハドソン川を跨いでコネチカット州とニュージャージー州を踏みつけながら北上して、ニューヨーク湾に到達する。僕たちの目の高さに摩天楼が近づいてくるが、グレートブリテン島は速度を緩めない。

ファニーが言う。「しかしこのマンハッタン島は本物の《カブト虫》ではない。残念だよ」。そしてグレートブリテン島の南部がマンハッタン島に上陸。摩天楼に体当たりをしながら島をムチャクチャに潰してしまう。「この国の大統領として誠に遺憾だが、より正しいアメリカの繁栄のために、私はこの国を捨てる。だからこれはまあ、儀式だね。イニシエーションだ」

グレートブリテン島を囲う壁のおかげで音も聞こえないし震動もないが、今この島の下には地獄がある。僕もナランチャもペネロペも身体をフラつかせている。三人とも今にも失神しそうだ。

ファニーが言う。「次に行こう。プッチ神父よ、《特異点》についてはまだ見つからないか？」

「………!?」

「考えろ。点とは何だ？点は線の一部だ。線とは何だ？線とはつながりだ。つながりとは何だ？」

すると僕の隣でプッチが言う。「……時間だ。人との関係だ」

ファニーが笑う。「はっはっは！それでいい。二つでいいんだ。そう。では二つの時間は何だ？」

「私がかつていた時間と、今いる時間だ」

「うむ！その通りだ！ではつながる二人は？」

「私と神、と言いたいところだが……君が介入しているところを見る限り、違うな」

「はっは！」

「ならば、……私と、私だ」

「その通り！君は君とつながるんだよ、プッチ神父！私と私もね！」

「………！」

「君は私を知ってるだろうが、この私ではない。そうだろう？」

「その通りだ……」

「でもつながる。どのようにしてだ？」

「………！」

「私は私でありながら、私ではない。どうしてこうなるか、君になら判るな、プッチ神父」

「ああ、判る」

「どうしてだ⁉」

「何故なら私がつなげるからだ。何故なら私がつなげないからだ」

「……………!」

「私の作るものこそが《らせん階段》だからだ」

「それでいい!最後に紹介しよう!こちらが《秘密の皇帝》だ!」と言ってファニーが示す隣の男はハンサムで、背が高くて筋肉質で、あらゆる力に満ちあふれていて、僕は見たことがある。……カーズの映し出した写真で。

ケープカナベラルの空に浮いていた邪悪な男。列車強盗をしでかしたジョースター家の養子。ディオ・ブランドーだ。


「私を愛するがいい、エンリコ・プッチ」とディオが言ったとき、その額に荊(いばら)の王冠が巻かれる。差し出した両手には穴が開いている。

裸足(はだし)の両足にも。

スティグマータ(聖痕(せいこん))を確認して、プッチが泣く。「神よ……!」


そしてプッチがスタンドを捨て始める。まずはホワイトスネイクの身体に矢印が浮かび上がり、プッチの身体がふわりと上昇する。その瞬間から僕はUボートの艦橋の上にまっすぐ立てなくなる。空中のプッチに対して脳天を向けないと垂直や水平の感覚にならない。僕以外の人間も皆よろけながらプッチに頭の天辺(てっぺん)を向けて立つのでマイケル・ジャクソンのミュージック・ビデオ『スムース・クリミナル』のワンカットみたいになるので僕は判る。プッチが絶対的な《上》になり、物事の中心になり、そこから放射状に《下》となっているのだ。ディオとカーズだけが平気な顔をして以前通りの《まっすぐ》で立っているが、影響を受けていない訳ではなくて重力の変化を無視してみせてるだけだろう。現にカーズの長い髪もディオのマントも僕たちと同じように捲れている。プッチが上昇するにつれてもともとのまっすぐに近くなる。重力の中心になったプッチを見上げて僕は思う。**重力**。これを自由に操れるなら、時空を曲げることだってできるはずだ。

プッチは自分のスタンドを振り返り、言う。「これがCムーン……!」

そして名付けたばかりのそいつを殺す。身体をビリビリと破り、その亀裂から出てきたのは二本足の馬に乗った時計男。

「これが《メイド・イン・ヘブン》か……!」と恍惚とするプッチを見上げることもなくカーズが僕たちの背後に立ち、ニヤニヤと笑いながらディオを見つめ、ディオも視線を合わせたまま超然とした微笑みをたたえている。

「さあ天国に行くぞ!」と叫んだプッチのメイド・イン・ヘブン発動寸前にディオがスッと手を挙

げると、グレートブリテン島を覆う空の壁のこちら側表面から巨大な少年の上半身が逆さまに生えてきて、身体を起こし、顔を僕たちの方に向ける。瞼が開いているのに眼球がない。ペネロペによって《壁》にされたはずのアントニオ・トーレスの集合体だ。逆さまになったそいつが大きな右手を伸ばして空中のプッチをつまむ。

それを見上げながらディオが言う。「慌てるなよクズが。貴様の仕事は外の掃き掃除だ」


「酷ーぃ」

とペネロペが思わず口走り、手で口元を押さえるが、上空につまみ上げられていくプッチは恍惚とした表情のままで、アントニオ・トーレスの集合体にぱっくりゴックン飲み込まれることで《甲羅》の外に出される。と同時に従来の重力を取り戻した僕たちの頭上でプッチがメイド・イン・ヘブンを発動させる。

イギリスという《カブト虫》の外で、時間が加速する。

太陽と月がぐるぐる回るが、ゾンビたちは陰に隠れていて死なないだろう。あっという間に宇宙が終わり、また始まる。

震えるペネロペが僕の後ろでシャツの裾をつまんで引っぱり、僕は宇宙の数を数えている。イギリスの外で、アントニオ・トーレスの腹の中で、宇宙は三十六巡し、グレートブリテン島だけが2012年の元いた時間に戻る。

ちょうど僕たちの着陸が杜王町をひっくり返すタイミングで。僕たちは循環した。

半年かかるはずの宇宙旅行が四時間に短縮されたのもプッチのこのスタンドのおかげだろうか？と思い、僕はカーズに訊いてみる。

「そうだが、違う」とカーズは言う。「もう少し複雑な時間の流れの押し込まれた小さな箱の中にあの男はいたのだ。宇宙船の中で俺たちといたのと同時にな」

「小さな箱？」

「世界の果ての向こう側だな」

「……？」。言っている意味が判らない。「そこでプッチは何をしてたの？」

「人を殺してたのだ」

やっぱり意味不明だが、見上げると《カブト虫》の外に浮かんでいたはずのプッチの姿は消えている。

FIFTEEN　ビヨンド

日本の片田舎の道ばたで死にかけていた俺に必要なことが起こる。

目を醒ますと、背中も尻も失った肉を補われているし、頭の骨の砕けた部分も継がれている。寝ている場所も真っ白な壁に囲まれた家具の少ない寝室の中心に置かれた広いベッドの上で、隣に座っていたそばかす面の若い男がイタリア語で言う。「おおっ！起きたねジョージ・ジョースター」

？「どうして僕の名前を知ってるんだ？」と俺もイタリア語で訊いて、口をつぐむ。どうして俺がイタリア語なんかを喋れるんだ？

「ははは っ！この家に住んでる日本人が便利な奴でさ！ここに出入りしてる連中は皆英語もイタリア語も日本語も使えるようにしてあるんだよ。お前もね！」

「………？意味が判らない……。ここは？日本じゃないの？」

「日本だよ。モリオーだ。俺の名前はヴィネガー・ドッピオ。でもお前を助けたのは俺じゃないぜ？俺のボスだ。ちょっと待って」と言ってドッピオが手を伸ばしたのはサイドテーブルの上に置かれてあった本で、表紙にはちょっと変わった男の子の絵が描かれ、『ピンクダークの少年Part8』と表題らしきものがある。第１１２巻。その手の平よりちょっと大きめの本をドッピオが取るなり丸め、自分の耳に当てる。それから唇を尖らせて「トゥエムエムエムエム♪トゥエムエムエムエム♪」と謎めいた歌を唱うのでいささかぎょっとするが、そんな俺には構わずに誰もいない空間をボンヤリ見つめながら話しだす。

「あぁもしもし?ドッピオです。ジョースター目が醒めました。……ええ、はい」と言ってから俺の方を見る。「おい、」

「……?」

「お前、ベッドから出れそうか?」

どうだろう?俺は柔らかい布団をどけて足をベッドの脇に下ろしてみる。俺は結婚式の衣装を着ていてあぁ……と思うけど、言ってる場合じゃないし、襲ってきた激痛で呻き声しか出ない。「うおおおっ!」。尻も背中も張り裂けそうだし頭にはボロボロの木杭でも突き刺さってるみたいだ。

「痛そうです」などと冷静に報告しているこのチビをぶん殴ってやりたいくらいに痛いぞ!ドッピオが言う。「動いてるうちに馴染んできて平気になるからちょっと来いってさ」

「いや全然無理」。余りの痛みに俺の顔全体がバラバラな方向にひくついている。

「おい」

「ああ?」

「てめえ舐めんじゃねえぞ?」といきなり凄みだしてるようだけど俺は瞼がビクビクッと痙攣してまともに顔を見ることもできない。

「何を……?」

「俺はギャングなんだぜ?口の利き方と応対、もうちょっと考えろよな」と言ってドッピオがシャツを捲って腹に差し込んだ拳銃を見せるので、俺は一気に気持ちが軽くなる。

じゃあ遠慮する必要ないな、と。「怪我人だからって容赦しねえぞ！」と言いながらシャツを下ろそうとする手を摑み、もう片方の手で銃を抜き取った勢いのままグリップで顎をかち上げる。「っご！」。ギャングだの何だのと意気がったところでまだ十五、六歳。ドイツ軍の軍艦に何故か二回も戦闘機を不時着させて文字通り蜂の巣の中を生き延びた俺を軽んじるんじゃねえぞ？俺は顎を押さえて蹲るドッピオの後頭部に銃口を突き付けて言う。「ここはどこで何が起こってるんだ？チンピラ」

するとドッピオが顔を上げ、俺を睨みつける。恐怖心を押し込めているような様子も見せない。若いがそれなりに腹は据わっているようだ。「ああ？てめえちょっと待ってろよ……？」と言って再び『ピンクダークの少年』を持ち上げて耳に当てる。それが俺には信じられないけれど、電話なんだろう。本型の。俺のいたイギリスでは電話は鳩時計と同じくらいの大きさだったし、日本だって飛行機や軍艦を見る限り文明はそれほど変わらないから、ここは日本でも、１９２０年じゃないんだ。だから問題はここがどこかだけじゃない。

……ここは、いつなんだ？

とそのとき、俺の頭の木杭がプルポンピンパラパラポン♪と甲高い音で鳴り、その上さらにブルブルブル！と小刻みに揺れて俺の脳を揺らす。「うわあああっ！」。何だ!?さっきの痛みでは比喩だったけれど今度のこれは本当に俺の頭に木杭が刺さっていて音楽を鳴らしながら震動しているとしか思えない！

「舐めるなって言っただろう……？てめえ俺が電話でお喋りするばっかりの奴だと思ってたのか？

世間話大好きの電話魔ドッピオちゃんって陰で呼んでんのか？」などとこの若造が言うってことは、この俺の脳をグチャグチャにしようとしているのはこいつだ。こいつが何かを俺にしたんだ。電話で。やめさせなければ。でも俺は脳しんとうで失神寸前、脳が言うことを聞かないせいで腕を上げることもできないし手にした銃をドッピオに向けることも引き金を引くこともできない。俺は白目を剝いてヨダレを垂らしながら「あだだだだだだ」と声を漏らすだけだ。死にそうだ。俺の中に、どういうことか判らないけど電話が入ってて、それが鳴り、震えてる。それが俺を殺そうとしている。理屈はどうでもいいや。俺は俺にできることをする。銃口を上に向ける。定まらないので俺の頭の方を銃口に持っていき、頭と床でできる限り拳銃を固定して、極力そっと引き金を引く。モロに撃ち抜く必要はない。機械なら、少し壊れれば全部が機能を停止する……！　バン！

　弾丸は俺の頭皮と頭蓋骨を幅七センチ深さ七ミリで削り、その溝は俺の頭蓋骨に組み込まれ、電話と化していたそれを二ミリえぐる。十分だ。震動も呼び出し音も停まる。脳自体はもともと感覚がないはずだが、でもやっぱりなんだか痺れている。

「てめえ……！」とドッピオが怯えているのを俺は見逃さない。もう手は震えていない。俺は銃口をドッピオの顔面に向けて躊躇なく撃つ。ドンドンドンドン！

　が、ほんの一メートルほどの距離で撃った弾が一発も当たらずに壁にめり込んでしまう。

　するとすぐそばで帽子を被った男が拳銃を向けて立っている。「やめときな」とその男が言う。

「そいつはちょっとばかし頭のおかしなクソ野郎だが、マフィアのメンバーだし、そいつに何かされたら俺たちが仕返ししなきゃいけねーんだよ、システム的にな」

こいつが何かして、外れるはずのなかった俺の銃弾を外させたのだ。こいつらは何なんだ？俺の頭の中に電話を入れたり……どうしてそんなことができるんだ？

「おい！こいつ撃っちまえよ！ミスタ！」とドッピオが怒鳴るとミスタと呼ばれた男は銃口をドッピオの方に向ける。

「うっせー！俺はお前の方を撃っちまいてーくらいだぜ！お前頭おかしいときマジうぜーんだよ！」

「何だとお！俺を電話中毒ぷるぷるもしもしへロー私ドッピオちゃん♡だと思ってんのか!?」

「……いやだから何言ってるか判らねえんだよ！ボケが！」

ドンドンドンドンドンドン！とミスタは引き金を引き、ドッピオに向けて撃ってしまう。撃てるんじゃん、とボンヤリ思いながら俺の目は見る。見える。そして聴こえる。その六発の銃弾の上にそれぞれクジャクのようなド派手な衣装を着た小人が跨っていて、

「いや～だ～～！キャハハハハハハ♡♡♡♡」

と野太い声ではしゃいだように笑うのを。

唖然とする俺の目の前でその六人がドッピオの顔面にギリギリで銃弾を蹴り飛ばし、それが左右に三発ずつ角度を付けて繰り返されてドッピオの頰を掠めたものだから、ダンダンダンダンダンダン！とドッピオの背後の壁に銃弾がめり込んだ後、ドッピオの顔に銃弾の擦り傷でできた猫ひげ模様が残る。おそらく俺と同じように銃弾の動きを見たらしいドッピオが寄り目になったまま顔も身体も引きつらせて硬直していて猫のひげなので「だはははははは！猫ちゃんほっぺで可愛い

ぜドッピオ！わはははははは！」とミスタが爆笑し、ドッピオの顔の周りに浮かんだまま六人の小人も笑う。

「ちょっ！やだドッピオそれマジ似合う！」「せっかくだから傷跡残しといたら？」「そうよ〜ミスタ火薬！今刷り込んどくとシブミとプリティーのランデブーよ！」「あ！猫耳！」「あ〜それはないわバックレフト。そういうのはないわ」「日本に来てちょっとはしゃいでんじゃない？」「バックレフトそういうの一番似合わないし」「ちょ♡♡♡フロントセンター厳し過ぎ♡♡♡♡♡」……などとかしましいやり取りが続くが、何だこれは!?生き物か？と動転している俺に、

「ジョージ・ジョースター。仲間が失礼しました」と言って何人かの人間を引き連れて現れた金髪の少年はドッピオとほぼ変わらないくらいの年齢に見えるが、華奢で目鼻立ちがくっきり、でも女顔というわけではなくて、俺がこれまで出会った中で九十九十九と並ぶくらい美しい男だった。全身から何だか眩い風が吹き出しているようで、ちょっと直視しにくいくらいだ。

　少年は手に石けんを持って頭から血を流す俺の前に立つ。身長１８９センチの俺の胸のあたりにその少年の頭がきて、すっと俺の頭に石けんを持った手と空っぽの手を伸ばし、下ろしたときには石けんが消え、替わりに野球帽が握られている。少年はその野球帽を確かめ、壁際に突っ立つドッピオに言う。「ドッピオ、僕に渡す前にこれを電話に変えていたんですね？」

　するとドッピオが震えだしてドッと床に膝をつく。「ごめんよジョルノ！つい、ちょっと試してみたくなって！」

「……一旦電話にされたものは、その性質を残すのか……」と単なる野球帽にしか見えないものを

見つめて少年が言い、僕に振り返る。「はじめましてジョージ・ジョースター。僕の名前はジョルノ・ジョヴァーナ」

迫力があるが、威圧感はない。ヤクザ者に特有のしめった棘がない。何だか陸上か水泳の選手みたいだ、と俺は思う。何か一つのシンプルなものに集中し、誰よりも長け、極意を掴みとった感じ。でも本当は違う。こいつはこのドッピオとかミスタと呼ばれるチンピラどもを束ねてる人間だ。そして何か不思議な力を持っている。俺の頭の怪我が再び塞がれている。

「……お前らのその力は何なんだ？」

俺が訊くと、まっすぐこちらを見つめながらジョルノが言う。「何なのか、説明はできません。しかしこれらは《スタンド》と呼ばれています……主にスタンド使いによって」


私たち波紋使いはそういう力を《幽波紋》あるいは《スタンド》と呼んでいるんだけど、何故そういう名前かというと、その力は、幽霊のような《像》をもち、その力の主のそばに立つからなの。


もう十五年前だ。ラ・パルマ島から出ようと決めたあの蛾男の夜、俺の父さんの首の前でリサリサがそれについて言っていた。**スタンド。**

ジョヴァーナが言う。「こちらにいる漫画家の岸辺露伴さんのスタンドによって今あなたはスタンドが見えるようにしてもらってます。皆がイタリア語を喋れるのと同じように。そうしないといろいろ不便でしょうし」

　ジョヴァーナと一緒に部屋に入ってきた男たちの中に憮然とした顔の痩せた男がいて、僕と目が合うとふんと鼻を鳴らす。「早く僕の家から出ていってほしいから手伝ってるだけさ。僕のベッドを血だらけにしてくれちゃって……僕は神経質なんだぞ！あと書斎の時計もなくなってるし！泥棒がいるぞ！こん中に！」

　ニヤニヤ笑うイタリア人数人と憮然とした顔の日本人。ここで起こってることが大体判る。悪い奴らが素朴な奴らを小突いているんだろう。「で？何に不便なんだ？」と俺は訊く。「さっき僕を呼びつけて何をしようとしたんだ？」

　ジョヴァーナが言う。「君、名探偵と付き合いがあったみたいですし、名探偵として働くための何か新しい能力を身につけたようじゃないですか。ビヨンド……でしたっけ？」

「………!?」。何でそんなことをこいつが知ってるんだ？

「ああ、それも僕僕」と手を振るのはさっきの日本人だ。「こんな状況だけど、君に会えて何だかホッとしたよ。空軍司令官の件は上手にかわせたようだしさ。この事件、君が解くのが一番ふさわしい気がするよ」

「事件……？」

「まだ聞いていないのかい？ここで死んだのは君の友人、加藤九十九十九だよ。君は知らないようだが、九十九十九くんの事件を捜査しに君の分身みたいな名探偵ジョージ・ジョースターが福井県から来てたんだ。今は君と入れ替わるようにして１９２０年のイギリスにいるみたいだけどね」

殺人事件だよ。被害者は僕だ。頼んだぜ親友。


と九十九十九自身もさっき言った。でも今も何を言われているのか全く理解できない。九十九十九が死んだ？ここで？ほんのさっき俺をここに連れてきたのに？

それに俺の分身って何のことだ？《名探偵ジョージ・ジョースター》？入れ替わりにイギリスにいる？

混乱する俺にロハン・キシベが九十九十九を含む名探偵三人の見立て殺人事件の概要と、もう一人の《ジョージ・ジョースター》がいかにしてフクイからやってきたのか、そしてアロークロスハウスにもう一人の俺がやってきてからモリオーを中心にして世界中で起こっている奇妙な出来事について教えてくれるのだが、混乱は深まるばかりだ。突然動き出して日本列島から離脱して単なる田舎町だったモリオーは今や海の真ん中に浮いている島なんだけど、同じように海を移動してきてモリオーに上陸したネーロネーロ島を見る限り、おそらく足が生えて泳いでるんだろう、だって？

あはははは。何言ってんだ？

《ジョージ・ジョースター》はどうやらギャングの一員と火星に行き、そこでアメリカ人宇宙飛行士たちとともにモリオーに火の玉になって落下してきたと思ったら今いるこのアロークロスハウスに激突した瞬間に消えて、俺のいたイギリスにいるって……。

その上その過去のイギリスもまた今は動き出していて屍生人(ゾンビ)がグレートブリテン島全域を闊歩(かっぽ)して人を襲いロンドンはおそらく《廃墟(はいきょ)の街》になったとか言って……俺はいても立ってもいられなくなるが、ボスを倒してパッショーネ・ファミリーを統括するつもりらしいジョルノ・ジョヴァーナの要求はそのボス、ディアボロの事件を解決することで、それが終わらないうちはアロークロスハウスに関係者を軟禁するつもりらしい。「大事なのは、正体不明だったディアボロを誰が殺害したのか、はっきりさせることです」とジョヴァーナが言う。「ディアボロと一緒に吉良吉影(きらよしかげ)とかいう連続殺人鬼の死体が見つかったなら、何か関わりがあるんでしょうから、それもはっきりさせる。そして同じくアロークロスハウスで見つかった加藤九十九十九の殺害事件について、ディアボロ殺害と関わりがあるのかないのかもはっきりさせる。つまり僕たちが目指しているのは全体像を全て明らかにすることですよ、ジョースターさん」


俺はジョヴァーナを無視してまずは床に落ちていた『ピンクダークの少年』を拾う。が使い方が判らない。ドッピオに頼む。「これ、イギリスにかけて」。受け取りながらもジョヴァーナの方をチラチラと見るが「かけてあげなさい」と言われて操作する。

「……ん？ あれ？」

「おい、わざとらしい真似するんじゃないぞ」と俺はうんざりしながら言う。

「いや、本当に。おっかしいな、俺の電話宇宙でもイギリスでもつながってたのに」

「………」

「いや、ジョースターよぉ、」とドッピオを睨みつける俺にミスタが言う。「こいつは電話に関しては嘘がない奴だぜ?おかしなくらいによ」

「何でだ?さっきまでちゃんと使えてたのに……」と本の表紙をぺしぺし叩いたりひっくり返して操作してみたりしていろいろ試しているドッピオは真剣そのもので、確かにミスタの言う通りかもしれないが、ミスタの持つ小さな四角い機械が鳴って受け取るのを見てドッピオが言う。「やっぱつながるじゃん。こっちの携帯じゃなくて向こうに何かあったんだ。故障か、別のトラブルだろうけど、故障ってのは考えにくいな。ナランチャたちが持ってるのって単なる石ころだからさ。あんなのそうそう壊れないだろ。でも落っことしたとか失くしちゃったってことでも電話の呼び出し音くらい鳴るからさ。石ころがぶっ壊れたか、電話のつながらない謎の場所へナランチャたちが行ってしまったってことだな」

規格の違いなどは関係ないと言うので俺は操作方法を訊いてイギリスのジョースター邸にかけてみる、が、つながらない。イギリスに何かが起こってるのか……?

ベッド脇のライトから電球を取り出して電話に変え、さらに何やら試していたらしいドッピオが言う。「ああ、でもローマの事務所にはつながるな。……サンディエゴも。……お、ティファナもいける。……いや違うよブチャラティ、麻薬関係ないよ?えへぇへ。つーこたジョースター、おかしいのはやっぱイギリスだな。つってもここ、モリオーも何かがおかしいけど。町全体で、何か変な雰囲気だよな」

「はい」と優男ふうのギャングが手を上げ、おかっぱ頭の男が学校の授業風景みたいに「よし、フーゴ」と指す。

フーゴと呼ばれた男が窓を指しながら言う。「あの空、夜空のように見えるけど、おそらく違いますね、どうやら。月も星も見えないけど、それを隠してるはずの雲も浮かんでない。その代わりに、別のものが浮かんでいる……と言うよりは、泳いでいます」

ロハン・キシベの寝室の窓は丘の斜面に近くて湾と港町を見下ろしていて、湾には船が出ているが、既に騒ぎになっている。沖に出た船が空にライトを向けていて、そこに巨大な生き物を照らし出している。腹を上に向け、逆さになって泳ぐ体長二千メートルほどの巨大なクジラだ。真っ白なマッコウクジラ。

今は大西洋の真ん中でひっくり返ってるけれどね。

「モービー・ディックが現れましたね」とフーゴが言い、他の奴らが唖然とした声を漏らす。漁師たちの強力なライトに照らされているのはその逆さに泳ぐ、宇宙戦艦のように巨大な白鯨だけではない。様々な巨大な魚たちが逆さまに泳ぎ、群れを作って身体を翻している。中にはモリオーの周囲を回遊している群れもいて、よく見れば黒いシルエットがモリオーの丘の向こうをすういすういと横切っていく。

「どう……どう考えてもモリオーが海の真ん中で逆さまになってるんだよな?」とミスタが言う。

「そしてモリオーは縮んでいる。単純に考えて……水圧のせいかな……？」。周りの奴らがギョッとした目を向けるが馬鹿なと笑う奴も反論する奴もいない。白くて巨大なマッコウクジラが漁師たちの照らす明かりに自分の背中と額をゆったりと晒しながら逆さまな町の様子を観察し、興味を失ったのか息が続かなくなってきたのか、ぐうっと身体をそらしてモリオーの水平線の向こうに落ちていくが、海面はその下にあるんだろう。

「うへえ、何だありゃ」と学生服を着たがっちりしたガタイの双子が声を揃えるので見ると、巨大なタコが水平線からモリオーを覆うバリアを這い上がって（這い降りて）きて吸盤を広げて南の空を半分覆い尽くしてしまう。

「ジョースターさん、ここで空を見物している余裕はないんじゃないですか？」とジョヴァーナが言い出すが、俺はとっくに考え始めている。事件の内容じゃない。どうやってイギリスに帰るか、だ。いかにしてリサリサの顔をもう一回見るか、だ。リサリサとちゃんと結婚式を挙げるには何をすべきか、だ。イギリスが屍生人に支配されたとすればそれは俺がこの世界に飛んでからの出来事で、つまり俺たちの結婚式の日は過ぎてしまったんだろう。

でも……リサリサは大丈夫だ。絶対に死んだりしない。屍生人相手に負けたりするようなヤワな奴じゃないのだ。それだけが俺の確信で、心の拠り所だ。ありがとうリサリサ、と俺は思う。こんなところまで来てこんなにおかしな状況で、俺は君の強さだけを信じることができる。

リサリサのところに戻る。どうすればいい？

ビヨンドを使う。でもどうやって？さっきはどうした？

俺は考えた。どう考えた？

君は、自分の『ビヨンド』を信じ、自分の運命を乗り越えていかなければならないと言われた通りにビヨンドを信じようと。

ビヨンドを信じるということは……**俺を主人公にして物語を描いている作者がいる**ことを信じるのだ。物語では**理屈が通らないこと、唐突で不自然なことは起こらない**。……だから**文脈を作らなければならない**。ここにある文脈とは何だ？

ここにある状況にまずは従ってみるなら、マフィアどもの言う通りボス殺害事件の謎を解くことだ。クソッ！俺は九十九十九じゃねえんだよ！と吐き出したくなったとき、俺は思い直す。ひょっとして九十九十九と出会い、あのとき二人で冒険を繰り返したことを今ここで謎解きをするための素地として活かせるんじゃないか？いや、……活かせということなんじゃないか？

ええいままよと俺は言う。「ジョヴァーナ、事件の概要を説明してくれ」

ジョヴァーナが花が咲くみたいに笑う。

まずは依頼通り動く。ディアボロとキラー・ヨシカゲの死体は揃えて書斎の床に並べてある。「宇宙船が落っこちて来たから一旦慌てて建物の外に出したんだけど、宇宙船が消えて、建物も自己回復して元通りになったからとりあえず中に戻したんだ。警察なんて今全く機能してないし、この事件はスタンド使いじゃないと解けないだろうしな」と言ったのはガタイのいい日本人の双子の一人、フカシギ・ニジムラ……のスタンド、NYPDブルーだ。スタンドが独自の意志を持つこともあるらしい。それどころか、ロハン・キシベのガールフレンド、レイミはまるきり人間にしか見えないし、まだ何か不平不満をぶつぶつ言ってるキシベをくすくす笑ったり何か面白可笑しく言葉をかけたりしているらしくてキシベも笑ったりして何だかイチャイチャしてるなこの野郎……。まあいい。

ディアボロとヨシカゲの首は右耳から左耳まで喉をぐるりと深く切っている。大量の血。俺は九十九十九も首を切られたと聞いていて落ち着かない気分だが、集中しなければならない。まずは一つずつ見るのだ。キシベが彼のスタンド、ヘブンズ・ドアーによって二つの死体を本にする。顔を横からスライスし、瞼を閉じた眼の部分をくり抜くようにして丸い穴を空けた本を広げてみると中には『死』という文字がいろんな言語で書かれページを埋めているだけだ。生きている間なら相手の情報を性格や履歴なども細かく、本人だって気付いていないことや忘れてしまっていることだって基本的に読み取れるはずらしいが、死ぬと同時に文字は全て『死』に置き換わってしまうと言う。

レオーネ・アバッキオのスタンド、ヴィデオドロームの記録も見る。ディアボロもヨシカゲもそれぞれ一瞬だけ書斎に現れてひと声漏らして喉を切り裂かれ、絶命する。絶命直前の一瞬で静止させたヴィデオドロームをキシベが本にすると、その二冊はそれぞれほとんどが白紙でごく基本的な情報しか書かれていない。名前とスタンドについてだけ。思い出や気持ちの記述はすっ飛んでしまっているらしい。

「死が迫っていることを本人たちが知っていて、それをある程度受け入れてしまってたんだね。ほら」と言ってキシベが捲ったページには「死」の文字列が並び始めている。「死はこのように、生きてるうちから始まることもあるんだ」

そしてこの二つの殺害も、死体遺棄も、全て警官やキシベたちのがすぐそばをうろうろする中で行われたとのこと。……何だそれ？日本人の、俺のイメージとは違う個人主義が行き過ぎたってことじゃないよな？未来の人間の倫理観なんて判らないが。まあいい。とにかく事実を集めなければ。本の状態を解いてもらい、アバッキオに訊く。

「犯人は映ってないいんだね？」

アバッキオが頷く。「これは本人の命の記録だからな」

「この二人は同時に連れ込まれて殺されたのかな。それとも結構間隔が空いてた？」

「それは記録されない」とアバッキオ。「あくまでも身に起こったことしか判らない。少なくとも二人とも死亡推定時刻は今からちょうど半日、十二時間前、今日の午前八時だ」

身に起こったことか。「でもここに現れる以前にこの二人が何をしていたのかが記録されていないんだね？」

「ああ。それがおかしなことなんだ。これをそのまま解釈するなら、この二人は今日、殺されるまでは存在していなかったか、あるいは七月二十四日以外の日にち以降にここで殺されるためだけに犯人に連れ込まれたってことになる」

「……昨日とか他の日の記録は見れないの？」

「ヴィデオドロームで見れるのはその日だけだ。0時から24時まで」

「それがこの約一秒だけか……またあるいは、率直に考えると、二人とも今日になった直後、午前0時0分01秒で死んだってことかな？死亡推定時刻が間違っていてさ？」

「………」。答はない。

アバッキオに繰り返し再生をお願いして俺はできるだけ細かく観察する。九十九十九がかつてそうしていたように。説明通りならとりあえず死亡してからもう半日経っているわけだ。そしてヴィデオドロームの立体映像と横に置かれた死体を見比べる限り、夏でもこの家のエアコンとやらで室温調節してるらしいので腐敗の進み具合も矛盾はないように見える。しばらくは二組の遺体と死亡の瞬間の動画を間違い探しのように見比べてしまうが何も気付くところはない。「うーん。ギャングどもがこのスタンドで俺たちに何かトリックを仕掛けようっていう様子ではなさそうだな」と俺の隣にいつの間にか立っていて言ったのはNYPDブルーだ。

「えっ！お前何いきなり混ざってんだ馬鹿！こっち戻れ！」と慌ててフカシギ・ニジムラが言うけれどNYPDブルーが一喝。

「黙れ！目の前で殺人事件が起こったのに素人さんに任せて高みの見物はできねえよ！」。それから俺に言う。「すまねーな兄ちゃん。さ、続き続き」と促されても、何も……と思いながらもう一度俺は「おおっ！」と言って死ぬヨシカゲにボンヤリと目を戻して、そのとき無心になっていたのが良かったのか、気付く。顔中にドッと脂汗を噴き出しているヨシカゲの汗がぽたりとシャツに落ちるのだが、それが瞬時に乾いてしまう。降った雪が地面に落ちる間際でふっと消えるように。

？これはどうしてだ？顎から胸に落ちたはずの汗が付着していない。汗ってこんなに早く乾かないよな?

気がついて俺は手を伸ばしかけ、訊く。「これ、触ると死体の感触もあるの?」

アバッキオが頷く。「でも記録だから、お前の手や服が血で汚れたように見えてもその時だけだ」

「あ、そう?」と言って俺は何気ない素振りでヨシカゲのシャツを触ってみる。素肌に直接羽織ったシャツだけど完全に乾いている。顔の様子を見る限り全身が汗だくでもおかしくないのに、シャツが全く濡れていない。この時代の繊維技術がどれほど進んでいるのか判らないが、汗が乾くにはそれなりに時間はかかる。熱したフライパンに水滴を落としたってこんなふうには蒸発しない。溶岩ほど熱いのなら判るけれど、俺が触るヨシカゲはちょっとカッカきてるようだけど平熱だ。ここには取っかかりがある、と俺は思う。「何だ?……キラー・ヨシカゲの胸に何かあるのか?」と訊いたのはアバッキオだ。俺の隣に立ち、俺の顔をじっと見つめている。「……何か見つけたな?言い逃れしようとするんじゃねえぞ。正直に言え。俺は元警官だ。嘘は判るんだからな」

俺は嘘が上手なタイプではない。すると背後で「おいおいチンピラ、てめえも元警官だってタンカ切るんだったら基本に従いな。脅す前に自分で考えて確かめてみりゃいいじゃねえか……ふむ。何か違和感があるぞ、確かに……」とNYPDブルーがヨシカゲの服をすべすべぺたりと撫でたり叩いたりしながら言う。

「っちっ!」と舌打ちしながらもアバッキオはNYPDブルーの隣に並んでヨシカゲの胸を触り、その間も「おおっ!」「おおっ!」「おおっ!」と断末魔の声とともにヨシカゲが首を繰り返し切られるので異様な光景だが、俺は構わず隣で「ああっ」「ああっ」と死に続けているディアボロの正面に立って同じく観察する。目標が同じなのですぐに見つかる。頬から落ちた汗が肩の上ですっと消える。こいつもだ。俺はディアボロの身体にぺったりと貼り付いた薄いシャツを触ってみる……が、こちらも乾いている。こいつも顔から身体から脂汗だくだくなのに。俺は思いついてディアボロのシャツを捲って腕を中に入れてみる。やはり。ディアボロの腹は汗でべたべただ。でもシャツを濡らしていない。どうしてこんなことが起こる？「お前ら三人ともどう考えても異常だぞ」とミスタが言ってフーゴと二人でプーゲラゲラと爆笑するけれども気にならない。ここには何かがある。どうしてこんなことが起こる？

シャツの速乾性の話ではない。それならばアバッキオとＮＹＰＤブルーだってそう言うだろう。こんなことがありえないから二人とも困惑顔でヤジにも反応せずに検証を続けているんだ。

乾きやすいシャツ……でなかったら、乾きやすい汗？それもありえないだろう。時代を経ても汗は汗だ。物理は物理だ。乾くのには時間がかかる。……うん？物理？でも今物理がどれだけ通用するんだ？

目の前の光景を見ろ。人間の命の、触れる記録。自ら犯罪の証拠を探す、ヒト型の力。ここにいる奴らは皆変だ。本を電話に変える奴、石けんを頭蓋骨と頭皮に置き換える奴。銃弾を弾く六人組のオカマちゃんを手なずけている奴。

この環境だっておかしい。透明の壁に囲まれて海の中にひっくり返っている町。周囲を泳ぐ魚は巨大化したんじゃなくて、この町自体が縮んだんだろう。これ、物理なんて通用するか？しない。理屈はあるようだけど、物理はある程度までしか通用しない。スタンドの仕業なのだ、この汗も、この一瞬の殺人も、この部屋に唐突に被害者を連れ込んでほとんど抵抗させないまま殺したことも。

物理は通用しないなら、時間がかかることもかからないってことで済むのかも……と思ったとき、思い出す。……時間？

キラー・ヨシカゲのスタンド《キラークイーン》のバイツァ・ダストって発動すると時間が一時間戻るんじゃなかったか？

ディアボロの《キング・クリムゾン》だって未来を予知して時間を削ることができるんじゃなかったか？

両方とも時間に関わるスタンドだ。そしてそのスタンドを持つ二人がここで並んで死んでいる。

時間と言えば、１９０４年のイギリスから２０１２年の日本に時空を超えたらしい九十九十九はこの建物でさらにタイムスリップを二回も繰り返して死んだのだ。

そしてもう一つ。

「ミスター・キシベ」と俺が言うと痩せた絵描きが顔をこちらに向ける。「君、さっき時計がどうとか言ってなかった？」

するとキシベは「言ってたとも！」と叫んでようやく自分の発言が通るかとズイズイ前に出てくる。「僕の書斎の、この机の上に置いてあった置き時計がなくなっているんだ！この窓のない書斎で唯一僕に時間を伝えてくれる道具なんだよ！それほど高価なものじゃないし、何だったら新しいの買って渡すから、とにかく僕の時計を返してくれ！」

「何を必死に……」とミスタが茶々を入れる。「新しく買えばいいだろ漫画家先生♡」

「僕は僕の持ち物に愛着を感じている！」と物凄い迫力でビシャリと言われてミスタがちょっとびくっとした。

「わあ、……そんな大声で」と言いつつもキシベの台詞には奇妙に人を説得するようなところがあって「……まあ、でもそりゃそうだよな、道具には愛着が湧くよな」とミスタも言う。

「だから返せ！それを出さないとこの家から出さないぞ！」と軟禁されてるはずのキシベがギャングたちに向かって怒鳴るので、場の空気はすげーなキシベくすくすって雰囲気だけれども、俺は構わず考えている。時計がなくなった？

　ここにも理由はある。……キシベの言う通りそれが安価なものならば盗る理由はないだろう。盗る奴はここに時計があるとマズいと思った誰かだけだ。

『時間』だ。ここでの全てのキーワードはそれだ。……問題は何だ？

　汗の乾く時間だ。どうして一瞬で乾いたか。それを物理を無視して答を出してみる。押し通せ……！汗は一瞬では乾かない。それなりの時間がかかっているのだ。でもそれが一瞬のように見えているだけなのだ。それなりの時間が、一瞬であるかのように加速されてるんだ。一瞬のように見えて一瞬ではない。

　それと同じように、この二人が殺された一秒も、一秒ではない。もっと長い時間が、一秒のように見えているんだ。

　時間を加速させているんだ。

だからその加速がバレないよう、時計が隠されたんだ。


それだ、と俺は思う。それで正解だという確信。

でも加速と言っても、二人の動作は映画の早回しのようには見えない。人間は常に身体を揺らしているから早回しだとどうしてもチャカチャカと不可能な速度で身体を振って見えるはずだ。しかし二人の身体の動きにおかしなところはないし血の吹き出した速度だって自然だ。

汗だけがおかしいのだ。ゆっくりと自然なスピードで頬をつたい、顎からぷっくり垂れて脹らみ、落ちて乾くスピードがおかしい。だけじゃない。よく見ると、顎からシャツへ汗が落ちる間の時間も短すぎる。例えばそれが普通の速さで流れている時間だったら俺は顎から落ちる汗をすっと顎の下に手を差し込んで受け取ることだってできるはずだ。でもこの二人の汗は余りのスピードに手を差し込むタイミングが摑めないほどだ。これは何を示しているんだろう？

人は普通に動いているのに、汗は加速している……顎を離れた瞬間に、素早く落ちて素早く乾く。

うん？顎を離れた瞬間に？

つまり人間の肌が境界線……じゃなくて境界面で、その外側と内側で時間の流れが違う？人間の体内と外の世界では時間の流れが変わりうる？

そうだ。そうでなければ成り立たない。……と言うのはこの二人のスタンド能力のことで、キラークイーンは誰かを爆破した後約一時間程度時間を戻してもう一度生き直させるらしいが、このとき爆弾人間だけは全ての経験を憶（おぼ）えている……とすれば、この爆弾人間だけに違う時間が流れているのだ。

キング・クリムゾンだってそうだ。ディアボロは未来を予知してその時間を削り取るらしいが、出来事がA↓B↓Cと起こるとき、Bを削ってしまうなら、ディアボロ以外の人間にとって時間の流れはA↓Cだけになるが、ディアボロにとってはA↓予測の中で起こるB↓Bの削り取り↓Cという作業分の延長が起こるはずで、ディアボロ以外とは時間の蓄積が変わる。

つまり人間の時間は外側と内側でそれぞれに流れているのだ。基本的にはそれは同期しているけれども、このようにスタンドを使ったりするとズレが生じる。ディアボロのズレは小さいだろうが、キラークイーンによって爆弾人間にされた人間は爆破の恐怖に戦（おのの）き助けを求めれば求めるほど同じ時間を繰り返し生き、時間のズレはどんどん大きくなっていくはずだ。

それに、人間の体内の時間というのはずれていて当然なんじゃないか？スタンドなど関係なく？カナリア諸島で生きていて苛（いじ）められていた時間、戦争を戦っていた時間、リサリサの長い髪が光に輝き風になびくのを眺めている時間が同じ速度で自分の中を流れていたとは思えない。

そしてモーターライズ邸でウィリアム・カーディナルの中のアントニオ・トーレスと対峙（たいじ）していたときも今こうして未来でギャングに囲まれて死体を横に置いて推理を始めているときも絶対に時間の速度は違ったはずだ。人間が集中すると体内の時間は速くなるんだろう。たったの数分、数十秒でいろんなことを考えたりするので、外の時間に比べて中の時間が凄くゆっくり流れていたりするわけだ。あれ？外の時間はまだこれだけしか経ってないの？というふうに。つまり今この時間も俺は考え込むことで俺の中に外との時間差を溜め込んでいる。人間の内側と外側に流れる時間が別個のものならば、それを操作するときもどちらかになるのだろう。キラークイーンは爆弾人間の中の時間だけを戻し、キング・クリムゾンは自分だけが味わった時間の一部を削って、外の時間から消してしまう。そしてここにいた何者かのスタンドは、ヨシカゲとディアボロの外側の時間を加速させてしまったのだ。

この「おおっ」「ああっ」の約一秒は本人たちにとってはそのまま約一秒でも、身体の外側ではそれぞれもっと長い時間が経過していて、それが圧縮されているのだ。

それがどれくらいかはまだ判らない。だが汗の謎は一応解けた。ついでにこの二人の殺害を誰も目撃していないことの謎も解けるのではないか？「ミスター・キシベ、今朝の八時頃に……例えば一時間くらいこの部屋を誰も通らなかったってことはありえるかな」

「ええ？それはないよ」とキシベが言う。「逆にそこらへんが一番人の出入りが多かったんだぜ？九十九十九の死体が見つかって警官が押し寄せてたからな」

「そうか」。どうせ殺した場面だけでなく、死んで床に転がっているところも誰も見ていないのだ。ならば最大限、つまり午前零時から殺害推定時刻八時の死体が見つかった時点まで時間の加速を進めてしまったのだと考えてみる。……二人を殺すために八時間を約一秒に圧縮。その勢いのまま現在の時刻、午後八時ごろまで一気に縮めてしまったとしたら？

八時間を一秒にするなら、零時から現在までの二十時間では二・五秒だ。二・五秒くらいならばこの書斎に誰もいない時間があってもおかしくない。それに二・五秒というのは何となく等倍した数字であって、死んだ後にさらに加速させて死んでから今までの十二時間を一秒にしたって〇・一秒にしたって今の時点では仮定として問題ないはずだ。とにかく二・五秒で考えを進めてみる。

……二人は最初の一秒で殺され、残りの一・五秒で十二時間分の腐敗が進む。

今横に置いてある死体の状態ではそれがちゃんと起こっているようだが、……確かめられるだろうか？「ミスター・キシベ、ここには体温計があるかな？」

俺が言うとキシベがニッと笑う。「あるよ？……検死かな？」

ちょっとぎょっとするけど、この男ならこういうこともありえるかな？「ああ。もしかしてそういうキットが……」

「あるとも」とキシベが嬉々として言う。「僕が描いてるのはホラーミステリー漫画だからね。死体の検分には興味があったんだ。人間の死体では試したことがなかったけど、猫とか鳥とかは町をブラブラしてたらたまに死んでるからね。いろいろ勉強になったよ」

「………」

俺とともに皆がさすがに静まりかえるがキシベは全く意に介さずに事故死した動物の検死結果について喋り始め、ガールフレンドに口を押さえられている。「わっぷぷ、あ、体温計ね。キットごと持ってくるよ」

「……頼むよ」。それから俺はヴィデオドロームの乾いた服の謎とにらめっこをしている二人に声をかける。「アバッキオ、NYPD、君らにもお願いするよ」

「……？うん？何を？」と言うアバッキオもNYPDブルーも謎に夢中でこちらのやり取りを聞い

ていなかったらしい。

「簡単な検死だよ」と俺は言う。「まずは直腸温を取ってくれ」

「……？何ぃーーーっ⁉」「おいおい兄ちゃん！俺はデカだぜ？鑑識の真似なんかしたらどやされるぜ⁉」と二人が口々に言うけれど、「素人に任す訳にいかないだろ？」と俺が言うと渋々了承し、キシベから体温計を受け取る。ちょうど二本ある。「これ……ちゃんと消毒してあるんだろうな⁉」と懐疑的なアバッキオにキシベが憤懣やるかたなし。

「当たり前だろう失敬な！野鳥や野良猫の肛門がどんなばい菌を持ってるか判らないだろう！ちゃんと洗って殺菌してあるさ！」

「野鳥……」

「ちなみに最後に使ったのは野生のイノシシだった。どこか遠くの山からやってきて、車にぶつかったんだね。でも当たりどころが良かったと言うべきか遺体は綺麗でさ、僕は一時間ごとに写真を撮ってその都度お尻にその体温計を突っ込んだりして遺体の状態を確かめて全てを記録に残してあるよ。興味があれば動画にも加工してあるからそれなら十五分くらいで一頭のイノシシがウジと昆虫に食われてゆっくりと骨になっていく様子が……」

アバッキオが真っ青になっていく。

キシベは言い終える。「とにかくそれは清潔だ」

で、アバッキオとＮＹＰＤブルーに検温させるとそれぞれ十度から十一度体温が下がっている。

生きているときの最期の温度がヴィデオドロームから採れるからありがたい。太っていないディアボロとヨシカゲは最初の十時間は大体一時間に一度下がっていき、その後時間当たり〇・五度となるはずだから、俺の仮定とほぼドンピシャだ。

次に口の中と目を見る。粘膜の乾燥は中程度。角膜混濁も通常二十四時間後から四十八時間後に現れるピークの約半分。それから死斑。うつぶせの遺体を起こさせて確認するとほぼ最強に近い状態だ。これもピークは大体十二時間だから矛盾はない。かっちかちの遺体の死後硬直は十～十二時間後に現れるべきピークそのものだ。

よし。「もういいよ」と言うとアバッキオとNYPDブルーが床に座り込んでしまう。

「何か判ったのか」とアバッキオが訊くけど無視。飛んできた体温計を避けて俺は考え続ける。体温計が割れる音も「こらーっ」というキシベの声も聞き流して。解説は推理がまとまってからと決まってるのだ。ったく警察官はどの時代のどこの国の奴らもせっかちだな。

死体はおよそ十二時間分の腐敗が確かに進んでいる。で、俺は検査をしながら仮定をそのままで考え進めていたのだが、最初の八時間、生きているディアボロとヨシカゲは八時間を一秒に感じてたはずだ。でも死んでからの十二時間、死体には二・五秒ではなく、周囲と同じく十二時間の時間が流れたと考えられる。つまりこのスタンドの時間加速は、生きている人間を排除して行われるんじゃないだろうか？

いや時間の流れを感じるのは人間だけじゃない。動物だって感じているはずだ。おそらく屍生人だって。

とにかくこのスタンドが時間を意識できる者を排除して時間を加速させるとするなら、時間の流れを分ける境界で言うと、頬をつたい顎にぶら下がる汗は《内側》、あるいは《身体の一部》と同様で、顎からぽつんと落ちた途端に《外側》、《身体から外れたもの》となる訳だ。そしてこの二人の場合を見ると着ている服もまた《外側》となるかもしれないが、これはそのときのディアボロやヨシカゲに服に対して意識を配る余裕もなくなっていたからじゃないだろうか？つまり意識の届くところまでが自分の内側で、届かないところ以降が外側で、別の時間が流れているのだ。

さて、と俺は思う。次だ。犯人像は摑めた。時間を加速させることのできるスタンド使いがいるのだ。そいつが加速した時間の中でヨシカゲとディアボロを殺した。首を切って。

しかし生きている人間の首を、こんなにも簡単に、こんなにも深く切ったりできるのだろうか？二人とも身体を拘束されている訳ではない。それにスタンド使いで、もし身体が動けなくてもスタンドは自由なはずだ。……でもその犯人がどこかに隠れていたから反撃できなかった？それも変だ。特にディアボロはスタンドを出しているし、キング・クリムゾンは先の攻撃を読むことができ、その攻撃をなかったことにできるはずだ。ヨシカゲだってキラークイーンを出していれば触れたものを爆破できるし爆弾にできたのに、自衛できなかったのか？相手が操るのは時を加速するスタンド。スタンドは一人一体というルールがあるらしいから、相手にできるのはそれだけだとも言える。

姿を隠すためのスタンドじゃないのだ。

加速された時に乗じて相手ができることは素早く動くということだろう。しかしただ素早く動くだけの相手を爆弾という武器で退けることはそれほど難しいことだろうか？

どうだろう……と思って俺は計算してみるが、八時間を一秒に加速した場合、ディアボロとヨシカゲにとって時速十キロで駆け寄る犯人のスピードは、時速２８８０００キロ。秒速八万メートル。音速の２４１倍だ。あれ結構凄いな爆弾を仕掛けようにも追いつかないかも……？

ともかく二人ともスタンドを使えなかったのだ……あるいは使わなかったのだ。どうしてだ？相手が速過ぎて出すのが間に合わなかった？音速の２４１倍という速さならそれも判る。が、二人とも虚ろな目でボンヤリ宙を見ているだけでほとんど抵抗しようとしていないし、諦めているようにすら見える。……ジョヴァーナたちスタンド使いを率いていたマフィアのボスと、モリオーという狭い町の中で複数のスタンド使いたちに追われていながら生き延びていた連続殺人鬼が、こんなふうに同時に無防備に命を投げ出してしまうなんてありえるか？

ないない絶対ない、と俺は思う。ディアボロの未来予知は自分の中の時計を使ってるんだろうから有効で、どれだけ素早く動こうともその攻撃の数秒前には予知して対応することができる。これを絶対に繰り出すはずだ。どんな兵士でもそうだ。自分の銃を抜かずにただ撃たれて死ぬ奴はいないし、どこまで追いつめられてもナイフが残っていればナイフで、銃弾がなくなっても銃床で、気合いが入ってる奴は何がなくても素手で戦うし、怪我で動けなくなったら歯で嚙み付いてでも抵抗するものだ。

でもその抵抗ができないということは、と俺はまた強引にでも推論を進める。二人ともスタンドを出せない状況にあったか、出さなくていいと思っていた？

出せない状況……？首を切られるまでは傷などもないし、本体にダメージがないならスタンドにもダメージはないはずで、逆も然り。二人ともそれぞれのスタンドを使うことができないなんてことなかった。

では、出さなくてもいいと思っていた……？という設問にうん、これじゃないかな、これしかないなと思うのは、何故なら二人とも「おおっ」「ああっ」と驚いた声を出し脂汗を噴き出していても危機感より驚きや戸惑いの方が勝っている様子だからだ。では何に驚き、戸惑っていた？

犯人スタンドによる時の加速で目の前の光景が怒濤のように変わる様子に？

俺は周囲を確認する。二人の死んだこの書斎には机以外何もない。壁には窓はなくてドアしかない。天井も天窓もない。ここで一時間を一秒に加速させたとき一体何がどれほど変わるだろう？

おそらく何も変わりはしない。ここには驚いたり戸惑ったりするような何かは見当たらない。

では何に気を取られていたのか？

周りに何もなければ、自分以外の誰かだろうし、それは犯人ではない。犯人は二人の首を不意を突くようにして切っているのだ。犯人の姿は隠されている。ではディアボロとヨシカゲは何を見て何を考えてどうしてそこまで混乱していたか？

それはもうお互いの存在に対してだろう。

時を操るスタンドの持ち主。

マフィアのボスと連続殺人鬼。

そしてジョヴァーナやキシベの考えとしてはネーロネーロ島とモリオーを動かしていた動力源。

この二人は死ぬときだってペアにされたはずだ。……どうやって？

スタンド能力を戦わせて。

俺はとうとう辿り着く。


ヨシカゲのスタンド、キラークイーンの第三の能力バイツァ・ダストは人間を爆弾にし、ヨシカゲのことを探ろうとする相手を爆破すると一時間程度時間が戻って再スタートするという、目立たずに暮らしたい連続殺人鬼としては便利なものだ。ヨシカゲの名前を出しただけで爆破してしまうので、もし余計な人間を爆殺してしまったときには一時間前に戻ったところで能力を一旦解除してしまえば爆殺の運命もなかったことにできる。しかし唯一の欠点は、爆弾人間本人には記憶と時間が蓄積するものの、ヨシカゲ本人はそれを把握できないことだった。爆弾人間がどこで誰を殺したのか判らないということはつまり自分のことを誰が探っているのかも判らないし、それがどれくらい自分の近くに迫ってきているのかも調べない限り知らないままになるのだ。

もちろん暮らしの平穏を保つためには爆弾人間からは離れて素知らぬふりをしてればいいだろうけれど、それを使ってる間はキラークイーンの他の能力は停止してしまうので自らを無防備にしてしまう。そしていざというときもバイツァ・ダストの状況を知らないまま自分の都合だけで解除してしまうと爆殺の運命を決定できずに追跡者を生き長らえさせることになるので確認作業が必要になる。そしてその確認作業のためには爆弾人間に近寄らざるをえず、同時に追跡者たちに接近することになる。

この欠点を補うには、爆弾を遠ざけておくせいで不安と面倒を抱え込んでしまうことを踏まえ、積極的にリスクを背負って自らが爆弾人間と化してしまうしかない。邪魔な人間を爆殺するだけならキラークイーンの基本的な能力で十分だが、バイツァ・ダストを自分に装着することで爆殺の後に一時間分のリセットをかけることができ、もう一度、今度はより良く上手に相手を殺すことができるだろうし、間違いを訂正できるだろう。知識も履歴も経験値も貯まる一方だ。正体を明かしたくない連続殺人鬼としては誰かを爆殺するにしても時と場所を選ばなければならないが、バイツァ・ダストならその配慮は要らなくなる。誰が見ていようがとにかく殺したい相手を爆殺。一時間前に戻ってその爆殺時刻を人知れずやり過ごしてしまえば、追跡者は運命通り死に、目撃者たちにはどうしてその死が訪れたのか理解できないだろう。この一時間のリセットこそが有用なのだ。で、名探偵が殺されてさらに名探偵が集まりつつあったこのモリオーで、どのような事態にも対応できるよう自分自身にバイツァ・ダストを仕掛けていたヨシカゲに、ディアボロを接触させる。

するとどうなる？

ヨシカゲのバイツァ・ダストが発動、ディアボロを爆殺しようとするが、ディアボロのキング・クリムゾンがその未来を察知、すると爆殺の事実を削り取る他ないだろう。しかし爆殺の結果である一時間のリセットは運命として残るから、バイツァ・ダストの能力によって全ては一時間前に逆戻りする。そしてそのとき、ヨシカゲにはディアボロを爆殺した事実も記憶もないままで、もう一方のディアボロは爆殺されそうになってキング・クリムゾンで時間を削ったことの記憶がないままで、それぞれ一時間前から歴史をやり直すことになる。が、しかし、その一時間後にはまたしても運命として、ディアボロの爆殺とその回避とさらなる一時間のリセットが必ず起こるのだ。……つまりヨシカゲとディアボロは時間の円環に閉じ込められてしまう。

その一時間で運命を変えられるのはヨシカゲだけで、円環から脱出するにはバイツァ・ダストを解除するしかないのだが、マフィアのボスと連続殺人鬼が出くわしていてそんな余裕が生まれるだろうか？特にヨシカゲは時間のリセットに気付いているのだから、自分が誰かを爆破したはずなのに、その記憶がないという状況にあるのだ。当然酷く緊張している。ディアボロのキング・クリムゾンの能力を知ってるはずがないヨシカゲはバイツァ・ダストで繰り返し撃退しようとする他ないだろう。しかしディアボロを排除しようと積極的に動いても、相手は全ての攻撃をなかったことにしてしまうのだ。咄嗟のときにヨシカゲにできることはやはりバイツァ・ダストでより良い結果を求めることで、おそらくディアボロとヨシカゲの作る円環はいびつな形を作りながら再生を繰り返したはずだ。

そしてその円環に時を加速させるスタンドの持ち主が介入。二人の時間を圧縮し、円環を縮め、対応できなくなったところで首を切り、二人ともを一度に殺害。そのまま時間を加速し続けて二人の死体を発見させ、宇宙船の落下のどさくさに紛れてアロークロスハウスを脱出……！

それで大筋としては正解のはずだ。俺には判る。九十九十九がよく言っていた『正解のときには、確かめずとも判る』という言葉の意味も理解できた。ただ自信があるという意味ではない。名探偵や俺が信じているのは自分だけではない。信じているのは全てだ。世界。そして神。全ての成り立ちが自分のためにあるということを確信しているのだ。それがビヨンドに力を与え、ビヨンドの力をくれる。

ビヨンドを身につけ、俺は迷わずに次に進む。……ではどうしてそれがアロークロスハウスでなくてはならなかったのか？

時間と流れは人間の意識の境界で区切られている。そのような曖昧な区切りの中に他人がスタンド攻撃を加えることなどできるだろうか？

できないし、していない。もしディアボロとヨシカゲの意識の時間を加速できたとしても、二人が死んだ時点で時間は消滅し、加速は終わり、死んだ二人の遺体が書斎に残るだけとなったはずだ。しかしそうならずに二人の遺体を腐敗させ、かつアロークロスハウスに出入りしていた警官たちやキシベに見つからなかったのは、アロークロスハウスの部屋の時間そのものを加速できたからだろう。アロークロスハウスならそれができるのだ。厳密に言えば、その前身、キューブハウスでは。家は人体ではない。家に意識はない。普通の家ならば、犯人のスタンド使いが時間を加速させせようとしたら、境界のない無限の時空を操らなければならなくなるだろう。世界の時間を操るなんて……それは地球だけじゃなくて宇宙にだって関係してくるんだろうから想像もつかないが、もしそんなことができたとして、時間が加速すれば体内時間によって取り残された人間は気付き、騒ぎになるだろう。こっそり二人の人間を殺したいだけの犯人にとっては騒ぎは不必要だ。だがアロークロスハウス、キューブハウスは普通の家ではない。

これはスタンドなのだ。レイミ・スギモトという人間の名前を持つスタンドの、意識の範囲。構造も時空単位を囲み込んでいる。**テッセラクト**。キューブハウスを増築されてできたアロークロスハウス。

俺は思いついてキシベに言う。「書斎以外の時計を集めてくれ」

するとキシベはにやっと笑い、「古いタイプの名探偵っぽくなってきたなあ。途中での解説はまるでなしって訳だね」と言いながら周囲の日本人たちと手分けして時計を集めてくる。今の名探偵はどんなふうに振る舞ってるんだ？

四方向のサンルームからそれぞれ一つずつ、合計四つの時計が集まり、確認する。全ての時計が同じく現在時、つまり午後八時十三分を差している。「何で秒針まできっちり一緒なんだよ露伴先生〜！きめーよ！」「病気だマジで……」とデカい双子が揃って言うがキシベは取り合わない。「ちゃんとしてるだけだ馬鹿者」

俺は俺の時計をうっかり確認してしまう。午前十一時十五分。本来なら結婚式の最中でリサリサと指輪の交換でもしていたところだろう。結婚の誓いとか？空軍の奴らがふざけて異議申し立てでもしでかしたかもしれない。……が、その時は失われた訳じゃないんだ。過ぎ去ってしまっているけれど過去に確かに在り、俺はそこに戻ってみせる……！

俺は推理に戻る。加速はこの書斎の中で起こったのだ。言い換えれば増築されたアロークロスハウス部分では起こらなかったのだ。境界はキューブハウス。

「レイミ、ちょっと話を聞かせてほしいんだけど」

「はーい」と言って駆け寄ってくるレイミが笑う。「何だかトントン拍子に推理が進んでるようですね！」

トントン拍子？そんなふうに見えるのか？とビックリしてから気付く。俺の中と他の奴らで時間の流れが違うのだ。

「レイミ、この建物、キューブハウスについて教えてほしいんだけど」

「はいはい？」

で、話を聞くが、キューブハウスがニシアカツキにあったこともそれがモリオーに移築されたことも全て伝聞で、本人の憶えているのはいつの間にかモリオーでアロークロスハウスになっていて、それ以前の記憶はほとんどないらしい。「スタンドは成長したり突然変異を起こしたりするもんなんだよ」とそばに来て俺たちのやり取りを聞いていたキシベが言う。「以前の杉本さんとは違ってて当然なんだ」。フォローを入れたつもりなんだろうけれど、言われたレイミはいささか寂しそうに笑っている。以前の自分とは違ってしまったり、前の自分の記憶がなくなってしまったりすることの悲しみがおそらくキシベのような前進邁進タイプには十分理解できないのだ。「無量大数くんのグランブルーも増えたりしたし、そういうことはままあるんだ」と言うキシベに俺は訊く。

「そういうとき他にも以前の記憶を失った人は？」

「え？いや本体の人間にはないけどさ。でもスタンド自身はそりゃガラッと中身が変わることだってあるだろうし、そしたら全部リニューアルされてもおかしくないだろう？」

隣でレイミがしょぼんとしてしまっている。レイミにも時間は流れているのだ。思わず俺は言う。

「キシベ、君はこれまでの自分を忘れてしまうことに恐怖感とか感じないのかい？積み重ねてきた時間がなくなってしまったりすることに？」

「怖くなんてないさ」とキシベは強がりでもなさそうにさらっと言う。「だって僕の人生にはほとんど何も起こってないからね。僕の全ては僕の描くマンガに注ぎ込んできたんだ、きっちりばっちりとさ！」と自信満々に言って鼻息の荒いキシベに隣のレイミもポカンとしている。

すると背後の日本人の少年たち、双子とヒロセからヤジが入る。「ちょっと露伴先生酷くねーか？」「ジョージはそんなことを突っ込んでるんじゃねえんだよ判んねーのか？」「露伴先生想像力。ホント原稿描いてないとき気ぃ抜き過ぎちゃうんだから……」などとやいやい言われてようやくはっと思いついたようで、キシベは慌ててレイミに言う。

「えっ？あっ違う違う！うっかり僕が平気なことだから君だって平気だと思い込んでたよ！ごめん！無神経だったね！」

バチンと両手を合わして頭を深々と下げる様子が本当に必死そうでレイミは思わず吹き出してしまう。ぶーーーーーっ。「ちょ、いいよ露伴ちゃんって、本当にマンガに全身全霊打ち込んでるもんね。露伴ちゃんの言ってる意味判るよ」

「いやでもごめん。ホント僕、自分と他人の区別が時々ついてなくて、僕ができるんだったら他人だってできるはずって上目線で見てるんだと他のマンガ家さんにも言われたりするんだけど、本当はそんなことないんだよ！僕は他人に期待しすぎるだけなんだ！それが僕の悪いとこ！」

「だーからそう言いながらまた上目線だろ！」「他人に期待しすぎとかどんだけ凄いつもりなんだよ露伴先生よう！」「あははははは！冗談でしょ？馬鹿馬鹿しい！あはははははは！」と爆笑するヒロセは俺と同じようにキシベがふざけてるように思ったらしいがキシベが怒鳴る。

「何笑ってるんだーっ！康司（こうじ）くん！僕は真剣に謝ってるのに、それを笑い、愚弄（ぐろう）するかーっ！」

え？マジで？と言いたそうにヒロセが唖然とする。レイミが笑う。「露伴ちゃんって本当に駄目ねえ……！」

付き合ってられないので俺は話を戻す。「レイミが他には見られない特別なスタンドということは判る、しかしスタンドというものは《本体》があって、それに《寄り添って立つ》ものなんだろう？そのスタンドが本体のことを忘れてしまうのはやはり異例というか、特殊なことじゃないか？特に独立した自意識を持つ場合、《成長》や《突然変異》などで《本体》のことを忘れてしまっては大変だろう」

するとレイミは真剣な目で俺を見つめ、キシベたちは黙って話を聞いている。

「……だから思うけど、これは《成長》とか《突然変異》とかじゃなくて……もっと何と言うか、ショッキングなものだったんじゃないか？」と俺は言いながら『ショック』という言葉から連想している。

傷。

ウゥンド（WOUND）。

受けた傷が自分の力となることがあるのだ。


「レイミ、何か、怪我をしたり、苦しんだりした憶えはないか？」と俺が訊くとレイミの人間にしか見えない瞳からすっと輝きがなくなり、深い穴のようになる。俺の言葉が何かに直接当たったのだ。「傷だ」と俺は言う。ビヨンドの確信を背にして。

「私……」とレイミが言い、瞳に光が戻ってくる。閉じ込められていた言葉が溢れてくる。「お尻が、ずっと痛いかも」

「？お尻？」

「うん。……あっ」と言ってレイミが顔を赤らめ、目をつぶり、歯を食いしばる。

「えっ、杉本さん……」とキシベ。「何してんの？」

「……あっ、あ。あ。あああああっ！」と息を漏らして身悶えしつつお尻を振るレイミにギャングたちがピュ〜♪と口笛を吹いてミニスカートから尻のほっぺがちらりと見えて、誰かが「うおおおおっ」と言った瞬間、そこには矢印が浮かんでいて、それは単なる印ではなく、肉の中から皮膚の表面に浮かび上がってきた鏃で、痛々しさと禍々しさに皆が黙る。

「あああああああっ！熱い！熱いよ露伴ちゃん！」と叫んだレイミの尻の丸みの柔らかそうな皮膚を破り、そのつややかな表面にレリーフを施された石の鏃が尻の肉の中から血に濡れることもなくずるっと出てきて床に落ち、同時にレイミも崩れるように倒れ込む。

「大丈夫かい！杉本さん！」と駆け寄るキシベにレイミが荒い息をつきながら言う。

「……思い出したよ、露伴ちゃん、私のこと。私の本体」。そう言ってレイミが床の鏃を拾う。「この鏃を誰にも渡さないようにって託されて、私ずっとこのキューブハウスの中に閉じこもってたのに、うっかり私、いやうっかりかどうか判んないけど、私、自分の身体に刺しちゃったのね……」と言いながらレイミはその鏃の切っ先を自分の左腕に近づけていく。するとギョオオオッという風が巻き起こり、鏃がレイミの肌を吸い上げようとする。

この鏃にも、シンプルながら何か意志があるのだ。

鏃を皮膚から遠ざけ、息を整え、レイミが俺を見る。「……私は思い出しました。久しぶりね、ジョージ・ジョースター」

俺をまっすぐ見つめるレイミは懐かしそうに微笑んでいる。「………？僕のことを知ってるのか……？」

「もちろんよ。私はずっとあなたのことを探していたの。この鏃を守りながらね。私が杜王町に来た理由も判ったわ。ここであなたを待ってたのね。ずっと、ずっとよ」

「………？どういう意味だい……？」

「愛してるってことよ」

「…………！」

驚いたのは俺だけじゃなくてキシベたちもそうだ。双子とヒロセはぎゃーっと声をあげているけれど、キシベは言葉もない。

口を開けたまま放心しているキシベを振り向き、しかしレイミが笑う。「あ、でも愛してるって言っても、私じゃなくて、私の本体がね。当ったり前じゃん、私自身はジョージとは会ったことがないのに」

するとキシベがほおお、と思わずため息をついてからわざとらしく咳払いをして顔を上げる。

「ふん。それは僕の問題じゃないよ」

だーっ、と脱力したふうの双子とヒロセにワイワイやられているキシベのことはどうでもいいとして、俺は訊く。「君の本体って、誰だい？」

「密室を作ってあなたを待ってる女の子なんて一人しかいないでしょ？ペネロペ・デ・ラ・ロサよ、ジョージ、まったくもう。気がつきもしないなんてさ。男の子って酷いんだから」

今年三十一になる俺を男の子扱いするなんて確かにペネロペふうだ。

「さあ、ペネロペのところに帰るわよ、ジョージ」

と言って立ち上がったレイミに、「おいおい、そんなふうに俺たちを無視して簡単にここを出ていけると思うなよ」と凄んだのはミスタだ。

「そうですよ、ジョースターくん」とフーゴも言う。「君にはディアボロ殺害の犯人を見つけてもらわないと」

「偉そうに……、」とレイミが言う。「そんなことする義理ジョージにはないでしょ!?」

「義理?義理でこんなこと言ってんじゃないんだぜ?」とミスタが笑うけれど、目が据わり始めている。「俺たちは頼んでるんでもねえ。やれって言ってるだけだよ。とにかく、どうにかこうにかさ」

「ふん、」とレイミが鼻で笑う。「あんたたちそんなふうに偉そうにしてるけど、ここをどこだと思ってるの?ここは私の中なんだよ?」

そうだ。ここはレイミの中。レイミの意識の枠の中だから、この中で時間が加速されても、外には影響がないのだ。

「さっき私は元の私を取り戻したの」とレイミが言う。「だからもう以前のアロークロスもない。矢は抜けたの、私から。ここはキューブハウスよ?窓もドアもないの。あなたたち、いい加減にしないとここから永久に出さないから。あと憶えておいて?私の言う『永久』は、永久だから」

「何だとぉ……っ!?」と言ってフーゴ、ミスタが書斎の四方のドアを次々に開けて確かめる。

「本当だ!家具だけがここにあって、窓もドアも、何もない!」「うわあっ!白熊だっ!っち!何でこんなもんがこんなところにあるんだよ!」「おいおいおい……どうしてお前の顔がそこに見えるんだよ?」「ミスタこそどうしてそんなところに……!」と二人のギャングがテッセラクトを満喫しているのをよそに、ジョヴァーナが立ち上がり、言う。

「しかし君は、何かを完全に摑んでいたように見受けられましたけどね？ジョースター。あなたは答を教えるつもりがないんですか？」

言われて俺は自分の推理とも言えない推理を振り返る。犯人のスタンド像は摑んだ。殺害方法もほころびなく説明できる。周辺の状況にも矛盾はない。でも犯人の名前はない……。こういうとき九十九十九はどうしたっけ？

そのときの雰囲気と言うか、ノリに任せてただけだった。でも適当に振る舞ってみせることで何かの流れを呼び込むこともある。それが名探偵のやり方なのだ。

文脈を生ませるのだ、雰囲気を作って。それがビヨンドのやり方でもあるんだろう。

信じろ。

「犯人の名前はまだ判っていない」と俺は言う。「でもスタンドは判る。時間を加速させる能力を持っているんだ。ディアボロと、バイツァ・ダストを自分自身に仕掛けたキラー・ヨシカゲをここに誘（おび）き出し、ぶつけ合わせ、お互いを攻撃させると、バイツァ・ダストの爆殺をキング・クリムゾンが削り取ることになる。そうしてお互いが生き延びたままバイツァ・ダストの能力によって一時間前に戻り、同じ運命を辿る。そうして時間はぐるぐると輪になって回り出したところに、その犯人が時間を加速、身動きできないところまで時間を圧縮して首を切ったんだよ」

俺が一気に言い終えると、皆がしんとする。二つの遺体と二つのヴィデオドロームに挟まれてアバッキオとNYPDブルーも唖然としている。「なるほど……！」と平静を装いながらも驚きを隠せないジョヴァーナにドキッとしながら俺は言う。「ここまでだ。それ以上のことは僕にはまだ判らない。……だが君は、その時間を加速するスタンド使いについて何か心当たりがありそうじゃないか？」

常に冷静沈着そうだったジョヴァーナが、どうしてこの犯人像に驚くのか？

しかしジョヴァーナは首を振る。「いいえ。知りません」

「……？では何をそんなに驚いて……」いや、これはビックリしたとかじゃない。瞳に悲しみの影が差し込んでいる。「……何がそんなにショックだったんだい？」

するとその台詞（せりふ）に我に返ったらしいジョヴァーナがいつもの仮面を被る。「いえ。何も？」

ここには何かある。同時に嫌な予感もする。

「君のボスが嘘をついてるぜ？」

と俺が言った相手はじっと黙ったままことの成り行きを窺（うかが）っていたブローノ・ブチャラティ。

意表を突かれて思わず振り返ったジョヴァーナは、自分を背後から見つめるブチャラティと目を合わせたはずだ。

「………！」

ブチャラティが口を開く。「………？ううん？……匂うぜ？ジョルノ。……匂うはずのない匂いがよ……？」

「ブチャラティ、よせ」

「同じファミリーで、ましてや同じチーム内で、匂うはずのない匂いが……なんだかプンプン立ち上がってきたぜ……？」

「君の気のせいだ」

「あああーーーっ!?」とブチャラティが大声で言い、フーゴとミスタが書斎に戻ってくる。

「どうしたんですかブチャラティ!?」

「うるせーフーゴ！黙ってろ！」と内心怒り狂っているらしいブチャラティが怒鳴り、部下を黙らせてから続ける。「今、その匂いがさらにはっきりしたぜ！ジョルノ！お前俺たちに今嘘を言ったな！俺の気のせいじゃねえ！嘘を嗅ぎ付ける俺の能力を舐めるんじゃねえぞ！お前も知ってるはずだぞジョルノォォォ！俺の嘘を嗅ぎ付ける能力を！絶対だ！お前は俺たちに、何か隠しごとをしている！」

「………！」

「その冷や汗を舐めるまでもねえ！お前は俺たちに嘘をついてるんだぁぁぁ！言え！ジョルノ！一体何を隠してやがるんだぁぁぁぁぁ!?」

「そんな……」と言ってからジョルノはため息をついてみせる。「ジョースターの推理にちょっと途方に暮れただけですよ、まさか時を加速させるだなんて……どう戦えばいいのかと」

さすがはマフィアのリーダー。すぐに落ち着きを取り戻し、既に冷や汗は消えている。

うん？

シャツを濡らしたはずの汗が、もう消えている？

「嘘だ！」とブチャラティは怒鳴り、それから静かに話しだす。「……ジョルノ……正直に言うんだ。隠されてるから俺だって追及せざるをえなくなるんだ。どうせ大したことはないだろう？なあ……俺たちの間に隠し事が一切ないなんて俺だって言わない。プライバシーは大事だからな？お互いこの稼業だから判ってるよ。でもな、パッショーネのトップが殺されてるこの場所で！隠し事はしないもんだぜジョルノォォ！言え！ジョルノ！言うんだ！」と終いには叫びながらブチャラティがスタンドを出す。それは女の姿をしていて、手に針と糸を持っている。

「やめろブチャラティ！」

「正直に言わないとその口を縫い付けちまうぞ！やれ！《グッドナイト・ムーン（Stepmom）》！」

その女型スタンドがジョヴァーナの上下の唇に針を突き刺し糸を通して凄まじい速度で縫い合わせ始めたとき、ジョヴァーナが言う。「違うんだブチャラティ！嘘をついたのは僕じゃない！僕は嘘をつかれた方なんだ！」

「何ぃ⁉」と言ってブチャラティが裁縫を止める。

ジョヴァーナが言う。「僕の方こそ、裏切られたのかもしれないんだよ……」

「何だとぉ⁉誰にだ⁉」

「………」と押し黙るジョヴァーナを見つめる俺のすぐ後ろでNYPDブルーが言う。

「うん？あれこれどういうことだ？」

振り返るとNYPDブルーはいまだに死体の検分を続けていて、今は死んだディアボロの顔を触っているが、ただ手を触れてるだけではない。顔をびらりと開いて、中を見ている。ロハン・キシべのスタンド、ヘブンズ・ドアーの作った人の記憶と歴史の《本》だ。それからＮＹＰＤブルーが小声でアバッキオに何か言い、それからアバッキオの方が俺に言う。「これ、どう思う？」

ディアボロの顔が本になり、ページが開けられている。いろんな言語で『死』の文字が並ぶその見開きで、アバッキオが示すのはページの一番下、左右の角の小さな小さな数字だ。

右が『１２１』。左が『１２３』。

「あれ？」と俺もおかしさに気付く。

「な？」と言ってアバッキオが適当に別のページを捲って開く。

右が『２３７』。左が『２３９』。

奇数ページが並んでいる。


落丁……？ではない。落丁というのはページの紙が抜け落ちることで、二ページずつ飛び飛びになるのならそうだがこれは違う。一枚ページを捲って裏表を確認するが表は『３２３』で裏は『３２５』。もともと奇数ページだけでできているのだ。

「何だこれ!?」と言う声が上から降ってきて、振り返ると、俺たちの様子に気付いたキシベが俺の背後から覗（のぞ）き込んでいる。

「どういう意味か判る？」と俺が訊くと、キシベが口元に手を当てる。

「こんなの初めてだ……でも考えられることは一つだけだ」

するとＮＹＰＤブルーとアバッキオが声を揃えて同時に言う。「偶数ページを持ってる奴が別にいる」

同じ意味のことをキシベも言う。「僕としたことが、『死』の文字を確認しただけですっかり見落としていたよ……。ディアボロは二重人格者だったのか」


「おいジョルノ！はっきり言えよ！」とブチャラティが怒鳴る。「お前、誰に裏切られたと思ってるんだ？」

「判らない……」と言ってジョヴァーナが虚ろな目で続ける。「神様かな……？」

「てめえふざけてる場合じゃねえぞ！」。ブチャラティのグッドナイト・ムーンがさらにジョヴァーナの口を縫い付けていき、さらに頬にステッチを入れてぎゅーっと引っ張るのでジョヴァーナの端正な顔立ちが無茶苦茶だ。「ちゃんと本当のことを言うんだ！ジョルノ！お前俺たちのボスだろう⁉何やってるんだ⁉一体⁉」

「本当だよ、僕はきっと神様に裏切られたんだ……」

「うおおおおっ！気合い入れて歯を食いしばれジョルノォォォォォ！」

バギイン！ブチャラティの素手の拳がジョヴァーナの頬を殴りつける。

「つきゃっ」と言ってレイミはキシベの腰に飛びつく。双子とヒロセは完全に混乱し、身体を硬直させている。

殴られたジョヴァーナの口から血が、目元から涙が飛ぶ。……泣いている？　血と涙が床に落ち、血は乾いて涙は消える。

すっ、と。

キシベが言う。「この家にいる生きてる人間のほとんどは日本語と英語とイタリア語を喋れるようにするために僕がヘブンズ・ドアーで中を見ている！　まだ見ていないのは二人！　日本語もイタリア語ももともと両方喋れるジョヴァーナか、……ジョヴァーナにくっついて遅れてやってきた虚ろな目をした少年だ！　ヴィネガー・ドッピオ!!　どこにいる!?」

ＮＹＰＤブルーとアバッキオが周りを見渡すが、ドッピオの姿はない。「あれ？　さっきまでそこにいたと思ったのに……!?」

「クソ！　どこだ！」とキシベが叫ぶと「探せ！　ジャック！　エンゾ！　ジョアンナ！」と言ってムリョウタイスウ・ニジムラがイルカのスタンドを三頭解き放つ。

「電話してみりゃ早（はえ）えんじゃねーの？」と言ってアバッキオが床の『ピンクダークの少年』を拾い上げて操作。すると、プルポンピンパラパラポン♪という呼び出し音が床の下から聴こえる。

「（ガチャ）はいもしもしどしどし連絡ください電話に夢中なキラキラピカピカドッピオでーす！」

という明るい声とキキキッというイルカの鳴き声と

「うわあっ何何なーに！」

というドッピオのとぼけたような悲鳴がアバッキオの手の電話から漏れる。

「連れてこいグランブルー！」とムリョウタイスウが叫ぶと書斎の中央で四角い穴がガバン！と開いて、床のドアからドッピオを背中に乗せたイルカが現れる。と、続いて天井のドアも開いて残りの二頭も戻ってくる。

「おい！何だよ！話し中！」と耳に靴の裏を当てているドッピオにキシベが叫ぶ。

「ふん！逃げようったってキューブハウスからは逃れられないぞ！食らえ！ヘブンズ・ドアー！」と何故かスタンド名を叫びながら空中にさささささっと透明な絵を描くと、イルカの背に必死の形相で摑まっていたドッピオの顔が爆発し、一冊の本としてページをばっさり広げ、イルカの背びれから手が離れて床にドスンゴロゴロと着地して転がる。「おかしな発言ばかりでずっと怪しんでいたんだ！見せろ！」。キシベが歩み寄り、寝転がるドッピオの顔の本を確認する……！

「つれれ⁉」

慌てた声を出し、バラバラバラッと何枚もページを捲って確認する。「ちゃんと偶数奇数でできている！ページは普通だ！こいつはちょっと頭がおかしいだけだ！」とキシベが叫ぶと、ゆっくりと残り一人の男に皆の注目が集まる。

視線を浴びるジョヴァーナが宙を見つめて呟く。

「僕を捨てるのか？神は……」

そして涙がもう一滴頰を伝って落ちるが、顎から離れた瞬間に加速、床に落ちて蒸発するのも見えない。

NYPDブルーが叫ぶ。「ん？ なんか臭いぞ！」

アバッキオも続く。「遺体が急速に腐ってやがる……！」

キューブハウスの中で再び時間が加速しているのだ。


「ああ、そうさ。見捨てられるのもしょうがないと思わないか？ ジョルノ・ジョヴァーナ」


と言っていつの間にか開いていた北のドアに立っている男はHGウェルズの小説の中に出てくるような近未来的で身体の形にぴったりと合った銀色の洋服を着ている。胸には十字架の柄。誰だ？

日本人の双子とヒロセの声が重なる。

「エンリコ・プッチ……！」

時間を加速する男はそういう名前なのか。

プッチが言う。「神は君の弱さにほとほとがっかりしているんだよ、ジョルノ・ジョヴァーナ。君は自分で罪を背負うこともできず、手を汚すこともできず、全ての汚れ仕事を自分の中に作り上げたもう一人の可哀想な人格に押し付けて自分だけいい子ちゃんのままでいて、こともあろうにずっと君の悪事を担ってきたディアボロくんを征伐して正義のヒーロー面しようなんてね。なんともあさましい話だよ。だからもう神はね、君にはうんざりしているんだ。判るだろう？ 彼はね、そういうみみっちいのが一番嫌いなんだ。もう君には近寄りたくもないんだよ。だからこうして、ここの始末に僕を派遣した次第さ。君はもう神の顔を見ることも叶わないが、何か伝えてほしいことはあるかい？」

ジョヴァーナが腕で目元をこすり、涙を拭いて言う。「君に言われたって信じられないし、君に何かを伝えてもらうなんてこともないさ」

プッチが黙り、首を傾げる。「…………？」

ジョヴァーナが頬にブチャラティの糸を縫いかけで垂らしたまま笑う。「判っていないのは君だよ。君は僕を始末しに来たんじゃない。されるのは君の方さ。神に捨てられたのもね。最初からそういう予定だったんだよ、哀れな神父。利用されただけなのを気付かずに済めば最期の最期まで幸せだったかもしれないけどね。でも僕は優しさと残酷さを併せ持つ神の息子として振る舞おう。……プッチ神父、父は君に対しては、最初っから期待していなかったよ。君が円環を結ぶことなんてできるはずないと知っていたんだ……と言っても、君という君だけじゃなくて、あらゆる君に、それは無理だと知っていたんだ。それを知っててけしかけていたんだよ。それが父にとって都合がいいからね。君はただの、求めるものが欲しいだけの未熟な人間さ。自分の理想以外を受け入れることのできない狭量な奴なんだよ。神の愛を一身に浴びようなんていう自己中心的なクズでもある。虚栄心ばかり強いからちょっと気持ちよくさせればホイホイ言うことを聞くし、ちょっと感動させてやればそれこそ天にも昇る気持ちで異常な力を発揮してしまうんだ。その力には利用価値はあった。でもそれはもう消費されてしまったよ。君がもうちょっとまともだったらこれからも損得勘定抜きで付き合っていってたんだろうな。でも結局のところ、君は経験値の浅い、物事を深く考えることのできない、物事を広く見ることもできない、単なるお調子者に過ぎないんだ。これ以上関わる価値もないからゴミとして捨てられるだけだよ。さあ覚悟はいいかい？」

　ぶすぶすぶす、べりべりべりべり、という音が周囲から聞こえてくるので見ると、キューブハウスの壁紙やカーペットが一斉に色あせ、剝がれ、波打ち、丸まり、ボロボロに崩れていく。時間の加速が進んでいるのだ。

「うわああああっ！証拠が！」という叫び声に振り返ると、腐乱が急激に進むディアボロとキラー・ヨシカゲの遺体をＮＹＰＤブルーが一人で担いで書斎から東側のドアを飛び出ていくところだ。北のドアに立つエンリコ・プッチの目が真っ赤に充血している。「黙るんだ小僧が……！」

ジョヴァーナはまた笑う。「ふふっ。そういうふうに、図星を突かれて顔真っ赤っか、必死に否定してかかるってのがどれだけ幼稚な足掻きなのか判っていないところが君の薄っぺらさを露呈してるよ」

「黙れと言ってるだろう……！」

「余裕がなくなって上手な言い返しができなくなっちゃったからすみませんどうか黙ってください、

だろう？」

「……………！」

べきべきべきべき！と大きな音をたてて書斎の中央に置いてあったキシベの仕事机がひしゃげていく。急速に朽ちていく天板の上に時計が載っかっていて、針が廻る方はもう針が飛んでしまっているし、ガラスの上に数字が映っている方は数字の移り変わるスピードが速過ぎて時刻は読めない。日付もほとんど読めないがかろうじて西暦の千の位が変わっていくのが判る。『5』……『6』……『9』……『13』……。あ、万の位も用意されてるんだ、と俺はぼんやり思う。机が粉になって宙に消える。頑丈だった時計もとうとう動かなくなり、するとゆっくり塵となる。

「貴様を殺す！まずは他の仲間を全員葬ってからな！」とプッチが言う。この時間の速度に乗って攻撃されたら防ぎようがないだろう。もうマッハの単位でもない。本来前提条件的に超えられないはずの光の速度も計算上とっくに超えてしまっている。

しかしジョヴァーナはここに来ても笑っている。

「ふ。プッチ神父、この虫が何か判るかい？」

と言って空中を指差す。

そこには一匹のカブト虫が飛んでいる。

「………？」

怪訝そうな表情のプッチにジョヴァーナが言う。

「これはさっきレイミから取り出した鏃だよ。時の加速で朽ちないように生き物に変えておいたんだ。大きさ的にも日本のカブト虫が良くってね。で、僕は思ったんだよ。アロークロスハウスに隠されていた鏃は一つだけなんだろうか？ってね」

「………？」

プッチはまだ考えている。

ジョヴァーナが続ける。

「だってアロークロスハウスの矢印は一つじゃないだろう？」


「あっ！ああぁっ！あああああ熱い！露伴ちゃん熱い！熱いの！あああっ！」と再び悲鳴をあげてキシベにしがみつくレイミの小さな丸い尻の表面がモゾモゾと動き、あと三匹のカブト虫が皮膚を破って現れる。

ジョヴァーナが笑う。

「ふふ。四匹の《カブト虫》だ。君の間違いが理解できたかな？これこそが本当の神託なんだよ、エンリコ・プッチ」

愕然とした表情で言葉を失うプッチが、

「うおおおおおおっ！そんなものは認めん！」

と雄叫びをあげて気を取り直そうとするが、ジョヴァーナが畳みかける。

「無駄無駄無駄無駄無駄無駄無駄無駄無駄無駄無駄無駄無駄無駄！」

ジョヴァーナの頭の上でカブト虫が鏃に戻り、加速した時の中で急激に朽ちていくけれども、間に合う。

ダリュウウン！と空気を震わせてジョヴァーナの背後に現れた黄金色のヒト型スタンドにその鏃が刺さっている。

「君に天国はやってこない！エンリコ・プッチ！しかし地獄だって卑怯な時間の加速でやり過ごしてしまうだろうからな！君には君が殺したディアボロと吉良吉影と同じ円環に閉じこもってもらうのがふさわしい！」

「うわあああっ！」とプッチが叫ぶが、悲鳴のように甲高い声になる。「何を小賢しい！小僧っ子が生意気な口を叩くんじゃない！死ね！」

そして消える。

もちろんいなくなったんじゃない。攻撃のスピードが速過ぎて見えないだけだ。

「無駄ァァァ！」

とジョヴァーナも叫び、鏃と一体化して少しだけ姿の変わったジョヴァーナのスタンドがぶん、と拳を宙に振り回す。

と、部屋にあった無生物が粉々になって塵と化してさらに細かく粉砕されて分解されて分子原子粒子となっていくプシプシプシプシプシという小さな音が止む。しん、という静けさは、時の加速が急停止した音だ。俺は周囲を見渡す。装飾が全て消え、のっぺりとしたキューブハウスに、日本人たちもイタリアン・ギャングたちも全員無事で、いささか呆然としたまま立ち尽くしている。僕はハッと気が付いて自分の服を確認する。無事だ。良かった。でもそうでもない人間もいて、ミスタの服は朽ち落ちて消え去り、「か……解放感……」と呟く素っ裸のギャングに仲間たちがギャーギャー騒いでいる。

本人の意識次第なのだ、《自分》の境界は。

俺はジョヴァーナに訊く。「………？終わったのか？」

ジョヴァーナが頷く。「ええ」

「しかしプッチの姿がないけど……？」

「彼は僕のスタンドで、どこにも辿り着けない世界に行ってしまいました」と言ってジョヴァーナが脇に立つ、鏃のマークを身体中にあしらって新たな姿に生まれ変わった自分のスタンドを見つめる。「相手の意志も行動も全て無にする。それが僕の進化したスタンド、《ゴールド・エクスペリエンス・レクイエム》です。エンリコ・プッチはここにいようと思ってもいることもできない。どこに行こうとしても行くことはできない。死のうと考えても死ぬことはできない。しかし生きようと思っても生きることすらできない。生でも死でもない、どこでもない、どこにも辿り着かない場所で反対方向に飛ばされながら彷徨い続けるはずです」

「え……」と俺は思わず言う。「それって死ぬより辛そうだけど……」やり過ぎってことはないか？だって、邪悪な気持ちはあったにせよ、結果的にマフィアのボスと連続殺人鬼を殺しただけだろう？と思うけど、言わない。俺はエンリコ・プッチなんて奴のことをほとんど知らない。

「あの男のことを案じてるんだったら心配ご無用ですよ」とジョヴァーナが俺の心を読んだように言う。「あの男には当然の報いですし、同時に祝福でもあるのです。これが神からの罰であるが故にね。罰を受け続けるということは愛を浴び続けるということに転化できるのです。あの自己愛の強い男はもうとっくにそれを行って、今頃歓喜にむせび返ってますよ」


「………」。本当かしら……？と訝しみながらも俺は肉体と魂の数のズレに気付いたので、レイミにしがみつかれたままの絵描きに言う。「キシベ、」

「？」

「ヘブンズ・ドアー」

俺の意図をすぐに理解できて良かった。キシベが叫ぶ。「ヘブンズ・ドアー！」。ささささっ！と空中に絵を描きバン！と顔を弾けさせて本になったのはジョルノ・ジョヴァーナで、こいつのスタンドに無効化されてしまわないようできるだけ不意をついたのだが、上手くいき、俺は確かめる。ジョルノ・ジョヴァーナの本は紙一枚、読むところは表紙である顔の裏の一ページしかない。ページ数は一応『2』から始まっている。そして本文を埋め尽くすのはいろんな言語の『死』。あ、一応死んでるんだ。ジョヴァーナのその一枚を捲ると、中身は空洞で目玉だけが宙に浮いていて、俺と目が合う。でもその眼球はジョヴァーナがスタンドを使って何かから作り出した備品にすぎない。

表紙を開いたままにして俺は硬直したジョヴァーナの身体の横に回り、ジョヴァーナの端正な、しかし眼球のない顔に言う。

「そうか。……九十九十九と一緒にお前もここに来てたのか、アントニオ・トーレス」

するとジョヴァーナの本の表紙が笑う。「へっへっへっへ！すっげーなホルへ！マジかよてめえ本当に名探偵みてえじゃねえか！」とアントニオがスペイン語で言うので、同じく言い返す。

「あまりのしつこさに、さすがに馴れたよ」

そしてもう俺の足は震えない。あんなに怖かったアントニオ・トーレスを俺は克服している。最初っからこうすべきだったんだ。リサリサに助けてもらってばかりじゃなく、自分からちゃんと戦うべきだったんだ。

ポソンポソン、と音がして、見るとくしゃくしゃに丸めた原稿用紙が二つ転がっている。ジョヴァーナの眼球だろう。しゅうっ、と音をたてて顔面の穴から空気が抜け、アントニオ・トーレスが空っぽの皮一枚に戻り、周囲から驚きの声があがる。

ジョヴァーナは去った。死んだ……？それは判らない。

「へへへっ！さてどうするホルへ！」と言うアントニオ・トーレスの額に九十九十九の筆跡による書き込みとサインがある。


『ラ・パルマ島にて化け物退治後に。１９００年のアントニオ・トーレス』


きっとトーレス邸の事件現場でドサクサに紛れて単なる皮膚と入れ替わったものを学校に持ってきて、アレハンドロ襲撃の後に知らず九十九十九が書き込んだんだろう。つまりこいつがオリジナル、分裂する前の、俺を苛めていた張本人のアントニオ・トーレスなのだ。

「ああん⁉どうすんだよバルサブランカ！コラ！ボケッとしてんじゃねえ！」

ぎゃーぎゃーと騒ぐけれど本にされている間はまともに身動きが取れないのだ。

さて、と俺も思う。このアントニオ・トーレスをどうする？俺は考えて、別の問題の答を出す。

「九十九十九を殺したのもお前だな？」

玉砂利の音をたてずにアロークロスハウスに出入りする軽さと十五歳の少年とはいえ人間の死体

を移動させる力を併せ持つのはペラペラとはいえ屍生人のこいつだけだ。

「へっへっへ！いよいよすげーな！お前おっさんになるまでに何があったんだよ！」

いろいろあったんだ。などと相手している場合でもない。「でもお前一人ではそれを全て行うことはできない」と俺は言う。「何しろ日本の昔話をモチーフにしてるんだからな。それにお前がリーダーシップをとれるのは仲間の子供と一緒に俺を苛めることとくらいだった。……お前に指南しているボスは誰だ！こんなところで、何が目的なんだ！」

お前なんか相手にするか！俺は俺のボスの言うことを聞いてるだけだよ！……たまたまお前が関わってくるから楽しいだけでな！とこいつは大戦中も言っていたのだ。そのボスとは誰だ!?

「俺がそうだ」


振り返ると、東側のドアが開いていて、そこに立っているのは死んだはずの男。

ディアボロ。


「うわあああっ」「くそっ！」「何してんだよジョルノォォォ！」と口々に叫んでフーゴ、ミスタ、アバッキオが順番に攻撃を仕掛けるが、それを全てかわしてしまう。

筋肉隆々で華奢なジョルノ・ジョヴァーナと肉体を共有しているとは思えないが、ＲＬスティーブンソンの『ジキル博士とハイド氏』でも書かれていた通り、人格によって風貌や背格好まで変わるんだろう。そしてその厚く広い背中には小さな顔を額に付けたスタンドが立ち上がっている。キング・クリムゾンだ。ギャングたちの攻撃がかわされるのもしょうがない。未来を予知され時間を削られているのだから。

東のドアからほとんどまっすぐ俺の方にやってくるディアボロの姿のジョヴァーナは、よほど気乗りしない仕事を抱えているのだ。あっという間にディアボロを復活させるくらいに。

そして俺もむざむざやられはしない！「うおおおおおっ！」。俺はアントニオ・トーレスから手を放し、拳を握りしめる。「来い！ディアボロ！」。渾身のパンチ！当然のように俺の拳は空を切るが、時間を削られた様子がないところが寂しいぜ！

ゾム！という音と重い衝撃とともに、キング・クリムゾンの腕が俺の胸を貫く。カーペットのなくなったキューブハウスのむき出しの床に大量の血がどぼどぼと落ちて俺の意識が遠のいていく。

「心臓は外したからまだ死なん。一緒に来てもらうぞ！ジョージ・ジョースター！これから《秘密の皇帝》に謁見だ！」

絶対嫌だよバーカ！と言いたいところだけれど喉からはひゅるる、と情けない空気が漏れるだけ。胸に穴の空いた俺の身体を肩に乗せ、ディアボロが歩き去ろうとする。「行かすか！」「やめろお！」「こっち見ろコラ！」「どこ行く気だこの野郎！」とギャングだけじゃなくて日本人たちもディアボロに飛びかかってくれてるようだけど、全てキング・クリムゾンによってかわされて、何人かは殴られている。

「ジョージ！駄目！連れてかないで！」と泣いているレイミが叫んだ瞬間、俺の身体がふわりと浮く。ディアボロが書斎中央の床のドアから飛び降りたのだ。

その下のドアをキング・クリムゾンが叩き壊し、さらに下へ。もう一つのドアはさっきグランブルーが開けたままになっていて素通り。もう一度書斎に出てくる俺たちを皆が攻撃するけれどもキング・クリムゾン大活躍。あらゆる攻撃を撥ね除けてビュンビュンビュンビュンと真下に落ち続けていくうちにスピードが上がり、自分の状態が判らなくなってくる。

「ジョージ！待ってて！」と最後にレイミの声が聴こえる。「必ず探しに行くから！絶対に死なないで！」

いや最後の部分が一番難しそうだけど。


とボンヤリ思った俺が目を醒ましたとき、俺が聞くのは波の音。

そこは夜の海で、俺以外にも死体が転がっている。海の上の船の甲板で、黒々と濡れた四角い箱の蓋が開いている。

その手前に立って中身を見下ろしているのはディアボロだ。笑っている。「ふふふ……夢の中で繰り返し見た通りだぜ。おい、目を醒ませ。もう百年近く眠って寝飽きただろう？」

ディアボロが乱暴な調子で声をかけているその箱を、俺は見たことがないのに見覚えがある。もう何度も空想し、怯えてきたその箱は、俺の思い描いていた通りのおどろおどろしさだ。そりゃ棺桶と見間違えられるよな、と俺は思う。

そしてその箱からゆっくり起き上がるのは痩せこけて骨と皮だけになった男で、その頭には荊の冠が載っかっている。箱の縁に置いた手には穴が。立ち上がり、箱の縁を跨いで船の甲板に下ろした素足にも穴が空いている。聖痕だ。

イエスがとうとう復活だ……とばかりに現れたその男はもちろんキリスト教の神ではない。父さんの仇、母さんの仇、祖父の仇、そしておそらく全人類の仇だろう吸血鬼。

ディオ・ブランドーだ。

しばらく甲板に突っ立ち、ディオは何も言わずに夜の海を眺めている。頬がこけて肌もがさがさだが、異常な色気のある横顔。

ディアボロが言う。「おい、何してるんだ、俺がここにいられる時間はそう長くねえんだよ、とっとと行くぞ吸血鬼野郎」

するとディオが視線を動かさずに言う。「……この百年の間、結局ただの一度も夢を見ることはなかった」

「ああ?」

「俺は疲れたぞ、ディアボロ」

「知らねえよ。いいから立てよこのヨボヨボじじいが」

「そして腹が減っている。もうずっと、寝る前からな」

「ああ?だから……」

「だから、まずは飯だな。見た目は違えどお前は俺の息子。血は俺にすぐ馴染むだろう」と言ってディオががりがりになった手をすっとディアボロに伸ばす。

「!何やってんだこの野郎!」と言ってディアボロがキング・クリムゾンを出すが、ディオの指はそのままディアボロの首にいつの間にか入っている。「っぐ……!?」

「時間を止めて行われることを、お前のスタンドは予知できない」

そう言って指先からドックドックとディアボロの血を吸い上げているらしいディオの背中に、ボンベのようなものを背負ったヒト型のスタンドが立ち上がっている。

何てこった、と俺は思う。これが母さんを苦しめたスタンドだろう……!時を止める?そんな力にどう対抗すればいいんだ?と俺は瀕死のまま何を考えてるんだ?今の俺には何もできない。

ディオが甲板に倒れたディアボロに言う。「それに、血縁に限れば、俺にも予知能力はある」と言うディオの額の荊の冠がゾゾゾ、とひとりでに動く。

?あれもひょっとしてスタンドだろうか?

しかしブチャラティたちはスタンドは一人一体が原則だと言っていたはずだが……と思い、俺は気付く。血肉を取り戻していくディオの背中、左肩に、星型の痣がある。ジョースター家の血の印。

養子のディオ・ブランドーにあるはずがない刻印。

それは俺の父さんから奪ったものなのだ。首から下の全てがそうなのだ。そしてきっと、荊の冠か背後のボンベ男のどちらかも、父さんから奪ったスタンドなのだろう。

「ふふ……やはりだ。貴様の血もまた俺に馴染む」と笑う横顔は張りを取り戻して若返り、月に照らされて白く光り、美しい。「……が、十分ではない。やはり元が華奢なだけはあるな。貧弱なんだよ……おい、死ぬな」と言って首の中から指を抜き、倒れたディアボロの頭を蹴る。

「つぐう……」

「貴様の仕事はこれからだろうが。さあ、意識を振り絞れ。クソの屍生人にしてやってもいいんだぞ?」

そう言うとディアボロが、ディオと入れ替わるようにしてがりがりになった手を震えさせながら上げて、ディオの足に触る。

「さあ連れていけ。余計な真似はするなよ?パパに逆らう奴はお仕置きだからな」

それから俺の方に振り返る。「貴様もだ。そこでじっとしていないとパパがキツいお灸をすえるからな。ハッハッハッハ!さあ行くぞ愚図が!」と言ってディオがディアボロの顔を踏みつけたらしくてゴリッと骨が擦れる音と「っが!」という呻き声が聞こえ、ディアボロとディオが消える。

時を超えたのだ。キューブハウスから俺とディアボロがこの船の上にやってきたときのように。

キューブハウスのあのテッセラクト構造は、家として成り立っているからこそ、中央に無限のトンネルが生まれ、そこに落ちた者は……どういう理論だか判らないけれど、とにかくタイムトラベルができるのだ。九十九十九のように。

九十九十九は名探偵としてニシアカツキからここに来て、そのタイムトラベル装置としてのキューブハウスの構造に気がついたんだろう。そして俺を二度導き、その後一緒にくっついてきたアントニオ・トーレスに殺害されてしまったのだ。そのアントニオ・トーレスが九十九十九とともにニシアカツキにやってきたのも《ボス》の指示だろう。その指示を伝えていたのが、日系イタリア人のギャングスター、ジョルノ・ジョヴァーナだろうが、大元の指示はその真の《ボス》から出ていたのだ……十一歳児アントニオ・トーレスの現れた場所全てにいて指示を与えていたとすれば、1900年のラ・パルマ島にもいたし、1904年からはウェイストウッドにもいたし、1914年から始まった大戦中はイギリス全土のみならず、フランスやドイツなどにもいたんだろう。そんなことができる《ボス》はタイムトラベルの方法を知った吸血鬼だけだ。ディオ・ブランドー。

全てはこの吸血鬼の仕業だったのだ。海に沈んで静かに眠っていた訳ではない。目覚めた途端に時空を超えて俺たちを襲っていて、俺の家族はもう三十年以上もこの邪悪な養子に苛まれ続けてきたのだ。それにしても行動が早すぎる、と俺は思う。まるでずっと準備をしていて順番なども決めていてスタートのタイミングを待ちかねていたみたいだ……。で、思い出す。

あの荊の冠のスタンド。

それに、血縁に限れば、俺にも予知能力はある。

あの台詞がそのままスタンド能力を表しているんじゃないか？だとすれば俺のことも何か予知していたのかもしれない。ひょっとしたらいろんなことを知ってるのかもしれない。そんなことがなければいいと願うけれど、俺の人生の全てを把握していて、ここでこうして死ぬことまで見通していたのかもしれない。だから俺の登場にも無反応で、全てが自分の計画通り、邪魔するなって態度だったのかもしれない。

見た目は違えどお前は俺の息子。血は俺にすぐ馴染むだろう。

あの台詞はどういう意味だ？イタリア育ちのジョヴァーナを子供に持つこともできるのか？そしてその運命も俺のと同じように把握しているのか？

ディオはどこまで未来を把握しているんだ？

……**この百年の間、結局ただの一度も夢を見ることはなかった。**

まさかずっとあの荊のスタンドで未来を見続けていたのか？海の底で？百年もの間？……俺は気を失い、俺は夢を見る。

リサリサ。

「……起きろ。」と言ってディオが俺の顔も踏みつける。目を覚ますと夜明けが近いらしくて空が白んでいる。ボートの甲板の上に俺と並べられてるのは痩せ細って瀕死のディアボロ。そしてもう一人の、額に角（つの）の生えた、髪の長い、半裸の男。その男は目を開けているが生きてるようには見えない。だが肌の張りと艶から言って死んでるようにも見えない……が、喉にかみ傷がある。屍生人だろうか？しかし見た目の美しい男で、到底屍生人などには見えない。それに角がある。角の生えた屍生人も吸血鬼も見たことはない。誰だこれは？……何だこれは？

「……時間がない。急がねば……俺が、吸血鬼でなくなる前に……」と言うディォの様子がおかしい。ふらふらとした足取りで、全身に汗をかき、目つきも定まらない。病気にでもかかったようだ。そしてその震える手には大きな東洋の刀を持っている。俺の視線にディォが気付き、憔悴し切った顔をしているくせに笑ってみせる。「ふ……これは日本刀だ、ジョージ。……美しいだろう？……しなやかで強く、切れ味は世界一鋭い。見ろ」と言って手に持った刀をまっすぐに立て、刃を手前に向けると「ふうっ！」と息を止めてズバン！と脳天から自分の頭に振り下ろしてしまう。刀は胸元まで一気にディォを割る……！「んんんん〜〜〜〜！……話の通りだ……！何の……抵抗感もなく、……一振りでこうも切れるか……！ふふふ」と真ん中で分かれた顔で笑い、俺に言う。「これは……お前の父親、ジョナサンがきっかけで……判ったことだ。俺の生命力は、……身体を半分に切られたくらいでは損なわれない。……ふふふ……。見ろ。……ジョナサンの剣は、俺の……腹までしか、切れなかったが……ぐううううっ！」と呻き声をあげながらディォはさらに日本刀を引き下ろし、とうとう股の下までまっすぐ、自分の身体を一刀両断してしまう。「……見ろ……！俺は、半分になっても、……ちゃんと生きている！」

　俺の気持ちは唖然としているはずだが、顔に出ているかどうかはよく判らない。ディォも俺の反応を気にしている様子はない。それでいい、と俺は思う。馬鹿め、ディォめ、何をしているかしらないが、お前が夢中になってるその背後で、今夜明けの太陽が差し込もうとしているぞ！

「そして……さよならだ、ジョージ・ジョースター。波紋も使えない、スタンドも持っていない、いいとこなしのクズよ……」

と言って手に持った血まみれの日本刀をディオが振り上げるが、俺に抵抗する術は何もない。確かに波紋も使えない。スタンドも持っていないのだ。

でもビヨンドは持っているぞ！俺がそれを思い出したとき、俺の隣に倒れていたディアボロがいつの間にかジョルノ・ジョヴァーナの姿に戻っていて、スタンドを出している。ゴールド・エクスペリエンス・レクイエム。全てを無にするスタンド。

行け！


「……血縁相手についてならば……予知能力があると……言っただろう？」


いつの間にかディオのスタンドが現れていて、身体が半分に割れているけれどもちゃんと動いていて、ゴールド・エクスペリエンス・レクイエムの首根っこを摑んでいる。

「貴様を……ここで殺しても、全然構わないんだぞ？ジョルノ。もうここで……死にたいのか？」

すると甲板の上に倒れたまま、喉に透明な腕の跡をくいこませたまま、ジョヴァーナが言う。

「構いません……が、一つだけ、お願いが……」

「……？何だ……？」

「魂をいただくのは、僕にしてください……。僕を、ディオ・ブランドーの……身代わりにしてください……！」

「駄目だ。……貴様には資格がない……列車強盗の息子には、星型の痣がない」

列車強盗？何のことだ？

ジョヴァーナが言う。「僕にはあります……。僕は、あなたの、実の息子ですよ、父さん……！」

「何い……？」。ディオは日本刀をジョヴァーナに向け、洋服の左肩の辺りを切り裂いて確かめる。確かに星のマークがある。「貴様……!?」

ジョヴァーナが言う。「僕は自分の死を無効化させ、生でも死でもない時空を生き延びてここまでやってきたんです。父さんを追って、僕はこの宇宙に辿り着いて、待ってたんですよ……！父さんの役に立ちたくて……いや、父さんになりたくて……！」

言い募るジョヴァーナを見下ろすディオの額にまた荊の冠が現れている。未来を見ているのだ。

「うむ……ディアボロを倒した後のお前を詳しくは見ていなかったが……確かにその運命のようだな」

「意志の力ですよ、……父さん……！」と言って涙ぐむジョヴァーナの心臓にディオは躊躇なく日本刀を刺し込む。「つぐ……！」

絶命するジョヴァーナにディオが言う。「……お喋りしている暇はない……」

ディオに向かって伸ばされていたジョヴァーナの腕が甲板に落ち、ディオのスタンドに抑え込まれていたゴールド・エクスペリエンス・レクイエムが薄くなり、消える。

俺の胸に、何かとてつもなく熱いものが湧き出してきて、俺は暴れだしたいが腕一本指一本動かすこともできず、叫び出したいが声をあげることもできず、泣き喚きたいがそれもできないので、すすり泣く。「うううううっ……っぐ、ふううう、ぐうううううっ！」

ディオがそれをうんざり顔で一瞥し、言う。「……気色の悪い泣き声を立てるなよ、……ジョナサンの息子。……父親は、……少なくともそんな惨めな泣き方を……しなかったぞ」

俺は悔しさを抑え切れず、泣く。涙が止まらないのだ。

「……貴様も、聞いただろう……これは本人のたっての希望なのだ……」と言ってディオは日本刀を捨てる。それから自分の手を、自分の左胸に深く突き刺す。ズム！

「つむううう っ！……ふ、ふふふ……」と笑い出し、ディオが言う。「この俺もまた、命の形が判り……理解できているから……取り出せる……」。胸から腕を引き抜くと、そこには半透明のディオの半身が……ディオの魂の半分が手に握られている。「ふふふふふ……！そして俺は……命を、分割できる……！」と言い聞かせるその様子は、まるで俺がビヨンドを使ってるときのようだ。

信じようとしているのだ。信じることが力となるのだ。

そしてそのとき水平線の上に太陽が顔を出し、待ちかねていた日光が差し込む。

ジョワアアアアッ！と音をたててディオの身体が焼け付き、俺は俺のビヨンドに感謝する。やった！間に合った！と。

しかしその瞬間、ディオがこう叫ぶ。

「うおおおおっ！マズい！日光がさほど痛くない！」

痛くない？

「急がねば……！らあああああ！」と叫びつつ音もなく左半身から引き抜いた魂の左半分を、ディオは死んだジョヴァーナに慌てた様子で突っ込む。すると突然ジョヴァーナの筋肉が膨張し、骨格が大きくなり、手足が伸びて、顔付きが険しくなり、もう一人のディオになる。

ジョヴァーナの肉体にディオの人格が宿り、変形したのだ。ディアボロがジョヴァーナの身体を変えたように。

「ううううっ！クソ……間に合ったか……？」と言いつつよろけながらもディオは自分の左半身と右半身を両側から押さえ付け、ズレのないよう上下を整えると、あっという間に切り口は消え、両断されたはずの身体が完全に接着する。日の光に全身が焼けただれているが、その勢いはどんどん衰えていく。太陽を克服しているのだ。

じゅうじゅうと煙を上げながらディオは甲板の日本刀を拾い、もう一人のディオの大きな身体を窮屈に締め上げているジョヴァーナの服を切っ先で切ってしまう。半裸の姿で倒れた《ディオ》を見下ろしている、オリジナルのディオの額にまた荊の冠が現れる。「……うむ、……間に合ったな……」。ディオは《ディオ》の身体を無造作に持ち上げ、蓋が開いたままの棺桶に放り込み、蓋を閉じる。
それからその蓋の上に腰を下ろしてふうう、と一息ついている間に、ディオの身体を焼いていた煙は消え、火傷のようだった跡も完全に消える。はあはあと荒くなっていた呼吸も整う。
ふうう、と一つゆっくりため息をつき、顔を上げると、笑って言う。「爽快だ……！はっはっは！何という膨大な生命力……！これが究極生命体の世界か……！素晴らしいぞ！はっはっはっはっは！」

究極生命体……？

箱の蓋の上から立ち上がり、ディオは俺のすぐ横、甲板の上に転がる角の生えた男のそばに来て屈み、その男の身体を上機嫌で笑いながら齧り、ゆっくりと咀嚼しながら飲み込み、それから段々とスピードをあげて、最後にはむさぼり食う。「わっはっはっは！食える！俺は究極生命体を食って自分のものにできる！血だ！最初に血で馴染ませてしまえばいいんだ！はっはっはっは！血こそが全てなのだ！俺が吸血鬼になったことはやはり全面的に正しかったのだ！美味い！カーズの肉は美味いぞ！はっはっはっはっは！はーっはっはっはっはっはっはっは！最高にいい気分だ！WRYYYYYYYYYYYYYYYYYYYYYYYYYYY！」

甲高い雄叫びを聞きながら、カーズと呼ばれた男の顔と脳と胸と腹の全てと、手足の筋肉を三割くらい食われたところで、あまりの光景にゲロを吐きながら俺は再び気を失う。

もう死んでもいいかな、と俺は思う。


が、再び顔を蹴られ、俺は目を醒ます。口の周りを血まみれにしたディオが俺を見下ろしている。

「おい、起きろ。このままここに置き去りにして夜に目覚める吸血鬼の《俺》のための弁当としてやってもいいんだが、貴様も腐ってもジョースター、俺の予知の見落としの中で何をするか判らんし、ここでは死なせられん。貴様は俺を連れてくんだ、キューブハウスの効果が残ってるうちにな」

もう何をする気力もないから心配せずに捨てていってくれ、と思うけれど、ディオがこう言う。

「俺の命と意識を共有した偽者の《俺》が殺されるまでの二年間はもう一度俺は隠れて眠るが、その後のスタンドの回収のために迎えに来い。それからカナリア諸島とイギリスに行き、さらに、同じ場所だがモリオーの裏にあって宇宙の歴史を三十六巡させた後の２０１２年のイギリスに行く。そこには貴様の妻だって待ってるぞ？」


リサリサ。

こんな状態でも、さらにもうひと頑張りしたくなるぜ……!

と思って力を振り絞ったおかげで身体を起こしかけた俺は甲板に血で書かれた日本語を見つけることができる。どうやらジョルノ・ジョヴァーナが最後に残したダイイング・メッセージ。

ディオにはそれを読めないが、俺は平仮名くらいなら読める。


『ゆうき』


もちろん『勇気』のことだ。勇気を持てということだ。ジョルノ・ジョヴァーナは自分の身を投じて俺を助けてくれたのだ。

クソッ!クソッ!クソッ!俺にそれが足りないから、ジョヴァーナは死ぬ羽目になったんだ。

文脈をただ作ればいいというものじゃない。自分のために在るビヨンドを人のために役立てようとするなら、俺は勇気を持ち、より積極的に頑張らなければならない。

第十六章　ビヨンドⅡ

僕たちを包んでいた眩い光がるるると落ち着いたのが瞼越しに判り、眼を開けると夜空が覆っていて、月と星が僕たちの上に輝いている。

「ぷふう〜〜〜〜っ」と巨大なアントニオ・トーレスが上空でため息をつき、それがまるで合図のようになる。

僕たちと同じように眩しさに目をつぶり、瞼の上に手をかざし、顔を背けていたファニー・ヴァレンタインの横で、宇宙の三十六巡などものともしなかったようにUボートの甲板の上に直立したまま微笑みを浮かべていたディオが言う。「この夜を俺は百年待ったのだ、カーズ！待ち遠しかったぞ！お前を食うことではない！……すでにお前の味は知っている……！俺が楽しみにしていたのはひたすらこの世の、全宇宙の、全歴史の頂点に立つことだ！俺にはもうその位置が見えている！あとはそこに立つだけなのだ！カーズ！ふははは！勝利の確信に俺の魂が震えているぞ！」

カーズもまた僕たちの中で一人だけ三十六巡宇宙時間の圧縮された光を平然と浴びたまま立っていて、腰に手を当て、甲板のディオをうっすら笑みを浮かべたまま見下ろしていて、言う。「ふん……良かろう。かかってこい、吸血鬼」

するとディオがブンと腕を胸の前に出し、指先だけでちょいちょいと招いてみせる。「帝王は内実既にこのディオ……！貴様の方から来るのだ、カーズ！」

不敵に笑うディオを見つめるカーズに苛立つ様子はない。それどころか笑みが拡大し、ニヤニヤと楽しげだ。ちょっと嬉しそうですらある。

僕はペネロペを背中で庇うようにして後ろに下がる。ナランチャもそっと僕の背後に回る。「何だよこいつらおっかねえ……！」と言えるぶんナランチャは強いと思う。僕なんて足ガクガク身体ブルブル上下の歯ガチガチでもう全くみっともない。僕のシャツの裾をぎゅううっと引っ張っているペネロペも同じくらい怯えているのが心の支えになってるくらいだらしない。恐怖に震える女性がいなけりゃ僕はもっと取り乱していただろう……！

「ふふふ。どうやら俺の血をどこかでほんのちょっぴりすすったようだな、吸血鬼」とカーズが笑う。「太陽を克服し、不老不死を手に入れて、それ以上何を求める？貴様の身体では俺と同じような究極生命体となるのが不可能だと知っているだろう。一番であることや唯一の存在であることがそれほどに重要なのか？……俺は、ただ太陽の光を克服したかっただけだ。そして争いの中で大勢の同胞を自ら殺し、生き残った仲間も全て失ったところでそれは叶い、俺は孤独になった。百年待っただと？……俺は一千兆年近く待ったのだ。この宇宙で俺の届く範囲には、この地球にしかまともな生命はなかったからな。『生きる』という言葉に価する場所はこの星にしかないのだ、吸血鬼。不老不死なら、今ここで命を落とそうと慌てる必要もあるまい」

しかしディオは指先でちょいちょいと招き続ける。「貴様の思考停止した一千兆年と、俺様の濃密な百年を比べるんじゃあないぜ……！」

するとカーズは微笑みを浮かべたまま黙ってしばしディオを見つめ、息をつく。ふううううう……。「良かろう。俺の命を齧った貴様は俺の命の限界を知るのにちょうどいいサンプルとなるだろう。死なない肉体がいかに死ぬか、確かめておくのも必要なことかもしれん」。そう言って艦橋の上にふわりと登り、そのまま甲板の上に降りる。

ディオが笑いながら待ち構える。「俺の興味もそこにあるのだ……死なないことは殺せないこととは違うからな。俺の意表を突いた答などをどこかから引っぱりだされてこないように、ここできっちり確かめておかなければならない。……しかし俺の興味より何より優先されねばならないことは、貴様の肉体をこの世から消すことだ……何かの知恵を使った小狡い雑魚が貴様の血と肉を吸収して俺様に対抗してくることができないようにな」

一歩一歩近づきながらカーズも笑う。「ふっふ。言うまでもないが、その小狡い雑魚というのが貴様のことだ、吸血鬼」

「俺様の名前はディオ・ブランドー。憶えておくがいい」

「食事に名前をつける趣味はない」

「種としての高みに驕ったつけを払うときがきたのだ、カーズ」

「ふ……貴様のその無我夢中の自己愛を俺に投影するんじゃない。生命の種に貴賤がないことを俺は知っている」

「ふん、ちゃんとあるさ。力の強さ弱さがそのまま生命の貴賤そのものなのだ」

「ならばその考え方のまま貴様の命を量ってやろう」

「言っただろう?俺様は既に知ってることをこれから証明するだけなのだ」

ディオのマントを脱がせて畳(たた)み背後に下がったファニー・ヴァレンタインと入れ替わるようにしてカーズがディオの正面に辿(たど)り着く。

「さあ来い！」とディオが叫ぶ。「ふははは！踊るぞカーズ！これが最初のステップだ！」

「ふふ。結局待ちきれずに貴様から……」

「無駄ァ！」

　バン！と突然風船が割れるようにしてカーズが粉々に散り、四方八方に弾け飛ぶ。

「うわああっ」と悲鳴をあげたのは艦橋の上の僕たちで、飛んできたカーズの血肉が身体にバチバチと当たって僕たちの身体も吹き飛ばしてしまう。ペネロペを背後に回しておいて良かった。細切れにされたカーズの肉片は僕の顔や身体に突き刺さり、あちこちの骨を折って内臓に穴を空けて肉を削(そ)いでしまう。うんん!?僕はただ巻き込まれただけでいきなりの大怪我(おおけが)で、すでに瀕死(ひんし)だ。

「ジョージ・ジョースター！あああっ！」とペネロペが叫び、ナランチャが「クソッ！とりあえずUボート引っ込めるぞ！」と言って急速に潜水艦を縮めるので僕の身体が浮く。そのまま艦橋を飛び出てしまいそうな俺の身体を「待て待て！」と引(ひ)っ摑(つか)んでくれたのもナランチャで、全長一メートルほどに小さくなったUボートの上にスケボーよろしくナランチャが足を乗せ、俺をお姫様だっこしてペネロペにもしがみつかれたまま木々の間をオーリー、ノーリー、キックフリップ、ヒールフリップと余計な技まで使いながらジャッポンジャッポン飛び回ってディオたちから離れるが、俺の身体の中に埋もれたカーズの破片がむぐむぐと動き出して俺を激痛が襲う。「うああああああっ！」。カーズの骨と肉と血が俺の中から自分の力でモゾモゾ這い出してくる。無数の釣り針に引っ掛けられた身体の表面をムリヤリはぎ取られるような痛みがあってズバン！と一気にモゾモゾが俺の身体を飛び出していくのを血しぶきの中で朦朧としながら俺は見る。カーズは生きている。肉片になっても、血の一滴まで。掠れた視界の中で、空中に集まるカーズが遠ざかる。「何だか知らねえけどいいよいいよもう逃げようぜ！こんなところにいたらいくつ命があってもたらねーよ！」とナランチャの言う声も消えていく。

「ああっ！ジョージ・ジョースター！駄目！」とペネロペが僕の腕をぎゅうっと搾るので僕は目を醒ます。でもそれが一瞬だけのことだと知っていて、怪我が治った訳ではないのだ……なんて思うけど、あれ？

　怪我はない。……カーズは僕の中から出ていくときに僕の傷を塞いでいったのだ。

っていうのをペネロペも気付く。「………？ジョージ・ジョースター？……あれ？あなた何やってるの？」

「いやペネロペさんに抱きつかれてるのが気持ちよくて……」

「まあっ！」とペネロペ。

「何だそりゃ！」というナランチャの台詞とともにバチーン！と頭が叩かれるけど、叩いたのは別人らしくて「えっ？あれっ……？」と言う。知らない女の子の声だ。「やだ、誰このジョージ？」目を開けると髪の長い綺麗な女の子がいて、葉っぱを集めて貼り合わせただけのように見えるシンプルなサーフボードに乗って森の木々の枝の上をナランチャのUボートと並走している。スタンド使い？女神様？

「エリザベス！」とペネロペが言う。「ああ良かった！生きてたのね！」

「あっ、うん。ごめん、ペネロペの声が聴こえて思わず飛び出てきちゃったけど……この人誰？」

しゃっ、と僕は胸のポケットから名刺を出す。「やあ、はじめまして、名探偵ジョージ・ジョースターです」

「………」

いや確かにナランチャの腕にお姫様抱っこでぱりっと言う台詞じゃなかったかもしれない。が、

「ふうん」と言いながらもエリザベスさんは名刺を受け取ってくれる。「……これ、日本語ね」

「あっ、裏は英語表記になってます」

「大丈夫。私日本語も読めるから」とエリザベスさんは日本語で言うけれど、『ダイジョーブ、ワターシ日本語も読めるカーラ』みたいじゃなくて流暢な本物のイントネーション。素敵だ！

「……男の子は皆エリザベスに夢中になっちゃうんだから……」とペネロペが呆れたように言うけれど、いやペネロペさんも美人だよ？ってそんなこと言ってる場合じゃないよな。

「お前もう大丈夫なら降りろよ気持ちわりーな」と言いながらナランチャがUボートを小さな漁船くらいの大きさにして僕とペネロペを降ろすと、エリザベスさんも乗っていた葉っぱのサーフボードからこちらに移ってくるが、その瞬間、葉っぱがぱあっと散らばって後方に消え去っていく。その優雅な光景にほわーとなりながら「カッコいいスタンドですね……」と言うと、エリザベスさんが「スタンドじゃないわ、波紋よ」と言う。波紋？さっきペネロペがもう一人の《ジョージ・ジョ

ースター》の半生を話していたときに出てきた吸血鬼やゾンビと戦う人か！そして《ジョージ・ジョースター》の幼なじみにして奥さんね！はいはい！あ〜……。ふうん……。

「屍生人（ゾンビ）たちがロンドンに再び集結してるみたいだから様子を見にきたんだけど……」とエリザベスさんが言う。「とうとうディオが来たわね。……でもあの箱の上の記憶よりも、ずっと凄（すさ）まじい。でももう一人同じくらいとんでもない奴がいるけど、あれ何？」

「あれは……」と言いかけて、僕は迷う。

エリザベスさんは、これから十数年後にあの究極生命体（アルティメット）カーズの前身となるカーズと戦うことになるのだ。息子さんのジョセフとともに。そんな話をしていいのか？タイム・パラドックスを生じさせたりパラレルワールドに時間軸が分岐してしまったりしないだろうか？……などと考え込むのは二十一世紀からきた人間だけなのだろう、ペネロペが言う。「カーズっていうんだって。何者か知らないけどジョセフのことを知ってたみたい。この人たち未来から来たみたいだし、いろいろ事情知ってるみたいだから詳しく聞いておいたら？」

わー。と焦るが、エリザベスさんは首を振る。「いい。……運命は避けられないって知ったもの」

「……トンペティさんの予言の話？」

「………」

「エリザベス、私ね、諦めてないよ」

「………？」

「絶対ジョージ見つける。そんでちゃんとエリザベスのところに届けるね」

「だって……」

「私ね、とにかく行動したかったの。ずっとエリナのそばにいて、それでジョージと一緒にいるつもりだったけど、本当には一緒じゃなかったし。エリザベスはずっと遠いところにいたけど、本当はジョージと一緒にいれたし。でね、ジョージもいなくなっちゃったけど、ジョセフはいるから、エリザベスを連れて帰ってこなきゃとずっと思ってたの。とは言えエリザベスが悲しくて怒ってて、あととても怖くて、ジョセフのそばに帰ってこれないことも知ってたから、難しいなと思ってたわけ。ジョージと距離をとってたのも同じ理由だもんね。ジョージを失いたくなくて、遠くに離れてたんだもんね。そういうのを我慢していたけどやっぱり堪えきれなくてジョージとくっついて結婚したその日にジョージが……いなくなって、エリザベスの悲しみと後悔を想像したら、ジョセフのそばに近寄れないのも当然だとも思ってた。でもね、今日私、こんなふうにもう一人の、日本人の、未来から来た《ジョージ・ジョースター》に会って、考え方を変えたの。この世ではどんな素っ頓狂なことも起こるんだって。そして、こんな素っ頓狂なことが起こるんだったら、奇跡とか、夢とか、ありえない願い事が叶うことだってありうるはずだって。そしてこの《ジョージ・ジョースター》こそがその名前のまま道しるべになるんじゃないかって。だからね、唐突にだけどエリナにお願いして、私、一緒に来ちゃったの。少なくともエリザベスは見つかるんじゃないかって。《ジョージ・ジョースター》を餌にしてればね。あはは。そしたら本当にすぐエリザベスが見つかって、それで私今度は確信したよ。私ね、絶対にジョージを見つけてみせる。本物のジョージ・ジョースターを、このもう一人の《ジョージ・ジョースター》を道しるべにして、餌にして、囮にして、罠を仕掛けてでも何でもいいからとにかく本物のジョージ・ジョースターを見つけて、エリザベスのところに連れて帰るね。私、なんかそれが絶対できそうな気がするの」

「……ペネロペ……」

と見つめ合う綺麗な女性二人を見るに、ふうむ、こちらの世界のジョージ・ジョースターはなかなか楽しげな人生を送ってたようですなあ……。

「おいおい、あれ見てみろよ……」とナランチャが言う方角を、内心嫌々ながら見ると、ディオとカーズが殴り合いをしているのだが、お互いがお互いをいちいちバーン！……バーン！……と爆発させるように吹き飛ばし、さっきのように粉砕されて塵のようになった肉体を再生して殴り返すというのを繰り返している。爆発はどんどん激しく、再生はどんどん短い時間で行われるようになって赤黒い花火が空中を移動しながら点滅しているみたいに咲く。バーン！……バーン！……バーン！バーン！バーン！ババーン！そしてよく見ると二人とも笑っている……。

「自分の不死を満喫してるな」と僕はげっそりとした気分で言う。何だか吐きそうだ。

「でも、それだけじゃないかも」とエリザベスさんが別方向を向いているので見ると、いつの間にかグレートブリテン島は東へ東へと進んでいるらしくて、夜が明け始めている……んじゃない、あれは朝日じゃない。夕日だ……！

西へ西へと向かっていて、地球の自転より速く進んでいるせいで夕方に追いついたのだ。少なくとも秒速460メートル。音よりずっと速い。……それでか？僕たちの立っている海岸はグレートブリテン島の先頭となっていて、つまり海を走るグレートブリテン島のたてているはずの音を全て背後に置き去りにしているせいで、これほど静かなのだろうか？

　エリザベスさんが言う。「おそらくディオの方は、何らかの策略を持って時間稼ぎをしてるんじゃないかしら」

　西の水平線の向こうに陸地が見え、近づいてきて判る。アメリカ合衆国だ。マンハッタン島も見えてくる。オレンジ色の夕日に照らされる四匹目の《カブト虫》。確かに何かあるんだろう。

「西から朝日が昇ってるみたい」とペネロペが言い、うん？と思う。西から朝日って、随分前みたいに感じるけど、今朝聞いたなと思う。アロークロスハウスだ。九十九十九の殺された朝。でもその話は今みたいに実際に西側から太陽が昇ったってことじゃなくて、朝日が昇ったとき、西を指す矢印が朝日の方角に向いていたということだった……。で、さらにもう一つ思い出す。どうして頭の中から抜けていたんだろう？

　西から朝日って、思いっきり《西暁町》の名前そのものじゃないか。

　西暁町にやってきた名探偵が朝日が《西》に昇った朝に死んで、その死を解くためにやってきた西暁町の名探偵が今や西に日の出を見ている。そして僕はさらに思い出す。その先のマンハッタン島の先端にはこの宇宙のバミューダ・トライアングルがあるのだ。九十九十九を西暁町に飛ばした三角地点が……！

　何らかの、まだ得体の知れない円環が閉じようとしている……！と不思議な感動に打たれたまま西の空の日の出を眺めていると、陸の方からスクランブル発進したらしいアメリカ空軍の戦闘機が三機近づいてきて僕も現実に返る。すんなりバミューダ・トライアングルまでは行けそうもないな、と思う。そりゃそうだ。こちらも向こうもマッハで飛んでいるのだから。そして音もなくすれ違うと、音もなくミサイルが着弾し爆発する……バリアーの向こうで……巨大なアントニオ・トーレスの腹の中で。

「どおおおおおおっ」と上空に巨大なアントニオ・トーレスの上半身が再び現れ、叫び声をあげる。

「凄い爆弾……！」とエリザベスが言い、ペネロペの方は青ざめている。

「多分大丈夫ですよ」と僕は言う。「この島全体を覆ってるバリアーは固いですから」

爆撃は二波、三波と続くけれど、炎がバリアーの上に広がるだけ……とはいかず、杜王町と違ってここではアントニオ・トーレスがいちいちうるさい。「でああああああっ」「ぬどろろろろろろろっ」「ばりするするするする……っ！」「でぃほおおおおおおるおおおお……っ！」。逆さまになって身悶えしながら悲鳴をあげるアントニオ・トーレスを睨みつけていて、僕は気付く。

「……あれ？誰だあれ？」。巨大なアントニオ・トーレスの脇腹のそばに人影があるが、それは宇宙服を着たあのプッチではなく、細身のコートを着て手袋をはめたファニー・ヴァレンタイン元大統領だ。大きなカエル人間のスタンドにバリアー表面を歩かせ、行き交う戦闘機の爆撃を構わず僕たちに近づいてくる。杜王町にもやってきたファニーだが、ファニアーの運命をこの目で見た今としては何を伝えたいのか、どんな意図があるのか判らないし、怖い。杜王町では何と言ったっけ？

このままではアメリカ軍にこの島は転覆させられる。

そうだ、そう言ったのだ。『この島』とは杜王町だろう。杜王町は転覆させられたのか？アメリカ軍によって？そんなことがどうしてできる？杜王町はプカプカ浮いていても船ではなく島だったのだ。そんなものをひっくり返すことなんてできるはずがない……と思いながらも、島が動き出すこの現実の中でそんなふうに簡単にありえないと言えるかどうかが判らない。

バリアーの表面を伝う風は凄まじい強さだろうが、ぺとりぺとりとカエル人間を四つん這いにさせその背中に乗ってファニーは難なくその突風の中を降りてくる。手にまた大きな紙を持っている。メッセージだ。こちら側に向けてバリアー表面に広げられる。ナランチャが艦橋に備え付けてあった双眼鏡を取り、実物大に拡大して目に当て読み上げる。「コウ……コウラ……ヂエ……？コウラヂエ？」

絶対違うだろう。「貸して」と双眼鏡をほとんど奪い取るようにして目に当てると隣でナランチャがギャーギャーうるさいが、読める。

『COURAGE』

勇気？

「ひと単語かよ……」と僕は言う。「何かの標語みたいだよな……？」。あるいはファニー、認知症が始まってて、これも実は単なる徘徊だったりして……？などとそんな訳がない。

「きっと貴様たちに対する忠告だろう」

といきなり背後で言われ、振り向いた瞬間そこにいるのはディオが過去から連れてきた若い方のファニー・ヴァレンタインで、俺にワッとマントを広げて被せる。それはさっきディオがまとっていたものだ。

「まだ見ぬ光景に怯えるなということだ」

とファニーが言って自分と僕とをマントで覆おうとした瞬間、エリザベスさんが「しっ！」と歯の間から短く息を吐き、マントの隙間にしゅっと鋭く拳を入れてファニーの頬にパチンと当てる。

「えっ……だ、あばばばばばば！」。上下左右ムチャクチャに顔を振るファニーと僕の上にマントが被さる。

僕がマントを押しのけると、そこにはもうUボートもなく、エリザベスさんやペネロペたちもいない。そこは岩と石でできた赤い砂漠のど真ん中で、それをまっすぐに突っ切る舗装されていない道路の縁だ。

「あぶあぶあぶあぶ……ふぇ、ふぇ、はあ……」とようやく顔の痙攣が収まってきたファニーがよろけて倒れそうになるところを何とか足を踏ん張り持ちこたえる。「何だ……何なんだあの女は!?」と言ってハアハア荒い息をつくファニーの顔は肉が弛み、さっきまでのハンサムが台無しになって、まるで別人のようだ。すっとした無駄のなさそうな身体つきだったのに、丸みを帯びて贅肉がいささかだらしなく垂れた体型になり、なんと身長まで少し縮んで見える……が、次第に元のすっとしたハンサムに戻りつつある。

波紋だ。

原理はよく判らないが、葉っぱを集めてくっつけ、パンチでしばらく人体にダメージを与え続けることができる。葉っぱと人体の共通点なんて水分しか思いつかないし、『波紋』という言葉の通り、生物の含む水に働きかける力なんだろう。触っている間はもちろん波紋は立ち続け、手を放しても波紋はしばらく水面を揺らし続けている……。

で、ここはどこだ? この赤茶けた景色は数時間前に見た火星の風景に似ているけれども違うだろう。そして夢の世界とか偽物、作り物の世界とも違う。実際にどこかにある現実の場所だ。匂いとざらつきが本物だ。夢や作り物の中で感じるリアルとは違い、例えば石を蹴ってみても必要以上の情報がたくさんある……。

呼吸を落ち着かせたファニーが僕に言う。

「待たせてすまなかった。しかしちょうど良かったようだね」

見ると、砂漠を突っ切る道路の向こうから車がやってくるところで、赤い砂埃が盛大に舞い上がっている。近づいてくるのはベントレーのクラシックカー、ドロップヘッドクーペだ。運転しているサングラスをかけた男は長い癖っ毛をオープンシートで風にたなびかせているが、その癖っ毛に見覚えがある……と言うか、僕のすぐ隣に全く同じ姿をした男がいる。

もう一人の《ファニー・ヴァレンタイン》だ。

「これは……タイムスリップかな？」

僕が訊くとファニーが首を横に振る。

「時間軸上の移動ではない。世界線を跨いだのだ。ほんの少しだけ違う形の世界へとね。ここは平行世界だよ」

「……それはそもそも存在するものなの？大統領のスタンドで作ったの？」

「………！ふむ……私のスタンド、《いともたやすく行われるえげつない行為（Dirty Deeds Done Dirt Cheap）》が作った世界か……その可能性は考えたことがなかったな……」

でもここがスタンドによって連れてこられた世界であることは確かなのだ。平行世界か。

「大統領、僕のこと知ってるの？」

僕は名探偵で、ことさら有名というわけでもないが海外でも知ってる人はいるだろう。が、僕は現代、２０１２年で名探偵をやってるのだ。このファニーは１９２０年のアメリカ合衆国大統領じゃないのか？

「最近特にね」とファニーが言ったとき、そこにもう一人の《ファニー》の乗るベントレーが砂埃とともに到着する。

「やあ、ジョージ・ジョースター」ともう一人の《ファニー》も言う。

「………？僕のことを知ってる訳だ？」

応えずに《ファニー》が言う。「乗りたまえ」

と言われても2シーターだ。ファニー・ヴァレンタイン・サンドイッチでぎゅうぎゅう詰めは嫌だなと思ってると運転席の《ファニー》が「私はここで」と言ってドアを開け、降り立つ。

え？こんなところで？「別の車とか来るの？」と僕が訊くと、《ファニー》が遠くを見つめるので振り返る。砂漠の奥に三つくらい猛スピードで走っているらしき車の姿……は確認できないものの土煙がもくもくと上がっているのが見える。

「凄い急いでるな」と僕が言うと、

「レース中だからね」と《ファニー》が言う。「スティール・ボール・ランだよ。ここは第二ステージ。まだ大会は始まったばかりだけど凄い盛り上がりだ。成功は約束されている……イベントのぶんはね」

SBRか。「世界史で勉強したよ。あれか。……なんで大統領がこんなとこにいんの？民間のお祭りみたいなもんでしょ？」

「SBRが単なるお祭りであったことは一度もない」と言って《ファニー》が胸のポケットに手を入れ、中から一冊の本を取り出す。「聖なる教典の一部だよ。九冊に分冊されていてね。……実は僕の部下や委託人にこれの収集と回収を頼んでるんだ」

「へえ……？SBRってことは、ここはアメリカでしょ？第二ステージってことはモニュメントバレーだよね。SBRを利用してその本を集めてるって、大統領だったらそんなことせずに普通に人を使って探せばいいんじゃない？」

「文脈と必然性があるんだ」

文脈と必然性か。なるほど、と今の僕は思う。そういう形じゃないと結果を呼び込めない、というようなことがあるのだ。

「それ、どんな本？」と僕は大統領の持つ《聖なる教典》を見るけれど、するとすっと胸のポケットに戻されてしまう。凄く古い本だから、無造作に扱われて破れちゃったり崩れちゃったりするともったいないのでその本を深追いするのはやめる。「……そう言えば、」と僕は言う。「僕の義理の先祖もSBRに出場したはずだ。そのときは馬での大陸横断レースだったと思うけど、ここでは車で競争してるんだね」

「まちまちなんだよ」と《ファニー》が言う。「馬でレースしたり、車でレースしたり、飛行機や気球のときもあった。君らの世界でも、この平行世界でもね」

うん？「僕の世界では馬だったたってば」

「それは《世界》ではなく、始まって終わってを繰り返す連続する宇宙の一つの話だろう？私の言ってる《世界》とはその連続宇宙全体の話だ。今そこにある空間だけでなく、似た形で繰り返される歴史も全て含んだものだよ」

「……」

「宇宙が一巡してしまえば、次の宇宙では似ているけれども別の歴史が始まる。世界の歴史は宇宙をらせん階段的につないでできているのだ」

《らせん階段》

十四のキーワードの一つだ……！そう言えばさっきファニーとプッチが何か意味不明なことを言

ってたっけ。

「私は私でありながら、私ではない。どうしてこうなるか、君になら判るな、プッチ神父」

「ああ、判る」

「どうしてだ!?」

「何故なら私がつなげるからだ。何故なら私がつなげないからだ」

「………!」

「私の作るものこそが《らせん階段》だからだ」

「それでいい!」

さっきは全く何がどうでいいのか判らなかったけど、今考えるなら、こういうことか? **私は私でありながら、私ではない**というのはつまり、繰り返される宇宙の歴史は似てるけれど全く同じではない。つまり宇宙が一巡した後もファニーはファニーとしてもう一度生まれ、似たような人生を歩むけれども全く同じではなく、よって……あるいはそもそもアイデンティティも全く同じではない。

何故なら私がつなげるからだ。何故なら私がつなげないからだ。私の作るものこそが《らせん階

段》だからだというのは、あのプッチの時間を加速させるスタンドでいつかでどこかのプッチが宇宙を一巡させたとき、歴史を《円環》としてつなごうとしたんじゃないだろうか？そして失敗して、自分のせいで歴史の繰り返しが《円環》ではなく《らせん階段》となってしまったと信じてないんじゃなかろうか？……と僕が言うと《ファニー》が頷く。「それがプッチのせいなのか、もともとの運命であり、そうできていたものなのかは判らない。……しかしディオはプッチの罪として罰を与えている」

いなくなったプッチ。

「どんな罰？」

「……詳しくは判らない。しかしもうプッチが戻らないことだけは確かだろう」

「大統領、……アメリカの大統領ともあろう人間が、あのディオとつるんで……と言うよりあいつの手下みたいになって、何をしてるの？て言うかあのディオって何者なの？宇宙三十六巡前のディオが単なる列車強盗のチンピラじゃないってことくらいしか判らない。カーズとほぼ対等に渡り合ってるみたいだし、……一体何なの？人間じゃないよね？」

「究極生命体の血を吸った吸血鬼だよ。しかし恐ろしさの本質はそこにはない」

「………？」

「君の宇宙のSBRでは……」と突然《ファニー》が話を変える。「確か、聖杯を九つ集めたんじゃなかったかな……？活躍していたのはジョニー・ジョースターだ。どうやら途中棄権となったらしいがね」

「？そうなんですか？僕はご先祖様のことはよく知らなくて。……あの、本題に入っていい？」

「……」

「何で僕をこんなとこに連れてきたの？」

「ディオも知らないことが一つある」と《ファニー》が真剣な顔で言う。本題だ。

「……。で？」

「さっきプッチが十四の言葉の意味を羅列したとき、二つの《特異点》のやりとりがあったな？」

「ええ。……何か曖昧なやり取りだったけど、《時間》と《人との関係》だっけ？」

「ああ。しかしあれは、確かに曖昧なやり取りだ。何しろあれは《私》がプッチにプッチのために用意した文脈を持ち込んで、調子を合わせつつ信じたいように信じさせただけだからな」

「……でも凄いスタンドまで出たけど……？」

「あれを出現させるためだ。全て計算されているのだ、ディオ・ブランドーによってな」

「……けど《特異点》については何か計算しきれてないところがあるってこと？」

「そういうことだ。君は名探偵だそうだが、そういうところもいいな」

「？」

「いいか？憶えておくんだ。特異点は二つ。繰り返しの宇宙が並んでできている現実世界と、現実世界に似て異なる平行世界の両方を全て比べてみても、ただ一つしか存在していないものがある。同じものはなく、似ているものすら存在しないものだ。一つ目は世界で最初に行われたSBRのその裏で探し求められた、九つの部位にバラバラにされたある聖人の遺体だ」

「聖人……!?」

「そうだ。そして二つ目の特異点は、君だ、ジョージ・ジョースター」

「日本人の捨て子でジョースター家の養子で名探偵。君はこの世界に一度しか生まれず、他のどの宇宙にも、どの平行世界にも、君の代わりはいないんだ」

へぇえ、と思うけど、そんな反応では済まされないんだろうから黙って考える。

まず第一に、これ証明できない。

ファニーはもう一人の《ファニー》を呼び出すことでこの平行世界の存在と構造……似て異なることに説得力を与えようとしたんだろうけれど、これが実はただの……っていう言い方もおかしいのだろうけど、やはりタイムスリップあるいはテレポーテーションであって、もう一人の《ファニー》も実はファニーの双子のもう片方で別の名前を持っていて僕を何らかの理由で騙そうとしているのかもしれない。唐突な話過ぎてほとんど何の事実確認もできていないままなのだ。疑おうと思えばいくらでも疑えるし、この《ファニー》のスタンド、《いとも何とか》がアクセスできる世界は広すぎるし多すぎる。本当にしらみつぶしに確認できたりはしないんじゃないだろうか？平行世界というのは……まあこれは現代的なＳＦ小説で言うとだけれども、ほんの些細な違いでも別世界となるのだ。例えば髪の毛の量が一本多いとか少ないとか、蛇口から垂れる水滴の落ちるタイミングが一瞬速いとか遅いとか。《いとも何とか》が行き来する平行世界がどのようにして成り立っているか判らないが、とにかく僕が検分できない以上、《ファニー》の言ってることをそのまま信じるか信じないかの問題にしかならなくて、僕は誰かの言い分を丸ごと信じるようにはできていない。

そして第二に、で？僕に何を求めているんだ？「そんなこと言われても僕何もできないよ？」と、結局『へえ』と内実の変わらない台詞になってしまうが、言うと、《ファニー》が笑う。

「何かを具体的にこうしてくれと求めてる訳じゃないんだ。ただ私の言ったことを信じてほしい」

「いやそれがだから難しいんだけど……。ほら僕疑う職業だからさ」

「……ふふ。もちろん君は疑っていい。今も考え込んでいたようだけれど、いつも通りに頭を悩ませていればいい。しかし信じてほしいのは、私のことじゃない。君に信じてほしいのは、君自身のことだ。君には代わりはいないということだけを信じていてほしいのだ」

?それは自分を信じろとはちょっと違うよな?ビヨンドを使うときの、自分にならそれをできるというあの確信を持てと言ってる訳じゃないよな?

言葉が出てこない僕に、《ファニー》が続ける。「いいんだ……ジョージ・ジョースター。返事が欲しいんじゃない。信じてほしいだけなのだ。……そろそろ時間だ。君は車に乗ってここを立ち去りたまえ」《ファニー》が助手席側のドアを開け、僕が乗り込むと、閉める。それから運転席のファニーにサングラスを渡す。受け取りながらファニーが言う。「すまない。何とか私一人で始末を付けたかったんだが」

「わかってるとも、もちろん」

そのとき僕を跨ぐようにしてファニーからもう一人の《ファニー》へと、兎のような長い耳を持ったヒト型スタンドが移動する。

「では、頼んだぞ」

「ああ、任せてくれ」

それからファニーがサングラスをかけ、ベントレーを出して《ファニー》を置き去りにする。で、こんな砂漠の真ん中で《ファニー》これからどうするんだろう？……で思い出すけどヤバくないか？《いとも何とか》がこの平行世界に連れてきたのに、それをあっちに渡してしまってどうする？僕はこの世界から出られなくなるんじゃないか？ファニーは僕を元の世界に戻さないつもりなんじゃないか？

「おい、スタンドどうすんだよ」

「……まあ、戻ってくるだろう」

「？」

スタンドは原則一人一体。平行世界のファニーには《いとも何とか》が付いていないってことだろうけれど、じゃあそのスタンドを使って何をするつもりなんだ？と思いながらバックミラーに映る《ファニー》を見ていると、その背後に、巨大な積乱雲がもくもくと脹らんでいる。僕は振り返ってその雲を直に見る。黄色や緑色の混ざるその雲の禍々しさに猛烈に不安になる。ああこれ悪夢だ、と眠りながら思うのと同じ確信が完全に目覚めている僕に襲いかかる。

僕たちが遠ざかるのを見送っていた《ファニー》がその怪しげな雲の方に振り返る。

「あの雲何……？」と僕が思わず呟くと、ファニーが言う。

「この平行世界のカーズだよ。もう一人の《私》には、最後にもう一度挑戦してもらうんだ」

「挑戦って何に？」

「カーズ征伐だよ」

「……！」。ではあのゴロゴロと雷を孕んでこちらにやってくる入道雲の中にあの恐ろしい男がいるのか。

そしてここのカーズはどうやら怒っているらしい。「ここが平行世界で、お前もここにある全てと同じく偽物なのだと伝えたからね」とファニーが言う。「こうして私は平行世界の中で何度となくあの恐ろしい男と戦ってきたのだ。彼を閉じ込めるか、遠ざけるか、どちらかの方策を探してね。あの恐ろしい男に自由意志を持たしておくのは脅威なのだ」と《自由》の国の大統領が言い、そのとき背後でビシャビシャドガーン！と大きな音が鳴り響いて、とうとう雷が落ちたかと思って振り返ると長い髪の毛を一本の三つ編みにまとめたこの平行世界のカーズの腕が《ファニー》の胸を貫いていて、僕と目が合う。

「一度たりとも勝てなかったが、」とファニーが言う。「私なりにカーズから学んだことはあった。それを活かしてこれから勝負をつける」

カーズがこの世界の《ファニー》を地面に捨てると、《いとも何とか》がふわりと浮かび上がり、すうっとこちらに飛んでくる。元の持ち主に戻るのだ。でもそれを追いかけるようにしてカーズもこちらに飛んでくる……！

「貴様がこの世界の作り主か！勝手なことをしおって！許さんぞ！」と雷をまといながらこちらに飛んでくるカーズは恐ろしくて、だからこそ目を離せない。

僕の横で《いとも何とか》を体内に回収したファニーが叫ぶ。「行くぞ！ジョージ・ジョースター！特異点の君は全てを見届ける義務がある！」

「そんなのねーよ！」と僕は咄嗟に叫び返しながら、カーズ襲撃の恐怖に悲鳴をあげる。「うわあああああっ」

ファニーがベントレーをトップスピードに乗せたままハンドルをぐいっと乱暴に切るとカーブしきれずに車体が横転を始める。ぶわっと空中に逆さになって悲鳴すらも出てこなくなった僕にファニーが言う。「もう一度言うから憶えておいてくれ！君はこの世界に一人だけなんだ！ジョージ・ジョースター！」

そんなことを叫びながら自動車事故をわざと起こして無理心中か！真っ逆さまになったベントレーの運転席の方が先に地面に着地して、ファニーが頭を半分削り取られるのを僕は見て、うへーと思っていたら、僕の顔が逆さにやってきたでっかい岩にぶつかる。


が、生きている。「うわあああっ！」と叫びながら目を開けると、僕は石畳の上を転がっていて、無傷で、そこは広場で、最初に目に入ったのが翼を広げた天使の像を高く備え付けた噴水で、それは『エロス』と呼ばれる有名な観光名所、ここはロンドン、ウェスト・エンドにあるピカデリーサーカスだと判る。1819年に建設されて以来人がごった返すような場所だったはずだが、今は人っ子ひとりいない。と言うよりゾンビに占拠されていたんだろう。噴水回りの階段にもベンチにも屋台や通りに停めてあった馬車にもゾンビの身体の残骸が塵となって積もっている。夕日に当たって一度に皆死んだのだ。とは言え絶滅した訳ではないらしくてそこら中からぐえぐえ呻き声やギャーギャー喚き声が聴こえてくる。地下鉄駅への降り口からはそれが合唱のように束ねられていておぞましい雰囲気だ。動悸の続く胸を押さえながら僕は西の空を見るが、太陽はロンドンの街並すれすれのところにあって、ここからではグレートブリテン島の動きが判らないが、もし停まれば、すぐに日はもう一度沈み、日光が建物に遮られた途端に日陰で助かったゾンビたちが再び地上に溢れ返りそうだ。暗いピカデリーサーカス駅への降り口を見つめる僕に「ジョースター、そっちは気にする必要はない」と言うのは僕と同様死んでいなかったファニーで、頭も全部ある。

「見ろ」と指差された空を振り返ると、巨大なアントニオ・トーレスの上半身が空中に生えていて、苦しげな表情で喉元を押さえている。

「うっっっぐぐぐぐ、うげええええっ」と言って大きな口を開けて吐き出したのは一台の軍用ヘリコプターだ。一瞬バランスを崩していたが素早く整えて水平になり、ロンドン上空に降りてくる。この広場をまっすぐ目指しているのだ。

ファニーが言う。「栄えあるアメリカ合衆国の現大統領、もう一人の《私》にしてもう一人の《孫》、ザ・ファニエストだ」

大きな軍用ヘリの胴体に丸いハクトウワシのエンブレムがある。アメリカ合衆国の国章。

「そしてスター二人も登場だ」とファニーが言い、視線を移すと、ウェスト・エンドの街並をドカンドカンと盛大に壊しながら空中を飛んでやってくる二人の影があって、もちろんディオとカーズだが、その二人に続いて巨大なUボートが三隻にゅうっと出てくる。街の並木を伝ってムリヤリ移動させているUボートは周囲の建物をものともせずにぶつかって崩壊させて、その上巡航ミサイルを撃ちまくっている。ドンドンドンドンドン！それらがディオを追いかけて爆発。それほど真剣に逃げるでも避けるでもないディオに何発も的中するけれども身体は一瞬吹き飛んだかのように見えるだけで即座に再集結、ディオは死なない。ディオもミサイルをかいくぐって反撃、時々カーズも爆発しているが、カーズの方も一瞬で復活。ああもうこれは駄目だ、勝負がつかないな、と僕は思う。死なない相手同士だから、相手をどれだけ壊しても死なないのだ。そしてそれはもうとっくに二人の当事者も判っているらしくて遠くで微かに高らかな笑い声が響き合っている。わっはっはわっはっはと二人とも楽しそうだが、街はボロボロだ。

そのいよいよ廃墟然としてきた街並の向こうからザーン！と大量の砂の波が現れて建物を乗り越えディオを飲み込む。カーズはゴヤスリー・サウンドマンの砂との『バウンド（BOUND）』も身につけていたらしい。ディオを包み込んだまま瓦礫の海はこちらに押し寄せてきて、広場のすぐそばで渦を巻き、巨大な瓦礫の円柱が立ち上がる。それは瓦礫を集めながら拡大しつつ、密度を上げて、渦の回転が停まったときには高さ約３００メートル、直径２００メートルほどの頑丈な岩の円柱、あるいは巨大な石臼のようになってピカデリーサーカスの隅に出現する。

僕たちに気付いていないらしいカーズが噴水エロスの天辺に舞い降り、岩の中のディオを笑う。

「ハッハッハッハッハッハッハ！これでどうだ！粘性も強度もこの辺の建物の数十倍だ！」

しかしすぐに岩の中から音と声が聴こえてくる。

……ゴン……ゴンゴン……ゴゴゴン……ゴゴゴゴ、ゴゴゴゴゴン！ゴゴン！ゴゴゴゴゴゴゴン！

「……無駄ァァァァァァ！」

ゴゴゴゴゴゴゴゴゴゴゴゴゴン！ドカン！

岩の柱を内側から突き破って半裸のディオが脱出してくると僕はもう呆れてしまうくらいだが、カーズは笑っている。「ハッハッハッハッハ！いいぞ！ハッハッハッハッハッハ！」

身体に降り掛かった砂埃を払いながらディオも笑っている。「肉弾戦はもちろん、スタンドを用いても結局のところ最終的には肉体の不死を乗り越えることがお互いできないな」

「今のところはな」とカーズは言う。「しかし俺はこれからもっとスタンドを学ぶ。貴様を殺すことはできなそうだが、遠くにやることはできる。俺がやられたよりもっと遠くに飛ばしてやるぞ！」

するとディオが息をつく。「ふう……。しかし俺様はスタンドを増やすことができないから、代わりに代理戦争だ。カーズよ、スタンドを学ぶ余裕は与えないぞ！遥か遠くに飛ばされるのは貴様だ！それも二度とこの地球上には戻ることのできない、ここことは全く別の異次元世界にな！」

それから上空のヘリコプターに向かって手を上げ、指先だけちょいと動かして招くと、空中をホバリングするヘリコプターのドアが開き、僕は現アメリカ合衆国大統領を初めて生で見る。癖っ毛を短く揃えたザ・ファニエスト・ヴァレンタイン。ファニーとそっくりだ。

もう一人の《私》にしてもう一人の《孫》。

そして僕の横でそのファニーがふううう、と長く息を吐く。

「降りてこい、我が僕、ザ・ファニエストよ」とディオが言って腕を振り下ろすと、上空のヘリからザ・ファニエストがパラシュートも何もないまま飛び降りる。中に乗っていた乗組員たちの慌てた様子とは裏腹にザ・ファニエストは冷静そのものだ。「そして、出番だぞ！ファニー！」とディオのキューが出て、ファニーが走り出す。向かう先はザ・ファニエストの着地予想点。ピカデリーサーカスの噴水の脇で、両手を広げて待ち構えるファニーの腕の中にザ・ファニエストが落ちてきて、ファニーはそれを受け止めるのではなく両手で叩く……！バチン！するとザ・ファニエストの姿が消える。

僕には判る。そうか、頭を殴られて平行世界に行くんじゃない。何かに挟まれて行くんだ。

そしてファニーが両手を広げてカーズの方に振り返り、「どじゃあああああ〜〜〜〜ん」と言って笑ってみせる。

「………？手品か？」。カーズはまだファニーのスタンドをはっきり見ていないのだ。

ファニーが言う。「どう思う？」

カーズが顎をこする。「ふん。何でも構わんが、近づけば殺す」

「近づくさ。しかし君には見えないだろうよ、近づく私がさ」

「………？」

「行くぞぉぉおっ！」と言って駆け出したファニーをカーズが待ち構え、ディオと違って生身の足で走るファニーはスピード感が足りないが、余裕たっぷりのカーズに両手を広げて飛びかかったとき、僕の見ている映像にコマ飛びが起こる。早送りなどではない。一瞬だが時間が飛んでいる。

空中にジャンプしたファニーが次の瞬間には手を叩き合わせていたのだ。パチン！

ファニーが満面の笑みで「どじゃあ……」と言いかけて口をつぐむ。おそらくファニーとしても今の一撃で《いとも何とか》の平行世界へカーズを送ったはずだと思ったんだろう。でもカーズはまだそこにいる。

上半身を大きなかぎ針の形に曲げることで。ファニーの手拍子を避けたのだ。

「……何ぃ……！」と言ったのがディオで、ファニーの攻撃を補佐したあの一瞬の時間のスキップがディオの仕業だと知る。ディオの背後にボンベを背負ったヒト型のスタンドも出ている。

そしてそれをカーズも見る。「何だ……!?」。カーズが驚くということはさっき空中で戦っていたときもずっとディオは自分のスタンドを見せてなかったのだろう。きっとこのタイミングまで温存していたのだ。そしてその満を持して発現させたスタンド攻撃なのに、カーズの咄嗟に発揮した身体能力がディオとファニーの想像力を上回ったのだ……！

「………く！ボケッとするな！ファニー！次々行くぞ！」。ディオが叫び、時間の飛びが連続する。

パンパンパンパンパンパン！と宙に浮いたままのファニーがカーズの身体を追って連続手拍子。全て手を叩いている場所は違うのだがその都度カーズがアクロバティックな身体の変形でぐぃぐぃぐぃぐぃぐぃぐぃ、とファニーの両手をすり抜けていく。

「何と……！」。攻撃しているファニーまでもが感心せざるをえないほどの素早い対応。

同時に僕にはディオのスタンド能力が判る。おそらく時の流れをいっとき停止できるのだろう。ディオのスタンドがファニーのそばにくっついているから、時が止まっている間にファニーの身体を移動させ、きっと両手で後は挟み込むだけという状態までセッティングしているはずだ。しかし時を動かした瞬間にカーズがするりと逃げてしまうのだ。

「フフフ」。グリングリンと身体を変形させてファニーの手拍子を避けながらカーズがディオを見つめて笑う。「貴様のスタンドも理解できた」

そしてファニーが次の拍手を打とうとしたとき、ディオも微笑んでいる。「しかし一手遅い」

パパン！

手拍子が二つ重なり、カーズが消える。

僕はファニーの手元を見る。カーズを追いやったことを確かめようとファニーが開いた手の平から、別の手の平が出ている。似たような手袋の手。ファニーによって平行世界に飛ばされたザ・ファニエストが向こう側から手だけ出してきたんだろう。つまりザ・ファニエストもファニーと同じ能力を持っているのだ。

もう一人の《私》にしてもう一人の《孫》。

「リズムを作って余裕を味わわせるところまでが作戦よ」とディオが笑う。

スタンドは原則一人一体だが、宇宙が変われば重なることもありえるのだろう。そして出会うことのないはずの二人をおそらくディオが引き合わせたのだ……！と想像を絶する長大な計画に戦く僕の首に細く黒い糸が巻き付いているのに僕は気付く。「…………？」

ファニーも気付く。その糸はファニーの手の中のザ・ファニエストの手の平から僕の首までつながっている。

ディオも気付いて怒鳴る。「ファニー！その髪を切れ！」

髪？……確かに僕の首に巻き付いているのは糸じゃなくて黒髪だ。

ちょっと縮れたカーズの長髪。ファニーの中のザ・ファニエストの中から届いていたのだ。

グン！と引っ張られて僕は宙を飛び、ファニーの手元にやってきて、ディオと目が合う。「何だこいつは……!?」

「判りません」と答えるファニーに何か企みがあるのを知り、僕はファニーの手の平の中のザ・ファニエストの手の平の中に消える。

そこは小雨の降る広い公園の中で、濡れた林の向こうに靄のかかった高層ビルが立ち並び、芝生の広場の奥にメトロポリタン美術館が見える。ニューヨーク、マンハッタン島のセントラルパークだ。ザ・ファニエストによって導かれた平行世界の。

カーズはどこだ？と首に巻き付いた髪の毛の伸びる方向を見て発見するのは別の《ファニー》で、手を合わせている。あれ？と僕は思う。どうしてファニーが僕より先にここにいる？

僕の首に伸びる髪の毛がファニーの合わせた手の間から出ていることで僕には判る。こいつが本物のファニーだ。

たとえ時を止めながら攻撃してもカーズを捕まえられないと読んだディオは本物のファニーをあらかじめここに待機させておいて、不意打ちでザ・ファニエストが飛ばしてきたカーズのさらなる隙を突いてさらに別の世界へと飛ばしたのだ。現実世界からは二重に。ここにいる本物のファニーの背後にはあのウサギ耳のスタンドが立っている。ではさっきピカデリーサーカスで僕と一緒にいたファニーは偽者ということになるが、あいつにも《いとも何とか》はくっついていた。スタンドは一人一体だから見た目だけの偽者というものはありえない。しかしあの別世界のモニュメントバレーのやり取りで見たようにファニー同士ならスタンドの受け渡しができるのだ。ここにファニーがいたということはすでにザ・ファニエストがヘリから飛び降りた瞬間には全て計画済みで、あらかじめ本物はザ・ファニエストの中に仕込まれていたのだ。そして偽者の《ファニー》による手品パフォーマンスで華麗にザ・ファニエストが消した瞬間、《いとも何とか》はザ・ファニエストを通じてファニーに引き渡されたというわけだろう。手を閉じたまま驚きもせずにこちらを見るファニーに僕は言う。「わざわざ僕をモニュメントバレーまで連れていったのも、あれか?やっぱ《敵を騙すのはまず味方から》的なことなのか?」

つか僕がここに引き込まれることも織り込み済みってことだよね?

するとファニーが言う。「それもある。……が、君が《特異点》であることを確かめたかったということもある。君、どうしてカーズが君をこうして連れてきて、連れ去ろうとしているか判るかい?」

「……？」

「まさしく君が《特異点》だからだよ。君は他の世界にも代わりがいないんだ。カーズはそれをどうにかして嗅ぎ取っている。私はそれを確信した。君にはそれを憶えておいてほしいんだ。モニュメントバレーでもピカデリーサーカスでも別の《私》が訴えていたと思うけどね」

「……その《特異点》であることが僕にどういう意味をもたらすんだい？」

「もちろん君だけの役割というものを君に与えるんだよ。意味付けとは役割付けなのだ。平行世界に別の《君》はいない。仮定の《君》が本物の君を殺すことはないということだ。つまり君には生き方の可能性を一つしか与えられてないんだよ。それこそ本物の役割だ。必ず果たさなければならない。まあでも平行世界の存在を知らなければ、各人が自分の役割を果たしていくことはこの世の成り立ちじゃないか」

「……」

「君の仕事は名探偵だ。それは変わりない。付け加えることは何もない。でもそれが自分だけの役割と知れば君は君の仕事の遂行に躊躇しなくなるだろう？」

「あんたら未来でも見てるのか？どうしてそんなふうに予言者のように振る舞うんだ？」

「未来を見通しているのは私たちじゃないよ。ディオだ」と言ってファニーが額を指差し、すっと横に引く。ディオのあの荊の冠のことを言ってるのだ。

「あれは？……単なる衣装じゃないの？」。プッチの気持ちを操るための小道具くらいに思っていたが……？

「違う。あれはディオのスタンド、《ザ・パッション（THE PASSION）》、《受難》だよ。私たちにも能力の詳細は判らないが、彼はあれで未来を細かく読んでいる」

「?でもディオには別のスタンドがあるよね?ボンベを背負って時を停める……」

「ああ。あれは《ザ・ワールド（THE WORLD）》、《世界》だ。よく見えているな。その通り。恐ろしいスタンドだよ。吸血鬼のときには保って九秒停められるだけだったが究極生命体としてのパワーを持ってからは飛躍的に能力がアップして、最大で一時間近く停められるんじゃないかな?」

「ひょえー」と僕は思わず言う。「そんなスタンド手が付けられないな」

ファニーはしかし、首を振る。「あれは恐ろしいスタンドだが、対抗する方策はあるかもしれない。けどディオ・ブランドーの恐怖の根源は《ザ・パッション》の方だよ、私の見立てではね」

恐ろしさの本質の話だ。

受難（ザ・パッション）か、と僕は思う。イタリア語ではパッショーネ。……汐華初琉乃の属するあのパッショーネ・ファミリーとの符合に意味はあるだろうか?

「……とにかく、僕は興味がないしスタンドも持ち合わせてないから、ディオもカーズもいないところに連れてってほしいんだけど」。生まれて初めて福井に帰りたいと思う。

するとファニーが言う。「残念ながら、君は行くんだ」

「え?どっちに?」

「流れのままに」

それからぴったり合わせていた手を広げると、僕の身体がまたギュンと引っ張られ、ファニーの手の中に入る。

　そこにはカーズがいる。平たい土の地面にどさっと倒れた僕にカーズが言う。「遅いぞジョージ・ジョースター。何をしていた？」

　答える前にバチン！と僕は拳で殴り飛ばされまたぐるりと空中で一回転したけれど、頬骨はどうやら無事だし、さっきのディオとの殴り合いを見る限り、これはこれでカーズなりに手加減しているんだろう……僕の額から丸いディスクが出る。それを抜いてカーズは自分の頭に差し込み、ほんの一瞬で「ふん……」と言いながら抜き、僕に戻すとディスクを失って活動停止していた身体が動きだす。「ではここは現実世界ではない訳だ。こんなに現実的なのに」と言うカーズの視線を追って僕も辺りを見回す。そこは真っ暗でだだっ広くて、夜のようだけど、見上げると月も星もない。どこかの田舎町にいるようだけど、町の明かりはほとんどない。が、ロンドンのような廃墟ではなくて人の気配はたくさんある。あちこちで焚き火が熾され車のライトが灯り松明がたかれている。でも空には何の天体も見えない。暗さに目が慣れると天体どころか雲すらない。ならば見えるはずの月も星もどれだけ待っても見えてこない。

　ありえない、と言おうとして思い出す。これと同じ状況が起こっていることを僕は現実世界でも聞いている。

　杜王町だ。

プッチによる時の加速が起こる前、宇宙の歴史を三十六巡分すっ飛ばす直前にナランチャから替わられた電話だ。石ころ携帯。相手はブローノ・ブチャラティ。

空はもう真っ暗で星も月も見えない。

そう言っていたのだ。

あのときは聞き流してしまったけれど、これは異常な状況だ。そしてこんな異常な状況がどこでも起こってるとは思えない。僕はその真っ暗な土の地面を走り、門を見つけて確認する。そこに書かれていたのは学校名だ。『ぶどうヶ丘学園』。

ここも杜王町なのだ……！

「おい、……ジョージ・ジョースター」

校門を見つめて考え込む僕にいつの間にか近くにやってきていたカーズの声がようやく聞こえる。

「うん？」

「貴様、時々そういうふうに話しかける声が聞こえなくなるな」

「集中してるとね。ごめん、何？」

「見ろ」と言われて顎をしゃくられ、見上げると、どこかの建物からサーチライトが上空に当てられていて、その光の中に空を泳ぐ巨大なイカがいる。体長一キロほどの大王イカだ。でもいくら大王でも一キロメートルまでは育たない。

　そして一瞬遅れて気付くけど、僕は今その巨大な大王イカの甲を見上げているが、これはおかしい。イカは甲を上にして泳ぐんだから見えるのはイカの裏側であるはずだ。大王イカはひっくり返って泳いでるのだ。「何だこりゃ……？」

　イカの方もこの杜王町が気になるようで、身体の両脇に付いている大きな目をちらりちらりとこちらに向けるが、遠くから歓声と悲鳴があがり、見ると巨大なマッコウクジラが逆さまに泳いで地平線から現れ、逆さまのまま空を昇って逆さまの大王イカにかじりつき、長い足を口の周りにまとわりつかせ吸盤で必死に貼り付く大王イカを無理矢理丸呑みしながら反対の空に沈んでいく……。

「この町そのものが海の底にひっくり返ってるな」と流石(さすが)カーズ先輩あっさり言ってくれる。

　でも本当にそうとしか考えられない光景だ。なんだこの平行世界？こんなに突飛な状況の世界もありなのか？これじゃ空想とか妄想の世界じゃないか……と思うけれども、それも違うのだ。海の底云々は判らないが、少なくとも星も月もない空の下に現実のブチャラティたちがいるのだ。そして僕は思い出す。

　石ころ携帯、僕はまだ持っている。シャツのポケットから取り出す。Uボートの上でナランチャから渡されてブチャラティと喋った後、ナランチャに返し忘れていた。僕はかけてみる。リダイアルボタンを押すと呼び出し音が鳴っている。

かかった。

「もしもし！ナランチャか!?」と出たのはブチャラティだ。

「あ、ジョージです」

「ああ!?どっちのだ!?」

どっちの？「えっともらわれっ子の方の……」

「ああ日本人の方か。そりゃそうだな」

「？そっちにどっちのジョージ・ジョースターが行ったんですか？」

「イギリス人のジョージ・ジョースターだ」

いくら名探偵でも頭がこんがらがるよ……。


ブチャラティからアロークロスハウスで起こった出来事を聞く。

突然傷だらけで杜王町の道ばたに現れた《ジョージ・ジョースター》は汐華初琉乃に拾われ、アロークロスハウスに連れ帰られて治療を受け、怪我を治した途端に推理を開始、吉良吉影とディアボロの二重殺人の謎を解き、時間を加速するスタンド使いが犯人だと指摘、するとアロークロスハウスの中に潜んでいた犯人エンリコ・プッチが登場、杉本玲美の体内から取り出した謎の鏃をスタンドに刺して進化させた汐華初琉乃がプッチを倒し、そのプッチをどうやら生も死もない虚無の世界に追いやったらしいが、《ジョージ・ジョースター》はさらに汐華初琉乃＝ジョルノ・ジョヴァーナがディアボロのもう一つの人格であって対立しているはずのパッショーネ・ファミリーの大ボスと幹部が実は同一人物だったことを看破(かんぱ)、そのときの汐華初琉乃の身体は1904年のイギリスから九十九とともにやってきて九十九たち名探偵三人を殺害したアントニオ・トーレスの皮膚だけの身体を借りていることを見抜き、その途端アントニオ・トーレスの身体を捨ててディアボロの死体を修復して乗り移った汐華初琉乃はディアボロの姿で《ジョージ・ジョースター》に襲いかかり、キューブハウス中央の床を抜けて永遠の落下に入り、二人とも姿を消してしまった……!なるほど、と僕は思う。「つまり《ジョージ・ジョースター》は汐華初琉乃によってどこか別の時間に飛ばされていったということですね?」

ブチャラティが理解できないようなので僕はアロークロスハウスの前身キューブハウスがタイムトラベル装置であることを説明する。僕たちもその穴をくぐって1920年のイギリスに飛んでしまったのだと。その後一緒にいた宇宙飛行士エンリコ・プッチがスタンドを突然変異させて時間を加速させ、グレートブリテン島は現代にやってきたようだがプッチの姿は見えなくなってしまったので、おそらく何らかの理由でアロークロスハウスに行って殺人に関与したんだろうし、その理由とはディオ・ブランドーという恐ろしい吸血鬼に関わることだろう……と言うとブチャラティが「何?ディオ・ブランドー?」と聞き直す。

「ええ」

「ちょっと待ってろ。今アントニオ・トーレスを尋問中なんだ。『D・B』ってイニシャルまで出てきたところなんだよ」と言って電話が置かれ、あれ?僕こんな話しようと思ってたんじゃなくて……と考えてるうちに電話に女の子が出る。

「もしもし?日本人のジョージくん?」

杉本玲美さんだ。「あ、そうです」

「今どこにいるの?」

「それがよく判らなくて……杜王町なんだけど、夜空に逆さのクジラが泳いでるんです」

「あ、それ今の杜王町がそうだよ。何だか転覆したみたいね」

「えっ……!?クジラが逆さに……」

「うん。他にもタコとかアジの群れとか結構凄いよ。サメも出たみたいだし」

現実世界に似て異なる平行世界。

突拍子もなく見えたこの世界も、現実に似てるのだ、ちゃんと。現実ではないだけで。

「ジョージくん、」と杉本さんが言う。「あのさ、お願いがあるんだけど」

「何ですか?」

「イギリスから来た《ジョージ・ジョースター》を探してほしいの」

「わかりました」

と僕は即答している。いつの間にか。

でもそれが自然な流れだったのだ。

「ありがとう。よろしくお願いします」

と杉本さんが言い、ごそごそと物音がして電話が替わられる。

「おう、ブチャラティだ。やはりディオ・ブランドーだな、黒幕は。名前を出したとたんにアントニオ・トーレスがなけなしの小便チビリやがったよ。フン。しかし、気になる情報もついでに出てきた。アントニオ・トーレスが言うにはジョルノ・ジョヴァーナがそのディオ・ブランドーの実の息子で、日本人の血を持つジョルノがディオ・ブランドーのために名探偵三重殺人を日本人向けにアレンジしたんだそうだ。ことの真相は判らないが、……まあ話の筋は通ってないこともない。とにかくジョルノの行方も知りたいが、俺たち自身がモリオーに閉じ込められてしまって脱出の方法が判らないんだ。キューブハウスの穴に飛び込んでみた方がいいのか？ジョージ・ジョースター」

　タイムスリップで杜王町の住人は戻ってこれるのか？……そもそも杜王町の人たちはタイムスリップしてるのか？

　そうじゃなくて海中に逆さまに沈んでいるのだ。

「う～ん。タイムトラベルでは元いた場所に戻れるかどうか怪しいですね」

「そうなのか？ううむ……どうしたらいい？」

「……」

「お前の携帯がまたつながらなくなるかもしれないし、外の世界とつながるのはこれがラストチャンスになるかもしれないんだ」

　外の世界と言っても僕のいるところは違うと思うけど……と思いながら、引っかかる。「そちらから電話かけてみたんですか？で、つながらなかった？」

「ああ。何度も電話したぜ？一度はつながったよな。あのときナランチャの言ってる意味が判らなくて、こいつと喋っても埒（らち）が明かないように思ったが、あいつイギリスにいるとか言って、本当の話だったんだな」

「あのときはイギリスにいたのに電話つながりましたもんね……」

「ああ。でもそれからは何度かけてもつながらなかったよ。杜王町の中では使えるんだが」

「………」。ここには何かヒントがある、と僕は思う。物理法則無視でどこにでもつながり、今や現実には存在しない平行世界とでも会話が可能なこの電話が、いっときつながらなくなるとは。何が原因だ？

「杜王町の外にはどこにもつながらないんですか？」

「いや、つながったな。パッショーネの拠点に幾つか連絡を取ってみたしできるだけのコネを使ってみたけど、軍や政治家をある程度動かしてみたところでこの状況は全くどうにもならなかった」

「……じゃあつまり、つながらないのはイギリスだけなんですね？」

「そうなるな」

距離はどこまでも、時空も超える、世界の次元すら超えていくこの電話がどうしてつながらなくなる？1920年のイギリスの何が特別なんだ？1920年と言ってもいまやプッチのおかげで宇宙を三十六巡分加速して現代に辿り着いたのに……と思うが、違う。僕は間違えている。

まだイギリスは現代に辿り着いてないんじゃないか？グレートブリテン島は2012年に存在しているのに、そこに流れてる時間がまだ1920年のままなんじゃないか？

何故ならイギリスはただ《カブト虫》の《甲羅(こうら)》でバリアを張られているんじゃなくてアントニオ・トーレスという意識のあるゾンビに覆われているからだ。

僕はプッチによる宇宙の歴史をすっ飛ばすほどの大加速を見ながら考え、理解している。意識の枠による時間の流れの相違について。それは超能力などとは関係なく日常に偏在しているのだと。

それを踏まえて僕はこのグレートブリテン島の時間についても理解できる。

イギリスにいる人間にとっては透明な《壁》に過ぎないだろうけど、アントニオ・トーレスにとっては自分の腹であり、そして外の世界とは、僕らにとっては《外》でも、アントニオ・トーレスにとっては《腹の中》なのだ。反転してしまっている。ならばアントニオ・トーレスにとって《外の世界》とは今見えている《グレートブリテン島》のみであって、自分の腹の中のことなんて何も考えてないし、ほとんど見えても、感じてもいないんじゃないか?僕たちが腹の中のことをよほどの異常がない限り考えないし見てもいないし感じてもいないように?だからイギリスの時間はまだ宇宙三十六巡前の1920年のままなんじゃないか?

だからイギリスは滅びずにまだ在る。宇宙を三十六巡もさせて、グレートブリテン島の外では世界が生まれて死んでを三十六回も繰り返したのにグレートブリテン島はそのままだったのは、時の加速がイギリスの外、つまりアントニオ・トーレスの腹の中で起こったからだ。だから言い換えれば世界の死からグレートブリテン島をアントニオ・トーレスがそのつもりなく守っていたとも言えるだろう。意識が時間の流れを遮断しうるのだ。だからこそ人の中と外の時間の流れに違いは起こりうる。

しかし人間の中の時間が常に外と違い続ける訳ではない。それどころか人間は絶えず自分の中の時計を外の針に合わせている。僕たちは時計を見る。カレンダーを使う。スケジュールを作り、日課を身につけ、《その時刻にやっているべきもの》を認識する。人と会話のテンポと内容を合わせる。そうすることで普段人間は自分と外の世界との同期を行っている訳だ。仲間とのタイミングを合わせているのだ。孤独に自分の世界にこもっていると、それはしにくいだろう。……こもる?と言えばさっきカーズにも言われたじゃないか。

貴様、時々そういうふうに話しかける声が聞こえなくなるな。

そうだ、あれと同じなのだ。僕はとうとう思い至る。
深く考えることは自分の中の時間の速度を速め、外の時間よりも長く過ごすことになる。集中すると、必死になると、一生懸命になると、時間は濃密になり、そのぶん延びる。もっと正確に言えば意識の行う思考こそが時間を延ばすんだろう。楽しくても悲しくても一心不乱に考え事をしているようでも、結局のところ思考がシンプルならば時間は延びるどころか薄まってしまうはずだ。『楽しい時間は早く過ぎる』と言われるのはそういうことだろう。思考こそが時間を延ばすのだ。
では逆作用であるプッチの時間加速の原動力とは、その思考の単純さにあるんじゃないか?思考をシンプルにすることとは余計なことを考えないことで、それはつまり何か一つの事柄を信じ切るということだろう。だとすれば、例えばプッチは《神》を信じ切ることで時の加速を行っているのではないか？……？

「おい、あれ？何だまた電話つながんなくなっちまったのか？おい、ジョージ・ジョースター、そこにいるのか？」

とまたやってしまっていたが、答は出ている。

僕は今考え事をしていた。さっきの校門前でも。それらのとき僕の中の時間は外の世界とずれていた。そして他人の、ブチャラティやカーズの声は聴こえなかった。日常でもよくあることだ。これが今のイギリスにも起こってるのだ。２０１２年の杜王町から宇宙三十六巡前の１９２０年には電話はかかった。でも２０１２年の世界にやってきたイギリスには電話はつながらない。時間の隔たりは問題にならないが、同じ時間にいて時間の流れがズレた相手には、声は届かないのだ。

ならば《カブト虫》の《甲羅》、アントニオ・トーレスの《壁》を破壊すれば時間の同期は始まるだろう。電話も通じることになる……が、そうしていいのだろうか？あのイギリスはあくまでも宇宙三十六巡前の１９２０年に属する土地であり国なのだ。それをこの今に混ぜていいのか？

「おい、ジョージ・ジョースター、そこにいるのか？」とまた聞こえる。

どうすべきか迷ったせいで思考が散漫になっているんだろう。「はい」

「何だよさっきから返事くらいしろよ」

「ちょっと考え込んでたもので……」

「答は出たか？杜王町をひっくり返すにはどうしたらいいんだ？」

あ、それについては全く何も検討してなかった……、とは言えないので、「え〜と……」と慌てて考え始めてみるが、杜王町などという世界に注目を浴び、アメリカ軍に取り囲まれていた自治体が海の真ん中で転覆して騒ぎにならないはずはない。即座に救助活動が始まるはずだ。深海に住む大王イカだけど、マッコウクジラが潜水できる範囲だから水深千メートルから三千メートル。現代の潜水技術なら潜ることはできる。が、潜水艇で杜王町を発見してもミサイルすら弾き返す固い《カブト虫》の《甲羅》に阻まれるし、水の中に沈んでいる以上当然その殻を破る訳にはいかない。ひっくり返す手段を考えなければ……と思うけど、巨大な島を持ち上げるような機材も重機もこの世には存在していないだろう。クレーンだのでどうこうなんて話じゃないのだ。じゃあそもそもどうやって転覆したんだ？

「お前らのせいだよ」とブチャラティが言う。「火星からお前が落ちてきた直後に空が真っ暗になったからな。落下の衝撃のせいだろ」

どうだろう？着地時にはカーズの宇宙船はほぼ燃え尽きてカーズと僕たちだけだったから墜落の衝撃なんて重量的には大したことがなかったはずだ。

そこにはキューブハウスによるタイムトラベルが何か関係あるだろうか？

でも九十九十九や汐華初琉乃もそのタイムトラベル装置を利用したはずで、そのときには杜王町には何も起こらなかったのだから、やはり関係ないだろう……。

そもそもこの杜王町の動力源は何なんだ？

判らない。でも、あらゆることを飲み込んで言えば、杜王町は大きな虫になったのだ。足がおそらく六本以上生えていて、生きている。泳ぐこともできる。ネーロネーロ島の生態も鑑みるに、地上を歩くこともできる。ならば自分で逆さまにひっくり返ることもできただろうか？……それはできないだろう。何故なら虫だから。

虫は自分でわざわざひっくり返ったりしない。そこには自分の生死が関わってくるから、どんな虫も仰向けになってしまったら他のことは置いといてとにかく身体をうつぶせに戻すことに専念する。今の杜王町だってそうだろう。逆さまの状態を何とか正常に戻そうと必死のはずだ。でもできていないのは、……何が邪魔をしている？

怪我か？いや海中にあった足が怪我をする理由がない……。他に何が考えられる？何も考えられない……逆さまになった杜王町の腹の上に何かが載っかっていて邪魔してるということ以外には。

杜王町の上に載っかって邪魔をする？しかしそんな巨大なものとは何だ？ネーロネーロ島は杜王町に比べて小さすぎる。もっと大きな島だ。でも杜王町が転覆する直前、カーズとともに地球に落ちてきた僕たちは上空から見たが、ネーロネーロ島を載っけた杜王町の周りにはそんな大きな島は何もなかった。でもその後に現代にやってきた島のことは知っている。グレートブリテン島。

これが杜王町の腹の上に載っかってるんじゃないか？

そしてそもそもグレートブリテン島が杜王町をひっくり返してしまったんじゃないか？大きなカブト虫が小さなカブト虫をやっつけるようにして？……あるいは大きな《カブト虫》の接近を察知して、そこから逃げるようにして杜王町はひっくり返ったのかもしれない……。ならば負けを宣言し、腹を見せたのだ。虫として。

僕は言う。「えっと……杜王町の上に、今イギリスが載っかってると思うんですよ。だからイギリスがどけば、杜王町は勝手に自分で起き上がると思います」

僕が言い出したことの突拍子のなさにブチャラティが一瞬黙るが、実際にひっくり返った杜王町にいて突拍子のなさにある程度馴染んでいるので、こう言う。「じゃあどけろよ」

「う～んでもグレートブリテン島、ずっと動いてるんですけどねえ……」

「ああ？ そうなのか？ じゃあもうすぐ杜王町の上からいなくなるのか？」

いなくなるとしたらとっくだろう。グレートブリテン島は音速以上の速さでジ・オーシャンを西へ泳ぎ、今やニューヨークへと迫っているのだ。腹の下に杜王町を抱えて。ではグレートブリテン島がアメリカ合衆国に上陸したらどうなる？

グレートブリテン島は逆さまの杜王町をダニのように腹にくっつけたままアメリカの上を歩くのだろうか？ 浮力を失って、杜王町はグレートブリテン島の腹に逆さまにくっついていられるのか？ くっついてられなくなったらどうなる？ 落下する？ ニューヨークの街の上に？ いやそもそも上陸前に水深は浅くなる。杜王町の居場所が判らないが、上陸前に必ず水深が足りなくなるだろうから、海底に引っかかるんじゃないか？ 引っかかったら、そのまま突き進むグレートブリテン島に引きずられたり、沢山の足に踏まれたりするんじゃないのか？

あれ？

どちらにしても大変なことが待っていそうだし、さっき僕がカーズによってファニーとザ・ファニエストの創ったこの平行世界の向こうの平行世界に引きずり込まれる直前、もうすでにニューヨークはグレートブリテン島の目の前だったぞ？ あれれ？ 全然時間なくない？ 凄くヤバくないか……？ でもそのヤバいをブチャラティに告げていいのか？ 杜王町の人間に何ができる？

何もできないだろう。杜王町を動かしていると目されていた吉良吉影は死んだし、それでも虫としての活動が続いているところを見ると、吉良吉影の運転説もかなり怪しいと思う。せいぜい『吉良の気持ちが杜王町に影響を与えた』、『吉良のピンチと杜王町の活動開始がたまたま重なった』くらいのものだろう。何しろ《カブト虫》は四匹。それらがたまたま四匹とも別の理由で動き出したのにタイミングぴったりなんてことあるはずないのだ。

しかしどうする？ 何も伝えずに放っておくということはできないだろう。タイムトラベルでいいからその場から逃がすべきか？ もちろん最終的にはそれでいい。余計なタイムスリップを抱え込むべきじゃないはずだけど、このままではすぐに何かが起こるかもしれない。僕は杜王町の人たちをできるだけアロークロスハウスに集めるように伝える。そこでタイムスリップをしてもらうかもしれないし、もし何かあったときにはアロークロスハウスにいっとき下敷きになってもらえばいろんな衝撃を耐えられるかもしれない。

が、ブチャラティが言う。「ああ、さっき説明し損ねたか。レイミ・スギモトから鏃が抜け出たときにもうアロークロスハウスはキューブハウスへと戻ってしまったんだ。だからもう玄関もドアも窓もない。壁ばかりの不思議な立方体になっちまったよ。人を招き入れるどころか俺たちがどうやって出ればいいのかも判らない。レイミ自身にも判らないようだし、このキューブハウスを操縦することはできるけれどサイコロみたいに転がるからアロークロスハウスが下敷きにしている人も外に出すことになっちゃうんだってよ」

　では杜王町は完全に孤立しているし、キューブハウス内部にいる人間しか脱出の可能性はないのか？スタンドも使えない？

「ひっくり返った地面を元に戻せるスタンドなんてねえよ。俺たちにできるのは、キューブハウスを転がす、針と糸で縫う、電話をかける、人体の記憶を立体で再生する、幻覚症状が大勢に広がる、オカマのチビどもが拳銃の弾を蹴るってくらいだ。な？どうともなんねえだろ？」

……何だそのオカマのチビってのは？まあいい。とにかく言う通り、杜王町をどうこうすることはできなさそうだ。急がないと。こうしてる間にも何かが起こるかもしれないのだ。「あの、ブチャラティ、……」と言って僕は僕の知ってる事実と予想を伝えておく。

「おいおい……そんで俺らに何ができるんだよ……」

　返す言葉はない。

　するとブチャラティが言う。「おい、ジョージ・ジョースター。何とかしてそのイギリス、どけろ。俺たちはギャングだしおそらくどうとでもなるけど、このキューブハウスの外にいるモリオーの奴らは一般人だろ。何とかして助け出してやらないといけねえよ」

　まったくだ。電話を切り、カーズに言う。「何とかして元いたイギリスに戻らなきゃ」

　するとカーズが笑う。「まさしくそのためにお前を連れてきたんだ。さあ考えろ名探偵。お前がイギリスに戻る方法を模索してる間、俺は客と遊んでることとしよう」

遊ぶって……うん?客?見ると、月も星もない空から真っ暗な校庭の真ん中に、誰かが舞い降りる。そのシルエットを見る限り、そいつは半裸で、髪が長い。

「もう一人の《俺》だ」とカーズが言い、そのシルエットの男がバン!と音をたてて全身が発光する。それも一色の光ではない。複雑なまだら模様の光をたたえている。それは確かに《カーズ》だ。

「ふふ。光のモードか」とカーズは笑う。「面白い。相手も究極生命体となっておるようだし、今そのモードを使えばどう戦えるのか、試してみるか……」

そう言って一歩歩み出したカーズに、もう一人の《カーズ》が手の平を向ける。

「………?」

立ち止まったカーズに、もう一人の《カーズ》が微笑み、それから光をまとったまますっと姿勢をまっすぐにして真顔に戻ると、腰の溜まったパンチをまっすぐ空中に突き出す。ズモン!とまた音をたてて猛烈な光が舞う。次に腕をぐるりと回してから上体を上げて、自分の横にまたパンチ。ゴボボボボボッ!と光は渦を巻きながらまた激しく広がる。

「これは……?」とカーズはまだ意図が判らないようだが、僕には判った。

これは演舞だ。光をまとっていかに戦えるか、カーズが試そうとしたそれを戦いを交えずに見せようとしているのだ。

ザアアッ、バババババッ、ボンボン、ザアアッ、バババババッ、ボンボン!

と光を炎のように噴射しながらカーズは空手に似た動きをするが、次第に光の動きが変わる。攻撃的にボウボウと燃えるようだったのが、《カーズ》の身体に寄り添ってスウッスウッと揺れて、まるで《カーズ》の身体を守るかのようだ。

　そしてそれからさらに《カーズ》と光の動きは複雑に拡大する。ボウワンボウワンと身体をくねらすと同時に光も反対方向に揺れて、いつしか光る《カーズ》がダブり、そのままボワワワワワッと動きが速くなると同時に分身も増えていく。光る《カーズ》の花が校庭に咲いたようになったと思うと、それが弾けて四方八方に、それもランダムに飛んで、それぞれが別々の武技を披露、それぞれが異なる光をまとってバッシュバッシュバッシュと噴射。それからさらに光の量を増やし、武技の種類を増やし、動きを平面から立体的に広げていくと、ぶどうヶ丘学園の校庭に眩しく光りながら息づくように蠢く巨大な曼荼羅ピラミッドが立ち上がる。

　思考が完全に停止してしまって余りの見事さにうっかり感動までしている僕にカーズが言う。

「既に俺は理解し終えたのだが、あいつはどうしてやめない？」

「たぶん、カーズのためだけにやってるんじゃなくて、自分のためにもやってるんだと思うよ？何て言うか……出し切りたいんじゃないかな。残しておきたいというか……」

「ここは平行世界、偽物の世界だろう？何も残せないし、意味がないではないか」

「あるよ。馬鹿だなカーズ」

「……………？」。言われてカーズは校庭の光の立体大伽藍に目を戻す。この真っ暗な杜王町の真ん中に突然屹立した光の塔に近隣の人たちが集まってきて、遠巻きに見ている。完全に花火と間違えてる野次馬もいて、まさかここで命を燃やし尽くそうともがいているのが究極生命体だとは思ってもみない。それから光の身体に分裂していた《カーズ》が一つにまとまり、上空で叫ぶ。

「ほんのさっきまで、俺は自分を殺す唯一のチャンスをものにするつもりだった！が、俺には判った！どうしてあんなにも長い間火星の裏を一人で走り続けていたのか！どうして今、こんなにも虚しく胸苦しい感情が湧き上がり、しかし同時に喜ばしく嬉しいのか！俺は生きている！俺の肉体は死ななくなったが、それでも俺の命は前と変わらず脆弱で、たやすく死んでしまうのだ。もう一人の《俺》よ！お前もまた特別ではなく、俺の悲しみを同じく持っているはずだ！しかしそれこそが宝なのだ！喜べ《カーズ》！苦しみはある！」

僕の隣のカーズに反応はない。表情もよく判らない。でもじっと見上げていて、考えている。空で光る《カーズ》と目を合わせたままで。

「カーズ」と僕が声をかけても聞こえていないほど深く。そういうのの邪魔はしたくないけれどでも急がなくてはならないからもう一度声をかける。「カーズ、イギリスに戻る方法、思いついたよ」

もう一人の《カーズ》にオリジナルのカーズの出現で驚く様子はなかった。それは平行世界の存在を知っていたからだろう。自分が偽者だと承知していたのだ。どうしてそれを知っていたのか？

この世界の《ファニー・ヴァレンタイン》と出会ったことがあったからだろう。そしてモニュメントバレーの《ファニー》と同じく実験的な戦闘をこなしたのだ。きっと《ファニー》はあの《いとも何とか》を使って戦ったに違いない。そして《カーズ》はスタンド能力を理解し、自分の存在についても真実を知った。

そしてこんな台詞があった。

ほんのさっきまで、俺は自分を殺す唯一のチャンスをものにするつもりだった！

《究極生命体》が死を手に入れられると知り、そのつもりだったがやめて、一人で踊ったのだ。

《究極生命体》が死ぬ方法とは？ **仮定の《君》が本物の君を殺すことはないということだ**というあの《ファニー》の台詞とカーズに向けられたあの《手の平》が教えてくれる。『近づくな』というあのジェスチャーが。きっと平行世界ではヴァレンタイン以外の偽者と本物が近づくと何かが起こり、片方か両方が死ぬのだ。それを憶えておこう、と僕は思う。きっとイギリスに戻ったときに役に立つ。

そしてイギリスに戻るために、僕とカーズが探し、見つけ、向かうのは杜王町の郊外にある一軒家。こじんまりとした小綺麗な庭と家にカーズが踏み込む。

非常用ランプを灯して一家三人が夕食を食べているところだ。

妻で専業主婦のしのぶと、長男で一人っ子の小学生、隼人、そして夫で父親の川尻香作。

やはりいた。突然現れたカーズを見てこれから起こることを知った川尻香作が慌てて立ち上がる。

「しのぶ！ 隼人！ ここから出ていくんだ！ 早く！」

川尻しのぶは半裸のカーズの登場にも夫の反応にも混乱するばかりだ。ドン、とテーブルにぶつかり、できたてらしいスープが川尻しのぶの手にかかる。「熱い！ もう何!?何なの！ ちょっとあなた出てって！ 誰この人！ あなたの知り合い!?」

赤くなった手をタオルで拭きながら言う川尻しのぶに川尻香作が怒鳴る。「いいからお前らが出ていきなさい！」

しかし川尻隼人の反応は違う。「やっぱりパパ！おかしいぞ！ずっと変だと思ってたんだ！何か隠し事してるな！」

カーズには待機させている。「いいから二人とも！早くこの家を出るんだ！たまにはパパの言うことを聞きなさい！」という川尻香作の必死の形相に気圧され、しのぶが隼人を連れ、カーズの立っているドアとは反対側にある掃き出し窓から外に出る。「もっと遠くに行くんだ！走れ！」と川尻香作に追い立てられ、二人の姿が庭から消えると、川尻香作はカーズのほうを向き、荒れた息を整えながら言う。「……待ってくれて、ありがとう……」

僕は急いでいる。もうすぐ一時間経ってしまうのだ。一歩近づき、カーズがキーワードを言う。

「吉良吉影だな」

すると川尻香作がふ、と笑って涙声で言う。


「連続殺人鬼だよ。間違いない」


その肩の上に小さなキラークイーンが乗っかっている。バイツァ・ダストが発動する。

ドオオオオオォォォォォォーーーーンン！

爆発音だけが聞こえ、炎も爆風も全てカーズに任せる。カーズは爆弾では死なない。そしてカーズとカーズの中の僕は一時間分時間を戻る。ぶどうヶ丘学園の《カーズ》との出会いもマッコウクジラによる大王イカの捕食も超えてファニーの平行世界からザ・ファニエストの平行世界へとさかのぼり、そこでのファニーとの会話も超えてさらに一時間前の場所、ピカデリーサーカスへ。間に合ったのだ。

ファニーが両手を広げてカーズの方に振り返り、

「どじゃあああああ〜〜〜ん」

と言って笑ってみせる。

「………？手品か？」

というやり取りを見ている僕には全ての記憶がある。平行世界の川尻香作を訪ねる前に僕はカーズに体内に飲み込んでもらっておいたのだ。絶対に消化するなよと約束して。だから僕はバイツァ・ダストの能力で一時間前に戻ったけれども、カーズの体内で爆発から身を守り、身を守ることで意識の枠を守り、意識の枠が無事なおかげで僕の時間の流れも無事で、全てを憶えている。思うに一時間の時間を戻すときに相手の体内時間も戻すには、一度意識を守る殻、人間の皮膚を壊さなきゃならないんだろう。だから爆破が必要になる。でも僕は無傷で、カーズが忘れてしまったことも憶えているから、次に僕の出番が回ってくる。

この場面を見るのは二回目だからあっという間だが、それもまた集中力と思考の濃度の差のせいだろう。もう考えず、僕はタイミングを待っているだけだ。

「フフフ」

グリングリンと身体を変形させてファニーの手拍子を避けながらカーズがディオを見つめて笑う。

「貴様のスタンドも理解できた」

そしてファニーが次の拍手を打とうとしたとき、ディオも微笑んでいる。

「しかし一手遅い」

というディオの台詞に被せて僕は叫ぶ。

「カーズ！ファニーは二度打つぞ！」

カーズは僕の方をちらりとも見なかったが、対応する。

パパン！

手拍子が二つ重なり、グリグリン！とカーズは二回とも身体を歪（いびつ）に曲げて避けてしまう。

「なっ……！」と空中のファニーが声を漏らし、「何だ貴様ァ……！」とディオが僕を睨むので、おしっこが漏れてても判らないくらい足がガクガクを通り過ぎて下半身の感覚がしゅっと消えてしまうけど、とりあえず僕も不敵に笑ってみせる。本来だったら名乗るところだけれどジョースター家とは因縁がありすぎる相手だ。やめておく。

「いえーい！通りすがりの名探偵だよバーカ！」とかろうじて声を震わせずに言ってみせるが途中でそっぽを向かれていて虚しいけどホッともしている。

ディオが僕に気を逸らしている間にカーズは身体の形を整え、空中に浮いたままのファニーを殴り飛ばす。ガン！「っぐっ……！」。吹き飛ぶファニーに構う素振りもなく、ディオが笑う。

「フン！貴様ら！それで読み比べに勝ったつもりか！このディオ、ナイフを投げるときも一本だけちまちま投げたりはせん！」


何？


「驚くがいい！」とディオが叫んだ瞬間、僕はちゃんと驚く。カーズまで驚いている。

カーズの背後にもう一人のディオがいて、カーズの背中から脇の下をくぐらせた腕を肩の上にぐっと回し込んでいる。

そして身体を抑え込まれたカーズを、右側に縦三人横三人で合計九人のファニー・ヴァレンタインが、左側にも縦三人横三人合計九人のザ・ファニエスト・ヴァレンタインが、それぞれところ狭しと並び左右から十八本ずつ、合計三十六の手の平がカーズの身体にぴたりと合わせられていて、停められていた時が動き出す。

「うおおおおおおっ」というカーズの叫び声に
ババババババババババババババババチン！

という十八組の手の平が叩き合わされる盛大な拍手が重なる。そして見ると、九人のファニーと九人のザ・ファニエストによる十八組の合わせられた手だけが残り、もう一人の《ディオ》とともにカーズの姿は消えている。

「フハハハハハ！究極生命体だろうが結局のところは物を考えてなければ単なる猿と同じよ！《三十六の魂によって生まれた新しいもの》、それはファニーとザ・ファニエストによって曖昧に共有された全く新しく、唯一の平行世界だ！出口も入り口もないその世界が貴様の友達というわけだ！そこにもきっと《十四の言葉》はあるだろうから、探して見つけて永遠にうっとりやってろ！」と笑うディオのやったことが僕には判った。まずファニーかザ・ファニエストの世界から平行世界の《ディオ・ブランドー》を見つけて取り寄せておく。そしてファニーからは《いとも何とか》を使える《ザ・ファニエスト》を九人、ザ・ファニエストからも同じく《いとも何とか》付きの《ファニー》を九人、それぞれ連れてきて用意しておく。ファニーの平行世界には《スタンドは一人一体》の原則通りスタンドを持たない《ファニー》しかいないが、それぞれの平行世界にいろんな《ザ・ファニエスト》がいて、その中で《いとも何とか》を持つ者を集めればいい。ザ・ファニエストの中での《ファニー》集めも同様だ。そして時を停めた瞬間に一斉に配備。《ファニー》と《ザ・ファニエスト》で挟み、同時に平行世界へと飛ばすとき、カーズがどのような世界に行ったかはもう想像しかできない。少なくとも同一の《ファニー》と《ザ・ファニエスト》によって同じように挟まれてしか行き来ができない世界だ。《ファニー》と《ザ・ファニエスト》に共有された一つの世界なのかもしれないし、《ファニー》と《ザ・ファニエスト》の中にそれぞれ曖昧な形で分離された世界なのかもしれない。

　どちらにせよ《いとも何とか》を持つ《ファニー》と《ザ・ファニエスト》の揃った今しかその世界とは行き来できない。

　僕は叫ぶ。「カーーーーーーーアアアアズ！戻ってこぉぉぉぉい！」

　どうしてこんなふうに呼んだのか僕には判らない。あんなに恐ろしい生き物がせっかく消えたというのに、何故もう一度顔を見たいと思うのか。

　僕の叫び声が心地よかったらしくてディオが僕の方を振り返り、言う。「フッフッフ……俺の意表を突いた褒美(ほうび)にいいことを教えてやろう。《いともたやすく行われるえげつない行為（Dirty Deeds Done Dirt Cheap）》、《Ｄ４Ｃ（ディ・フォー・シー）》で平行世界へ移動させられたとき、その出入り口となった《挟まれた場所》はしばらく行き来する穴としての機能を持つのだ。だからひょっとすると、貴様の今の悲しげな声もカーズに届いたかもしれないし、その声をたよりにカーズはまたしてもどうにかして帰ってこれるかもしれない。だが、それにはまたもう一歩遅いのだ」

　何故なら、と僕は僕自身で答を出せる。平行世界から持ち寄られた《ファニー》同士、《ザ・ファニエスト》同士は、本来同時には存在できないからだ。平行世界の杜王町の《カーズ》は無言でそれを防いだけれども。

カーズを消したその次の瞬間にそれが始まっている。隣り合った《ファニー》たち、《ザ・ファニエスト》たちがそれぞれに肩をぶつけ、接触した部分から浸食し合っている。よく見るとその様子はメンガーのスポンジを重ね合わすようで、合体するそばから立方体の破片として転がり、ボゾボゾパチンパチンと音をたてて崩れ、破裂しながら消えていく。九人の《ファニー》と九人の《ザ・ファニエスト》が一斉にぶつかり合いながら崩壊していく。カーズを飲み込んだ手の平も壊れ、消えていってしまう。

さようなら、カーズ。

バラバラになって虚空に消える十八人のヴァレンタインを離れた場所で眺めながらディオが笑う。
「フハハハハハハハハハ!やはり俺が真実の帝王!これでこの世の頂点は俺様一人!この世の全ては、この世界で繰り返される宇宙の歴史も平行世界での歴史も全部含めてこのディオの支配下となるのだ!」

そのタイミングで僕は言う。

「しかし上には上がいる。必ず誰かがお前を乗り越える。上下を求める者は、常に自分そっくりな影に怯えて暮らすことになり、いつしかお前も、自分を乗り越えてくれる別のお前を待つことになる。怯える暮らしに疲れ果ててな。しかし、よく見るんだ。自分を乗り越える者が必ず下から来るとは限らない。お前が気付かないうちに、お前よりもずっと遥かな高みにいてお前を見下ろしているかもしれないのだ。しかしそれは、深く考えてみれば、広くとらえてみれば、お前にとっての癒しだろう？ディオ・ブランドー、良かったな」

ディオがポカンとしている。「何を……？」

「言ってるか判らないだろう？」と僕は言葉を引き継いでやる。「下を睥睨してばかりいずに、上を見てみろと言ってるんだ」

「……？」

「アドバイスとか人生のための警句とかじゃないぜ？今、上を見てみろと言ってるんだ、実際に、顎を上げてさ」

僕は右手の人差し指を立ててやる。「見えたか？」

ディオが顔を上に向ける。

そして見る。既に空中に飛び上がっていて、にやりと笑ってディオを見下ろす本物のカーズを。

「これは……!?」と驚愕するディオに説明するのは今滞空時間を終えてディオに向かって落下し始

めたカーズだ。

「貴様のスタンドを理解したと言っただろう？」

カーズの背後にはディオのザ・ワールドの究極版、《ザ・ワールド・アルティメット》とも言うべきスタンドが寄り添っている。ディオのスタンドと形は似ているが異なっている。

「………！」

言葉を失うディオにカーズが続ける。「フ、どうした、道筋の読み比べに負けるなんて想像もできなかったか？まあ、それも仕方あるまい。俺だってここまでは対応できなかったはずだ。俺は地球上で二千年眠って、二十世紀の半ばに目覚めたけれどもそれからすぐに一京年近くも火星の裏で過ごしていたからな。お前だって十九世紀終わりから二十世紀の終わりまで百年近く箱の中に寝ていただけだったし、その間いろいろ未来のことを見ていたんだろうけれども、探偵小説なんて読まなかっただろう？目覚めてからも、二十世紀終わりから今までの推理小説なんて読もうと考えもしなかったはずだ。二十世紀と二十一世紀はどの宇宙でも探偵小説が生まれ、発展した時期だったのだ。そして俺も貴様もそれに気付かずに寝過ごし、見過ごし、やり過ごしてきてしまっていたから、それを全て踏まえて生きている名探偵には敵わない」

そんなそんな～♡僕が言う。「大したことはやってないんだ、ディオ……僕としてはただ『もっかいくらいどんでん返し来そう』って変な空気を読んでそれをさらにひっくり返す手段を考えだしただけなんだ。単純に、僕はこういうミステリー的などんでん返しにとことん馴れているだけなんだよ」

本当のことを言ってるのだ。

でも僕のことなんて完全に眼中にないディオはとっくにカーズの方に顔を向けていて、『単純に』以降の僕の言葉に被せて叫ぶ。

「そんなはずはない！この世の帝王は揺るぎなくこのディオ！それは既に決定済みなのだ！」

そして僕は気付く。

その台詞は何かに似ている。

カーズが笑う。

「フフフ。お前のその自信はどこからくるんだ？」

九十九十九にも問われたことだ。

僕の自信だってどこから来るんだ？

「このディオは必ず勝つ！最後には勝つと約束されているのだ！」


誰にだ？

「誰にだ？」とカーズも言い、僕は見る。

ディオの背後に人影があり、その長髪の男は日光の方角とは関係のない影で顔が隠れているが、半裸で、痩せた身体は傷だらけ、そして額には荊の王冠を被せられていて、こう言う。

「全てを肯定するのだ。そのままでもいいし、やめてもいい。何をしてもいいし、しなくてもいい。全て良いのだ」


どうやら自分の真後ろからのその声が聴こえていないらしいディオが叫び続けている。ディオの頭にも荊の冠が出現し、その代わりに背後の人影が消える。「俺の血は血に教わり、知っているのだ！俺は全世界の王！全てを司るのだ！」

ああ、と僕は思う。ディオのその台詞は、自分が名探偵であることを信じる僕の言葉に似ているのだ。

ビヨンドだ。

ディオ・ブランドーの背後にも付いている。

「そんなに全てが欲しいなら、やろうではないか！」とカーズが叫び、ディオの上に舞い降りる。咄嗟にディオもザ・ワールド・アルティメットを出すが、対応するのはカーズのホワイトスネイク・アルティメット。

バシィン！とホワイトスネイク・アルティメットがディオの頬を殴ると、よろけたディオの頭からディスクが飛び出て広場の石畳の上に落ち、割れると、ディオのそばに立っていたザ・ワールド・アルティメットが同時に壊れ、崩れて消える。「さあこれでお望み通りだ！満足するまで自分のものとするがいい！」。そう言ってカーズは自分の額からもディスクを溢れさせ、手当り次第に抜き取ってディオの額に差し込む。「これも！」。するとドムン、とディオの頭が脹らみ、元の大きさに縮む。「これも！これも！」ドムン、ドムン！今度はディオの腹と胸が脹らんで縮む。「これも！これも！これも！これも！」ドムン！ドムン！ドムン！ドムン！とディオの身体が波打つようにして膨張と収縮を繰り返しながらいびつな形に曲がっていく。カーズの腕のスピードはどんどん上がり、まるでパンチを叩き込むように乱暴になってくるとディオの身体は収縮する余裕がなくなって膨張し続け、いびつな形がさらに丸くなっていく。「ワッハッハッハ！どうした！これで腹一杯か！」とカーズが笑い、パンパンになった身体の上でディオの顔がカーズを見る。虚ろな表情だったのに、今は光がある。

いけない、と僕は思うが、ディオが口を開き、僕はその台詞を聞いてしまう。「これでいいのだ。間違いはない。全てが正解へと辿り着くようにできているのだ」

それはさっきの荊の冠の傷だらけの男の台詞と似ている。

全てを肯定するのだ。そのままでもいいし、やめてもいい。何をしてもいいし、しなくてもいい。全て良いのだ。

それからディオは手元から何か尖ったものを取り出す。僕は咄嗟に叫ぶ。「カーズ！危ない！」言われなくてもカーズもその武器を見ている。ディオがそれを繰り出す寸前に、カーズは最後の一撃を加えながら言う。「誰にだって器というものがある！貴様のそれに世界が入ると思うか！思い上がりをせいぜい悔いるがいい！自分の限界を目の当たりにしながらな！ハッハッハッハッハ！さあこれも食らえいィィィィ！」

ディスクをもう一枚ディオの額に差し込むと、ディオの脹らみきった身体が限界を迎える。弾ける！と僕は身構えながら、その瞬間を笑いながら待っていたカーズにディオが言うのを聞く。「ありがとう」

「……………!?」。カーズもようやく怪訝そうな顔になる。

「プッチがいない今、俺を天国に連れてってくれるのは貴様だったのだ、カーズよ」

ディオは手の中の武器を振るい、カーズは避けたが、それは意味がなかった。本当の狙いはホワイトスネイク・アルティメットだったからだ。ディオが言う。「天使よ……！」

そして弾ける。

バン！ディオの身体がバラバラになる。頭部、両目、両耳、脊椎、胴体、心臓、右手、左手、両足、という九つの部位に引き裂かれて地面に落ちる。が、もちろんまだ生きている。なのにさっきまでドカンドカンと花火みたいに盛大に身体を爆発させられてもあっというまに再生していた身体がそのままで動かない。

頭だけになったディオが言う。「《天使》とは貴様だったのか、カーズ。……ホワイトスネイクを操るもう一人の男よ」

見ると、カーズのそばに寄り添うホワイトスネイク・アルティメットに異常がある。刺し傷を負っている。ディオによって何かが刺し込まれ、体内に残されている。それは矢印の形をしている。

鏃だ。

杉本玲美の体内から取り出した謎の鏃とスタンドに刺して進化させた汐華初琉乃がプッチを倒し
……

傷が力になる。スタンドにおいてもそれは起こるのだ。鏃がホワイトスネイク・アルティメットの体内に入り込み、傷を深くしている。「くっ……貴様、何をした……!?」。カーズにも判らない。

ホワイトスネイク・アルティメットはカーズの意志とは関係なく傷を深めて進化を始める。三つの顔を持ち六本の腕を持ったホワイトスネイク・アルティメットの身体と鏃がまずは一体化する。するとプッチのホワイトスネイクがそうなったように、スタンドに矢印の模様が現れ、新しい能力を引き出す。プッチのCムーンと同じく重力を操ることができるようになる。

ディオが言う。「これはかつて来た道。エンリコ・プッチは二度失敗したが、それもすべて今このときのためだったのだ。全ては肯定される。三度目は間違わない。円環は必ず閉じる。何故なら付き添うのが俺様だからだ」

その巨大な確信にカーズが焦る。「……そうはさせるか！」と叫んでカーズが次に出現させたのはファニーたちのものよりさらにウサギ耳の長いヒト型スタンド。言わば《アルティメットＤ４Ｃ》。「すでに遅い」。そう言うとディオの頭部とその他の八つの部位はカーズの拳を逃れ、すうっと宙に浮く。プッチがＵボートから浮き上がったように。ん？……あっ！

僕は頭の中にカーズから借りた僕用Ｕボートのディスクが入りっぱなしになってることを思い出す。戦える。ディオの企みがまだ判らないが、好きにさせてはならない。「Ｕボート！」と僕もナチュラルにスタンド名を叫んでいる。

ボン、と出てきた巨大な潜水艦が僕の頭の上に載っかる。でも重くない。僕という本体にとっては実体がないも同然なのだ。でも全く上を向くことができない。ヘッドセット風潜望鏡を出して僕はディオをロックオン。「撃てえええええっ！」。バシュバシュバシュと発射された巡航ミサイルが空に浮かぶバラバラのディオに向かうが、それを巨大な手で弾かれてしまう。ドンドンドーンと爆発したミサイルの向こうにいるのは空から上半身を生やした巨大なアントニオ・トーレス。またお前か！さらにミサイルを撃ちまくる僕だが、ことごとくアントニオ・トーレスの馬鹿が弾き返してしまう。その間にバラバラのディオと、カーズから独立し、鏃を刺し込んだディオに付き添うようにして《Cムーン・アルティメット・レクイエム》はどんどん上昇していく。

「クソッ！」と吐き捨てた僕の潜望鏡に、しかし別の影が映る。見ると、ナランチャの実物大Uボートが逆さまになって空を走ってくる。グレートブリテン島を覆うバリア、つまりアントニオ・トーレスの身体の上を走っているのだ。「いけええぇっ！」と僕は叫びつつ、援護射撃。さらにミサイルを撃つ僕だけどアントニオ・トーレスはものともせずに叩き落として自分に近づくディオを招き入れようと、口を開けている。飲み込ませるわけにはいかない、と僕は思う。プッチもアントニオ・トーレスに飲み込まれて《腹の中》＝《イギリスの外》に出てからさらなる変化を遂げた。上空のナランチャのUボートもミサイル攻撃を続けているが僕と同様に大したダメージを与えられずにいる。相手は巨大なゾンビで、もともと死んでるからミサイルの爆破も大して痛くはなさそうに見える。どうすればいい!?と手詰まり感に慌てる僕は、潜望鏡で見つける。ナランチャの逆さまの艦橋にエリザベスさんが現れている。何をするつもりかと思えばスカートを翻し、逆さの艦橋を駆け上がり、船体から飛び出してUボートから離脱。上空の《カブト虫の甲羅》＝アントニオ・トーレスの身体に指先だけでぶら下がる……！「うわあああっ！危ない！」と聞こえるわけのない叫び声をあげる僕は、エリザベスさんがそのまま足を上げて空の《壁》に爪先を当てたら逆さにぶら下がるようにして立ち、なんと走り出してしまうのを見る。凄い！ははは！思わず僕は笑ってしまう。スカートも捲れてなくて、一体何がどうなってるんだろう⁉と興奮してる場合じゃなくてエリザベスさんはアントニオ・トーレスの繰り出す巨大なパンチをひょっひょっと逆さまのまま避けてしまう。首に巻いていたマフラーを手に取って透明な手裏剣を投げるような仕草をしてるところを見ると、ひょっとしてマフラーの糸をほぐしてそのアクロバティックな動きに利用してるのだろうか？まるで身体さばきの優雅なスパイダーマンだ。そしてあっという間にアントニオ・トーレスの巨大な腹の前に辿り着いてしまう。

ディオの位置を確かめる。まだアントニオ・トーレスの口までは遠い。エリザベスさんはどうする？……見ると、エリザベスさんは胸元に隠してあった赤い石のペンダントを取り出し、握り、叫ぶ。Uボートのソナーシステムのおかげで僕にもその声は聴こえる。「私はジョージ・ジョースターの守護者！その美しい血統を守るために、私は戦う！始末をつけてリサリサ！はい！渾身の一撃、お見舞いするから覚悟しな！ずっと馬鹿だったアントニオ・トーレス！さようなら！行け！茜色の波紋疾走（サンセットオレンジオーバードライブ）！」

エリザベスさんは赤い石を握った手をアントニオ・トーレスの腹に当てて、手の平を広げ、腹との間に石を挟み、ちょっと身体を震わせる。するとビシャン！と赤い火花が散り、言葉通り茜色の波紋がアントニオ・トーレスの半透明の腹にバッと広がり、脇腹を回って背中に、肩から伝って腕の先まで、胸を走って首から脳天まで波紋が波紋を呼び合わせて届く。と、アントニオ・トーレスが絶叫する。「ウゴオオオオオオオオッ！」

そのとき、空に浮かぶディオの首が怒鳴る。「悲鳴なんぞあげるんじゃない！クズが！堪えて、吸うんだ！死ぬ前に役に立て！吸え！悲鳴は引っ込めて、息を思い切り吸うんだ！」

するとあ赤い波紋に全身を焼かれながら、アントニオ・トーレスが絶叫する口をつぐみ、震える唇を尖らして「ううう っ、ふ、ふ、ふううう、」とどうしても吸えないのをディオがどやしつける。

「このクソが！そんなふうに言われたこと一つできないから誰にも愛されずに遠ざけられるんだ！貴様の母親が貴様の小汚い皮膚をむしったのはせめて表面だけでも愛してやろうと必死だったからだ！何しろ貴様の内側はもともと空っぽで、愛すべきものは何もなかったからな！母親だって最初は信じられなかっただろうよ！息子の皮膚を剝いでみても、何一つまともなものが見つからなかったんだからな！」

「うううううっ、ふうううう、うううううううううう、ふうううううううっ」

空のアントニオ・トーレスは涙声を漏らすが、涙はどこからも出てこない。

「息を吸うことすらできないなら、単なるクズのクソのまま死ね！母親にすらまともに愛されなかった、生まれる意味も全くなかった最低のゴミとしてなくなれ！このウジ虫が！カナリア諸島のおんぼろ牧場の牛小屋に残った家畜のクソにすら貴様は劣る！同じような愚図だったジョージ・ジョースターは、救いようもないドン底阿呆の貴様のおかげで随分まともに見えただろうよ！」

「うううう、あああ、うううあああああああああ、うううううううううあああああああああああああああああああっ」

「泣くなペラペラの空っぽ野郎が！唇をすぼめて吸うんだ！言ってるだろう！吸え！」

ドンドンドンドンドン！というミサイルの発射音はナランチャの方から聞こえる。スピーカーから怒鳴り声も聞こえるが、それはペネロペだろう。「こらーっ！吸血鬼！屍生人相手だからってどんなこと言っても良い訳じゃないぞ！謝りなさい！」。接近する巡航ミサイルに向かい、ディオの目から何かビームのようなものが発射され、それがミサイルを一気に爆破してしまう。ボンボンボン！爆発音の中、さらにディオはアントニオ・トーレスを罵る。

「フッハッハッハ！貴様が一矢報いてやろうと二十年近くも頑張ってきた相手どもに最後の最後に同情されてるぞ！おい！いよいよお前の惨めな人生も最悪最低なみっともなさのままで終結だ！ハッハッハ！貴様は結局誰の役にも立たず、誰にも何も与えず、何を奪うこともできず、全くの無駄のまま人生を終えるんだ！それでいいのか!?アントニオ・トーレス！自分の父親を灰にして殺した波紋女に親子共々ただむざむざ殺されて、大人の男として何かを頑張った記憶もないまま死んでいくのか!?おい！アントニオ・トーレス！思い出せ！お前に何かを期待したのは俺様だけなのだ！その俺をがっかりさせたままでこの世を退場するのか!?人生でたったの一度も感謝されることなく、『生まれてきてくれてありがとう』と誰にも言われずに死んでいくのか!?それならそれでいい！クズに期待した俺が馬鹿だったのだ！俺はこの場で全てを取り消す！お前は正真正銘の馬鹿で見所も取り柄もなくてひたすら醜いだけの毒ガスだ！ジョージ・ジョースターの正しさを証明して、自分がひたすら間違えていたことを認めて、とっとと死ね！」

「うううううううううおおおおおおおおおおおおおお！嫌だあああああ！」

「じゃあ息を吸うんだ、アントニオ・トーレス」

「うううううううううううう！ふ、ふ、ふ、は、はあああああああああ」

「そうだ、まずは息を吐き切ってから……」

「すうううううううううううううううううううううっ！」

アントニオ・トーレスの上半身だけで１０００メートル近くある巨大な身体が赤い波紋によってボロボロに崩れ、後もう少し、この悲しい化け物が愚図だったら間に合っただろうが、ディオはぎりぎりのところで吸い上げられ、アントニオ・トーレスの尖った口先の中に消える。僕とナランチャの撃ったミサイルも間に合わない。ボンボンボボボンボンボカン‼

「うがあああああああああっ！」

口に当たったミサイルでアントニオ・トーレスの巨大な頭に亀裂が入り、そこから崩壊が始まる。

「おい、」と言われ、隣を見るとカーズだ。「攻撃をやめさせろ。あの屍生人が死んでしまうとこのイギリスを過去に戻せなくなるぞ？殺すとしても、全てが終わった後だ。それに、これからディオ・ブランドーは時を加速させる。あの屍生人がいなければ、この島は時の加速から置き去りになり、宇宙の更新でもあればこの島は消えてしまう」

完全に全くもってカーズ先輩の言う通りだ。流石だ。時間と意識についてまさか僕と認識が一致していたとは。僕は石ころ携帯を取り出してみるが、これはナランチャの持ち物であって、今これを僕が持ってる以上連絡手段がない。思いつき、Uボートの無線連絡を試す。つながる。ナランチャに攻撃をやめるように、エリザベスさんにもやめさせるように言うと、ナランチャは意味が判らなくて不満そうだったが、やめる。逆さまのエリザベスさんも回収する。Uボート内に戻ったエリザベスさんが無線で連絡してきたので、とにかくこのグレートブリテン島を移動させるのに、もうしばらくだけアントニオ・トーレスの力が必要なのだと言うと、「判った。もう致死量の波紋を与えてあるけれど、対抗波紋を打ってその効き目をゆっくりにするね。可哀想なアントニオ・トーレスには苦痛を長引かせてしまうけど……その苦痛についても何かしてあげられることがないか、ちょっと試してみる」とエリザベスさんは屍生人相手に驚くほど優しい。そう伝えると、「別に？」とエリザベスさんが言う。「あなたを信じることにしているだけよ。もう一人のジョージ・ジョースター。私は今藁にもすがる心境ってだけ」

意味が判らないけれど、訊けるような雰囲気でもない。

「始まるぞ」とカーズが言い、見上げると、崩壊中のアントニオ・トーレスの腹を通ったバラバラのディオとCムーン・アルティメット・レクイエムが《カブト虫》の《甲羅》の真上に浮かび上がり、スタンドの方に変化が起こる。身体の表面全体に亀裂が入り、ぼろぼろと崩れ始め、その隙間から現れるのは馬と人と時計と、さらに鏃が合体したスタンドだ。言わば《メイド・イン・ヘブン・アルティメット・レクイエム》。とうとう二回目の時空の加速が始まる……が、何のために？

隣でカーズも言う。「この先に何が待ってるんだ？」

らせん階段状に続く宇宙の繰り返し。その先に？僕には何も見えない。思い当たることも何もない。が、そのとき背後から声がかかる。「私たちには恐ろしい思いつきがあるのだ、ジョージ・ジョースター」。ファニーとザ・ファニエストだが、二人とも顔を真っ青にしている。

「思いつき？」

「ああ。……いや、……私にとってはすでに、確信だ」とファニーが言い、「ちょっと待っててくれ。

私が確かめる……」とザ・ファニエストが携帯を取り出してどこかに電話をかけようとするが、つながらない。

僕が言う。「あ、それだと駄目だろうけど平行世界から、こっち使うとつながるかも……」と言って石ころ携帯を差し出し、使い方を教えてやると、ファニーがバン、と手で挟んでザ・ファニエストを平行世界へ送り込む。そしてすぐに戻ってくる。ファニーの手の平から顔だけ出して、ザ・ファニエストが言う。「やはり、恐れていた通りだ」。ファニーが頷き、僕たちに言う。「おそらくディオ・ブランドーの行く先は、未来の向こう側の過去だろうと思う」

死にかけのアントニオ・トーレスの向こうで、メイド・イン・ヘブン・アルティメット・レクイエムが発動し、まずは太陽がぐるぐる回り始める。

ファニーとザ・ファニエストが交互に説明する。

「私たちヴァレンタイン一族は、アメリカ合衆国の伝統的なリーダーとして、国の繁栄のために非常に重要な任務を二つ、担い続けている」

「一つは十九世紀末か二十世紀初頭に行われるスティール・ボール・ランに必ず介入すること」

「それはまあ、ヴァレンタイン家の儀式でもあり、一種の訓練でもある」

「そしてもう一つは、ニューヨークにあるトリニティ教会の地下施設の秘密を守り、何人(なんぴと)たりとも近づけないことだ」

「特に二つ目の任務は最重要課題で、これを遂行するためにはどのような手段もとっていいし、必要な手段を必ずとらなければならないとされている」

「戦争や虐殺すら厭(いと)うべからずとも」

「だから言うのだ。必要な手段として、ある程度秘密を明かさなければならない」

「……その地下施設には、ある聖人の遺体が納められている」

「そしてその遺体を手にした者と、その者が属する集団は、その遺体を手元に置く限り永遠の繁栄を約束されるのだ」

「その遺体を集めたのは、私たちの先祖で、三十五巡前の宇宙で生まれた最初の《ファニー・ヴァレンタイン》」

「第二十三代アメリカ合衆国大統領」

「その遺体集めのレースもまた、三十五巡前の宇宙で起こった最初のスティール・ボール・ラン」

「遺体は九つの部位に分かれていて、アメリカ大陸全土にバラバラに隠されていたのだ」

「その九つとは、頭部、両目、両耳、脊椎、胴体、心臓、右手、左手、両足」

「そしてそれらはさっきバラバラにされたディオと全く同じなのだ」


宇宙が終わり、始まりを繰り返している下でファニーが言う。「さっきカーズくんは、九枚のディスクをディオに差し込んだね？」

ザ・ファニエストも言う。「ああすることで、ディオは身体をバラバラのままで戻すことができなかったのは何故だろう?」

カーズが笑う。「あれはスタンド能力用のディスクだが、九枚とも空っぽだ。でも俺が作ったものだからな。俺の身体に合わせてある。人間にとって、あるいは吸血鬼にとってもスタンドは一人一つなんだろう?……おそらく空のディスクといえども身体がスタンド能力の受け入れ準備に入り、本来のスタンド能力が宿る部分では処理しきれず苦し紛れに各部位に割り振ろうとしたんじゃないか?」

「……なるほど……?」

「生命の器の容量は多少増減するが、限りはある。吸血鬼と俺とでは同じく不老不死でも俺とは容量差も能力差もある。本物の《究極生命体》を名乗ることができるのは俺だけだ。そして俺のディスクを使いこなせるのも俺だけだ。貴様らの乗る車だって、どんなガソリンを入れても走るわけではあるまい。ガソリンを受け入れるべく身体自らが自らを改造するために自らをバラバラに解体した状態が今のディオ・ブランドーだろう。そしてそのショックが醒めないうちはあのままのはずだ」

「……なるほど……!」

「……なるほど……!」

「部位の種類と数の一致だけではない。その聖人の遺体の頭部にも荊の冠が被せられているのだ」

とザ・ファニエスト。

「二つの手の平と二つの足の甲にも穴が空いているのだ」とファニー。

「スティグマータだと考えられていたが、間違っていたかもしれない」

「君たちも見ただろう？ディオの頭にも荊の冠が現れ、手足には穴が空けられていた」

「ディオの荊の冠がスタンドで、手足の穴が磔刑の跡ではなく別の怪我にすぎないとしたら……」

「おぞましい勘違いだ。そしてそう取り違えるように全てが計算され尽くしているようだ……」

「ともかくディオは聖人とは程遠い」

「まったくの対極だ。あれにはカーズの言う通りの自己愛と欺瞞しかないぞ」

「もしディオがその遺体ならば、……控えめに言っても、私たちは信仰の対象を考え直さなければならないし、この秘密はさらに重要度を増すことになる」

「そして、すでに確認できたことが一つある。私の妻、スカーレットによれば、トリニティ教会の秘密の地下施設は、すでに空っぽだったよ」

「…………！」

「内側からしか開かない扉が、何の工作の跡もなく、ただ開いていた」

「何てことだ」

「いつからかは判らない。あの地下施設は宇宙の更新にかかわらず、ずっとあそこにあったから」

「聖人の《特異点》たる所以だ」

「でももうその聖人はいない」

「そもそも聖人ではなかった。ディオ・ブランドーだったのだ。ここに至ってはもう認める他ない」

「ああ……」

「見ろ、時間の加速が終わりつつある」。空の点滅速度が緩やかになる。もう宇宙の終わりと始まりの強烈な光も暗闇もなく、星が巡り月と太陽がぐるぐる回るだけになっている。「ジョージ・ジョースター、ぼんやりしてるように見えたけど、君は宇宙の数を数えていたんだろう？」

「いくつだった？」

僕は答える。「三十七」

「……！？」

「確認してみて。宇宙三十七巡で僕たちは元いた時空にぴたりと戻ったみたいだぜ？」

夕焼け空。

飛び交うアメリカ軍の戦闘機。

そして遠くの空に見えるのは、カエル人間のスタンドで《カブト虫》の《甲羅》の外に貼り付くこの時代の《ファニー・ヴァレンタイン》。

まだおったがな。


いや凄い。ザ・ファニエストの祖父でもう一人の《ファニー・ヴァレンタイン》はおそらく《カブト虫》の《甲羅》、アントニオ・トーレスの《腹の内側》にぴたりとくっつくことで《ダニ》や

《寄生虫》と同じようにアントニオ・トーレスと一体化し、時間の加速を乗り越えてきたのだ。宇宙の歴史三十六巡分も、生身を晒して。

どんな経験だったんだろう?

空に逆さまのまま、瀕死のアントニオ・トーレスのそばにいるエリザベスさんと、それに付添うナランチャのUボートからも現在位置と時刻の確認が取れる。グレートブリテン島はアメリカ合衆国に上陸していて、目の前……というか足下にマンハッタン島がある。

ザ・ファニエストはファニーの平行世界に入って再び石ころ携帯で電話。ファーストレディのスカーレットさんにつながると、彼女は慌てている。「あなた、大丈夫!?今その島で何が起こってるの?」

グレートブリテン島は一旦消えて、数秒後に現れたらしい。細かい質問を重ねて電話を切った後、僕たちに向かいザ・ファニエストが断言する。「私たちはさっきいた2012年7月24日に戻ってきている」

ファニーが頷く。「つまり、三十七の宇宙を超えて世界は一巡してしまったわけだ」

「つまり私の生まれた宇宙が、世界の最後の宇宙で、……」と言ってザ・ファニエストがカーズを見る。「君の生まれた世界が最初だった訳だ」。カーズはニヤニヤ笑うだけで何も言わない。

「そしてディオ・ブランドーを繁栄を司る聖人としたままで世界の円環は閉じられてしまった。円卓のナプキンは取られてしまったのだ」というファニーの最後の台詞の意味は判らない。

　僕は上を見上げる。アントニオ・トーレスの身体の向こうにまだメイド・イン・ヘブン・アルティメット・レクイエムが浮かんでいるが、ディオ・ブランドーの姿はない。

「今は見えないけど、あれのそばにディオ・ブランドーはいるんじゃない？」

「いや、いない」と言ったのはずっと黙って僕たちのことを眺めていたカーズだ。

「どうして判るの？」

「もともとは俺のスタンドだぞ？今は暴走状態が続いているが、そろそろそれも終わる。ディオがいなくなったし、与えられた仕事が終わったからな」

「……じゃあ、あのスタンド、またカーズが自分のものみたいにして使える？」

「俺にできることでできないことはない」

「………」

「そうか」とザ・ファニエストが言う。「あのスタンドでもう一度時を加速して、ディオのいる宇宙に行けばいいんだ。……それがどこ……というかいつ？か、それが判ればだが」

「判るとも」とカーズは言う。「俺のスタンドはディオが立ち去ったタイミングを憶えている。一巡後の宇宙だ」

「……」とファニー。「つまりあの空の上のスタンドで時間を加速することで、ディオに追いつける訳だな？」

「ああ。しかし、追いついてどうするんだ？」

「……」

「その《聖人》となったディオ・ブランドーを殺害するか？」とカーズはニヤニヤ笑っている。

「けれどお前ら、その《聖人》による《繁栄》とやらを享受してきたんじゃないのか？それもわざわざ必死な決意で保護してまで」

「しかし……」とザ・ファニエスト。「このままディオを《聖人》として野放しにしたままでいいのか……？」

ファニーも言う。「ディオ・ブランドーを勝手に奉ってしまったことで、この世の多くの不幸が生まれてるんじゃないのか？」

「ふっふっふ」とカーズが皮肉そうに笑う。「では貴様らの言う《聖人》による《繁栄》も、結局のところ考え方、捉え方次第だったんじゃないか」

「……！」

「……！」

「いいじゃないか。ディオ・ブランドーのおかげで《繁栄》があったということで。結局のところ貴様らの歴史は変わらないのだから」

「いや、らせん階段状に変わっていくんだから……」

「それは宇宙単位の話だろう？」とカーズはぴしゃり。「俺が言うのは世界単位での話だ。この世界は三十七個の宇宙が連なり、円環になってるんだ。宇宙ごとで見れば似て異なる歴史が三十七回繰り返された後、まるきり同じ三十七回が待ってることになる」

それでヴァレンタイン二人が黙ってしまうので、僕は言う。「だから、時間の加速で追いついても駄目なんだ。時間軸に沿っていては歴史は変えられない。歴史を変えようと思ったら未来を後追いするんじゃなくて、過去に戻ってやり直さなきゃ。それが時間の基本に則った考え方でしょ」するとカーズが笑う。愉快そうに。ワクワクした感じで。「ははは！時間を早送りするのと遡るのと、どう違うんだ？」

「……判んない。でも意識と時空って密接な関係があるよね？人間の意志の力とかって……。例えばスタンドもどこかで拾った武器とかじゃなくて、人間が自分の中から作り出した力だろ？それが宇宙全体の時間を操作しちゃったりもするんだよ？あれは一人の突出した力なのかもしれないし、それこそ人類の歴史の中ではたった一人しか持ちえない力だったかもしれないけど、そういう絶大な力はなくても、普通の人たちだって意志はあるし、微弱ながらも絶対似たような力を持ってると思うんだ。力が弱いから外の物を動かすことはできないし、外に何の影響も与えられないけど、そういう力を皆が全く持ってないなんてこと絶対ないと思うんだよね。だからさ、イギリスみたいな大勢の人間が住んでる島が、時間を逆流するとか、何かの歴史を否定するぞ！と思うことが、何か効果がありそうな気がするんだよね……」と言いながら、こんなに根拠のない……こともないけれど論理で説明しきれない話をするのって初めてだなと思う。恥ずかしい。けど多分間違っていない。

「はっは！」とカーズが楽しげに笑う。「呪いか！」と言われてしまう。確かにそれに似たようなものかも。しかしカーズはこう続ける。「ふん、しかし過去に戻るとしてもどうやって戻る？未来へは手段があるが、過去へ行く手段は考えてるのか？」

それだ。「本当は杜王町のアロークロスハウス、まあ今はキューブハウスになってるみたいだけど、そこに行くべきなんだろうなと思うんだよね。でも今杜王町にはアクセスがないし、キューブハウスは窓もドアもない壁だけの家で出入りできないみたいだし……キューブハウスのタイムトラベル装置、いまいち操作性が悪いというか、狙ってる時間に移動できる気がしないんだよな」

「で？」

「で、……実はまだ判らないけど、試してみるべきことはある」

「？それは？早く言え」

「うん。バミューダ・トライアングルって知ってる？」

人間界での神話なんてカーズが知るはずもない。僕は簡単に説明し、九十九十九が１９０４年のバミューダ・トライアングルから２０１２年の西暁町に来たこと、それは二つの世界地図で重なってること、そして２０１２年のバミューダ・トライアングルと１９０４年の現西暁町も世界地図で重なっていることを伝える。

言ってて気付く。「これが二つの《特異点》じゃないかな？西暁町とバミューダ・トライアングル」

するとカーズがニヤリ。「これに気付いていない奴らが天国に行けないのも当然というわけだ」

カーズの順応力にほとほと感心してしまう僕に、さらに訊く。「しかしその《天国》とは何だ?」

「え?」

「人間に《死んでからの世界》《あの世》《天国》や《地獄》という考え方があるのは知っているが、そこで言う《天国》と今言っている《天国》は同じものなのか?」

「……………」

「《天国》というものが人間にとって心地よい場所だということは俺も知っている。だがその《天国》を目指してエンリコ・プッチはどうなった?ディオ・ブランドーにいいように利用されてどこかで死んだんだろう?そもそもその《天国》とやらはエンリコ・プッチを突き動かしていたメッセージにあったものだろう。そのメッセージは誰が作ってエンリコ・プッチに届けたんだ?」

1999年の7月にケープカナベラルの空にいたのは……。

僕が答えるのをカーズは待たない。「そのバミューダ・トライアングルだが、それを通ってやってきた名探偵とやらはどうなったんだ?」

死んだ。杜王町にやってきてすぐに。ブチャラティの報告ではアントニオ・トーレスが犯行を自供しているらしい。

宇宙船の中で僕の記憶を読んでいるカーズだが今キューブハウスで事件が解決しようとしていることは知らないはずなのに、言う。「アントニオ・トーレスとやらは屍生人だろう?屍生人というのは吸血鬼専属の手下だ。吸血鬼によって作られ、吸血鬼のために尽くし続けるのだ。四つの《カブト虫》のうちこのグレートブリテン島を覆う《甲羅》だけがアントニオ・トーレス混じりで出入りが可能なのは偶然か?出入りしたのはエンリコ・プッチとこの男と、」と言ってじろりと見られたザ・ファニエストは気圧(けお)される。カーズは続ける。「そして、身体がバラバラになったディオ・ブランドーだけだ」

そしてアントニオ・トーレスを殺すこともできない。グレートブリテン島を人質に取られているようなものなのだ。

「それに、見ろ」と言ってカーズはナランチャが石ころ携帯に送ってきた写真を示す。「この現代のバミューダ・トライアングルはちょうど今グレートブリテン島の目と鼻の先だし、マンハッタン島の《甲羅》の外だ」

そこには自由の女神像の立つリバティ島がある。

「でもこのバミューダ・トライアングルは、マンハッタン島にあるトリニティ教会のすぐそばでもある。そしてその地下の秘密施設に納められてるはずの聖体は今確かめていたらなくなっていたんだろう?いなくなったのがいつか判らないが、三十六巡の宇宙の歴史のどこかじゃなくて、ほんのたった今かもしれないわけだ。そして三十六巡前の宇宙では同じ大陸の脇にありながらそれなりに離れていたマンハッタン島とバミューダ・トライアングルがこんなふうに接近していて、でもバミューダ・トライアングルだけが露出している様に、お前は何か不安を感じないのか?自分の仕掛けた罠に獲物が飛び込んでくるのを待っている吸血鬼の無意識な前のめりを感じないか?簡単に言うと、今のこの状況は、いくら何でも都合が良過ぎないか?ということだ」

僕は自分を戒(いまし)めるのに忙しくて答えられないし答える必要もない。質問をしてるんじゃなくて罵(のの)しっているのだ。

人間はどうして理屈に合わないことに眼を瞑(つぶ)ってしまうのだ？

とカーズはプッチにも言っていたが、僕もやらかしていた。《天国》を設定した相手を否定しに行こうと意気込んでいたはずなのに、同じ相手が用意した奇跡に興奮させられてしまっていた。プッチの解いていたパズルをああでもないこうでもないといじくることに夢中になってしまっていた。そのパズルもまた否定しなきゃいけないものだったのに。

「認めたくないことだが、今のところ全てディオ・ブランドーの思うがままに事態が進んでいる」

とカーズが言う。

その通りだ。

「あれを出し抜くのはなかなか手間がかかるぞ？何しろあの荊の冠がかなり正確に、詳細に、遠くまで未来を予知しているようだからな。あいつの裏をかく、意表を突くにはどうしたらいい？おい名探偵、考えろ」

「………」

「あいつをビックリさせられる相手は誰だ？……あいつは誰にビックリした？」

僕がヴァレンタイン二人の手の平の中に引き込まれていくときに

「何だこいつは……!?」

と言ったあのときのディオの顔には本物の驚きがなかったか？

僕は手を挙げる。「僕だ。僕はディオをビックリさせる」

するとカーズが訊く。「どうしてお前にできると思う？」

そして二つ目の《特異点》は、君だ、ジョージ・ジョースター。

とファニー・ヴァレンタインは言ったが、僕が《特異点》だからではない。その設定は忘れることにしたのだ。

君はこの世界に一度しか生まれず、他のどの宇宙にも、どの平行世界にも、君の代わりはいないんだ。

とも言われたけれども、それも確認が取れないし、信じようがない。あのときのファニー・ヴァレンタインは少なくともカーズと戦闘中だったのだ。訴えかけに真実味はあったけど、今はそれを信じる必要はない。でも僕は特別なのだ。何故か？
背中にビヨンドを寄り添わせたディオの叫び。

俺の血は血に教わり、知っているのだ！俺は全世界の王！全てを司るのだ！

あれが、荊冠スタンドの予知能力範囲が血のつながりに限られるということなら……、僕は言う。
「何故なら僕はもらわれっ子だからだ」

親と血がつながっていないことが武器になるとは。そしてビヨンド使いと対抗できるのは同じビヨンド使いしかいない。
「その通りだ」とカーズが言う。「俺自身はあの吸血鬼に血など吸わせてないが、あいつは別の《俺》を食ったようだし、その《命》を俺が俺の中に取り込んでいるからな。ある程度俺のことも見えるのかもしれん。だから、貴様が頼りだ」

「え」。カーズ先輩にそんなふうに言われるとは。

「さあ、ディオを出し抜きつつ、過去に戻る算段をつけるのだ」

「……いやいや。そんな簡単に……だって僕が介入したときだって結局全部ディオに上回られちゃったからな……」

「確かにあの吸血鬼には並々ならぬ執念と、謎の力がある。しかし貴様も死線を生き延びてきたではないか」

「や、でもカーズも頭回ってるし、僕いなくていいんじゃない？……もしあのとき僕が一緒に平行世界に行かなかったら……と言うか僕を引き込めなかったらどうしてたの？」

「ヴァレンタインの作戦のポイントは平行世界を重ねることにある。つまり一重では駄目なんだ。何故なら一人一体と決まっているらしいスタンドも、宇宙が代替わりしてしまえば同じようなスタンドを持つ別の人間が現れるからだ。そこの二人のヴァレンタインのようにな。そして俺は平行世界だろうと宇宙を何度でも生き延びる。俺は平行世界の中で同じスタンド使いを探すだろう。そして必ず見つける。そしてそのスタンドで俺は必ず元の世界に戻ってくる。俺はもう一巡宇宙の歴史を超えてしまえば世界が三十七個の宇宙の循環でできていることを知るから、しばらく我慢すれば必ず同じ宇宙の同じ時に戻ることができる。もしそのスタンド使いを見つけることができなくても、俺は宇宙が三十七巡するたびにもう一人の《俺》がもう一人の《ヴァレンタイン》に送り込まれる場所に待ち伏せ、結局元の世界に戻っただろう」

　や〜究極生命体の考えは時間のスパンが長い長い。「でもそうしたらカーズともう一人の《カーズ》が重なるということで、パラドックスになるんじゃない？」

「この現実世界でも同じだが、そうはならなかっただろう？貴様の介入が必然だったのかもしれないし、俺は常に何か脱出の方法を考えついただろう」

「………」

「で？」「え？」「ディオを出し抜くにはどうするんだ？」

そんな矢継ぎ早に……と思うけど、では僕は既に一度ディオを出し抜いているわけか？あのとき平行世界から帰るときに？僕は言う。「あ、そうか。でもあれ……？」

「言ってみろ」

「過去に帰るスタンドって、一人しか知らないけど……」

「……で？」

「吉良吉影のキラークイーン《バイツァ・ダスト》では何ともならないよね？」

あれは一時間しか戻らない。でもカーズがにやりと笑っている。「爆破を恐れる俺ではない」

「えええええっ！でも僕たちは宇宙を三十六巡分戻るつもりしてるんだよね？」

「時間も俺には問題ではない」


とは言え平行世界で吉良吉影を見付けたとしても駄目なのだ。そこでバイツァ・ダストを発動させても吉良だけがその平行世界での過去に戻り、僕たちの過去とははぐれてしまう。あくまでも現実世界の吉良吉影じゃないと……！

「でも、吉良吉影は死んでるよ？杜王町で」と僕は言う。「このアイデアはそもそも無理だよ」

するとカーズが言う「いや、死んでいない」

「ええ？いや死んでるんだって。プッチに殺されて」

「エンリコ・プッチを信じる必要もない」

「えええ？でも証拠も沢山見つかったみたいだし……」

「他人が見つけたのだ。貴様が見つけたものじゃない。名探偵は貴様だろう？」

「そうだけど、実際平行世界でも川尻香作が吉良吉影だっただろう？」

「違う。川尻香作は爆弾だったのだ」

「いやでも自白もしたし……」


連続殺人鬼だよ。間違いない。

うん？と僕は思う。家族の前で涙目だった男。あの台詞の意味が『バイツァ・ダストで大勢の人間を殺してしまった自分は連続殺人鬼も同然だ』という意味だとしたら？家族を逃がしたあの熱意が本物の、純粋な愛情だったとしたら？

それに吉良吉影は女の手が好きだったはずだ。なのに川尻しのぶの手にスープがかかり、**熱い！もう何⁉何なの！**と混乱していたときも川尻香作は手の火傷を気にした様子もなく**いいからお前らが出ていきなさい！**とただ怒鳴っただけだったのだ。

川尻しのぶの手が綺麗な手をしていたかどうだかなんて憶えてないし見てないだろうが、それに自分の妻と殺人のターゲットは別ものなのかもしれないが、咄嗟のときにこそそういうフェチズム、嗜好（しこう）、普段の興味が出るものじゃないか？……という疑念に名探偵としての僕の経験も頷いている。

「川尻香作は吉良吉影ではない」

カーズも頷く。「あの平行世界でも俺にはすぐに判った。あいつからは血の匂いなど全くしなかったからな。どれほど綺麗好きでも人間の感覚などたかが知れてるし、そもそもどれだけ洗っても慰め程度にしか血は落ちないからな」

「えっ、じゃああのときも知ってたってこと？」

「ああ。でも爆弾人間を起動させることが目的だっただろう？」

「ええ……？」

「？平行世界の偽者のことをどうして気にする？」。カーズには判らない。

川尻香作が死んだわけじゃなくて良かった。家族も巻き込まずに済んで良かった。あの川尻香作の苦しみが終わったわけでもないだろうし、一時間前からもう一度やり直すだけだろうが、もし僕たちが本物の吉良吉影を捕まえてバイツァ・ダストを解除させれば、ここの歴史は平行世界にも必ず影響を与えるだろう。あの川尻香作が解放されればいい。

ではどうやったら吉良吉影を見つけることができるだろう？その手フェチの変態を……と思い、川尻香作が吉良吉影だったら奥さんの手を心配しただろうな、と思い返し、ブチャラティから聞いた川尻しのぶの仕事の話を思い出す。**奥さんは選挙運動員。**

日本の選挙運動員ってことはウグイス嬢のバイトでもしてたんだろうか？川尻しのぶさんはまだ若くて綺麗な人だった。

ウグイス嬢なら白い手袋をして窓から手を振ったりするんだろう。あれなら目立つし、一日中車の窓から手を出して振り続けても日焼けはしないんだろうな。ならば吉良吉影的にはほっとするんだろうな、と考えて、あれ？と思う。手袋をした、若くて綺麗な女性たちが集まる職場か。選挙事務所。杜王町の町長選挙。獅子丸電太（ししまるでんた）と雲井巧実（くもいたくみ）。

現役町長の獅子丸電太には男性秘書がいた。でもぶどうヶ丘学園でブチャラティの隣に立つ顔を腫（は）らした獅子丸の隣にはいなかった。日本人の僕には判るけど、政治家先生一人をギャングに差し出す秘書はいない。普通なら逆だ。政治家の人身御供（ひとみごくう）にされるのが秘書だ。少なくともあの場面では獅子丸の隣にもっと顔を腫らした秘書がいて、獅子丸に御用聞きなんかさせず、質問も獅子丸には答えさせたりしない。……あの秘書はどこに行った？あの、顔をはっきり思い出せない、地味な印象の、でも確かある程度は顔立ちの整っていた男。目立たないように気を遣うのが仕事の男は？

僕はファニーの平行世界から杜王町のブチャラティに連絡し、単刀直入に川尻香作が偽物だから吉良吉影の捜索を再開させるように頼むとブチャラティが言う。「それはいいが、ここは密閉されていて俺たちは動けないぞ？」

「杜王町には名探偵がまだいるじゃないですか。ルンババ12と大爆笑カレー。あいつらを動かしてください。腕は……と言うか頭は確かですよ？」。まあちょっと頭のおかしな奴らかもしれないけれど。「で、僕にアイデアがあるんですけど、その前に一つだけ質問。あの、吉良吉影として死んだ川尻香作の妻、しのぶって、選挙運動員でしたよね」

「うん？ ああ」

「陣営はどこか判りますか？」

「デンタ・シシマルだよ」

「そいつの秘書の名前って判ります？」

「ちょっと待て……ああ、判る。チエン・クニミドーだ」

ほほお。「じゃあそいつを調べさせてください」


次に僕はナランチャに連絡してペネロペを降ろさせる。「いいけどペネロペちゃんのこと怖がらせるなよ！」と怒鳴るナランチャはペネロペのことを気に入ったようだ。地上に戻ったペネロペはカーズとヴァレンタイン二人の姿を見て硬直する。ああ、ちょっと気圧されちゃうよね。「ペネロペさん、こっち」と呼ぶのだが近づこうとしない。「ちょっと……怖いんだけど！何よ！こんなところに女の子呼び出さないでよね！」「女の子って……ペネロペさん今いくつ？」「女の子に年齢訊かないでよ！」。はいはい。僕にはペネロペに頼み事がある。「いいけどそっから出て来なよ」とペネロペはファニーの手の平から顔だけ出している僕に言うが、僕は首を振る。「電話、こっちでしか取れないから」

　で、ペネロペに僕のアイデアを説明している間にブチャラティから連絡が入る。「見つかったぞ！お前の言った通り、チエン・クニミドーがそうだった！今度こそ本物の吉良吉影だ！名探偵が何人か吹き飛ばされたようだぜ！一人暮らしの一軒家の地下から殺される寸前だった男も発見されてる。酷い拷問を受けていたようで瀕死の状態だが、一応まだ生きてるらしい。今から俺たちも追跡の現場に向かうぞ！」

「えっ？追跡？キューブハウスから出れるようになったんですか？」

「違う！キューブハウスが動き出したんだ！ははは！ごろごろと立方体の家がサイコロみたいに転がってるはずだ！何だか判らんが凄いぜ！また連絡する！」

　カーズに上空のメイド・イン・ヘブン・アルティメット・レクイエムを降ろしてもらっていると再びブチャラティから連絡がある。「クソ！最悪だ！チエン・クニミドーは捕まえたけど、そいつが拷問してた相手が……クソったれ！ジョージ・ジョースターだ！顔も身体もムチャクチャにされて死んでる！死んじまったよ！クソクソクソ！チエン・クニミドーはこっちで殺すぞ！」

　僕は息を吸い、吐き、言う。

「駄目です。チエン・クニミドーは絶対に殺さずに、アントニオ・トーレスと一緒に、キューブハウスの中央の穴に落としてください」

「何ぃ！あいつをタイムスリップさせて逃がしちまうのかよ！」

「……大丈夫です。思うに、キューブハウスのタイムトラベル装置は、落ちる本人のためにあるんじゃないんだと思うんです。もしそうだったら九十九十九は死ななかったはずです。そして《ジョージ・ジョースター》も、汐華初琉乃、……ジョルノ・ジョヴァーナも無事に戻ってきたはずです」。その落ちる本人を用いて、この世の誰かの役に立てるための装置なのだ、きっと。そして僕たちが今一番そいつらを求めているし、役立てようと思っている。

「……」

「杉本玲美さんに確かめてください。……あと、ブチャラティ、チエン・クニミドーには単なるリンチ以上の苦痛を約束しますよ」。まるで僕もマフィアの一員にでもなった気分だ。

しかし《ジョージ・ジョースター》が死んだ？その情報をどうする？ペネロペに伝えるか？エリザベスさんに伝えるか？そんな知らせをあのエリナおばさんのところに届けさせるのか？……もちろんそうする他はない。でも今は駄目だ。ペネロペが怒るとおそらく手がつけられない。チエン・クニミドーは殺されてしまうだろう。何しろ《ジョージ・ジョースター》が殺されたと信じアントニオ・トーレスでイギリスを覆うほどの巨大な壁を作ってしまう女性なのだ。実は未来で生きてた《ジョージ・ジョースター》がやっぱり死んでしまったと聞いてどう反応するのか予測がつかない。

無事巨大なアントニオ・トーレスの喉を遡って吐き出され、カーズの誘導に従ってメイド・イン・ヘブン・アルティメット・レクイエムが僕たちのところに降りてきたとき、噴水の脇にふっとアントニオ・トーレスとチエン・クニミドーが現れる。

姿を見たら殴ってしまうかも、と思っていたけれど、ピカデリーサーカスに飛ばされてきたチエン・クニミドー＝国見堂智円＝吉良吉影は既に我慢できなかったギャングたちにボコボコにされていて、カーズのザ・ワールド・アルティメットに時を停めてもらったりせずに済みそうだった。

その神経質そうなハンサムに僕は確かめる。「ディオ・ブランドーを知ってるな？」。そうじゃなければ、女性ばかりを殺していた手フェチの変態が唐突に《ジョージ・ジョースター》を拷問し、殺したりするはずがない。

「私はね、」と吉良が言う。「静かに暮らすのが好きなんだ。こんな私が、大きな音のする爆弾を爆発させるのも、静寂のある生活を手に入れるためなのだよ。……だがね、爆破してもしても静かにならない相手が自分に粘着しそうなとき、どうする？どうしても逃げられそうにない相手ってものが登場したときにさ？私は我慢する。男を一人殺すくらいお易い御用だよ。掃除して洗濯して殺菌してしまえば汚れは取れるからね」

さてどうしてやろうか？と考えていると、カーズが僕の背後から言う。「馬鹿者。だから貴様のやり方なんぞで人間の血と体液の汚れは到底落としきれんと言ってるのだ。やはり人間は血については鈍感すぎるな。だからそんなに弱いのだ。ほれ、これに気付かんのだろう？」。それからカーズがすっと手を伸ばし、指先でちょんと吉良吉影の下唇の下、顎との境目あたりに触れる。その指先を吉良吉影に差し出すが、そこには何も付いているようには見えない。「これくらいの血にも命は宿る。……特に、相手に憑きたいときには、命は一生懸命になるようだな。命の形を貴様も見たいか？お前がどれだけ水や湯を浴びようとも、血は決して流し落としきれない」と言うとカーズの指先から丸い半透明な何かが脹らみ、みるみるうちに若い女性の生首となってずるりと垂れ、逆さまになって吉良を見つめる。睨みつけるでもなく、恨みをこめるでもなく、ただ見つめている。

「貴様がいきなり爆発で殺すから、自分の状況もどうして死んだのかも判っていないんだ」とカーズが言う。「皆、そうだぜ？血が少ないから何にもできなくて、お前のことじっと見つめてるぞ？」

女性の生首をぶら下げたままその手でカーズは吉良吉影に触れる。と、生首は吉良の腹の上に残るが、その周囲で、半透明の脹らみがまたポコポコと生まれ、大きくなりながらその範囲と数を広げていく。「う……うわあ、うわあああああああっ！」と吉良吉影が叫び、全身からたわわに生首を下げた身体を揺るがしながら這いずり始めるが、生首は増え続け、半透明だからしばらくは吉良吉影のシルエットは見えるけど、すぐに埋もれて消える。吉良吉影はでろでろと蠢く生首の葡萄になる。「うあああああっ！あああああああああっ！」という断続的な悲鳴だけが聞こえるが、それもある程度すると掠れ声になり、そして消えてしまう。

僕はカーズに言う。「ショックで死なないようにしてね」

「フフフ。貴様もまだ人間の限度が見えないようだな。人間は、身体は弱いが、精神力は強い。見てみろこの死んだ女たちを。一滴にも到底満たない血の欠片にこれだけの命を宿すことができるんだ」

「うん。……でもこの女の人たちが可哀想で僕見てられないよ」

「そうか」

そう言ってカーズが手を差し伸べ、高さ五メートルほどの巨大な生首葡萄の房に触れると、しゅるると女性の頭が小さくなって消えていき、吉良吉影の身体が見える。様子を見に近づくと、倒れたまま虚ろな目をして何かボソボソと言っているので良かった生きていると一瞬思ったところで何を言ってるか判る。

「汚い。汚い。服は捨てなきゃならない。常に着替えて、新しい服を着てなきゃならない。汚い。僕の爪もきっと汚い。全部捨てなきゃ。女の子たちを触ったときにきっと爪の間にも何か残ってる。汚い。爪も汚い。剝かなきゃ。爪も剝いて捨てなきゃ。爪は新しく生えてくる。ああ、肌も汚い。肌も汚い。我慢ができない。脱がなきゃ。服と一緒に脱がなきゃ。剝けばいい。爪と一緒に剝けばいい。皮膚も新しく生えてくる。……」

皮膚も新しく生えてくる。

アントニオ・トーレスのようにか？

吉良吉影もあいつみたいに爪と皮膚を剝いでいくうちに凄まじい新陳代謝能力を持つことになるだろうか？ベロリと向ける皮と爪。僕はぞっとするけれどもちろんありえない話ではない。

ウゥンド（WOUND）。確かに人間の精神力は強いのかもしれない。

こいつが傷の苦痛から新たな力を得る前に全ての決着をつけなければならない。

「カーズ、行こう」

「ああ」

僕は吉良に言う。「聖と魔、善と悪、正しさと間違い、いろんなものがまだらであって然るべきと俺は考えていたし、事実そうだと思う。お前だって……きっと悪い一方の人間じゃないんだろう。これから世界で唯一お前にしかできない仕事をして世界を助けるんだからな。でもさ、そのことを踏まえて、しかし俺はやはりこの世が善きものを基本にして成り立っていると信じるために、悪い奴を否定しに行くよ。この世が善であるという余裕があるからこそ俺みたいな軽々しい奴が『この世は善と悪みたいな二元論はまだらにしか存在しない』みたいなことをもっともらしく言えるんだからな。だから君にも感謝するよ。世界を救ってくれて本当にありがとう、吉良吉影。さようなら」

するとカーズが地面に倒れた吉良のそばに屈む。「さあここからは俺と貴様のランデブーだ。しばらく一緒によろしく頼むぞ」

そう言うとカーズは吉良吉影を起こすのではなく、吉良の中からキラークイーンを取り出す。のっぺりとした猫のような顔のヒト型スタンド。すっとパンチを繰り出す腕にカーズは構わない。

「できることをやってみるが良い」

キラークイーンがカーズを爆破する。

「待て……近すぎる……」と言う吉良に構わずキラークイーンは点火。ボモン！カーズがちょっと脹らみ、赤い炎を皮膚の亀裂から吹き出させるけれども、すぐにそれは収まり、カーズの身体は元に戻る。キラークイーンのつるつるの顔に表情はないが、想定外の状況への焦りは伝わる。

「納得するまで試していい」とカーズが言うとキラークイーンがもう一度、さらにもう一度、とカーズを爆破しようとするしその爆弾としての規模も段違いに大きくしているようだが、ドモン！ゴモン！ズドロン！と全てカーズが自分の中で処理。ちょっと脹らませた身体の中だけで風と炎を受け流してしまう。やがて「貴様には判ったな？」とカーズがキラークイーンに言うと、カーズの爆発は収まる。

「ぐう……っ！何をやっている！キラークイーン！そいつを殺せ！」と地面に倒れたまま怒鳴る吉良にカーズが言う。

「こうやって諦められないところが貴様という命と貴様の能力との差だ。この引き算の答が今の貴様の無様な格好と、今口をついたみっともない台詞よ。フン、自分が寝転んで楽をしている間に自分の都合の良いように仕事を済ませておけよと言いつけるのか？」

「な……そんなことは……！」

「そういうのは生き延びようと努力してるとは言わないのだ。怠惰なままでいたいと他の奴に面倒を押し付けてるだけだ。静かな生活？貴様がそれをいっときでも手に入れられたとしたら、それは貴様の努力の成果ではない。たまたまの才能がお前にあり、そいつにただ乗っかっただけだ。貴様自身と才能が別個の存在であるということも、これではっきりしただろう？貴様は易きに流れて愚鈍となったのだよ」

「……ぐっ……！」

「ふ、それがぐうの音か。それが出るのはまだ貴様がつまらないプライドを守るために頑張っているせいだ。貴様の才能を守ることはとっくに諦めたくせにな。ふふふ。俺にはとっくにお見通しだ。心のどこかで貴様はこの才能に嫉妬していたんだろう。うっとうしく思ってたんだ。自分のことを凄いと思いたいのに、本当に手柄を上げるのは隣に立つこいつばかりだからな。スタンドという存在の罪作りなところはここだ。なまじっかヒト型で、本体のすぐそばに立ち続けることで、才能が個人の人格とは別物だということをはっきりさせてしまうのだ」

「………！」

とうとう言葉をなくした吉良のことは捨て置いてカーズはキラークイーンに言う。「さあ、つまらぬ虚栄心に駆られて身動きできなくなった本体のことは放っておいて、貴様に頼もう。次は過去に戻る爆破をこの本体に仕掛けるのだ」

するとキラークイーンはじっとカーズを見つめ、それから倒れている吉良の中に入る。

「やめろ……！誰の言うことを聞いているんだ……！」と吉良が抵抗するのも無視してキラークイーンは吉良の中に消える。

「貴様は爆弾そのものとなった」とカーズは言い、唖然とする吉良を拾い上げる。「行くぞ、本体。結局のところ、貴様がこうしてまだ生き延びているのも、何から何まで全て貴様とは別個の才能のおかげなのだ。まったく。驕った人間というのはとんでもないお荷物だぜ」

あまりの言い草に涙目になり身体をプルプルと震わせ始めた吉良を引っ掴み、カーズは背中から翼を生やして空に舞い上がる。美しい姿だ。僕にも翼があれば、と思うけど、きっと僕の身体には合わないだろうから、ない方がいいのだ。

空に昇るカーズに、ファニー・ヴァレンタインが言う。「待て、カーズ。できるだけ君の負担を軽くしよう。……ほんの少しだけだが」

「言ってみろ」とカーズが言う。

「バラバラの《聖体》を集め、トリニティ教会に隠した日にちと大体の時刻が判る。それは二巡目の宇宙の、つまりここからだと三十五巡前の１８９１年1月19日の午後四時半頃！……それは第一回スティール・ボール・ランのゴール直後になる！」

「…………」

「……ほとんど宇宙一巡分まるまる戻る時間が減ったし、探す手間も省けて少しは楽だろう？」

「……ハッハッハ！何千年もヨーロッパばかりで生きてきた俺だが、アメリカンジョークもなかなか面白いな！」

「ふふ」

「一応礼を言っておこう、ファニー・ヴァレンタイン！船を降りるのなら今だぞ！」

そう言ってさらに高く飛翔するカーズはキラークイーンを従えて、瀕死のアントニオ・トーレスの口の中に突っ込んでいき、《カブト虫》の《甲羅》の外に出る。

「連続殺人鬼と究極生命体によって世界を救うのね」と僕の隣で言うのはエリザベスさんだ。「でも急がないと。アントニオ・トーレスはもうすぐ死んじゃいそうよ」

「そう。……でも間に合うよ」。僕はビヨンドを信頼しているし、ここにはペネロペとオリジナルのアントニオ・トーレスとメイド・イン・ヘブン・アルティメット・レクイエムがいる。僕はペネロペに頼み、空（から）のアントニオ・トーレスの補修をしてもらってるのだ。身体の中にメイド・イン・ヘブン・アルティメット・レクイエムを入れたアントニオ・トーレスの時間加速で排出される沢山の《アントニオ・トーレス》を使って。死に体のアントニオに吸収されるから、新生アントニオもいずれは一緒に死ぬだろうが、それでもしばらくは保つ。そのグロテスクな作業をペネロペが嫌がったけど、説明するとすんなりだった。意味は判ってなさそうだけど、僕の真剣な訴えに乗ってくれたのだ。「はは。まあ、いろいろ大丈夫」

「……あなたって、」とエリザベスさんが言う。「顔も性格も全然違うのに、どこか私のジョージと似てるわ」

「ありがとう？」

「ふふふ。そんなふうに私のジョージも言いそう」

僕は《ジョージ・ジョースター》の死を伝えるべきかどうかまた迷う。この人もまた《ジョージ・ジョースター》がまだ生きているはずと信じているのだ。

でも今は動揺させたくない、と僕は思う。エリザベスさんたちのことを考えてではないのだけれど。

「あ、……いつの間にか始まってるのね」とエリザベスさんが空を見上げて言う。僕も見る。グレートブリテン島の外で、時間が一時間ずつ戻っている。パ、パ、パ、パ、パ、パ、と一瞬で切り替わっていく世界の時間は最初はコマ落しの動画のようだったけれど、パパパパパパパパと切り替わりの速度が上がるとスムーズに動くようになっていく。月と太陽が逆回りに昇って落ちる。さらに速度が上がっていく。それはつまりカーズが吉良のバイツァ・ダストを発動させ自分自身を爆破している速度が上がってるということだ。そして一時間刻みに時間を戻すその自爆を、宇宙の歴史三十五巡分続けるつもりなのだ。ペネロペによる《甲羅》の補修が十分になったらメイド・イン・ヘブン・アルティメット・レクイエムをカーズの中に入れて《一時間》をさらに短くしてもいい……が、それによってカーズの体感する時間が短くなっても、身体を爆破する回数は変わらない。そしてそれを全てカーズ一人が引き受けている。

　誰のために？

　カーズには、本当には理由なんかないのだ。そう思うと僕は泣けてくる。あの凄まじい男は、何をやるにしても身を挺してばかりだ。

「どうしたの？」とエリザベスさんが言う。

　涙を拭い、僕は言う。「もうすぐ冒険は終わる」

　ザ・ファニエストを乗せたヘリコプターが大慌てでアントニオ・トーレスの口に突っ込み、《甲羅》の外に出て、カーズに挨拶するように船体を振ってからアメリカのどこかに飛び去っていく。

　ニューヨーク市ブロードウェイ79、ウォール街の入り口にトリニティ教会はある。１６９６年に作られ、１８４６年に今もあるゴシック復古調の姿で建て替えられた。

　その秘密の地下施設に案内してくれたのはファニー・ヴァレンタイン。付き添いはＮＹＰＤブルー。グレートブリテン島が過去に去るとひっくり返っていた杜王町が足をばたつかせながら身体を戻し、電話が普通につながるようになったのだが、石ころ携帯で僕たちの計画を話すと、マンハッタン島は自分のシマだと張り切ったＮＹＰＤブルーが虹村不可思議を引きずるようにしてキューブハウスを通じ、やってきたのだ。役に立つために。

すぐそばの通りから歓声と《ヴァレンタイン大統領》の名前を呼ぶコールが鳴り響いてくる。ローアーマンハッタンの空を埋める紙吹雪は僕たちの上にも舞い降りてくる。ドドンドンドンという物凄い爆発音もさっきまで鳴っていたが、あれは実は空に浮かんだカーズがキラークイーン・バイツァ・ダストの爆発をしばらく楽しんだ音だ。もう能力は解除されている。

僕たちは本物の花火の音を聞きながら裏門をくぐり、墓地裏から納骨堂に似せたシェルター入り口に行く。扉は既に開いていて、奥で女の子が床に座り込み、震えながら泣いている。彼女の足下には首のない死体がある。ジョッキー用の服を着て、乗馬ブーツを履いている。これはこの宇宙のディオ・ブランドーだ。どうしてこのような状態になったのかは僕にも判らない。

そしてその遺体の背中に乗っているのは最初の宇宙に生まれ、吸血鬼となり、三十六巡後の宇宙で究極生命体となったが身体をバラバラにされ、しかし宇宙をもう二巡させて自分の首だけで他の身体を迎えに来たディオ・ブランドー。

女の子とディオの向こうにテーブルがあり、ミイラ化した別の遺体が乗っている。両手と両足に穴が空き、頭部には荊の冠が見え隠れしている。スティール・ボール・ランの裏の目的である《聖人》の遺体。全てが揃っていて、後は扉を閉めるだけになっている。ちょうど始まったところだ。

ディオが言う。「ふふふ……礼を言うぞルーシー・スティール！貴様の子宮が《聖人》の頭をでっち上げたおかげで、俺は誰にも疑われずにここに来て、俺様の身体を取り戻すことができる！」

言ってる意味が判らないが、状況は判る。九つの遺体のうち頭部を除く八つは《究極生命体》ディオの身体なのだ。それはそれでいい。今の台詞を聞く限り、《聖人》にはありえないはずの頭もくっついているが、これは奇跡なのだろう。ディオのもたらしたものではなく、ディオの背後に今もくっついている荊の冠をかぶった、傷だらけの身体の長髪の男の引き起こしたものだ。

ディオが首の切断面から血管らしき管を出して、クラゲかタコのように這い、テーブルの上の遺体に近づいていく。「俺様の身体を取り戻せば、このディオの永久王国の始まりだ！ハッハハッハッハッハ！」

そして出番がやってくる。「相変わらず女の子の前でも慇懃無礼なのね、ディオ。俺様の身体俺様の身体って……あなたはいつになったら事実を事実として捉え、慎みを憶えるのかしら？」と言って暗闇から出たのはエリナ・ジョースターだ。彼女をウェイストウッドから連れて来たペネロペもエリナさんに寄り沿うようにして姿を現す。僕の額にはペネロペに貸し、エリナさんたちを連れてきてもらってから返却されたUボートのディスクが差し込まれている。エリナさんが続ける。

「私の前でもその台詞が言えますか？ ディオ・ブランドー」

「貴様……！」とエリナさんの登場に一瞬驚いたふうだったディオがニヤニヤ笑いを取り戻す。

「久しぶりだな、エリナ・ペンドルトン。こうして会うと、あの箱の筏の上を思い出すぜ」

エリナさんが笑う。「私にとっては思い出したくもない過去ですけれど。あなたにとってもそうじゃないかしら？」

「何故？ フフフ、貴様、あのときの俺様に勝ったつもりをしてるんじゃないだろうな？ 必死に首をかっ切ってみせたりして奮闘ぶりは素晴らしかったけれども、あのとき俺様は貴様に逃げられたわけではない。最終的な勝利の確信とともにこのディオは貴様を逃がしたのだ！貴様にはジョースターの血を紡いでいってもらわなければならなかったからな！」

「で？私の孫や曾孫にずっと寄生して自分の欲求ばかりを満たそうと考えたと……？そんなあさましい考えを堂々と言えるなんて……あなたのお父様ですら、私の義父の前では態度をちゃんと取り繕ったらしいわよ？」

「……！貴様！俺の父親のことは言うな！」

「そうやって激高してしまううちは、結局のところあなたは自分の親からの呪縛に囚われたままなのです。もうあなたは……生きた時間だけならとっくに大人なんだから、全てを自分の責任としなくてはなりません。私の子孫の人生を盗み見る時間があれば自分の人生を振り返れば良かったのに」

「……つまらぬ説教など俺はいらん！黙れエリナ・ジョースター！俺は俺の身体を取り戻し、お前をまずは殺す！すでにお前は子供を産んだからな！退場してもいいタイミングだぜ！」

次の出番が来る。「その子供というのは私の夫のことね」と言い、暗闇から姿を見せたのはエリザベス・ジョースター。その胸には赤ん坊が抱かれている。まだ生後数ヶ月のジョセフ・ジョースター。「そしてこの子を産んだ私ももう退場のタイミングというわけかしら？」

流石のディオも驚いている。ジョセフを連れていくように言ったのは実は僕なのだ。危険はない。

「貴様……！このような場所に赤ん坊を連れてくるとは、気でも違ったか！」と混乱したディオの台詞が一見まともなものになってしまう。

「ふふふ。ご心配なく」とエリザベスさんが笑う。「ちょっと薄暗い場所だけど、今日のここはジョースター家にとっては特別な場所になるのだから」

「何ぃ……!?」

そして僕の出番が来る。

「もう一人足りないわね、大事な人が」とエリナさんが言い、エリザベスさんが呼ぶ。

「ジョージ、いらっしゃい」

僕が飛び出す。「どうもどうも!」

ディオ・ブランドーの生首が一瞬ポカンと口を開ける。


いける。


作戦のポイントは、いかにディオ・ブランドーの意表を突くか、だ。

ザ・パッションを身につけたディオはほとんど全ての成り行きを読んでいる。が、僕の介入によって未来は変わる。

その上カーズによればディオがメイド・イン・ヘブン・アルティメット・レクイエムから離脱したのは、ここより一巡前の宇宙、つまり三十七連宇宙の一番最初の宇宙に戻り、1987年のエジプトの朝、吸血鬼としての自分の偽者を用意し、ジョセフ・ジョースターやその孫、空条承太郎(くうじょうじょうたろう)と戦わせ、死なせた直後だった。そうして吸血鬼としての自分の死を偽装し、スタンドを回収している。ザ・パッションで時を読むこともできるしザ・ワールド・アルティメットで時を停めることもできるという万全の態勢に戻っているディオ・ブランドーだから、同じ血の流れてない僕がいかにディオ・ブランドーのその場の予想を覆すかが大事で、僕は思い切らなければならない。

僕は大声で言う。「今日はジョースター家ファミリー・リユニオンの会場へようこそ！司会は私ジョージ・ジョースターがお送り致します！」

するとディオが「ジョージ・ジョースター……？まさか、どうして……？」と言うのは、日本人にしか見えないお前がどうしてその名前を騙るのか、とか、ジョンダ・ジョースターに子供はいないはず、とかそんなことだと思うけど、エリザベスさんが言う。「驚いた？マフィアのボスを動かしてキューブハウスとかいう家からジョージ・ジョースターを連れ去り、自分の身代わりとして吸血鬼に仕立てた挙句、胴体だけとは言え息子と曾孫に殺害させたはずなのに、って？」

アドリブで挟まったエリザベスさんの推理に僕はぎょっとする。いやそっちの方がシンプルなのだ、と僕は思う。土壇場で、影の協力者隠し子の方を殺して用いることにしたなどというよりは。

自分のもともとの計画をエリザベスさんに知られていて、ディオは言葉を失う。

今だ、と僕はさらに突飛にいく。「あ、空気がおかしいので、ここでじゃあ僕の十八番の一発芸をご覧いれます。腹芸で～～～～す♡」と宣言し、「よっ！」とシャツを捲って腹をはだける。

と、そこには僕の臍に潜り込んだカーズがいて、飛び出す。こんな役目をカーズにやらせるって発想に僕自身驚いていているが、カーズが特に気にせず了解してくれたことでさらに焦ったのだった。

空中で「びょーん」とカーズにらしくない台詞も言わせる……。が、多分趣旨をあんまり理解できていないカーズが空中で自らのキャラを取り戻してディオに話しかける。「世界が円環ならば、勝ち逃げはできないのだ、ディオ・ブランドー。絶望の用意はいいか?」。あああ〜そんなこと言うとディオが少し冷静になるだろ!と思うけど、注意する暇もないしカーズにそんなことは言えない。

それに問題はない。僕は大声を張る。「うちの相方のカーズくんですよろしく!ほしたらあれやろかカーズくん!カーズくん特製分身梯子(はしご)!アルティメットやでえ!思い出な!」

空中を飛ぶカーズに向かい、僕の腹を入り口にして入り込んだファニー・ヴァレンタインが平行世界の《カーズ》を七人飛ばす。それぞれがカーズ版ザ・ワールド・アルティメットを持っていて、時間を停めるので、僕の腹から《聖人》の遺体にかけて《カーズ》八人の梯子が延びるがお互いの身体をぶつけ合わせて消滅することもない。意表を突かれてディオがスタンドを出し遅れる。「な……!何だ……?何をしてるんだ……!?」

「時は動き出す」とカーズが言うのを合図に、僕は腹から出たカーズの梯子の上を駆け出す。

僕の足下で順番に《カーズ》がぶつかり合い、メンガーのスポンジ状の破片を作りながらバラバラに弾けて消える。バンバンバンバンバン!僕が走り終えた後の《カーズ》が壊れる様子にディオの視線が奪われている。七人の《カーズ》が崩壊しながら、八人目のカーズに接近し始めるとカーズは気付いて空中で壁を蹴り、距離をとるが、その瞬間だけ僕の身体が露出する。

この瞬間が僕の持ち時間。

いろいろ台詞を考えていたはずなのに、土壇場で出てきた言葉はこれだった。

「バーカ!養子の面汚し!もらわれっ子舐めんなよ!」


意味が判らないが、なんかそんな台詞になったのだ。何だか僕が一番気にしているところが養子としての立場みたいでいやいや違うんだけどと思うのだが、言っちゃったものは仕方がない。目を丸くしたディオの顔を見れただけで十分だ。

ディオの意表をついたまま僕は遺体の安置されたテーブルの上に飛び込む。遺体もあるし、ちょうど火葬場の焼却炉程度の広さの空間に。「な……何をする!やめろーっ!」と叫ぶディオの声が響いたときには僕は腹の中のファニーから受け取った鉈で《聖人》の首を撥ね飛ばしている。

「南無阿弥陀仏!」

ドン!

これは誰かの頭ではない。奇跡がでっち上げただけの、単なる添え物だ。僕は一発で首を切り離し、鉈を捨て、腹のファニーから別の首を受け取る。エリナ・ジョースターさんがずっとずっと大事に持っていた旦那さんの首だ。

全ての始まり。

ジョナサン・ジョースターの頭部。

ようやく僕の意図が判ったディオが叫ぶ。「やめろおおおおおおおっ!それは俺の身体だあああああああっ!俺が鍛え、俺が《究極生命体》にまで仕立てたんだ!俺様のものだ!やめろおおおおおおおおおおおおおっ!」

無視して僕はジョナサン・ジョースターの首を《聖人》の首の切り口にすげ替える。ミイラ状の遺体と今断ち切られたばかりって雰囲気のジョナサンの首がぴたりと合って、あるべき場所に戻ってきた、肉体のアイデンティティというものは強く固いなと僕は思い、全ての出来事が僕ともう一人の《ジョージ・ジョースター》とディオのビヨンドによって起きていたのだ、それは三つのビヨンドでありながら一つだったのだ、三位一体だったのだと判る。

振り返り、僕はディオの生首の背後に立つディオのビヨンドの顔を見る。大体同じ顔をしている。優しげで、悲しげな目。そのディオのビヨンドもまた全てが終わったことを知ったんだろう、微笑みを浮かべたまま姿が薄くなり、消える。「おい、ジョージ・ジョースター、見ろ」と僕の腹の上に顔を出したファニーが言うので、振り返ると、遺体に接続したジョナサン・ジョースターの瞼がぱっちりと開き、目に光が戻りつつある。首から下にも血が通い、肉が急速に増えつつあるのが判る。乾いた紙粘土細工のようだった肌に潤いが行き渡っていく。言っちゃ何だけどちょっとグロい。

「成功成功……」と僕は言いながら後ずさり、もはや遺体にも見えなくなった男の人の身体から離れ、テーブルから降りる。するとその男の人が「ううう……ん……」と言って上体を起こす。全裸なのに気付いたエリナさんが肩にかけていたストールを外してその男の人の股間にふわっと載せる。

「ううう……」と言って、頭に手をやり髪の毛をかきあげると、そこには荊の冠が見える。ディオ・ブランドーの持っていたものと同じものだ。ザ・パッション。受難。

「ふっふっふ……」と突然その男の人がテーブルの上で笑い出し、何だか僕たちはぎょっとする。

「ジョナサン……?」というエリナさんの声には不安が滲(にじ)んでいる。

「ふっふっふ……ふっふっふっふっふっふっふっふっふ!」と笑い、男の人が言う。「エリナ・ジョースターよ!このディオがあの船の上でジョナサンの首を切るときに、少しだけ俺様の血を与えておいたのを忘れたのか!あのときはジョナサンに死を超えた苦しみを味わわせてやるだけのつもりだったが……!まさかこうして、頭も身体も完全に乗っ取ることができるとは!感謝するぞ!この世はやはりこのディオのものだ!」


僕も僕の腹のファニーも恐ろしさのあまり口が利けない。エリザベスさんやカーズまでもが驚いていて、エリナさんだけが平気そうな顔をしていて、言う。

「もう、いけない人ね、ジョナサン。まずは皆さんに感謝なさい。まったく。ふざけてる場合じゃないでしょう?」

えっっっっっっっ?

すると素っ裸のジョナサン・ジョースターが表情を明るくして笑う。

「あっはっは！ごめんごめん。つい、ね。あの沈没寸前の船底で気を失ってからほんの今まで全く何の記憶もないし瞼を閉じて開けただけくらいにしか感じられないけれど、でも不思議だな、長い長い夢を見ていたとも思えるんだ。そして今のは、その夢の中で見た内輪の冗談（インサイドジョーク）だよ、な、ディオ」

それでハッとして皆が振り返ると、床の上に転がっていたジョッキー姿の死体が立ち上がっている。ディオの頭を乗せて。とにもかくにも自分の身体を確保してディオが言う。

「まったくもううんざりだ。貴様らと関わるとろくなことがないぜ」

そう言って暗い階段を地上に向かって駆け上がっていくが、誰も追わない。


「……いいの？」と僕は一応訊いてみる。

「いいよ！」とエリザベスさんが笑う。「だってジョースター家当主の帰還の日ですもの！」

いつもどこかちょっと思い詰めたような表情をしていた印象だったけど、わ、底抜けに明るくて凄い華やかな笑顔をするんだな、と僕は思う。ちぇっ。↑うん？

「ただいま、エリナ」

と笑う半裸の男に
「おかえりなさい、ジョナサン」

と言うエリナさんの瞳から大粒の涙が溢れ出し、頬を伝う。

「留守を守ってくれたようだね。ありがとう」

「いいえ……いいえ……でも、ごめんなさい、ジョージ……ジョージが……！」

とエリナさんが沈痛そうな声をあげ、エリザベスさんも暗い顔をするけれど、ジョナサン氏はきょとんとしている。「ジョージ？ ジョージならそこにいるじゃないか」と言って僕を見る。

「その人は未来の《ジョージ・ジョースター》よ、ジョナサン」とエリナさんが言い、僕はバツが悪くなる。

「あの、」

「いやその人の中にさ」

ジョナサン氏にはバレているのだ。

「あの、ちょ、すみません！」

と僕が言ってついうっかり日本人もいないから通用しない土下座を始めてしまうので、僕の腹の中の平行世界から
「じゃじゃ〜ん！」

と飛び出た間の悪い《ジョージ・ジョースター》がコンクリートの床に頭をぶつける上に、その姿が誰にも見えない……僕以外には。

地面に膝をつき、手をつき、腕の間から僕は逆さまの《ジョージ》と言い合いになる。「痛え……何やってんだよ馬鹿！」「いやだってやっぱり空気悪過ぎだしヤバいって」「大丈夫だよ勢いで

何とかなるから!」「百パーならないよ」「いいから立て!つーか何やってんだよそれ」「うっせーな」「あ、知ってるわそれ。九十九十九に教えてもらったよ」「………!」「ジャパニーズ・ドゲーザだ。プーくすくす。それ日本人的には相手に完全に屈服するときにやることだろ?」「うっせえええ!」と地べたでギャーギャーやってるとビシャン!と突然地面から猛烈な放電。「うわあああああっ!」と僕ももう一人の《ジョージ》も声をあげ、僕の身体は勝手に立ち上がり、気をつけの姿勢で動けない。

　目の前にジョセフを抱いたエリザベスさんの鬼のような形相があって恐怖に漏れそうになるのを僕は我慢するが、腹の上のジョージが「あばばばばばちょちょちょちょちょちょちょっと、おし、おしっこ、おしっこ漏れるから漏れたから。ごめん、漏れちゃった」と言ってこっちチラリ。

　ちょっと!人の身体の中で!って平行世界は実際には僕の中にあるわけじゃないけれどやっぱり気持ち悪いじゃないか!

「ジョージ?」

　エリザベスさんが穏やかに言う。

「はい」

「……何してるの?」

「いや、あの……」

「出てきたら?」

「あ、はい。でも……」

「何?」

「キラー・ヨシカゲって奴に結構拷問みたいなのを受けたから……何かちょっといろいろ怖いんだけど……」

「………」

「で、明るく再スタートって思ったんだけど、あれ……?やっぱちょっと、思ってたふうに上手くいかないいな……」

僕もそれを言っていたのだ。サプライズで喜ばせようなんて、案を練ってるときが楽し過ぎて実際の場になるとちょっとした躓き(つまずき)が気になっちゃったりして自分たちの焦りも伝わって空気もおかしくなってきちゃったりして結局上手くいかない場合が多いものなのだ。

するとエリザベスさんが言う。「あなたがドジで不器用でウジウジした性格で考えもそれほど深くないことも知ってるわ。そんなの最初っからじゃない」

《ジョージ》が顔を上げる。「リサリサ……」

エリザベスさんがにっこり笑っている。「さ、ジョージ、そこから出てきて」

「うん♡」

ふらふらよろけながら僕の腹から這い出る《ジョージ》の前にエリザベスさんがしゃがみ、「ジョージの馬鹿!もう絶対に、嘘(うそ)でも死なないでね!」と言って涙を浮かべながらキスをすると、またビシャーーーン!と今度はさらに凄い雷みたいなのが落ちる。

「あばばばばばばばばばばば!」と言って痙攣(けいれん)する《ジョージ》の背後で僕はアワアワしてしまう。

「ちょ、ちょ、お手柔らかに……」

何しろ《ジョージ》は杜王町の国見堂智円の家で見つかったとき本当に死んでいたのだ。でもキューブハウスに入れられて大泣きの杉本玲美に身体を揺さぶられているうちに、蘇った。死後二時間経っていて、本当だったらありえないことだったが、玲美さんが白い半透明の《ジョージ》が自分の中に入るのを見たと言っていたので、僕は信じている。どこかで命の形を取り出すところを見て学んだ《ジョージ》は、吉良吉影に襲われたとき、命の形で身体を脱出、吉良吉影の拷問が終わってから身体に戻ったのだ。痛いのが嫌だから。

キスが終わり、ほとんど失神しかけた《ジョージ》に気付いてエリザベスさんが慌てる。「え！あれ!?ごめんジョージ！また波紋流れちゃってた!?今度は本当にそんなつもりなかったのに！ちょっと久しぶりだったし忘れてたーっ！」。その腕の中でジョセフがきゃっきゃっと笑っている。

ジョナサン氏が言う。「放っておきなさい、リサリサ。男の子だから大丈夫。あっはっはっは！それにしても凄い波紋だね！」

エリザベスさんも笑う。「ありがとうございます。でもまだまだです。師トンペティによれば……」と雑談を開始するジョースター一家の中で、実は《ジョージ》が意識を取り戻してまたしても飛び出すタイミングを失っているのに僕は気付く。

僕と目が合うと、《ジョージ》が『ホントうちの家族って大変でしょ？』みたいに弱々しく笑うので、僕は視線でメッセージを送る。

『いいじゃないの。それでも家族なんだから』

まあこんなの視線一つで伝わるわけないと思うけど、ジョージがウインクを返してくる。ウインク?どういう意味を込めてるんだろう?と考え込みそうになるけどやめる。こいつは結構適当なところがあるし、なんだかポーンと人の懐に飛び込むチャーミングさがあるけど、本人には大した意図はどうせないのだ。まあだから女の人にモテるのかもしれないな、と思う。

血の匂いの残る薄暗い地下施設でワイワイと楽しげな家族の集いを始めてしまうジョースター家を呆然とした目で眺めていたルーシー・スティールとかいう女の子にエリナさんが気付き、「悪夢は終わりました。あなたを沢山傷つけてしまったかもしれないけれど……」と言うのを遮り、ルーシーが言う。

「エリナ・ペンドルトン?」

「はい。……私の旧姓です」

「私の旧姓もそう。私はルーシー・ペンドルトン。今はルーシー・スティールですが」

「まあ」

「……あの、……私は他の人と結婚しましたけど、一途であることって大事ですよね?」

エリナさんが笑い、頷く。「一途であることこそが愛情の極意で、醍醐味で、愛情を力に変える唯一の方法です」

「良かった」

「あなたにお会いできて嬉しいわ、ルーシー・スティール」

「私もです、エリナ・ジョースター」と言うルーシーから涙がこぼれるが、泣いている理由がルーシー自身にも判らなさそうだ。

そんなルーシーを優しげに見つめるエリナさんを、ジョナサンとジョージとジョセフを抱いてエリザベスさんが囲み、寄り添っている。

さあ、僕も家族のもとに帰ろう。

僕はカーズを見て、退屈そうにしている様子に笑う。ちょ♡♡♡流石だ!と僕は何だかすがすがしいくらいだ。


ジョースター家の面々を地下に残して地上に戻ると、ペネロペも上がってきてしまう。あれっ?って顔をする僕たちに言う。

「だって、一緒に暮らしてたし、家族同然だったけど、これからは本格的にジョースター家も変わるし、私も変わらなきゃなって。巣立ちの時よ、うん」

「そう?」

「そう。で、皆どうするの?」

「俺は杜王町に帰りたい」と、墓場の陰に隠れていた図体の大きな虹村不可思議が言う。「いやだってておっかないのが上に登ってきたから、とっさにさ」

ディオ・ブランドーと鉢合わせて良いことなんて一つもないだろう、確かに。

「えーっ!俺はここに残りたい!」と言って駄々をこねるNYPDブルーを虹村不可思議が必死に

宥めるが、最終的には約束させられる。「判った判った。こっちの大学、一応受験してみるから。無量大数と離れることになったとしたら、それも初めてだし、いろいろ怖いけど……今回のことに比べたら何でも平気そうだし、こんな大都会で一人になるってのもちょっと楽しみなくらいだぜ」

受験？そうか、そんなイベントもあったな、と思い出す。なんとなく名探偵稼業を続けてくってことだけ決めてて全く何も受験については考えてこなかった。けど今改めて考え直すと、そこにはいろんな可能性があると思う。大学生か、僕が？あはは！全然悪くない！ジョンダにも相談してみよう。これが僕の初めての進路相談になるんじゃないか？


ファニー・ヴァレンタインは自分の宇宙に戻る。

「私はね、アメリカの繁栄の秘密を解きたかったんだ。そしてその秘密を守りたかったし、実のところ正直言えばその秘密そのものになりたかった。でもね、学んだよ。アメリカを繁栄させているのは地上に住んでいるアメリカ人であって、地下の何者かとか天の誰々とかではないんだ。そしてそれを学んだことこそが僕の財産だ」

立派な大統領になってほしい。人の力になってほしい。この世の喜びの総和を上げつつ、一つ一つの悲しみを減らしてほしい。

ペネロペは日本に興味を持ったようだ。

「だって私のスタンド、日本のニシアカツキにあるんでしょ?見に行かなきゃ!」

?これって結果が原因を生んじゃってるような……?まあでも僕に異論はない。来て来て!

「それに私、結局ロンドンまでしかいけなかったしね!あーあ!大冒険って難しい!自分で始めようと思っても、そうそう始まらないね!」

などとこのときは言っているが、西暁町に行ってからはいろいろ起こり、一緒にさらなる大騒ぎも経たりした二年後に、ずっと男やもめだった義父ジョンダと結婚して、日本国籍の元スペイン人のイギリス人、ペネロペ・ジョースターとなる。……何だそりゃ……。

その一年後には子供も生まれる。女の子で、僕はこの血のつながらない妹をとても可愛がり、大事にしている。

しかし名前はジョエコ・ジョースター(JOEKO JOESTAR)。

だからセンスがないのに日本人風を目指すのはやめろっての!このジョジョ縛りも日本人になったら諦めた方が良いんじゃないか?


カーズは自分の体内に入れておいたへろへろの吉良吉影を使って皆をそれぞれの宇宙、それぞれの場所に戻してから姿を消すが、僕やペネロペや杜王町の連中やネーロネーロ島のギャングたちと連絡を取り合っているときには定番の思い出話になる。あいつ凄かったよな!あいつ今どうしてるのかな！

知らないし、知らなくていい。

本当に知るのはちょっと怖い。


で、僕は西暁町で名探偵をやりながら念願の二十歳になって、ようやく自分の名前を改名する。英語名はもちろん『JORGE JOESTAR』。

困ったのは日本語名だ。いろんな漢字を考えてきたつもりだけど、実際書いてみると何だか微妙にしっくりこなくてどうしようかなあと思ってるときに、たまたま僕は久しぶりに《ジョージ》と喋っている。

ちなみにこのとき夫妻は別居中。どうやらエリザベスさんが結婚したてで《ジョージ》を失いかけたことに恐怖心を持ってしまっていて、ずっと復縁をしぶっている……という体にしているが、おそらくジョージには内緒で息子ジョセフと覚悟の大冒険に出ているはずだ。イギリスでは死んだことになっていて、アメリカに渡り、ハリウッドで脚本家モーターライズ・ジャンプとして頑張りながら一人でリサリサを待つ《ジョージ》が不憫なような間抜けなようなだが、しょうがない。

で、リサリサに不吉な予言を与えてほぼ的中させてしまった師トンペティに対して《ジョージ》がぶつくさ文句をつけていて、内心僕は思う。

お、じゃあその師トンペティに僕の名前について相談してみるか。

で石ころ携帯で時空を超えて相談した結果やっぱり漢字を使ってない国の人に相談しても無駄か～って一見思ったんだけど、よく見てみると、何だか良いような気もしてきて、さらに困る。

日本人の感覚としては絶対に変なのだ。

でも正しく感じるのは何故だろう?

やはり僕もジョンダと家族というわけか……と思うと嬉しいやら悲しいやらだが、どうでしょう?

名字の『ジョースター』はカタカナで『ジョースター』ってもともと決まってるんだけれど、名前の『ジョージ』を『城字』ってやっぱおかしいよね?

舞城王太郎 Otaro Maijo

1973年福井県生まれ。
2001年『煙か土か食い物』で第19回メフィスト賞を受賞しデビュー。
2003年『阿修羅ガール』で第16回三島由紀夫賞を受賞。
その他の著書に『好き好き大好き超愛してる。』『ディスコ探偵水曜日』がある。

荒木飛呂彦 Hirohiko Araki

1960年宮城県生まれ。
第20回手塚賞に『武装ポーカー』で準入選し、デビュー。
1987年から連載を開始した『ジョジョの奇妙な冒険』は超長期連載となり、
世界のアートやファッションにも大きな影響を与えている。

初　出　JORGE JOESTAR　ジョージ・ジョースター
（2012年9月24日発行）
本単行本は上記の初出作品を一部追加修正し、改装したものです。

JORGE JOESTAR
ジョージ・ジョースター

2017年12月24日　第1刷発行
2023年10月28日　第3刷発行

著　者　舞城王太郎
原　作　荒木飛呂彦

装　丁　斎藤 昭+山口美幸（Veia）
編集協力　添田洋平（つばめプロダクション）　株式会社ナート
編集人　千葉佳余
発行者　瓶子吉久
印刷所　図書印刷株式会社
発行所　株式会社　集英社
〒101-8050　東京都千代田区一ツ橋2-5-10
TEL 03-3230-6297（編集部）3230-6080（読者係）3230-6393（販売部・書店専用）

Written by OTARO MAIJO
Original concept by HIROHIKO ARAKI
Illustrated by HIROHIKO ARAKI & OTARO MAIJO

Printed in Japan　ISBN 978-4-08-703441-7　C0093
検印廃止

JUMP j BOOKS：http://j-books.shueisha.co.jp/

本書のご意見・ご感想はこちらまで！

http://j-books.shueisha.co.jp/enquete/